호텔

아더 헤일리 저 | 박일충 역

차례

제1장 Monday 5

제2장 Tuesday 81

제3장 Wednesday 199

제4장 Thursday 315

제5장 Friday 439

제1장
Monday

1

 "만약 마음대로 할 수만 있다면 이따위 보안주임은 벌써 모가지를 잘라 버렸을 텐데" 하고 이 호텔의 총 지배인인 피터 맥더모트는 속으로 씁쓸하게 중얼거렸다. 그러나 그것이 뜻대로 되지 않기 때문에, 전직 형사였던 그 보안주임인 뚱보녀석은 지금 또, 이 중요한 때에 어디론가 사라져 버려 행방을 알 수가 없었다.
 피터는 6피트 반이나 되는 장신을 굽혀서 초조한 듯이 전화기를 끌어당겼다. 그리고 휑하니 넓은 사무실의 창가에 서 있는 호텔 사장의 비서 크리스틴에게 분통을 터뜨렸다.
 "한꺼번에 열다섯 건이나 사고가 일어나고 있는데 오글비는 도대체 어디 처박혀 있느냔 말이야."
 크리스틴은 손목시계를 보았다. 열한 시가 다 되어가고 있었다.
 "배론 가의 술집을 알아보시지 그래요."
 "교환에게 그 친구가 가 있을 만한 곳은 모조리 알아봐 달라고 했소."
 그는 책상 서랍에서 담배를 꺼내 크리스틴에게 권했다. 그녀는 창가를 떠나 그의 곁으로 다가와서 담배를 받았다. 피터는 그녀의 담배에 불을 붙여주고, 자기도 불을 붙였다. 그는 그녀가 담배를 깊숙이 빨아들이는 것을 멍하니 바라보았다.

크리스틴 프랜시스는 조금 전, 이 세인트 그레고리 호텔의 사장실 안에 있는 조그만 비서실을 나섰다. 그녀는 늦게까지 일을 하고 막 귀가하려고 나서다가 총지배인실의 문틈으로 흘러나오는 불빛에 이끌려서 이 방에 들어왔던 것이다.

"오글비 씨는 어느 누구의 간섭도 받지 않고 제멋대로 노는 사람이에요. 할 수 없지요. 뭐, 그게 사장님의 방침이니까요." 하고 그녀는 말했다.

피터는 수화기에 대고 몇 마디 짤막하게 말하고 나선, 그녀를 바라보며 말하였다.

"크리스틴, 당신 말이 맞아요. 나는 이 호텔의 돼먹지 않은 경비기구(警備機構)의 개편을 사장에게 건의해 봤지만 전연 먹혀들지 않았소."

"그래요? 몰랐는데요." 그녀는 조용히 말했다.

"허어, 당신이 모르는 일이 다 있소?"

피터는 의아해 하는 표정을 지으면서 말했다.

사실 그녀는 거의 모든 일을 다 알고 있었다. 이 뉴올리언스에서 가장 큰 호텔의 변덕스럽고, 성미가 급한 경영자 워렌 트렌트의 개인비서인 그녀는 호텔 안에서 일어나는 모든 사건뿐만 아니라 극비의 기밀사항까지도 자세히 알고 있었다. 이를테면 2개월 전에 총지배인으로 승진한 피터는 이 분망한 대 호텔의 운영을 사실상 혼자 도맡아 하고 있는데, 그에 비해선 보수가 적고 주어진 권한도 제한되어 있다는 것과, 극비서류철 속에 있는 그의 이력서에는 그 이유가 된 배후의 사정 등이 기록되어 있다는 것 등을.

크리스틴은 물었다.

"무슨 사고가 일어났나요?"

피터는 선이 굵은 얼굴을 일그러뜨리면서 웃었다.

"11층에서는 젊은애들이 난장판을 벌이고 있다는군. 시끄러워서 잘 수가 없다는 불평이 들어왔소. 그리고 9층의 크로이든 공작부인은 그 방 담당 웨이터가 공작나리에게 무슨 실례되는 짓을 했다는 거요. 또 1439호실에서는 몹시 괴로워하는 신음소리가 들려온다는 보고도 들어와 있소. 오늘밤은 공교롭게도 야간 관리주임이 병이 나서 쉬고 있는데다가, 직원 두 사람도 딴 볼일이 생겨서 외출 중이오."

그는 다시 전화에 대고 말을 하기 시작했다. 크리스틴은 다시 창가로 돌아갔다. 담배 연기가 눈에 들어오는 것을 피해 머리를 좀 뒤로 젖히면서, 중2층(中二層)의 창 밖으로 밤거리를 내려다보았다. 좌우의 건물 사이로, 가로수 큰길 너머 집들이 빽빽이 들어서 있는 구(舊) 프랑스 가의 일각이 보인다. 자정을 한 시간 앞둔 지금 이 시간은 그 지역에 있어서는 아직 초저녁이나 다름없었다. 심야영업의 바, 레스토랑, 재즈 홀, 카바레 등의 요란스러운 빛깔의 등불들은 — 어두운 덧문 뒤, 내부의 불빛들도 그렇지만 — 바야흐로 이제부터 내일 새벽까지 제각기 형형색색의 교태와 요염함을 다투려 하고 있었다.

북쪽 어디에선가, 아마 폰차트레인 호(湖) 근처의 상공에 여름 폭풍우가 발생하고 있는 모양이다. 먼 뇌성(雷聲)과 때때로 어두운 밤하늘을 가로지르는 섬광이 그 징조를 나타내고 있었다. 운이 좋으면 그 폭풍우는 멕시코 만(灣)을 향해서 남하하고, 아침에는 뉴올리언스에 비를 뿌리게 해줄지도 모른다.

비가 와주었으면 하고 크리스틴은 생각했다. 3주일 동안이나 찌는 듯한 무더위가 계속되어, 이 도시 곳곳에서 긴박한 사태가 일어나고 있었다. 비가 오면 호텔도 크게 숨을 돌릴 수 있을 것이다. 주임기사(主任技師)는 오늘 오후에도 이렇게 투덜댔다.

"에어컨의 일부를 지금 꺼주지 않으면 나는 책임을 질 수 없단 말이오."

피터가 수화기를 놓았다. 그녀는 물었다.

"신음 소리가 들린다고 하는 방의 손님 이름이 뭐죠?"

그는 고개를 가로젓고 다시 수화기를 들었다.

"알아보지요. 무슨 악몽을 꾸고 있는지도 모르지만, 일단 확인을 해보는 게 좋겠군."

 마호가니로 된 커다란 책상 앞의 가죽의자에 앉았을 때, 그녀는 정말로 몸이 피곤함을 느꼈다. 여느 때 같으면 벌써 아파트로 돌아가 있을 것이지만, 오늘은 유달리 바쁜 날이었다. 많은 인원의 단체 손님이 두 팀이나 들어왔고 또 일반 숙박 손님들이 한꺼번에 밀어닥쳐서 여러 가지 문제를 일으키고, 그 대부분이 그녀의 책상 위까지 보고되어 왔던 것이다.

 "네, 됐어요. 고맙소."
 피터는 이름을 받아쓰고는 수화기를 놓았다.
 "몬트리올의 앨버트 웰즈 씨라고 하는군."
 "그 분이라면 제가 잘 알아요. 몸집이 작은, 아주 좋은 분인데 해마다 오시지요. 저라도 괜찮다면, 알아보지요."
 그는 크리스틴의 호리호리한 몸매를 바라보면서 대답을 주저했다.
 전화벨 소리가 요란하게 울리자 그는 수화기를 들었다. 교환수가 말했다.
 "안됐습니다만, 아무리 알아봐도 오글비 씨의 행방을 알 수가 없습니다."
 "할 수 없지. 그러면 보이장(長)을 좀 대주시오."
 비록 보안주임의 모가지를 자르지는 못한다 하더라도 내일 아침 그 녀석을 단단히 혼을 내줄 수는 있을 테지. 우선 오늘밤은 누군가 다른 사람을 보내서 11층의 소동을 해결하고, 크로이든 공작 부처의 사건은 자기가 처리하기로 결심했다.
 "보이장입니다."
 단조로운 콧소리, 그것만으로도 허비 챈들러라는 것을 알 수가 있었다. 그는 오글비와 마찬가지로 세인트 그레고리의 최고참자 중의 한 사람으로 부정한 암거래로 단단히 재미를 보고 있다는 소문이 나 있었다.
 피터는 젊은애들이 난장판을 벌이고 있다는 불평을 조사해 보라고 그에게 일렀다. 그랬더니, 응당 그러려니 하고 반은 예상한 대로 곧 항의가 되돌아왔다.
 "그 일은 저의 소관이 아닌데요. 그리고 여기는 지금 아주 바빠서 자리를 뜰 수가 없어요."

반은 해롱거리며 반은 건방진, 전형적인 챈들러의 말투였다.

피터는 지시했다.

"당신 소관이건 아니건, 좌우간 그 일을 처리하도록 하시오."

그리고 또 다른 문제에 대해서는 결심을 했다.

"그리고 보이에게 1439호실의 열쇠를 여기에 가져오도록 일러주시오."

상대방이 군소릴 늘어놓을 여유를 주지 않고 수화기를 내려놓았다.

"자아, 보이가 열쇠를 가져오면 같이 가서, 당신의 손님에게 잠꼬대는 이불을 뒤집어쓰고 해달라고 말해주시오."

2

허비 챈들러는 족제비 같은 얼굴에 마음 속의 불안을 나타내면서 세인트 그레고리 호텔 로비의 자기 데스크 곁에 서서 생각에 잠겨 있었다.

파여진 홈으로 장식된 둥근 기둥이, 예스러운 장식으로 호화롭게 단장된 높은 천장까지 솟아 있는 바로 곁에 마련된 보이장의 데스크는 거의 로비의 한가운데에 있어서 로비 안의 사람들의 동태를 한눈으로 바라볼 수가 있었다. 지금은 한창 사람들의 출입이 많을 때였다. 단체 손님이 초저녁부터 끊임없이 출입하고, 시간이 지남에 따라서 그들의 흥취는 마시는 술의 양에 비례해서 커가기만 했다.

챈들러가 오랜 세월의 습관에서 이들을 무심코 지켜보고 있노라니 떠들썩한 취객의 일부가 캐론들레트 가에 면한 문으로부터 몰려 들어왔다. 남자가 셋, 여자가 둘, 모두 마시던 술잔을 손에 들고 있었다. 구 프랑스 가의 싸구려 술집에서 1달러 정도의 술값으로 기분을 내고 나오는 그런 부류의 패들이었다. 남자 하나가 취해서 비틀거리는 것을 친구들이 부축해주고 있었다. 남자들은 셋 다

'골드 크라운 콜라'라고 인쇄된 글자 밑에, 각기 자기의 이름을 쓴 단체용의 명찰을 가슴에 달고 있었다. 로비의 손님들은 상냥하게 길을 터 주었다. 5인조는 그 사이를 누비듯 비틀거리면서 호텔의 바로 들어갔다.

때때로, 늦게 도착하는 비행기나 열차로 오는 손님들이 찾아들면, 챈들러의 부하인 보이들이 이들을 객실로 안내하는 것이었다. 하기는 '보이'라는 말은 어디까지나 비유적인 표현으로, 실제로 40세 이하는 하나도 없고, 25년 이상이나 이 호텔에서 근무해 온 백발이 성성한, 나이든 보이도 몇 사람 있었다. 그것은 보이의 고용과 해고의 권한을 한 손에 쥐고 있는 챈들러가 중년 이상의 사나이들을 밑에 두고 싶어했기 때문이다. 그 이유는 무거운 짐을 힘겹게 운반하고 몇 마디 불평이라도 할 수 있는 늙은 보이 쪽이, 마치 빈 가방이라도 운반하듯이 쉽게 짐을 나르는 젊은 친구들보다 팁의 수입이 낫다고 보았기 때문이다. 가령 어떤 고참 보이는 사실은 힘이 세고, 몸도 노새처럼 강인하게 생겼지만 손님들 앞에서는 조금도 그런 기색을 보이지 않는다. 손님의 짐들을 발 밑에 가지런히 챙겨놓고 나서 우선 자신이 없는 듯 고개를 갸우뚱해 보이고는 심장에 손을 대보기도 하고, 어쨌든 한번 해보겠다는 듯이 고개를 힘껏 추켜들고 나서 짐을 들어 일부러 휘청휘청 짐을 나르는 것이다. 이와 같은 연기를 보는 손님은 이 나이든 보이가 다음 모퉁이에서 뇌일혈이라도 일으켜 쓰러지지나 않을까 하는 양심의 가책에 사로잡혀, 1달러 이하의 팁으로는 미안한 것 같은 기분이 든다. 그런데, 이것은 물론 손님들은 모르는 일이지만 그 팁의 1할은 챈들러의 호주머니 속에 들어가게 되어 있었다. 그는 또 이 밖에 '직장유지대'라는 명목으로 매일 2달러씩 모든 보이들한테서 상납을 받고 있었다.

그의 이 상납제도는 아랫사람들로부터 많은 불평불만을 낳게 했다. 그래도 호텔이 가장 바쁜 시기에는 한 주에 150달러 정도의 수입을 올리는 보이도 꽤 있었다. 오늘밤처럼 손님이 붐빌 때에는 챈들러는 반드시 늦게까지 자기의 부서를 지켰다. 그는 부하를 믿지 않았기 때문에 자기 몫이 제대로 들어오도록 단단히 지키고 있는 것이다. 그는 손님을 한번 쭉 훑어보고 보이가 그 손님의 짐을 2층에 가지고 가면 얼마가 생기리라는 것을 손님 한사람 한사람에 대해서 귀신같이 정확히 알아내는 재주를 가지고 있었다. 예전에는 보이들 중에 실제보다 적게 보고해서, 챈들러의 몫을 속이려고 한 친구가 있었다. 그러나 그들은 반드시 신속하고 가혹한 보복을 당하고야 말았다. 훨씬 많은 금액을 1개월 간이나 계속 강요당하기 때문에 그런 친구들은 대부분 손을 들고 충실한 부하가 되는 것이었다.

오늘밤 챈들러가 늦게까지 호텔에 남아있는 이유가 또 한가지 있었다. 그 이유는 몇 분 전 피터 맥더모트가 전화를 해온 후 자꾸만 커지는 그의 불안감과 관련이 있었다. 피터의 지시는 11층에서 나오고 있는 불평에 대해서 조사를 해 보라는 것이었지만, 그는 11층에서 어떤 일이 일어나고 있는지를 조사해 보지 않아도 대강 알만했다. 그 이유는 매우 간단했다. 그것은 그 자신이 꾸민 일이었기 때문이다.

세 시간 전에 두 청년이 그에게 노골적인 요구를 해온 것이 이 일의 발단이었다. 그들의 부친은 이 지역의 부유층으로, 이 호텔의 단골이기도 해서 그는 정중하게 귀를 기울이지 않을 수 없었다. 그들 중의 하나가 말했다.

"오늘밤 대학의 댄스 파티가 있는데, 그건 언제나 되풀이하는 시시한 거라서, 우리는 좀 색다른 파티를 하기로 했어."

챈들러는 상대방에게서 나올 대답을 뻔히 알면서도 짐짓 물었다.

"어떤 건데요?"

"우리는 스위트(두 개의 방이 잇달아 붙은 방)에 들었어. 그러니까 여자가 둘 필요해요."

청년은 얼굴을 약간 붉히면서 말했다.

이건 위험한 일이라고 챈들러는 판단했다. 청년은 두 사람 모두 아직 미성년자이고, 게다가 술을 마시고 있었다.

"죄송하지만 저는 마침 그런 여자들은……"

모른다고 말하려고 했을 때, 청년 하나가 그의 말을 가로막았다.

"소개할 수 없다는 말이지? 시침떼지 말라구. 당신이 여기에 콜걸을 불러들이고 있다는 것쯤 다 알고 있어."

챈들러는 족제비의 이빨을 드러내면서 어색한 미소로 대답했다.

"딕슨 씨, 그건 어디서 들으셨어요?"

처음에 말을 걸어온 청년이 "돈은 걱정 말아요. 섭섭지 않게 할 테니까." 하며 끈질기게 달려들었다. 보이장은 주저했다. 모험이라고 생각했지만 욕심이 고개를 들었다. 요즘 그의 부수입은 통 신통치를 못했다. 다소의 모험은 어쩔 수 없지…….

딕슨이라는 청년이 말했다.

"자 이제 결정하지. 얼마요?"

챈들러는 두 청년을 번갈아 보고, 그들의 부친들의 얼굴을 상기하면서, 표준 가격을 둘로 곱했다.

"100달러는 내셔야 됩니다."

잠시 아무 말도 않다가 딕슨이 단호하게 잘라 말했다.

"좋소. 그렇게 합시다."

그는 자기 친구에게 달래는 말투로 덧붙였다.

"술값은 벌써 냈으니까 괜찮아. 너의 몫을 내가 빌려주지."

"응. 좋아"

"선금으로 내셔야 합니다."

챈들러는 빈틈없이 말하고 나서 얄팍한 입술에 혀끝으로 침을 발랐다.

"그리고 또 한 가지, 절대로 떠드시면 안 됩니다. 만약 떠들기라도 해서 손님들한테서 불평이 나오면, 도련님들뿐만 아니라 저도 경을 치게 될 테니까요."

절대로 떠들지 않겠다고 그들은 약속했다. 그러나 지금 보니까 그 약속은 지켜지지 않았던 모양이다. 처음에 챈들러가 걱정했던 일이 아무래도 사실화되어 가는 모양이었다.

그 젊은 친구들을 상대할 여자들은 약 한 시간 전에 여느 때와 같이 정면 입구를 통해 들어왔으나, 그녀들이 호텔의 숙박객이 아니라는 것을 눈치챈 것은 극히 소수의 호텔 직원뿐이었다. 만약 모든 일이 순조롭게 되어갔다면 그 여자들은 지금쯤 올 때와 마찬가지로 살짝 돌아가야만 할 때였다.

피터 맥더모트의 전화에 의하면 11층에서 지금 난장판 소동이 일어나고 있다고 한다. 어떻게 된 것일까? 챈들러는 딕슨이 술 이야기를 하던 것을 상기하고 불길한 생각이 들었다.

에어컨은 과중하게 가동되고 있었으나 로비 안은 무덥고 답답했다. 챈들러는 명주 손수건을 꺼내서 땀이 밴 이마를 닦았다. 그리고 마음 속으로 자기의 어리석음을 꾸짖으면서 급히 11층으로 올라갈 것인가, 좀더 여기에 머물러서 형편을 볼 것인가를 궁리하고 있었다.

3

피터는 보이와 함께 14층으로 올라가는 크리스틴과 9층에서 헤어져 엘리베이터를 내릴 때, 좀 걱정스러운 생각이 들었다.

"무슨 말썽이 생기면 나를 불러주시오."

"정말 말썽이 나면 비명을 지를 거예요."

엘리베이터의 문이 닫힐 때 두 사람은 시선이 마주쳤다. 그는 엘리베이터가 떠나버린 곳을 멍하니 바라보면서 잠시 생각하다가 곧 돌아서서 귀빈실로 가는, 주단이 깔린 복도를 성큼성큼 걸어갔다.

세인트 그레고리 호텔 안에서도 가장 크고 가장 우아한 스위트인 그 귀빈실은 호텔 창립이래 각국의 대통령이나 원수를 포함해서 많은 귀빈들이 묵고 간 곳이다. 그 귀빈들은 거의 모두가 뉴올리언스를 좋아했다. 왜냐하면 이 도시는 옛날부터 방문객의 프라이버시를 존중하고, 좀 무분별한 행위를 한다해도 그것을 못 본 체해 주었기 때문이다. 그런데 현재의 유숙객도 국가 원수보다는 신분이 좀 떨어지기는 하지만 고귀한 분임에는 틀림없었다. 그 일행은 크로이든 공작 부처 및 그 수행 비서와, 부인의 하녀, 그리고 베드링턴 테리아 개 다섯 마리였다.

금빛 백합문장(百合紋章)으로 장식된, 가죽을 씌운 두 짝 문 앞에서 피터는 진주조개의 버저 단추를 눌렀다. 문 안쪽에서 버저 울리는 소리가 약하게 들려오고, 그 소리에 놀라서 개들이 짖어대는 소리가 들렸다. 피터는 기다리면서 크로이든 공작 부처에 관한 풍문이나 지식을 머리 속에 다시 떠올려 보았다.

명문의 자손인 크로이든 공작은, 독특한 서민적 감각에 의해서 시대에 순응해 왔다. 여왕의 질녀이며 역시 명문 출신인 부인의 내조의 공도 있어서 그는 과거 10년 간 영국 정부의 특사로 활약해 왔고, 국제적 분쟁의 해결에 크게 공헌했었다. 그러나 최근에 와서 공작의 정치적 지위가 위기에 직면하고 있다는 소문이 퍼졌다. 그것은, 그의 소위 서민 감각이라는 것이 어떤 분야에 있어서는 — 특히 술과 유부녀의 분야에 있어서는 — 지나치게 속화(俗化)되어 가는 경향이 있기 때문이라는 것이었다. 그러나 다른 소문에 의하면 공작을 뒤덮고 있는 어두운 그림자는 일시적이고 하찮은 것에 불과하며, 공작부인도 그 동안의 사정을 깊이 이해하고 부군을 위해서 최선을 다하고 있다는 것이었다. 이 견해를 뒷받침하기라도 하듯, 크로이든 공작은 머지 않아 워싱턴의 영국대사로 임명될 것이라는 소문이 파다했다.

갑자기 피터의 등뒤에서 남자의 중얼거리는 음성이 들려왔다.

"저…… 말씀드릴 것이 좀 있습니다만."

놀라서 돌아보니 그것은 고참의 객실담당 웨이터인 솔 내체즈였다. 그는 미라처럼 바짝 여윈 몸 위에 이 호텔의 표지색인 붉은 색과 황금색으로 깃을 장식한 흰색 상의를 걸치고 있었다. 숱이 적은 머리는 곱게 빗어서 이마에 찰싹 붙여놓은, 유행이 지난 앞머리 스타일이었다. 창백한 빛깔의 눈에는 눈물이 고여 있었고, 신경질적으로 비벼대는 손등은 바짝 말라서 돋아 오른 혈관이 노끈처럼 드러나 보였다.

"무슨 일이지?"

웨이터는 조심스러운 음성으로 말했다.

"총지배인 님은 그 일 때문에, 저에 대한 공작부인의 불평 때문에 오셨지요?"

피터는 가죽으로 싸맨 귀빈실의 문을 힐끗 보았다. 문은 아직 열리지 않았고, 개가 짖어대는 소리 외에는 안에서 아무 소리도 들려오지 않았다.

"당신 이야기를 우선 들어봅시다. 무슨 일이 있었소?"

웨이터는 두 번 침을 삼켰다. 그리고 그 질문을 무시하고 애원 조로 속삭이듯이 말했다.

"만약 여기서 쫓겨나면, 제 나이로는 아무 데도 다시 취직을 못 합니다. 총지배인 님."

그는 걱정과 원망이 섞인 표정으로 귀빈실 쪽을 보았다.

"이 손님들은 별로 까다로운 분들은 아니었습니다만 웬일인지 오늘밤은…… 저는 말씀이죠. 저 분들이 사람을 혹사하는 것이나, 팁을 좀처럼 주지 않는 것은 전연 개의치 않습니다."

피터는 저도 모르게 쓴웃음을 지었다. 영국 귀족들은 웨이터에게 자기들을 시중들게 하는 특권을 주는 것 자체가 그들에 대한 보수가 된다고 생각하는 양 거의 팁을 주지 않았다.

그는 상대방의 말을 가로막았다. 할아버지뻘이나 되는 영감의 하소연은 듣기가 거북했다.

"그것보다 도대체 무슨 일인지 그 이야기나 해 보라니까요."

"지금 말씀드리려던 참이지요. 한 시간쯤 전이었어요. 공작 내외분은 늦은 저녁식사를 주문하셨지요. 굴 요리와 샴페인과 그리고 새우 크레올 소스(역주 : 토마토·후추 등으로 조리한 새우 요리)를 말씀이에요."

"메뉴 같은 건 아무래도 좋소. 도대체 무슨 일이 일어났느니까?"

"예, 그런데 그 새우 크레올 소스가 말썽이었어요. 제가 시중을 들고 있을 때였죠. 정말 그게, 20여 년 동안 이런 실수라곤 해본 적이 없었는데……."

"참 답답하군."

피터는 귀빈실 문을 힐끗 곁눈질을 하고 그것이 열리는 순간에 대화를 중단하려 했다.

"예, 총지배인 님. 그게 그러니까 제가 그 크레올 소스를 갖다 드리는데 공작 부인께서 식탁에서 일어나셨다가, 식탁으로 되돌아오시면서 저의 팔을 팔꿈치로 치셨단 말씀이에요. 고의로 그렇게 하셨다고 밖에는 할 수 없을 만큼 그렇게 치셨단 말씀입니다."

"우스운 이야기로군."

"정말 저도 무슨 영문인지 잘 알 수가 없어요. 그래서 어떻게 되었느냐 하면, 공작님의 바지에 그 소스가 튀어서 조그만 얼룩이 졌지요. 그러나 그건 겨우 1인치 정도의 둘레밖에 안 되는 것이었어요."

피터는 의아한 듯이 물었다.

"그것뿐이오?"

"예, 그것뿐입니다. 그런데 공작부인은 마구 소란을 피우시고, 마치 제가 살인이라도 저지른 것같이 야단이시더군요. 물론 사과를 드렸습죠. 그리고 깨끗한 냅킨을 물에 적셔서 그 얼룩을 닦아 드렸지만, 아무 소용도 없었어요. 덮어놓고 사장님을 불러오라는 거예요."

"사장님은 지금 호텔에 안 계시는데."

피터는 어떤 판단을 내리게 되든 우선 상대방의 말도 들어봐야 한다고 생각했다. 그래서 당장은 이렇게 지시했다.

"일이 끝났으면 이제 퇴근하도록 하시오. 뒷일은 내일 이야기합시다."

늙은 웨이터가 물러간 뒤 피터는 다시 버저의 단추를 눌렀다. 이번에는 개가 짖어대기 전에 문이 열리고 코안경을 걸친 둥근 얼굴의 한 젊은 친구가 나왔다. 피터는 그가 크로이든 공작 부처의 비서였던 것이 생각났다.

피터와 비서가 아직 한 마디 말도 주고받기 전에 방안에서 여자의 외침 소리가 들려왔다.

"누군지 몰라도 마구 버저를 누르지 말라고 일러줘요."

오만한 말투였지만 음성 자체는 발랄하고 매력이 있다고 피터는 생각했다.

"죄송합니다. 듣지 못하신 줄 알고……"

그는 비서에게 자기 소개를 하고 나서 말했다.

"저희 직원이 무슨 잘못을 저지른 모양인데, 우선 사정을 들어보고 조치하려 합니다."

비서가 말했다.

"사장을 불렀을 텐데요."

"마침 사장님은 오늘 밤 외출중이십니다."

그들은 서로 말을 주고받으면서 복도에서 귀빈실 입구의 방안으로 발을 옮겼다. 그곳은 꽤 긴 장방형의 방으로, 천을 씌운 의자 두 개와 왕년의 뉴올리언스의 대표적 화가 모리스 헨리 홉스의 판화 밑에 전화를 놓은 조그만 탁자가 놓여 있었다. 복도에 면한 두 짝 문이 장방형의 한쪽 끝이 되고, 그 맞은편의 큰 거실로 통하는 문은 조금 열려진 채로 있었다. 좌우에도 각기 통로가 있어서, 하나는 완전한 설비를 갖춘 주방으로 통하고 다른 하나는 현재 비서가 사용하고 있는 사무실 겸 침실로 통하고 있다. 그리고 두 방이 잇달아 붙은 이 방의 주 침실에는 거실이나 주방에서도 갈 수 있게 되어 있었다. 은밀한 침실 방문자가 필요한 경우에는 주방을 통해 남몰래 출입할 수 있도록 설계된 것이었다.

"왜 사장이 가 있는 곳에 전화를 해서 불러오지 못하는가요?"

열려 있는 거실 문에서 느닷없이 그렇게 묻는 말이 들리더니 크로이든 공작부인이 모습을 나타냈다. 다섯 마리의 테리아가 열광적으로 그녀의 발에 달라붙었다. 그녀는 손가락을 딱 쳐서 개들을 침묵시키고 피터에게 따지는 듯한 시선을 보냈다. 피터는 사진에서 자주 본, 광대뼈가 솟은 이 미모의 부인을 다시 눈여겨보았다. 공작부인은 집에서 입는 보통 옷을 입었는데도 우아하게 차려입은 것처럼 보였다.

"솔직히 말씀드린다면, 부인께서 트렌트 씨가 직접 와야 한다고 말씀하신 줄을 몰랐습니다."

 녹회색의 눈이 피터를 평가하듯이 바라보았다.

 "트렌트 씨가 부재중이면 이 호텔의 고급간부라면 아무라도 좋아요."

 피터는 저도 모르게 얼굴을 붉혔다. 공작부인의 오만한 태도는 당당하고 위엄이 있어 보였다. 피터는 이때 불현듯 어느 잡지에서 본 사진이 생각났다. 공작부인이 말을 타고 높은 장애물을 넘는 순간의 실로 위엄 있는 모습이 실려 있었다. 피터는 공작부인이 그 말을 타고 있으며 지금 자기는 그 곁의 땅위를 걷고 있는 것 같은 착각이 들었다.

 "제가 총지배인입니다. 그래서 제가 직접 찾아뵈러 온 것입니다."

 그는 황송한 듯 말했다. 그의 시선과 마주친 부인의 눈에는 재미있어 하는 빛이 스쳤다.

 "총지배인으로서는 너무 젊으신 것 같은데."

 "그렇지도 않습니다. 요새는 젊은 사람들도 호텔의 경영에 많이 참여하고 있습니다."

 비서는 어느새 그 자리에서 사라지고 없었다.

 "당신 나이는?"

 "서른 둘입니다."

 공작부인은 미소를 지었다. 그녀는 지금처럼 자기가 원할 때에는 언제나 그 얼굴에 활기 있고 따뜻한 표정을 지을 수가 있는 모양이었다. 다만 억지로 꾸민 것 같은 인상만은 어쩔 수 없었다. 피터는 그녀가 자기보다 5~6세쯤 위일 것이라고 짐작했다. 공작은 47~48세쯤 되었을 것이다.

 "당신은 대학 같은 데서 이 방면의 공부를 했나요?"

 "예, 코넬대학에서 호텔경영학을 전공했습니다. 이곳으로 오기 전에는 뉴욕 월도프 호텔에서 지배인 조수로 있었습니다."

 월도프의 이름을 대는 것은 좀 괴로웠다. 그러나 그 말을 하고 나니 다음과 같이 덧붙이고 싶었다. '나는 어떤 불명예스러운 행위를 해서 거기서 쫓겨났고,

그 동계(同系) 호텔에서도 일할 수 없게 되어, 독립기업체인 이 호텔에서나마 일할 수 있게 된 것을 참 다행으로 압니다' 라고, 그러나 물론 그는 그런 말을 입 밖에 내지는 않았다. 과거의 불행은 혼자만이 가슴속에 품고 살아갈 일이다. 비록 타인의 우연한 질문이 낡은 상처를 건드려 아픔을 주는 일이 있다고 해도 말이다.

공작부인은 비꼬았다.

"월도프 호텔이라면 오늘 밤 같은 사건을 묵과하지는 않을 거예요."

"예, 부인. 만약 저희들에게 과실이 있다면, 이 세인트 그레고리도 그것을 묵과하지는 않을 것입니다."

마치 테니스 시합 같은 대화가 오갔다. 피터는 상대방이 공을 쳐 넘기는 것을 기다렸다.

"아니 '저희들에게 과실이 있다면' 이라니! 당신은 이 호텔 담당의 웨이터가 크레올 소스를 우리 주인 머리 위에 뒤집어씌운 걸 모른단 말인가요?"

이건 명백한 과장이었지만, 그렇다 해도 공작부인은 왜 이렇게 말썽을 부리려고 드는지 모르겠다고 피터는 생각했다. 지금까지 크로이든 공작 부처와 호텔 측과의 관계는 매우 원만했기 때문에 더욱 이상한 일이었다.

"부주의라 할까 실수로 해서 일이 일어난 줄은 알고 있습니다. 그래서 제가 호텔을 대표해서 사과하러 온 것입니다."

"덕분으로 우리의 밤 계획은 모두 엉망이 되었어요."

부인은 공격을 계속했다.

"주인과 나는 이 방에서 단둘이 조용한 시간을 즐기려고 했어요. 그래서 호텔 주위를 2~3분 동안 산책하다가 저녁식사 시간에 돌아온 거예요. 그런데 이 모양이 되다니!"

피터는 겉으로는 동정하는 척 고개를 끄덕였으나, 내심 부인의 태도에 어리둥절해 있었다. 마치 그에게 이 일을 잊지 않도록 마음 속에 못박아 두려는 듯한 느낌이었다.

"공작 각하에게도 제가 직접 사과를 드리려고 합니다만."

"그럴 필요는 없어요." 부인은 단호하게 거절했다.

피터가 더 이상 말발이 설 것 같지가 않아 돌아서 나오려고 할 때, 반쯤 열려 있던 거실의 문이 활짝 열리며 크로이든 공작이 모습을 나타냈다.

부인과는 대조적으로 단정치 못한 옷차림으로 와이셔츠도 야회복 바지도 구겨져 있었다. 피터의 시선은 본능적으로, 부인의 표현을 빈다면 '크레올 소스를 뒤집어썼다'는 그 흔적을 찾아보았다. 그리고 겨우 그 흔적 같은 것을 발견했지만 그것은 거의 보이지 않을 만큼 작은 얼룩으로, 어린애의 손으로도 능히 지울 수 있을 성싶은 것이었다. 공작의 등 뒤에서 텔레비전의 화면이 빛나고 있었다.

공작은 얼굴빛이 좀 붉어져 있었고 최근 잡지에 실린 사진보다 주름이 많아 보였다. 술잔을 손에 들고 약간 혀 꼬부라진 소리로, "어, 실례!" 하고 피터에게 말하고는 부인을 향해 "담배를 찾고 있는데 아마 차안에다 두고 온 모양이지"라고 말했다.

부인은 매섭게 쏘아붙이듯 말했다.

"무슨 말씀이세요. 담배라면 곧 가져다드릴텐데."

공작은 고개를 끄덕이고 거실로 돌아갔다. 무슨 까닭인지는 몰라도 공작의 그 한 마디가 부인의 화를 돋운 것 같았다.

부인은 피터에게 쏘아붙였다.

"사장에게 자초지종을 상세히 보고해요. 또 그가 직접 사과하러 오도록 전하는 것도 잊지 마세요."

피터는 부인의 태도에 여전히 어리둥절해 하면서 귀빈실을 나와 문을 닫았다. 그러나 그는 막연한 그 의혹에 대해 깊이 생각해 볼 겨를이 없었다. 아까 크리스틴과 14층에 동행한 보이가 복도에서 있다가 그를 보고는 황급히 뛰어왔다.

"미스 프랜시스가 1439호실에서 총지배인 님을 기다리고 있습니다. 빨리 가보세요."

제1장 Monday   21

4

약 15분 전 피터가 귀빈실로 가기 위해 엘리베이터를 내렸을 때, 같이 타고 가던 보이는 크리스틴에게 웃으면서 말했다.

"탐정이라도 된 것 같은 기분인데요."

"보안주임이 있다면 이런 일에는 나서지 않아도 되는데."

대머리에, 땅딸막한 이 보이는 지미 덕워드라 하고, 이미 결혼한 그의 아들 역시 이 호텔의 회계과에서 근무하고 있다.

"돼먹지 않았어요. 그 친구는."

하고 경멸하듯이 맞장구를 쳤을 때 엘리베이터는 14층에서 멎었다.

"1439호실이에요, 지미."

두 사람은 본능적으로 오른쪽으로 돌아갔다. 그러나 두 사람이 호텔의 배치도를 알게 된 방법에는 차이가 있었다. 지미는 오랜 세월 로비에서 손님을 안내하다 보니 자연히 알게 된 것이지만, 크리스틴의 경우에는 각 층의 배치도를 그린 도면을 자주 보다보니 그것이 언제나 쉽사리 머리에 떠오르게 된 것이다.

지금으로부터 5년 전, 위스콘신 대학에서 현대 외국어를 전공하고 가장 우수한 학생으로 장래를 촉망받던 당시 20세의 크리스틴 프랜시스는 자기가 장차 뉴올리언스의 호텔에서 일하게 되리라고는 꿈에도 생각해 본 적이 없었다. 그 때만 해도 초승달의 도시로 불리는 뉴올리언스에 대한 지식은 거의 없었으므로 흥미를 가질 리도 없었다. 학교의 역사 시간에 유명한 루이지애나 매수(買收)에 대해서 배운 적이 있었고, 〈욕망이라는 이름의 전차〉를 본 일도 있었다. 그러나 그녀가 뉴올리언스에 왔을 때 그 연극에서 본 것은 모두 시대에 뒤떨어진 것이 되어 있었다. 전차는 디젤 버스로 바뀌고 '욕망' 조차도 거리의 동부 변두리에 그 자취를 남기고 있을 뿐 그곳을 찾는 관광객은 거의 없었다.

그녀가 뉴올리언스에 온 것은 어떻게 보면 이 도시를 전혀 몰랐기 때문이라고도 할 수 있다. 위스콘신 주에서 사고로 육친을 잃고 난 후 그녀는 방심 상태

속에서 막연하게, 자기를 아는 사람이 없는, 그리고 그녀 자신도 낯선 그런 곳에서 살고 싶어졌다. 과거의 추억과 관련되는 모든 것의 감촉이나 광경, 그리고 소리가 자나깨나 그녀의 마음을 아프게 했기 때문이다. 잊을 수 없는 매디슨 공항에서의 그 사건은 세부적인 하나 하나까지 선명하게 되살아나서 악몽 같은 혼란조차 없었다. 마음이 흩어지지도 않고 자세히 기억할 수 있는 것이 어쩌면 부끄럽기조차 했다. 그 날 그녀는 유럽으로 떠나는 가족들을 전송하러 나갔다. 그녀의 어머니는 친구에게 받은 '봉보와야지(역주 : 무사히)' 라는 이름의 꽃을 가슴에 달고 소녀처럼 흥분하고 있었다. 아버지도 낯익은 환자들의 병을 1개월 간은 다른 사람에게 맡길 수 있다는 해방감이 그의 표정에 나타나 있었다. 개찰이 시작되자 그는 피우고 있던 파이프를 구두 뒤축에 툭툭 쳐서 불을 껐다. 크리스틴의 언니 뱁스가 껴안고 키스를 했다. 두 살 아래인 남동생 토니는 대중 앞에서 애정을 표시하는 것을 싫어했지만 그때만은 그녀에게 키스를 하게 했다.

"잘 있어, 햄."

뱁스와 토니는 손을 흔들었다. 햄이라는 것은 그녀가 3남매의 중간이어서, 샌드위치의 햄을 비유해서 지은 애칭이었다. 2주 후에 대학의 방학이 시작되면 크리스틴도 파리에서 그들과 합치기로 되어 있었지만, 그래도 뱁스와 토니는 그녀에게 편지를 쓰겠다고 약속했다. 끝으로 어머니가 크리스틴을 포옹하고 몸조심하라고 했다. 그리고는 수분 후, 제트여객기는 활주로로 나가서 엔진 소리도 요란하게, 위풍 당당하게 뜨기 시작했다. 그러나 여객기는 활주로를 벗어나자마자 한쪽 날개가 기울더니 추락해서, 두세 번 옆으로 뒹굴었다. 잠시 먼지구름이 일고 다음 순간 그것은 검은 연기로 바뀌었다. 붉은 화염이 기체를 순식간에 뒤덮더니, 그 불이 꺼졌을 때에는, 검게 타버린 기체의 잔해와 파편과 사람의 살덩어리 등의 조용한 퇴적(堆積)에 지나지 않았다.

수주 후, 그녀는 위스콘신 주를 떠나 다시는 돌아가지 않았다.

지미와 그녀의 발걸음 소리는 복도의 주단에 흡수되어 거의 들리지 않았다. 한 발짝 앞서가던 지미가 문득 생각난 듯 말했다.

"1439호라면 웰즈 씨로군요. 그저껜가 모퉁이 방에서 옮겨 모셨지요."

복도 앞쪽의 한 객실의 문이 열리더니만 훌륭한 옷차림을 한 40세 전후의 남자가 나왔다. 그리고 문을 닫고 열쇠를 호주머니에 넣으려고 하다 크리스틴을 보자 갑자기 탐욕스러운 관심을 나타냈다. 약간 멈칫거리더니만 이윽고 용기를 내어 그녀에게 말을 붙이려고 했다. 지미가 재빨리, 크리스틴이 눈치 채지 못하게 고개를 가로 저어 그것을 막았다. 그러나 그녀는 이들의 그 침묵의 수작을 한눈에 알아차렸다. 그리고 자기가 콜걸로 오인된 것을 오히려 기뻐해야 할 일인지도 모른다고 생각했다. 허비 챈들러의 리스트에 올라 있는 여자들은 모두가 매혹적인 미녀들뿐이라는 소문이었으니까 말이다.

남자를 지나치고 나서 그녀는 지미에게 물었다.

"왜 웰즈 씨의 방을 바꾸었지요?"

"제가 듣기에는 1439호실에 유숙하고 있던 다른 손님이 그 방에는 못 있겠다고 사뭇 불평을 해서, 객실 담당들이 의논해서 웰즈 씨와 방을 바꿔치기 한 모양입니다."

그녀는 1439호가 어떤 방인지 비로소 생각이 났다. 전에도 자주 손님들에게서 불평이 나온 방이었다. 그것은 종업원 전용 엘리베이터 곁에 있을 뿐만 아니라 호텔 내의 파이프의 집결지점(集結地點)이기도 했다. 그래서 소음이 심했고 견디기 어려울 만큼 더웠다. 어떤 호텔에서도 그와 같은 방이 한두 개는 있었고 다른 방들이 모두 차 있는 경우가 아니면 사용하지 않는 것이 보통이었다.

"웰즈 씨는 더 좋은 방에 계셨었는데 어떻게 옮겨달라 할 수 있었지요?"

보이는 어깨를 움츠려 보였다.

"객실 담당자들에게 물어 보세요."

"그래도 사정을 조금은 알고 있을 거 아니에요?"

그녀는 끈질기게 물었다.

"글쎄요. 제 추측으로는 웰즈 씨가 결코 불평을 하지 않는 분이기 때문이겠죠. 저는 그 어른을 옛날부터 잘 알고 있습니다만 한 번도 말썽을 부린 적이 없어요. 반은 그 분을 놀려주기 위해서가 아닐까요. 실제로 그런 못된 짓을 하는 녀석들이 있지요."

크리스틴은 화난 얼굴로 지미를 돌아보았지만 지미는 개의치 않고 말을 계속했다.

"이건 식당에서 들은 이야기입니다만 웰즈 씨를 일부러 주방문 바로 곁의 식탁에 앉힌 적도 있대요. 다른 손님 같으면 앉기를 꺼려하는 자리지요. 그런데 그 어른은 조금도 싫어하는 기색을 보이지 않더라는 거예요."

크리스틴은 마음 속으로 괘씸하게 생각했다. 내일 아침에는 그런 짓을 한 녀석들에게 호된 맛을 보여 주어야지. 신사적인 단골 손님을 얌전하다고 하여 그렇게 푸대접할 수가 있단 말인가? 생각만 해도 화가 치밀었다. 그녀의 불같은 성미는 호텔 내에 널리 알려져 있었다. 어떤 사람은 그것이 그녀의 빨강머리 때문이라고도 했다. 그녀 자신도 그것을 알고 자제하고 있었지만 때때로 열화 같은 화를 터뜨려서 문제 해결에 도움이 되게 하는 일도 있었다.

그들은 복도 모퉁이를 돌아가서 1439호실 문을 노크했다. 그리고 한동안 귀를 기울여 기다리고 있었다. 아무 응답도 없었다. 지미가 이번에는 좀더 강하게 노크했다. 그러자 안에서 이상한 신음 소리가 처음에는 낮게 속삭이듯이 들리더니 갑자기 높아지다가 뚝 끊겼다.

크리스틴은 놀라서 지미를 다그쳤다.

"호텔 보관용 열쇠로 문을 열어요. 빨리요."

지미는 재빨리 열쇠로 문을 열고 방에 뛰어 들어가고 크리스틴은 그 자리에 남아 있었다. 호텔에는 아무리 급한 경우에라도 지켜야 할 에티켓이 있었다. 방 안은 캄캄했다. 지미는 천장의 전등을 켜고, 이 쪽에서는 보이지 않는 구석으로 가더니 곧 소리를 질렀다.

"미스 프랜시스, 빨리 좀 와주세요!"

그녀가 들어가 보니 방은 숨막힐 정도로 더웠다. 에어컨의 조정기를 힐끗 보니 그것은 틀림없이 냉방의 스위치가 넣어져 있는데도 말이다. 그녀는 곧 시선을 돌려서, 침대 위에 반쯤 몸을 일으키고 몸부림치고 있는 사나이를 보았다. 그 자그마한 노인은 틀림없이 그녀가 알고 있는 웰즈 씨였다. 얼굴은 잿빛이 되고 눈은 튀어나오고 입술은 떨면서 가쁜 숨을 몰아쉬고 있었다.

그녀는 침대로 달려갔다. 옛날 아버지의 진찰실에서 호흡곤란에 빠진 환자가 실려온 것을 본 적이 있었다. 물론 그때 본 아버지의 처치방법을 여기서 본 딸 수는 없으나, 그 중의 한 가지만은 생각났다. 그녀는 지미에게 명령했다.

"창문을 열어요! 공기를 바꿔야 해요."

지미는 신음하고 있는 웰즈의 얼굴을 멍하니 보면서 불안스럽게 말했다.

"창문은 밀폐되어 있어요. 에어컨 때문에."

"어떻게 해서든지 열어요. 안 되면 유리를 깨서라도……"

그녀는 이미 침대 곁의 수화기를 들고 있었다. 교환이 나오자 크리스틴은 빠른 말투로 말했다.

"미스 프랜시스인데요. 지금 호텔 안에 아론즈 선생님 계신가요?"

"안 계십니다. 그러나 그 분이 계신 곳의 전화번호를 알고 있습니다. 위급한 경우라면 바로 연락해 드릴까요?"

"바로 연락 좀 해주세요. 1439호실로 오시라고…… 아주 급해요. 그리고 여기까지 시간이 얼마나 걸릴까 여쭤보고 곧 나에게 알려줘요."

수화기를 놓으면서 그녀는 침대 위에서 몸부림치고 있는 노인을 돌아보았다. 호흡은 더욱 가빠지고 잿빛이었던 안색이 푸른빛으로 바뀌어져 가고 있었다. 그것은 숨을 쉬기 위한 노력이기도 했지만 쇠약해 가는 그의 체력이 그 때문에 더욱 빨리 약화되어 가는 것이 명백했다.

그녀는 애써 확신을 가장한 어조로 말했다.

"웰즈 선생님, 조용히 계시는 쪽이 훨씬 호흡이 수월해져요."

지미 쪽을 보니 그는 옷걸이로 걸쇠의 봉인을 뜯어내고는 지금 창문을 위로 조금 올리고 있는 중이었다.

그녀의 충고에 따른 것인지 웰즈의 몸부림은 조금 가라앉았다. 그녀는 그의 등에 팔을 돌려서 안아 일으키고, 베개를 그 뒤에 받쳐서 기댈 수 있게 해주었다. 구식 프란넬 잠옷을 통해서 느낀 노인의 어깨뼈의 감촉이 애처로웠다. 그는 그녀의 눈을 빤히 들여다보았다. 고맙다는 뜻을 전하려는 것 같았다. 토끼의 눈 같다고 그녀는 생각했다.

"의사를 불렀어요. 곧 오실 거예요."

그녀가 이렇게 말하면서 안심을 시키고 있을 때에 지미는 혼신의 힘을 다해서 창문을 밀어 올렸다. 창문은 미끄러지듯이 활짝 열렸다. 그러자 거의 동시에 신선하고 상쾌한 바람이 방안에 쏴 밀려 들어왔다. 역시 폭풍우는 남쪽으로 이동하면서, 그 전조로서 시원한 미풍을 보내온 것이다. 크리스틴은 고마운 생각이 들었다. 바깥 기온도 낮보다는 많이 내린 것 같았다. 침대 위의 웰즈 노인은 신선한 공기를 탐욕스럽게 들이마셨다. 그때 전화벨이 울렸다. 그녀는 지미에게 손짓을 해서 간호 역의 교대를 부탁하고, 전화를 받았다.

"아론즈 선생님이 곧 돌아오신다고 합니다. 패라디스에 계시기 때문에 호텔까지 20분이 걸릴 거라고 하셨어요."

크리스틴은 머뭇거렸다. 패라디스는 미시시피 강 너머의 앨저즈 저쪽의 거리였다. 아무리 차를 빨리 몰아도 20분내에 오기는 어려울 것이다. 게다가 호텔 전임의사라고 해서 무료로 묵고 있는, 술이라면 사족을 못 쓰는 아론즈의 능력을 크리스틴은 별로 신통하게 여기고 있지 않았다. 그녀는 잠시 생각 끝에 교환수에게 말했다.

"그렇게 오래 기다릴 수 있을지 모르겠어요. 숙박인 명부를 보고 손님 중에 의사가 있는지 좀 알아봐 줘요."

"그건 이미 알아놓고 있는데요."

약간 잘난 체하는 말투였다. 마치 영웅적인 교환수의 이야기를 읽고 그것을 흉내내고 있는 듯한 어조로, "221호실에는 케니히 박사가 계시고, 1203호에는 악스브리지 박사가 계십니다"라고 말했다.

크리스틴은 수화기 곁의 메모지에 그것을 적었다.

"좋아요. 그러면 221호실을 좀 대줘요."

의사는 호텔의 숙박인 명부에 이름을 기입할 때 응당 자기의 프라이버시가 지켜질 것을 기대하고 또 그 권리도 있는 것이지만, 긴급상태가 발생할 때에는 그 원칙을 깬다 해도 부득이한 일이었다.

잠시 상대방의 전화벨이 울리는 소리가 들려왔다. 그러다가 독일어 악센트의 잠에서 덜 깬 듯한 음성이 대답했다.

"예, 누구시지요?"

크리스틴은 자기 소개를 하고 나서 말했다.

"한밤중에 괴롭혀 드려서 죄송합니다만, 실은 숙박 중인 손님 한 분이 중태입니다."

그녀는 침대 쪽을 보았다. 노인의 안색은 푸른빛은 가셨지만 여전히 불길한 잿빛이었고, 여전히 호흡도 가빴다.

"죄송하지만 좀 봐주실 수 없는지요?"

좀 있다가 부드럽고 유쾌한 음성이 들려왔다.

"그것 참 안됐군요. 할 수만 있다면 도와 드렸으면 좋겠는데요." 하고 껄껄 웃는 소리가 들렸다.

"저도 닥터임에는 틀림없지만 음악의 닥터랍니다. 지금 이 아름다운 도시에 '객원지휘자'로 와 있지요. 꽤 훌륭한 관현악단이더군요. 이곳 악단도."

크리스틴은 위급한 사태도 잊어버리고, 웃음이 터져 나오려는 것을 참았다.

"어머, 그러세요. 정말 죄송합니다."

하고 사과했다.

"천만의 말씀입니다. 만약 그 불행한 손님이 병 고치는 닥터 쪽의 힘으로도 어쩔 수 없어 천국으로 가시게 된다면 제가 바이올린을 연주해 드려도 좋습니다."

깊은 한숨 소리가 들려왔다.

"비발디나, 타티니의 아다지오의 멋진 연주를 들으면서 죽을 수 있다면 얼마나 좋겠소."

"감사합니다. 그렇게 해주실 필요까지는 없을 것 같습니다."

그녀는 초조하게 다음 전화를 부탁했다.

1203호의 닥터 악스브리지는 고지식한 음성으로 곧 전화를 받았다. 그리고 크리스틴의 첫 질문에 이렇게 대답했다.

"그렇소. 의사입니다. 내과 전문의지요."

그리고 그녀가 사정을 설명하는 것을 가만히 듣고 나서 간결하게 대답했다.

"알았소. 곧 그리고 가지요."

지미는 아직 침대 곁에 있었다. 그녀는 지시했다.

"맥더모트 씨가 귀빈실에 계실 테니 곧 가서, 그쪽 일이 끝나면 이리로 와달라고 해주세요."

그리고 나서 그녀는 수화기를 들었다.

"주임기사를 대줘요."

그 주임의 능력에 대해서는 거의 의심할 여지가 없었다. 독 비커리는 이 호텔에 상주하고 있는 독신자로 세인트 그레고리의 지하에서 옥상까지의 모든 기계 장비에 깊은 애정을 가지고 있었다. 그는 스코틀랜드의 고향을 떠나서 25년 동안 줄곧 이들 장비를 감독해 왔고, 기계를 새것으로 바꿀 돈이 없을 때에는 낡은 기계를 잘 손질해서, 더 오래 견디도록 했다. 그는 크리스틴의 친구였고, 그녀 또한 그가 자기를 좋아한다는 것을 알고 있었다. 한참 있다가 스코틀랜드 인 특유의 목젖을 떨어 울리는 소리가 수화기를 통해 들려왔다.

"여보세요, 주임기사입니다."

그녀는 앨버트 웰즈의 상태를 대강 설명했다. 그리고는 "의사는 아직 오시지 않았지만, 산소가 필요할 건 틀림없어요. 호텔 안에 휴대용 산소통이 없었던가요?" 하고 물었다.

"아아, 산소통이라면 있지. 하지만 그건 가스 용접용이란 말이야."

"용접용이건 뭐건 산소는 산소잖아요." 하고 그녀는 단정지었다. 옛날 아버지에게서 들은 체험담이 머리 속에 되살아났다.

"생긴 건 어떻게 생겼든 상관없어요. 야근하는 사람에게, 필요한 부품과 함께 가져오도록 일러주세요."

주임은 승낙의 콧소리를 냈다.

"알았소. 나도 틈이 나면 가드리지, 아가씨. 내가 없으면 어떤 머저리 녀석이 당신 손님 코앞에서 아세틸렌 탱크를 열어댈지도 모르니까 말야. 그러면 손님은 틀림없이 천당행이지."

"제발 좀 빨리 해주세요."

그녀는 수화기를 놓고 침대 쪽을 다시 돌아보았다. 웰즈는 눈을 감고 있었다. 몸부림치는 것은 그만 멈췄지만 동시에 호흡하는 일도 멈춘 것같이 보였다.

열어놓은 문을 가볍게 노크하는 소리가 나더니, 키가 크고 몸이 홀쭉한 사나이가 방에 들어왔다. 뼈가 튀어나온 얼굴로 관자놀이께의 백발이 돋보였다. 보수적인 스타일의 감청색 양복저고리 가슴팍에는 속에 입고 있는 베이지 색의 잠옷이 엿보였다.

"악스브리지입니다."

그는 조용하고 또렷한 음성으로 말했다.

"선생님, 빨리 좀 봐주세요."

크리스틴이 말했다.

그는 고개를 끄덕이고 나서, 침대 위에 놓은 가죽가방 속에서 재빨리 청진기를 꺼냈다. 그것을 환자의 잠옷 속에 쑥 밀어 넣더니 쉽게 가슴과 등에 갖다댔다. 그리고는 다시 가방 속에 손을 넣어서 익숙한 솜씨로 주사기를 끄집어내어 조립하고, 주사액 앰풀의 윗부분을 탁 쳐서 잘랐다. 주사기에 그 약을 넣고 침대 위로 몸을 굽혀서 환자의 팔소매를 걷어올리고 나서 지혈기(止血器)로 조였다. 그리고는 크리스틴에게 "이대로 꼭 누르고 계십시오."라고 말했다.

그는 알코올을 묻힌 소독면으로 상박(上膊)의 혈관 위를 닦고 나서 바늘을 찔렀다. 턱으로 지혈기를 가리키면서 "그걸 풀어줘요"라고 크리스틴에게 말했다. 그리고 손목시계를 보면서 천천히 주사를 놓았다.

크리스틴은 의사의 표정을 지켜보고 있었다. 그는 고개를 들지 않은 채 말했다.

"아미노피린이오. 강심제지요."

천천히 주사를 계속하면서 다시 시계를 보았다. 1분이 경과했다. 그리고 또 1분. 주사기는 반 이상이 비었다. 그러나 반응은 전혀 없었다.

그녀는 속삭이듯이 물었다.

"어디가 나쁘신 건가요?"

"천식증상을 수반한 꽤 심한 기관지염이오. 예전에도 이런 일이 있지 않았을까요."

갑자기 작은 사나이의 가슴이 높이 솟아올랐다. 그리고 아까보다는 천천히, 그러나 깊은 심호흡을 하는 것같이 숨을 쉬기 시작했다. 그는 눈을 떴다.

숨막힐 듯한 긴장감이 풀렸다. 의사는 주사기를 빼고 분해하기 시작했다.

"웰즈 선생님 저를 알아보시겠어요?"

크리스틴이 물었다.

웰즈는 두세 번 고개를 끄덕였다. 토기 같은 눈이 아까와 마찬가지로 그녀의 눈을 빤히 쳐다보았다.

"신음 소리를 듣고 들어와 보니 몹시 괴로워하고 계시더군요. 이 분은 악스브리지 박사예요. 마침 이 호텔에 묵고 계셔서, 도와 주러 오신 거예요."

그는 의사 쪽으로 시선을 돌렸다. 그리고 겨우 입을 열고 "감사합니다."라고 했다. 그것은 헐떡이는 가냘픈 숨소리에 가까운 것이었으나, 아무튼 환자의 입에서 처음 나온 말임에는 틀림없었다. 얼굴에는 혈색도 좀 돌아오는 것 같았다.

"감사하다는 인사는 이 아가씨에게 하셔야겠습니다."

의사는 침착하고 야무진 미소를 던지고 나서 크리스틴에게 말했다.

"이 분이 아직 병이 중하시니까 계속해서 치료를 받으셔야 되겠습니다. 곧 입원하시는 게 좋겠어요."

"안 돼요! 그러지는 말아주시오."

재빨리 말한 것은 침대 속의 노인이었다. 그는 베개에서 상체를 일으키면서, 눈에 경계하는 빛을 띠고 크리스틴이 덮어준 담요에서 손을 내밀고 힘없이 저었다. 불과 2~3분 사이에 상태가 놀랄 만큼 좋아진 것 같았다.

그는 여전히 씩씩거리며 — 때때로 힘들게 — 숨을 쉬었으나 심한 고통은 이제 멈춘 것 같았다.

크리스틴은 비로소 그의 용모를 자세히 살펴보았다. 처음 만났을 때는 60세쯤 되었을 거라고 생각했었다. 그러나 그녀는 그것을 정정해서 6,7세를 더 보태기로 했다. 몸집은 작고 호리호리하고, 게다가 얼굴도 깡마르고, 허리는 좀 구부러져서 처음 만났을 때에는 제비 같은 인상을 받았다. 조금밖에 남지 않은 백발은, 여느 때 같으면 정성 들여 한 가닥씩 빗질을 해서 머리에 붙여 놓았겠지만, 지금은 아무렇게나 헝클어진 것이 땀에 흠뻑 젖어 있었다. 그의 얼굴은 대개 온유하고 악이 없는, 거의 무슨 변명이라도 하는 듯한 표정을 짓고 있었으나 그 밑에는 냉정한 결단력의 줄기가 하나 단단히 박혀 있는 것같이 보였다.

그녀가 웰즈 씨를 처음 만난 것은 2년 전이다. 그는 숙박 계산서 속에 납득할 수 없는 부분이 있다고 해서 프런트에서 따졌지만 해결이 되지 않아 직접 임원실에 담판하러 왔던 것이다. 그의 주장과 계산서 금액의 차이는 75센트밖에 되지 않았기 때문에 회계주임은 소액의 금액으로 이의를 제기하는 손님에게 언제나 그러는 것처럼 그 액수를 감해 주겠다고 했지만, 웰즈 씨는 감해 달라는 것이 아니라 자기의 주장이 옳다는 것을 명백히 해야 한다고 우겼던 것이다. 크리스틴은 끈기 있게 조사해서 그가 옳다는 것을 증명했다. 그리고는 그녀 자신도 때때로 돈을 아껴 쓰려고 노력했기 때문에 — 하기는 그 반면에 마구 돈을 낭비하는 일도 있었지만 — 그에 대해서 공감과 존경을 느꼈다. 또 그의 계산서를 보면 그가 돈을 낭비하지 않는 사람이라는 것을 알 수 있었다. 옷도 한눈에 기성복임을 알 수 있는 것을 입고 있었기 때문에, 그가 아마 연금으로 살아가는 그다지 유복하지 못한 노인으로서 뉴올리언스를 찾아오는 것이 그의 생활의 최대의 사치가 되는 것이라고 크리스틴은 생각했다.

지금 그 앨버트 웰즈는 단호하게 말했다.

"나는 병원은 딱 질색이오. 병원에는 안 가겠소."

"그러나 영감님께서 여기에 그냥 계신다면……"

의사는 설득하려고 했다.

"물론 의사도 불러와야 할 것이고 24시간 간병할 간호사도 곁에 있어야 할 것이오. 산소호흡도 때때로 해야 되고 말입니다."

몸이 작은 노인은 양보하지 않았다.

"간호사는 호텔 측에서 구해줄 수 있겠지요. 그렇죠, 아가씨?" 하고 크리스틴에게 애원했다.

"예, 그건 어떻게 되겠지만요."

그녀는 대답했다. 웰즈는 정말 병원이 싫은 모양이었다. 그 때문에 평소 남에게 폐를 끼치기 싫어하는 영감이 고집을 부리고 있는 것이라고 생각했다. 그러나 개인으로 간호사를 고용한다면 막대한 돈이 든다는 것을 그는 알고 있는 것일까?

그때 복도에서 작업복을 입은 종업원이 운반차에 산소통을 싣고 들어와서 그들의 대화는 중단되었다. 산소통 뒤에는 고무관, 쇠줄 그리고 플라스틱 주머니를 든 주임기사의 육중한 체구가 뒤따랐다.

"이건 병원용은 아니지만 어떻게 될 테지"

주임이 말했다. 급히 옷을 주워 입고 온 모양으로 낡은 트위드 저고리 밑에 작업복 바지차림을 하고, 그 바지에 밀어 넣은 셔츠는 단추가 채워져 있지 않아 가슴의 털이 그대로 들여다보였다. 헐렁한 샌들을 신고 대머리 아래로 여느 때와 같이 테가 굵은 안경이 코끝에 머물러 있었다. 곧 그는 철사로 고무와 플라스틱 주머니를 연결시켰다. 그리고 멍하니 서 있는 종업원에게 지시했다.

"이봐, 멍하니 서 있지 말고 산소통을 침대 곁에 세워. 너무 꾸물대면 산소가 필요한 것은 자네 쪽이라고 생각하게 될 거야."

악스브리지 박사는 놀란 모양이었다. 크리스틴은 산소가 필요하리라고 생각

제1장 Monday 33

해서 산소통을 가져오게 했다고 설명하고, 주임기사를 소개했다. 주임기사는 날렵하게 일하면서 그의 안경테 너머로 의사를 힐끗 보며 인사했다. 잠시 후 고무관을 산소통에 연결하고 나자 그가 말했다.

"이런 플라스틱 주머니는 사람을 질식시키는 경우도 있지만, 그 반대의 용도로 이용해서 안 된다는 법도 없을 테죠. 어때요. 선생님 잘될 것 같습니까?"

그때까지 점잔을 빼던 의사의 태도가 누그러졌다.

"암요, 잘 될 테지요."

그는 크리스틴을 힐끗 보면서 말을 이었다.

"이 호텔은 정말 우수한 간호사들이 많은 것 같습니다."

그녀는 웃었다.

"그러다가 실망시켜 드릴 거예요. 선생님의 예약을 혼동하거나 해서 말이죠."

"산소 호흡을 하면 한결 기분이 나아질 겁니다. 웰즈 씨, 그런데 영감님께서는 예전에도 기관지염을 앓은 적이 있지요?"

앨버트 웰즈는 고개를 끄덕이며 목쉰 소리로 말했다.

"광산에 있을 때 기관지염에 걸렸었소. 그리고 후에 천식을 앓게 되었소."

그는 크리스틴에게로 시선을 돌려서 "여러 가지로 수고를 시켜서 미안하오. 아가씨" 하고 말했다.

"아닙니다. 저희들이 오히려 미안합니다. 선생님의 방을 바꾸어 달라고 해서요."

주임기사는 고무 끝을 초록색 산소통에 연결했다.

의사가 주임기사에게 말했다.

"그러면 산호 호흡을 시작합시다. 5분 계속하고 5분을 쉬는 요령으로."

그들은 협력해서 환자의 얼굴에 즉석에서 만든 마스크를 씌웠다. 슈웃 하는 소리로 산소가 분출한다는 것을 알 수 있었다.

의사는 손목시계를 보면서 물었다.

"이 도시의 의사에게 부탁해 두었나요?"

크리스틴은 아론즈 선생에 대해서 설명했다.

악스브리지 박사는 고개를 끄덕였다.

"그럼 그 분이 오면 교대해 달라고 합시다. 저는 일리노이 주에서 왔으니까 루이지애나 주의 면허는 가지고 있지 않습니다."

그는 웰즈의 몸 위에 상체를 굽혀서 "기분이 좀 좋아졌어요?" 하고 물으니 노인은 플라스틱 주머니 밑에서 크게 고개를 끄덕였다.

복도에서 발걸음 소리가 들리더니 피터 맥더모트의 커다란 체구가 문틀을 꽉 메우듯 하면서 들어왔다.

"당신이 전하는 말을 듣고 왔소."

그는 크리스틴에게 말하면서 침대 쪽을 보았다.

"손님은 괜찮으신가요?"

"예, 매우 좋아지신 것 같아요. 하지만 웰즈 선생님이 이 꼴이 된 것은 우리에게도 책임이 있다고 생각해요."

그녀는 피터를 복도로 데리고 나가서 방을 바꾼 경위를 설명했다.

"그러니까 만약 저 분이 이대로 호텔에 계신다면 다른 방에 옮겨 드려야겠어요. 간호사는 쉽게 구할 수 있을 거예요."

피터는 고개를 끄덕였다. 복도 건너 여자 종업원 휴게실에 전화가 있었다. 그는 그곳에 가서 프런트를 불렀다.

"나 지금 14층에 있는데……."

그는 전화를 받은 계원에게 말했다.

"여기 14층에 빈방이 없소?"

한참 아무 대답이 없었다. 그 야근의 객실담당 계원은 옛날에 워렌 트렌트 사장이 임명한 고참 종업원으로 기계적이고 신속한 업무 처리에는 그를 따를 자가 없었다. 그러나 그는 신입 종업원이 자기보다 높은 지위에 앉으면 사사건건 그 종업원과 맞서려고 들었다. 특히 그 종업원이 젊었다거나 북부 출신인 경우에는 더욱 그 증오는 심했다. 피터는 과거에 일어났던 몇 가지 사건을 통해 이와 같은 그의 성격을 잘 알고 있었다.

피터는 독촉했다.

"방이 있는 거요, 없는 거요, 어느 쪽이오?"

"1410호실이 비어 있기는 한데요"

하고 고참 객실계원은 남부 사투리로 말했다.

"하지만 지금 마침 손님이 들어오셨기 때문에, 그 방을 드리려고 하는 참이지요."

그는 다음 말을 덧붙였다.

"잘 모르실는지 몰라도 거의 만원에 가까운 상태입니다."

1410호는 피터도 잘 알고 있었다. 세인트 찰스 가에 면한 큰 방으로 통풍도 그만이었다.

"하여튼 그 방을 내게로 돌리고 새로 오신 손님은 딴 방을 드리도록 하시오."

"그건 곤란한대요. 지금 비어 있는 건 5층의 스위트밖에 없어요. 손님은 한 분뿐이니까 그런 비싼 요금은 낼 수 없다고 할 건 뻔하지 않아요."

피터는 단호하게 말했다.

"그러면 오늘밤에는 그 손님을 보통요금으로 그 스위트에 묵게 하시오. 내일 적당한 방이 비면 옮겨 달라고 하면 될 테니까. 아무튼 1439호실의 손님을 1410호실로 옮기도록 할 테니까 곧 보이에게 열쇠를 올려 보내도록 하시오."

"좀 기다리세요."

그때까지 냉담하게 들리던 그의 어조가 갑자기 거칠어졌다.

"사장님의 방침은……"

"사장님의 방침이 어떻든, 지금은 나의 방침대로 하면 돼요."

피터는 말했다.

"그리고 또 한 가지. 당신이 주간 근무자와 교대할 때 웰즈 씨를 왜 1439호로 옮겼는지, 그 이유를 내가 알고 싶어한다고 그 사람에게 전해 주시오. 이유에 따라서는 단단히 혼날지도 모른다고 말해도 좋아요."

피터는 크리스틴을 보면서 쓴웃음을 짓고 수화기를 놓았다.

5

 "정말 기가 막혀 말이 안 나와요! 당신은 어쩌면 그렇게 어리석지요! 미쳐도 단단히 미친 사람이에요!"
 크로이든 공작부인은 피터가 물러가자, 거실의 문을 조심스럽게 닫으면서 공작에게 달려들었다.
 공작은 불안스럽게 몸을 움츠렸다. 그것은 아내에게서 주기적으로 면박을 받을 때 하는 그의 버릇이었다.
 "미안하오, 여보. 텔레비전이 켜 있어서 그 사람의 목소리를 듣지 못했단 말이오. 돌아간 줄 알았었지."
 그는 어설프게 들고 있는 술잔을 입에 갔다댔다. 위스키 소다를 쭉 들이켜고 나서 그는 애처로운 어조로 말을 덧붙였다.
 "게다가 이 일 저 일로 몹시 흥분하고 있어서 말이오."
 "미안하다구요! 흥분했다구요!"
 부인의 음성에는 여느 때와는 달리 히스테리가 있었다.
 "그런 한가한 소리를 하는 걸 보니 당신은 이게 무슨 장난인 줄 아는 모양이군요. 오늘 저녁 일어난 일은 자칫 잘못하면 우리를 파멸시킬지도 모른단 말이에요."
 "알아. 나도 뭐 그렇게 속 편한 생각을 하고 있는 건 아니오. 아주 심각한 문제라는 건 잘 알고 있소."
 가죽의자 속에 웅크리고 있는 그의 몰골은 영국의 만화가들이 즐겨 그리는 중절모를 쓴 쥐의 귀족을 연상시켰다.
 부인은 비난을 계속했다.

"저는 최선의 노력을 하고 있었던 거예요. 당신이 저지른 그 엄청난 바보짓의 뒤치다꺼리를 하느라고 말이에요. 그래서 오늘 저녁은 단둘이서만 조용한 밤을 즐기려 하고 있었다는 사실을 다른 사람들에게 믿게 하려고 열심히 연극을 하고 있는 중이었단 말이에요. 우리가 호텔에 돌아오는 걸 누가 보았을지도 모르기 때문에 그 경우에 대한 변명을 할 수 있도록, 좀 산책을 하다 왔다는 말까지 꾸며서 말이에요. 그런데 당신은 눈치도 없이 바보처럼 갑자기 나타나서 차안에 담배를 놓고 왔다고 말하다니, 참 어이가 없어서!"

"그걸 들은 건 그 총지배인뿐이오. 눈치를 못 챘을 거요."

"아니에요. 그 사람은 눈치챘어요. 내가 그 사람의 얼굴을 보아서 알아요."

부인은 가까스로 자제하고 있는 것 같았다.

"도대체 당신은 우리가 얼마나 무서운 처지에 놓여 있는지 알고 있어요?"

"알고 있다고 하지 않소."

공작은 위스키를 다 마시고 나서 빈 잔을 빤히 바라보았다.

"터무니없는 일을 저질렀다고 생각하고 있소. 당신이 나에게 권하지만 않았더라도…… 아니 내가 그렇게 술을 마시지만 않았던들……."

"당신은 취해 있었어요. 제가 찾아갔을 때는 벌써 곤드레가 되어 있었단 말이에요. 아직도 취해 있지만요."

그는 취기를 떨쳐 버리기나 하려는 듯이 머리를 흔들었다.

"이제 깨었소."

이번에는 그가 강하게 나왔다.

"도대체 당신이 따라 나와서 이래라 저래라 간섭이 많으니까 안 된단 말이야. 왜 그렇게 쓸데없는 잔소리만……."

"이것과 그것과는 문제가 달라요."

그는 되풀이해서 말했다.

"당신이 그렇게 하자고 했으니까……."

"그 밖의 뭐 다른 방법이 있었어야죠. 하지만 내가 하자는 대로만 한다면 무사할 수도 있어요."

"그걸 누가 알아. 경찰이 냄새를 맡으면……."

"우리가 제일 먼저 혐의를 받겠지요. 그러니까 저는 그 급사에게 말썽을 부려서 여러 가지로 공작을 꾸민 게 아니에요? 뭐 알리바이가 성립되는 건 아니지만 그만한 효과는 있을 거예요. 우리들이 오늘 밤 여기 있었다는 사실을 그들에게 믿게 할 수 있었으니까요. 그렇지만 당신이 바보짓을 했기 때문에 만사가 허사가 될지도 모르니…… 정말 울고 싶어지는군요."

"그것 참 재미있군. 당신에게도 그런 여성다운 점이 있는 줄은 미처 몰랐는걸."

공작은 의자에 버티고 앉았다. 조금 전까지의 공손한 태도는 거의 찾아볼 수가 없었다. 사실 이와 같이 어떤 계기에 홱 돌변해 버리는 그의 카멜레온 같은 성격은, 때때로 그의 친구들조차 어리둥절하게 만들었고, 어느 편이 진짜 그인가를 판단하기 어렵게 만들었다.

부인의 얼굴이 붉게 물들고 조각같이 균형 잡힌 미모가 한결 돋보였다.

"그런 건 아무래도 좋지 않아요?"

"그래 그럴지도 모르지."

공작은 일어나 탁자 있는 데로 가서 스카치 위스키를 잔에 따라, 소다수를 좀 넣어서 거품이 일게 하였다. 그리고 부인에게 등을 돌린 채 말했다.

"그러나 그것이 우리가 항상 싸우게 되는 근본 원인이라는 건 인정해야 할 거요."

"그건 전연 인정할 수 없어요. 내가 아니라 당신의 나쁜 버릇이 근본 원인이니까. 도대체 오늘밤에도 그런 고상하지 못한 도박장에 가다니 미친 짓이지 뭐예요. 더구나 그런 여자하고……."

"또 그 얘기요? 이제 진절머리가 나오. 돌아오는 길 내내 실컷 잔소리를 하지 않았소. 그 사고가 나기 전에 말요."

"당신이란 사람은 귀에 못이 박힐 정도로 말하지 않으면 알아듣지를 못하니까."

"무슨 소리. 벌써 귀에 못이 박힌 지도 오래되었소."

공작은 위스키를 들이켰다.

"그런데 당신은 도대체 왜 나와 결혼했지?"

"그건 우리 사교계 친구들 중에서는 그래도 당신이 제일 훌륭한 일을 할 것 같아서였지요. 귀족제도의 몰락과 무능화라는 세상 사람들의 비판에 대해서 당신이라면 그걸 반증해 보일 수도 있을 거라고 생각했기 때문이죠."

공작은 술잔을 들고, 수정구슬이라도 살펴보듯이 그것을 응시했다.

"그래 그런데 그것을 내가 반증할 수 없었다 그 말이지."

"만약 반증한 듯 보였다면 그건 내가 뒤에서 민 덕분이었겠지요."

"워싱턴의 이야기도 말이지?"

"네, 그것도 실현시킬 수 있을 거예요. 만약 내가 당신이 술을 끊도록 할 수 있고, 당신을 당신의 침대에 눕게 할 수만 있다면요."

"그런 싸늘한 침대에 말인가?"

공작은 공허한 웃음을 웃었다.

"그런 건 아무래도 좋지 않아요?"

"당신은 내가 왜 당신과 결혼했는지 생각해 본 일이 있소?"

"네, 여러 가지로 생각해 보았지요."

"최대의 이유를 말해 주지."

그는 용기를 내려는 듯이 다시 위스키를 들이켰다.

"침대 속의 당신이 필요했기 때문이오. 합법적으로 당신을 벌거벗겨 보고 싶었기 때문이오. 그러기 위해서는 결혼할 수밖에 다른 방법이 없었거든."

"참 놀랍군요. 여자는 얼마든지 있었을 텐데."

공작의 충혈된 눈이 파고들 듯 그녀를 바라보았다.

"다른 여자보다 당신이 욕심이 났던 거요. 그건 지금도 그렇소."

부인은 화난 듯이 쏘아붙였다.

"그만하세요. 이젠 듣기 싫어요."

그는 고개를 가로 저었다.

"이 말은 꼭 해야겠소. 당신의 그 오만과, 그 고귀하고 매정스러운 점, 그 점이 나에게는 큰 매력이었소. 뭐 내가 그것을 침범하려는 건 아니오. 나도 좀 나누어 가지고 싶은 거요. 당신이 침대에 드러누워서 그 다리로 내 몸을 휘감고 열정적으로 몸부림치는……."

"그만! 그만 하라니깐."

그녀는 얼굴이 창백해져서 고함을 질렀다. "정말 호색한 같으니라구. 당신 같은 사람은 경찰에 잡혀가든 말든 상관 않겠어요. 아니 잡혀가서 10년쯤 징역을 살았으면 속이 시원하겠어요."

6

객실 담당계원과의 입씨름을 끝내고, 피터는 다시 1439호실에 돌아왔다.

"선생님께서 허락하신다면 이 환자는 같은 층의 다른 방으로 옮겨 드리고 싶습니다만" 하고 악스브리지 박사에게 물었다.

키가 큰 의사는 고개를 끄덕이면서 수도, 열탕, 가스 등의 파이프가 복잡하게 얽혀 있는 방안을 둘러보고 "아무 곳에 옮겨도 여기보다는 나을 테지요"라고 했다.

의사가 침대로 돌아와서 다시 5분간의 산소호흡을 시작했을 때, 크리스틴은 피터를 복도로 불러내어 말을 건넸다.

"곧 간호사를 불러야 할 텐데요."

"그것은 아론즈 선생에게 부탁합시다. 간호사를 고용하는 일은 호텔이 맡아서 해야겠지요. 비용도 당분간은 호텔이 부담해야 할지 모르겠고…… 웰즈 씨에게 그것을 지불할 만한 돈이 있을 것 같소?"

그녀는 낮은 목소리로 대답했다.

"저도 그게 걱정이에요. 저 분은 별로 돈이 없는 것 같은데요."

무엇인가 골똘히 생각할 때 그녀의 미간에 그어지는 주름이 아름답다고 피터는 생각했다. 그녀에게서 그윽한 향수냄새가 났다. 체온을 느낄 수 있을 정도로 그녀는 그렇게 가까이 서 있었다.

"내일 아침 신용조사부에 알아봐 달라고 합시다. 그때까지의 비용이래야 뭐 대수롭지 않을 테지요."

보이가 열쇠를 가져오자 크리스틴은 1410호실로 가서 문을 열고 돌아왔다.

"준비가 다 되었어요."

"그냥 침대 째로 옮기는 것이 제일 좋겠지."

피터는 다른 사람들에게 이렇게 말했다.

"이 침대를 그대로 그 방에 옮겨가고 그 방 침대를 여기로 옮겨옵시다."

그러나 웰즈 씨를 누인 채 침대를 옮기기에는 문틀이 1인치 정도 좁았다.

호흡이 훨씬 수월해지고 혈색도 좋아진 웰즈 씨는 "나는 평생을 걸어 왔으니까 지금이라도 조금은 걸을 수 있소"라고 말했다. 그러나 악스브리지 박사는 단호히 고개를 가로 저었다.

주임기사는 침대와 문틀의 넓이를 정확히 측정했다.

"문을 떼버리면 병에서 마개를 빼는 것처럼 해서 어떻게 나갈 수가 있을 거요."

"아냐. 그것보다 빠른 방법이 있소. 웰즈 씨께서 동의해 주신다면······."

웰즈 씨는 미소지으며 고개를 끄덕였다.

피터는 허리를 굽혀서 노인의 어깨에 담요를 씌우고 조용히 들어올렸다.

"팔 힘이 대단하시군, 당신은." 하고 노인이 말했다.

피터는 싱긋이 웃었다. 마치 가벼운 어린애를 안은 것처럼 쉽사리 노인을 안고 복도를 성큼성큼 걸어서 새 방으로 들어갔다.

그로부터 15분 후에는 모든 일이 순조롭게 진행되었다. 응급용 산소통도 옮겨졌지만 1410호실은 방이 넓을 뿐만 아니라, 에어컨의 냉기가 뜨거운 파이프의 열기에 상쇄되는 일이 없어서 공기가 시원하고, 상쾌했기 때문에 산소호흡의 필요도 거의 없을 것 같았다. 호텔의 전임의사 아론즈는 버본 위스키의 냄새를 강하게 풍기면서 유쾌한 표정으로 들어왔다. 그리고 내일 조언자로서 다시 한번 들르겠다고 한 악스브리지의 제안을 선뜻 받아들이고 또 병의 재발을 막기 위해서는 코티존이 효과가 있다는 의견을 열심히 귀담아 들었다. 그리고 아론즈가 정답게 전화한 파출 간호사는 "참 신나는군요. 또 선생님과 같이 일할 수 있게 되다니" 하는 형편이어서, 곧 달려오기로 되었다.

주임기사와 악스브리지가 이 방을 떠날 때에 웰즈는 조용히 잠들어 있었다.

아론즈는 간호사가 도착하는 것을 기다리기 힘든 듯 칼멘의 〈축배의 노래〉를 흥얼거리고 거기에 걸음을 맞추어 방안을 왔다갔다했다. 피터는 크리스틴을 따라 복도에 나서서 아론즈의 바로 코앞에서 문을 닫았다. 딸깍 하고 빗장이 걸리는 소리가 의사의 콧노래를 차단했다.

12시 15분 전이었다.

엘리베이터로 걸어가면서 크리스틴이 말했다.

"그 분을 여기에 모실 수 있어서 기뻐요."

피터는 좀 놀라는 것 같았다.

"웰즈 씨 말이오? 그야 모시는 게 당연하지 않소?"

"호텔에 따라서 그렇지 않은 곳도 있지요. 당신도 알고 계시지 않아요. 보통 서비스 이외의 것은 조금도 하고 싶어하지 않는 호텔이 많다는 것을. 그런 곳이었다면 웰즈 씨는 쫓겨났을 거예요. 손님을 받아서 돈을 받아내는 것 이외에는 관심이 없으니 말이에요."

"그런 곳은 호텔이 아니라 소시지 공장이지. 올바른 호텔은 손님을 접대하고 손님이 어려움을 겪을 때에는 도와주기 위해서 있는 것이오. 훌륭한 호텔은 본래 그런 정신으로 시작된 것인데, 불행히도 그것을 잊어버린 사람들이 너무나 많은 것 같소."

크리스틴은 이상하다는 듯한 표정으로 그를 보았다.

"이 호텔의 사람들은 어떨까요?"

"우리야 그 정신을 잊고 있지는 않지. 하기야 개중에는 그렇지 못한 친구들도 있기는 하지만. 내 마음대로 할 수만 있다면 척척 개혁해 나갈 텐데."

그는 자기의 어조가 너무 격해진 것을 의식하고 말을 끊었다.

"그만 두지, 그런 반역적인 생각은 혼자의 가슴속에 품고 있는 것이 무난할 테니까."

"어머, 비겁해요. 그러지 말고 좀더 용기를 내셔야지요."

그녀가 이 말을 한 것은 세인트 그레고리가 많은 점에서 능률을 잃어가고 있고, 또 최근에는 과거의 영광의 그늘에서 겨우 명맥을 유지해 나가고 있다는 것을 잘 알고 있기 때문이었다. 근래에 와서 이 호텔은 재정적 위기에 직면해서 소유자인 워렌 트렌트가 원하든 원하지 않든, 커다란 변동을 겪을지도 모를 형세에 놓여 있었다.

"여러 가지 장애가 있어서."

피터는 반박했다.

"서로 아옹다옹해 봤자 소용이 없지. 게다가 사장님은 개혁이나 새로운 아이디어 같은 것에는 흥미가 없는 분이니까."

"그렇다고 해서 단념해서야 되나요."

그는 웃었다.

"당신은 역시 여자답소."

"실제로 여자니까 여자답지요."

"아, 실례했군. 실은 최근에 와서야 그 사실을 의식하게 되었지."

그것은 그의 거짓 없는 느낌이었다. 그는 이 호텔에 와서 최근까지도 그녀를 아무렇지도 않게 생각했다. 그런데 요즘에 와서 그녀의 매력 있는 용모에 자신도 모르게 이끌리게 되었다. 그는 그녀가 오늘밤을 어떻게 보낼까 하고 생각했다. 그는 시험삼아 물었다.

"하도 바빠서 나는 오늘 밤 저녁식사도 하지 못했어요. 괜찮으면 같이 하지 않겠어요? 저녁이라기보다는 밤참이지만."

크리스틴은 말했다.

"네, 좋아요. 저는 밤참을 아주 좋아해요."

"실은 한 가지 알아보아야 할 일이 남았소. 허비 챈들러에게 11층의 불평을 알아보도록 일러두었지만 아무래도 그 친구는 신뢰할 수가 없어서. 그러니 그것을 처리하고 갑시다." 하고 엘리베이터 앞에서 그는 가볍게 크리스틴의 팔을 잡았다.

"중2층의 사무실에서 좀 기다려 주시오."

그의 손은 다부진 외모와는 달리 부드러웠다. 턱이 마치 램프등 같이 돌출한 억세고 정력적인 그의 옆모습을 힐끗 보면서, 참 재미있게 생긴 얼굴이라고 크리스틴은 생각했다. 무엇이든 일단 결심이 서면 절대로 후퇴할 줄 모르는 완강한 의지를 느끼게 하는 그런 얼굴이었다. 그녀는 가슴이 설레는 것을 느끼면서 말했다.

"예, 기다리지요."

7

마샤 프리스코트는 자기의 19회 생일을 무슨 다른 방법으로는 지낼 수 없었던가…… 자꾸 후회하고 있었다. 적어도 이 호텔의 8층 밑에 있는 홀에서 열리고 있는 댄스 파티에 그냥 남아 있었더라면 훨씬 나았을 것이라고 생각하고 있었다. 그 무도회의 음악과 사람들의 담소 소리가, 떨어져 있는 거리와 다른 소음들에 지워지기는 했지만 그녀가 지금 있는 이 11층의 스위트의 열린 창문을 통해 희미하게 들려왔다. 사람들의 입김과 열기, 그리고 담배 연기와 술 냄새가 밀폐된 홀 안에 가득 차, 그런 것에 무관심해져 가고 있는 이들 또래의 젊은이에게조차 견딜 수가 없어져서 그 중의 청년 하나가 아까 그 창문을 비틀어 연

것이었다.

　여기에 온 것은 실수였다고 그녀는 생각했다. 하지만 그녀를 꾄 라일 듀메어는 뭔가 좀더 재미있을 듯한 말투였기 때문에 그녀는 여느 때처럼 반항적인 생각이 들어 무도회장을 함께 빠져 나왔던 것이다. 라일과는 오래 전부터 친구였으며 이따금 데이트한 적도 있는 사이였다. 또한 모 시민은행의 은행장인 그의 아버지는 그녀 아버지의 친구이기도 했다. 라일은 그녀와 함께 춤을 추면서 이렇게 말을 꺼냈다.

　"이 따위 파티는 애들 장난에 지나지 않아, 마샤. 우리 친구들은 오늘 밤 위층의 스위트를 세내어 멋지게 놀고 있단 말야."

　그는 별나게도 어른스러운, 그리고 속셈이 있는 듯한 웃음소리를 내며 그녀를 꾀었다.

　"어때, 거기 안 가볼 테야?"

　그녀는 거의 반사적으로 승낙하고는 무도회장을 빠져 나와 1126~1127호실로 올라갔다. 그 잇따른 자그마한 방은 온통 흐려진 공기와 떠들썩한 환성이 소용돌이치고 있었으며 그녀가 기대한 것보다도 많은 젊은 남녀가 몰려 있었다. 게다가 남자들의 반수가 술에 만취해 있는 것은 전연 그녀의 예상 밖이었다.

　서너 명의 여자애들의 대부분은 친하지는 않아도 서로 아는 사이였기 때문에 마샤는 그들에게 몇 마디 말을 건넸다. 그러나 시끄러워서 무슨 말인지 들리지 않았다. 그들 중의 하나인 슈 필립은 정신을 잃은 모양으로, 그녀의 동반자인, 배튼 루즈에서 온 청년이 욕실에서 컵 대신 구두 속에 물을 넣어 가지고 와서 그녀의 얼굴에 퍼부었다. 얇은 모슬린의 핑크빛 드레스는 물에 흠뻑 젖어 엉망이 되어 있었다.

　사내애들은 환성을 지르면서 마샤를 환영하다가 곧 유리창이 끼워져 있는 장식장을 옆으로 눕혀서 만든 즉석 바로 되돌아섰다. 누군가가 마샤에게 억지로 술잔을 건네주었다.

　안쪽의 방으로 통하는 문은 닫혀 있었지만, 그 안에서는 무언가 온당치 못한 일이 벌어지고 있는 눈치였다. 라일 듀메어도 마샤를 버려 두고 친구들 틈에 끼어 들었다. 때때로 그들이 주고받는 말들이 그녀의 귓속에 흘러 들어왔다.

"그래 재미가 어땠어?"

하고 누군가가 물었다. 그러나 그 대답은 요란스럽게 울려댄 야비한 웃음소리에 지워져 들리지가 않았다.

곧 그들이 주고받는 그 밖의 대화에 의해서 지금 안쪽 방에서 어떤 일이 벌어지고 있는지를 알아차리게 되자 그녀는 견딜 수 없는 느낌이 들었다. 당장 이 자리를 뜨고 싶어졌다. 가든 구에 있는 그녀의 대저택은, 부친이 6주전에 외국 여행을 떠나서 앞으로 2주간은 돌아오지 않기 때문에 그녀와 하인들 밖에 남아 있지 않아 쓸쓸하기는 했지만 이 따위 곳보다는 낫다고 생각했다.

마샤는 문득 아버지 생각이 났다. 만약 아버지가 당초의 예정과 약속대로 돌아왔다면 그녀가 지금 이런 곳에 와 있지는 않았을 것이다. 댄스 파티에조차 오지 않았을 것임에 틀림없었다. 그녀 자신의 집에서, 아버지 마크 프리스코트가 유쾌하고 평화로운 생일 파티를 열어주어 그녀의 친한 친구 몇 사람이 초대되었을 것이다. 하기는 그것이 댄스 파티와 겹치게 되면 그 친구들이 생일 파티 쪽에 와주었을 지는 의심스러웠지만. 그러나 어쨌든 아버지는 돌아오지 않았다. 그 대신 이번에는 로마에서 변명하는 듯한 어조로 다음과 같은 전화를 걸어왔다.

"마샤, 돌아가려고 무던히 애써 보았지만 아무래도 안 될 것 같구나. 아무래도 이곳 일이 아직 2~3주는 더 걸릴 것 같다. 하지만 집에 돌아가면 그 동안 너에게 진 빚은 꼭 갚겠으니 용서해라. 알았지?"

그리고 그는 로스앤젤레스의 그녀의 어머니와 어머니의 최근의 남편을 찾아가는 것이 어떠냐고 물었다. 그녀가 생각해 볼 것도 없이 거절하자 그는 딸을 격려하듯이 말했다.

"그래, 그러면 즐거운 생일을 보내도록 하여라. 네가 좋아할 선물을 사 가지고 돌아가겠다."

마샤는 아버지의 다정한 음성을 들으니 울고 싶어졌다. 그러나 그녀는 울지 않았다. 왜냐하면 오래 전에 울지 않기로 다짐했기 때문이다. 뉴올리언스 굴지의 백화점의 소유주인 아버지가 많은 중역을 높은 봉급으로 고용하고 있는데 왜 그렇게 사업에만 얽매어서 살아야 하는지 모를 일이었다. 아마 그녀가 지금 1126호실에서 일어나고 있는 일을 부친에게 말하고 싶지 않은 것처럼 아버지의 경우도 그녀에게 말하고 싶지 않은 일이 로마에서 일어나고 있는 게 틀림없었다.

그녀가 집에 돌아가기로 마음먹고 손에 들고 있던 술잔을 창가에 놓으려고 했을 때 8층 아래에 있는 홀에서 〈스타더스트〉의 연주가 들려왔다. 오늘밤의 악단은 세인트 그레고리의 호화로운 사교적 모임에는 으레 출연하는, 목사 뷰캐넌이 이끄는 올스타 사우던 젠틀맨이었기 때문에 밤의 이 시간쯤이 되면 대개 옛날의 감상적인 곡을 연주하는 것이 상례였다. 뷰캐넌의 트럼펫에서는 감미로운 애수의 가락이 구슬피 울려 퍼지고 있었다.

마샤는 창가에서 망설였다. 댄스 파티로 되돌아갈까 말까 생각했다. 그곳이 지금 어떤 상태로 되어 있으리라는 것도 짐작이 갔다.

댄스 파티에 참석한 청년들은 야회복 차림 때문에 견딜 수 없이 더워서 때때로 칼라 속에 손가락을 넣어서 바람을 넣으려고 한다. 빨리 돌아가서 청바지와 헐거운 셔츠로 갈아입고 싶어하는 풋내기들도 몇 사람 있다. 여자애들은 화장실에 출입하면서 문 뒤에서 서로 비밀스러운 얘기를 수군대고는 낄낄 웃는다. 말하자면 모든 것이 어린애들의 소꿉놀이라고 마샤는 생각했다. 같은 나이 또래의 젊은애들의 모임만큼 따분한 것도 없다. 그녀는 성숙한 어른과 교제해 보고 싶을 때가 가끔 있었다. 지금도 문득 그런 생각이 들었다.

라일 듀메어에게 그것을 구해 보았자 그것은 무리라는 것을 그녀는 알고 있었다. 풀을 먹인 셔츠의 가슴을 펄럭이면서 얼굴을 붉히고 검은 넥타이는 비뚤어진 채 안쪽 방에서 친구들과 기성을 질러대고 있는 그가 눈에 보이는 듯했다. 어째서 라일 같은 애하고 교제할 생각이 났던 것인지 이상한 느낌이 들 정도였다.

다른 여자아이들과 그 동반자들도 마치 약속이라도 한 듯 함께 방을 나와 복도로 빠져나가기 시작했다. 그때 스탠리 딕슨이라는, 그녀도 아는 좀 나이가 많은 청년이 안쪽 방에서 나왔다. 그가 조심스럽게 문을 닫기 전에 안쪽 방의 친구에게 한 말의 일부가 마샤의 귀에 들어왔다.

"계집애들이 모두 돌아간대. 모두들 녹초가 되어 있어……"

안쪽 방에서 누군가가 말했다.

"그러니까 내가 말했잖아. 우리 모두에게 순서가 돌아갈 것 같지 않다고 말야."

"아무나 하나 그 방에서 붙잡아오면 어때?"

그것은 라일 듀메어의 음성이었다. 어딘지 꺼리는 듯한 낮은 음성이었다.

"그래, 그럼 누구를 하지?"

문에서 두서너 명이 머리를 내밀고 이쪽 방안을 살폈다. 마샤는 일부러 그들로부터 얼굴을 돌렸다.

아까까지 정신을 잃고 있었던 슈 필립의 친구들이 네댓 명 그녀를 안아 일으키려고 하고 있었으나 잘 되지를 않았다. 비교적 취하지 않은 청년이 걱정스러운 듯이 마샤에게 말했다.

"슈가 곤드레가 되었어. 좀 도와주지 않겠어?"

마음이 내키지 않았지만 마샤는 곁에 가서 슈를 보았다. 벽에 상반신을 기대고 있는 그녀는 멍청하게 눈은 뜨고 있었으나, 아직도 어려 보이는 얼굴에는 핏기가 가신 채 루즈가 지저분하게 얼룩진 입술을 힘없이 벌리고 있었다. 마샤는 속으로 한숨을 쉬면서 사내애들에게 말했다.

"얘를 욕실로 데려가게 도와주세요."

그들 셋이 몸을 드니까 취한 아가씨는 갑자기 울기 시작했다.

사내애 중의 하나가 그냥 욕실에 남아 있으려고 하는 것을 쫓아낸 후 문을 안으로 닫아걸고 마샤는 거울에 비친 자기 꼴을 깜짝 놀라서 보고 있는 슈를 돌아보았다. 슈는 그 쇼크로 순신각에 술에서 깨는 것 같았다.

마샤는 말했다.

"괜찮아요. 신경쓸 것 없어. 누구에게나 이런 일이 일생에 한 번은 있는 것이니까."

"아이, 이런 꼴을 엄마가 보시면 나는 죽어요."

슈는 그렇게 말하자마자 변기로 가서 토하기 시작했다.

마샤는 욕조의 가장자리에 걸터앉아서 말했다.

"토하고 나면 기분이 좋아질 거야. 끝나면 얼굴을 씻어줄게, 그리고 화장도 다시 하고."

슈는 머리를 숙인 채 힘없이 끄덕였다.

10분이나 15분 후에 둘은 욕실에서 나왔다. 라일과 그의 친구들은 아직 안쪽 방에 있었으나 거실은, 거의 모든 사람이 돌아가서 비어 있었다. 마샤는 라일이 집까지 바래다주겠다고 해도 거절하리라고 마음먹었다. 거실에 앉아 있는 사람은 아까 마샤에게 도움을 청한 청년뿐이었다. 그는 마샤에게로 와서 말했다.

"슈의 여자친구가 자기 집에 슈를 데리고 가겠다고 했어. 아마 오늘 밤은 거기서 묵을 수 있을 거야."

그가 슈의 팔을 잡으니 그녀는 순순히 그를 따라나섰다. 어깨 너머로 뒤돌아보면서 청년은 말했다.

"아래에 차를 대기시켜 놓았어. 고마워, 마샤."

안심하면서 그녀는 그들이 가는 것을 바라보았다.

곧이어 그녀가 아까 슈를 돕기 위해서 거기에 놓아두었던 자기의 코트와 핸드백을 집어들었을 때, 밖으로 통하는 문이 닫히는 소리가 들렸다. 얼굴을 들어보니까, 스탠리 딕슨이 양손을 뒤로 돌려 문을 막고 서 있었다. 마샤는 쇠가 딸깍 잠기는 소리를 들었다.

어느 틈엔가 안쪽 방에서 나온 라일이 말했다.

"여봐, 마샤. 뭐 그렇게 빨리 집에 돌아가야 할 건 없잖아."

라일과는 그녀가 어릴 때부터 아는 사이였으나, 지금의 그는 전혀 딴 사람같이 보였다. 낯선 술주정뱅이 같았다.

"난 갈 테야." 하고 그녀는 말했다.

그는 비틀거리면서 그녀에게 다가왔다.

"자, 그러지 말고 기분 좀 내잔 말야. 한 잔 해."

"싫어!"

그는 못 들은 체하고 말했다.

"네가 정열적으로 노는 것을 한 번 보고 싶었어."

"이것은 우리 끼리만의 이야기인데……."

스탠리가 유달리 흐뭇한 음성으로 말했다.

"실은 말야, 우린 말이지, 벌써 제1라운드는 끝냈어. 그런데 그게 아주 기분이 그만이어서 우린 모두 다시 한 번 하기로 했어."

이름을 알 수 없는 두 녀석은 이빨을 드러내고 웃고 있었다.

"그런 건 흥미 없어."

마샤는 단호하게 말했지만, 저도 모르게 좀 겁먹은 음성이 되는 것을 스스로도 알 수 있었다. 그녀는 문 쪽으로 도망치려 했다. 그러나 스탠리가 앞을 가로막고 고개를 저었다.

"제발 좀 가게 해줘."

"여봐, 마샤."

라일은 협박조로 말하고 나서 "너도 그걸 좋아하지?" 하며 야비하게 웃었다.

"여자란 건 다 그렇지 뭐야. 말로는 싫다 해도 속으로는 좀 해주었으면 하는 거지?"

그리고는 다른 녀석들을 보고 "어때, 안 그래?" 하고 동의를 구했다. 세 번째 녀석이 동조했다.

"그렇구 말구. 빨리 해주자."

그들은 그녀에게 다가왔다. 마샤는 그들에게 되돌아섰다.

"돼먹지 않은 수작 집어쳐! 만약 나한테 손을 대면 소리를 지를 거야."

"그런 짓 하면 이쪽이 곤란해."

스탠리는 살짝 그녀의 뒤로 돌아가서 땀이 밴 손으로 대뜸 그녀의 입을 틀어

막았다. 동시에 다른 손으로는 그녀의 팔을 잡았다. 위스키의 냄새가 역하게 풍겨왔다.

마샤는 몸부림치면서 그의 손을 물려고 했지만 실패하고 말았다.

"얌전하게 굴어."

하고 라일이 말했다.

"자, 기분 좀 내잔 말야. 너에게 재미 좀 보게 해주겠다는데 왜 이래. 스탠리가 손을 놓아주면 떠들지 않겠다고 약속할래?"

그녀는 미친 듯이 고개를 저었다.

다른 한 녀석이 그녀의 나머지 한쪽 팔을 잡았다.

"자, 마샤. 뭘 그래. 정열적인 것을 좀 보여줘."

라일도 가세해서 그들은 마샤를 안쪽 방으로 끌어들이려고 했다. 그녀는 필사적으로 몸부림치면서 반항했으나 별수가 없었다.

"에이 귀찮게 구네. 누구든 다리를 좀 잡아 줘."라고 스탠리가 말하자 한 녀석이 그녀의 발을 잡았다. 그녀는 그를 차려고 했으나 하이힐의 구두가 벗겨져 나갔을 뿐이었다. 그리고 아무 것도 느낄 수 없는 상태에서 안쪽 침실로 운반되어 갔다.

"거칠게 놀고 싶지 않은데, 어때, 얌전하게 굴 거야, 안 굴 거야?"

라일은 점잖지 못한 상스러운 말투로 협박했다.

그녀는 더욱 격렬하게 버둥거리며 반항했다.

"옷을 벗겨."

누군가가 말했다. 그러자 또 다른 음성이 — 아마 그것은 다리를 붙잡고 있는 녀석이라고 그녀는 생각했다 — 망설이는 듯이 물었다.

"그래도 괜찮을까?"

"괜찮구 말구, 얘 아버지도 지금 로마에서 갈보하고 놀아나고 있을 텐데 뭐."

그 침실에는 한 쌍의 침대가 있었다. 마샤는 가까운 쪽의 침대에 가로놓여졌다. 머리가 뒤로 눌려 있기 때문에 그녀는 천장밖에 볼 수 없었다. 천장의 흰 칠은 회색으로 변색되어 있었고, 전등이나 장식에는 먼지가 쌓여 있었으며 그 주위에는 물이 스며서 생긴 누런 얼룩이 있었다.

갑자기 천장의 전등이 꺼졌다. 그러나 방에는 한 개의 스탠드 램프가 켜져 있었다. 스탠리는 그녀의 얼굴 가까이 앉아서 여전히 그녀의 입을 막고 있었다. 녀석들의 손이 그녀의 몸 여기저기를 만졌다. 마샤는 미칠 것만 같았다. 조금이라도 몸을 움직일 수 있으면 발로 차려고 했지만, 팔도 발도 꼼짝 못하게 눌려 있어서 어쩔 수가 없었다. 억지로 돌아누우려고 했을 때 그녀의 드레스가 찢어지는 소리가 들렸다.

스탠리가 말했다.

"내가 제일 먼저 하겠다. 누구 좀 교대해서 여기를 잡아라."

그의 헐떡이는 숨소리가 들렸다.

융단 위를 걷는 발걸음 소리가 침대를 돌았다. 다리는 여전히 짓눌려 있었지만 얼굴을 덮은 손은 다른 손과 교대하려 하고 있었다. 지금이 기회라고 생각했다. 교대한 손이 입을 막으려고 했을 때 마샤는 사납게 그 손을 물어뜯었다. 이빨이 살을 찢고 들어가 뼈에 닿는 것을 느꼈다.

물린 녀석은 비명을 지르면서 손을 뗐다.

그 순간 마샤는 숨을 한 번 크게 몰아쉬고 힘껏 소리쳤다.

"사람 살려! 사람 살려! 사람 살려요!"

마지막 외침은 스탠리의 손이 그녀의 얼굴을 세차게 때림으로 해서 차단되었다. 그녀는 일순 정신이 아찔해지는 것을 느꼈다.

"바보 같은 년!" 하고 스탠리가 욕을 했다.

"아이구, 아파 죽겠다. 이게 내 손을 물었어."

하고 어떤 녀석이 투덜거렸다.

스탠리는 잔뜩 골이 나서 "그래 그 손에 키스라도 해줄 줄 알았니? 난처하게 됐는 걸. 이 호텔 녀석들이 들었으면 큰일이야."

라일이 겁을 먹고 말했다.

"걸리기 전에 달아나자."

"쉬! 조용히 해."

스탠리가 주의를 주자 모두 귀를 기울였다.

"별 이상은 없는데…… 아무도 못 들은 모양이야." 하고 스탠리가 조용히 말했다. 그래 정말 아무도 못 들었는가 보다 하고 마샤는 절망적인 기분이 되면서 생각했다. 눈물이 앞을 가려서 아무 것도 볼 수 없었다. 더 이상 몸부림칠 힘도 없어지는 것 같았다. 그때 바깥문을 노크하는 소리가 들렸다. 세 번, 단단히 따져들 듯이 들려왔다.

"큰일났어. 누군가가 들은 모양이야."

하고 세 번째 녀석이 말했다.

"제기랄, 이 손이 원망스럽군."

"어떻게 하지?"

네 번째 애가 불안스럽게 물었다.

노크 소리는 아까보다 더 강하게 되풀이되었다.

잠시 있다가 복도에서 부르는 소리가 들렸다.

"문을 열어 주시오. 도움을 청하셨지요?"

그 음성에는 남부 악센트가 약간 섞여 있었다.

라일이 속삭였다.

"혼자야, 잘 하면 적당히 넘길 수 있을 거야."

"그래, 해보자."

하고 스탠리가 말했다.

"계집애를 꼭 붙잡고 있어. 이번에는 소리를 지르게 하면 안 돼."

마샤의 입을 막고 있던 손에 더욱더 힘이 가해졌다.

찰칵 하고 열쇠 돌아가는 소리와 곧 이어서 문이 열리는 소리가 들렸다. 스탠리가 놀라는 것처럼, "어, 왜 그래?" 했다.

"호텔 종업원입니다만, 지나가던 길에 비명 소리가 들려서."

"쓸데없는 간섭 말아!"

스탠리는 거칠게 말하고 나서, 생각을 좀 바꾸었는지 어조를 부드럽게 하고 "아니, 고마워. 아무 것도 아냐. 내 아내는 가끔 악몽을 꾸다가 큰 소리를 지르는 버릇이 있어서…… 이젠 아무렇지도 않아."

"그렇습니까?"

종업원은 아직 의혹이 풀리지 않은 듯, 망설이는 듯했다.

"아무 일도 아니라면 다행입니다만."

"아무 것도 아니고 말고. 가끔 일어나는 일이야."

이 위급한 고비를 멋있게 넘길 수 있다는 자신을 가지고 스탠리가 말했다. 마샤는, 곧 문이 닫히리라고 생각했다.

그녀가 한참 동안 얌전하게 굴었기 때문에 그녀의 입을 막고 있던 손의 압력이 약해지는 것 같았다. 이때다라고 생각한 그녀는 혼신의 힘을 다해서 몸을 옆으로 뒤틀면서 머리를 옆으로 젖혔다. 입이 잠시 자유를 얻었다.

"사람 살려요! 거짓말이야, 사람 살려!"

다시 난폭한 손이 그녀의 입을 막았다.

문 밖에서는 갑자기 격한 말다툼이 일어났다.

"안으로 좀 들어가 봐야겠습니다."

"여기는 내 방이야. 내 아내의 잠꼬대라고 말하지 않았어."

"저런 잠꼬대가 어디 있어요? 믿을 수 없어요."

"좋아, 그럼 들어와 봐" 하고 스탠리가 말했다.

마샤의 입을 막고 있던 녀석은 현장을 목격 당하는 것이 무서웠는지 손을 떼었다. 그녀는 침대 위에서 몸을 일으켰다. 흑인 청년이 들어왔다. 22~3세쯤 총명해 보이는 얼굴에 옷차림도 단정한 청년이었다.

그는 곧 상황을 알아차리고 엄하게 말했다.

"그 아가씨를 풀어드려."

"흥, 우리한테 명령하는 거야?"

스탠리는 코웃음을 쳤다.

마샤는 복도로 나가는 문이 좀 열려 있는 걸 알았다.

"좋아! 검둥이."

스탠리가 으르렁댔다.

"맛을 좀 봐!"

그의 오른손이 날아왔다. 혼신의 힘이 담겨진 일격이었다. 만약 이것이 제대로 맞았더라면 흑인 청년은 단번에 쓰러지고 말았을 것이다. 그러나 흑인 청년은 살짝 몸을 피했다. 스탠리의 팔은 흑인 청년의 머리 옆을 그냥 스쳐 지나고, 스탠리의 몸은 앞으로 비틀거렸다. 동시에 흑인 청년의 왼쪽 주먹이 재빨리 올라오더니 상대방의 턱에 강렬한 어퍼컷을 명중시켰다.

복도 어디에선가 문이 열렸다 닫히는 소리가 들렸다.

스탠리는 턱을 쓸면서 욕을 했다.

"개자식!"

그리고 자기 패들을 돌아보면서 외쳤다.

"모두 달려들어."

마샤에게 손을 물린 애는 주저했지만, 다른 세 놈은 맹렬하게 흑인 청년에게 달려들었다. 흑인은 중과부적으로 그 자리에 쓰러졌다. 쿵 하고 무서운 소리가 나고 — 동시에 그때 복도에서 사람들이 웅성대는 소리가 들렸다.

"큰일났어!"

라일이 급하게 소리를 질렀다.

"빨리 달아나야 돼!"

싸움에 가담하지 않았던 애가 제일 먼저 문으로 달려가고 다른 애들이 허둥지둥 그 뒤를 따랐다. 복도에서 누군가에게 말하는 스탠리의 음성이 마샤에게 들려왔다.

"말썽이 생겨서 우린 도우러 가는 길이오."

흑인 청년은 얼굴이 피투성이가 된 채 몸을 일으키고 있었다.

복도의 웅성거림 속에서, 처음 듣는, 위엄 있는 음성이 크게 들려왔다.

"어딥니까? 사고가 난 곳이."

"저 방이에요."

흥분한 여자의 음성이었다.

"비명 소리가 들리고, 싸움이 벌어진 모양 같았어요."

다른 음성이 투덜댔다.

"난 아까부터 시끄러워서 신고를 했는데 아무도 올라오지 않았어요."

문이 활짝 열렸다. 방안을 들여다보는 몇 사람의 얼굴들 사이로 당당한 체구의 사나이가 들어왔다. 문이 닫히고 천장의 전등이 켜졌다.

피터 맥더모트는 난장판이 된 방안을 둘러보고 "어떻게 된 겁니까?" 하고 물었다.

마샤의 몸은 오열로 떨고 있었다. 그녀는 일어서려고 하다가 다시 침대 위에 쓰러지고, 찢어진 드레스를 끌어당겨서 몸을 가리려 했다. 오열을 삼키면서 그녀는 겨우 입을 열었다.

"나를…… 폭행하려고……."

피터의 표정이 굳어졌다. 그리고 젊은 흑인을 휙 돌아보았다. 그 청년은 벽에 기대어 서서 얼굴에서 흘러내리는 피를 닦고 있었다.

"로이스!"

피터의 눈에는 싸늘한 노기의 빛이 번쩍였다.

"아니에요. 그 분이 아니에요. 그 분은 도와주러 오신 거예요."

마샤는 눈을 감았다. 좀 전의 일은 생각만 해도 진저리가 났다.

흑인 청년은 손수건을 집어넣고 몸을 곧바로 세우고 나서 아무렇지도 않은 듯이 말했다.

"자, 나를 때려 보시지. 후에 잘못 알았다고 말하면 될 것 아니오. 언제나 그러는 것처럼 말이오."

피터는 무뚝뚝하게 대답했다.

"이미 잘못 알았어, 로이스. 사과한다."

피터는 알로이셔스 로이스를 아주 싫어하고 있었다. 그것은 로이스가 호텔 소유주 워렌 트렌트의 시종(侍從) 역과 로욜라 대학에서의 법률 공부를 이상하게 혼동하고 있었기 때문이다. 노예의 아들이었던 로이스의 부친은 일찍이 워렌 트렌트의 시종이 되고, 친근한 반려(伴侶)이기도 했다. 25년 후 그가 죽었을 때도 이 호텔에서 자란 그의 아들 알로이셔스는 그대로 호텔에 남아 트렌트의 방에서 살면서 학교에 다니고 있었다. 그러나 피터의 견해로 보는 로이스는 극히 거만하고, 타인의 우정도 무시하고, 사사건건 시비조로 나오는 버릇이 있었다.

"자네가 본 대로 말해 줄 수 없겠나?" 하고 피터는 말했다.

"네 분 계셨지. 훌륭한 백인 신사들이 말이오."

"자네가 얼굴을 아는 녀석도 있었나?"

로이스는 고개를 끄덕였다.

"두 사람 있었소."

"그걸로 됐어."

피터는 침대 옆의 전화로 갔다.

"어디에 전화하려는 거지요?"

"물론 경찰이지! 그 놈들을 잡아야 해."

흑인 청년은 빙긋이 웃었다.

"그만두는 게 좋으실 것 같은데요."

"어째서?"

로이스는 말했다.

"우선 첫째는 내가 증인이 되어야 할 것 아니오. 그런데 이 루이지애나 독립주의 어떤 법정도 백인 여자의 폭행사건에 대해서는 흑인의 증언을 일절 받아들이지 않는 불문율이 있단 말씀입니다. 백인 명문의 자제들이 네 명이나 저 흑인 녀석의 증언은 거짓말이라고 한다면 그걸로 일은 끝나는 게 아니겠어요. 비록 미스 프리스코트가 나의 증언을 뒷받침해 준다 해도 별수가 없지. 더구나 신문 같은 데서 떠들어댈 것을 생각한다면 저 아가씨의 아버지가 아가씨에게 그런 일을 시킬 것 같지 않아요."

피터는 손에 든 수화기를 조용히 내려놓고 "자네는 만사를 어렵게만 만들려고 하는 버릇이 있는 것 같아"라고 말했다. 그러나 로이스의 말이 옳다는 것은 알고 있었다. 그는 마샤를 돌아보았다.

"아가씨의 성이 프리스코트입니까?"

흑인 청년이 고개를 끄덕였다.

"이 아가씨의 아버님이 마크 프리스코트 씨지요. 다시 말해 프리스코트 백화점의 사장이란 말입니다. 그렇지요, 아가씨?"

마샤는 고개를 힘없이 끄덕였다.

피터는 물었다.

"당신은 그 자들을 알고 있지요?"

"네."

들릴락말락한 대답이었다.

로이스가 끼어 들었다.

"아마, 아래층의 댄스 파티에서 여기로 옮겨왔을 거요."

"그래요?"

그녀는 고개를 끄덕였다.

"그럼 당신은 그들과 함께 이 방에 오신 건가요?"

다시 속삭이는 듯한 작은 음성으로 "네" 하고 말했다.

피터는 난처한 듯한 표정으로 그녀를 보았다.

"경찰에 고발하고 안 하고는 당신이 결정할 일입니다. 호텔 측으로서는 어떤 쪽이든 당신을 위해서 협력하겠습니다. 그러나 지금 로이스가 말한 것처럼 신문 같은 데서 들고 나오면 꽤, 아니 대단히 불쾌해질 것입니다. 물론 이것은 아버님께서 결정하셔야 할 일입니다. 전화를 해서 이리로 오시라고 할까요?"

마샤는 고개를 들고 처음으로 피터를 똑바로 보았다.

"아빠는 지금 로마에 가 계셔요. 아빠께는 아무 것도 알리지 말아주세요."

"하지만 아버님께 의논드리면 무슨 좋은 방법이 있을지도 모르잖아요. 어쨌든 이대로 물러날 수는 없지 않겠습니까?"

피터는 침대 주위를 천천히 맴돌았다. 아직 무척 어려 보이는 모습과 또 그녀의 눈부신 미모에 놀라면서 그녀를 바라보았다.

"뭔가 제가 해드릴 만한 일이 없을까요?"

"모르겠어요. 전 어떻게 해야 좋을지 모르겠어요."

그녀는 다시 소리를 죽여 울기 시작했다.

피터는 조금 주저하면서 호주머니에서 손수건을 꺼내 마샤에게 주었다. 그녀는 그것으로 눈물을 닦고 코를 풀었다.

"기분이 좀 나아졌어요?"

그녀는 고개를 끄덕였다. 그녀의 마음속에는 복잡한 감정이 소용돌이치고 있었다. 고통, 치욕, 분노, 무슨 일이 일어난다 해도 보복을 해야겠다는 충동, 그리고 — 이것은 도저히 이루어질 수 없는 일이라는 것을 경험에 의해서 알고 있었지만 — 좋아하는 이성의 사랑과 비호의 품속에 안기고 싶은 욕망도 있었다. 그러나 극도에 달한 육체적 피로는 그와 같은 감정을 억눌러버릴 만큼 심했다.

"좀 쉬는 것이 좋겠군요."

피터는 아직 사용하지 않았던 담요를 침대 위에 펴주었다. 마샤는 그 밑으로 들어가서 누웠다. 베개의 감촉이 시원했다.

"이런 곳에 누워 있긴 싫어요. 못 견디겠어요."

그는 알겠다는 듯이 고개를 끄덕였다.

"이대로 조금만 계시면 이따가 댁까지 모셔다 드리지요."

"아니에요. 그런 뜻이 아니에요. 다른 방은 비어 있는 것이 없나요?"

그는 고개를 옆으로 저었다.

"호텔은 오늘 밤 만원인 것 같습니다."

욕실에서 얼굴의 피를 씻고 있던 로이스가 돌아와서 거실의 참담한 광경을 둘러보았다. 옆으로 넘어져 있는 가구들, 꽁초가 흘러 넘친 재떨이, 바닥에 뒹굴어 융단을 젖게 한 술병들, 깨어진 술잔 등이 온 방에 널려 있어서, 발 디딜 틈이 없었다.

피터가 다가오자 그는 어이가 없다는 듯이 말했다.

"굉장한 파티였던 모양인데요."

"그랬던 것 같군."

피터는 문을 닫고 침실로 돌아왔다.

마샤는 애원하듯이 말했다.

"이 호텔 안에 어디 적당한 장소는 없을까요. 저는 정말 오늘밤은 집에 갈 수 없어요."

피터는 주저했다.

"555호실이라면 비어 있기는 한데……"

그는 로이스를 힐끗 보았다.

555호실은 총지배인이 개인용으로 쓰고 있는 작은 방인데 옷을 갈아입는 일 이외에는 피터가 그 방을 이용하는 일은 거의 없었다.

"아무 데라도 좋아요."

마샤가 말했다.

"저의 집에 전화 좀 해주세요. 가정부 안나를 불러서 제가 여기서 묵고 있다고만 전해 주세요."

로이스가 말했다.

"제가 열쇠를 가져올까요?"

피터는 고개를 끄덕였다.

"돌아오는 길에 그 방에 들러서 잠옷을 좀 가져오게. 메이드(여자 종업원)를 불러야 하지 않을까."

"메이드를 불러온다는 건 이 사건을 전부 방송하는 거나 다름없는 일이지요."

피터는 잠시 생각해 보았다. 이렇게 되면 소문이 퍼지는 것을 막기란 불가능한 일이었다. 어떤 호텔에서도 이와 같은 사건에 대한 소문은 뒷계단을 통해서 삽시간에 퍼지는 것이 보통이었다. 그러나 그렇다고 해서 거기에다 추신까지 곁들여줄 필요는 없는 일이었다.

"좋아, 그러면 종업원 전용 엘리베이터로 모셔 가도록 하지."

로이스가 복도의 문을 여니까 열성적인(?) 질문이 기관총 탄환처럼 날아왔다. 잠을 깬 손님들이 복도에 모여 있다는 사실을 피터는 그 사이 말끔히 잊어버리고 있었던 것이다. 그들을 안심시키려고 로이스가 한참 설명을 해주자, 이윽고 말소리는 사라져 갔다.

마샤는 눈을 감은 채 물었다.

"선생님은 누구시죠?"

"아, 미안, 진작 설명을 해드렸어야 하는 건데……."

피터는 자기의 이름을 대고 이 호텔과의 관계에 대해서 말했다. 마샤는 아무 말 없이 들었다. 이야기는 알아들을 수 있었으나, 그의 부드러운 음성이 머리 위를 흘러가는 것 같은 기분이었다. 잠시 후 그녀는 꿈속을 헤매는 기분이었다.

로이스가 돌아온 일, 침대에서 내려와 화장옷을 입고 안내하는 사람을 따라 조용한 복도를 급하게 걸어간 일, 엘리베이터를 내려서자 또 다른 복도가 있었고, 다음에는 침대 위에 조용히 드러누운 일들을 모두 어렴풋이 의식했다.

물소리가 들려왔다. 그리고 목욕준비가 되었다고 알려 주었다. 그녀는 정신을 차리고 일어나서, 욕실에 들어가 문고리를 잠갔다.

그 욕실에는 곱게 접어놓은 잠옷이 있었다. 목욕을 하고 나서 그녀는 그 옷을 입었다. 그것은 감청색의 남자용 잠옷으로, 입어보니 너무 컸다. 그녀의 손은 소매 속에 가려져 버렸고, 바지자락은 접어 올려도 발이 걸려서 넘어질 것만 같았다.

욕실에서 나오자 그녀에게 손을 내밀어 침대에 눕는 것을 도와주는 사람이 있었다. 빳빳하고 상쾌한 시트 속에 드러누웠을 때 그녀는 침착하고 믿음직한 피터 맥더모트의 음성을 들었다. 멋있는 음성이었다. 음성의 주인도 멋이 있다고 그녀는 생각했다.

"로이스와 나는 이제 그만 실례하겠습니다. 이 방의 자물쇠는 자동식이고 열쇠는 침대 곁에 있습니다. 그럼 편안히 주무세요."

"고맙습니다. 근데, 이건 누구의 잠옷인가요?"

그녀는 정신이 몽롱한 채 물었다.

"내 것입니다. 너무 커서 안됐군요."

그녀는 고개를 저으려고 했으나 그럴 힘조차 없었다.

"괜찮아요……정말 좋아요……"

그의 잠옷이라는 것이 더욱 좋았다. 마치 그의 팔에 안긴 것 같은 기분이 들었다.

"정말 좋아요."

그녀는 조용히 되뇌었다. 그것이 그녀가 잠에 곯아떨어지기 전 마지막 의식 상태에서 한 말이었다.

8

피터는 혼자 5층에서 엘리베이터를 기다렸다. 로이스는 이미 종업원용 엘리베이터로 15층 사장실 옆의 자기 방으로 올라갔다.

분주한 밤이었다. 불쾌한 사건도 몇 가지 일어나서 더욱 그를 바쁘게 만들었다. 하기야 인생의 추악한 단면을 노출시킨 그런 사건들은 큰 호텔에는 흔히 있는 일이었다.

엘리베이터가 도착했을 때 그는 크리스틴이 중2층에서 기다리고 있다는 생각을 했으나 "로비에 내려 줘"라고 말했다. 1층에서의 용무는 간단히 끝날 것이다.

문이 닫혔는데도 한동안 엘리베이터는 꼼짝하지 않았다. 엘리베이터 운전수는 자꾸만 핸들을 밀었다 당겼다 하고 있었다.

"여봐, 문은 제대로 닫혔나?"
하고 피터는 짜증스레 물었다.
"예, 제대로 닫혔습니다만, 아무래도 전기의 접촉이 시원치 않은 것 같아요. 여기가 아니면 저 위겠지요."
운전수는 엘리베이터의 전원실이 있는 옥상 쪽을 쳐다보았다.
"최근엔 고장이 잦아요. 주임이 며칠 전에 조사는 했습니다만."
그는 핸들을 힘있게 잡아당겼다. 엘리베이터는 덜컥 하고 크게 흔들리고 나서 하강하기 시작했다.
"이건 몇 호 엘리베이터지?"
"4호입니다."
피터는 주임기사로부터 어디가 고장인지를 알아보기 위해서 그 번호를 기억했다.
그가 엘리베이터에서 내렸을 때 로비의 시계는 거의 열두 시 반을 가리키고 있다.
언제고 이 시간이 되면 대개 로비 안이나 주변 사람들의 움직임은 꽤 조용해지지만 아직도 상당수의 사람들이 분주하게 들락날락거리고 있었다. 가까운 인디고 룸에서 흘러나오는 음악은 특별 쇼가 한창이라는 것을 말해 주고 있었다. 피터는 오른쪽에 있는 프런트로 몇 발짝 걸어가다가 그에게 오는 뚱뚱한 사나이를 보고 걸음을 멈췄다. 행방을 알 수 없었던 호텔의 보안주임 오글비였다. 그 옛날 뉴올리언스 경찰에서 근무할 때 아무런 공적도 남긴 것이 없는 이 전직 경관은, 턱에 군살이 늘어진 얼굴은 애써 무표정을 가장하고 있었으나 돼지처럼 작은 눈은 쉴 새 없이 곁눈질을 하면서 주위의 상황을 살피고 있었다. 그는 언제나처럼 곰팡내 나는 여송연 연기와 웃옷 가슴팍의 호주머니를 마치 어뢰(魚雷)처럼 부풀게 하고는 두툼한 여송연 냄새를 풍기면서 다가왔다.
"나를 찾았다면서요."
무관심한 척, 시치미를 떼는 듯한 말투였다.

피터는 화가 다시 치밀어 오르는 것을 느꼈다.

"그렇소. 많이 찾았소. 도대체 어디에 가 있었소?"

"내 직무를 수행하고 있었어요."

몸집에 비해서는 놀랄 만큼 음성이 가늘었다.

"호텔 안에서 사고가 좀 있어서 그걸 신고하러 경찰서에 가 있지 않았겠어요. 오늘 여기 화물 예치소에서 여행가방 하나를 도난 당했거든요."

"경찰서? 그런 곳에도 도박장이 있소?"

돼지 같은 곳에 분노의 빛이 스쳤다.

"거짓말이라고 생각하면 조사해 보시지. 아니면 사장에게 보고를 하시든가."

피터는 체념하듯이 고개를 끄덕였다. 그렇게 해보았자 소용이 없다는 것을 피터는 알고 있었다. 알리바이는 빈틈없이 성립시켜 놓았을 것이다. 경찰서의 그의 친구들은 오글비의 말을 뒷받침해 줄 것이다. 또 트렌트 사장이 오글비를 처벌한다는 것은 절대로 있을 수 없었다. 오글비는 이 세인트 그레고리 호텔의 소유주보다도 더 오랫동안 이 호텔에서 근무하고 있었다. 그는 어느 사나이의 시체가 어디에 암매장되어 있는지를 알고 있기 때문에, 트렌트 사장은 그에게 약점을 잡혀서 꼼짝도 못한다는 소문도 나 있었다. 그 이유가 무엇이든 오글비의 지위는 확고부동한 것이었다.

"당신이 없는 사이에 긴급사건이 두 건 일어났는데 모두 처리했소."

하고 피터는 말했다. 생각하면 오글비가 없었던 것이 오히려 다행이었는지도 모른다. 이 보안주임이 앨버트 웰즈의 위기를 크리스틴 만큼 적절하게 처리할 수 있을까, 또 마샤 프리스코트를 친절하고 정중하게 다룰 수 있었을까 의문스러웠다. 오글비의 일을 잊어버리기로 결심한 피터는 한 번 고개를 끄덕이고 나서 프런트로 갔다.

아까 웰즈 씨의 방 때문에 전화를 한 야근의 객실계원이 거기에 있었다. 피터는 회유책을 쓰기로 하고 상냥하게 말을 걸었다.

"아까는 고마웠소. 덕분에 14층 문제는 해결되었소. 웰즈 씨를 무사히 1410

호실로 옮겨 드렸고, 아론즈 선생이 간호사를 불러주었소. 그리고 주임기사가 산소 호흡기를 마련해 주어서 이제는 모든 게 안심이오."

피터가 다가오는 것을 보고 굳어져 있던 객실계원의 얼굴표정이 부드러워졌다.

"네, 그래요? 저는 그렇게 병이 위중한 줄은 몰랐지요."

"자칫 잘못했다가는 늦을 뻔했지. 그래서 왜 그를 그 방에 옮겼는지 알고 싶었던 거요."

객실계원은 진지한 표정으로 고개를 끄덕였다.

"네, 그런 일이라면 꼭 조사해서 진상을 알아보도록 하지요."

"11층에서도 사고가 일어났는데, 1126, 1127호에 투숙한 사람의 이름을 좀 말해 주겠소?"

객실계원은 숙박 카드를 뒤적여서 그 중의 한 장을 빼들었다.

"스탠리 딕슨 씨로군요."

"딕슨이라."

그것은, 마샤의 곁을 떠난 직후 로이스가 그에게 일러준 두 개의 이름 중 하나였다.

"자동차 판매회사 사장의 아들이지요. 그 애 아버지도 자주 이 호텔에 오신답니다."

"아, 그래요? 고맙소. 그 손님은 호텔을 나간 모양이니까 비용을 계산해서 청구서를 우편으로 보내도록 회계과에 연락해 주시오."

그때 한 가지 생각이 머리에 떠올랐다.

"아냐, 그 청구서는 내일 내게로 보내 주시오. 편지를 써서 함께 보내겠소. 객실을 조사해 봐서, 결과에 따라서는 비품의 파손에 대한 손해 배상도 청구해야 할지 모르니까 말이오."

"네, 알았습니다."

객실계원의 태도가 변하는 것이 역력했다.

"회계과에 그렇게 전하겠습니다. 그러면 그 방은 비게 되는 거지요?"

"그렇소."

피터는 555호실에 마샤가 묵고 있는 것을 굳이 선전할 필요는 없다고 생각했다. 잘 하면 내일 아침 일찍 아무도 모르게 그녀를 내보낼 수도 있을 것이다. 그 생각을 했을 때 그녀의 집에 전화를 걸기로 한 약속이 생각났다. 객실계원에게 다정하게 "그럼 수고하시오."라는 인사를 하고 나서 피터는 로비를 가로질러, 낮 동안 지배인 조수의 한 사람이 사용하는 데스크로 가서 가든 구의 마크 프리스코트의 집으로 전화 신청을 했다. 신호가 한참 동안이나 울리더니 졸린 듯한 여자의 음성이 들려왔다. 피터는 자기 소개를 하고 나서 말했다.

"미스 프리스코트에게서 안나 씨에게 전해 달라는 부탁을 받았습니다만."

"제가 안나입니다. 마샤 양에게 무슨 일이라도 생겼나요?"

남부 억양으로 상대방이 말했다.

"아니, 아무 일도 없어요. 오늘밤은 이 호텔에서 묵으신다고 전해달라고 하셨습니다."

"실례지만 댁은 누구신지요. 다시 한번 말씀해 주시겠어요?"

하고 가정부는 말했다.

피터는 참을성 있게 설명했다.

"그것을 확인하고 싶으시면, 이쪽으로 전화를 걸어 보시지요. 여기는 세인트 그레고리입니다. 로비의 지배인 조수의 데스크를 대달라고 하세요."

상대방은 안심한 듯이 "네. 그럼 그렇게 해보겠습니다." 했다. 일 분도 채 못돼서 두 사람의 전화는 다시 연결되었다.

"됐습니다. 누구신지 확실히 알았으니까요. 폐를 끼쳐서 죄송합니다. 주인어른께서 여행 중이라 저희들은 아가씨에 대해서 잠시도 마음을 놓을 수가 없답니다."

수화기를 놓고 나서 피터는 다시 한번 마샤를 생각했다. 그리고 내일 그녀를 만나 폭행미수 사건 전에 있었던 일들을 물어보기로 마음먹었다. 젊은애들이 난장판을 벌인 그 스위트 안의 어처구니없던 모습이 그에게 몇 가지 의문을 던져 주고 있었다.

보이장의 데스크 뒤에 서 있는 허비 챈들러가 아까부터 그의 눈치를 살피고 있는 것을 피터는 알고 있었다. 곧 그는 챈들러에게로 가서 짤막하게 물었다.

"11층의 사고를 조사해 보도록 일렀는데 어떻게 됐소?"

챈들러의 족제비 같은 얼굴이 시치미를 떼는 표정을 지었다.

"가보았습니다. 그 방 앞을 서성거려 보았지만 아무 소리도 나지 않던데요."

사실이 그랬었는 걸, 하고 챈들러는 생각했다. 몹시 걱정이 되어서 그는 11층에 가보았지만, 그때까지 어떤 난장판이 벌어졌는지는 몰라도 그가 갔을 때는 이미 모든 것이 끝나 있었다. 그가 안도의 숨을 쉬면서 로비로 돌아왔을 때, 두 콜걸은 아무에게도 들키지 않고 호텔을 빠져나갔다.

"좀 들여다본다든가 잘 들어본다든가 할 수는 없겠소?"

챈들러는 완강하게 고개를 가로 저었다.

"저는 총 지배인님이 하라는 대로했어요. 11층에 올라가 보라고 해서, 제 소관이 아니지만 올라가 본 겁니다."

"알았소."

피터는 보이장이 무엇인가 숨기고 있다고 느꼈지만 그 자리에서는 추궁하지 않기로 했다.

"좀 조사해 볼 테니까 후에 이야기하기로 하지."

로비를 가로질러 가서 엘리베이터 안으로 들어가는 동안, 보이장과 오글비의 시선이 그의 등을 따갑게 쏘아보는 것을 느꼈다. 이번에는 한 층만 올라가서, 중2층에서 내렸다.

크리스틴은 그의 사무실에서 기다리고 있었다. 구두를 벗고 한 시간 반 전에 앉아 있었던 가죽의자 속에 다리를 구부리고 앉아 있었다. 눈을 감고 시간과 거리가 멀찍이 떨어져 있는 상념(想念)에 사로잡혀 있었다. 피터가 들어오는 것을 보자 그녀는 그 상념에서 깨어났다.

"호텔 직원과는 결혼하지 마시오. 일에 끝이라는 게 없으니 말이오."라고 피터는 말했다.

"아주 적시에 충고해 주셨군요. 실은 저, 새로 들어온 지배인 조수에게 좀 반해 있었거든요. 왜 록 허드슨 닮은 사람 말이에요."

그녀는 다리를 뻗어 구두를 신었다.

"아직도 무슨 다른 사고가 남아 있나요?"

크리스틴의 유쾌한 모습과 목소리에 이끌려서 피터는 웃었다.

"아니, 이제 우리와는 직접 관계가 없는 일뿐이오. 가면서 이야기합시다."

"어디로 가는 거지요?"

"아무 데라도. 빨리 호텔 밖으로 나갑시다. 더 이상 일하는 건 질색이오."

크리스틴이 생각 끝에 말했다.

"구 프랑스가(街)에는 아직 문을 열고 있는 집이 많지만…… 아니면 제 아파트로 갈까요? 특별히 맛있는 오믈렛을 만들어 드릴께요."

피터는 그녀의 손을 잡아 일으켜 주고 문 앞까지 데리고 가서 사무실 전등을 껐다.

"오믈렛이라. 흠, 그 말을 들으니 갑자기 시장기가 도는군."

9

비 온 뒤에 생겨난 물웅덩이를 피하면서 그들은 호텔에서 한 구획 반 정도 떨어진 승강식 주차장으로 갔다. 비는 개고 반달이 구름 사이에서 얼굴을 내밀고 있었다. 시내의 중심가도 이제 겨우 조용해져 가끔 지나는 택시 소리와 그들의 걸음 소리가 어두운 고층 빌딩의 골짜기에 공허하게 울렸다.

졸린 듯한 주차장 계원이 크리스틴의 폴크스바겐을 내려놓자 피터는 오른쪽 좌석에 앉았다.

"아아 피곤하군. 좀 편안한 자세로 앉아도 괜찮겠소?"

그는 크리스틴의 어깨에 손이 닿지 않도록 조심하면서 운전석 뒤로 팔을 둘렀다.

커낼 가에서 교통신호등이 푸른빛으로 바뀌는 것을 기다리는 동안, 그들 앞의 나무 그늘이 많은 큰길을 에어컨 시설이 된 신형 버스가 한 대 지나갔다.

"무슨 일이 있었는지 말해 주기로 하지 않았어요?"

그녀가 말했다. 그는 얼굴을 찡그리고 다시 호텔의 일을 되새기면서 마샤의 폭행미수사건에 대해 간단히 설명했다. 크리스틴은 아무 말 없이 들으면서 차를 북동쪽으로 몰아가고 있었다. 피터는 또 챈들러와 주고받은 대화와, 그 보이장이 뭔가 그 이상의 것을 알고 있는 것 같다는 자기의 생각을 덧붙였다.

"허비는 언제나 그래요. 뭔가 떳떳하지 못한 것이 있으니까, 그 방 앞에서 서성거리고만 있었던 게 아닌가요."

"서성대고 있었다고 해서 모가지를 자를 수도 없고······."

그는 중얼거렸다. 이 말은 이 호텔의 비능률성에 대한 그의 불만과 울분을 나타내고 있었다. 그에게는 그것을 개혁할 수 있는 권한이 없었다. 관리방식이 명확히 정해져 있는 보통 업체라면 이와 같은 문제는 일어나지 않겠지만 이 세인트 그레고리에는 불문율이 너무나 많고, 게다가 최종적인 결정은 모두 호텔 소유주의 변덕스러운 결정에 의존하지 않으면 안 된다.

그 특별한 사정이 없었더라면, 코넬 대학의 호텔 경영학과를 우등으로 졸업한 피터는 좀더 만족스럽게 일할 수 있는 다른 호텔로 벌써 자리를 옮겼을지도 모르지만 사정이 그렇지를 못했다. 그가 세인트 그레고리에 올 때 그의 머리 위에 도사렸던 검은 구름은 다른 취직자리를 봉쇄해 버렸고 더구나 그 구름은 쉽게 걷힐 것 같지도 않았다.

자신의 경력을 더럽힌 지난날의 실책을 그는 울적한 심정으로 되돌아보는 일이 있었다. 다른 누구도 탓할 수 없는 자초(自招)한 재앙이었다고 그는 솔직히 시인하고 있었다.

코넬 대학 졸업 후 바로 채용된 월도프 에스토리아 호텔에서 그는 가장 미래를 촉망받던 똑똑한 젊은이였다. 지배인 조수였던 그에게 승진이 결정되자마자, 불운과 경솔이 겹치게 되었다. 호텔의 근무시간 중에, 그것도 아주 급한 용무가 생겼을 때 어떤 여자 숙박객과 그녀의 침실에서 벌인 불장난이 현장에서 발각되었던 것이다.

하기는 그것뿐이었다면 처벌을 면할 수 있었는지도 모른다. 호텔에서 일하는 미모의 청년이 고독한 여성 숙박객으로부터 유혹을 당하는 것은 흔히 있는 일이었고, 그와 마찬가지로 그 유혹에 빠지고 마는 청년도 적지 않았다. 경영자 측은 그 사실을 알아도 엄중한 경고처분 이상의 조치를 취하는 일은 거의 없었다.

그런데 그의 경우에는 두 가지 요소가 얽혀서 불리하게 작용했다. 그 여자의 남편이 사립탐정의 도움으로 이 사건을 알게 되어 아내의 불륜을 이유로 이혼 소송을 제기했기 때문에 단번에 그 일은 세상에 알려지고 말았다. 호텔 측으로서는 그야말로 난처한 입장에 놓이게 된 것이었다.

게다가 화불단행(禍不單行)이라고, 또 다른 개인적 보복이 뒤따랐다. 피터는 그보다 삼 년 전에 결혼했지만, 그 조급한 결혼은 곧 파탄을 가져와서 아내와는 별거생활을 하고 있었다. 결혼생활의 실패에서 오는 고독과 환멸이 그 사건의 원인의 일부였다. 그런데 피터와 별거하고 있던 아내는 그와 같은 원인은 아랑곳하지 않고 사건에 편승해서 이혼 소송을 제기하여 승리를 거둔 것이었다. 한편 호텔 당국은 그에게 불명예스러운 해고처분을 내리고 주요한 체인 호텔에는 발을 붙일 수 없게 했다.

물론 일반 호텔에까지 요주의 인물 통고가 나간 것은 아니지만, 타 계열에 속하는 많은 호텔은 체면상 그의 채용을 거부할 수밖에 없었다. 그래서 그는 독립업체인 세인트 그레고리에 겨우 일자리를 얻은 것이고, 소유주인 워렌 트렌트는 그의 약점을 참작하여 그의 월급을 정했다.

그가 조금 전에 "서성대고 있었다고 해서 모가지를 자를 수도 없고……"라는 말을 했을 때, 그는 자기에게 무슨 독권한이라도 있는 것 같은 말투였지만, 사실은 그런 권한이라고는 하나도 없었다. 그런 사실을 알고 있는 크리스틴에게는 자신의 말이 우습게 들렸을지도 모른다고 그는 생각했다.

크리스틴은 소형차를 솜씨 좋게 몰아 좁은 버건디 로를 뚫고 나가 구 프랑스 가를 지나서 미시시피 강을 따라 반 마일 정도 남쪽으로 내려갔다. 그리고 조금 떨어진 버본 가의 환락가에서 비틀거리며 걸어오는 취객들을 피하기 위해서 약간 스피드를 줄이면서 문득 머리에 떠오른 생각을 입 밖에 냈다.

"참, 한 가지 중요한 말을 잊었었군요. 커티스 오키페가 내일 아침 도착한대요."

그것은 그가 두려워하고 있던 — 그러나 반은 예상하고 있던 — 뉴스였다.

커티스 오키페란 이름은 지금 한창 알려져 있는 이름이다. 세계적 규모인 오키페 호텔 체인의 총수로, 그는 마치 세상 사람들이 넥타이나 손수건을 사는 것처럼 호텔을 사들였다. 따라서 그가 세인트 그레고리에 온다는 것이 무엇을 뜻하느냐는 호텔의 속사정을 모르는 사람도 알 수 있는 일이었다. 즉 그는 끊임없이 확장되는 오키페 체인 속에 이 호텔을 병합시키려는 의도를 가지고 있다고 생각할 수밖에 없는 것이었다.

"역시 우리 호텔을 사러 오는 거겠지?"

피터가 물었다.

"그렇겠지요."

크리스틴은 어둑어둑한 전방의 노면을 응시하면서 말했다.

"트렌트 씨는 팔고 싶지 않은 모양이지만, 별 수 없을지도 모르지요."

그녀는 이 이야기는 비밀로 해달라고 말하려다가 그만두었다. 피터라면 그런 정도는 알고 있을 것이기 때문이다. 게다가 내일 아침 오키페가 세인트 그레고리에 도착하면, 그 뉴스는 순식간에 온 호텔 안에 퍼질게 분명했다.

"조만간 그렇게 되리라고는 생각했지만, 참 안됐군."

피터도 세인트 그레고리가 최근 수개월 동안 심각한 적자에 허덕이고 있다는 것을 알고 있었다. 크리스틴이 피터에게 말했다.

"하지만, 아직 팔린 건 아니잖아요? 또 트렌트 씨는 팔고 싶어하지도 않고……"

피터는 말없이 고개를 끄덕였다. 차는 구 프랑스 가를 지나 왼쪽으로 돌아서 가로수가 줄지어 선 에스프라네드 거리를 달려갔다. 이 거리는 매우 한산해서 앞 차의 테일 램프가 세인트 존 지류(支流) 쪽으로 사라지는 것밖에는 아무 것도 눈에 뜨이는 것이라곤 없었다.

크리스틴은 말했다.

"융자를 받는 데에는 몇 가지 문제가 있지요. 트렌트 씨는 새로운 자금을 얻어내려고 애쓰고 있거든요. 어떻게 될지는 몰라도 트렌트 씨는 거기에 희망을 걸고 있는 모양이에요."

"만약 그것이 성공하지 못 하면?"

"그러면 당연히 커티스 오키페 씨의 존재는 크게 떠오르게 되겠지요."

그리고 피터 맥더모트의 그림자는 희미해지게 될 것이고…… 하고 피터는 생각했다.

오키페와 같은 호텔 체인이 그를 고용해 줄 정도로 자기의 명예가 회복되었다고 믿기는 어려웠다. 만약 그의 이력이 더럽혀지지만 않았더라도, 이대로 세인트 그레고리에 남아 있을 수 있겠지만, 현재로서는 도저히 바랄 수 없는 일같이 여겨졌다.

어쩌면 곧 다른 취직자리를 찾지 않으면 안 될 것이다. 하지만 그 문제는 그 때에 가서 생각하기로 마음먹었다.

"오키페 세인트 그레고리라……"

그는 생각에 잠기면서 말했다.

"언제쯤이면 확실히 알 수 있겠소?"

"아마 금주 말이 되지 않겠어요."

"아니 그렇게 빨리?"

그렇게 빨리 하지 않으면 안 될 절박한 이유를 크리스틴은 알고 있었다. 그러나 우선은 그것을 말할 필요가 없으리라 생각했다.

피터는 강조하듯이 말했다.

"사장 영감은 절대로 새로운 융자는 얻어낼 수가 없으리라 생각하오."

"무슨 근거로 그렇게 단언하시지요?"

"그런 돈을 가진 양반들은 안전한 투자를 바라니까. 그건 경영방식이 좋아야 한다는 뜻인데, 세인트 그레고리는 그 점에서는 낙제니 말이오. 하려면 할 수도 있었는데 그렇게 하지를 않았지요."

그들은 엘리지언 필드를 북쪽으로 달리고 있었다. 4차선의 넓은 도로에는 다른 차들은 보이지 않았으나, 갑자기 전방에 좌우로 흔들어대는 흰 등이 나타났다. 크리스틴은 브레이크를 밟았다. 차가 정지하자 제복을 입은 경관이 가까이 와서 폴크스바겐에 불빛을 대고 차체를 검사하면서 차 주위를 돌아보았다. 그 동안 그들은 전방 도로의 일부가 로프로 차단되어 있는 것을 보았다. 로프 저쪽 편에서는 제복을 입은 경관들과 사복 경관들이 강력한 라이트를 비추면서 노면을 조사하고 있었다.

경관이 크리스틴의 곁으로 오자 그녀는 차창을 내렸다. 경관은 검사를 마치고 만족한 듯이 말했다.

"여기서 우회해서 저쪽 차선으로 서행해 가십시오. 저 끝에 서있는 경관이 원차선으로 되돌려줄 겁니다."

"무슨 일이 있었나요?" 하고 피터가 물었다.

"뺑소니 차예요. 초저녁에 사건이 일어났어요."

크리스틴이 물었다.

"차에 치인 사람은 죽었나요?"

경관은 고개를 끄덕였다.

"일곱 살 난 여자애지요."

충격을 받은 듯한 그들의 표정에 끌려서 경관은 설명했다.

"어머니와 함께 걸어가다가 변을 당했어요. 어머니는 지금 입원하고 있지만 애는 즉사했습니다. 타고 있던 녀석은 사람을 친 것을 알았음이 틀림없는데 그냥 뺑소니를 쳤단 말입니다. 형편없는 놈이지요."

"범인은 찾을 수 있을 것 같아요?"
"네, 꼭 잡아낼 겁니다."
경관은 로프 저쪽에서 바삐 움직이고 있는 경관들을 턱으로 가리켰다.
"저 양반들은 이런 사건의 베테랑들입니다. 또 이 사건은 그들을 몹시 분개시키고 있으니까요. 게다가 도로에 헤드라이트의 유리가 떨어져서 그 뺑소니차는 곧 알게 될 겁니다."
뒤쪽에서 헤드라이트의 불빛들이 다가왔기 때문에 경관은 이제 가라고 손짓을 했다. 우회로(迂廻路)를 천천히 가서, 그 끝에서 정규차선으로 돌아갈 때까지 그들은 아무 말도 하지 않았다. 그 동안 피터의 마음속에서 무엇인가 걸리는 게 있었으나 그것이 무엇인지 확실히 알 수 없는 것이 안타까웠다. 머릿속에 반쯤 떠오른 생각이 다시 미궁 속으로 숨어버린 느낌이었다. 이와 같은 참사(慘事) 자체가 그의 마음을 괴롭히고 있는 것이리라 생각을 바꿔 봤지만 막연한 불안감은 떠나지를 않았다. 이런 생각에 잠겨 있는데 크리스틴이 갑자기 "이제 다 왔어요."라고 말해 그는 깜짝 놀랐다.
엘리지언 필드에서 브렌티스 거리로 나와 조금 가다가 오른쪽으로 돌면, 현대적인 2층의 아파트 앞에 주차장이 있었다.

"모든 일이 잘 안 되면, 다시 한번 바텐더 노릇이나 해볼까."
피터는, 엷은 초록색이 부드러운 분위기를 자아내는 크리스틴의 거실에서 칵테일을 만들면서 부엌에서 계란을 깨고 있는 크리스틴에게 명랑하게 말을 건넸다.
"어머 바텐더 노릇을 한 적이 있어요?"
"잠시 동안 했었지."
그는 라이 위스키를 3온스 따르고 나서 비터즈의 병을 들었다.
"언젠가 그 얘기를 해드리지."
제 분량만 따랐다가 다시 위스키의 분량을 좀 늘이고 나서 웨지우드 도기(陶器) 색조의 푸른 융단 위에 흘러 떨어진 두세 방울의 위스키를 손수건으로 닦아냈다.

그리고는 몸을 일으켜 거실 안을 쭉 둘러보았다. 백・청・녹의 삼색으로 나뭇잎의 무늬를 넣은 수단(繡緞)을 씌운 프랑스 풍의 소파. 꼭대기에 대리석을 붙인 옷장 곁에 놓여 있는 두 개의 헤플화이트 의자. 상감(象嵌) 장식이 된 마호가니의 식기대 — 그는 그 위에서 칵테일을 만들고 있었다. 벽에는 루이지애나 프렌치 판화 두서너 점과 현대 인상파의 유화가 한 점 걸려 있었다. 이와 같은 실내장식이 따뜻하고 명랑한 인상을 주는 것이, 꼭 크리스틴 그 사람과 같다고 피터는 생각했다. 단지 곁의 식기대 위에 놓여 있는 고풍의 시계만이 전혀 어울리지 않는 느낌이었다. 부드러운 초침 소리를 내는 그 시계는, 놋쇠로 된 장식 문자라든가, 검게 녹슬어 오래된 멋을 풍기는 외양 등이 틀림없는 빅토리아 조의 것임을 말해 주고 있었다. 피터는 신기한 듯이 그것을 바라보았다.

그리고 자기가 만든 칵테일을 들고 부엌에 가보니 크리스틴은 막 기름이 지글거리는 프라이팬 속에, 풀어서 휘저어 놓은 계란을 쏟아 넣는 중이었다.

"이제 3분만 있으면 돼요" 하고 그녀가 말했다.

그는 칵테일 잔 하나를 그녀에게 주었고 두 사람은 잔을 부딪쳐 건배했다.

"제가 만든 오믈렛을 많이 기대하세요. 곧 다 되니까요."

과연 그것은 그녀가 자랑할 만한 것이었다. 부드럽고 산뜻하며 향료가 잘 가미된, 맛있는 오믈렛이었다.

"이거야말로 진짜 오믈렛이군. 이런 오믈렛은 좀처럼 맛볼 수가 없소."

피터가 말했다.

"계란도 삶아 드릴 수 있어요."

피터는 과장된 몸짓으로 손을 흔들었다.

"그건 장차 언젠가 아침식사로 대접받도록 하지."

식사를 끝내고 그들은 거실로 돌아왔다. 피터는 두 잔째의 칵테일을 만들었다. 벌써 두 시가 가까웠다.

그녀와 나란히 소파에 앉아 그는 신기한 모양을 한 시계를 가리켰다.

"저 시계가 나를 빤히 보는 것 같은 기분이 드는군. 왠지 언짢은 기분으로 시간을 알려주는 것 같소."

"그럴지도 모르지요. 저건 아버님의 시계예요. 언제나 진찰실의, 환자들이 잘 볼 수 있는 곳에 놓여 있었지요. 제가 기념으로 간직하고 있는 것은 저것밖에 없어요."

크리스틴이 대답했다. 두 사람은 한참 동안 아무 말이 없었다. 언젠가 훨씬 전에 그녀는 위스콘신 주에서 일어났던 비행기 사고의 광경을 마치 남의 일 같은 어조로 그에게 말한 적이 있었다. 이윽고 피터가 조용히 말했다.

"그 사건 직후에는 매우 쓸쓸하였겠소."

그녀는 간결하게 말했다.

"죽고 싶었지요. 물론 세월이 가면 그런 기분을 이길 수는 있지만요."

"얼마나 오랜 세월?"

그녀의 입가에 미소가 스쳤다.

"사람의 마음이란 참 회복이 빠르지요. 저의 경우에는 1주일이나 2주일로 회복할 수가 있었어요."

"그래 그 후에는?"

"뉴올리언스에 와서 육친의 일을 잊으려고 애썼지요. 하지만 시간이 흐를수록 오히려 여러 가지 일들이 생각나서 괴로웠어요. 어떻게 해야겠다고 생각은 하면서도 어디서 무엇을 해야 할지 알 수가 없었지요."

그녀가 말을 끊자 피터는 말했다.

"계속하시오."

"대학에 돌아갈 생각도 해보았지만, 결국 그만두기로 했어요. 학사가 되어보았자 그저 그렇고 그럴 것 같았고, 또 갑자기 내가 그런 것으로부터 이미 멀어진 것 같은 기분이 들었지요."

"음! 그런 기분 알 만하오."

크리스틴은 무슨 생각에 잠긴 듯한 표정으로 칵테일을 한 모금 마셨다. 그녀의 선이 또렷한 이목구비가 마음의 평온과 자제심의 강도를 잘 말해 주는 것 같았다. 크리스틴은 말을 이었다.

"그럭저럭 지내던 어느 날 거리를 걸어가다가 〈비서학교〉라고 쓴 간판이 눈에 띄었지요. 그 순간 저는 '아, 이거다' 라고 생각했어요. 그 학교에서 비서공부를 하고 나서 어딘가 밤늦게까지 쉴새없이 일을 시키는 직장에 취직하자는 생각이었지요. 그리고 실제로 그렇게 된 거구요."

"세인트 그레고리 호텔에는 어떻게 해서 취직이 되었소."

"전 위스콘신 주에서 이곳으로 온 후 줄곧 그곳에 묵고 있었어요. 그러다가 어느 날 아침, 식사와 함께 배달된 타임즈 피케이언 지의 구인난을 보니까 이 호텔의 경영주가 개인비서를 모집하고 있다는 광고가 있더군요. 아직 시간이 일렀기 때문에 제가 제1착으로 가서 기다려 보기로 했지요. 그때만 해도 사장님은 누구보다 먼저 사무실에 나와서 일을 시작했어요. 그 분이 왔을 때 저는 사장실에서 기다리고 있었지요."

"그래 즉석에서 채용되었나요?"

"그렇지 않아요. 사실은 전 지금까지도 채용된 것 같은 기분이 들지 않는 걸요. 왜냐하면 트렌트 사장님은 제가 거기 와 있는 이유를 알자마자 곧 저를 안으로 불러서 편지를 받아쓰게 하고 호텔의 여러 종업원들에게 지시할 사항을 마구 말해 댔으니까요. 정말 놀랐지요. 그래서 저는 이미 다른 응모자들이 올 때까지 몇 시간이나 일을 했고, 게다가 제가 나서서 그들에게 이미 비서는 채용되었노라고 내 입으로 거절하지 않으면 안 되었지요."

피터는 껄껄 웃었다.

"과연 그 영감답군."

"하지만 제가 만약 사흘쯤 후에 그 분 책상 위에 짤막한 편지를 놓아두지 않았더라면 제 이름조차 모르고 계셨을 거예요. 그 편지에 내 이름은 크리스틴 프랜시스라는 것과 봉급문제를 써놓았던 것 같은데, 다음 날 아침 그 편지는 한마디 말도 없이 나에게 되돌아왔지요. 그저 WT라는 사인만 해서, 지금껏 그대로

예요."

"참 재미있는 이야기로군" 하고 피터는 장신의 몸을 일으켜 기지개를 켰다.

"당신의 저 시계가 나를 노려보는 것 같으니까 이제 가봐야겠소."

"이건 공평치 못한데요. 나에게만 이야기를 시키고 자기 이야기는 한마디도 안 하시다니."

그녀는 피터의 남자다운 풍모에 마음이 끌리는 것을 느꼈다. 반면에 그에게는 매우 다정한 면도 있다고 생각했다. 오늘 밤 앨버트 웰즈를 안고 다른 방으로 옮기는 것을 보았을 때에도 그녀는 그렇게 느꼈던 것이다. 지금 그 일이 머리에 떠오르자, 그녀 자신도 그의 팔에 안겨서 옮겨지고 싶은 생각이 들었다.

"아주 재미있었소. 오늘 하루의 불쾌했던 기분이 완전히 가신 것 같군. 나의 이야기는 다음 기회에 하기로 하지."

그는 걸음을 멈추고 그녀의 얼굴을 들여다보면서 "다음 기회에"라고 되풀이했다.

그녀가 고개를 끄덕이자 그는 상체를 앞으로 굽혀서 가볍게 그녀에게 키스했다.

크리스틴의 아파트에서 전화로 불러온 택시 속에서 피터는 오늘 하루 동안 일어났던 여러 가지 일들을 회상하며 짜릿한 피로감에 흠뻑 빠져 들어갔다. 낮에는 대개 일정량의 문제밖에 일어나지 않으나 밤이 되자 문제는 급격히 증가했다. 크로이든 공작 부처와의 충돌, 앨버트 웰즈가 사경을 헤매던 일, 마샤 프리스코트의 폭행미수 사건, 그리고 오글비나 챈들러에 관한 미해결의 문제도 있었다. 또 커티스 오키페가 나타나 결국 호텔을 인수한다면 그는 실직하게 될지도 모를 일이었다. 마지막으로 크리스틴의 일도 있었다. 그녀는 항상 그의 곁에 있어 왔지만 오늘밤과 같은 기분으로 그녀를 대해 보기는 처음이었다.

그러나 그는 스스로 그런 기분에 제동을 걸었다. 여자라는 존재가 이미 두 번이나 그를 나락으로 떨어뜨렸다. 비록 크리스틴과의 관계가 어떻게 진전된다 해도, 그 자신은 충분히 조심하며 발걸음을 내디뎌야 된다고 생각했다.

택시는 엘리지언 필드를 쏜살같이 달렸다. 아까 크리스틴의 차가 정지 당한 그 지점을 지나며 보니까 로프는 이미 치워져 없었고 경관들의 모습도 보이지 않았다. 그러나 아까 경험한 그 미로에 빠져든 듯한 막연한 초조감이 다시 살아나서, 세인트 그레고리에서 두 구획 떨어진 그의 아파트까지 가는 동안 줄곧 그를 괴롭혔다.

제 2 장
Tuesday

1

 모든 호텔이 다 그렇듯이 세인트 그레고리도, 마치 전쟁터의 고참병들이 잠시 눈을 붙였다가 깨어나는 것처럼 이른 새벽부터 활동하기 시작한다. 제일 먼저 일어나는 손님들이 졸리는 눈을 비비면서 비틀거리며 욕실로 들어가기 훨씬 전에 새로운 하루의 활동을 위해서 호텔의 모든 기구가 조용히 움직이기 시작하는 것이다.

 오전 다섯 시경이 되면, 지난 여덟 시간 동안 식당이라든가, 계단 또는 조리실, 로비 등을 청소해 온 야근의 청소부들이 피곤한 몸짓으로 청소도구를 모아서 정해진 장소에 챙겨 넣는다. 그들이 떠나간 후의 마룻바닥이나 목재나 금속 등은 신선한 왁스 냄새를 향기롭게 풍기면서 번쩍인다.

 청소부 중의 한 사람으로, 벌써 30년이나 이 호텔에서 근무해 온 메그 예트메인 할머니는 어색한 걸음걸이를 하고 있었는데, 그것을 본 사람은 고된 일로 지쳐서 그러려니 생각했을 것이다. 그러나 그 진짜 원인은 그녀가 허벅다리 안쪽에 테이프로 단단히 붙여놓은 3파운드의 소고기 허리살 때문이었다. 약 30분 전에 메그는 감시의 눈이 없는 틈을 타서 조리실의 냉장고에서 그것을 훔쳐냈던 것이다. 오랜 경험에 의해서 어디를 찾아보면 무엇이 있는지 정확히 알고 있었고, 훔친 것을 걸레에 싸서 여자 화장실에 가지고 가는 일에도 익숙해 있었다. 화장실에 들어가서 빗장을 잠그고 나면, 그녀는 그 소고기를 허벅다리 안쪽에 접착성이 강한 반창고로 단단히 붙였다. 그 후 한 시간쯤, 차갑고 질퍽한 불쾌감을 참지 않으면 안 되었으나 종업원 출입구에 딱 버티고 서서 호텔에서 밖으로 나가는 짐짝이나 불룩한 호주머니를 검사하는 경비원 앞을 유유히 지나가기 위해서 그것은 어쩔 수 없는 일이었다. 그녀가 고안해 낸 이 운반법은, 지금까지 무수히 되풀이한 것이지만 아직 한 번도 실패한 적이 없었다.

2층의 한쪽 구석에 있는, 아무런 표지(標識)도 없이 굳게 자물쇠로 잠근 문 안쪽에서는 교환수가 뜨개질감을 내려놓고 맨 처음 손님을 깨워주는 전화를 걸었다. 그 교환수는, 유니스볼 부인으로, 이미 손자가 있는 미망인으로서 이날 밤 세 사람의 야근 담당 교환수의 장이었다. 지금부터 7시 사이에 이 세 교환수들은 지난밤에 부탁 받은 많은 숙박객들을 깨워주기 위해서 새벽부터 전화를 걸지 않으면 안 된다. 손님들의 부탁은 카드에 기록되어 15분 단위로 분류되어 그들 앞에 놓여 있었다.

볼 부인은 익숙한 솜씨로 그 카드를 한 장씩 처리해 나갔다. 여느 때와 마찬가지로 피크는 7시 45분이 될 것이다. 약 180명의 손님들의 의뢰가 그 시각에 집중되어 있었다. 세 사람의 교환수가 아무리 스피드를 낸다고 해도 그만한 양의 전화를 하는 데에는 20분 이상이 걸린다. 그러니까 그들은 그 시각보다 일찍 전화를 걸지 않으면 안 되었다. 가령 7시 30분에 깨워 달라고 부탁한 손님들의 요구를 35분에 모두 들어줬다 하더라도 숨돌릴 틈도 없이 곧장 45분 부탁분에 달라붙어야만 한다. 그렇게 해도 55분까지 모두 처리할 수 있을는지…… 자칫하면 8시 의뢰분과 겹쳐질는지도 모른다.

볼 부인은 한숨을 내쉬었다. 아마도 오늘은 틀림없이, 멍청한 잠꾸러기 교환수가, 지정한 시각보다 10분이나 일찍 — 또는 훨씬 늦게 — 전화를 걸어줬다는 불평이 경영자 측에 쇄도할 것임에 틀림없다.

그러나 한 가지 홀가분한 일이 있었다. 그것은 아침 이 시간에는 교환수에게 싱거운 말을 걸어오거나 사랑을 속삭여 보려는 엉뚱한 손님들이 거의 없다는 것이었다. 밤에는 때때로 그런 손님들 때문에 골치를 앓게 된다. 그렇기 때문에 이 교환실의 문에는 아무런 표지도 붙어 있지 않았고 단단히 쇠가 걸려 있었던 것이다. 또 여덟 시가 되면 주간 근무자들(가장 바쁠 때에는 15명이 된다)과 교대할 수 있는 것도 기쁜 일이었다. 아홉 시가 되면 집에 돌아가서 발을 뻗고 잘 수가 있는 것이다.

또 한 번 손님을 깨우는 전화를 걸 시간이 됐다. 볼 부인은 뜨개질감을 내려 놓고 키를 눌러서 계속 상대방의 전화가 요란스럽게 울리도록 했다.

지하 2층의 기관실에서는 3등기관사인 윌리스 산토파드리가 문고판으로 된 토인비의 〈그리스 문명〉을 읽다 말고, 아까 먹다가 둔 피넛버터 빵을 다 먹어치웠다. 한 시간쯤 조용한 시간이 계속되었기 때문에, 짧은 시간이지만 독서를 할 수 있었다. 이제 그의 담당구역을 돌면서 마지막 점검을 해야할 시간이 되었다. 기관실의 안쪽 문을 열자 윙윙거리는 기계의 소리가 그를 환영했다.

그는 우선 열탕장치를 점검하고 시간 자동조절의 온도 조절 장치가 순조롭게 가동되고 있음을 표시해 주는 고압 온도계를 살펴보았다. 이제 곧 800명이 넘는 숙박객들이 한꺼번에 아침 목욕을 하거나 샤워기를 쓰거나 하기 때문에, 그 수요에 응해서 다량의 열탕을 준비해 두지 않으면 안 되었다.

총 중량 2500톤이나 되는 초대형의 에어컨은 간밤의 비로 대기의 온도가 좀 내렸기 때문에 한결 쉽게 가동하고 있었다. 콤프레서 한 대는 이미 쉬고 있었고, 다른 콤프레서들도 교대로 쉴 수 있게 되었다. 그것은 기계의 보존을 위해 필요한 조치인데 지난 수주 동안 혹서(酷暑) 때문에 도저히 그럴 여유가 없었던 것이다. 주임기사도 좋아할 것이라고 윌리스 산토파드리는 한시름 놓았다.

그러나 지난 밤 새벽 두 시경 북부에서 발생한 강한 뇌우 때문에 시내의 전력 공급이 중단된다는 뉴스를 들었을 때는 난감했다. 정전은 11분간 계속되었다.

다행히 세인트 그레고리 내부에는 별로 큰 문제가 일어나지 않았다. 아주 잠깐 전등불이 꺼졌었지만 대부분의 손님들은 잠이 들어 있어서 그것을 알아차리지 못했기 때문이다. 산토파드리는 곧 자가발전기에 의한 비상배전으로 전환시켰지만, 그 발전기를 가동시켜서 충분한 전력을 얻기까지는 3분이 걸렸기 때문에 세인트 그레고리의 전기시계는 하나도 남김없이 ― 모두 약 200개 ― 3분이 늦어버렸다. 따라서 계원 중의 한 사람은 그들 시계바늘을 하나씩 손으로 맞추어 놓는 지루한 일 때문에 오늘 하루를 꼬박 보내야 할 것이었다.

그 기관실과 그리 멀리 떨어져 있지 않은 뜨겁고 악취가 풍기는 한 방안에서는 부커 T. 그레엄이 지난 밤 동안 호텔의 쓰레기더미 속에서 일한 노동의 성과를 집계하고 있었다. 소각로(燒却爐)의 불이 때때로 발작적으로 타올라 연기에 사방이 그을린 벽을 비추고 있었다.

호텔 직원 중에서 부커의 일터를 찾아온 적이 있는 사람은 극히 적었으나, 여기 와본 사람이면 그 누구나 입을 모아, 마치 복음전도사가 설교하는 지옥의 광경 같다고 했다. 그러나 땀에 번쩍이는 검은 얼굴 가운데 하얀 이빨과 눈빛이 반짝이는, 마치 애교스러운 도깨비를 쏙 빼박은 듯한 부커 자신은 소각로의 화열을 포함하여 그 직장의 모든 일을 별 탈 없이 즐기고 있었다.

부커와 만난 적이 있는 소수의 직원 중에는 피터도 끼어 있었다. 피터는 세인트 그레고리에 부임하자마자 호텔의 지리와 기구(機構)를 익히기 위해서 호텔의 구석구석을 돌아보았다. 그 시찰 도중 그는 이 쓰레기처리장을 보게 되었던 것이다.

그 후 그는 ― 다른 부문에서도 이와 같은 방법으로 효과를 올리고 있었으므로 ― 직접 실정을 알아보기 위해서 때때로 이곳을 찾곤 했었다. 그 까닭에, 혹은 본능적으로 마음에 맞는 점이 있었던 탓인지, 부커의 눈에는 젊은 피터가 마치 신에 가까운 존재처럼 비쳤다.

부커 T. 그레엄은 작업 중에 발견한 물품들을 정성스레 기록하고 있었다. 피터는 언제나 그 때문은 작업일지를 살폈다. 쓰레기처리장에서 회수된 물품 중에는, 가장 귀중한 호텔 비품인 은제 식기류가 들어 있었다.

부커는 단순한 사나이였기 때문에 이와 같은 은제 식기들이 어째서 쓰레기 속에 섞여 있는지를 물은 적이 없었지만, 피터는 이것이 다른 어떤 대 호텔에서도 경영자의 골치를 아프게 하는 큰 문제임을 설명해 주었다. 그 원인의 태반은, 급사나 접시닦이, 그 밖의 종업원들이 바쁜 틈에 부주의나 또는 못된 생각으로 음식 찌꺼기와 함께 휴지통에 내버리기 때문인데, 특히 나이프나 포크류의 소실량(消失量)은 대단했다.

수년 전까지만 해도 세인트 그레고리는 쓰레기를 한데 모아 압축시켜서 시(市)의 쓰레기처리장에 운반했었다. 그러나 그렇게 하는 동안에 은제 식기류의 소실이 엄청난 수량에 달했기 때문에 결국 호텔 내부에 쓰레기처리장을 따로 만들고, 부커를 고용해서 이 일을 맡게 한 것이었다.

간단한 작업이었다. 여기저기서 모여든 쓰레기는 손수레 위에 놓여 있는 용기 속에 들어간다. 부커는 그 손수레를 한 대씩 방안에 밀어 넣고, 커다란 작업대 위에 그 내용물을 조금씩 쏟아놓고 정원사가 표토(表土)를 고르듯 쓰레기를 헤치면서 살피는 것이다. 회수해야 될 음료수의 병, 유리기구, 칼붙이 그리고 가끔 숙박객의 귀중품 등이 나오면 부커는 그것들을 따로 보관한다. 그리고 남은 것들을 소각로 속에 쏟아 넣고 나서 또 다른 쓰레기를 작업대 위에 펼쳐놓는 것이다.

오늘의 집계에 의하면, 월말이 가까이 돼 가는 이 달 회수품의 수량은 거의 평균치에 가까운 것을 알았다. 즉, 은 식기류는 2,000개 가까이 되어서 한 개에 1달러로 계산하더라도 약 2,000달러를 건진 셈이다. 그리고 한 개에 보통 2센트 되는 음료수병이 약 4,000개, 평균 15센트의 완전한 유리기구가 800개, 이 밖에 — 이건 좀 믿을 수 없는 일이지만 — 은제 수프 그릇 등의 식기류가 상당한 수량에 달해 있었다. 이것들을 모두 합하면 연간 약 4만 달러에 이른다.

순소득이 주급 38달러인 부커는 기름때가 묻은 옷을 입고 집으로 돌아갔다.

이 무렵, 큰길에서 접어든 골목길에 면해 있는 우중충한 벽돌로 된 종업원 출입구는 차츰 사람의 출입이 많아졌다. 한 사람씩 또는 짝지어 문 밖으로 나서는 야근자와는 대조적으로 이 도시의 여기저기서 모여드는 새벽 근무자들이 밀물처럼 몰려들기 시작한 것이다.

조리실에는 전등불이 켜지고, 새벽 담당의 요리 조수들이 로커에서 깨끗한 흰옷으로 갈아입고 요리 준비에 착수하고 있었다. 앞으로 수분 후에는 요리사들이 호텔의 1,600명분의 아침식사를 만들기 시작할 것이다. 그 후 늦은 아침에 내는 베이컨 에그를 만들기 전에, 오늘의 예정표에 따른 2,000명분의 점심식사 준비에 착수해야 하는 것이다.

부글부글 끓어오르는 수많은 큰 냄비, 거대한 오븐, 그 밖의 갖가지 대량 조리용의 기구류 속에 섞여 있는, 오직 한 부대의 퀘이커 오트밀이 가정적인 감각을 자아내고 있다. 이것은 모든 호텔이 다 알고 있는 것이지만, 바깥 공기가 0도가 되든, 그늘에서도 화씨 100도를 넘는 더위에서든 아침식사는 어떤 일이 있어도 꼭 뜨거운 오트밀이 아니면 안 된다는 소수의 완고한 손님들을 위해서 마련되어 있는 것이었다.

프라이를 맡고 있는 부서에서는, 60세가 된 조수 제러미 보엠이 10분 전에 스위치를 넣은 대형 프라이어를 점검하고 있었다. 그는 그것을 지시대로 200도로 조정해 놓았다. 그렇게 해두면 나중에 요리에 필요한 360도의 온도로 곧 데울 수가 있는 것이다. 오늘은 남부식 치킨 프라이가 스페셜 런치로 대식당의 메뉴에 오르게 되어 있기 때문에 프라이계로서는 바쁜 날이 될 것 같았다.

프라이어 속의 기름은 적당한 온도로 데워져 있었으나, 여느 때보다 연기가 많이 나는 것 같았다. 그는 이것을 누군가에게 보고해야만 될 것이라고 생각했으나, 어제 아침 소스를 만드는 법에 대해서 흥미를 보였다가, 부주임한테 남의 일에 참견하지 말라고 단단히 야단을 맞았던 일이 생각났다. 그는 어깨를 움츠하고 마음속으로 중얼거렸다. 연기가 어떻든 내가 알 바가 아니다. 가만히 있는 것이 상책이다라고.

바로 그 무렵, 거기서 반 구획쯤 떨어진 세탁공장에서도 한 사람의 여인이 — 연기에 대해서는 아니었지만 — 마음이 상해 있었다.

독립된 2층 건물의 호텔 전용 세탁공장은, 꽤 넓은 지하도로 세인트 그레고리의 본관과 연결되어 있었다. 깡마르고 말투가 거친, 그곳의 여자 관리인 아일즈 슐더 부인은 4, 5분 전에 지하도를 통해서 여느 때와 마찬가지로 다른 부하 직원들보다 일찍 공장에 도착했다. 그때 한 더미의 더럽혀진 식탁보가 그녀를 짜증스럽게 했던 것이다.

그 세탁공장은 하루 동안에 타월이나 시트, 급사와 조리장들의 흰옷에 이르기까지, 도합 약 2만 5천 점의 린네르 제품을 처리한다. 이들 중의 태반은 보통의 처리방법으로 충분했다. 그러나 최근에 매우 질이 좋지 않은 세탁물이 생겨난 것이다. 그것은 볼펜으로 식탁보에 숫자를 써서 계산하는 돼먹지 않은 실업가들 때문이었다.

"이 녀석들은 자기 집에서도 이런 짓을 할까?"

슐더 부인은 볼펜으로 더럽혀진 식탁보를 보통 세탁물 속에서 가려내고 있는 남자 야근자에게 화난 듯이 말했다.

"만약 이런 짓을 했다가는 그야말로 경을 치지. 영락없이 마누라에게 엉덩이를 걷어채어서 여기서 도박가(賭博街) 근처까지 날아가 버릴걸. 난 저 돌대가리 급사장 녀석들에게 입이 닳도록 잔소리를 했었어. 눈을 똑똑히 뜨고, 그런 짓을 하는 녀석들이 있으면 즉시 못 하게 하라고 말야. 그런데 급사녀석들은 아예 관심도 없다니까."

여기서 그녀는 어조를 바꾸어 경멸하는 말투로,

"예, 예, 선생님 감사히 받겠습니다. 어서 써주십시오. 여기 볼펜을 한 자루 준비해 놓았으니 이것도 이용해 주십시오. 팁만 두둑이 주신다면야, 저 세탁공장의 할망구가 무슨 소리를 하든 저와는 아무 상관이 없습니다요. 예, 예."

슐더 부인은 갑자기 말을 멈추고서 입을 멍하니 벌리고 쳐다보는 그 야근중인 사나이에게 화풀이를 해댔다.

"멍청이 서 있지 말고 어서 집에나 돌아가요. 당신이 있어 준다고 해도 내 두통만 더욱더 심해질 뿐이니까."

그가 가고 나서, 슐더 부인은 냉정을 되찾고, 그 볼펜 자국이 있는 식탁보들이 물에 잠기기 전에 미리 가려내 준 것에 대해 조금은 고맙게 생각해야 할 것 같다고 생각했다. 사실 볼펜 자국은, 일단 물에 젖기만 하면 다이너마이트로 폭파하기 전에는 지워지지 않는다. 이 공장에서 가장 뛰어난 얼룩빼기 숙련공인 넬리는 오늘도 사염화탄소(四鹽化炭素)로 악전고투를 하지 않으면 안 될 것이다. 잘 하면 그 한 더미의 식탁보 중 대부분이 폐품이 되는 운명을 모면할 수 있을는지도 모르나, 이렇게 골치를 썩게 하는 돼먹지 않은 녀석들을 어떻게 해서든지 혼을 내주어야겠다고 생각했다.

마침내 호텔의 전 기구가 활동을 개시했다. 서비스 부문, 서무, 영선, 제빵, 인쇄, 구매, 실내장식, 창고관리, 차고, 텔레비전 수리, 기타 모든 부서에 — 무대 위에도, 무대 뒤에도 — 새로운 하루가 찾아온 것이다.

2

15층에 있는 여섯 개의 방으로 된 워렌 트렌트 사장의 스위트에서는, 로이스가 막 사장의 면도를 끝마치고 이발용 의자에서 그를 부축하여 내려놓았다. 좌골신경통 때문에 그의 왼쪽 허벅다리가 마치 빨갛게 단 바늘로 찌르는 것처럼 아팠다. 이것은 오늘도 그의 변덕스러운 기분에 재갈을 물릴 필요가 있다는 경고였다. 그 이발실은 넓은 욕실 곁에 증설된 작은 방으로, 욕실에는 터키식의 증기목욕탕과 일본식 욕조가 있고, 또 커다란 붙박이 수조가 있어서 유리를 통해서 눈이 툭 튀어나온 열대어 떼들을 바라볼 수가 있었다. 워렌 트렌트는 거북한 걸음걸이로 욕실에 들어가자 벽면 전체에 붙은 거울 앞에 서서 면도한 얼굴을 살펴보았다. 면도는 흠잡을 데 없이 잘 된 것 같았다.

거울에 비친 얼굴은 주름살이 깊은, 울퉁불퉁한 얼굴이다. 힘없이 늘어진 입은 때로는 굉장히 유머러스해 보이기도 한다. 매부리코 그리고 무언가 비밀을 간직하고 있는 듯한 깊숙이 파인 눈. 젊었을 때 칠흑같이 검던 머리는 아직도 짙게 물결치고 있었지만 백발이 눈에 띄게 늘어났다. 그러나 말쑥하게 정장을 하면 한 점 흠잡을 데 없는 남부 신사의 얼굴이다.

그렇게 잘 다듬어진 얼굴은 여느 때 같으면 더없이 유쾌한 기분을 주었겠지만, 오늘은 그렇지를 못했다. 지난 몇 주 동안 그를 계속 억눌러 온 우울함은 만사를 어둡게만 보이게 했던 것이다. 벌써 오늘은 주의 화요일이야 하고 그는 스스로에게 다짐했다. 그리고 꽤 오래 전부터 매일 아침 되풀이해 온 것처럼, 손가락을 꼽아 날짜를 세어보았다. 오늘까지 쳐서 나흘 밖에 남지 않았다. 겨우 나흘 동안에 그의 필생의 사업이 일체 무가 되어 버리는 것을 막지 않으면 안 되는 것이다.

그는 마음속에 파고드는 비관적인 생각을 쫓아버리듯 하며 절름거리는 다리를 끌고 식당에 들어갔다. 로이스가 이미 조찬을 준비해 놓고 있었다. 풀을 빳빳하게 먹인 냅킨과 잘 닦아서 빛이 번쩍이는 은 식기가, 나뭇결이 아름다운 참나무 식탁에 가지런히 놓여 있고 그 곁에는 호텔의 조리실에서 조금 전에 최고의 속도로 여기에 올려온, 김이 무럭무럭 나는 운반기가 놓여 있었다. 트렌트는 로이스가 뒤로 끌어당긴 의자에 앉자 식탁 반대쪽으로 손짓을 했다. 로이스가 곧 그쪽에 가서 의자에 앉았다. 노경영자가 혼자서 식사하는 습관을 변덕스럽게 바꾸는 경우에 대비해서 운반기 속에는 또 한 사람 분의 식사가 준비되어 있었다.

로이스는 베이컨 에그와 수프를 둘로 고르게 나누면서, 그것이 끝나면 곧 사장이 말을 시작할 것이라 생각하고 침묵을 지키고 있었다. 퍼렇게 멍든 얼굴과, 어젯밤의 소동으로 가장 심하게 상처난 곳을 덮고 있는 두 개의 반창고에 대해서 아직 아무런 질문을 받지 않았던 것이다. 사장은 곧 자기의 요리접시를 밀어 치우면서 겨우 무거운 입을 열었다.

"이런 것들뿐이라면 누구라도 식욕이 안 나겠다."

로이스가 말했다.

"담당자에게 그렇게 일러두었는데도 도무지 새로운 메뉴를 짤 생각을 않거든요."

"그런가, 흠, 그렇겠지. 요즘 놈들은 모두가 다 그래."

트렌트는 갑자기 식탁을 두들겼다.

"아, 옛날엔 내가 마음먹은 대로 놈들을 움직일 수 있었단 말야. 은행도, 신탁회사도 내 앞에서 허리를 굽실거리고 돈을 좀 써주십사 하고 부탁했었단 말이다."

"시대가 사람을 그렇게 바뀌게 했지요. 좋아지기도 했고 나빠지기도 했습니다."

로이스는 커피를 부었다. 노인은 쓰디쓰게 말했다.

"그런 소리를 할 수 있는 네가 부럽구나. 젊으니까 말이야. 한평생 걸려서 쌓아 놓은 모든 것이 하루아침에 무너지는 것을 보는 심정을 너는 알 수 없을 게다."

정말 그 순간이 눈앞에 닥쳐온 것이라고 그는 암담한 생각이 들었다. 앞으로 나흘, 금요일 종업 시간까지 이 호텔의 전 자산(全資産)에 대한 20년 전의 저당권 설정 기한이 끝나는 것이다. 그 저당권을 가지고 있는 투자회사는 갱신을 거부했다. 그 사실을 알았을 때 그는 정말 놀랐지만 걱정은 하지 않았다. 다른 수많은 금융업자들이 기꺼이 인수해 줄 것이다. 이자가 좀 비싸질지는 모르겠으나, 어떤 조건으로든 필요한 200만 달러는 즉석에서 융자해 줄 것이라고 생각했다. 그러나 막상 교섭에 들어가니까 모든 금융업자들로부터 ─ 은행, 신탁회사, 보험회사, 고리대금업자 등 그 모두로부터 ─ 거절을 당하게 되어 그는 단번에 자신을 잃게 되었다. 그와 가까이 지내는 한 은행가는 이렇게 솔직히 충고했다.

"자네네 같은 호텔은 별로 달가워들 하지 않는단 말일세. 이제 독립된 대 호텔의 시대는 지나고, 체인 호텔 조직이라야만 수지가 맞는다는 것이 일반적인 상식이거든. 게다가 당신네 호텔의 손익계산서를 봐요. 줄곧 적자가 아닌가? 이런 상태로 은행이 돈을 빌려 주리라고 생각하는 쪽이 이상하지."

아니, 현재의 적자는 일시적인 것이고, 경기가 호전되면 곧 흑자가 된다는 그의 반론은 아무 소용도 없었다. 아무리 말해도 믿어주지를 않았다.

이렇게 그가 궁지에 몰려 있을 때, 커티스 오키페가 전화로 금주 뉴올리언스에서 만나고 싶다고 제의해 왔다.

"무슨 별다른 일은 아니고 좀 보고 싶어 걸었소. 우린 서로 오랜 호텔 동업자들이 아니오? 이따금씩 만나서 재미있는 이야기를 나누는 것도 나쁘지는 않겠죠."

호텔왕의 소탈한 텍사스 억양이 장거리 전화의 회선(回線)을 타고 매끄럽게 들려왔다. 그러나 워렌 트렌트는 시치미를 떼는 그의 말투에 속지 않았다. 이전에도 오키페 체인에서 이쪽의 의중을 타진하는 제안을 받은 적이 있었던 것이다. 드디어 시체에 모여드는 독수리들이 머리 위를 배회하기 시작했구나 하고 그는 생각했다. 커티스 오키페는 오늘 도착한다. 그가 세인트 그레고리의 재정 실태를 충분히 조사했을 것은 의문의 여지가 없었다.

트렌트는 마음속에서 한숨을 쉬고 좀더 가까운 문제로 생각을 돌렸다.

"어젯밤의 보고서는 들어와 있나?" 하고 로이스에게 물었다.

"예, 실은 제가 그걸 읽어보았어요."

로이스는 정직하게 대답했다. 여느 때와 마찬가지로 그것이 배달되었을 때 「1126호실이 매우 소란스럽다는 불평이 있었다」는 문자에 이끌려서 그는 그것을 모두 훑어본 것이었다. 그 끝에 피터의 필적으로 「로이스와 맥더모트가 수습했다. 상세한 것은 후에 보고할 예정」이라고 쓰여 있었다.

"다음에는 내게 오는 사신(私信)까지 읽어볼 참인가?"

트렌트는 좀 불쾌한 듯이 말했다. 로이스는 웃으면서 말했다.

"아직 한 번도 그런 적은 없습니다만, 괜찮으시다면 그렇게 할까요?"

이런 식으로 말을 주고받는 것은 두 사람만의 내밀한 게임이었지만, 서로 그것을 의식하고 있는 것은 아니었다. 로이스는 만약에 자기가 그 기록을 읽지 않았더라면 사장은 그가 이 호텔의 일에 대해 너무 무관심하다고 비난했을지도 모른다고 생각했다.

트렌트는 빈정대는 말투로 물었다.

"나 이외의 사람들은 모두 알고 있는 모양이니까, 그 일에 대해서 자세한 설명을 요구한다 해도 안 될 건 없겠지."

"안 될 건 없습니다. 사장님."

로이스는 다시 한 번 사장의 잔에 커피를 부었다.

"프리스코트 씨의 따님, 마샤 프리스코트 양이 폭행을 당할 뻔했어요. 좀더 상세하게 말씀해 드릴까요?"

일순 트렌트의 표정이 굳어지는 것을 보고 로이스는 자기가 좀 지나쳤나 생각했다. 이들 두 사람 사이의 불명확한 변덕스러운 관계는, 오래 전에 로이스의 아버지가 남기고 간 선례를 따른 것이었다. 처음에는 트렌트의 시종 노릇을 하다가, 후에는 흉허물 없는, 특권을 가진 벗이 된 로이스의 아버지는, 아무 것도 겁내지 않고 하고 싶은 말은 큰 소리로 다 해버리는 성질이었기 때문에, 처음에는 때때로 트렌트를 몹시 화나게 했지만, 서로 모욕을 주고받고 하는 사이에 어느 틈엔가 두 사람은 떨어질래야 떨어질 수 없는 친구가 되어버렸던 것이다. 10여 년 전 아버지가 죽었을 때, 로이스는 아직 어렸지만, 아버지의 장례식에서 몹시 애통해 하며 눈물로 뒤범벅이 되었던 트렌트의 얼굴을 지금껏 잊을 수가 없었다. 〈그는 산책을 하러 나간 것이 아니다(Oh, Didn't He Ramble)〉를 경쾌하게 연주하는 흑인 재즈 밴드의 행진을 뒤따라서 올리벳 동산의 공동묘지를 로이스의 손을 잡고 나왔을 때 트렌트는 무뚝뚝하게 그에게 말했다. "너는 호텔에 그냥 남아 있도록 해라. 무슨 좋은 방법을 연구해 보자." 소년 로이스는 트렌트에게 모든 것을 맡겼다. 그의 어머니는 그를 낳자마자 죽었기 때문에, 이번에 자기 아버지가 죽음으로써 그는 고아가 되고 말았다. 그리하여 트렌트가 말한 그 '무슨 좋은 방법'은 법과대학에 진학하는 것이었고, 그 법과대학을 그는 몇 주만 있으면 졸업을 하게 되었다. 그 동안 로이스는 성인이 되어감에 따라 사장의 몸종 비슷하게 트렌트의 시중을 들었던 것이다. 트렌트는 대개 아무 말 없이 그에게 시중을 들게 했지만, 기분이 좋지 않을 때에는 군말이 오갈 때도 있었다. 때로는 격렬한 말다툼이 벌어지기도 했는데, 그것은 대개 로이스가 일부러 이야기의 낚싯줄에 미끼를 달면 트렌트가 잡아 무는 형식으로 시작되는 것이 보통이었다.

하지만 로이스는 그들간의 친밀한 사이라든가, 트렌트가 그에게만 허용하고 있는 관대한 자유에 더러 응석을 부릴 경우도 있었지만 넘어서는 안 될 미묘한 경계선만은 끊임없이 의식하고 있었다. 그는 말했다.

"그 아가씨가 도와달라고 외치는 소리를 제가 들었어요."

그는 그때 자기가 취한 행동을 조금도 과장됨이 없이 설명하고 난 다음 도중에 들어온 피터 맥더모트의 행동에 대해서도 비판도 칭찬도 하지 않고 담담하게 이야기했다. 트렌트는 조용히 듣고 나서 말했다.

"맥더모트는 적절한 조치를 취했구먼 그래. 그런데 너는 왜 그를 그리 좋아하지 않는 거지?"

로이스가 트렌트 노인이 눈치가 빠른 것에 놀란 것은 이번이 처음은 아니었다. 그는 대답했다.

"아마 그와 나 사이에는 무엇인가 융화될 수 없는 화학분자 같은 게 있는지도 모르겠어요. 그렇지 않으면 흑인들을 다정하게 대하는 척하면서 자기들이 친절한 사람이라는 것을 애써 나타내 보이려고 하는 백인 축구선수들을 내가 싫어하는 것과 관련이 있는지도 모르죠."

트렌트는 이해할 수 없다는 표정으로 로이스를 보았다.

"넌 참 알 수 없는 녀석이야. 맥더모트를 좀 오해하고 있는 게 아니냐?"

"지금 말씀드린 것처럼 화학분자가 서로 융화되지 않는 거라니까요."

"너의 아버지도 사람을 가리는 버릇이 있었지만, 너보다는 훨씬 관대했었지."

"개는 머리를 쓰다듬어주는 사람을 좋아하는 법이지요. 결국 그것은 아버지의 사고방식이 교양이라든가 학식으로 해서 복잡화되지 않았기 때문이 아니겠습니까."

"가령 너의 아버지에게 학식이 있었다 하더라도 지금 너와 같은 말투는 쓰지 않았으리라 생각된다."

트렌트의 무엇인가 살피는 듯한 눈초리가 로이스의 눈과 마주쳤다. 로이스는 눈을 피하고 입을 다물었다. 아버지에 대한 추억은 언제나 그를 당혹하게 했다. 양친이 아직 노예였을 때 태어난 그의 아버지는 현재의 흑인들이 경멸하듯이 말하는 「엉클 톰 니거」가 아니었을까 하고 로이스는 생각하는 것이다. 그의 아버지는 삶이 가져다주는 그 어떤 일에도 의문이나 불평을 품지 않고 언제나 이를 달게 받아들였다. 자기의 한정된 지평선을 넘는 일에는 거의 관심이 없었다. 그럼에도 불구하고, 그의 아버지는 트렌트와의 관계에서 입증된 것처럼, 훌륭한 정신의 독립과 즉흥적인 지혜라고 치워버릴 수는 없을 만큼 주변 사람들에 대한 깊은 통찰력을 가지고 있었다. 로이스는 진심으로 아버지를 사랑했었다. 그 깊은 사랑은 때로 동경으로 바뀌는 수도 있었다. 지금도 그랬다. 이윽고 그가 대답했다.

"제가 부적당한 말을 썼는지도 모르겠습니다. 하지만 제가 말하려는 것은 다 한 것 같습니다."

트렌트는 아무 말 없이 고개를 끄덕이고 나서, 구식의 회중시계를 끄집어냈다.

"맥더모트를 이리로 좀 불러주게. 오늘 아침은 내 좀 피곤하군."

세인트 그레고리의 노경영자는 골똘히 생각했다.

"마크 프리스코트는 로마에 있단 말이지? 그러면 내가 전화를 해야겠군."

"아가씨는 전화를 하면 곤란하다고 하던데요." 하고 피터는 대답했다.

트렌트는 정교한 멋을 풍기는 가구로 장식된 그의 스위트의 푹신한 안락의자에 깊이 파묻혀 발걸이 위에 발을 뻗쳤다. 피터는 그와 마주앉았다.

트렌트는 피터의 대답이 언짢은 듯이 "그건 내가 알아서 결정할 일이야. 그 아가씨가 우리 호텔에서 폭행을 당했다면 내가 가만히 있을 수는 없지 않은가. 그 아가씨도 그만한 이치는 알아야지."

"아닙니다. 폭행 그 자체는 막을 수가 있었던 거죠. 요는 어떤 경위로 그런 지경이 되었는지 아직 모르고 있으니 말입니다 ……."

"자네 오늘 아침엔 아직 그 아가씨를 만나지 못했나?"

"가보니까 아직 자고 있었습니다. 그래서 집에 돌아가기 전에 좀 만나고 싶다는 메모를 두고 왔습니다."

트렌트는 한숨을 내쉬고 귀찮다는 듯이 손을 내저었다.

"이 일은 자네가 알아서 처리해 주게."

피터는 안도의 한숨을 내쉬었다. 이제 로마에 전화를 걸 염려는 없는 모양이다.

"그리고 객실계원들의 처사가 도무지 납득이 가지 않는 점이 있습니다만……."

피터는 앨버트 웰즈의 사건에 대해서 언급했다. 트렌트는 얼굴 표정이 굳어지면서 말했다.

"그 방은 폐쇄해 버려야겠다고 벌써부터 생각하고 있었단 말야. 지금 당장 그렇게 하게."

"아닙니다. 뭐 폐쇄해 버릴 것까지는 없다고 생각됩니다. 다만 만원일 경우 외에는 사용하지 않는다는 것과 사용하는 경우에도 사전에 손님의 충분한 양해를 구해야 한다는 것을 담당자가 주지하고 있으면 된다고 생각합니다."

트렌트는 고개를 끄덕였다.

"모두에게 다시 한 번 주의시키도록 하게나."

피터는 좀 주저하면서 말을 이었다.

"그보다도 저는, 전반적으로 방을 함부로 바꾸는 버릇이 있는데 여기에 대해서 직원들에게 엄중한 지시가 필요하다고 봅니다. 이것은 어제 오늘 시작된 일도 아니고, 이것 때문에 예전부터 많은 사고가 일어나고 있어요. 우리 호텔의 손님들은 장기판 위의 말처럼 여기저기 옮겨지고 있으니까요."

"좌우간, 자네는 아까 말한 것을 계원들에게 주지시켜 주게. 만약 일반적인 지시가 필요하다면 그건 내가 직접 나서서 해결하겠네."

그 답변은 세인트 그레고리의 경영관리의 많은 결함을 상징하는 것이라고 피터는 반 체념하면서 생각했다. 하나 하나의 과실이 사후에 단편적으로 처리될 뿐이요, 그 근본 원인을 따져 그것을 시정하려는 노력이라든가 시도는 거의 없는 것이다. 피터는 말했다.

"그리고 크로이든 공작 부처에 대해서 드릴 말씀이 있습니다. 실은 공작부인이 사장님을 직접 만나야겠다고 하고 있습니다."

그는 어젯밤의 크레올 소스 사건을 대충 설명하고 담당 급사인 솔 내체즈의 말과는 상당히 차이가 나는 그들의 주장을 덧붙였다.

트렌트는 불쾌한 듯이 말했다.

"그 여자는 여간내기가 아니야. 아마 그 급사의 모가지를 자르지 않으면 만족하지 않을 거야."

"모가지를 자를 필요는 없다고 생각합니다."

"그러면 2~3일 동안 낚시질이나 다녀오라고 해. 급료는 주고 말이야. 그러나 그 동안 호텔에는 얼씬도 하지 말라고 해. 그리고 이 다음 번에 또 뭔가를 쏟을 양이면 될 수 있는 대로 펄펄 끓는 것을 공작 마누라의 머리에 퍼붓도록 일러 둬. 그 여자는 아직도 개들을 방안에 두고 있는 건가?"

"네."

피터는 쓴웃음을 지었다. 호텔의 객실에 동물을 데리고 들어오는 것은 루이지애나의 법률이 엄격히 금하고 있었다. 크로이든의 경우에는 다섯 마리의 베드링턴 테리아를 뒷문으로 출입을 시키면 경찰의 눈에는 띄지 않을 것이라고 트렌트는 생각했던 것이다. 그런데 공작부인은 매일같이 개를 데리고 당당하게 로비를 누빈다. 그 때문에 자기의 애완견을 데리고 들어오는 것을 거절당한 두 사람의 애견가는 크게 분개해서 이게 도대체 무슨 불공평한 처사냐고 호텔측에 해명을 요구하고 있는 것이었다.

"어젯밤에는 오글비 때문에 매우 애를 먹었습니다." 피터는 가장 긴요한 때에 보안주임이 행방불명이 된 일과 그 후의 그와의 대화 내용을 설명했다.

그의 반응은 매우 빨랐다.

"오글비의 일은 내버려두라고 전에도 말하지 않았어. 그는 나의 직속이야."

"그러나 그에 대해서 어떤 지시를 해야만 할 때에 그런 식이라면 힘들어서……."

"내가 말한 대로 해. 오글비의 일 따위는 잊어버려!"

트렌트는 얼굴이 홍당무가 돼서 고함을 질렀지만, 그것은 화가 나서라기보다는 입장이 난처해서 그러는 것같이 보였다. 오글비에 대해서는 간섭하지 않는다는 불문율은 전혀 이치에 닿지 않았다. 트렌트 자신은 물론 그 이유를 알 것이지만, 저 전직 경관은 고용주의 어떤 약점을 쥐고 있는 것일까 하고 피터는 의아해 했다.

트렌트는 재빨리 화제를 바꾸면서 말했다.

"커티스 오키페가 오늘 우리 호텔에 오네. 스위트가 두 개 필요하다고 해서 담당계원에게 일러두었지만, 그 준비가 제대로 되어 있는지 한 번 확인해 보도록. 그리고 그가 도착하는 대로 즉시 나에게 알려주게."

"오키페 씨는 오래 머물게 됩니까?"

"모르겠네. 그건 앞으로의 여러 사정에 달렸어."

잠시 동안 피터의 마음속에 노경영자에 대한 동정의 물결이 이는 것을 느꼈다. 현재의 세인트 그레고리의 경영방식에 대해서는 여러 가지 비판이 있을 수도 있을 것이다. 그러나 워렌 트렌트에게 있어서 이 호텔은 호텔 이상의 것이었다. 말하자면 이것은 그의 필생의 작품이었다. 거리의 한 구석에 초라하게 웅크리고 서 있던 낡은 건물을 한 구획 전역을 차지하는 당당한 고층건물로 발전시키고, 무명의 여관을 빌트모어나 시카고의 퍼머 하우스, 샌프란시스코의 세인트 프랜시스 등의 전통 있는 호텔들과 명성을 겨룰 수 있게 한 것은 오로지 그의 힘이었다. 따라서 일찍이 그 위신과 매력을 자랑하던 세인트 그레고리가, 새 시대의 파도에 밀려서 탈락하게 된다는 것은 정말 믿을 수 없는 일임에 틀림없었다. 아니 아직 그 탈락이 최종적으로 결정된 것은 아니라고 피터는 생각했다.

새로운 자금과 견실한 경영관리 방식을 도입할 수 있다면, 이 호텔은 왕년의 그 찬란한 지위를 되찾을 수 있으리라는 것도 한낱 꿈만은 아니었다. 그러나 현실은 그 자금이나 관리도 모두 외부에서 — 아마 커티스 오키페에 의해서 — 투입되려 하고 있다. 피터 자신의 지위조차도 앞으로 수일간의 여명(余命) 밖에 남아 있지 않은 것인지도 몰랐다.

노경영자는 물었다.

"단체객들은 어떻게 되어 있지?"

"화학 공업회사의 단체객 반수는 벌써 나갔습니다. 나머지 손님들도 저녁까지는 모두 나갈 예정입니다. 새로 수용한 단체로서는 골드 크라운 콜라가 320실을 잡고 있는데, 이것은 예정보다 꽤 불어난 것이기 때문에, 점심식사나 연회용의 요리도 거기에 맞춰서 수량을 늘렸습니다." 노경영자가 고개를 끄덕여서 동의를 나타내자, 피터는 말을 이었다. "그리고 미국 치과의학회가 내일부터 시작되기 때문에 회원의 일부는 어제부터 투숙하고 있습니다만, 오늘은 더 많은 인원이 도착할 것입니다. 전부 약 280실을 잡게 될 것입니다."

트렌트는 흥, 흥 하면서 만족을 나타냈다. 적어도 나쁜 뉴스만 있는 것은 아니라고 생각했다. 단체객은 호텔사업의 생명력이었다. 두 개의 단체에서 생기는 수익은 최근의 적자를 메울 수 있을 만큼은 못된다 하더라도 큰 도움이 될 것은 틀림없었다. 치과의학회도 큰 수확이 될 것이다. 이것은 학회의 당초 계획이 변경되었다는 정보를 입수한 청년 피터가 급거 뉴욕까지 비행기로 가서, 학회를 뉴올리언스에 유치하고, 세인트 그레고리를 숙박장소로 정하는 것에 성공한 것이었다.

"어젯밤은 만원이었군." 하고 트렌트는 말했다. "이 장사는 그야말로 물장사란 말이야. 그런데 오늘 도착할 손님들은 모두 어떻게 수용할 수 있을까."

"오늘 아침 제일 먼저 그 점을 체크해 보았습니다. 오늘 떠나는 손님의 수를 예상하더라도 빡빡합니다. 우리 호텔은 예약 과잉률이 너무 높은 것 같습니다."

어느 호텔의 경우도 마찬가지지만, 세인트 그레고리도 실제의 수용능력 이상의 예약을 받는 것이 보통이었다. 그것은 예약자들 중에는 오지 못하는 사람들이 있다는 것을 전제로 하는 것이었지만, 문제는 그 결원의 실제 수를 어느 정도까지 추산하느냐 하는 것이었다. 대부분의 경우, 경험과 행운이 호텔에 알맞을 만큼의 만원의 상태로 만들어 주었다. 그러나 때로는 그 추산이 빗나가서 궁지에 몰리게 되는 일도 있었다.

호텔 지배인의 입장으로 가장 괴로울 때는, 분명히 예약을 해둔 방이 막상 호텔에 도착해 보니 없다는 것을 알고 크게 분노하는 손님에게 사정을 설명해야 할 경우였다. 같은 인간으로서 상대방이 화를 내는 것도 충분히 이해가 갔고 더더구나 발걸음을 돌려서 나가버리는 그 예약객이 앞으로 다시는 이 호텔에 찾아오지 않을 것이라는 것을 생각하면 정말 괴로운 심정이 되는 것이다.

피터 자신의 경험 중에서 가장 괴로웠던 경우는 뉴욕에서 회합을 가진 어떤 제빵업자의 단체객 중 약 250명과 그 가족들이 체재기간을 하루 연장해서 맨해튼의 야경을 즐기기로 하고 그것을 미리 호텔 측에 알리지도 않고 눌러 있을 때였다. 그때 호텔 측은 운이 없게도 그들이 나감과 동시에 어떤 기술자들의 단체를 받기로 되어 있었다. 꾸역꾸역 밀려들어온 수백 명의 기술자들과 그 부인들 때문에 로비는 그야말로 수라장이 되었다. 그 중의 몇십 명은 2년 전의 계약서를 흔들어 대면서 고함을 질렀다. 지금도 그 광경을 회상할 때마다 피터는 소름이 끼쳤다. 시내의 다른 호텔들도 거의 만원이었기 때문에, 결국 제빵업자의 단체가 다음 날 아침 호텔을 나갈 때까지 그들을 뉴욕 주변의 모텔에 분산 수용했다. 그러나 그 때문에 지출된 막대한 택시 비용, 고소당하는 것을 막기 위한 엄청난 경비, 모텔의 숙박비 등은 2개의 단체를 수용해서 벌어들인 수익을 훨씬 웃도는 것이었다.

트렌트는 손짓을 해서 피터에게 담배를 권하고 자기는 여송연에 불을 붙였다. 피터는 담배를 손에 들고 말했다.

"만약 오늘 저녁 방이 부족한 경우에는 30실 정도 빌어달라고 루즈벨트 호텔에 얘기는 해두었습니다."

이것은 부득이 한 경우 이외에는 쓸 수 없는 최후의 수단이었다. 아무리 경쟁이 치열한 호텔업자들 사이라도, 언제 자기 쪽이 또 그런 궁지에 몰리게 될지 모르므로 이런 경우는 서로 돕는 것이 상례였다.

"잘 했어. 수고했네."

트렌트는 여송연의 연기를 내뿜었다.

"그런데 올 가을 전망은 어떤가?"

"전망이 별로 신통치가 않습니다. 예전에 언젠가 메모를 해드린 바와 같이, 두 개의 커다란 조합 단체의 숙박권유도 잘 되지 않았구요."

"그게 왜 안 됐지?"

"예전에 주의를 드린, 바로 그 이유 때문이지요. 이 호텔이 여전히 인종 차별을 하고 있기 때문입니다. 민권법(民權法)을 지키지 않기 때문에 조합이 분개하고 있다는 겁니다."

피터는 방 한쪽 구석에서 잡지를 정리하고 있는 로이스 쪽으로 무의식중에 시선이 갔다. 흑인청년은 고개도 들지 않고 말했다.

"나에게 신경을 쓸 필요는 없어요."

로이스는 어젯밤과 같이 유별나게 과장된 억양으로 말을 이었다.

"우리 검둥이들은 그런 일에는 익숙해 있으니까요."

이맛살을 찌푸리고 무언가 깊이 생각하고 있던 트렌트가 무뚝뚝하게 말했다.

"까불지 말고 좀 가만히 있어!"

"네."

로이스는 잡지를 정리하던 손을 멈추고 두 사람 쪽을 향했다.

"그러나 이것만은 말해 둬야겠습니다. 그 노동조합은 사회적 양심에 따라서 그렇게 한 것입니다. 이건 비단 그들에게만 국한된 것은 아닙니다. 더 많은 조합단체라든가, 그 밖의 일반시민들도 마찬가지지만, 절대로 가까이 하려고 하지 않을 것입니다."

트렌트는 로이스 쪽으로 손을 저어 보이고 나서, 피터에게 말했다.

"저 사람에게 대답을 좀 해주게. 나는 그런 골치 아픈 이야기는 딱 질색이니까 말이야."

"하지만, 죄송스럽게도 저는 그가 말한 것에 전적으로 찬성합니다." 하고 피터는 대답했다.

"허…… 어째서 찬성인가요. 맥더모트 씨."

로이스가 빈정거리는 말투로 따지고 들었다.

"그쪽이 장사가 잘 돼선가요? 아니면 당신 일하기가 쉬워선가요?"

"그것도 훌륭한 이유가 되겠지. 만약 자네가 그런 이유밖에 생각해 낼 수가 없다면, 그렇다고 해두지."

트렌트는 의자의 팔걸이를 심하게 두들겼다.

"집어치워. 이유 같은 것은 아무래도 좋아. 문제는 자네들이 둘 다 형편없는 큰 바보들이라는 거야."

인종차별의 문제는 물론 어제오늘 시작된 것은 아니었다. 루이지애나 주에서는 체인 조직에 속하는 각 호텔은 수개월 전에 완전한 차별 철폐 방침을 채택했지만, 워렌 트렌트의 세인트 그레고리를 선봉으로 한 몇 개의 독립체 호텔은 그와 같은 변화에 저항을 했다. 그 중 대부분의 호텔은 극히 짧은 기간만 민권법에 따랐지만, 좀 조용해지자 어느새 다시 오랫동안 고수해 온 차별 체제로 되돌아가고 말았다. 비록 시험적으로 합법적 체제를 받아들이고 있는 곳에서도 이 고장의 강력한 압력도 있고 해서, 전면적으로 차별을 철폐하는 데에는 상당한 시일이 걸릴 것 같았다.

"절대로 그 따위 것은 허용할 수 없어!"

트렌트는 여송연을 재떨이에 거칠게 비벼 껐다.

"다른 호텔에서는 어떻게 하든 이 호텔에서만은 절대로 그건 받아들일 수 없단 말이야. 노동조합에 신경을 쓸 필요도 없네. 자 가만히만 있지들 말고 다른 곳을 알아봐. 다른 곳을!"

트렌트는 거실에 앉은 채, 피터가 밖으로 통하는 문을 열고 나가는 소리와,

로이스가 책이 즐비하게 꽂혀 있는 조그만 자기 방으로 들어가는 소리를 들었다. 앞으로 2~3분만 있으면 로이스는 학교에 갈 것이다.

넓은 거실은 쥐죽은 듯 고요했다. 조용한 속삭임과 같은 에어컨의 소리와 굳게 닫힌 창문을 통해서 이따금 거리의 소음만이 들려올 따름이었다.

아침 햇살이 광폭직(廣幅織)의 융단 위에 촉수를 뻗어가고 있다. 트렌트는 그것을 멍하니 바라보면서 심장의 무거운 고동을 느꼈다. 아까 화를 냈기 때문이었다. 마치 몸에 해롭다고 경고하는 것 같았다. 그러나 요즘에는 도무지 뜻대로 되는 일이 없어서 그때마다 자칫 감정이 그대로 드러나곤 한다. 묵묵히 참고 있기란 더욱더 힘들었다. 나이 탓만은 아닌 것 같았다. 오랫동안 친숙해 온 많은 것이 그의 손을 떠나 영원히 사라지려고 하는 것을 어렴풋이 느끼기 때문인 듯했다.

그는 원래가 화를 잘 내는 성미였다. 화를 내지 않았던 시기는 헤스터가 애써 그에게 인내와 유머 감각의 소중함을 가르쳐 준 불과 2, 3년에 불과했다. 지금 생각하면 그것도 머나먼 옛날 일같이만 여겨진다. 삼십 몇 년 전 그는 젊고 아름다운 신부 헤스터를 두 팔에 안고 지금 그가 앉아 있는 바로 이 방안으로 들어왔던 것이다. 그로부터 꿈같이 즐거운 나날이 이어졌다. 그러나 그것은 또 얼마나 짧은 세월이었던가. 아무 예고도 없이 소아마비가 그녀를 엄습했고 그로부터 24시간 후에 그녀를 앗아가고 말았던 것이다. 트렌트에게 남겨진 것은 고독한 여생과 인생, 그리고 이 세인트 그레고리 호텔뿐이었다.

지금 이 호텔에서 헤스터를 기억하고 있는 사람은 불과 몇 사람밖에 없다. 그리고 그들은 설사 기억하고 있다 해도 희미하게밖에는 기억하고 있지 못할 것이다. 하물며 귀여운 봄날의 꽃과 같은 그녀를 — 그의 나날을 흐뭇하게 해주고 그의 생활을 풍요하게 해준 그녀를 — 그 자신의 뇌리 속에 새겨 놓은 듯이 뚜렷하게 기억해 낼 수 있는 사람은 하나도 없을 것이다.

고요한 방안에 재빠른 움직임 그리고 비단 옷자락이 스치는 소리가 배후의 통로에서 가까워 오는 듯한 느낌이 들어서 그는 고개를 뒤로 돌렸다. 그러나 그것은 그의 추억이 낳은 환각(幻覺)에 불과했다. 방안은 그림자 하나 없이 허전했다. 그답지 않게 눈시울을 적시는 뜨거운 것이 뿌옇게 앞을 가렸다.

깊숙한 의자에서 어색하게 일어서자, 좌골신경통이 모질게 그를 찔렀다. 그는 창가에 가서, 구 프랑스가의 — 지금은 옛날 식으로 뷰 까레라고 불리는 거리의 — 박공식 지붕들과 그 너머의 잭슨 광장(廣場), 그리고 아침 햇볕을 받고 번쩍이는 대사원(大寺院)의 뾰족탑 등을 바라보았다. 또 저 너머 멀리에는 소용돌이치며 흐르는 미시시피의 탁류가 있었다. 강심(江心)에는, 혼잡을 이루고 있는 부두에 들어올 차례를 기다리는 배들이 한 줄로 늘어서 있었다. 그것은 하나의, 시운(時運)의 상징으로 여겨졌다. 18세기이래, 뉴올리언스는 부와 빈곤 사이를 시계추처럼 오락가락했다. 기선(汽船), 철도, 면화, 노예제도와 해방, 전쟁, 운하, 관광객들, 이런 모든 것들이 제각기 시대에 부응하여 때로는 부를 가져오고 때로는 재앙을 가져왔다. 지금은 그 추가 번영을 향해 움직이고 있었다 — 세인트 그레고리 호텔만은 외면한 채.

그러나 이러한 일들이 과연 그렇게 중대한 문제일까? 이 호텔은 과연 혼신의 힘을 다해서 지킬 만한 가치가 있는 것일까? 이 따위 것은 차라리 깨끗이 팔아치우고, 그 뒤는 시대의 흐름에 맡겨 버리는 것이 좋지 않을까? 커티스 오키페라면 괜찮은 가격으로 사줄 것이다. 오키페 체인은 그렇다는 평판이 높았으므로, 트렌트 자신도 그러한 매매로 인해 곤경에서 벗어날 수 있을 것이다. 막대한 저당금을 갚고, 영세 주주들에게 얼마씩 나누어준다고 해도, 앞으로 얼마든지 넉넉하게 살 수 있는 돈은 남을 것이었다.

항복이냐…… 그렇다. 변해 가는 시대의 흐름에 진 것이다. 하지만 도대체 호텔이란 무엇인가? 많은 벽돌과 모르타르로 꾸며진 공허한 건조물에 불과한 것이 아닌가? 그는 그것을 키우기 위해서 노력에 노력을 하다가 결국 마지막에 실패했다. 제기랄, 장난감 집 쌓기 같은 것이지 뭔가, 집어치우자!

그러나 만약 집어치운다면 무엇이 남을까?

아무 것도 남지 않는다. 이 방의 바닥 위를 걷는 망령조차 남지 않을 것이다.

그는 눈앞에 전개된 거리의 풍경을 굽어보면서 생각에 잠겼다. 이 거리도 많은 변화를 겪었다. 프랑스령에서 스페인령이 되고 미합중국에 병합되었다. 그럼에도 불구하고, 이 거리는 어디까지나 이 거리로서 살아왔다. 시대에 순응하면서도 독자적인 것을 계속 유지해 왔던 것이다.

그렇다. 팔지는 않겠다. 적어도 아직 희망이 남아 있을 동안에는 절대로 팔지 않겠다. 아직 나흘이나 남아 있다. 그 동안 무슨 수를 써서라도 저당금을 마련할 일이다. 그렇게만 된다면, 현재의 결손 같은 건 일시적인 것이다. 곧 조류(潮流)가 바뀌고, 굳건한 자력(資力)을 가진 자립자영의 세인트 그레고리가 될 것이다.

그는 그 결심에 보조를 맞추듯이, 힘차게 방을 가로질러 반대편의 창가로 다가갔다. 때마침, 아침 햇빛을 반사하면서 북쪽으로 날아가는 비행기가 눈에 띄었다. 제트 여객기였다. 점차 고도를 낮추어서 모와상 공항에 착륙할 자세를 취하고 있었다. 저 비행기에 커티스 오키페가 타고 있을지도 모른다고 트렌트는 생각했다.

3

오전 9시 30분이 지나서, 크리스틴 프랜시스는 신용조사 주임인 샘 재크빅을 찾아냈다. 땅딸막하고, 대머리가 되어 가는 그 주임은 프런트의 뒤쪽에 있는 방에서, 모든 유숙객의 숙박비용을 하나하나 조사하고 있었다. 부산할 정도로 마구 서둘러 대면서 일하는 그를 보면, 일견 매우 허술한 일솜씨 같은 인상을 주지만, 치밀하고 백과사전적인 능력을 가진 그의 두뇌는 상세한 판단자료를 거의 하나도 놓치는 일이 없이 파악하고 있었다. 실제로 그는 지금까지 수만 달러에 달하는 피해를 미연에 방지해 왔던 것이다.

계산기로 찍어낸 카드를 뒤적이면서, 도수 높은 안경 너머로 이름을 보고, 계산서의 명세를 힐끗 보고는, 이따금 곁에 놓은 메모지에 기입을 하기도 한다. 크리스틴이 인사를 하니까, 그는 힐끗 쳐다볼 따름일 뿐 다시 작업을 계속했다.

"일이 곧 끝나니까 기다려 주세요."

"네, 좋아요. 오늘 아침에도 뭔가 재미있는 것이 눈에 띄었나요."

재크빅은 일손을 멈추지 않고 고개를 끄덕였다.

"아아, 두세 가지……."

"예를 든다면 어떤 거지요?"

그는 또 메모지에 뭔가를 기입했다.

"512호실, H. 베이커. 오전 8시 10분에 호텔에 들어옴, 8시 20분에 위스키 한 병을 주문."

"위스키로 양치질하는 것을 좋아하는 모양이죠."

재크빅은 여전히 카드를 뒤적이며 고개를 끄덕였다.

"그럴지도 모르지요."

그러나, 사실 512호실의 H. 베이커는 돈이 없는 것일지도 모른다고 크리스틴은 생각했다. 호텔에 도착한 지 몇 분만에 위스키를 주문하는 손님은 자동적으로 조사주임의 의혹을 사게 마련이었다. 여행이라든가 하루의 일로 피로를 느껴 바로 술 생각이 나는 손님들은 대개 바에 가서 칵테일을 주문하는 것이 보통이다. 도착하자마자 위스키를 병째로 주문하는 손님은, 흔히 과음을 하고 곤드레가 되어서, 술값을 치르려고 하지 않거나 치를 수 없는 경우가 있다.

재크빅이 그 손님에 대해서 어떤 조치를 취하는지를 그녀는 알고 있었다. 어떤 구실을 만들어 하녀를 512호실에 들어가게 해서 손님의 태도나 짐을 살펴보도록 하는 것이다. 하녀도 무엇을 눈여겨볼 것인가 하는 것을 미리 알고 간다. 만약에 그 손님이 적당한 짐이나 훌륭한 의복을 가지고 있다면, 조사주임은 단지 손님의 계산서에만 계속 주의를 기울일 뿐 그 이상은 아무 것도 하지 않을 것이다. 때로는 사회적 지위도 있는 믿을 만한 시민이 술에 취하고 싶어서 호텔 방을 이용하는 경우도 있다. 요컨대 계산만 무사히 치러주고, 남에게 폐만 끼치지 않는다면, 그들이 무엇을 하건 상관할 바가 아닌 것이다.

그러나 짐도 없고, 값나가는 물건도 별로 눈에 띄지 않으면 재크빅은 자기가 직접 그 손님을 만나러 간다. 상냥하게 그리고 자연스럽게 그 손님에게 말을 건다. 그리하여 그 손님이 지불 능력이 있다는 증거를 보이거나, 보증금을 거는 것에 동의하면 그는 공손히 물러난다. 그러나 처음의 의혹이 더욱 짙어지는 경우에는, 계산의 액수가 늘기 전에 사정없이 그 손님을 쫓아내는 경우도 있다.

"여기 또 하나 있군." 하고 재크빅은 크리스틴에게 말했다. "1207호실의 샌더슨이오. 팁이 지나치게 많은데."

그녀는 그 카드를 보았다. 두 사람의 룸서비스가 시중을 들고 있었다. 한 사람은 하루 1달러 50센트, 또 한 사람은 2달러의 기본급과 그밖에도 한 사람 당 2달러의 팁이 가산되는 것에 동의한 서명이 있었다.

"지불할 의사가 없는 녀석들일수록 팁의 액수를 크게 쓰는 법이오. 아무튼 조사해 볼 필요가 있지."

조사해 본다 해도 이것은 극히 신중한 배려를 필요로 한다. 사기를 미연에 방지하는 일도 중요하지만, 소중한 손님의 감정을 상하게 해서는 안 된다. 그 방면에 노련한 그는 대개 육감으로 사기꾼이냐 아니냐를 구별할 수 있었지만, 자칫 잘못하다가는 호텔에 유형무형의 손해를 끼칠 수도 있었다. 따라서 다소 의심스러운 점이 있는 손님에 대해서 마치 줄타기를 하는 것 같은 기분으로 외상을 준다거나, 수표를 받거나 하는 경우도 있었다. 하지만 아무리 장사로 큰돈을 모았더라도 호텔에는 별 볼일 없을 것 같은 손님한테서는 사정없이 받아내는 것이 대부분 호텔의 방침이었다.

재빠른 동작으로 재크빅은 카드를 제자리에 다시 넣고 서랍을 닫았다.

"그래 무슨 용건인가요?"

"1410호실에서 파출간호사를 고용했어요."

크리스틴은 어젯밤의 웰즈 씨 사건을 대충 설명하고 나서 "웰즈 씨가 그 비용을 물 수 있을지 좀 걱정이 돼서요. 그 할아버지는 비용이 얼마나 드는지를 모르지 않나 생각해요."라고 했다. 그녀는 입 밖으로 내지는 않았지만 호텔보다도 그 노인의 일이 더 걱정되었다.

재크빅은 고개를 끄덕였다.

"암요. 파출간호사는 돈이 많이 들지요."

그는 크리스틴과 함께 그 방을 나와서, 붐비기 시작한 로비를 가로질러서 수위의 데스크 뒤에 있는, 조그만 조사 주임실에 들어갔다. 밤색 머리의 뚱뚱한 비서가 벽의 일면을 가득 메운, 자료 카드의 정리함 앞에서 일하고 있었다.

"매지."

재크빅은 그 비서를 불렀다.

"웰즈, 앨버트의 자료를 좀 빼주시오."

비서는 아무 말도 하지 않고 카드를 뒤졌다. 그러다가 손을 멈추고, 단숨에 말했다.

"앨버커키, 쿤 래피즈, 몬트리올…… 이거지요?"

"그래요. 몬트리올에서 오신 분이에요." 하고 크리스틴이 말했다. 재크빅은 비서에게서 카드를 받아 죽 훑어보면서 자기의 의견을 말했다.

"괜찮을 것 같군. 과거 여섯 번이나 이곳에서 묵었으며 지불은 모두 현금. 꼭 한 번 문제가 있었던 모양이지만 그것도 해결되었고."

"그 문제는 제가 알고 있어요. 호텔 측의 과실이었어요."

조사주임은 고개를 끄덕거렸다.

"별로 염려할 건 없을 것 같군요. 정직하지 못한 인간의 타입이 있는 것처럼, 정직한 사람에게도 그 나름의 타입이 있는 법이지요."

그는 카드를 비서에게 돌려주었다.

"하지만 비용이 얼마나 들 것인지 알아보고 웰즈 씨와 상의해 보기로 하지요. 만약 지금 현금을 가진 것이 없다고 하면 우리가 입체해 드려도 될 겁니다."

"고맙습니다."

크리스틴은 재크빅이 돼먹지 않은 손님에게 호랑이같이 무섭게 구는 대신에,

곤경에 처해 있는 손님에게는 동정적이고 도움을 아끼지 않는다는 것을 알고 적이 안심했다. 그녀가 문 앞까지 갔을 때 재크빅이 뒤에서 불렀다.
"위에서는 일이 어떻게 되어가고 있지요?"
크리스틴은 쓴웃음을 지었다.
"호텔을 팔아 버릴지도 몰라요. 선생님만 알고 계세요."
"만약 모가지가 될 사람들을 추첨으로 정하게 된다면, 내 이름은 슬쩍 빼주시오. 이제 또 새삼스럽게 취직운동을 한다는 것은 딱 질색이니 말이오."
아무렇지도 않은 듯이 농담을 하지만 재크빅도 다른 직원들과 마찬가지로 무척 걱정을 하고 있는 눈치였다. 호텔의 재정 상태는 응당 비밀이어야 할 것이지만, 좀처럼 그 비밀은 지켜지지 않았다. 따라서 현재의 위기에 대한 뉴스는 전염병처럼 퍼져서 억제할 길이 없었다.
그녀는 로비로 나와, 보이라든가 꽃집 주인, 그리고 로비 중앙의 데스크에 제법 의젓하게 앉아 있는 한 지배인 조수와 아침인사를 주고받으며 엘리베이터 앞을 지나서 중2층으로 통하는 중앙계단을 경쾌하게 뛰어 올라갔다.
지배인 조수를 보았을 때, 불현듯 그의 상사인 피터 맥더모트가 생각났다. 지난밤부터 자신도 모르게 피터의 생각이 줄곧 머리에서 떠나지 않았다. 피터도 그럴까 하고 그녀는 생각해 보았다. 그리고 그래 주었으면 하고 바라는 마음 한 구석에서는 너무 성급히 감정에 휘말려 들어서는 안 된다고 나무라는 마음이 머리를 들기도 했다. 혼자서 지나온 이 수년 동안, 꽤 많은 남자들과 교제를 해왔지만, 깊은 관계는 없었다. 5년 전에 그 참담한 사고로 졸지에 육친을 빼앗긴 그녀는, 그와 같은 친밀한 인간관계를 새로 맺는다는 일을 본능적으로 피하고 있었던 것인지도 모른다. 그런 것이야 어찌 되었든 그녀는 지금 피터가 어디서 무엇을 하고 있을까 궁금해졌다. 하지만 오늘 하루해가 지기 전에 어디선가 얼굴을 마주치게 될 테지 하고 그녀는 생각했다.
사장 전용 스위트에 있는 자기 사무실로 돌아가면서 워렌 트렌트의 방을 들여다보았으나, 사장은 15층에 있는 그의 아파트에서 아직 내려오지 않았다. 그녀의 책상 위에는 아침에 배달된 우편물이 수북히 쌓여 있고, 몇 가지 전화 메모도 곧 보아둘 필요가 있었으나 그녀는 우선 아래층에서 보던 용무를 끝마치기로 마음먹고, 수화기를 들어서 1410호실을 불렀다.

여자의 음성이 나왔다. 간호사인 모양이다. 크리스틴은 자기 이름을 대고 환자의 상태를 물었다.

"웰즈 씨는 어젯밤 충분한 수면을 취하셨고, 병의 경과는 매우 양호합니다."

마치 공보(公報)라도 읽는 듯한 그 대답에, 크리스틴은 속으로 우습게 생각하면서 "그러면, 찾아뵈어도 괜찮겠군요."라고 했다.

"지금은 좀 곤란한데요."

손을 들어서 단호하게 안 된다는 시늉을 하는 것이 눈에 보이는 듯했다.

"아론즈 선생님이 아침에 진찰하러 오시기로 되어 있기 때문에 지금부터 그 준비를 해야 됩니다."

마치 외국 원수의 공식 방문 같다고 크리스틴은 생각했다. 풍보 의사인 아론즈가 그에 못지 않게 뚱뚱한 간호사를 거느리고 있는 재미있는 광경이 눈에 보이는 듯했다.

"그러면 오후에 찾아뵙겠다고 웰즈 씨에게 말씀드려 주세요."

그녀는 좀 큰소리로 말했다.

4

트렌트 사장의 방에서 가졌던 흐릿한 회담으로 피터는 기분이 영 언짢았다. 아무리 이야기해 보았자 결론은 언제고 뻔하다고 15층의 복도를 성큼성큼 걸어가면서 그는 생각했다. 한 반 년 동안이라도 이 호텔을 자기 손으로 마음대로 운영해 보고 싶은 간절한 소망이 또다시 마음속에서 되살아났다.

엘리베이터 근처에서 그는 프런트에 전화를 해서 오키페 일행이 어느 방에 묵느냐고 물어보았다. 12층의 연결된 두 개의 스위트라고 객실계원은 대답했다. 피터는 계단을 통해서 2층 아래로 내려갔다. 세인트 그레고리뿐만 아니라 큰 호텔은 어디서건 13층이어야 할 곳을 14층이라 부르고 있었던 것이다.

예약된 두 개의 스위트는, 문 네 개가 모두 열려 있었고, 가까이 다가갈수록 진공소제기의 소리가 윙윙 울려왔다. 안으로 들어가 보니 이 호텔에서 가장 잔소리가 심한, 그러나 매우 유능한 청소주임인 블란츠 듀 케네 부인의 까다로운 감독 밑에서 두 사람의 청소부가 열심히 일을 하고 있었다. 케네 부인은 눈빛을 번쩍이면서 피터를 돌아보았다.

"당신들 중의 누군가가 여기서 내가 제대로 일을 하고 있는가를 검사하러 올 줄 알았어요. 귀중한 손님이니까 정성 들여 하지 않으면 안 된다는 것쯤은 나도 잘 알고 있어요."

피터는 싱긋이 웃었다.

"자 좀 고정하시지. 트렌트 씨가 가보라고 해서 들른 것뿐이오."

그는 빨강머리의 그녀를 좋아했다. 가장 신뢰할 수 있는 주임 중의 한 사람이었다. 두 사람의 청소부도 얼굴에 웃음을 띠고 있었다. 그는 이들 두 사람에게 윙크를 하고 나서 케네 부인에게 말했다.

"당신이 직접 감독하고 있는 줄 알았으면, 사장님도 아무 걱정 안 했을 거요."

"입에 발린 소리도 당신한테서 들으면, 정말인 것처럼 들리니 이상하군요."

그녀는 익숙한 솜씨로 긴 의자의 쿠션을 불룩하게 하면서 입가에 미소를 띠고 말했다. 피터는 웃으면서 물었다.

"꽃이나 과일바구니도 주문해 두었지요?"

귀빈을 맞을 때마다 방에는 으레 과일바구니를 장식해 두지만, 호텔왕은 이제 이런 것에는 싫증이 나 있지 않을까 하고 피터는 생각했다. 그러나 그것이 없으면, 불쾌하게 여길지도 모를 일이었다.

"곧 배달돼 올 거예요."

케네 부인은 쿠션을 정돈하면서 얼굴을 들고 덧붙였다.

"들자하니 오키페 씨는 자기 꽃은 항상 가지고 다닌다면서요."

피터는 그것이 무슨 뜻인지 알았다. 오키페는 언제나 여자를 동반하고 다녔다. 그리고 그 여자는 언제나 바뀐다는 소문이었다. 그러나 피터는 무슨 뜻인지 모르는 체했다. 케네 부인은 그녀만의 독특한 점잔 뺀 말투로 "자 어서 살펴보세요. 흠잡을 데가 있나를……." 하고 말했다.

두 개의 스위트는 빈틈없이 정리되어 있었다. 백색과 황금색의, 프랑스 조(調)의 실내가구는 먼지 하나 없이 청소되고, 정돈되어 있었다. 침실이나 욕실은 청결하고 정확하게 접혀진 린넨 물건들이 놓여 있고, 세면대와 욕조는 말끔하게 닦여져 정갈한 빛을 내고 있었다. 변기도 때 하나 없이 문질러 닦고 나서 뚜껑이 덮여져 있었다. 거울도 창도 빛나고 있었다. 전등이나 텔레비전에는 고장이 없었고, 에어컨은 온도 조절이 순조로와 온도계와 적온(適溫)인 화씨 68도를 가리키고 있었다. 피터는 둘째 번 스위트의 중앙에 서서 주위를 둘러보며 그 외에 또 손 댈 곳은 없나 생각했다.

그때 불현듯 한 가지 생각이 머리에 떠올랐다. 오키페는 매우 독실한 기독교 신자로, 때로는 의식적으로 그것을 과시하려는 듯하다는 소문이 돌았다. 사적인 장소에서뿐만 아니라 대중들 앞에서도 서슴지 않고 기도를 드리는 일이 허다했다. 어떤 호텔이 마음에 들었을 때, 그는 그것을 자기가 소유하고 싶어서, 어린애가 크리스마스의 장난감을 위해서 기도하는 투로 기도를 했다는 말도 있었다. 또 매수 교섭에 임하기 전에는 반드시 교회에서 개인적인 예배를 보는데, 오키페의 중역진 전원이 참석한다고도 했다. 라이벌 관계에 있는 어떤 호텔 체인의 회장은 피터에게 이렇게 흉을 본 적이 있다.

"커티스는 언제나 기도만 드리고 있는 녀석이지. 그래서 소변을 볼 때에도 무릎을 꿇고 본단 말이야."

피터는 이런 것들이 생각나자, 곧 그 두 스위트에 있는 성경을 점검했다. 천만다행이었다.

성경을 얼마 동안 객실에 놓아두면, 맨 앞 페이지에 콜걸의 전화번호가 적혀 있는 일이 있다. 경험이 많은 여행자들은 그런 것을 잘 알고 있어서, 이와 같은 정보가 필요할 때는 우선 비치된 성경부터 찾는다. 피터는 그 성경 두 권을 아무 말도 하지 않고 케네 부인에게 넘겨주었다. 그녀는 킬킬 웃으며 말했다.

"확실히 오키페 씨한테는 이런 건 필요 없을 테지요. 새 것으로 가져오라고 하지요."

그녀는 성경을 겨드랑이에 끼고, 따져 묻는 듯한 표정으로 피터를 보았다.

"오키페 씨의 마음에 드느냐 안 드느냐가, 지금 여기서 일하는 직원들에게 큰 영향이 있는 거죠?"

그는 고개를 가로 저었다.

"솔직히 말해서 그건 나도 모르겠소. 나도 당신 정도밖엔 몰라요."

그는 방을 나올 때 케네 부인의 몹시 궁금해하는, 쏘는 듯한 시선을 등 뒤로 느꼈다. 그녀의 남편이 벌써 오랫동안 병석에 누워 있어서, 일자리에 대한 위협이 그녀에게도 심각한 불안감을 주고 있다는 것을 피터는 알고 있었다.

비록 경영주가 바뀐다 해도 젊고 똑똑한 직원들은 그대로 남을 가능성이 많을 것이라고 그는 생각했다. 오키페 체인은 대우도 좋다고 하니, 남으라면 마다할 사람은 없을 것이다. 그러나 고참 종업원들은 일의 능률이 신통치 않다는 이유로 직장을 잃을 가능성도 있었다.

피터가 중2층의 사장실 앞에 왔을 때, 안에서 나오던 주임기사 독 비커리와 마주쳤다. 피터는, "어제 저녁 4호 엘리베이터가 고장이 나 있었는데 알고 있소?" 하고 물었다.

주임기사는 공처럼 둥근 대머리를 시무룩하게 끄덕였다.

"돈을 먹어야 할 기계에게 돈을 주지 않으니 제대로 움직이지 않는 것은 당연하지요."

"아니 그렇게 위험한 상태요?"

최근에 기계의 보수비가 대폭 삭감된 사실은 피터도 알고 있었지만, 엘리베이터가 그렇게 노후해 있는 줄은 몰랐다. 주임은 고개를 가로 저었다.

"아니, 지금 당장 그렇게 큰 사고가 일어날 염려는 없어요. 내가, 안전장치를 애들 돌보듯이 잘 살펴보고 있으니까요. 하지만 자질구레한 고장이 너무 잦아서, 이대로 가면 큰 고장이 생길지도 모릅니다. 물론 그런 경우에라도 엘리베이터 두 대가 발이 묶인 몇 시간 동안 호텔 내의 교통이 혼란을 일으키는 정도겠지만요."

피터는 고개를 끄덕였다. 최악의 경우에라도 그 정도라면 그렇게 걱정할 필요가 없을 것이라고 생각했다.

"수리를 하게 되면 비용은 얼마나 들까?"

주임은 안경 너머로 천장을 보았다.

"약 10만 달러 정도겠지요. 그만하면 중요한 부분은 전부 바꾸어치울 수 있을 겁니다."

피터는 휴우! 하고 입을 오므려 소리냈다.

"좋은 기계란 참 귀여운 거란 말이요." 하고 주임기사는 말했다. "인간과 똑같은 데가 있어요. 나이를 먹어도 예상 밖으로 일을 잘 해주기도 하고, 잘 가꾸고 달래주면 좀더 오래오래 일해 주기도 하지만 역시 기계에도 수명이라는 게 있어서 때가 되면 더 일을 하고 싶어도 도리가 없는 거지요."

피터는 그의 사무실로 들어가면서 주임이 한 말을 마음속에서 되새기고 있었다. 호텔도 수명이 있는 것일까? 세인트 그레고리의 현상은 이미 수명이 다했음을 나타내 주고 있는 것이 아닐까 생각되었다.

책상 위에는 우편물과 메모와, 전화의 전언이 수북히 쌓여 있었다. 그는 맨 위에 있는 전화전언을 집어들었다.

「마샤 프리스코트 양은 당신이 전화할 때까지 555호실에서 기다리신다고 합니다」

그것을 보자마자 어젯밤 1126~1127호실에서 일어난 일에 대해 조사해 보려던 몇 가지 문제들이 다시 생각났고 크리스틴한테도 빨리 가봐야겠다고 생각했다. 지금 당장 만나야 할 다급한 문제는 아니었으나 트렌트의 결재를 받을 것이 몇 가지 있었다. 그는 다시 생각해 보고 자신도 모르게 쓴웃음을 지었다. 억지로 구실을 만드는 것은 집어치워. 너는 그녀를 만나고 싶은 거야.

무엇을 먼저 할까 망설이고 있는데, 전화벨이 요란하게 울렸다. 프런트의 객실 계원이었다. "알려 드리겠습니다. 지금 막 커티스 오키페 씨가 도착하셨습니다."

5

커티스 오키페는 혼잡한, 넓은 동굴 같은 로비로, 마치 사과 속을 꿰뚫는 화살 같은 기세로 행진해 들어왔다. 그리고 이 사과는 너무 익어서 좀 상한 것 같다고 마음속으로 판단했다. 이 노련한 호텔왕은 주위를 한번 힐끗 돌아보곤 그와 같은 몇 가지 징후들을 재빨리 포착했다. 사소한 것들이지만 결코 소홀히 할 수 없는 것들이었다. 의자에 그냥 버려 둔 채로 놓여 있는 신문지, 엘리베이터 곁의 모래가 든 재떨이 속에 열 개씩이나 버려져 있는 담배꽁초, 보이의 제복에 단추가 하나 떨어져 있는 것, 머리 위 샹들리에의 전구가 두 개나 끊어져 있는 것, 세인트 찰스 가에 면한 현관에서 제복의 도어맨이 신문팔이 소년과 잡담을 하고 있고, 손님들이 그들 주위를 둘러싸고 있는 것 등. 바로 눈 앞에서는 나이 많은 지배인 조수가 책상에 앉아서 시선을 아래로 떨구고 무언가 골똘히 생각에 잠겨있었다.

오키페 체인의 호텔에서는 이와 같은 넋빠진 일들이 절대로 있을 수 없는 일이지만, 만약 그런 일이 하나라도 눈에 띄게 되면 당장 벼락이 떨어지고 문책을 받거나 해고를 당하는지 모른다. 그러나 이 호텔은 아직은 내 것이 아니란 말야, 하고 커티스는 자신에게 속으로 타일렀다.

6피트나 되는 날씬한 몸에 엷은 회색의 쑥 빠진 양복을 걸친 그는 마치 댄스라도 하는 듯이 점잔 빼는 걸음걸이로 프런트로 향했다. 그 걸음걸이는 그가 좋아하는 핸드볼 구장(球場)에서나, 댄스홀 또는 외양 항해용의 그의 요트 〈인키

퍼 4호)의 흔들리는 갑판 위에서나 항상 볼 수 있는 오키페 특유의 것이었다. 그리고 스포츠맨다운 탄력 있는 육체는, 중하류 계급에서 출발하여 미국에서 가장 부유하고 다망한 한 사람으로 출세한 56년의 생애를 통해, 항상 그가 자랑으로 사는 것이기도 했다.

대리석의 카운터 뒤에 있는 객실계원 중의 한 사람이 거의 고개도 들지 않고 숙박인 명부의 용지를 그의 앞에 내밀었다. 그는 그것은 본 채도 하지 않고 침착하게 말했다.

"내 이름은 오키페요. 스위트를 둘 예약해 두었소. 하나는 내가 쓸 것이고 또 하나는 미스 도로시 래시의 명의로 하시오." 다리나 가슴에서, 아니 온몸에서 불꽃과 같은 섹시함을 발산하면서 로비에 들어오는 도도(역주 : 도로시의 애칭)의 모습이 저만큼에서 보였다. 로비에 있는 사람들은 모두 숨을 죽이고 그쪽으로 돌아보았다. 그는 가지고 온 짐을 보게 하기 위해서 그녀를 밖에 둔 채 먼저 호텔 안에 들어섰던 것이다. 그녀도 때로는 그런 일을 맡아 하는 것을 좋아했다. 그녀가 두뇌를 쓰는 일이라야 고작 그 정도밖에 없었다.

오키페의 이 한마디는 마치 수류탄을 던진 것 같은 효과가 있었.

객실계원은 퉁겨진 것처럼 얼굴을 들고 온몸을 곧바로 하여 굳어진 자세가 돼버렸다. 그리고 터놓고 그 얼굴을 들여다보듯 하는 오키페의 시원스런 회색의 눈동자를 본 순간 무관심은 열렬한 존경과 동경의 태도로 바뀌었다. 긴장한 손을 본능적으로 나비넥타이에 가져갔다.

"실례했습니다. 커티스 오키페 회장님이시지요?"

호텔왕은 시침을 뗀 얼굴에 엷은 미소를 짓고 고개를 끄덕였다. 발행부수가 40만 부를 넘는 〈나는 당신의 호스트이다〉라는 책의 표지에 나오는 바로 그 얼굴이었다. 이 책은 오키페 체인 호텔의 모든 방마다 한 권씩 비치되어 있었다. 그리고 그 곁에 이런 안내문을 써놓았다.

「이 책은 매우 즐겁고 흥미있는 책입니다. 책값 1달러 25센트는 숙박비에 가산해 놓겠습니다.」

"잘 알았습니다. 회장님의 스위트는 준비가 돼 있을 줄 압니다만 잠깐만 기다려 주십시오."

객실계원이 예약명부를 살펴보는 동안 오키페는 한 발짝 뒤로 물러서서 다른 손님에게 자리를 양보했다. 아까까지 조용했던 프런트가 갑자기 부산해지기 시작했다. 어느 호텔이건 매일 그 시각에 한 가지 고비가 있다. 뜨거운 햇볕이 내리쬐는 바깥에는 공항의 리무진이라든가 택시가, 오키페처럼 아침 일찍 뉴욕을 떠나 남부로 여행을 온 승객들을 잇달아 내려놓고 있었다. 그는 단체손님의 집회가 있음을 알았다. 다음과 같이 쓰여진 현수막이 로비의 둥근 천장에 매달려 있었다.

「환영 — 미국 치과의학회」

도도는 두 사람의 보이를, 여신의 시종처럼 거느리고 그의 곁으로 다가왔다. 그림무늬가 들어있는 커다란 모자 밑으로 잿빛이 도는 금발이 치렁치렁 어깨 위에 늘어뜨려져 있고 마치 어린아이처럼 맑은 눈이 갓난아기와 같은 얼굴에 크게 빛나고 있었다.

"커티스, 치과의사들이 여기에 많이 오는가 보지요?"

그는 무뚝뚝하게 대답했다.

"아아 그래, 당신이 말하지 않았으면 모를 뻔했군."

"나, 이 틀니를 좀 봐달라고 할까? 항상 치과에 간다고 벼르면서 아직 못 갔어요."

"아냐, 여기 모이는 치과의사들은 환자의 입이 아니라 자기의 입을 열기 위해서 오는 거야."

도도는 언제나처럼 자기 주위에서 일어나는 일들을 아무리 애써도 이해할 수 없다는 듯이 어리둥절해 하는 표정을 지었다. 어떤 오키페 호텔의 지배인이 도도에 대해서 다음과 같은 험담을 하는 것을 그는 우연히 들은 적이 있었다.

"그녀의 두뇌는 유방 속에 들어 있거든. 그래서 봐, 좀 분열되어 있지 않아?"

오키페의 재력과 권세라면 어떤 여자라도 마음대로 손아귀에 넣을 수 있을 텐데, 왜 하필이면 도도 같은 여자를 여행에 동반하고 다니는지 모르겠다고 이상하게 생각하는 친구들도 많았다. 물론 오키페의 기분에 맞추어서 조용히 끓어오르기도 하고 격렬하게 불타오르기도 하는, 자유자재한 그녀의 야성적인 색정에 대해서 갖가지 억측이 떠돌고 있기는 했지만, 대개의 경우 그녀의 그런 매력이 과소 평가되고 있다는 것을 오키페는 알고 있었다. 그 자신은 도도의 백치적인 야성이라든가 그녀가 천진스러운(?) 실수를 저질러 이따금 타인에게 폐를 끼치게 되는 것을 일종의 애교로 생각하고 있었다. 그것은 아마도 그의 빈틈없는 두뇌의 회전에 뒤질세라 눈치 빠르고 실수 없이 항상 약삭빠르게 그를 보좌하는 주위 사람들에게 그가 싫증을 느껴서인지도 모른다.

그러나 이제 머지않아 도도와의 관계도 끝나게 될지 모른다고 그는 생각하고 있었다. 벌써 1년 가까이 된다. 그 어느 여자보다도 오래되었다. 언제라도 뽑아 올 수 있는 젊은 신인 여배우들이 할리우드에는 얼마든지 있었다. 물론 이제까지와 마찬가지로 그녀의 생계를 돌보아줄 것이므로 그 동안 그녀를 그의 시중역을 맡게 할 수도 있을 것이다. 예상외로 그녀는 큰 일을 해낼지도 모른다. 그녀에게는 매혹적인 육체와 용모가 있다. 이 두 가지만을 밑천으로 성공한 여자들도 세상에는 얼마든지 있는 것이다.

객실계원이 카운터로 돌아왔다.

"기다리시게 해서 죄송합니다. 준비가 다 되었습니다."

오키페가 고개를 끄덕이자 보이장 허비 챈들러가 재빨리 뛰어와서, 기다리고 있는 엘리베이터로 그들을 안내해 갔다.

6

 오키페와 도도가, 인접한 두 개의 스위트에 들어간 뒤 줄리어스 키케이스 밀른도 곧 1인용의 방을 잡았다.

 키케이스는 10시 45분에 모와상 공항에서 이 호텔 직통 전화로, 수일 전에 예약한 대로 방을 잡을 수 있는가를 물어보았다. 그의 예약은 틀림없이 접수되어 있어서 오는 대로 곧 방을 잡을 수 있다는 대답이었다.

 실제로 세인트 그레고리 호텔에 머물기로 결심한 것은 불과 수분 전이었기 때문에, 그는 그 대답을 듣고 매우 좋아했다. 하기야 그는 뉴올리언스의 일류 호텔에는 모두 가명으로 예약하고 있었기 때문에 세인트 그레고리가 만원이라도 다른 호텔에서 방을 잡을 수는 있었을 테지만…… 세인트 그레고리에는 바이로 미더라는 이름으로 예약되어 있었다. 이 이름은 신문에서 슬쩍 도용한 것이었는데, 그가 이걸 택한 이유는 이 이름의 진짜 임자가 경마복권에 당첨된 행운아였기 때문이었다. 매우 재수가 좋을 것 같은 이름이었다. 그리고 그는 모든 일에 재수 같은 것을 매우 중요시하는 사나이였다.

 사실 그의 경우 길흉(吉凶)의 전조(前兆)대로 일이 되어간 적이 여러 번이나 있었다. 가령 지난번에 기소되어 법정에 섰을 때만 해도 마침 재판관 석에 한 줄기의 햇빛이 빗겨 들어오는 것을 보고 이건 길조구나 생각했더니 과연 판결이 매우 관대하게 내려져 5년형은 각오하고 있었는데 3년형밖에 내리지 않았던 것이다.

 도대체가 그가 체포된 것도 그 자신이 조심성 없이 재수에 역행하는 짓을 했기 때문이었지만 그때까지는 매우 순조롭게 일이 진행되었던 것이다. 디트로이트에 있는 어떤 호텔의 객실을 털었었는데, 그 '밤 사업'은 매우 순조롭게 진행되고 상당한 수확을 올렸던 것이다. 그 이유도 사실인즉 그들 객실의 번호에, 그의 행운의 숫자인 '2' 자가 들어있었기 때문이라고 후에 그는 결론을 내렸다. 그런데 마지막으로 침입한 방만은 그 숫자가 없었다. 그래서, 이 일을 하기 위해서 특별히 크게 만든 호주머니 속에 여자 투숙객의 현금이나 보석류를 다 집어넣고 마지막으로 밍크 코트를 가방 속에 넣을 때 여인이 비명을 질러댄 것이었다.

그때 마침 복도를 지나가던 경비원이 그 비명을 듣고 뛰어들어왔는데, 이것도 따지고 보면 단순한 우연이라고 하기보다는 행운의 숫자를 고르지 않고 덮어놓고 침입한 벌이라고 그는 생각했다. 이처럼 인생만사를 무엇이든지 운이나 불운으로만 따지려는 철학자 키케이스는 군말 없이 그 천벌을 받았다. 여느 때는 이런 경우 다른 사람의 방에 들어간 이유를 이러쿵저러쿵 교묘하게 설명해서 위기를 모면했었지만 그때만은 그렇게 하지 않았다. 어쨌든 재빠른 솜씨를 밑천으로 살아가는 절도범들에게는, 비록 키케이스 같은 노련한 전문가의 경우라 할지라도 위험은 피할 수 없는 것이었다. 그러나 그는 복역을 마치자마자(모범수였기 때문에 최고의 감형을 받았다), 캔자스 시티에서 10일간 옛날의 솜씨를 시험해 보고 나서 이제 바야흐로 본격적인 사업(?)을 재개하기 위해, 약 2주일 예정으로 뉴올리언스에 찾아온 것이다.

처음부터 재수는 좋은 편이었다.

그는, 전날 밤에 유숙한, 체프 멘허 하이웨이에 있는 싸구려 모텔로부터 차를 몰아 아침 7시 30분경 모와상 공항에 도착했다. 유리와 크롬강(鋼)을 풍부하게 사용한 현대식 공항 건물에는, 그의 사업에 매우 중요한 쓰레기통이 충분히 있었다.

그는 공항 입구에 붙어 있는 동판의 글을 읽어보았다. 거기에는 뉴올리언스 사람으로서 처음으로 세계일주 비행에 성공한 존 모와상의 이름을 따서 이 공항 이름을 모와상이라고 했다는 유래가 적혀 있었다. 그는 그 동판의 첫 글자가 자기 이름의 첫 글자와 같은 것을 보고 이것도 길조임에 틀림없다고 생각했다. 그 자신도 대형 제트기를 타고 착륙해 들어와 보고 싶은 훌륭한 공항이었다. 만약 교도소에 들어가기 전만큼 일이 순조롭게만 진행된다면 자기도 머지않아 그렇게 할 수 있으리라고 생각했다. 하지만 생각보다 빨리 교도소에서 나오기는 했어도, 이번에는 좀 신중해지지 않을 수 없었다. 예전 같으면 별 신경을 쓰지 않고도 해치울 수 있는 일도 주저하게 되는 경우가 많았다.

그도 그럴 것이 만약 다시 붙잡혀서 교도소에 들어가게 된다면, 이번에는 10년 내지 15년은 살아야 할 것이었다. 그렇게 되면 끝장이다. 52세의 나이로 그런 형을 받게 된다면, 출소한 후의 여생은 불과 얼마 남지 않게 된다는 계산이다.

값진 옷을 말쑥하게 차려 입은 그는 신문을 겨드랑이에 끼고 공항 건물 안을 어슬렁어슬렁 돌아다니면서, 빈틈없이 사방을 살피고 있었다. 겉으로 보기에는 여유 있고 자신만만한 사업가 같았다. 그러나 눈만은 잠시도 쉬지 않고 시내의 호텔에서 택시로 오는 이른 아침의 손님들의 움직임을 지켜보고 있었다. 그들은 오늘 북쪽으로 가는 첫 번째 단체 손님들인데, 더욱이나 유나이티드, 내셔널, 이스턴, 델터 등의 각 항공회사의 아침 제트 정기편이 뉴욕, 워싱턴, 시카고, 마이애미, 로스앤젤레스 등으로 잇달아 이 시간에 출항하기 때문에, 손님들의 수도 상당히 많았다.

키케이스는 자기가 노리고 있는 기회를 두 번 포착했다. 그러나 유감스럽게도 그것은 기회로만 끝나고 말았다. 그가 본 두 사람은 비행기표나 잔돈을 끄집어내려고 호주머니에 손을 넣었다. 그리고는 깜박 잊고 호텔의 열쇠를 가지고 와버린 것을 알았다. 첫 번째 사나이는 그 열쇠에 붙어있는 플라스틱 표의 지시에 따라서, 우편함을 찾아가 그 안에 집어넣었다. 또 한 사나이는 공항의 사무원에게 열쇠를 주고, 사무원은 그것을 후에 호텔에 돌려줄 생각으로 조그만 금고 속에 넣었다.

이 두 가지 사건은 그를 실망시켰지만, 그러나 이런 경험에도 익숙해 있는데다가 원래 참을성이 많은 그였기 때문에 그가 바라고 있는 일이 곧 일어나리라는 확신을 가지고 계속 주시하고 있었다.

그로부터 10분 후 그의 인내는 보답을 받았다.

혈색이 좋은 대머리 사나이가 불룩한 항공여객용 가방과 카메라와 웃옷을 손에 들고 개찰구로 가는 도중에 잡지를 사려고 신문매장 앞에 섰다. 그리고 호주머니에서 지갑을 꺼내려고 할 때에 호텔의 열쇠를 발견하고, 당황한 소리를 냈다. 몸매가 가냘프고, 얌전하게 생긴 그의 아내가, 조용히 뭔가를 제안하니까 그는 "그럴 시간이 없어." 하고 거절했다. 그것을 엿들은 키케이스는 그들의 뒤에 바싹 붙어서 갔다. 아니나 다를까, 대머리 사나이는 쓰레기통 앞을 지나면서 열쇠를 슬쩍 그 속에 내동댕이쳤다.

다음에 키케이스가 할 일은 매일 매일의 일과를 처리하는 것처럼 손에 익은 것이었다. 쓰레기통에 접근하자 겨드랑이 밑에 낀 신문을 일단 그 속에 버렸다가, 생각을 바꾼 듯이 되돌아와서는 그 신문을 도로 집어든다. 그와 동시에 재빨리 쓰레기통 속을 들여다보면서 버려진 열쇠를 슬쩍 손에 넣었다. 2~3분 후 화장실 속에서 그것을 보니까 세인트 그레고리 호텔 641호실의 열쇠였다.

그 후 30분이 지나 이와 똑같은 과정을 거쳐서 또 하나의 열쇠를 손에 넣을 수가 있었다. 운이 트이기 시작하면 대개 이렇게 되는 법이었다. 그 열쇠도 세인트 그레고리의 것이었다. 이게 웬 횡재냐 싶어서 키케이스는 곧 호텔에 전화를 걸어 예약을 확인해 보았다. 흥이 난다고 그 이상 공항 건물 속을 서성대는 일은 하지 않기로 하고 곧장 그 자리를 뜨기로 했다. 오늘 밤은 역(驛)으로 가서 열쇠 찾기를 좀더 해보고, 2~3일 지나면 공항에 나와 보기로 했다. 호텔의 열쇠를 입수하는 방법은 이 밖에도 여러 가지가 있었다. 그는 어젯밤에 이미 그 중의 한 가지 방법으로 성공을 거두었다.

약 3년 전 뉴욕의 모 검사는 법정에서 다음과 같이 말했다. "피고가 관련된 사건은 모두 키케이스(열쇠의 사건)입니다. 솔직히 말해 저는 피고를 키케이스의 밀른이라고 부르고 싶습니다."

이 말은 경찰의 기록에도 적히게 되어 그는 그 후부터 오직 키케이스라고 불리게 되었다. 그 자신도 지금에 와서는 어떤 긍지를 가지고 그렇게 자칭하고 있었다. 그 긍지란, 시간과 인내와 행운만 있다면 어떤 장소에 쓰는 열쇠라도 반드시 손에 넣을 수 있다는 구렁이 같은 전문적 지식이 뒷받침된 것이었다.

말할 것도 없이 그의 현재의 이 특기 중의 특기는 호텔 열쇠에 대한 일반 사람들의 무관심이 원인이었다. 이것은 어떤 호텔의 경영자도 머리를 앓고 있는 문제였다. 원칙적으로 숙박객은 계산을 치르고 호텔을 나갈 때, 열쇠를 두고 가지 않으면 안 되게 되어 있지만, 호주머니나 지갑 속에 넣은 채 깜박 잊고 호텔에서 나가는 손님이 상당히 많았다. 양심적인 손님은, 결국 그것을 우편함 속에 넣는데, 세인트 그레고리와 같은 대 호텔의 경우는 그 우송료의 부담액만도 한 주(週)에 50달러를 넘는다. 그러나 대부분의 손님들은 그대로 가지고 가버리거나, 아무 데나 무관심하게 버리고 만다.

이와 같이 아무 데나 버리는 손님이 결국은 키케이스와 같은 호텔 전문 절도들의 사업을 도와주고 있는 셈이었다. 키케이스는 공항 건물을 나와서 주차장에 놓아둔, 5년 전 형(型)인 포드 세단 쪽으로 갔다. 그는 이 차를 디트로이트 시에서 구입한 후 캔자스 시티를 거쳐 뉴올리언스까지 몰고 왔는데 그 차는, 옅은 회색으로 지나치게 낡지도 않고 최신형도 아니어서 남의 눈길을 끌거나 기억될 염려가 없었기 때문에 키케이스에게는 매우 안성맞춤이었다. 단지 한 가지 걱정스러운 점이 있다면, 흰 바탕에 초록색 번호가 적힌 미시간 주의 번호판이었다. 뉴올리언스에는 다른 주의 번호판을 붙인 차가 결코 적지 않았지만, 조금이라도 유별난 점이 있어서 사람들의 주의를 끄는 일은 일체 피하고 싶었다. 루이지애나 주의 위조 번호판을 써 볼까도 생각했으나 그것은 오히려 더 위험할 것 같았고, 또 빈틈없는 그는 자기 전문 분야가 아닌 것에 너무 깊숙이 뛰어든다는 것이 조금도 이로울 게 없다는 것을 잘 알고 있었다.

자기가 직접 분해수리를 한 보람이 있어 엔진은 순조롭게 가동되었다. 분해수리의 기술은 복역 중에 연방정부의 비용으로 습득한 것이었다.

시내까지 14마일의 길을, 그는 신중하게 속도제한을 엄수하면서 차를 몰았고, 어제 미리 위치도 알아두고 조사까지 해둔 세인트 그레고리로 향했다. 그리고 호텔에서 좀 떨어진 커낼가(街) 근처에 주차해서, 가방 두 개를 내려놓았다. 그 밖의 짐은 수일간의 숙박료를 선불해 둔 모텔의 방에 두고 왔다. 방 하나를 여분으로 잡아둔다는 것은 많은 비용이 들긴 했지만, 그 방은 그가 훔친 물건을 보관해 두는 창고가 될 것이다. 만약의 경우에는 그것을 버리고 달아나면 그만이었다. 따라서 그는 그 자신의 흔적이 남을 만한 것은 하나도 남기지 않았다. 그 모텔의 열쇠는 자동차 엔진의 기화기(氣化器) 속에 깊숙이 감추어 두었다.

그는 아주 의젓한 태도로 세인트 그레고리에 들어가서, 도어맨에게 가방을 맡기고 숙박부에 미시간주 앤 아버의 B.W. 미더라는 이름을 기입했다. 객실계원은, 옷차림과 훌륭한 인물임을 말해 주는 듯한 풍모를 보고, 그를 정중히 모시면서 830호실을 그에게 할당했다. 키케이스는 내심 매우 기뻐하면서, 이걸로 세인트 그레고리의 열쇠는 세 개가 생기게 되었다고 생각했다. 보이가 안내해 준 830호실은 이상적인 방이었다. 넓고, 쾌적할 뿐만 아니라 종업원 전용 엘리베이터가 불과 수야드밖에 떨어져 있지 않았다.

그는 혼자 있게 되자 짐을 풀면서, 중대한 일에 착수해야 하는 오늘밤에 대비해 조금 있다가 한잠 푹 자두자고 마음먹었다.

7

피터 맥더모트가 로비에 내려온 것은 이미 오키페가 방으로 안내되어 간 후였다. 피터는 오키페를 따라가지 않기로 했다. 지나친 대접은 소홀한 대접과 마찬가지로 손님의 기분을 언짢게 하는 경우가 있다. 게다가 세인트 그레고리의 공식적인 환영 인사는 후에 워렌 트렌트가 하기로 되어 있기 때문에, 피터는 오키페의 도착이 이미 트렌트에게 알려진 것을 확인하고 곧 마샤 프리스코트를 만나러 555호실로 갔다.

그녀는 안에서 문을 열어주면서 말했다.

"참 반가워요. 너무 늦어서 잊어버리고 안 오시는 것이 아닌가 걱정했어요."

그녀는 소매 없는 살구 빛 드레스에 가볍게 몸을 싸고 있었다. 오늘 아침 집에서 가져오게 한 것임에 틀림없었다. 어젯밤의 공들여 꾸민 헤어스타일과는 대조적으로, 검은머리가 청초하게 어깨에 흘러내려 있었다. 그러나 반은 성숙한 여인과도 같고 반은 소녀와도 같은 그 모습이 피터에게 숨막힐 정도로 야릇한 자극을 주었다.

"늦어서 미안합니다."

그는 황홀한 듯이 마샤를 바라보면서 말했다.

"그러나, 기다리는 시간을 유익하게 이용하신 것 같군요."

"언제까지나 잠옷을 빌려 입고 있으면 당신이 곤란하실 것 같아서요."

그녀는 미소를 지으며 말했다.

"그건 임시로만 사용하는 것이니까 걱정할 필요 없어요. 이 방도 역시 마찬가지구요. 좀처럼 사용하는 일이 없지요."

"그건 메이드(여종업원)에게 들었어요. 괜찮으시다면, 저 하룻밤이라도 여기서 더 묵었으면 좋겠는데요."

"허어, 그건 또 왜지요?"

"저도 잘 모르겠어요……."

좀 당황해 하며 그녀는 눈을 아래로 내리깔았다.

"아마 어젯밤의 일을 잊는 데는 여기가 제일 좋을 것 같아서 그래요."

그러나 진정한 이유는 터무니없이 넓고 허전한 가든 구의 저택에 돌아가고 싶지 않아서라는 것을 그녀는 알고 있었다.

피터는 의아스러워하면서도 고개를 끄덕였다.

"그래 몸은 좀 어떤가요?"

"이제 아주 좋아졌어요."

"다행입니다."

"하지만 어젯밤의 일은 생각만 해도 소름이 끼쳐요. 짧은 시간으로 회복될 수 있는 그런 경험은 아니었어요. 당신이 깨우쳐 주신 것처럼, 그런 파티에 온 제가 바보였어요."

"저는 그런 말 한 적이 없는데."

"하지만 그렇게 생각하고 계신 거죠?"
"아닙니다. 저도 가끔 바보 같은 짓을 해서 혼이 난 적이 있었으니까요."
잠시 후 그는 말을 이었다.
"자, 여기 좀 앉아서 얘기합시다."
의자에 앉자 피터가 말을 꺼냈다.
"어젯밤 일을 처음부터 좀 얘기해 주시겠어요."
"틀림없이 그렇게 나오실 줄 알았어요."
그녀의 솔직한 말솜씨에 피터는 가까스로 익숙해질 수 있었다.
"그래서 말씀을 드려야 할까 말까 생각하고 있던 중이었어요."
어젯밤에는 사건의 충격이라든가 상처받은 자존심, 그리고 육체적인 피로 등으로 냉정하게 생각할 여유가 없었다. 그러나 이제는 충격도 좀 사라지고, 자존심도 어느 정도 되찾을 수 있었다. 덮어놓고 떠들어대지 않고 침묵을 지키고 있던 탓으로 그 회복이 빨랐던 것이라고 그녀는 생각했다. 또한 라일 듀메어나 그의 친구들도, 오늘아침 술이 깬 후에는 지난밤의 일을 자랑스럽게 떠벌리고 싶은 생각은 없을 것이라고 생각되었다.

피터는 말했다.
"마음이 내키지 않으면 말씀하지 않아도 됩니다만 그러나 만약 그 녀석들을 그대로 놔둬 버리면, 다시 그런 짓을 할지도 모른단 말입니다. 당신에게가 아니라 다른 사람에게 말이지요."
마샤의 눈에 불안의 빛이 스쳤다.
"어젯밤 그 방에 있던 애들이 당신의 친구들인지 아닌지는 모르겠지만 만약 친구들이라 하더라도 그들을 감싸줄 이유는 하나도 없다고 생각합니다."
"그 중의 하나는 제 친구예요. 적어도 저는 그렇게 생각했어요."
"친구든 아니든 그건 아무래도 좋습니다. 문제는 그들이 하려고 한 짓, 만약 로이스가 지나가지 않았더라면 했을지도 모를 일, 그 자체에 있는 것입니다. 게다가 그 녀석들은 잡힐 듯하니까 네 놈 다 쥐새끼들처럼 달아나 버리고 말았지요. 아주 고얀 녀석들입니다."

마샤는 미심쩍은 투로 말했다.

"어젯밤 당신이, 두 애의 이름은 알고 있다고 말씀하시는 것을 들은 것 같은데……."

"숙박인 명부에는 스탠리 딕슨이라고 적혀 있었어요. 그리고 내가 들은 또 한 사람의 이름은 듀메어라고 하더군요. 이 두 사람은 틀림없이 있었지요?"

그녀는 고개를 끄덕였다.

"그들의 리더는 누굽니까?"

"아마 딕슨일 거예요."

"그럼 그 전엔 어떤 일이 있었던가요?"

마샤는 자기의 결정권은 이미 빼앗긴 것을 깨달았다. 뭔가 억센 힘에 이끌려 지배당하고 있는 느낌이었다. 예전에는 겪어본 적이 없는 참신한 경험이었다. 더구나 그녀 자신도 그것을 바라고 있는 것을 깨닫고는 적이 놀랐다. 그리하여 댄스 파티를 빠져 나온 것에서부터 로이스가 구해 주러 들어오기까지의 경위를 모두 이야기했다. 마지막으로 그녀는 더욱더 털어놓고 싶은 마음이 되어 어제가 자기의 생일이 아니었다면 그런 일은 일어나지 않았을 것이라는 말을 덧붙였다.

이야기를 듣는 동안 피터는 두 번 질문을 했다. 딕슨이 떠들어댄 여자들을 방 안쪽에서 볼 수 있었느냐 하는 것과 호텔의 종업원이 방안을 기웃거리지 않았느냐 하는 것이었으나 그녀는 그 어느 것에 대해서도 고개를 가로 저었다.

그는 좀 놀란 듯이 "아, 어제가 생일이었소?" 하고 말했다.

"네, 열 아홉 살이 되었어요."

"그런데 왜 혼자서?"

여기까지 이야기한 이상, 더 숨길 필요는 없다고 생각했다. 그래서 로마에 있는 부친에게서 전화가 온 일, 부친이 돌아올 수 없게 되어 실망한 일 등을 사실대로 이야기했다.

피터는 그것을 다 듣고 나자 "참 그건 섭섭했겠군요. 당신의 얘기로 사건의 경위를 더 잘 알 수 있게 되었습니다." 하고 말했다.

"그런 일은 다시는 일어나지 않을 거예요."

"그럴 겁니다. 다시는 그런 일이 일어나지 않을 테지요." 그는 사무적인 어조가 되었다. "하여간 당신의 얘기를 기초로 해서 조사를 해보도록 하겠습니다."

"어떻게요?" 그녀는 좀 불안스러운 듯이 물었다.

"우선 딕슨과 다른 세 사람을 호텔로 불러서 얘기를 해보겠습니다."

"부른다고 순순히 나타날까요?"

"아니 꼭 올 겁니다."

그들을 꼭 오게 하는 방법이 이미 그의 머리 속에 있었다. 아직도 자신이 없는 듯이 마샤는 말했다.

"그렇게 하면 세상에 다 알려지지 않을까요?"

"그들과 얘기를 해서 결판을 내면 소문도 나지 않을 것입니다. 이건 제가 약속하겠습니다."

"좋아요. 그렇게 해주세요. 그리고 여러 가지로 애써 주셔서 감사해요."

이렇게 동의하고 나니 그녀는 후련해지는 것을 느꼈다.

예상보다도 쉽게 모든 정보를 입수한 피터는 빨리 이 정보를 활용하고 싶은 조급한 마음이 생겼다. 그러나, 좀더 그곳에 머물며 그녀를 안심시켜 줄 필요가 있을 것 같았다.

"설명 드려야 할 일이 좀 있어요. 미스 프리스코프."

"마샤라고 불러주세요."

"그럼 그렇게 하지요. 저는 피터라고 합니다."

호텔의 최고 간부들은 특별히 가까운 손님을 대하는 경우 이외에는 지나치게 친근한 태도를 보여서는 안 되는 것으로 되어 있었으나, 이 경우는 괜찮겠지 하고 피터는 생각했다.

"호텔이라는 곳은 말씀드리기 거북한 일들이 종종 일어나는 곳이지요. 대개 우리는 그런 일에는 눈을 감고 있지만, 어젯밤과 같은 사건이 일어났을 경우에는 가차없이 이를 조사할 필요가 있습니다. 물론 호텔의 종업원이 이에 관련되어 있을 때에는 그 종업원에겐 응분의 처벌이 내려지게 되는 것입니다."

이런 일은 호텔의 명성에 관계되는 문제로, 여기에 대해서는 워렌 트렌트 사장도 같은 의견임을 그는 알고 있었다. 그래서 만약 사실을 증명할 수만 있다면 그가 취하는 행동은 사장의 지지를 받을 수 있는 것이었다.

필요한 이야기를 다 마치고 나자 그는 의자에서 일어나서 창가로 갔다. 그 창문은 커낼 가에 면하고 있어서 그는 오전이 거의 다 간 이 시각의 거리의 분주함을 한눈으로 바라볼 수가 있었다. 6차선의 차도는 자동차로 메워져 있고 넓은 보도(步道)는 쇼핑객들로 붐비고 있었다. 종려나무 가로수 그늘에는 버스를 기다리는 사람들이 줄지어 서 있고, 냉방 버스가 알루미늄의 차체에 아침 햇살을 반사시키면서 미끄러져 들어왔다. NAACP(역주 : 흑인 지위향상 촉진연맹)가 또 데모를 하고 있었다. 「이 상점은 흑인을 차별합니다. 이 집 상품을 사지 맙시다」라고 쓰인 한 개의 플랜카드가 있고, 그밖에도 여러 개의 플랜카드가 있어서, 그것들을 들고 어슬렁어슬렁 걸어 다니는 친구들을 많은 통행인들은 귀찮은 듯이 피해서 가고 있었다.

"뉴올리언스에 오신 지는 얼마 안 되지요?"

마샤는 이렇게 말하면서 그의 곁에 와서 섰다. 달콤하고 그윽한 값비싼 향수 냄새가 풍겼다.

"그렇습니다. 좀 있으면 이 거리를 좀더 잘 알게 되겠지요."

그녀는 갑자기 열의를 보이면서 말했다.

"전 이 고장의 역사를 잘 알고 있어요. 좀 가르쳐 드릴까요?"

"아니, 나도 그 방면의 책은 좀 사두었어요. 단지 읽을 시간이 없어서."

"책은 후에 읽으셔도 되지 않아요? 설명을 듣는다던가 직접 보시는 것이 더 빨라요. 또 감사하다는 뜻으로 제가 뭔가 좀 해드리고 싶어서 그래요."

"그러실 필요는 없습니다."

"하지만 그러시다면 제가 미안하잖아요. 제발 제 청도 좀 들어주세요."

그녀는 피터의 팔을 잡았다.

그는 약간 난처해지긴 했지만 "그럼 어디 그렇게 해볼까요?" 하고 결국 응낙을 했다.

"아이 좋아! 그럼 결정된 거예요. 내일 밤, 저의 집에서 만찬회를 열겠어요. 뉴올리언스의 옛날식 만찬회가 좋겠지요. 그것이 끝나면 이 고장 역사에 대해서 이야기하기로 해요."

"그건 좀…… 곤란할 것 같은데."

"왜요? 무슨 선약이라도 있어요?"

"아니 별 선약은 없지만……."

마샤는 단호하게 말했다.

"그럼 결정된 걸로 하겠어요."

과거의 쓰라린 경험 때문에 호텔 손님인 젊은 여성들과 사귀는 일은 피하고 싶었다. 그러나 무턱대고 거절한다는 것도 촌스러운 일 같았다. 만찬회에 참석한다는 것이 분별 없는 행동이 되는 것도 아니겠고, 게다가 아마 다른 초대객들도 동석할 것이다.

"그 대신 한가지 청이 있습니다." 하고 피터는 말했다.

"뭐죠?"

"마샤, 이제 여기를 나가서 곧장 집으로 돌아가요."

두 사람의 눈이 마주쳤다. 그는 그녀의 발랄한 젊음과 그윽한 향수 냄새를 다시 한번 의식했다.

"좋아요. 당신의 말이라면 전 아무 것도 거역하지 않겠어요." 하고 그녀는 말했다.

잠시 후 중2층의 사무실로 돌아가면서 피터는 줄곧 마샤의 생각을 하고 있었다. 그녀처럼 유복한 가정의 젊고 아름다운 아가씨가 주위에서 그렇게 소홀한 대접을 받고 있다는 것이 이상하게 여겨졌다. 비록 부친은 외국 여행중이고 모친은 이혼을 하고 몇 번이나 남편이 바뀌었다 해도, 젊은 아가씨의 안전과 행복을 지켜주기 위한 아무런 방책도 강구되어 있지 않다는 것은 정말 믿어지지 않는 일이었다. 만약 내가 마샤의 아버지라면, 오빠라면……

그의 이런 생각은 주근깨 투성이인 그의 비서 플로라 예이츠에 의해서 중단되었다. 타자기를 치는 속도에 있어서는 누구에게도 지지 않는 그녀의 굵은 손가락이 한 묶음이나 되는 전화의 전언서를 그에게 내밀고 있었다.

"급한 게 얼마나 있어요?"

"몇 가지 있는 것 같아요. 오늘 오후까지 처리해야 할 것들이에요."

"그러면 그건 모두 오후에 처리하기로 합시다. 그리고 1126~7호실의 계산서를 내게 보내달라고 했는데 어떻게 됐는지 모르겠군. 스탠리 딕슨의 이름으로 되어 있는 건데……"

"그건 여기에 있어요." 플로라는 서류철에서 그것을 꺼내어 그의 책상 위에 놓았다. "영선계에서 쓴 그 방의 수리견적서도 함께 붙여 놓았어요."

피터는 그것을 훑어보았다. 룸서비스의 비용까지 합쳐서 75달러였다. 그리고 파손된 기물에 대한, 영선계의 견적서가 100달러 10센트. 계산서를 가리키면서 피터는 말했다. "이 주소의 전화번호를 좀 알아봐 주시오. 부친의 이름으로 되어 있을 거요."

조간인 타임즈 피키윤 지(紙)가 책상 위에 놓여 있었다. 플로라가 나가자 눈에 띄었다. 어제 저녁의 뺑소니 차는 결국 두 사람의 생명을 앗아갔다. 병원에 옮겨진 그의 어머니도 오늘 새벽에 사망한 것이다. 피터는 기사를 읽었다. 그것은 어젯밤, 크리스틴과 그가 사건 현장의 경찰관한테서 들은 것을 좀 상세히 쓴 것에 불과했다. 「현재, 가해자에 대한 확실한 단서는 잡지 못하고 있다. 그러나 경찰 당국은 사건 직후 '차체가 낮은 검은 색 승용차'가 황급히 사건 현장에서 사라지는 것을 보았다는 목격자의 증언을 중요시하고 있다.」 따라서 이 사고로 손상을 입게 되었을 것으로 짐작되는, 이와 같은 모양의 차를 시 경찰과 주 전역에 걸쳐서 수사하고 있다는 말로 그 기사는 끝을 맺고 있었다.

크리스틴도 이 기사를 읽었을까? 사건 현장을 지나가면서 직접 보았기 때문인지 피터는 그 사건에 이상하게 관심이 쏠렸다.

곧 플로라가 전화번호를 알아 가지고 돌아왔기 때문에, 그는 당면한 문제로 머리를 돌렸다.

그는 신문을 놓고 외부로 통하는 전화의 다이얼을 돌렸다. 남자의 굵은 목소리가 들려왔다.

"스탠리 딕슨 씨를 바꿔 주십시오."

"누구시라고 전할까요?"

피터는 자기의 이름을 대고 세인트 그레고리의 총지배인이라고 말했다.

천천히 물러가는 걸음 소리가 들리고 한참 있다가 같은 속도의 걸음 소리가 되돌아왔다.

"죄송합니다만 도련님은 지금 몸이 편찮으셔서 전화를 받으실 수 없답니다."

피터는 쏘아대는 음성으로 말했다. "그러면 이렇게 전하시오. 만약 전화를 받지 않으면 직접 아버님에게 전화를 하겠다고 말이오."

"저 그렇게 하신다면……."

"군소리하지 말고 내가 말한 대로 가서 이르란 말이오."

상대방은 좀 주저하다가 "네, 알았습니다."라고 말했다. 걸음 소리가 또다시 멀어져갔다.

이윽고 수화기를 드는 소리가 나고 실쭉한 음성이 들려왔다. "나 스탠리 딕슨이오. 무슨 용건이오?"

피터는 날카롭게 대답했다.

"무슨 용건이냐고? 그래 용건을 말하지. 어젯밤 일에 대해서 물어볼 것이 있어. 왜 놀랐나?"

"당신은 누구요?"

피터는 다시 이름을 댔다. "미스 프리스코트와는 충분히 이야기를 했으니까, 이번에는 자네와 얘기를 좀 해야겠어."

"지금 듣고 있으니까 말해 봐요."

"아니야. 호텔의 내 사무실에서 만나야겠어." 상대방은 그렇게는 못 하겠다는 듯 소리를 질렀으나 피터는 그것을 무시했다. "시간은 내일 4시. 다른 세 사람도 모두 데리고 나와."

그러자 곧 강한 반응이 돌아왔다. "무슨 건방진 수작이야, 호텔 종업원 주제에. 네까짓 것한테서 이래라 저래라 명령을 들을 사람인 줄 알아? 말해 두지만 우리 아버지는 워렌 트렌트와는 아주 잘 아는 사이야, 그러니까 너는 조심하는 게 좋을 걸."

"알려 주겠지만 트렌트 씨와는 이미 상의했어. 그 분은 나에게 이 일을 일임했단 말이야. 형사소송을 제기하느냐 안 하느냐 하는 것도 말이지. 그러나 자네는 아버님을 개입시키고 싶은 모양이니까, 우리도 그럼 그렇게 알고 방침을 세우겠네."

"좀 기다려 줘요!" 무거운 한숨 소리가 나더니, 순식간에 그 도도한 기세가 꺾였다. "내일은 4시부터 강의가 있어요."

"집어치워! 다른 세 녀석도 모두 끌고 와. 내 사무실은 중2층에 있어. 4시야, 알겠지?"

8

페이지가 헝클어진 조간신문이 크로이든 공작부인의 침대 위에 아무렇게나 흩어져 있었다. 그 신문의 기사를 샅샅이 읽고 난 부인은, 베개를 등에 받치고 앉아서 무언가 골똘히 생각하고 있었다. 이제껏 그녀의 총명과 지략(智略)이 지금처럼 필요한 때는 또 없었다.

침대 옆의 탁자 위에는, 다 먹고 난 식기들이 담긴 쟁반이 놓여 있었다. 부인은 어떤 위기에 직면해도 아침식사만은 충분히 먹는 습관이 있었다. 그것은 어릴 때, 시골 영지에서 새벽 승마를 하고 난 후, 많은 양의 식사를 하던 습관이 그대로 계속되어 온 것이었다.

공작은 거실에서 혼자 아침을 먹고 나서 지금 막 침실로 들어왔다. 그도 신문이 배달되어 오자마자 그것을 정신없이 읽어 내렸다. 그는 잠옷 위에 주홍빛 실내 가운을 걸치고, 가끔 헝클어진 머리칼을 손으로 쓸면서 불안스러운 듯이 방 안을 돌아다녔다.

"당신 제발 가만히 좀 있어줘요!" 두 사람의 긴장이 부인의 목소리에 그대로 나타나 있었다. "당신이 그렇게, 에스코트의 종마(種馬)처럼 돌아다니면 저는 아무 생각도 할 수가 없단 말예요."

공작은 얼굴을 돌렸다. 아침 햇살을 받은 그 얼굴은 주름이 깊은, 절망적인 표정의 얼굴이었다. "생각을 한다고? 그게 무슨 소용이 있소?"

"잘 생각해야만 무슨 도움의 실마리라도 잡히는 법이에요 — 그 생각이 옳기만 하면 말이지요. 그것이 성공하는 사람과 성공하지 못하는 사람의 차이거든요."

공작은 다시 머리를 손으로 쓸어 넘겼다. "생각을 해보았자 사태는 조금도 나아질 것 같지를 않군."

"그렇지만 적어도 악화되지는 않았으니 이건 감사해야 할 일이지요. 우리는 아직도 무사히 이곳에 있잖아요?"

그는 지친 듯이 고개를 흔들었다. 어젯밤에는 한잠도 자지 못했던 것이다. "그래 당신의 심사숙고 덕분으로 무슨 좋은 수라도 생길 것 같소?"

"제 생각으론 이건 시간문제일 것 같아요. 시간은 우리에게 유리하게 움직이고 있어요. 이대로 기다리면서, 아무 일도 일어나지 않으면……." 부인은 갑자기 말을 끊고, 불현듯 머리에 떠오른 생각을 천천히 입 밖으로 냈다. "맞아요. 이렇게 하면 돼요. 당신이 오히려 세상 사람들의 이목을 집중시키면 돼요. 이 사건과 관계가 있다고는 도저히 믿을 수 없게, 다른 일로 관심을 끄는 것이지요."

서로 짜기라도 한 듯, 어젯밤의 말다툼에 대해서는 한 마디도 하지 않았다.

공작은 다시 걷기 시작했다. "그렇게 하자면 내가 정식으로 워싱턴 주재 대사로 임명되는 길밖에는 없겠지."

"물론 그렇지요."

"서두른다고 될 일은 아니지, 만약 헐이 자기가 압력을 받고 있다고 느낀다면 일은 그걸로 끝장이 날 걸. 위험한 짓이야, 그건."

"이대로 가만히 있는 쪽이 훨씬 더 위험하다는 것을……."

"알아! 이거구 저거구 모두 단념해 버리는 것이 빠르다는 것쯤 당신이 말해 주지 않아도 잘 알고 있단 말야!" 공작은 히스테리컬한 음성으로 말하고 나서 담배에 불을 붙였다. 손끝이 떨렸다.

"단념할 필요는 없어요." 남편과는 대조적으로 부인의 어조는 또렷또렷하고 사무적이었다. "길 닿는 곳에서 압력을 넣으면 수상도 무심할 순 없을 거예요. 헐도 마찬가지지요. 런던에 전화하겠어요."

"왜?"

"조프리에게 말할 거예요. 당신의 임명을 빨리 실현시키기 위해서, 가능한 모든 손을 써달라고 부탁하겠어요."

공작은 의심스러운 듯이 고개를 흔들었다. 그러나 그 생각을 전적으로 부정할 만한 자신은 없었다. 처가(妻家)가 정계(政界)에서 엄청난 영향력이 있다는 것을, 과거에 몇 번이나 보아왔기 때문이다. 그러나 그는 경고했다. "그건 자기 목을 스스로 조르는 일이 될지도 몰라."

"괜찮을 거예요. 조프리는 해줄 거예요. 게다가 여기 그냥 앉아서 기다리고만 있으면, 사정은 더 악화될지도 몰라요." 부인은 자신에 찬 듯이 수화기를 들고 교환에게 말했다. "런던의 셀윈 경을 좀 대주시오." 그리고 전화번호를 댔다.

20분쯤 지나서 런던이 나왔다. 부인이 용건을 설명하자 친오빠인 셀윈 경은 별로 마음이 내키지 않는 모양이었다. 공작은 처남의 굵은 음성이 수화기 속에서 다음과 같이 울려오는 것을 들었다. "그건 긁어 부스럼을 만드는 게 아닐까. 그만두는 게 나을 걸. 솔직히 말해서 시몬의 워싱턴 대사 임명은 아직도 상당한 시일이 걸릴 거야. 내각의 일부에서도 그는 현재의 세계 정세에는 맞지 않는 인물이라고 난색을 보이고 있어. 나야 뭐 거기에 찬성하는 건 아니지만, 아무튼 지금 무리를 해봤자 소용이 없을 거야."

"지금 이대로 놔두면 언제쯤 결정이 되겠어요?"

"확실한 건 몰라도, 내가 듣기에는 수 주일은 걸릴 거라는군."

"그렇게 오래 기다릴 수는 없어요. 조프리, 정말이지 지금 빨리 손을 쓰지 않으면 안 될 사정이 생겼어요."

"모를 소리군. 그건 또 무슨 뜻이냐?" 런던의 음성은 화가 난 듯했다.

부인도 날카로운 어조로 말했다. "저는 우리뿐만 아니라 가족 전체를 위해서 부탁하고 있는 거예요. 이 점은 잘 알아 주셔야겠어요."

잠시 말이 없다가 셀윈 경은 신중히 물었다. "시몬도 거기 있냐?"

"네."

"그 이유를 좀 말해 줄 수 없겠니. 그에게 또 무슨 사고가 일어난 게 아니냐?"

"전화로 그런 말을 할 만큼 저는 바보가 아니에요."

다시 침묵이 흘렀다. "좋아, 네가 하는 일이니까 알아서 잘 처리하겠지."

부인은, 남편의 눈을 힐끗 보고 고개를 끄덕이고 나서, 셀윈 경에게 물었다. "그러면 제 청을 들어주시는 거죠?"

"별로 마음이 내키지는 않지만, 할 수 있는 데까지는 해보기로 하겠다."

그리고 몇 마디 말을 더 교환하고 나서 그들은 전화를 끊었다.

침대 곁의 전화는, 수화기가 내려지자마자 다시 벨 소리가 울렸다. 두 사람은 섬뜩 놀라면서 서로의 얼굴을 쳐다보았다. 부인이 수화기를 들었다. 공작은 초조한 듯이 입술에 침을 바르면서 귀를 기울였다.

"여보세요?"

단조롭게 들리는 콧소리가 "크로이든 공작부인이신가요?" 하고 물었다.

"네, 그렇습니다만."

"저는 호텔 보안주임인 오글비입니다." 가쁜 숨소리가 들려왔다. 그리고는 마치 자기 소개가 부인의 마음속에 깊숙이 스며들기를 기다리는 듯이 뜸을 들였다.

부인은 한참 기다렸으나 상대방이 계속 아무 말이 없자 참지 못하고 퉁명스럽게 물었다.

"무슨 용건이지요?"

"좀 조용히 얘기하고 싶은 일이 있어서요. 공작님도 함께 뵙고 싶은데……."
건방기가 흐르는 무뚝뚝한 말투였다.

"만약 호텔에 관계된 일이라면 실수를 하신 것 아니에요? 그런 일에 대해서는 트렌트 씨와 직접 얘기하기로 돼 있는데요."

"이번 일에 대해서도인가요? 그렇게 하다가는 후회하시게 될 텐데……." 쌀쌀하고 건방진 그 음성에는 자신이 넘쳐 있는 것 같았다.

공작부인은 주저했다. 손이 떨리는 것을 의식하면서 겨우 대답했다. "사정이 있어서 지금은 만날 수가 없는데요."

"그러면 언제 만날 수 있을까요?" 또다시 말이 끊기고 깊은 숨소리가 들려왔다.

그 사나이가 무엇을 알고 있고, 무엇을 원하고 있든 간에, 상대방의 심리를 파악하고, 약점을 이용하는 데 매우 능란한 인물이라는 것을 부인은 알았다.

부인은 대답했다. "여하튼 이따가 만나지요."

"네, 그러면 한 시간 후에 그곳으로 찾아가 뵙죠." 그것은 질문이 아니라 선언이었다.

"그건 좀 곤란……."

그녀의 항의를 일축하듯이 전화가 끊겼다.

"누구요? 무슨 이야기야?" 공작의 수척한 얼굴이 더욱 창백해 보였다.

잠시동안 부인은 눈을 감았다. 공작 부처는 그들의 지휘권과 책임을, 할 수만 있다면 내동댕이치고 싶은 생각이 들었다. 다른 누군가에게 모든 판단을 떠맡기고 싶었다. 그러나 그것은 옛날부터 줄곧 헛된 소망이라는 것을 그녀는 알고 있었다. 보통 사람들보다 강한 성격을 타고나면, 남의 일도 으레 자기가 맡을 수밖에 없게 되는 것이다. 그녀의 친정 형제들도 역량은 비슷한데 무의식적으로 그녀를 의지하고, 그녀의 조언을 구하고 그녀를 따라서 행동하는 것이 보통이었다. 뛰어난 재능과 강한 의지의 소유자인 조프리조차, 아까의 경우와 같이 결국 그녀가 하자는 대로 하고 마는 것이었다.

잠시 후 현실로 되돌아와서 그녀는 눈을 떴다.

"호텔의 보안 주임이라는군요. 한 시간 후 이리로 온대요."

"그러면 다 알아차리고 있는 모양이로군."

"뭔가 냄새를 맡은 게 틀림없어요. 뭘 알고 있는지 말하지는 않았지만."

크로이든 공작은 입술을 깨물었다. 그의 태도가 금새 바뀌었다. 어깨를 추키고 가슴을 폈다. 양쪽 주먹을 움켜쥐고 다부지게 버티었다. 그것은 어젯밤에 보인 것과 같은, 독특한 그의 카멜레온적인 변화였다. 그는 조용히 말했다. "좋아, 지금이라도 늦지 않았어. 경찰에 자수하겠어."

"안 돼요. 그건 절대 안 돼요." 부인의 눈에는 사나운 빛이 스쳤다. "명백히 말해 두지만 당신이 어떤 일을 한다 해도 사태는 호전되지 않아요." 두 사람은 한참 동안 아무 말도 없었다. 그러자 부인은 신중히 생각하는 투로 말했다. "덤비지 말고 느긋이 견디어 봅시다. 우선 그가 오는 것을 기다렸다가, 그가 무엇을 알고 무엇을 노리고 있는지 알아보도록 하지요."

공작은 일순간 반박하려는 기세를 보였으나, 갑자기 태도를 바꾸어서 멍청스럽게 고개를 끄덕였다. 그리고는 주홍색 실내 가운을 바로 여미고 나서 옆방으로 힘없이 걸어 들어갔다. 한참 있다가, 그는 위스키가 든 잔을 두 개 손에 들고 되돌아왔다. 잔 하나를 부인에게 내밀었을 때 부인은 말했다. "아침부터 술을 들면 어떻게 할 건가요?"

"아침이건 대낮이건 무슨 상관이오. 당신도 마실 필요가 있소." 하고 공작은 억지로 부인의 손에 잔을 쥐어주었다.

부인은 좀 놀라면서 남편이 하자는 대로 잔을 입에 대고 단숨에 모두 들이켰다. 물을 타지 않은 위스키가 목에서 뜨겁게 타오르더니 일순 숨이 막히는 듯했다. 그러나 곧 훈훈한 온기가 온몸에 감돌았다.

9

"꽤나 심각한 표정이군."

크리스틴이 사장실 안에 있는 자기 방에서, 눈살을 찌푸리면서 편지를 읽고 있을 때 피터의 목소리가 들려왔다. 피터는 명랑한 얼굴로 문을 조금 열고서 이쪽을 들여다보고 있었다.

밝은 표정이 되면서 그녀는 대답했다. "또 물건을 투하(投下)한 사건이에요. 정말 형편없는 짓을 하는군요. 이렇게 빈번히 발생하면 일일이 신경을 쓸 수도 없겠어요."

"그렇구 말구요. 신경을 써봤자 소용없는 노릇이지." 피터는 큰 체구를 방안으로 들여놓았다.

크리스틴은 그를 물끄러미 바라보며 "어젯밤에는 잘 주무시지도 못했을 텐데, 아주 상쾌하게 보이시네요." 하고 말했다.

그는 싱긋 웃었다. "오늘 아침 당신의 보스와 논쟁을 했지. 그건 꼭 찬물로 샤워하는 것과 마찬가지 효과가 있단 말이오. 그래 보스는 아직 안 내려왔소?"

그녀는 고개를 가로젓고 나서, 읽던 편지를 힐끗 보았다.

"사장님이 이걸 보면 불쾌해 하실 거예요."

"비밀이오?"

"아니, 별로 그런 건 아니에요. 아마 총지배인님도 관계하셨던 일일 텐데요."

피터는 그녀의 책상 앞에 있는 가죽의자에 앉았다.

"한 달 전 사건인데…… 기억하실 거예요. 캐론들레트 가를 걷고 있던 어떤 분이, 위에서 던진 병에 맞아 머리에 중상을 입은 일 말이에요."

피터는 고개를 끄덕였다. "매우 골치 아픈 사건이었소, 그건. 그 병이 우리 호텔의 어느 방에선가 내던져진 것이 분명한데, 누가 던졌는지 알 수가 없었지요."

"그 피해자는 어떤 분이었죠?"

"매우 좋은 분이었소. 후에 내가 문병도 갔었고 이야기도 했죠. 병원의 비용도 전부 우리가 부담했고. 그러나 그것은 어디까지나 우리 측의 호의에 의한 것이지, 우리에게 책임이 있는 것은 아니라는 걸 우리 변호사가 상대방에게 서신으로 명백히 밝혀 두었지."

"하지만 그 선의는 통하지 않았던 모양이에요. 1만 달러의 손해배상을 청구해 왔어요. 그 사건에서 받은 쇼크, 상해, 그리고 일을 중단했기 때문에 생긴 금전적인 손실에 대해서 보상하라는 거예요. 우리가 부주의해서 생긴 사고라는 거지요."

"그건 당치도 않은 주장이오. 그야 어떻게 보면 그 분에게는 안됐지만 말이오. 설령 소송을 제기한다 해도 승산은 없을 거요."

"어떻게 그렇다고 단언할 수 있어요?"

"이런 사건에 대한 판례는 아주 많아요. 그래서 변호사는 피고 측에 유리한 판례를 얼마든지 인용할 수 있단 말이지."

"그것이 판결을 좌우하게 되나요?"

"대개는 그렇소. 오랜 세월 동안에 법은 일정한 틀이 생기게 마련이오. 가령 피츠버그의 윌리엄 벤 호텔 사건 같은 것은 고전적인 판례의 하나가 되어 있소. 호텔의 창에서 던진 병이, 달려가는 자동차의 지붕을 뚫고 타고 있던 사람이 부상당한 사건이오. 그때 피해자는 호텔을 고소했지."

"이기지 못했나요?"

"응, 그는 하급재판소에서 패소했기 때문에 펜실베이니아 주의 최고재판소에 제소했지만 기각을 당하고 말았소."

"왜요?"

"그 판결 이유는, 어떤 호텔도 유숙객의 행위에 대한 책임은 없다는 거요. 단 호텔의 지배인 같은 책임 있는 자리에 있는 자가, 사전에 사고가 일어날 가능성을 알고 있으면서 그것을 방지할 적절한 조치를 강구하지 않았을 경우에는 책임이 있다고 간주하는 것이오." 피터는 이맛살을 찌푸리면서 기억을 더듬었다. "그리고 또 하나 — 이건 아마 캔자스 시티에서 일어난 일로 기억하는데 — 어떤 단체 손님이 물을 넣은 주머니를 아래로 떨어뜨렸소. 그 물주머니가 보도에 떨어지면서 터져 버리자 지나가던 사람들이 깜짝 놀라서 모두 몸을 피했소. 그 틈에 그 중의 한 사람이 사람들에게 밀려서 그만 달려오는 차에 치어 중상을 입었단 말이오. 그래서 그는 호텔을 고소했지만 한 푼도 받아내지 못했지. 이 밖에도 많은 사건이 있지만 판례는 마찬가지요."

크리스틴은 이상하다는 듯 물었다. "어떻게 그런 걸 그렇게 잘 알고 계시지요?"

"코넬대학에서는 호텔법도 교과목의 하나였소."

"그래요? 하지만 그 판결은 아주 불공평한 것 같군요."

"확실히 피해자에게는 가혹한 일이지만, 호텔로서는 당연한 것이오. 이건 이런 짓을 저지른 당사자가 책임져야 할 성질의 일이니까요. 그런데 도로에 면하고 있는 객실이 너무 많아서 누가 했는지 알 수 없는 경우가 많아요. 그래서 대부분 그들은 들키지 않게 되는 거지."

크리스틴은 팔꿈치를 책상에 대고 한 쪽 손바닥으로 가볍게 턱을 받치고 열심히 그의 말을 들었다. 반쯤 올려놓은 베네시안 블라인드의 틈 사이로 들어오는 아침 햇살이 그녀의 밤색 머리칼에 아름다운 광택을 더해 주고 있었다. 그 밑의 흰 이마에 일순 곤혹(困惑)의 주름이 새겨졌을 때, 피터는 손을 뻗어서 그것을 부드럽게 지워주고 싶은 충동을 느꼈다.

"그러면 손님이 한 일에 대해서는 — 비록 다른 손님에게 한 일에 대해서도 — 호텔은 법률상 아무 책임도 없다는 말이 되나요?"

"일반론으로는 그렇소. 현재의 법률에도 그렇게 명기되어 있고, 옛날부터 그랬소. 사실 오늘날의 호텔법은 대부분 14세기경의 영국 여관의 관습에서 유래하고 있어요."

"재미있는데요."

"간단히 설명해 줄게요. 그 당시의 영국 여관은, 넓은 홀 하나밖에 없었단 말이오. 모든 유숙객은 그곳에서 함께 자는 거요. 그 동안 도둑이라든가 살인자들로부터 손님들을 보호해 주는 것이 여관주인의 임무였소."

"그건 당연하겠지요."

"그 후 점차 조그만 객실을 사용하게 되었는데, 그래도 서로 알지 못하는 사람들이 같은 방에 합숙하였기 때문에 여관집 주인은, 예전과 동일한 임무를 다 해야만 했소."

"그러면 그 당시에는 개인의 프라이버시라는 것이 별로 존중되지 않았겠군요."

"그렇지. 손님들이 각기 방 하나씩을 차지하고 열쇠를 가지게 된 것은 훨씬 뒤의 일인데, 그렇게 되니까 법률적인 관점도 예전과는 많이 달라졌소. 주인은 외부의 습격에 대해서는 유숙객들을 보호할 의무가 있으나, 손님들이 각자의 방에서 무슨 짓을 하든, 무슨 일이 일어나든 그건 주인의 책임이 아니라는 것이오."

"말하자면 열쇠 때문에 그와 같은 차이가 생기게 된 거로군요."

"그렇소. 그 법의 실질적인 내용은 지금도 변하지 않았지. 우리가 손님에게 열쇠를 줄 때 열쇠는 옛날의 영국에서와 마찬가지로 하나의 법률적인 상징이 되는 것이오. 즉 손님에게 열쇠를 준다는 것은 그 방의 사용권을 일시적으로 손님에게 주는 것과 함께, 일단 방에 들어간 손님에 대해서 호텔은 일절 책임을 지지 않는다는 것을 뜻하는 것이지." 피터는 크리스틴이 책상 위에 놓은 편지를 손으로 가리켰다. "그러니까 이 피해자도 병을 던진 유숙객을 자기가 찾아내어 손해배상을 시키는 방법밖에는 없소."

"당신이 그렇게 박식한 줄은 몰랐군요."

"내가 너무 박식한 체했나? 트렌트 사장님도 이 법률은 잘 알고 계실 거예요. 하지만 그 분이 판례집을 보고 싶다고 하시면, 내 아파트에 가지고 있으니까 언제든지 빌려 드리겠어요."

"그 얘기를 들으시면 사장님도 좋아하실 거예요. 그러면 이 편지에 그 이야기를 써서 부치도록 하겠어요." 그녀는 피터의 눈을 빤히 보았다. "당신은 호텔의 경영이나, 그와 관련된 모든 문제들은 매우 좋아하시는군요."

"그렇소, 아주 좋아하고 말고." 그는 솔직히 말했다. "이 호텔을 좀더 개혁할 수 있다면 더욱 좋아질 수 있을 텐데…… 미리 손을 썼더라면 지금 커티스 오키페가 여기에 오지 않아도 되었을 거요. 참 그런데 그가 도착한 것은 알고 있소?"

"네, 당신이 그것을 알려준 열일곱 번째 사람이에요. 그가 차에서 내린 순간부터 줄곧 그 전화뿐이었으니까요."

"당연한 일이지. 거의 모든 종업원들이 그가 왜 여기에 왔는지 궁금해하고 있으니까. 아니 그 이유가 언제 공식적으로 발표되는지 궁금해하고 있으니까 말이오."

"오늘밤 사장님 방에서 오키페 씨와, 동반한 여자 분을 위한 만찬회가 있어요. 당신도 그녀를 보았어요? 대단한 미인이라던데요."

그는 고개를 가로 저었다. "나는 그것보다는 나 자신의 만찬회에 더 관심이 있소. 물론 주빈은 당신이오. 그 얘기를 하러 여기에 온 거요."

"오늘밤의 초대라면 마침 잘 되었어요. 시간도 있고 배도 고프고."

"그것 참 잘 됐소." 그는 벌떡 일어났다. "7시에 당신의 아파트로 데리러 가리다."

피터가 그 방을 나가려고 할 때 문 곁의 탁자 위에 타임즈 피키윤 지(紙)가 놓여 있는 것이 눈에 띄었다. 뺑소니차의 사건이 크게 나와 있는, 아까 그가 읽은 바로 그 조간신문이었다. "이 기사 읽어보았소?" 하고 피터는 우울한 음성으로 물었다.

"네, 읽었어요. 참 무서운 사건이군요. 어젯밤에 그 현장을 지나갔기 때문인지, 신문을 읽으면서도 마치 그 사건을 눈앞에서 보는 것 같아 무서운 느낌이 들더군요."

피터는 이상하다는 표정으로 그녀를 보았다. "당신이 그렇게 말하는 것이 이상하군. 나도 괴상한 느낌이 들었소. 어젯밤에도 오늘 아침에도 그 느낌이 머리에서 떠나지를 않소."

"괴상한 느낌이라니요?"

"글쎄, 그게 확실치가 않단 말이오. 내가 뭔가 알고 있으면서 그것이 생각나지 않는 그런 느낌이라 할까……." 피터는 어깨를 한번 움찔하고 그 생각을 떨쳐 버리려고 했다. "당신 말처럼 어젯밤 그 현장을 지났기 때문일 거요." 그는 신문을 도로 제자리에 놓았다.

밖으로 나오면서 그는 웃음 띤 얼굴로 그녀에게 손을 흔들었다.

점심시간에 흔히 그러는 것처럼, 크리스틴은 샌드위치와 커피를 자기 방에 배달시켰다. 식사를 하고 있는 동안에 워렌 트렌트가 들어왔지만, 우편물을 잠깐 살펴보고는 그냥 나가버렸다. 호텔 안을 두루 돌아다니는 것이 그의 일과의 하나였지만 오늘은 그것이 몇 시간이나 걸릴지 모른다고 크리스틴은 생각했다. 때때로 괴로운 듯이 일그러지는 얼굴 표정과 어색한 걸음걸이는, 그가 또 좌골 신경통 때문에 고통을 받고 있다는 증거였다.

2시 반이 되었을 때, 그녀는 같은 사무실에서 일하는 한 여비서에게 행선지를 알리고 앨버트 웰즈를 방문했다.

14층에서 엘리베이터를 내려 복도를 걸어갈 때 땅딸막한 사나이가 이쪽으로 오는 것을 보았다. 신용조사 주임인 샘 재크빅이었다. 서류를 한 장 손에 쥐고, 시무룩한 표정을 하고 있었다.

그는 크리스틴을 보고 걸음을 멈추었다.

"당신의 환자 친구를 만나고 왔지"

"당신의 그 표정이라면 환자가 기운을 차리는 데 별로 도움이 되지 않았겠는데요."

"아니오, 기운을 잃은 것은 오히려 이쪽이오. 겨우 이걸 그에게서 받았지만 꼴을 보니, 여기 쓴 것도 진짜인지 의심스럽군."

크리스틴은 조사주임이 들고 있는 서류를 받아보았다. 그것은 한쪽 구석에 기름이 밴, 지저분한 호텔의 편지였다. 앨버트 웰즈는 그 종이에 볼품 없는 친필로 몬트리올의 어느 은행 앞으로 200달러 인출청구 서명을 해놓았다.

조사주임은 말했다.

"태도는 부드럽지만 굉장히 완고한 영감님이더군요. 처음에는 이쪽 요구를 전혀 받아들이려고 하지 않았어요. 계산은 할 때가 되면 응당 한다고 말이오. 좀 곤란하시다면 저희가 이체를 해드리겠다고 해도 들은 체도 안 하더란 말예요"

"돈 문제라면 누구라도 신경과민이 되는 법이지요. 궁할 때는 특히 그렇게 되는 것이 아니겠어요."

조사주임은 답답한 듯이 혀를 찼다.

"궁한 건 피차 마찬가지지. 나도 1년 내내 숨돌릴 사이가 없소. 그저 어떻게 꾸려 나갈 수 있는 동안은, 너무 창피한 생활만은 하고 싶지 않다고 생각하면서 살아가고 있는 거지."

크리스틴은, 즉석에서 만든 은행수표를 의심스러운 듯이 들여다 보았다.

"이걸로 효력이 있나요?"

"액면의 금액이 은행에 틀림없이 예금만 되어 있다면 효력이야 있지요. 악보용지든, 극단적으로 말해 바나나껍질이라도 괜찮단 말이오. 그러나 당좌예금을 하고 있는 사람은 정규 수표철을 가지고 있는 것이 보통이지요. 그 영감은 그걸 어디에 두었는지 모르겠다고 하더군요."

재크빅은, 그녀가 돌려주는 종이를 받으면서 말했다.

"영감은 정직해 보이고, 예금도 있는 것 같지만 ─ 그러나 앞으로 돈이 많이 필요할 거란 말입니다. 벌써 비용이 200달러의 반 이상이나 넘었으며 또 나머지 돈은 간호원의 비용으로 나가야 할 테니 말입니다."

"그러면 이제 어떻게 하실 셈이에요?"

조사주임은 손으로 대머리를 어루만졌다.

"우선 몬트리올 장거리 전화를 해서 수표가 진짜인지 알아보아야겠소"

"만약 가짜라면?"

"호텔을 나가달라고 해야지요. 적어도 내 입장으로서는 그럴 수밖에 없지 않겠어요. 물론 당신이 트렌트 사장에게 이야기를 해서 사장이 무슨 특별한 조치를 취한다면 별문제지만 말이오."

그녀는 고개를 가로 저었다.

"사장님에게 걱정을 끼쳐 드리고 싶지는 않아요. 하지만 당신이 어떠한 조치를 취하게 되더라도 그 전에 저에게 미리 알려 주시면 감사하겠어요."

"아아, 그건 염려 마시오."

신용조사 주임은 고개를 끄덕이고 나서, 총총걸음으로 저쪽 복도로 걸어나갔다.

잠시 후 크리스틴은 1410호실의 문을 노크했다.

심각한 표정의 얼굴에 테가 굵은 안경을 쓴 제복차림의 간호원이 문을 열었다. 크리스틴이 자기 소개를 하자, 간호원은 엄숙한 말투로 말했다.

"좀 기다려 주세요. 웰즈 씨에게 만나시겠냐고 여쭈어보고 올 테니까요."

그녀의 발자국 소리가 안쪽으로 사라지자, 곧 안에서 답답하다는 듯, "암 물론 만나죠. 기다리게 하지말고 어서 들어오라고 해요." 하는 음성이 들려왔다. 크리스틴의 얼굴에는 저절로 미소가 떠올랐다.

간호원이 돌아오자 크리스틴은 말했다.

"미안하지만 잠시만 나가 계시겠어요? 당신이 돌아올 때까지 제가 여기 있을 테니까요."

"그렇지만……" 간호원은 기쁜 듯 얼굴에 웃음을 띠며, 한편으로는 주저하듯 안쪽을 살폈다.

방안에서 웰즈 씨의 음성이 들려왔다. "그렇게 해요. 프랜시스 양은 아주 간호를 잘 하오. 어젯밤, 프랜시스양이 오지 않았더라면 나는 벌써 죽었을 거요."

"그러면 한 10분쯤 나갔다 오겠어요. 그 동안에 무슨 용무가 생기면, 커피숍으로 전화해 주세요."

크리스틴이 방에 들어가자, 웰즈는 매우 기뻐하는 표정을 지었다. 노인은 커다란 베개에 작은 몸을 기대고 있었다. 바싹 마른 몸에 구식 잠옷을 입은 그 모습은, 여전히 둥우리 속에 웅크리고 있는 참새와 같은 인상을 주었지만, 그래도 오늘은 어젯밤의 그 절망적인 연약함과는 대조적으로 약간 생기가 있어 보였다. 아직은 안색은 창백했지만, 어젯밤의 그 불길한 잿빛은 사라졌다. 때때로 씨근거리는 숨소리를 내었으나 호흡은 규칙적이고 조금도 힘이 들지 않는 것 같았다.

"와주어서 고맙소. 아가씨는 정말 친절한 분이오."

"고맙기는요. 오늘은 좀 어떠신가 몹시 궁금했어요."

"아가씨 덕분으로 매우 좋아졌소." 그는 간호원이 닫고 나간 문 쪽을 턱으로 가리키면서 "저 간호원은 잔소리가 심해서 골치요. 귀찮은 여자지" 하고 말했다.

"선생님께는 그렇게 하는 게 좋을 거예요." 크리스틴은 만족스러운 표정으로 방안을 둘러보았다. 노인의 소지품을 포함해서 모든 것이 말끔히 정돈되어 있었다. 침대 곁 탁자 위에 있는 쟁반에는 의료품이 가지런히 놓여 있었다. 어젯밤에 사용한 산소탱크도 그 자리에 있었지만 즉석에서 만든 마스크는 정상적인 흡입 마스크로 바뀌어져 있었다.

"그야 간호원으로서의 일은 잘 하는 것 같지만, 그래도 다음 번에는 좀더 미인이 와주었으면 좋겠소."

크리스틴은 미소를 띠면서 "선생님은 이제 아주 좋아진 거로군요." 했다. 조사주임에게서 들은 말에 대해서 이야기를 해볼까 망설이다가 결국 안 하기로 하고, 노인에게 다음과 같이 물었다.

"선생님은 어젯밤 이 병이 광산에 계실 때부터 시작되었다고 하셨지요?"

"그래, 그때부터요. 기관지염이지."

"광산에는 오래 계셨던가요?"

"너무 오래 있어서, 지금은 생각만 해도 지긋지긋할 지경이오. 하지만 싫어도 그것을 생각하게 하는 것들이 여러 가지가 있지. 가령 이 기관지염이라든가, 또 이 손이라든가……."

그는 손바닥을 위로 해서 양손을 내밀었다. 마디가 굵은 손가락과 울퉁불퉁한 손 모양이, 오랜 세월 동안의 광산 노동의 가혹함을 여실히 말해 주고 있었다.

크리스틴은 본능적으로 손을 내밀어서 노인의 손을 잡았다.

"하지만 그것은 자랑스러운 일이라고 생각해요. 그때의 일을 좀 들려주시겠어요?"

그는 고개를 저었다. "나중에, 언젠가 아가씨에게 시간과 인내심이 많이 생길 때 해드리지. 원래 늙은이의 이야기라는 건 지루한 것이니까."

그녀는 침대 곁의 의자에 앉았다. "저는 이래 보여도 참을성이 아주 강한 편이에요. 게다가 노인들의 이야기를 지루하다고는 조금도 생각지 않아요."

그는 껄껄 웃으면서 말했다. "몬트리올에도 그렇게 말해주는 사람들이 있지."

"몬트리올은 어떤 도시예요? 전 한번도 가본 적이 없어요"

"많은 것이 뒤범벅이 된 거리지. 어떤 점에선 이 뉴올리언스와 흡사해요"

크리스틴은 궁금한 듯이 물었다. "그러면 선생님께서 매년 여기에 오시는 것도 그 때문인가요?"

노인은 앙상한 어깨를 베개 속에 파묻듯이 하면서 잠시 생각하는 것 같았다.

"그래…… 그 말을 듣고 보니 그런 것 같기도 하군. 나는 예스러운 것을 좋아하는데, 옛날의 면모를 간직한 거리가 별로 남아 있지 않단 말씀이야. 이 호텔의 경우도 마찬가지지. 꽤 낡았지만, 가정적이고 정서가 살아 있어…… 그게 내 마음에 들어요. 난 요새 체인 호텔이라는 건 딱 질색이야. 그건 어디에 가나 모두 마찬가지요. 겉보기는 좋아도 모두 속되고 무게가 없어. 그런 데서 묵는다는 건 마치 공장 안에서 사는 거나 다름없지."

크리스틴은 좀 주저했지만 오늘 오키페의 등장으로 이미 공공연한 비밀이 되어버린 일을 생각하고 그에게 모두 말하기로 했다. "이 말은 선생님을 실망시켜 드릴지 몰라요. 안됐습니다만, 실은 이 세인트 그레고리도 머지않아 어떤 체인에 흡수될 것 같아요."

"저런, 그건 참 유감인데. 이 호텔이 돈 문제로 곤란을 겪고 있다는 건 눈치를 채고 있었지만."

"어떻게 아셨지요?"

노인은 한참 동안 생각에 잠겼다. "먼젓번 왔을 때부터 사정이 어려워져 가고 있다는 것이 여러 면에 나타나 있었소. 그래 당면한 문제는 뭐지요? 저당 기간이 촉박했는데 자금 마련이 안 된다는 건가?"

크리스틴은 웰즈의 날카로운 통찰력에 놀랐다. 광부였다는 이 노인은 이 밖에도 여러 가지로 기발한 면이 있어서 무언가 헤아릴 수 없는 것을 마음 속에 간직하고 있는 것 같았다. 그녀는 웃으면서 말했다. "제가 너무 많이 지껄인 것 같군요. 하지만 커티스 오키페 씨가 오늘 아침 이 호텔에 온 것은 어차피 아시게 될 테니까요."

"아니, 오키페 그 녀석 말이오? 그건 안 돼!" 웰즈 씨의 얼굴에 강한 관심의 빛이 떠올랐다. "그런 놈한테 걸려들었다가는 모든 게 끝장이오. 여기도 다른 호텔과 마찬가지로, 그야말로 공장이 돼버리고 말지. 이 호텔도 개선해야 할 점이 많기는 하지만, 그런 식으로 바뀐다는 건 곤란해."

크리스틴은 궁금해서 물었다. "그러면 어떤 점을 개선해야 하지요, 선생님?"

"나는 전문가가 아니니까 자세한 것은 모르지만 한 가지만은 자신 있게 말할 수 있소. 그건 어떤 시대에도 유행이라는 것이 있지만 그런 것에 현혹되지 말라는 거요. 지금은 빤질빤질하고 모양만 내는 천편일률적인 것이 유행하고 있지만 머지않아 세상 사람들은 그런 것에 싫증을 느껴 옛것을 동경하게 된단 말이오. 진심이 담겨진 접대라든가, 개성이라든가, 분위기 같은 것 말이오. 말하자면 그 고장이 갖는 오래되고 뛰어난 특색을 살려 나가야만 된다고 보오. 문제는 단지 세상 사람들이 그것을 깨닫게 될 때까지, 이 호텔을 비롯해서 다른 훌륭한 호텔이 거의 없어지지 않겠나 하는 것이오." 그는 한참 말을 멈추었다가 물었다. "그래 언제쯤 매도(賣渡) 결정이 난답니까?"

"확실한 건 모르겠어요." 크리스틴은 이 노인의 예민한 감각과 깊이에 내심 놀라면서 대답했다. "하지만 오키페 씨가 그렇게 오래 머무르지 않을 건 확실해요."

웰즈는 고개를 끄덕였다. "내가 듣기에 그 친구는 언제나 그렇다더군. 일단 뭔가를 결정하면 번개같이 일을 처리하는 모양이오. 정말 유감이오. 만약 그 친구의 손에 넘어가면, 나도 다시는 여기에 오지 않을 것이오."

"안 오신다면 참 섭섭할 거예요. 하기야 저도 남아 있게 될 지는 모르겠지만요."

"아가씨야 남고 싶으면 남을 수 있을 게고, 딴 곳으로 가고 싶으면 갈 수도 있겠지. 하기야 어떤 똑똑한 청년이 나타나면 사정은 달라지겠지만."

그녀는 웃으면서 그 말에는 아무 대꾸도 하지 않았다. 그리고 다른 화제로 옮겨갔지만, 곧 노크 소리가 들리고 간호원이 들어왔다.

"고마웠습니다. 미스 프랜시스." 그녀는 짐짓 손목시계를 들여다보았다. "환자에게 약을 드리고 쉬게 해드려야 할 시간이예요."

"어차피 이제 나가보려 하던 참이에요…… 선생님, 괜찮으시다면 내일 또 찾아뵙겠어요."

"네, 꼭 와주시오."

문 앞에서 뒤돌아본 그녀에게 노인은 윙크를 보냈다.

그녀의 사무실 책상 위에는 돌아오는 대로 신용조사 주임에게 전화를 해달라는 메모가 놓여 있었다. 곧 전화를 거니까 주임인 샘 재크빅이 나왔다.

"몬트리올의 은행에 전화로 문의해 보았는데, 당신의 친구는 염려할 게 없는 모양입니다."

"참 좋은 소식이군요. 그래 그 쪽에선 뭐라고 하던가요?"

"그게 좀 이상해요. 신용 한도액에 대해서는 아무 말도 하려 하지 않는단 말이거든요. 대개는 쉽게 말해 주는 법인데 그저 그 분의 수표라면 언제라도 지불하겠다는 거였죠. 또 염려가 돼서 그 액수도 말해 줬지만 상대방은 전혀 들은 체도 하지 않습니다. 그러니 뭐 염려할 건 없다고 봐요."

"참 다행이군요."

"나도 안심이지만, 그러나 계산이 너무 많아지지 않도록 단단히 지켜보긴 해야겠죠."

"당신은 기가 막힌 감시인이군요." 하고 그녀는 웃었다. "전화해 주셔서 고마워요."

10

커티스 오키페와 도도가, 서로 통할 수 있게 된 스위트에 들어가자 도도는 여느 때처럼 매우 즐거운 듯이 두 사람의 짐을 풀기 시작했다. 그리고 지금 큰 쪽 거실에서는 호텔왕 오키페가 〈극비〉라는 표제가 붙어 있는, 여러 권의 푸른 표지의 서류철 — 〈세인트 그레고리 예비조사서〉 중의 하나를 세심히 조사하고 있었다.

도도는 피터가 보내온 호화로운 과일바구니를 꼼꼼하게 살펴보고 나서는 그 중에서 사과를 골라 들었다. 그녀가 그것을 먹고 있는 동안 오키페의 바로 곁에 있는 전화가 2, 3분의 간격으로 두 번 울렸다. 처음 전화는 트렌트한테서 온 것으로, 트렌트는 정중한 환영의 인사를 하고 나서 불편한 점은 없느냐고 물었다. 오키페는 그 말에 대해서 "오키페 체인에서도 이 이상은 할 수 없을 것"이라고 추켜세운 다음, 오늘 저녁 만찬에 그와 도도를 초대하고 싶다는 트렌트의 청을 쾌히 승낙했다.

"아무튼 참 훌륭한 호텔이오. — 내 마음에 꼭 들었소, 워렌" 호텔왕은 또다시 칭찬을 해댔다.

트렌트는 소탈하게 대답했다. "당신이 반하지나 않을까 하는 걱정을 하고 있었소."

오키페는 큰 소리로 웃어댔다. "아무튼 저녁에 이야기합시다. 사업 이야기도 나쁠 건 없지만, 나는 주로 위대한 호텔맨의 이야기를 듣는 것에 더 큰 관심과 기대가 있단 말이오."

수화기를 놓자 도도가 이맛살을 찌푸리면서 물었다. "그 양반이 그렇게 위대한 호텔맨이라면 왜 이 호텔을 당신한테 팔아 넘겨야만 하나요?"

오키페는, 설명을 해보았자 도도가 이해하지 못하리라는 것을 알면서도, 평소와 다름없이 성실하게 설명해 주었다. "첫째 이유는 시대가 변해 가고 있는데, 그 양반은 이 사실을 알지 못하고 있어. 지금은 훌륭한 여관 주인만으로는 안 되는 거야. 원가 계산에도 뛰어나게 밝아야만 한단 말이야."

"아아, 어쩐지 이 사과도 꽤나 크다고 생각했지요."

다음 전화는 호텔의 공중전화에서 걸려온 것으로, 오키페는 상대방이 이름을 대는 것을 듣고 나서, 이렇게 말했다. "그래, 오그든 군, 지금 자네의 보고서를 읽고 있는 중이야."

11층 밑의 로비에서는, 꼭 회계사같이 생긴, 혈색이 좋지 않은 대머리 사나이가, 전화 박스 밖에서 기다리고 있는 젊은 동료에게, 크게 한 번 고개를 끄덕여 보였다. 이름은 오그든 베일리, 집은 롱아일랜드에 있지만 2주 전에 기입한 이 호텔의 숙박인 명부에는 마이애미의 리차드 파운틴으로 되어 있었다. 4층에 있는 자기 방의 전화나 그 밖의 교환전화를 피해서 직통 공중전화를 사용한 것은 대단히 조심성이 많은 그다운 행동이었다. 그는 간결하게 용건을 말했다. "상세하게 설명드리고 싶은 점도 있고, 또 몇 가지 정보도 있어서, 그곳으로 찾아뵙고 싶습니다만."

"좋아, 15분 후에 와주게."

전화를 끊자, 커티스는 도도에게 가벼운 농담을 건넸다. "그 과일이 꽤 마음에 드는 모양이군. 당신의 일이니까 배탈날 염려는 없을 테지만."

"뭐 그렇게 맛이 있어서 먹는 건 아니에요. 당신이 안 드시니까, 그냥 버리기도 아까워서죠." 어린애 같이 맑은 눈을 크게 뜨면서 그녀는 말했다.

"호텔에는 그냥 버리는 것이라고는 거의 없어. 무얼 남겨 놓는다 해도 누군가가 먹게 돼 있지. 아마 뒷문으로 가지고 나가서 말이야."

도도는 커다란 포도송이를 빼냈다. "우리 엄마는 포도를 아주 좋아해요. 이런 과일바구니를 보시면 넋이 빠지실 거예요."

그는 손익계산서를 손에 들었다가 다시 내려놓았다. "그러면 하나 보내드리지 그래."

"정말이에요?"

"정말이구 말구." 그는 다시 전화를 걸어서 호텔의 꽃집을 대달라고 했다. "나 오키페요. 당신네들이 내 방에 과일을 배달했지요?"

여자의 음성이 조심스러운 듯이 대답했다. "네, 네, 그렇습니다만, 혹시 저희 쪽에 무슨 실수라도 있었는지요?"

"아니오. 그런 게 아니고 오하이오 주 아크론에 전보를 쳐서, 이 방에 보낸 것과 똑같은 과일바구니를 배달하도록 해 주시오. 물론 계산은 내 앞으로 하고." 그는 수화기를 도도에게 넘겨 주었다. "주소와 어머님에게 전할 말을 일러주도록 해요."

그녀는 전화를 끊자 충동적으로 그의 목을 끌어안았다. "커티, 당신은 정말 최고야, 최고"

그녀의 꾸밈없는 기쁨에 달콤한 감동을 느끼면서 오키페는 좀 이상한 생각이 들었다. 도도는 값비싼 선물에 대해서도, 이때까지의 다른 애인들과 마찬가지 반응을 보이기는 했지만 그녀가 가장 좋아하는 것은 바로 이 과일처럼 대수롭지 않은 것들이었다.

그는 보고서를 모두 읽어치웠다. 이윽고, 정확히 15분이 경과했을 때, 노크 소리와 함께 도도가 두 사나이를 안으로 안내했다. 한 사람은 로비에서 전화한 오그든 베일리이고, 또 한 사람은 전화 박스 밖에 있던 젊은 사나이, 씬 홀이었다. 홀은 동행한 선배를 그대로 젊게 해놓은 것 같은 인상으로, 언제나 이렇게 손익계산서나 재정상태의 비밀조사에 쫓기다보면, 앞으로 십 년 후에는 이 선배와 똑같이 야윈 얼굴에 머리도 대머리가 될 것이라고, 오키페는 생각했다.

그는 이 두 사람을 따뜻하게 맞이했다. 이 호텔에서는 리차드 파운틴이라는 가명을 쓰고 있는 오그든은 오키페 재벌의 매우 노련한 핵심인물로, 회계사의 자격뿐만 아니라 한 가지 특수한 재능을 가지고 있었다. 그것은 노리는 호텔에 잠입해서, 그 호텔의 경영자들이 전혀 눈치채지 못하게 하면서 비밀 조사를 해서, 1~2주 후에는 재정상태에 대한 상세한 분석 보고서를 작성하는 것이었는데, 이 보고서의 숫자는, 호텔 매수 후에 명백해지는 숫자와 거의 틀리지 않았다. 베일리가 발견해서 훈련시키고 있는 홀도 바로 이 같은 재능을 훌륭하게 발전시켜 가고 있었다.

오키페가 음료수를 권하자 두 사람은 정중하게 그것을 사양했는데, 그렇게 하리라는 것은 오키페도 알고 그저 의례적으로 권해 보았을 따름이다. 그리고는 이들 두 사람은 오키페와 마주 앉자, 빨리 서류가방을 열고 싶은 충동을 억제하면서, 우선, 정해진 의식(儀式)이 거행되는 것을 기다렸다. 도도는 구석의 과일바구니로 돌아가서 바나나의 껍질을 벗겼다.

"둘 다 오래간만이로군." 오키페는 마치, 옛 친구를 대하는 듯한 말투로 이렇게 말했다. "그런데, 일에 착수하기 전에 전능하신 하나님의 가호를 비는 것이 좋을 것 같군."

이렇게 말하면서, 오키페는 민첩하고 익숙한 태도로 무릎을 꿇고 두 손을 정중히 모았다. 베일리도 지금껏, 헤아릴 수 없을 정도로 이 일을 겪었기 때문에, 거의 체념한 듯한 표정으로 오키페의 뒤를 따랐다. 오키페는 바나나를 입에 가득 물고 있는 도도를 돌아보며 조용히 말했다. "이봐. 이제부터 기도를 시작하겠어."

"네, 알았어요." 그녀는 가볍게 말하고 나서 앉아 있던 의자에서 미끄러져 내려왔다.

처음 2~3개월 간은, 빈번히 또 당돌하게 시작되는 그의 기도가 그녀를 매우 당혹하게 만들었다. 아무리 생각해도 무엇 때문에 하는 기도인지 알 수가 없었다. 그러나 곧 그녀다운 결론을 내리고 더 이상 신경을 쓰지 않기로 했다. 언젠가 그녀는 가까운 친구에게 이렇게 말한 적이 있었다. "커티는 나에게 아주 잘해줘. 그러니까 그를 위해, 함께 무릎을 꿇는 거나 다리를 벌려주는 것은 뭐 마찬가지 아니겠어?"

"전능하신 하나님." 오키페는 눈을 감고, 뺨에 홍조를 띠고, 사자처럼 생긴 얼굴에 엄숙한 표정을 지으면서, 기도의 억양을 살리기 시작했다. "바라옵건대 바야흐로 저희가 하고자 하는 이 일이 성취되도록 하여 주시옵소서. 이 호텔을 손에 넣어 세인트 그레고리에 신의 이름을 모시는 것에 축복과 도움을 내려 주시옵소서. 아버지 하나님, 바라옵건대 이 호텔을 하나님을 위해 우리들의 계열에 들어오게 하여 주시어 이렇게 기도를 드리옵는 당신의 충실한 종에게 그것을 맡겨 주시옵소서 —" 오키페는 사업에서와 마찬가지로 하나님에게도 솔직하게 이야기를 추진해야 한다고 믿고 있었다.

고개를 쳐들고, 그는 청산유수와도 같이 기도를 이어나갔다.

"또한 이 교섭이 조속히 끝나게 해주시기를 간절히 바라옵나이다. 그리하여 당신의 종들인 저희가 지금 보유하고 있는 보물들처럼 이 호텔도 많은 경제적 이익을 낳게 하여 주시고, 부당하게 노후(老朽)하는 일 없이, 오래 당신을 위해서 쓰여지게 하옵소서. 오오 주여, 또한 이 호텔 측의 교섭자들도 축복하여 주시고, 그들을 당신의 뜻으로 다스려, 도리를 분별하여 우리의 제안을 무조건 받아들이도록 역사 하여 주시옵소서. 마지막으로, 주님께서 항상 우리와 함께 하셔서, 우리의 사업을 번영 확장케 하여 주시옵고 우리가 주님께 영광 돌릴 수 있게 하여 주시기를 간절히 바라옵나이다. 아멘. 그래 이 호텔은 얼마를 주어야 하나?"

오키페는 이미 껑충 뛰어 자기 의자 위에 앉아 있었다. 그러나 그 자리의 다른 사람들은 그의 마지막 말이 기도가 아니라 그들의 사업 이야기의 시작이라는 것을 깨닫기까지 2~3초가 걸렸다. 베일리가 첫 번째로 자기 의자로 돌아가서 가방 속에서 서류를 끄집어냈다. 홀은 한참 멍하니 기도하는 자세로 있다가 허둥지둥 베일리 곁으로 돌아갔다.

베일리는 공손히 대답했다. "금액에 대해서는 제가 외람 되게 말씀드릴 수가 없습니다. 지금까지의 관례대로 회장님께서 직접 결정하여 주시기 바랍니다. 그러나 금요일에 기한이 끝나는 200만 달러의 저당이 이 교섭을 우리에게 유리하게 해주고 있는 것은 틀림없습니다."

"상황이 급변해서, 저당계약을 갱신하게 된다든가, 또는 인수하겠다고 나서는 친구는 없을까?"

베일리는 고개를 저었다. "이곳의 아주 믿을 만한 길을 통해 알아보았습니다만, 그럴 가능성은 전혀 없다고 봅니다. 제가 드린 보고서에서 보셨을 줄 압니다만, 이 호텔은 적자가 늘어만 가고, 게다가 경영관리가 부실한 것이 널리 알려져 있기 때문에 금융기관은 일절 손을 내밀려고 하지 않습니다."

오키페는 깊이 생각하는 듯한 표정으로 끄덕이고 나서, 아까 검토한 보고서 철에서 타이프를 친 서류 하나를 끄집어냈다. "잠재수익력에 대한 자네의 평가가 이번만은 전례 없이 매우 후한 편이군 그래." 그의 날카로운 눈이 베일리의 눈을 파고들 듯 똑바로 응시했다.

베일리는 일그러진 미소를 얼굴에 띠었다. "회장님도 아시다시피 저는 지나친 환상을 품는 그런 사람은 아니올시다. 새로운 재원(財源)을 도입하고 종래의 재원을 정비하면, 조속한 시일 안에 상당한 수익이 오르리라는 것은 의심의 여지가 없습니다. 왜 그런가 하면 그 최대의 원인은 이 호텔의 경영 관리가 믿을 수 없을 만큼 형편없기 때문입니다." 그는 젊은 홀에게 고개를 끄덕여 보이고 "이 점에 대해서는 여기 씬 군이 상세히 조사해 놓았으므로 이 사람한테 상황을 들어보시도록 하시죠."라고 말했다.

홀은 좀 굳어져서 노트를 들여다보며 설명을 하기 시작했다.

"우선 일부의 부서 책임자가 지나친 권한을 갖고 있기 때문에 명령계통이 잘 이루어져 나가지를 않습니다. 가령 식료품의 구입에 대해서 말씀드린다면 ―"

"잠깐만."

커티스가 그의 말을 막았다.

커티스는 딱 잘라 말했다. "자세한 설명은 필요 없네. 나는 자네들을 믿고 최종적인 처리를 맡기고 있는 거야. 지금 필요한 것은 전체적인 윤곽이야, 알겠나." 비교적 부드러운 말로 주의를 시켰지만 홀은 얼굴이 붉어졌다. 방구석의 도도는 동정하는 눈으로 이쪽을 힐끗 보았다.

오키페는 말을 이었다. "요는 경영관리상의 결함에 편승하여 자행되고 그로 말미암아 수익이 축나고 있다는 이야기겠군."

젊은 회계사는 고개를 끄덕였다. "특히 식료품 및 음료의 횡령이 엄청나게 많습니다." 이 호텔의 바나 식당의 실태를 상세하게 말하려고 하다가 참았다. 그것은 호텔의 매수가 끝난 후에 구조대(救助隊)가 들어올 때 처리될 일이었다.

홀은 아주 짧은 경험밖에 없었지만, 오키페 호텔 체인이 새로운 호텔을 그 산하에 흡수하는 과정에는 언제나 일정한 방식이 있다는 것을 알고 있었다. 우선 교섭이 시작되기 수주 전에, 베일리가 이끄는 〈스파이단〉이 체류객을 가장해서 그 호텔에 잠입한다. 그 일당은, 가끔 돈으로 사람들을 매수하는 방법을 쓰면서, 조직적으로 또 교묘하게 조사를 진행시켜, 재정과 경영면의 자료를 수집하고, 여러 가지 결함들을 찾아내고, 잠재 수익 능력을 평가한다. 세인트 그레고리의 경우와 같이 그것이 합격점에 달할 경우 이번에는 이 도시의 실업계에 비밀조사의 손을 뻗친다. 오키페라는 이름이 갖는 마력(魔力)에 끌려서, 미국 최대의 호텔 체인과 어떤 관계를 맺을 수 있을지 모른다는 생각에서, 사람들은 어떠한 정보라도 쉽게 제공해 주는 것이다. 재계(財界)라는 곳에서는 충성이란 미덕은 실리(實利)의 힘 앞에 쉽게 무력해지고 마는 것이다.

다음에, 오키페는 이렇게 수집된 조사 자료나 정보를 무기로 해서 직접 자신이 교섭에 나선다. 이 교섭은 거의 틀림없이 성공을 거둔다. 이리하여 매수가 끝나면 드디어 구조대의 출동 차례가 온다.

오키페 체인의 부사장급의 하나를 장으로 하는 그 구조대는 호텔의 경영관리직에 오랜 경험을 가진 비정하고도 수완 있는 멤버로 구성된다. 그들의 손에 걸리기만 하면 어떤 호텔이건 간에 즉시 모범적인 오키페 방식의 호텔로 탈바꿈하고 만다. 보통 이들은 제일 먼저 인사관리의 개혁에 착수하여 호텔의 개축이라든가 시설의 변경 또는 양산체제의 채용 등이 그 뒤를 잇게 된다. 그러나 이들 구조대는 항상 만연에 미소를 띠면서 일을 해나간다. 큰 개혁은 일절 없을 것이라는 말로 종업원들을 안심시키면서 착착 일을 진행시켜 나간다. 구조대원 중의 한 사람은 홀에게 이렇게 말했다. "우리는 새로 합병한 호텔에서 슬슬 모가지를 자르기 시작하는 거지."

세인트 그레고리에서도 머지않아 이와 같은 일이 벌어질 것이 틀림없다고 홀은 생각했다.

퀘이커 교도의 집안에서 자란 지성적인 청년 홀은 이와 같은 비극 속에서 암약하는 자신의 역할에 대해 의문을 느낄 때가 있었다. 오키페의 간부 종업원 중에 끼게 되지는 않았으나, 훌륭한 특색을 가진 몇 개의 호텔이 강력한 체인 호텔에 병합되어 버리는 것을 보아왔다. 그리고 그것을 볼 때마다 그는 슬픔을 느꼈고, 목적을 달성하기 위해서는 수단을 가리지 않는 방식에 윤리적인 의혹을 느끼기도 했다.

하지만 그의 개인적인 야망과, 오키페한테서 두둑한 보수를 받고 있다는 사실이 그의 이와 같은 감정을 언제나 억제해 주었다. 매달의 월급과 껑충껑충 늘어나는 은행 예금은 의혹의 괴로움에 시달리는 순간에도 늘 든든한 마음의 기둥이 되어주었다.

그는 여러 가지 가능성을 꿈꾸었다. 가령 오늘 아침 이 방에 들어왔을 때부터 도도의 모습이 그의 눈을 끌어, 그의 의식 속의 많은 부분을 차지하고 있었다. 극광과 같은 화려한 갖가지 색채를 이 방에 보태고 있는 그녀의 요염한 성적 매력은, 학부모회의 임원이며 테니스 코트에서 제법 날린다고 하는, 아름다운 자기 아내에게서는 도저히 바랄 수 없는 여러 가지 것들을 그에게 꿈꾸게 했다. 오키페 자신도 젊었을 때에는 야심에 찬 회계사였다는 사실을 생각하면 이와 같은 공상은 점점 부풀어오를 뿐이었다.

오키페의 질문이 갑자기 그의 공상을 깼다. "경영관리가 돼먹지 않았다는 자네의 보고는 쓸 만한 인재가 없다는 것과도 관계가 있는가?"

"아닙니다. 반드시 그렇다는 건 아닙니다." 홀은 조사 자료를 다시 보면서 과거 2주간에 아주 익숙해진 일들에 주의력을 집중했다. "특히 총지배인 맥더모트는 매우 우수한 인물인 것 같습니다. 코넬대학을 졸업했고, 현재 32세입니다. 그런데 유감스럽게도 과거의 경력에 흠이 있기 때문에 체인 호텔에서는 일할 수 없습니다. 이것이 그에 대한 보고서입니다."

오키페는 그에게서 받은 보고서를 한번 쭉 훑어보았다. 피터가 해고된 사정이나, 세인트 그레고리에 취직하기까지의 경위가 중심적으로 설명되어 있었다.

오키페는 아무 말도 하지 않고 그 보고서를 홀에게 돌려주었다.

피터 맥더모트의 거취를 결정하는 것은 구조대가 할 일이었다. 그러나 그들은, 우리 체인의 종업원은 모두 도덕적으로 결백해야만 한다는 회장의 방침을 잘 알고 있었다. 따라서 맥더모트가 아무리 유능하다 해도 이 호텔에 남게 될 가능성은 없었다.

"이 밖에도 주임급에 몇 사람 좋은 인재가 있는 것 같습니다." 하고 홀은 덧붙였다.

회담은 15분쯤 계속되었다. 마지막으로 오키페가 이렇게 말했다. "고맙네. 무슨 새로운 정보가 들어오면 곧 전화를 해주게. 그렇지 않은 경우에도 언제나 자네들과 연락을 취할 수 있게 해주고."

그들은 도도의 안내를 받아 밖으로 나갔다.

그녀가 돌아왔을 때 오키페는 두 사람의 회계사들이 앉았던 긴 의자에 드러누워서 눈을 감고 있었다. 그는 호텔사업에 손을 댄 후, 대낮에 잠시 동안이라도 눈을 붙이는 습관을 들이고 있었다. 이것이 그의 경이적인 정력의 비결이었는데 사실 그의 부하들에게 지칠 줄 모르는 사람이라는 인상을 주고 있었다.

도도는 그의 입술에 가볍게 키스했다. 그녀의 입술의 촉촉한 감촉과 그녀의 풍만한 육체가 자기 몸에 가볍게 와 닿는 것을 느끼고, 그는 졸음에서 깨어났다. 그녀의 긴 손가락이 그의 머리 뒷부분을 부드럽게 어루만져 주었다. 비단같이 부드러운 그녀의 머리카락이 흘러내려 그의 뺨을 간지럽혔다. 눈을 뜬 그는 싱긋이 웃었다. "나의 전지에 충전을 하고 있는 중이야." 그리고는 만족스러운 듯이 덧붙였다. "도도가 그렇게 해주면 더 좋은 기분으로 쉴 수가 있어."

그녀는 계속해서 그의 머리 뒷부분을 어루만져 주었다. 10분쯤 지나니까 그는 완전히 원기를 회복했다. 눈을 뜨고 몸을 일으키고 나서 도도에게 팔을 벌렸다.

도도는 그의 팔 속에 몸을 던지고, 몸부림치듯이 그에게 몸을 밀어댔다. 언제나 꺼질 줄 모르는 그녀의 욕정이 지금 붉은 화염을 토하면서 활활 타오르려고 하는 것을 느끼자, 그 자신도 치솟는 흥분에 사로잡혀 그녀를 곁의 침실로 데리고 들어갔다.

11

전화를 건 지 한 시간 후에 크로이든 경의 스위트에 오겠다고 한 보안주임 오글비가 실제로 나타난 것은 그 두 배나 되는 시간이 지난 후였다. 공작과 부인의 신경이 완전히 닳아 떨어진 후에야 겨우 버저의 소리가 들려왔다.

부인이 직접 현관에 나갔다. 방에서 일하는 하녀는 심부름을 보냈고, 개라면 질색인 비서에게는 베드링턴 테리아를 운동시키라고 일러서 밖으로 내보냈다. 그러나 벌써 한 시간이 지났기 때문에 곧 그들이 돌아올 것 같아서 부인은 몹시 초조했다.

여송연의 연기가 오글비와 함께 들어왔다. 부인은 그를 거실로 안내하고서 이 뚱보가 입에 물고 있는 여송연을 매섭게 쏘아보았다. "저도 공작도 독한 담배는 질색이니까 좀 꺼주세요."

턱살이 축 늘어진 얼굴에 돼지 같은 눈이 비웃듯이 부인을 쳐다보았다. 그리고는 창에 등을 대고 불안스러운 표정으로 서 있는 공작을 힐끗 보고 나서 넓고 호화로운 방안을 한 바퀴 둘러보았다.

"이것 참 고상하게 꾸며져 있군요." 오글비는 여송연을 천천히 손에 쥐고 나서 재를 톡톡 털고 오른쪽 벽난로에 휙 던졌다. 빗나간 여송연 꽁초는 융단 위에 떨어졌지만 그는 그것에는 전혀 아랑곳하지 않았다.

공작부인의 입술이 파르르 떨렸다. 그녀는 매섭게 따지고 들었다. "당신은 실내장식에 관해 이야기하러 온 게 아니잖아요?"

보안주임은 뚱뚱한 몸을 흔들어대면서 낄낄 웃었다. "물론 그건 아니지요. 하지만 제 취미는 좋은 건 모두 맘에 든단 말씀이에요." 그는 음성을 낮추어 귀에 거슬리는 가성(假聲)으로 말했다. "가령 당신들의 차 같은 것도 그렇지요. 이 호텔의 주차장에 있는 그 차 말입니다. 그건 재규어지요?"

"응?" 크로이든 경의 입에서 놀란 소리가 났다. 부인은 재빨리 그쪽에 경고의 시선을 보냈다.

"우리 차가 당신하고 무슨 관계가 있는 거죠?"

부인의 이 말을 기다리기나 한 듯이 보안주임은 태도를 표변시켰다. 그는 대뜸 이렇게 물었다. "이 방에는 우리들 말고 또 누가 있습니까?"

공작이 대답했다. "아무도 없소. 모두 밖으로 내 보냈소."

"돌다리도 두들겨 보고 건너라는 속담도 있지 않습니까?" 하고 오글비는 그 뚱뚱한 몸으로는 놀라우리만큼 민첩하게 돌아다니면서 여기저기 문을 열어보고 안을 들여다보았다. 그는 이 스위트의 구조는 훤히 알고 있는 것 같았다. 마지막으로 밖으로 통하는 문을 열어서 복도를 살펴보고 나서, 만족한 듯이 거실로 돌아왔다.

공작부인은 등받이가 곧은 고풍스러운 의자에 앉아 있었다. 오글비는 선 채로 말했다.

"자, 그러면…… 내 이야기라는 건 다른 게 아니라 당신들의 뺑소니 차 사건인데요."

부인은 그의 눈을 노려보았다. "뭐라고요? 당신은 무슨 말을 하고 있는 거예요?"

"딴전 피우지 마십시오. 이건 농담이 아닙니다, 부인." 그는 새 여송연을 꺼내서 끝을 물어뜯었다. "부인은 신문도 못 보았소? 라디오에서도 야단들이란 말입니다."

공작부인의 창백한 뺨에 붉은 빛이 떠올랐다.
"그런 불쾌한, 우스꽝스러운 시비는 그만두세요."
"뭐, 시비라구요? 이거 왜 이러는 거요!" 그는 이렇게 사납게 내뱉더니 크로이든 경을 완전히 무시하고, 부인의 코앞에 아직 불을 붙이지 않은 여송연을 들이댔다. "지체가 높으신 분들, 내 말을 좀 똑똑히 들어보시오. 알겠소? 온 도시가 지금 격분하고 있단 말입니다. 경찰도 시장도 모두 그렇소. 그러니까 그들이 어젯밤 그 모녀를 죽인 뺑소니차의 범인을 잡으면 즉각 사형선고를 내릴 것은 뻔한 일이오. 범인이 어느 누구이든, 신분이 어떻든 아무런 소용도 없을 거란 말이요. 그러나 다행히도 당신들의 비밀을 알고 있는 것은 바로 나뿐입니다. 하기야 나도 어떻게 해야 할 것이라는 것쯤 잘 알고 있지요. 내가 만약 그렇게만 했더라면 지금쯤 한 부대나 되는 경찰관들이 당장 여기에 들이닥쳤을 거란 말입니다. 하지만 나는 당신들 생각을 해서 우선 당신들을 만나보기로 했던 거요. 문제는 이 호의에 대해서 당신들이 어떻게 나오느냐 하는 것이지만." 돼지 같은 눈이 한 번 껌벅하더니 날카롭게 미간을 좁혔다. "어떻소. 싫으면 싫다고 말하시오."

3세기 반에 걸쳐 오만의 혈통을 이어 받아온 공작부인은 그렇게 쉽게 굴복하지는 않았다. 의자를 박차고 일어서더니, 얼굴에 분노의 빛을 띠고, 불타는 듯한 녹회색의 눈으로 보안주임을 노려보았다. 그녀를 잘 아는 사람들이 그녀의 호통치는 소리를 들었으면 벌벌 떨었을 것이다.

"이 버릇없는 고약한 악당 같으니라구. 뻔뻔스러운 것도 한도가 있지."

자신만만했던 오글비도 일순 기가 꺾였다. 그때 공작이 그들 사이에 끼어 들었다. "여보, 그래 봤자 소용없어요. 내게 맡겨요." 그는 오글비 쪽을 향했다. "당신의 말이 사실이오. 내가 했소. 내가 그 차를 몰다가 아이를 치고 말았소."

"그렇겠지." 오글비는 새 여송연에 불을 붙였다. "이제야 겨우 이야기의 실마리가 풀리기 시작하는 모양이군."

공작부인은 절망적인 몸짓으로 의자에 몸을 던지고 말았다. 그리고 양손을 부여잡고 떨리는 것을 감추면서 반문했다.

"당신은 도대체 무엇을 알고 있다는 거죠?"

"그러면 어디 슬슬 설명을 해볼까요." 보안주임은 매우 천천히 여송연 연기를 뿜어내면서 그 연기를 싫어하는 부인에게 도전하는 듯한 심술궂은 눈매로 그녀를 바라보았다. 그러나 부인은 이맛살을 찌푸렸을 뿐 담배 연기에 대해서는 아무 말도 하지 않았다.

오글비는 공작에게 말했다. "어저께 초저녁 당신은 아이리쉬 베이유에 있는 린디 도박장으로 그 멋있는 재규어를 몰고 가, 거기서 숙녀 친구 한 분을 만났지요. 뭐, 여자 눈이 까다로운 당신이 보면 다소의 흠이 있었겠지만 친구라 불러도 망발은 아닐 그런 여자였지요."

오글비가 히죽거리면서 부인을 곁눈질로 보았을 때, 공작은 화가 난 듯 언성을 높였다. "군소리는 집어치우고 어서 요점이나 말해!"

웃음이 사라진 살찐 얼굴이 공작을 향했다. "내가 듣기에는 당신은 도박에서 100달러를 따고, 그것을 바에서 다 마셔 버렸소. 그리고 다시 100달러 짜리 도박을 시작했죠. 도박을 전문으로 하는 그곳 꾼들 하고 말이지요. 그런데 그때 부인이 택시를 몰고 찾아왔기 때문에 당신은 다행히 속속들이 털리는 것을 모면하긴 했지만—"

"당신은 어떻게 그런 걸 알고 있소?"

"그야, 내가 그걸 모른다면 오히려 이상한 일이지요. 공작님, 벌써 이 도시와 호텔에서 수십 년 살아 왔으니까 사방에 친구들이 깔려 있단 말입니다. 나는 그들을 여러모로 돕고 있지요. 그래서 그 놈들도 여러 가지로 나를 위해 정보 제공을 해주고 있단 말입니다. 그러니까 호텔 손님이 한 일은 거의 다 알게 되지요. 본인들은 내 얼굴도 모르고, 또 내가 모든 걸 알고 있다는 것도 모르니까 태평이지요. 나로서는 숙박객들의 째째한 비밀 같은 건 문제삼지 않지만, 이 경우는 도저히 그렇게 할 수는 없단 말입니다."

"알겠소." 공작은 쌀쌀하게 말했다.

"그런데 한 가지 알고 싶은 것이 있어요, 부인. 저는 본래 호기심이 많은 사람이라서…… 공작이 거기에 가 있는 것을 어떻게 알았지요?"

부인은 말했다. "그런 건 아무래도 상관없잖아요? 주인은 전화를 할 때 메모를 하는 버릇이 있는데, 그 후에 그걸 없애버리는 것을 흔히 잊어버려요."

오글비는 감탄하듯이 혀를 찼다. "보십시오, 공작님. 당신의 그런 조심성 없는 버릇 때문에 이번과 같은 엄청난 사고가 난 겁니다. 지나간 이야기를 해봤자 소용없는 일이지만, 부인에게 운전을 맡기셨더라면 이런 일은 안 일어났을 게 아닙니까."

"이 사람은 운전을 하지 못해요."

"아아 그렇군요. 이상하다고 생각했지. 그러면 음주운전이었군……."

부인이 그의 말을 가로막고 의기양양하게 말했다. "그러면 당신은 아무 것도 모르는군요. 확실한 건 아무 것도 모르면서 아는 체하고, 우리를 속이려 들지만 그렇게는 안 될 거예요. 도대체 무슨 증거가 있다고 ㅡ"

"부인, 덤비는 법이 아닙니다. 필요한 만큼의 증거는 다 가지고 있어요. 뭣하면 출두해야만 될 곳에 나가서 결판을 짓기로 할까요?"

공작은 부인을 달랬다. "여보, 얘기를 끝까지 들어보는 게 좋겠소."

"그러믄요. 가만히 들어보시는 게 좋을 겁니다." 하고 오글비는 말했다. "실은 어젯밤 당신들이 호텔에 돌아오는 걸 보았습니다. 로비를 통하지 않고 지하에서 계단을 올라가는 걸 말이오. 두 분 다 벌벌 떨고 계시더군요. 그래서 왜 그럴까 하고 생각해 보았지요. 아까 말한 바와 같이 나는 호기심이 많은 성질이라서."

부인은 한숨을 쉬었다. "그래서요?"

"그날 밤늦게 뺑소니차의 사건이 뉴스로 보도되었을 때, 내 육감이 움직입디다. 그래서 차고에 가서 당신들의 차를 은밀히 조사해 보았지요. 당신들은 모르겠지만 그 차는 수위가 지나가도 알 수 없도록 내가 차고 구석에 옮겨 놓았소."

공작은 혀로 입술을 축였다. "그렇게 해보았댔자 지금에 와서 무슨 소용이 있겠소."

"아니지요. 소용이 있지요." 하고 오글비는 단언했다. "좌우간 나는 그 차에서 여러 가지 사실을 알아냈기 때문에 경찰본부에 가서 정보를 좀 캐봤지요. 거기에는 아는 친구들이 꽤 있으니까 말이죠." 그는 말을 멈추고 담배 연기를 뿜어냈다. 공작 부처는 묵묵히 다음 말을 기다렸다. 오글비는 담뱃불이 제대로 타는지 확인하고 나서 말을 이었다. "그래서 세 가지를 알아냈지요. 우선 그 차가 어린애와 어머니를 치었을 때 떨어진 것으로 보이는 헤드라이트 둘레의 링을 경찰이 가지고 있다는 것. 유리의 파편도 증거품으로 올라 있다는 것. 또 죽은 어린애의 옷을 조사해 본 결과 그 차에 스친 자국이 남아 있을 것이라고 추정하고 있다는 것."

"스친 자국이요?"

"그렇지요. 차의 펜더 같은 윤이 나는 금속의 표면을 의복으로 강하게 문지르면 자국이 남지요. 경찰 감식과의 친구들은 지문을 채취하는 것처럼 해서 그것을 검출해 낼 수 있단 말입니다."

"그것 참 재미있군. 처음 듣는 얘긴데" 하고 공작은 마치 자기와는 아무 관계도 없는 일인 양 말했다.

"아는 사람들이 많지는 않지요. 그러나 이 사건에서는 그런 자국이 있건 없건 그건 별로 중요한 건 아니지요. 당신의 차는 헤드라이트가 엉망으로 망가져서, 둘레에 끼워져 있는 소위 트림 링이라는 것이 없어져 버렸으니까요. 가령 스친 자국이나 핏자국이 없다고 해도 그 링이 확고한 증거가 될 것임에 틀림없지요. 암 그렇지, 핏자국도 틀림없이 잔뜩 남아 있을거구요. 차체가 검은 색이기 때문에 쉬 눈에 뜨이지는 않지만."

"어머나!" 공작부인은 손으로 얼굴을 가리면서 저쪽으로 돌아섰다.

공작은 보안주임에게 물었다. "그래 당신은 어떻게 하자는 건가?"

오글비는 양손을 비비고, 굵게 살찐 손가락을 보면서 말했다. "아까 말한 것처럼 나는 당신들이 어떻게 할 것인가를 알아보러 왔소."

"어떻게 하다니, 당신이 알아버린 이상 무얼 어떻게 하겠소?" 하고 공작은 절망한 듯이 말하고 나서, 힘없이 어깨를 폈다. "경찰에 전화하시오. 자수하겠소."

"내가 알고 있다고 해서 그렇게 성급하게 자수할 필요는 없습니다." 뚱뚱한 몸집에 어울리지 않는 가성이, 생각에 잠기는 듯한 어조로 바뀌었다. "끝난 일은 끝난 일이오. 당신이 지금에 와서 자수를 해보았자 죽은 아이와 어머니가 되살아나는 것도 아니고. 게다가 공작나으리, 경찰에 가면 어떤 꼴을 당하게 되는지 알고나 있소? 정말 호되게 당할 게 틀림없어요."

공작부처는 천천히 눈을 들었다.

"당신들같이 고귀한 양반들이라면, 좀 머리가 제대로 돌아갈 것으로 알았었는데……." 하고 오글비는 말했다.

공작은 의아스러운 듯이 "무슨 뜻인지 모르겠군." 했다.

"나는 알겠어요." 하고 부인이 말했다. "당신은 돈이 필요한 거죠. 즉 우리를 협박해서 돈을 갈취하려고 온 거지요."

부인은 노골적인 언사로 상대방에게 쇼크를 주려고 한 모양이지만 그것은 전혀 효과가 없었다. 보안주임은 양 손바닥을 벌리며 어깨를 움츠렸다. "아무렇게나 좋으실 대로 불러주세요. 나는 단지 당신들을 구해 주려고 온 것뿐이오. 하지만 나도 살아야 하니까요. 안 그렇습니까?"

"돈을 주면 가만히 있겠다는 거군요."

"뭐 그런 것 아니겠어요."

"하지만 당신의 얘기를 들어보니 그래 보았자 별로 소용이 있을 것 같지 않군요."

부인은 겨우 냉정을 되찾고 말했다.

"어차피 그 차는 발견되고 말 테니까요."

"글쎄 그건 좀 두고 보아야 알겠지만, 잘 하면 발견되지 않을 수도 있겠죠. 그럴 만한 이유가 있단 말입니다."

"어서 말해 보세요."

"이건 나도 좀 이해가 안 가는 일인데 당신들은 그 아이를 치었을 때 이곳 시내로 들어오질 않고 반대 방향으로 차를 몰고 있었죠."

"길을 잘못 알았지요." 하고 공작부인은 말했다. "뉴올리언스라는 거리는 꾸불꾸불한 길이 많아서 그렇게 된 거지요. 후에 그것을 알고 샛길로 해서 돌아왔지만요."

"나도 그렇게 된 게 아닌가 짐작은 했습니다." 오글비는 납득이 간다는 듯이 고개를 끄덕였다. "그러나 경찰에서는 그렇게 된 줄은 모르고 범인은 시내를 빠져나간 걸로만 알고 있지요. 그래서 지금 당장은 교외나 주변의 거리들만 중점적으로 수사하고 있단 말입니다. 어차피 시내로 수사의 눈을 돌리게 될지도 모르지만 당분간은 그럴 것 같지는 않단 말입니다."

"당분간이라는 건 얼마 동안이지요?"

"사흘이나 나흘. 우선 찾아봐야 할 곳이 많으니까요."

"그게 우리에게 무슨 도움이 되지요?"

"아무도 모르는 사이에 그 차를 멀리 가지고 가면 되지 않겠어요."

"이 주(州) 밖으로 말인가요?"

"남부 밖으로 말입니다."

"그건 쉽지 않을 텐데."

"암요. 쉽지는 않지요. 주변의 주는, 텍사스도 아칸자스도 미시시피도 앨라배마도, 당신의 차처럼 파손된 차를 찾고 있을 테니까요."

공작부인은 곰곰이 생각해 보았다. "그 전에 어떻게 수리를 할 수는 없을까요? 그걸 해주면 사례는 두둑이 드릴 텐데요."

보안주임은 단호하게 머리를 가로저었다. "그런 짓을 했다가는, 그건 경찰서에 가서 자수하는 거나 다를 게 없어요. 루지애나 주의 수리공장은 하나도 남김없이 엄한 통고를 받고 있소. 당신들 차와 같은 것이 수리를 의뢰해 오면 경찰에 알리라고 말이오. 이 사건에 대해서는 모두들 굉장히 분노하고 있으니까요."

크로이든 부인은 마음의 고삐를 단단히 잡았다. 냉정하고 이성적인 판단이 지금 무엇보다도 긴요하다는 것을 그녀는 알고 있었다. 이와 같은 마음가짐은,

조금 전부터 마치 대수롭지 않은 집안 일이라도 의논하는 것 같은 그녀의 태도에도 잘 나타나 있었다. 그녀는 그 태도를 헝클어뜨리지 않으려고 했다. 그리고 다시 통솔권은 자기에게 돌아오고, 남편은 자기와 이 뚱보녀석과의 흥정을 방관하고 있는 것에 불과하다는 것을 의식했다. 피할 수 없는 것은 받아들일 수밖에 없다. 중요한 것은 모든 우발성을 충분히 고려하여 옳은 판단을 내리는 일이다. 불현듯 한 가지 생각이 머리에 떠올랐다.

"경찰이 입수한 헤드라이트의 링은 아주 중요한 단서가 되나요?"

오글비는 크게 고개를 끄덕였다. "그것에 의해서 어느 회사의 몇 년도 차냐 하는 것이 곧 알려지지요. 유리도 마찬가지구요. 단지 당신들의 차는 외국제이기 때문에 시일이 좀 걸릴지 모르지만."

"그 시일이 지나면 경찰은 수사를 재규어로 압축하겠군요."

"그렇게 되겠지요."

오늘은 화요일이다. 이 사나이의 말로 판단할 것 같으면, 늦어도 금요일이나 토요일까지는 무슨 수를 써야만 할 것 같았다. 공작부인은 냉정하게 생각해 보았다. 결국 일의 성패는 한 가지에 달려 있었다. 이 보안주임을 매수한다고 가정하고, 그 후는 될 수 있는 대로 차를 멀리 운반해 가는 것, 그것만이 문제요, 또 그것만이 그들에게 남겨진 유일한 찬스였다. 만약 차를 무사히 북부로 옮겨가서 뉴올리언스의 뺑소니 사건을 모르고 있는, 그래서 경찰의 수사도 미치지 않은 대도시에 닿게 할 수만 있다면, 은밀히 수리해서 범행의 증거도 없애버릴 수 있을 것이다. 그렇게만 할 수 있다면 후에 경찰에서 그들에게 혐의를 둔다고 해도, 경찰은 아무 것도 증명할 수가 없을 것이다. 그러나 문제는 어떤 방법으로 이 차를 내보내느냐 하는 것이다.

루이지애나 주뿐만 아니라 주변의 각 주에도 엄중한 경계망이 쳐져 있을 것은 거의 틀림없다. 고속도로 순찰대는 헤드라이트가 파손되고 링이 빠져나간 차를 혈안이 되어 찾고 있을 것이다. 각 처에 검문소도 설치되어 있으리라. 그 차를 운전해서 이들 경계망을 뚫고 나간다는 것은 거의 불가능한 일일 것이다.

그러나 경우에 따라서는 할 수 있을는지도 모른다. 주간에는 숨어 있다가 야간에만 차를 모는 것이다. 이렇게 하는 것도 위험한 일임에는 틀림없지만 여기서 가만히 있다가 잡히는 것보다는 나을 것이 아닌가. 고속도로를 피해 뒷길을 통해서 간다면 검문소에 걸릴 위험도 적어질 것이다.

그러나 곤란한 문제가 있다. 뒷길로 가면 이곳의 지리에 밝아야만 할 텐데, 공작부처에게는 그런 지식이 없었다. 지도를 읽는 법도 거의 알지 못했다. 게다가 도중에서 순찰대의 경관들에게서 검문을 받을 것도 각오해야 할 것인데, 그런 경우 공작 부처의 말과 태도가 수상한 인상을 주게 될지도 모른다. 따라서 이건 큰 모험일 수밖에 없다. 그러나 달리 방법이 없다면 결행할 수밖에 없는 일이다.

아니 다른 수가 있을는지 모른다.

부인은 오글비 쪽을 향하면서 "당신이 요구하는 액수는 얼마요?" 하고 느닷없이 물었다.

그는 이 당돌한 물음에 넋잃은 사람처럼 대답했다. "하아 — 역시 고귀한 분이라 이야기가 빨라 좋습니다."

"얼마가 필요하냐고 묻잖아요." 부인은 냉담하게 물었다.

돼지 같은 눈이 껌벅였다. "1만 달러면, 어떻겠습니까요."

부인은 그 배액(倍額)을 예상하고 있었지만, 조금도 표정을 바꾸지 않고 "만약 그 막대한 돈을 지불하면 당신은 어떻게 하겠어요?" 하고 물었다.

오글비는 좀 어리둥절한 표정을 지었다. "아까 말한 것처럼 내가 아는 것을 아무에게도 말하지 않겠습니다."

"돈을 받지 못한다면?"

오글비는 어깨를 움츠려 보이고 나서 "할 수 없지요. 로비에 내려가서 전화를 하는 거지요."

"그렇다면 그런 돈을 지불할 수가 없어요." 하고 부인은 아무 미련도 없는 듯이 내뱉었다.

클로이든 경은 불안스럽게 몸을 움직였다. 오글비의 살찐 얼굴은 홍당무가 되었다. "아니 그렇게 성급하게 구시지 말고 제 말 좀 들어보십시오. 꼭 1만 달러가 아니면 안 되겠다는 건……."

부인은 쌀쌀하게 그의 말을 중단시켰다. "전 아무 말도 듣고 싶지 않아요. 당신이야말로 이쪽 말을 잘 들어보세요." 광대뼈가 나온, 가장 오만한 형틀 속에 넣어서 만들어진 것 같은 그녀의 미모 속에서 두 개의 눈이 보석처럼 빛나고 있었다. "당신에게 돈을 지불한다 해도 기껏해야 2, 3일의 유예가 생긴다는 것밖에 없지 않아요? 당신 얘기는 바로 그거 아니에요?"

"그 동안에 당신들이 그 차를……."

"그만둬요." 회초리로 후려치는 듯한 음성이었다. 부인은 그를 노려보았다. 그는 자신도 모르게 숨을 죽이고 시무룩하게 그녀의 명령을 따랐다.

다음 고비가 가장 중요하다고 그녀는 생각했다. 뱃심 좋고 단호한 태도로, 정확하게 과녁을 뚫어야 한다. 크게 따리면 크게 걸 수밖에 없다. 그녀는 이 돼지 같은 사나이의 탐욕에 걸기로 했다.

그녀는 단호하게 선언했다. "당신에게 1만 달러는 내지 않겠어요. 하지만 2만 5천 달러를 지불하죠."

오글비는 눈이 불룩하게 튀어나오는 것 같았다.

부인은 의연하게 선언을 계속했다. "그 대신 당신은 우리 차를 북부로 옮겨주어야겠어요."

오글비는 아무 말 없이 두터운 입술을 혀로 핥았다. 그리고 믿을 수 없다는 듯이 그녀를 응시했다. 침묵이 계속되었다.

그녀가 턱을 끄덕여 그의 반응을 재촉하자 그는 약하게 고개를 끄떡였다.

한참 있다가 그는 입을 열었다. "여송연은 싫어하신다죠. 부인?"

그녀가 고개를 끄떡이자 그는 여송연을 호주머니에 집어넣었다.

12

크리스틴은 다양한 빛깔로 인쇄된 메뉴를 놓으면서 말했다. "금주에는 무언가 엄청난 일이 일어날 것만 같은 기분이 들어요."

피터는, 촛대의 불빛이 은그릇이나 순백의 냅킨에 은은한 빛을 던져주고 있는 식탁 너머로 그녀에게 미소를 보냈다. "그건 벌써 일어나고 있는 중이 아니오?"

"아니에요. 제 말은 그게 아니고 뭔가 좋지 않은 일이 일어날 것만 같다는 뜻이에요. 빨리 이런 기분에서 헤어날 수 있었으면 좋겠는데……."

"많이 먹고 마시는 게 제일이오. 그런 기분에서 헤어나려면 말이오."

그의 쾌활한 기분에 이끌려 그녀도 웃으면서 메뉴를 접었다. "요리 주문은 당신에게 맡기죠. 같은 걸로 시켜 주세요."

두 사람은 구(舊) 프랑스 가의 브레난 레스토랑에 있었다. 한 시간 전에 피터는 세인트 그레고리의 로비에 있는 대차계에서 차를 빌어 크리스틴의 아파트로 그녀를 데리러 갔다. 그리고 둘은 구 프랑스 가에 와서 주차장에 차를 맡기고 로얄가를 끝에서 끝까지 산책하면서, 오만 가지 희귀한 미술품이나 수입된 골동품들, 남북전쟁시대의 도검(刀劍·10달러 균일) 등이 놓여 있는 고물상의 진열장을 하나하나 들여다보았다. 좁은 도로를 달려가는 버스가 낮게 으르렁대는 소리, 마차의 말발굽 소리와 방울 소리, 미시시피 강을 오가는 외국항로 화물선의 우울한 고동 소리, 이런 소리들이 뉴올리언스의 무더운 여름밤에 독특한 정취를 자아내게 하고 있었다.

브레난은 이 도시 최고의 레스토랑이라는 평을 받고 있는 터라, 수많은 손님들로 붐비고 있었다. 둘은 좌석이 비는 것을 기다리는 동안 부드러운 조명의 조용한 안뜰에서 향기로운 올드 패션(역주 : 위스키, 비터즈, 물, 설탕을 섞고 오렌지를 얇게 저민 것과 버찌를 곁들여 내는 칵테일의 일종)을 천천히 즐겼다.

피터는 크리스틴과 함께 있는 것에 행복감과 기쁨을 느꼈다. 그 기분은 시원한 대식당의 테이블로 안내되어 갔을 때도 마찬가지였다. 이윽고 크리스틴에게서 음식의 주문을 일임받자 그는 웨이터를 불렀다.

222번 굴 요리를 2인분 주문했다. 이것은 이 집의 특별요리로, 록벨러, 비엔빌, 라피냐 등의 굴의 모듬 요리와 누벨 올리언스, 가자미, 게, 폴란드 산의 양배추와 사과를 구운 것이 나오고, 주류담당의 웨이터가 몽트라세를 한 병 가지고 온다.

"역시 제가 정하지 않은 건 잘한 일이었군요." 하고 크리스틴은 고마워하듯이 말했다. 그리고 아까 말한 불안감 같은 것은 떨쳐 버리기로 마음먹었다. 사실 그것은 단순한 예감에 불과하고 어젯밤의 수면부족에서 오는 부질없는 망상일지도 몰랐다.

"이 집처럼 요리솜씨가 좋은 집에서는 어떤 요리를 먹느냐 하는 것은 별로 큰 문제가 안 되오. 아무 거나 다 맛이 있으니까."

"또 당신의 호텔 경영론이 나오는군요." 크리스틴은 놀리듯 말했다.

"아, 미안하오. 내가 이 이야기를 너무 자주 들먹거리는 모양이지."

"그렇지는 않아요. 그저 놀리느라고 한 말이에요. 사실은 저도 그런 이야기를 좋아해요. 그런데 당신은 어떻게 해서 호텔에 발을 들여놓게 되었지요?"

"어쩌다 벨보이 노릇을 하다 보니 욕심이 생겨난 거지."

"사실은 그렇게 단순한 게 아닐 텐데요?"

"그건 아마 그렇겠지. 어느 정도 운도 있었고, 당시 나는 브룩클린에 살고 있었는데, 여름 방학에는 맨해튼의 어떤 호텔에서 벨보이로 아르바이트를 했었소. 2년째의 어느 여름 밤, 나는 술에 만취한 어떤 손님을 방까지 부축해 가서 옷을 벗기고 잠옷으로 갈아 입힌 다음, 침대에 눕혀 드렸지요."

"손님들은 모두 그런 서비스를 받고 있었나요?"

"아니오. 그 날밤은 때마침 손님은 별로 없었고, 나는 그런 일에는 익숙해 있었지요. 옛날부터 아버지를 항상 그렇게 해드렸으니까……" 피터의 눈에는 순간 슬픔의 그림자가 스쳤다. "아무튼, 후에 안 일이지만 내가 도와준 그 손님은 뉴요커의 기자였소. 1주일인가 2주 후에 그는 그것을 신문에 썼지요. 어머니의 가슴보다 따뜻한 호텔이라고 말이오. 그래서 우리 호텔이 사람들한테서 놀림도 받았지만 호텔은 꽤 득을 보게 되었소."

"그래서 승진하셨나요?"

"어떤 의미에서는 그랬었지요. 그러나 사실은 좀 주목을 끌었을 정도였소."

"아, 굴이 왔군요." 하고 크리스틴은 말했다. 암염(巖鹽)을 바닥에 깔고 껍데기째 구운 굴이 먹음직스러운 향기를 풍기면서 솜씨 있게 그들 앞에 놓여졌다.

피터가 와인을 맛보고 있는 동안 크리스틴이 물었다. "루이지애나 주에서는 r이 붙는 달뿐만 아니라 1년 내내 굴을 먹을 수 있는 것은 무슨 까닭이죠?"

"굴이라는 건 원래 아무 지방에서나 언제든지 먹을 수가 있는 것이오. r이 붙는 달에만 먹어야 한다는 말은 400년 전 영국의 어떤 시골 목사님, 버틀러라고 하던가 — 이 사람한테서 나온 속설(俗說)로 과학적 근거는 전혀 없소. 과학자뿐만 아니라 미국정부도 이런 우스꽝스러운 규칙은 받아들이지 않았소. 그러나 세상 사람들은 아직도 그것을 믿고 있단 말요."

크리스틴은 비엔빌 굴을 먹었다. "저도 굴은 여름에 산란하니까 먹으면 안 된다고 생각했었지요."

"뉴잉글랜드나 뉴욕에서는 특정한 계절에 산란을 하지. 그렇지만 세계 최대의 산지라고 하는 체사피크 만은 물론이고 남부의 연안에서는 어디에서든 계절의 구별없이 일 년 내내 산란을 하지요. 그러니까 루이지애나뿐만 아니라 남부 사람들에게 있어서는 5월부터 8월까지는 굴을 먹어서는 안 된다는 이유가 없는 셈이요."

두 사람은 한참 동안 말없이 식사를 계속했다. 크리스틴이 먼저 말했다.

"당신은 한 번 배운 건 뭐든지 다 기억하고 계시는군요?"

"대개는 그렇소. 나는 옛날의 파리 잡는 종이처럼 아무 거나 달라붙으면 떨어지지 않는 이상한 머리를 가지고 있는 것 같소. 덕분으로 많은 덕을 본 것 같기도 하고."

그는 압생트주(酒)의 그윽한 향기를 맡으면서 록펠러 굴을 먹었다.

"어떤 덕을 보았지요?"

"아까 하던 이야기가 되지만, 그리고 나서 곧 나는 호텔에서 다른 일을 맡아서 하게 되었지. 그 일 중에는 바에서 견습을 하는 일도 있었소. 나는 차차 흥미를 가지게 되고 책도 몇 권 빌려서 읽게 되었소. 그 중의 한 권이 칵테일을 만드는 책이었지."

피터는 말을 멈추고 기억의 실마리를 더듬었다.

"어느 날 밤 마침 내가 바에 혼자 있을 때 어떤 손님이 들어왔소. 나는 그 분이 누군지 몰랐지만 그는 나를 알고 있었던지 나에게 이렇게 말을 건네는 것이었소. '자네가 뉴요커에 실린 적이 있는 기특한 친구라지? 어디 러스티 네일(역주 : 녹슨 못)을 하나 만들어 주겠나?' 하고 말이오."

"농담이었던가요, 그건?"

"아니오. 하기야 만약 내가 두 시간 전에 그 칵테일 만드는 책을 읽지 않았더라면 나도 아마 그렇게 생각했을 것이오. 말하자면 운이 좋았던 거지. 아무튼 내가 그것을 만들어 내놓으니까 그는 이렇게 말하지 않겠소. '역시 자네는 훌륭해. 하지만 이런 일만 하고 있다가는 호텔 경영의 공부는 할 수 없지. 옛날과는 시대가 다르니까' 그리고 한참 동안 여러 가지 이야기를 하고 나서 나에게 명함을 주면서 내일 만나러 와달라고 하더란 말이오."

"그 사람은 아마 호텔을 한 50개쯤 가지고 있었던 사람이었나 보지요."

"아니, 아무 것도 가진 것이라고는 없었소. 그 사람 이름은 허브 피셔라 하고 통조림 식료품의 세일즈맨이었지. 말 잘하고 허풍쟁이여서 그에게 걸리면 누구나 다 넘어가고 마는 사람이었소. 그러나 그는 여기저기 호텔에 상품을 팔고 있었기 때문에 호텔업계의 사정에 밝았고, 아는 사람도 아주 많았소."

굴요리의 접시가 치워지고 김이 모락모락 나는 넙치요리가 그들 앞에 놓여졌다.

"굴이 너무 맛있었기 때문에 다른 걸 먹으면 맛이 떨어지지 않을까 걱정이군요."

크리스틴은 이렇게 말하면서 한 입 넣었다. 생선은 신선하고 간도 기가 막히게 맞았다.

"어머 아까보다도 더 맛있군요."

수분 후 그녀는 다시 말했다.

"아까 하던 피셔 씨 이야기를 더 해주세요."

"처음에는 아주 허풍쟁이라고 생각하고 있었지. 바에는 그런 손님이 많거든. 그런데 코넬대학에서 온 한 통의 편지를 보고 나는 그 사람을 다시 보게 되었소. 호텔 경영학부의 스타스라 홀에서 면접시험을 치르고 싶다는 통지였소. 그래서 결국 그 학교에 입학이 허가되고 고교에서 거기로 진학하게 되었는데 그것도 실은 피셔 씨가 호텔업계의 사람들에게 졸라서 나를 추천하게 만들었기 때문이었소. 아마 그 사람은 훌륭한 세일즈맨이 틀림없었을 거요."

"아마라니요?"

피터는 무언가 골똘히 생각하듯이 대답했다.

"나는 잘 모르겠다는 말이에요. 확실히 나는 그 사람한테 많은 신세를 졌소. 그러나 다른 사람들, 가령 그 사람의 상품을 구입하는 호텔 계원의 경우를 보더라도 그가 너무 시끄럽기 때문에 쫓아버리기 위해서 그의 상품을 사준 것이 아닌가 하는 생각이 든단 말이오. 코넬 대학에 입학한 후에 나는 단 한 번 그를 만났소. 고맙다는 인사를 하고 싶었고 그 사람과 가까워지고 싶었던 거지요. 그러나 그는 내 인사말은 들은 체도 안 하고 어느 호텔과 얼마만한 액수의 계약을 맺게 될 것이라든가 하는 장사 자랑만 늘어놓지 않겠소. 그리고 나서는 내가 대학에 들어가는데 그런 복장으로 초라해서 되겠느냐고 하면서 — 사실 초라했지만 — 내가 사양하는데도 굳이 200달러를 빌려주더란 말이오. 나중에 안 일이지만 그가 받는 판매수수료는 그렇게 많지 않았기 때문에 200달러는 그에게도 큰돈이었다고 생각하오. 나는 그것을 조금씩 수표로 갚았소. 그러나 대부분의 수표는 현금으로 바뀌어지지 않았소."

"참 멋있는 이야기군요."

크리스틴은 황홀한 듯이 말했다.

"하지만 당신은 왜 그 사람을 더 이상 만나지 않았지요?"

"죽어버렸소." 하고 피터는 말했다.

"나는 수차 그와 연락을 취하려고 했었지. 그러나 소식이 끊긴 채 1년이나 지난 어느 날 갑자기 어떤 변호사가 전화로 그의 죽음을 알려 주더란 말이오. 가족은 한 사람도 없었던 모양이오. 나는 그의 장례식에 갔었지. 참석자는 여덟 사람. 그런데 서로 알지 못하는 이 여덟 사람은 모두 나와 마찬가지로 그한테서 어떤 도움을 받은 사람들이었소. 그렇게 허풍만 떨던 그가 이상하게도 우리들의 일은 아무에게도, 우리들에게조차 ― 한 마디도 안 했더란 말이오."

"어머 눈물이 나올 것 같은 이야긴데요." 하고 크리스틴은 말했다.

피터는 고개를 끄덕였다.

"그렇지요. 나도 그것을 알았을 때는 눈물이 나올 것만 같았소. 확실히는 알 수 없지만 그는 무엇인가 나에게 교훈을 주었을 것임에 틀림이 없소. 말하자면 그는 커다란 방벽을 둘러치고 자기를 지키고 있었던 거요. 따라서 방벽을 허물어뜨리지 않으면 그라는 인간을 알 수가 없는 것이지요."

크리스틴은 한참 동안 말없이 식후의 커피를 마시다가 이렇게 물었다. "자신이 무엇을 원하고 있는지를 진실로 알고 있는 사람도 있을까요?"

피터는 생각해 보았다. "완전히 알 수는 없을 테지. 그러나 나는 내가 이루어 보고 싶은 일 한가지만은 알고 있소." 그는 급사에게 계산서를 가져오라고 했다.

"그게 뭔데요?"

"그건 설명하는 것보다 실제 행동으로 보여 드리지요."

브레난 레스토랑을 나오자 그들은 시원한 실내의 공기에서 갑자기 무더운 밤 열기로 휩싸이는 불쾌감을 떨쳐 버리기 위해 한참 동안 발걸음을 멈췄다. 거리는 한 시간 전보다는 훨씬 조용해진 것 같았다. 등불도 조금씩 꺼져가고 구 프랑스 가의 밤의 생활이 서서히 새로운 장으로 옮겨가고 있었다. 피터는 크리스틴의 팔을 잡고 로얄가를 대각선으로 가로질렀다. 그리고 세인트 루이스로와 교차하는, 남서쪽 모퉁이에서 걸음을 멈추고 앞쪽의 건물을 바라보았다. "저것이 바로 내가 만들고 싶은 것이오, 적어도 저만한 호텔 또는 저것보다 나은 것을 말이오."

우아한 격자(格子)에 둘러싸인 발코니, 세로 홈을 새긴 무쇠 원주(圓柱)의 줄 밑에서 깜박이는 가스등은 로얄 올리언스 호텔의 잿빛 나는 백색의, 고전적인 정면 건물을 아름답게 부각시키고, 아치형의 종형으로 된 창틀에서는 호박(琥珀)의 불빛이 밖으로 흘러나오고 있었다. 금빛 제복에 차양이 달린 모자를 쓴 도어맨이 보도(步道)를 천천히 걷고 있었다. 그의 머리 위 꼭대기엔, 몇 개의 깃발이 바람에 시원스럽게 펄럭거렸다. 택시가 한 대 들어왔다. 도어맨은 재빨리 달려가서 택시의 문을 열었다. 여자의 하이힐 소리와 남자의 웃음소리가 엇갈리면서 호텔 안으로 사라졌다. 문이 닫히고 택시는 떠나갔다.

피터는 말했다. "로얄 올리언스는 북미 대륙에서 첫째가는 훌륭한 호텔이라고 하는 사람도 있소. 첫째든 몇 째든, 그건 문제가 아니지만, 아무튼 저것은 호텔이란 이런 것이어야만 한다는 본보기 같은 것이라고 생각하오."

두 사람은 세인트 루이스로를 건너서 그 호텔 쪽으로 갔다. 한때 크레올 사교계의 중심이었던 이 건물은 그 후 노예의 경매장이 되고 남북전쟁 당시에는 병원이었으며, 그리고 그 후 주의사당(州議事堂)이었다가 현재는 다시 호텔이 된 것이다. 피터의 음성은 열을 띠어갔다. "이 건물에는 모든 것이 들어 있소. 역사, 격식, 현대적 설비, 상상력 등이 독특한 형식으로 살려져 있소. 지금의 뉴올리언스의 새로운 건물들은 시대의 첨단을 너무 의식한 초현대식 건축이 아니면 인습에 얽매인 것, 그 어느 쪽에 치우쳐진 것이지만 이 호텔 건물만은 참신한 가운데 옛날 양식을 살린 건축의 실재를 증명해 보이는 느낌이 든단 말이오."

도어맨이 중앙의 문을 열자 그들은 안으로 들어갔다. 바로 전방에 두 개의 거대한 흑인상(黑人像)이 로비의 회랑으로 통하는 대리석계단을 사이에 두고 서 있었다. "이상한 일이지만 이렇게 개성적인 호텔이면서 이 로얄 올리언스는 체인 호텔의 하나거든요." 그리고 그는 비웃는 투로 덧붙였다. "하기야 이건 커티스 오키페 체인과는 전혀 다르지만."

"피터 맥더모트 체인에 가깝겠군요."

"그게 실현된다고 해도 그건 먼 훗날의 이야기지요. 또 실수로 한 발짝 후퇴도 했고. 그 일은 알고 있지요?"

"네, 하지만 당신은 꼭 그것을 실현하리라고 믿어요. 1000달러를 걸어도 좋아요."

그는 그녀의 팔을 잡으면서 말했다.

"그런 돈이 있으면 오키페 체인의 주식이라도 사는 것이 나을 거요."

그들은 고풍스러운, 흰빛 또는 레몬빛, 그리고 감색의 수단(繡緞) 벽걸이와 대리석으로 장식된 로비를 천천히 걸어서 로얄가로 통하는 문을 나섰다.

약 한 시간 반 동안 그들은 구 프랑스 가를 산책했다. 프리저베이션 홀 안의 숨막힐 듯한 더위를 참으면서 본고장 딕시랜드 재즈를 듣고, 강변의 프랑스식 다방에서 커피를 마시면서, 뉴올리언스에 많은 악취미의 그림들을 비판적인 눈으로 바라보았다. 그리고 나서 투 시스터즈 광장에 와서는 총총한 별빛 아래서 나뭇잎 사이로 흘러나오는 희미한 정원등(庭園燈)의 빛을 받으면서 시원한 주스를 마셨다.

"참 즐거웠어요. 이제 돌아가야죠." 하고 크리스틴은 말했다.

아이버 빌의 주차장으로 돌아가는 도중, 판지로 만든 상자와 구둣솔을 가진 흑인소년이 그들을 불러 세웠다.

"아저씨 구두 안 닦으세요?"

피터는 고개를 흔들었다. "너무 늦었어."

유난히 반짝이는 눈을 한 그 소년은 그들을 가로막고 서서 피터의 구두를 보았다.

"그러면 아저씨가 그 구두를 어느 주 어느 도시에서 샀는지를 제가 맞힐 테니까, 내기를 해요. 제가 맞추면 25센트를 아저씨가 내고 못 맞추면 내가 25센트를 낼 테니까요."

그의 구두는 1년 전 뉴저지 주의 터나플라이에서 산 것이었다. "그래 어디 맞춰봐." 그는 장난삼아 말했다.

소년은 별빛 총총한 하늘을 우러러 눈을 깜박였다. "아저씨, 그건 아저씨가 그걸 산 상점에서 산 것이죠."

두 사람은 웃었다. 피터가 그에게 25센트를 주는 동안 크리스틴은 살그머니 그의 팔짱을 꼈다. 크리스틴의 아파트까지 차를 몰고 가면서 두 사람은 줄곧 웃었다.

13

워렌 트렌트의 개인용 식당에서는 커티스 오키페가 로이스가 내민 밤나무 담뱃갑에서 여송연 한 개를 뽑아들고, 그 맛을 음미하듯이 연기를 뿜어대고 있었다. 그 강한 맛과 향기는 커피에 곁들여 나온 루이 13세 코냑의 맛과 알맞게 조화되고 있었다. 거울처럼 반짝일 정도로 닦아놓은 참나무 테이블 위에는 로이스의 익숙한 손으로 다섯 코스의 최고급 만찬이 차려지고, 워렌 트렌트가 가장 다운 자애로운 태도로 주인 역을 하고 있었다. 그 맞은편에는 몸에 찰싹 달라붙는 검은 가운을 입은 도도가 역시 로이스가 권하고 불을 붙여준 터키 담배를 기분 좋게 피우고 있었다.

"나는 돼지를 통째로 한 마리 먹은 것 같은 기분이에요." 하고 도도가 말했다.

오키페는 만족스러운 듯한 미소를 지으면서 "정말 훌륭한 만찬이었소. 워렌, 당신의 주방장에게 맛있게 먹었다고 전해 주시오." 하고 말했다.

세인트 그레고리의 경영자는 정중하게 머리를 숙였다. "당신 인사를 전하면 매우 좋아할 거요. 그런데 이것과 똑같은 요리가 오늘 저녁 호텔 식당의 메뉴에도 나와요."

오키페는 이 말에 별로 감명을 받지 않았지만 고개를 끄덕여 보였다. 도대체 호텔의 식당에서 지나치게 공들인 요리를 낸다는 것은 점심도시락에 간장(肝臟) 파이를 내는 것과 마찬가지로 틀려먹은 일이라는 것이 그의 견해였다. 게다가 그는 그 날 밤 여기 오기 전에 세인트 그레고리의 식당을 들여다보았지만 가장 복잡한 시간인데도, 넓다란 식당에 여유 있게 간격을 두고 놓여진 테이블의 3분의 1 정도밖에 손님이 차 있지 않았다. 그에게 말하라면 덮어놓고 요란스럽게 공들여 짜놓은 메뉴가 울 지경이었던 것이다.

오키페 왕국에 있어서는 식당의 요리는 표준화되고 간소화되어 종류도 흔히 먹는 것으로 제한되어 있었다. 음식에 대한 대중의 기호는 대체로 비슷한 것이고 실제적인 것이라는, 경험이 뒷받침된 오키페의 확신이 그와 같은 경영방침의 배후에 있었던 것이다. 따라서 어느 오키페 체인 호텔에 있어서도 음식물 자체는 완전 소독이 되고 청결하긴 하지만 불과 몇 사람 되지도 않고 돈벌이도 되지 않는 미식가들을 위한 요리는 전혀 만들지 않았다.

오키페는 말했다. "하지만 요즘 세상에 이런 요리를 내는 식당은 별로 없을 거요. 그렇게 하던 곳도 방침을 바꾸지 않으면 안 되게 되었소."

"그래요, 하지만 모두가 다 그렇게 일률적으로 따를 필요는 없지 않겠소."

"아니오. 우리가 젊었을 때와는 시대가 변했소. 그래서 장사방식도 달라졌단 말이오. 좋든 싫든 그렇게 하지 않으면 해나갈 수가 없어요. 워렌, 호스트(주인)의 개인적인 서비스 시대는 지나간 거요. 손님 쪽에서도 옛날에는 그런 것을 귀중하게 알았는지 몰라도 이제는 전혀 관심이 없단 말이오."

식사가 끝나자 두 사람은 마치 정중한 언행의 시간이 끝난 것처럼 솔직하게 의견을 교환하기 시작했다. 도도는 이해할 수 없는 연극을 바라보고 있는 것 같은 표정으로 두 사람을 번갈아 쳐다보고 있었다. 알로이셔스 로이스는 돌아서서 마실 것을 준비하기에 바빴다.

트렌트는 좀 언짢은 어조로 반박했다.

"그렇게 생각하지 않는 손님도 있지요."

오키페는 여송연의 끝의 불빛을 보면서 말했다. "그런 사람들에게는 우리 호텔 체인의 손익계산서와 다른 호텔의 그것을 비교해 보라고 하고 싶어요. 가령 당신 호텔의 손익계산서와 비교해도 좋을 거요."

트렌트의 얼굴이 홍조를 띠고, 입 언저리가 굳어졌다. "우리 호텔의 현재 상황은 일시적인 현상이오. 예전에도 이런 적이 있었소, 이번에도 곧 호전될 거요."

"아니오, 그건 그렇지 않소. 당신이 만약 정말 그렇게 생각하고 있다면 그건 자기의 목을 자기가 스스로 죄는 일이나 마찬가지요. 이제 알만도 할 텐데 왜 그러시오, 워렌."

잠시 씁쓸한 침묵이 흐르고 나서 트렌트는 화가 난 듯이 말했다. "나는 내 생애를 바쳐서 쌓아올린 이 전당이 싸구려 여인숙이 돼버리는 꼴을 볼 수는 없단 말이오."

"만약 당신이 나의 체인 호텔을 빗대서 하는 말이라면 그건 당치도 않는 말이오."

이번에는 오키페가 얼굴을 벌겋게 하고 핏대를 올렸다. "도대체 이 따위 건물이 전당이라고 할 수 있느냔 말이오?"

그 뒤를 이은 냉랭한 침묵을 깨고 도도가 물었다. "정말 두 분께서는 격투라도 할 작정이세요?"

두 사람은 웃었다. 그러나 트렌트의 웃음은 힘없는 겉웃음이었다. 오키페는 상대방을 달래듯 손을 들었다.

"이 아가씨 말이 맞아요, 워렌. 쓸데없는 싸움은 그만두기로 해요. 비록 의견이 다르다 해도 우리의 우정은 변할 수가 없잖소."

트렌트는 고개를 끄덕였다. 아까의 신랄한 응수는, 얼마 동안 괜찮았던 좌골 신경통이 다시 쑤시기 시작한 것에도 어느 정도 원인이 있었다. 그러나 그렇다 해도 지금은 자기 자신과는 대조적으로 눈부신 기업적 성공을 거두고 있는 상대방에게 대한 시샘이 없다고는 할 수는 없는 일이었다.

도도는 나오는 하품을 가리려고 입에 손을 갖다댔지만 맞지 않아 멋쩍어지자 재떨이 위의 피우다 만 담배를 들어올렸다. 로이스가 재빨리 곁에 와서 새 담배를 권하고 불을 붙여 주었다. 그녀가 상냥하게 웃어 보이자 흑인청년은 따분하겠다는 듯 동정 어린 미소를 예의바르게 그녀에게 되돌려 보냈다. 그리고 눈치 있게 조용히 테이블의 재떨이를 치우고 나서 도도와 두 노인의 잔에 새 커피를 따랐다. 로이스가 구석으로 물러가자 오키페는 말했다. "아주 좋은 청년이구먼, 워렌."

"어릴 때부터 줄곧 데리고 있었소." 하고 트렌트는 건성으로 대답했다. 그는 로이스를 보면서 그 아버지의 일을 생각하고 있었던 것이다. 이 호텔이 곧 다른 사람에게 넘어간다고 하면 로이스 아버지는 뭐라고 할까? 아마 대수로운 일이 아니라는 듯 어깨를 움칫해 보일 것이다. 사실 그는 돈이나 재산 같은 것은 탐탁하게 여기지 않았다. 이렇게 말하는 그의 명랑한 목쉰 소리가 들리는 듯했다. "영감님은 이제껏 제멋대로만 살아 오셨으니까 좀 혼이 나는 것도 약이 될 겁니다. 하나님은 말이죠, 우리들이 자칫 돼먹지 않은 생각을 하니까 때때로 우리를 꾸짖으시는 거예요. 우리는 하나님에게는 한낱 장난꾸러기 아이에 지나지 않는다는 것을 상기하고 좀 얌전해지라는 하나님의 뜻이거든요 —" 하지만 그는 이어서, 계산된 고집을 부려 이렇게 덧붙였을 것이다. "그렇지만 만약에 영감님이 옳다고 믿는다면 이를 위해 과감히 싸우셔야 합니다. 죽어버리면 깜깜해져서 겨냥도 할 수 없어 상대방을 쏠 수가 없단 말이에요."

트렌트는 서투르게 겨냥하는 느낌으로 반박했다. "당신의 경영방식은 호텔에 나프탈렌 냄새가 물씬거리게 하려는 거요. 당신네 호텔에는 인간적인 따뜻함이 없소. 마치 자동판매기 같단 말이오. 종업원은 모두가 펀치 카드, 피가 통하지 않는 윤활유로 움직이고 있는 기계란 말이오."

오키페는 어깨를 움츠렸다. "그럼, 그런 충분한 이익배당을 보장하는 기계지."

"돈을 벌어들일지는 몰라도 인간성의 배당은 제로요."

오키페는 그 말을 무시하고 말했다. "하여간 현재의 나의 운영방식을 여기까지 설명했으니까 이왕 내친 김에 좀더 말을 하죠. 나의 본사에는 이미 미래의 설계도가 꽉 짜여져 있소. 환상에 불과하다고 말하는 사람도 있겠지만, 그렇지 않아요. 이제 앞으로 수년 후의 호텔 — 아니 오키페 호텔이 어떤 형태로 될 것인가 하는 미래의 설계도란 말씀이오. 우선 제일 먼저 간소화할 것은 프런트요. 프런트에서 숙박객을 받는 수속은 5~6초밖에 걸리지 않소. 손님의 대부분은 공항에서 헬리콥터로 모셔오게 되지요. 따라서 프런트의 중심부는 옥상의 헬리콥터 착륙장에 있게 돼요. 물론 지하에도 차나 버스가 직접 들어올 수 있는 프런트가 마련되어 있지요. 이렇게 되면 현재와 같이 손님들이 일부러 로비까지 가야 하는 번거로움이 없게 된단 말이오. 그리고 이들 장소에는 컴퓨터를 주축으로 한 설비(設備)가 있어서 거기서 즉시 객실의 할당이 이루어지게 되오. 즉, 예약한 손님에게는 미리 일종의 색인(索引) 카드가 보내어지는데, 그 카드를 받는 즉시 소정의 장소에 넣으면 그들은 곧 개개의 엘리베이터를 타고 모든 준비가 완료되어 있는 객실로 갈 수가 있게 된단 말이오. 만약 객실이 아직 비어 있지 않았을 경우 — 이건 요즘에도 종종 있는 일이지만 — 이런 경우에 대비해서 조그만, 움직이는 대기실을 만들 것이오. 대기실에도 의자가 2~3개, 세면소, 짐을 놓아두는 공간이 있어서 손님들은 휴식을 취할 수가 있고, 사람 눈을 피해서 잠시 눈을 붙일 수도 있는 그러한 자그마한 방, 그러니까 손님들은 보통 객실처럼 출입할 수가 있게 되어 있지요. 그러면 호텔의 기사는 정해진 객실이 준비되는 즉시 그 대기실이 그곳으로 움직여 가도록 장치를 세트해 놓는 거요. 그러면 손님은 그 객실 앞에서 대기실을 나와 곧장 자기 방으로 들어가면 되는 거란 말이오. 자동차 여행객도 이와 비슷하게 처리되지요. 이동 라이트에 유도되어 소정의 주차장소에 들어가게 되면 그곳에서부터 각자의 개인용 에스컬레이터를 타고 각기 자기 방으로 들어가게 되는 거요. 손님의 짐들은 모두 고속 분류기라든가 콘베이어에 의해 손님보다 앞서 방에 운반되어진단 말이오. 다른 서비스도 전부 자동식이오. 보이, 음료, 식사, 꽃, 약품, 신문 등은 전부 자동으로 배달되고, 마지막의 계산서도 콘베이어로 배달되어 지불을 하게 되는 거요. 따라서 손님들뿐만 아니라 우리들 자신도 여러 해 동안 골칫거리던 팁 제도는 이것으로 말끔히 해결되고 마는 것이지요."

호텔왕이 커피를 마시는 동안 트렌트는 시무룩한 표정으로 침묵을 지키고 있었다.

호텔왕의 독무대가 계속되었다.

"이 자동화된 호텔에서는 종업원이 객실에 들어갈 필요가 전혀 없다고 해도 좋아요. 침대는 벽 속에 접어넣게 되어 있어서 필요에 따라 외부에서 기계장치로 정돈된 침대가 나오게 되어 있어요. 먼지라든가 쓰레기는 이미 공기 여과장치가 상당히 발달돼 있으므로 문제가 되지 않는단 말씀이오. 가령 카펫 밑에는 가느다란 강철로 된 먼지 제거장치가 있어서 하루에 한 번에 적당한 시간에 먼지나 쓰레기를 빨아들이지요. 이만한 것은 — 아니 이보다 더 복잡한 것도 — 만들려고만 한다면 지금 당장이라도 만들 수가 있어요. 나머지 문제는 — 이것도 자연히 해결될 것이지만 — 주로 합병과 설비 투자의 문제뿐이오."

오키페는 아주 간단히 말해 버리고 나서 자신 있는 듯한 미소를 지었다.

트렌트는 씁쓸하게 말했다. "나는 내 생전에 나의 호텔에서 그런 일이 일어나는 것을 원하지 않아요."

"그것은 쓸데없는 걱정이오." 오키페는 재빨리 응수했다. "이 호텔은 그 전에 몽땅 허물어서 다시 개축하지 않으면 안될 테니까요."

"뭐라고 했소."

트렌트는 충격을 받은 듯이 외쳤다. 오키페는 어깨를 움칫해 보였다. "물론 나의 장기계획을 여기서 떠들 필요는 없지만 멀지 않은 장래에 그것이 우리의 경영방침이 될 것은 틀림이 없을 거요. 만약 당신이 자신의 이름을 남기고 싶다면 예전 호텔과 당신의 관계를 쓴 액자를 새로운 건물의 어딘가에 붙여도 괜찮을 거요."

"액자라구?" 트렌트는 화가 난 듯 말했다. "그걸 어디에 장식하려고 — 남자 화장실에다 말이오?"

그때 도도가 갑자기 깔깔 웃어댔다. 두 사람이 고개를 돌리자 그녀는 이렇게 말했다. "그런 거 다 시시해요. 그 따위 콘베이어만 만들어 대봤자 좋아할 사람은 아무도 없을 거예요."

오키페는 매서운 눈으로 그녀를 보았다. 때때로 그녀는 그녀답지 않은 의견을 말해서 그를 놀라게 할 때가 있었다. 그런 때에 오키페는, 그녀가 보기보다는 똑똑할지도 모른다고 생각하는 것이었다.

트렌트도 뜻하지 않은 도도의 구원에 놀라고 한편 당혹하여 얼굴을 붉혔다. 그래서 그는 예의바르게 그녀에게 말을 했다. "아가씨, 제가 숙녀 앞에서 좀 점잖지 못한 언사를 쓴 것 같습니다. 죄송합니다."

"뭘요. 그런 걱정은 필요 없어요. 아무튼 저는 이 호텔은 최고라고 생각해요." 그녀는 그 크고 순진해 보이는 눈을 오키페 쪽으로 돌렸다. "커티, 당신은 왜 이 호텔을 허물지 않으면 안 되는 건가요?"

그는 퉁명스럽게 대답했다. "나는 그저 그럴 가능성이 있다는 것 뿐이야. 좌우간 워렌, 당신은 이제 호텔 사업에서 은퇴할 때가 온 것 같소."

뜻밖에도 트렌트의 대답은 조금 전까지의 그 신랄하던 기세가 갑자기 수그러진 부드럽고도 쓸쓸한 말투였다. "비록 내가 은퇴하고 싶다고 생각해도 다른 사람들의 뒤처리를 생각하지 않을 수가 없잖겠소. 나의 오래된 많은 종업원들이 나를 의지하고 있단 말이오. 지금까지 내가 그들을 의지해 온 것과 마찬가지로 말이지요. 당신은 모든 것을 자동화해서 인건비를 절감하겠다고 하니, 그것을 알면서 내가 이 집을 어떻게 나갈 수가 있겠소. 나는 적어도 그들이 나에게 바친 충성심에 대해서 보답할 의무가 있다고 생각하오."

"그럴까요? 호텔 종업원에게 그런 충성심이 있을까요? 그 놈들의 태반은 자기들 이익 때문이라면 지금 당장이라도 당신을 배신하지 않을까 나는 생각하는데."

"그건 절대로 그렇지 않소. 나는 30년 이상이나 이 호텔을 경영해 왔어요. 그 동안 상호간 성실의 유대는 굳건히 유지돼 왔소. 아마 당신은 이런 경험은 적을 테지만."

"그야 나도 없는 것은 아니오만……" 오키페는 멍하니 말했다. 그는 마음속으로 몇 시간 전에 읽었던 베일리와 홀의 보고서의 페이지를 펼치고 있었다. 너무 상세하다고 그에게서 주의를 받은 홀의 보고서 중에는 지금 소용될 만한 한 가지 자세한 보고가 있었다.

그는 머리속에서 그의 기억을 더듬어 말했다. "이 호텔의 폰탈바 바의 책임자로 있는 고참 종업원이 한 사람 있지요?"

"아, 톰 얼쇼 말인가요? 그는 나와 거의 마찬가지로 오래 전부터 여기서 일하고 있지요." 어떤 의미에서는 톰 얼쇼는 트렌트가 저버릴 수 없는 고참 종업원의 한 사람이라고 할 수 있었다. 그가 얼쇼를 고용했을 때 두 사람은 아주 젊었었다. 지금 그 바의 늙은 주임은 허리가 구부러지고 일하는 동작도 느렸지만 트렌트가 이 호텔 안에서 개인적인 친구로 여기고 있는 사람들 중의 한 사람임에는 변함이 없었다. 그는 친구로서 얼쇼를 도와온 것이었다. 얼쇼의 딸이 태어날 때 거꾸로 출산되는 바람에 트렌트의 주선으로 시의 북부에 있는 메이어 병원에 입원을 시켜서 명의의 손으로 성공적으로 분만시킨 일도 있다. 게다가 그는 그 비용을 전부 자기가 말없이 지불했었다.

얼쇼는 감격해서 평생을 두고 변하지 않을 충성을 맹세했다. 그 딸은 지금 몇 아이의 어머니가 되어 있지만 그 당시에 맺어진 그의 부친과 호텔 경영자 간의 유대는 지금도 변함이 없었다. "내가 무엇이든 믿고 맡길 수 있는 사람은 오직 톰 이외에 없을 거요." 하고 그는 오키페에게 말했다.

오키페는 쓴웃음을 지으면서 "그게 사실이라면 당신은 참 바보요." 하고 노골적으로 말했다. "내가 들은 확실한 정보에 의하면 그 사나이는 당신을 속이고 있소."

깜짝 놀라서 아무 말을 못하는 트렌트 앞에서 오키페는 그 사실을 설명했다. 불성실한 바텐더가 고용주의 눈을 속이려면 방법은 얼마든지 있다. 술잔에 붓는 양을 조금만 줄이면 병 하나에서 한 잔이나 두 잔은 나온다. 매상금을 가끔 금전등록기에 넣지 않는 방법도 있다. 개인적으로 싸게 산 술을 가지고 들어와서 바텐더 자신이 그 차액을 먹어치우는 방법 — 이것은 아무리 엄격한 회계검사가 있어도 절대로 드러나는 일이 없다. 얼쇼는 주로 이 세 가지 방법을 쓴 모양이다. 또한 씬 홀이 2주 간에 걸쳐서 조사한 바에 의하면 얼쇼 밑에 있는 두 사람의 조수도 한패가 되어 있다고 한다. "당신의 바의 이익의 상당한 부분이 그들의 손에 넘어가고 있는 거요." 하고 오키페는 단언했다. "게다가 여러 가지 사정을 보아서 판단하건대 이것은 벌써 오래 전부터 계속된 일인 것 같소."

트렌트는 무표정한 얼굴로 그 보고를 묵묵히 듣고 있었다. 그러나 마음속에서는 쓰디쓴 생각이 소용돌이쳤다. 오랫동안 얼쇼를 신뢰하고 그 우정을 믿어 왔지만, 지금 오키페가 제공하는 정보가 사실이라는 것에는 추호도 의심의 여지가 없었다. 그는 체인 호텔의 비밀조사가 매우 정확한 것임을 그 전부터 알고 있었으므로 달리 의심할 여지가 없었던 것이다. 오키페가 세인트 그레고리로 들어오기 전에 미리 심복 부하들을 잠입시켜 둔 사실도 벌써 눈치채고 있었.

그러나 그것으로 해서 이와 같은 뼈아픈 굴욕을 받게 되리라고는 예상도 못 했다. "그 밖의 여러 가지 사정이란 무슨 뜻이오?" 하고 트렌트는 반문했다.

"당신의 소위 충성스런 부하들은 거의 모두 부패해 있어요. 도둑질이나 사기를 일삼지 않는 부서는 거의 없단 말이오. 물론 모든 것을 세부에 이르기까지 알 수는 없지만, 만약 당신이 원한다면 지금까지 밝혀진 것을 종합해서 보고서를 만들어 줄 수도 있소."

"고맙소." 하고 트렌트는 거의 들릴락 말락 한 한숨 섞인 음성으로 대답했다. "내가 여기에 왔을 때 맨 처음 눈에 띈 것은 종업원 중에 뚱뚱한 친구들이 너무 많다는 것이었소. 이것은 위험신호로 봐도 틀림없소. 그 놈들은 대개 호텔을 파먹고 배를 살찌우고 있는 거요. 이 호텔에서는 놀랄 만큼 많은 수의 종업원들이 가지각색의 방법으로 당신을 파먹고 있다는 결론이오."

아늑한 식당 안은 너무나 조용해서 벽에 걸린, 고풍스런 네덜란드제 시계 소리만이 유난히 크게 들렸다. 이윽고 트렌트가 천천히 그리고 좀 지친 듯이 말했다. "지금 당신이 한 말은 나의 입장을 상당히 바꾸게 할지도 모르오."

"나도 그렇게 생각하오." 오키페는 무의식적으로 손을 비벼대려 하다가 도중에서 자제하고 "이야기가 여기까지 왔으니 내가 한 가지 제안하고 싶은 것이 있소. 들어주겠소?"

"그렇게 나올 줄 알았소." 하고 트렌트는 힘없이 대답했다.

"지금 현상으로 봐서 말인데 이건 매우 공정한 제안이라고 생각하오. 사실은 이 호텔의 재정 상태에 대해서 나는 꽤 상세히 알고 있소."

"당신이 모르고 있다면 그게 오히려 이상한 노릇이겠지."

"그 대략을 말한다면 당신이 가진 이 호텔 주식의 비율은 총 주식수의 51퍼센트로 경영권은 당신이 장악하고 있소."

"그렇소."

"몇 년 전에 당신은 이 호텔의 재산을 저당해서 400만 달러의 융자를 받았소. 현재 그 중 200만 달러가 미불인데 그 결제 기한은 금주 금요일로 끝나게 되고, 만약 그날까지 갚지 못한다면 이 호텔은 저당권자에게 양도되지 않으면 안 되오."

"그것도 맞소."

"4개월 전에 당신은 저당권의 갱신을 꾀해 봤지만 거절당하고 말았소. 저당권자에게 좀더 나은 조건을 제시했지만 이것도 거절당했소. 그래서 당신은 그 후에 다른 금융기관을 알아보았지만 결과는 모두 신통치 않았소. 이제 얼마 남지 않은 기간에 융자를 받을 가망은 전혀 없소."

트렌트는 볼메인 소리로 말했다. "그렇지는 않소. 아직 여러 금융기관에서 회답이 오지 않았단 말이오."

"결과는 보나마나요. 이렇게 적자가 많아서야 누가 융자를 해주겠다고 나서겠소."

트렌트는 입술을 깨물 뿐 한 마디 대꾸도 못했다.

"나의 제안은" 하고 오키페는 잘라 말했다. "이 호텔을 400만 달러에 사겠다는 것이오. 이 중 200만 달러는 이 호텔의 저당권을 갱신하는 데 충당하시오. 내가 나서면 그것쯤은 문제가 없소."

트렌트는 상대방의 자기 만족을 언짢게 생각하면서 고개를 끄덕였다.
"차액의 반인 100만 달러는 당신이 군소 주주들에게 되돌려 줄 수 있도록 현금으로 주고 나머지 100만 달러는 새로이 발행되는 오키페 호텔의 증권의 액면가로 충당하겠소. 그리고 나의 개인적인 호의에 의해서 당신은 일생 이 호텔에 머물 수 있는 권리를 얻게 되오. 만약 건물을 개축하는 경우에는 쌍방이 만족할 수 있는 조치를 강구하기로 합시다."

트렌트는 마음속의 자기 생각이나 놀라움을 전혀 표정에 드러내지 않은 채 꼼짝도 않고 앉아 있었다. 그 조건은 예상보다는 좋았다. 만약 이를 승낙한다면 약 100만 달러가 자기 호주머니에 남게 될 것이다. 생애를 바친 사업에서 은퇴하는 그의 퇴직금으로 생각해도 이것은 결코 적은 액수는 아니었다. 그러나 은퇴란 그가 쌓아올린 모든 것을 내버리고 오랜 세월 동안 고난과 신뢰를 함께 한 — 적어도 방금 전까지만 해도 신뢰해 오던 — 정든 모든 사람들과의 이별을 의미하는 것이다.

오키페는 상대방의 기분을 돋우기 위해서 유쾌해지려는 듯한 어조로 말했다. "아무런 근심 걱정도 없고 게다가 저렇게 친절한 청년의 시중을 받으면서 이곳에서 살 수 있게 되는 거니까 그것도 괜찮은 생활일게 아니오?"

로이스가 머지않아 대학의 법과를 졸업한다는 것, 그리고 아마 트렌트의 곁을 떠나서 자기의 미래를 개척하는 일을 생각하고 있음에 틀림없으리라는 것을 오키페에게 굳이 설명할 필요는 없었다. 그러나 트렌트는 갑자기 그런 생각을 하니 타인의 손에 넘어간 호텔의 꼭대기에서 혼자 사는 일은 무척 쓸쓸하리라 생각되어 마음이 아팠다.

"내가 파는 걸 거절한다면 어떻게 할 테요?" 하고 그는 갑자기 물었다.

"다른 땅을 찾아서 호텔을 세울 수밖에 없겠지요. 아마 그렇게 하기 전에 당신의 호텔은 망하고 말 테지만 말이오. 그러나 비록 그때까지 견뎌 나간다 하더라도 우리와 경쟁을 한다면 당신네는 상대가 되지 않을 걸요?"

오키페는 애써 무관심한 체하고 있었으나 내심은 빈틈없이 계산을 하고 있었다. 사실을 말한다면 오키페 호텔 체인은 세인트 그레고리를 무척 탐내고 있었다. 뉴올리언스에 계열 호텔이 없다는 것은, 자기 체인이 여행객들을 물어들이는 데 필요한 이빨이 한 개 빠진 것이나 다름없었다. 다른 도시들과 뉴올리언스 간을 왕래하는 손님을 확보하지 못하는 데서 오는 손실은 막대했다. 호텔 체인의 중요한 양도(糧道)의 하나가 도중에서 끊겨 있는 꼴이 되어 있었던 것이다. 더구나 경쟁상대인 다른 체인들은 빈틈을 노려서 착착 자기들의 세력을 늘려가고 있었다. 세라톤 찰스는 이미 새로운 호텔을 건설하여 눈부신 영업 실적을 올리고 있었고, 힐튼도 공항 내에 숙박소를 만들었을 뿐만 아니라 구 프랑스 가에 새 호텔을 건설 중이었다. 또한, 호텔 코퍼레이션 오브 아메리카는 로얄 올리언스를 자기 산하에 넣고 있었다.

커티스 오키페가 트렌트에게 제시한 조건은 결코 주판을 도외시한 것은 아니었고, 이상과 같은 사정 이외에 또 하나의 사실에 대한 배려도 포함되어 있었다. 그것은 세인트 그레고리의 저당권자들의 의도를 엄밀히 알아본 결과 그들은 우선 이 호텔을 손아귀에 넣은 후에 다시 비싼 값으로 매각할 생각인 것을 알게 된 것이다. 따라서 만약 세인트 그레고리를 적당한 가격으로 사려 한다면 지금이 결정적인 기회였던 것이다.

트렌트는 물었다. "좀 생각할 여유를 주었으면 좋겠는데, 언제쯤 회답을 하면 되겠소?"

"가능하면 지금 당장이라도 대답을 해 주었으면 좋겠는데."

"그건 무리요."

"그렇다면," 오키페는 생각했다. "토요일에 나폴리에서 약속이 있으니까 늦어도 목요일 밤에는 여기서 출발하지 않으면 안되오. 그러니까 목요일 정오를 기한으로 하는 게 어떻겠소."

"그렇다면 앞으로 38시간도 없지 않소."

"그 이상 기다릴 필요도 없을 것 같은데."

트렌트의 고집은 좀더 시간을 연장하라고 그에게 명했지만 결국 이성의 소리가 이겼다. 더 연장해 보았자 금요일 채권의 마감시간까지 하루밖에 연장되지 않는 것이다. "그래, 당신 사정도 있을 테니까 —"

"좋소, 그러면 그렇게 하기로 하지요." 오키페는 활짝 웃으면서 의자를 뒤로 밀고 일어났다. 그리고는 동정 어린 눈으로 트렌트를 바라보고 있던 도도에게 고개를 끄덕여 보였다. "자아, 이제 돌아가야지. 워렌, 대접 잘 받았소."

앞으로 하루 반 정도라면 지루할 것도 없으리라고 그는 생각했다. 결국 최후의 결과는 뻔한 일이었다.

도도는 밖으로 나가는 문 앞에서 되돌아서면서 크고 파란 눈을 호텔의 주인 쪽으로 돌렸다. "고마와요, 트렌트 씨."

그는 도도의 손을 잡으면서 허리를 굽혔다. "이 묵은 방이 오늘처럼 광채(光彩)를 띤 적은 없었소이다."

오키페는 이 인사말이 진정인가 하는 것을 확인하고 싶어져서 곁눈으로 트렌트의 표정을 살폈다. 겉치레 인사가 아니라 진정이 담긴 말이라는 것은 당장에 알 수 있었다. 도도는 때때로, 이렇게 전혀 그녀에게 호감을 가질 것 같지 않은 사람들의 마음을 사로잡는 일이 있었다 — 이상한 여자야 하고 그는 생각했다.

복도에 나와서 그녀가 손으로 그의 팔을 가볍게 잡았을 때 그는 급격한 욕정이 끓어오르는 것을 느꼈다.

그러나 무엇보다도 우선 기도를 드리고 오늘밤의 성과를 하나님에게 감사해야만 한다고 자신을 타일렀다.

14

"독신 여성이 아파트의 열쇠를 찾으려고 핸드백 속을 뒤적거리는 모습은 제법 매력적이군." 하고 피터는 말했다.

"이중으로 상징적이라는 편이 낫지 않겠어요?" 그녀는 여전히 열쇠를 찾으면서 말했다. "아파트는 여자의 독립성을 나타내는 것이지만 열쇠를 잃어버린다는 것은 역시 여성이라는 것을 증명하는 것이니까요. 아, 여기 있군요."

"잠깐 기다려요." 하고 피터는 크리스틴의 어깨를 껴안고 키스를 했다. 긴 키스였다. 그녀의 등 뒤로 팔을 돌리면서 그는 힘껏 그녀를 포옹했다.

드디어 그녀는 숨을 가쁘게 쉬면서 말했다. "집세는 제대로 물고 있어요. 여기보다는 남의 눈에 띄지 않는 곳이 낫지 않겠어요."

피터는 열쇠를 받아서 문을 열었다.

그녀는 탁자 위에 핸드백을 놓고 푹신한 소파에 풀썩 주저앉았다. 그리고 한시름 놓았다는 듯이 에나멜 구두 속에 꼭 끼어 있던 발을 해방시켰다.

그는 그녀의 곁에 가 앉았다.

"담배 피우겠소?"

"네, 주세요."

그는 두 사람 분의 담배에 불을 붙였다.

그는 이상스레 가슴이 뛰는 것을 느꼈다. 분위기가 무르익은 것을 느꼈다. 그러한 분위기 속에서는 만약 그가 그럴 마음만 있다면 두 사람 사이에 당연히 일어나야 할 일이 일어날 것이라는 확신도 있었다.

"그저 이렇게 앉아서 이야기하는 것도 즐겁군요." 하고 그녀는 말했다.

그는 그녀의 손을 잡았다. "아직 우리는 아무 이야기도 안하고 있는데?"

"그러면 이야기를 해요."

"무슨 이야기를 할까?"

"우리들의 일에 대해서요. 앞으로 어떻게 하지요?"

"되는대로 맡겨두는 거지, 뭐."

"무슨 뜻이죠? 확실하게 말해 봐요."

그녀는 잠시 깊은 생각에 잠겼다. "우리가 이렇게 함께 있는 건 이번이 두 번째군요. 뭔가 화학작용이 일어날 것을 기대하는 것처럼 말이에요."

"화학적으로는 우리가 잘 되어 가는 것 같소."

"말하자면 자연스럽게 화학적 변화가 일어나고 있는 셈이군요."

"내 쪽이 한 발짝 빠를지도 모르오."

"아마 침대 속에서는 그럴지도 모르죠."

"급진파야, 나." 하고 피터는 꿈꾸듯이 말했다.

"저 당신을 실망시킬지도 모를 일이 한 가지 있어요."

"뭐라고? 아아, 알았소. 이 닦는 것을 잊었다는 거겠지. 염려 말아요. 그만큼은 기다릴 수 있으니까."

그녀는 웃었다. "그렇게 농담으로 얼버무리시면 싫어요. 얘기하기가 힘들어요."

"말만으로는 모를 일들이 많아서 말인가요?"

"하지만 이건 중요한 얘기예요."

피터는 소파에 기대면서 담배 연기로 동그라미를 두세 개 만들어냈다.

"참 기술이 좋군요. 저도 연습을 좀 해봤지만 잘 안 돼요."

그는 물었다. "실망시킬 일이란 뭐요?"

"이건 하나의 가정(假定)이지만요, 만약 우리가 육체관계를 갖게 되면 전 당신을 놓치고 싶지 않게 되는지 모르겠어요."

그는 자기의 담배를 재떨이에 버리고 나서 그녀의 담배도 빼앗아 거기에 버렸다. 크리스틴은 그가 그녀의 손을 잡는 순간 용기가 솟아오르는 것을 느꼈다.

그의 눈이 그녀의 얼굴 표정을 살폈다. "우리는 좀더 서로를 알 필요가 있소. 그러는 데는 말이 반드시 최선의 수단이 되는 것은 아니라고 생각하오."

그는 그녀의 몸에 팔을 둘렀다. 그녀는 조용히 몸을 기대왔다. 그리고 다시 입술이 마주쳤을 때 강한 흥분이 용솟음치는 것을 느꼈다. 아까의 불안도 자제심도 단번에 무너져 버린 그녀는 탐욕스럽게 그의 입술을 빨았다. 감미로운 전율에 전신을 떨면서, 그리고 높이 뛰는 심장의 고동 소리를 들으면서 그녀는 자신 있게 말했다 — 이젠 될 대로 되는 수밖에 없다. 이성도 의혹도 그것을 바꿀 수는 없다고. 그녀는 피터의 숨이 가빠져 가는 소리를 느꼈다.

피터는 말했다. "묘할 때 묘한 생각이 났지만…… 당신 말이 옳소. 천천히 시간을 두고 결정하도록 합시다."

가벼운 키스가 끝나고 물러가는 발걸음 소리가 들렸다. 문고리가 돌려지고 곧 문이 닫히는 소리가 났다.

그녀는 눈을 떴다. 그리고는 소리쳤다. "피터, 가시면 싫어요. 돌아와요!"

아무 대답도 없었다. 밖으로부터 엘리베이터가 내려가는 소리가 약하게 들려왔다.

15

화요일은 앞으로 수분만을 남기고 있을 뿐이었다.

버본 가에 있는 한 나이트 클럽 안에서는 큰 엉덩이의 한 젊은 금발 여자가 손님에게 몸을 기대고, 한쪽 손을 사내의 무릎 위에 놓고 다른 손으로 사내의 목덜미를 쓰다듬고 있었다.

"그럼요. 난 정말 아저씨와 연애 한 번 해보고 싶어졌어요."

스탠 뭐라고 하는 상대방 사나이는 아이오와 주의, 그녀가 들어본 적도 없는 시골 거리에서 왔다고 한다. 그의 입에서는 하수구에서 풍기는 것과 같은 악취가 나서 그녀는 구토가 날 지경이었다.

"그렇다면 우물쭈물하지 말고 빨리 가야 할 게 아냐." 사나이는 탁한 음성으로 말하고 그녀의 손을 자기의 사타구니 쪽으로 옮기게 했다. "아가씨가 좋아할 기가 막힌 물건이 거기 있어." 그들은 모두 자기의 사타구니에 있는 것을 여자들이 특별히 탐을 내는 보물처럼 생각하거나 품평회에서 우수상을 받은 오이처럼 뽐내는 것이 보통이다. 아마 이 녀석 것도 막상 시험을 해보면 다른 놈팽이들처럼 힘없이 시들어버릴 것이다. 그러나 그녀는 그것을 시험해 볼 생각도 없었다. 그러구저러구 이 친구의 입에선 어쩌면 이다지도 고약한 냄새가 날까?

그들의 테이블에서 좀 떨어진 곳에서는, 도어라든가 패독같은, 버본 가의 일류 유흥업소에는 명함도 못 내놓을 엉터리 악단이 서툰 솜씨로 곡 하나를 끝내가고 있었다. 그 곡에 맞추어서 제인 맨스필드라는 이름의 여자가 춤을 추고 있었다. — 아니 춤을 춘다고 하기보다는 어설픈 기교로 몸을 뒤틀어 대고 있었다. 버본 가에서는, 유명한 연예인의 이름을 약간 바꾼 예명(藝名)을 무명의 출연자에게 붙여, 지나가는 손님에게 진짜로 오인시키려는 옛날부터의 상술이 여전히 성행하고 있었다.

아이오와 주에서 온 사내는 초조한 듯이 말했다. "이봐, 빨리 가잔 말이야."

"아까 말하지 않았어요. 난 여기서 일하고 있다니까요. 아직 나갈 수가 없어요. 내가 나갈 프로가 남았으니까."

"그 따위 프로는 집어치워."

"참 딱하셔라, 아저씨도. 그런 무리한 말씀을 하시면 어떻게 해요." 엉덩이가 크고 젊은 금발 여자가 갑자기 생각난 듯 말을 이었다. "참 어느 호텔에 묵고 계시죠?"

"세인트 그레고리야."

"그러면 아주 가깝군요."

"그래. 당신 팬티를 벗기는 데 5분이면 충분해."

그녀는 짐짓 그를 꾸짖는 척했다. 그리고 나서 "우선 한 잔 사주지 않겠어요?" 했다.

"좋다마다. 자 어서 가자구."

"좀 기다리시라니까요, 스탠리. 참 좋은 생각이 떠올랐어요."

일은 어쩌면 줄거리대로 척척 맞아들 것 같다고 그녀는 속으로 생각했다. 이미 몇 백 번이나 되풀이되어 온 촌극이었다. 어느 말뼈다귀인지도 모르는 스탠리라는 친구는 한 시간 반 전부터 그 낡은 각본에 장단을 맞추고 있었다. 우선 처음에는 술이다. 보통 술값의 4배나 바가지를 씌워서, 다음에는 급사가 그의 곁에 여자를 앉혔다. 그리고는 2인분의 술이 연달아 나왔다. 그러나 그녀의 잔에 들어 있는 것은 손님에게 내는 싸구려 위스키가 아니라 보통 차였다. 이윽고 그녀는 알맞은 때를 택해 급사에게 은밀히 알려서 본격적인 잔치를 시작했다. 국산 샴페인의 작은 병 하나가 일금 40달러나 한다는 것을 이 촌놈은 아직 모르고 있었지만, 만약 도중에 그것을 안다면, 깜짝 놀라서 계산도 치르지 않고 달아나 버리려고 했을 것이다.

이제는 이 친구를 적당히 속여서 뺑소니를 치면 되지만, 잘하면 별도의 수수료도 좀 벌 수 있을지 몰랐다. 하수도 냄새를 참는 대가로서 그만한 돈을 우려내는 것은 당연한 일이라고 그녀는 생각했다.

"좋은 생각이란 건 뭐야." 하고 시골손님은 물었다.

"호텔의 당신 방 열쇠를 저에게 주시지 않겠어요? 당신은 호텔 프런트에서 예비열쇠를 달라고 하면 될 테니까요. 나는 여기 일이 끝나면 곧 당신 방에 찾아가겠어요." 그녀는, 그가 그녀의 손을 갖다댄 곳을 꼭 잡았다. "준비하고 기다리고 계세요."

"좋아. 그렇게 하지."

"그럼 열쇠를 줘요."

그는 이미 열쇠를 호주머니에서 끄집어내어 꼭 쥐고 있었다. 일순 그는 주저하듯이 말했다.

"정말 올 꺼야?"

"약속하겠어요. 날아서 갈게요." 그녀는 열심히 사내의 사타구니를 주물렀다. 더러운 녀석 같으니라구, 잔뜩 달아오른 꼴이 지금 당장이라도 바지를 적실 것 같구나.

"스탠리, 저도 싫어하는 편은 아니에요."

그녀는 그의 마음이 변하기 전에 그 테이블을 떠났다. 만약 저 촌놈이 계산서를 보고 바가지를 썼다고 투덜댄다면 급사가 깡패를 불러서 단단히 혼을 내줄 것이다. 그러나 그는 그런 말썽을 부리지 않을 것 같았다. 하기야 두 번 다시 이 집에 들를 것 같지도 않았지만.

이 촌놈은 호텔 방에서 언제까지 누워 마냥 기다릴 것인가. 비록, 그가 자기의 시시한 일생이 다할 때까지 기다려 본다해도 그녀는 나타나지 않을 것이라는 사실을 깨닫게 되는 것은 언제쯤일까?

약 2시간 후, 여느 날처럼 지루하긴 했지만, 그래도 벌이는 괜찮았던 하루가 끝날 무렵, 그녀는 그 열쇠를 10달러에 팔아 넘겼다.

그것을 산 사람은 키케이스 밀른이었다.

제 3 장

Wednesday

1

뉴올리언스의 동녘 하늘이 희미한 잿빛을 띠면서 동터 올 무렵, 세인트 그레고리의 한 객실에 앉아 있는 키케이스는 이미 상쾌한 기분으로 빈틈없는 몸치장을 끝낸 다음 일을 시작하려 하고 있었다.

어제 오후부터 초저녁에 걸쳐 그는 잠을 푹 잤다. 그리고는 외출을 했다가 돌아온 것은 새벽 2시, 다시 1시간 반정도 잠을 청하고 나서 예정한 시간에 눈을 떴다. 일어나자마자 그는 면도를 하고 샤워를 했다. 샤워 꼭지를 찬물로 돌리자 시원한 물줄기가 그의 몸에 강한 자극을 주었다. 샤워를 마치고 나서 수건으로 빡빡 문지르자 몸은 훈훈히 달아올랐다.

도둑질하러 나가기 전에 그가 행하는 하나의 의식은 새 내의와 청결하고 빳빳하게 풀을 먹인 와이셔츠를 입는 일이었다. 린네르의 상쾌한 감촉은 적당한 긴장감을 불러일으키는데 도움이 되었다. 이번에 잡히면 15년 형을 면할 수 없다는 공포의 그림자가 불현듯 머리 속에 스쳤지만 즉석에서 그것을 떨쳐 버렸다.

일의 준비가 순조롭게 된 것이 이와 같은 불안을 능히 물리칠 수 있는 만족감을 그에게 주고 있었다.

어제 이곳에 도착한 이후 그가 모은 호텔의 열쇠는 세 개에서 다섯 개로 불어나 있었다.

불어난 두 개 중의 한 개는 어젯밤 극히 간단한 방법으로 입수한 것이었다. 호텔의 프런트에서 그 열쇠를 달라고 한 것만으로도 충분했다. 그의 방은 830호실이었지만 그가 프런트에서 달라고 한 열쇠는 803호실의 열쇠였다.

그러나 그는 그 전에 두세 가지 기본적인 문제에 대해서 신중한 관찰과 검토를 게을리 하지 않았다. 우선 803호실의 열쇠가 열쇠걸이에 걸려 있다는 것과 그 밑에 있는 통 속에 우편물이나 메모지 같은 것이 없느냐 하는 것을 확인했다. 만약 거기에 우편물 같은 것이 있다면 그는 잠시 기다려서 상황을 살펴보았을 것이다. 왜냐하면 만약 우편물이 있는 경우에는 프런트에서 그것을 열쇠와 함께 주기 전에 손님의 이름을 물어보는 버릇이 있기 때문이다. 그러나 다행히 그와 같은 걱정이 없다는 것을 확인하자 그는 프런트에 손님이 붐빌 때까지 한참 동안 로비를 배회하다가 줄지어선 손님들 틈에 끼어 들었다. 예상한 대로 아무런 질문도 받지 않고 열쇠를 받았다. 만약 객실 번호가 틀린다고 해서 난처한 일이 벌어질 때에는 객실 번호를 혼동했다고 하는 그럴 듯한 변명을 준비하고 있었다.

이 일이 매우 쉽게 성공한 것을 그는 길조로 여겼다. 오늘 오후에는 — 물론 프런트 담당 종업원이 교대한 후에 — 380호실과 930호실의 열쇠를 낚아볼 심산이었다.

또 하나의 모험도 보기 좋게 들어맞았다. 그는 그저께 밤 어떤 믿을 만한 중개자를 통해서 버본 가의 나이트 클럽의 여자와 협약을 맺었다. 다섯 번째의 열쇠는 그 여자가 얻어준 것으로 앞으로도 이 루트에 의해서 많은 열쇠를 획득할 수 있을 것 같았다.

철도역에서는 최종 열차가 출발할 때까지 지루한 망보기를 계속했지만 수확이 전혀 없었다. 지금까지도 흔히 그런 일이 있었기 때문에 이제 철도역과는 인연을 끊는 것이 현명한 게 아닌가 생각했다. 최근의 열차 여행객은 비행기 여행객보다도 보수적 경향이 강해진 때문인지 호텔의 열쇠를 신중히 다루는 친구들이 많아진 것 같았다.

그는 손목시계를 보았다. 어쩐지 침대에서 일어나기 싫었지만 우물쭈물할 수는 없었다. 그는 자기의 마음에 채찍질하듯이 최후의 준비에 착수했다.

욕실에는 이미 위스키의 3분의 1 정도 넣은 잔이 놓여 있었다. 욕실에 들어가자 그것을 전부 입안에 넣고 양치질을 했다. 한 모금도 목안으로 넘기지는 않았다.

다음에는 어젯밤에 산 타임즈 피키윤 지를 집어들고 옆구리에 끼었다.

그리고 각 객실의 열쇠를 순서대로 넣어둔 호주머니를 하나 하나 점검하고 나서 조용히 밖으로 나왔다.

크레이프 고무바닥을 한 그의 구두는 종업원 전용의 계단을 소리 없이 내려갔다. 천천히, 경쾌한 발걸음으로 2층 아래인 6층 복도에 나서자, 누군가가 보고 있을 경우, 수상하게 여기지 않도록 조심하면서 재빨리 좌우를 살펴보았다.

복도는 쥐죽은듯이 조용하고 인기척이 없었다.

키케이스는 호텔 내부의 배치도와 객실 번호의 순서를 이미 조사해 놓고 있었다. 안주머니에서 641호의 열쇠를 끄집어내어 아무렇게나 그것을 손에 쥐고 천천히 그 객실이 있는 쪽으로 걸어갔다.

그 열쇠는 제일 먼저 모와상 공항에서 입수한 것이었다. 그는 매우 꼼꼼한 성격이어서 순서를 뒤바꾸는 것을 좋아하지 않았다.

641호의 문 앞에서 걸음을 멈췄다. 문 밑으로 새어나오는 불빛도 없고 내부에서는 아무 소리도 들리지 않았다. 그는 장갑을 꺼내 손에 끼었.

온몸의 신경이 짜릿하게 긴장해 오는 것을 느꼈다. 열쇠를 돌렸다. 문은 살며시 열렸다. 열쇠를 빼고 방에 들어선 뒤 뒷손으로 조용히 문을 닫았다.

새벽의 희미한 빛 때문에 실내의 암흑이 엷어져 가고 있었다. 키케이스는 그 으스름한 빛에 눈이 익숙해질 때까지 가만히 서 있었다. 숙련된 호텔 전문 도둑이 대개 이 시간을 골라서 활동하는 이유는 그 희미한 빛을 이용하기 위해서였다. 그 빛은 장애물들을 피할 수 있게 해주고, 운이 좋으면 상대방이 이쪽을 볼 수 없게 해주는 효과가 있었다. 또 이 시간은 호텔내의 사람들의 움직임이 가장 적은 시간이었다. 아직 자기 부서를 지키고 있는 야근자들은 교대시간이 가까워 옴에 따라서 긴장이 풀리고 피로와 졸음에 사로잡혀 있는 시간이었다. 지난 밤 파티나 늦은 밤의 외출 때문에 늦게까지 깨어 있던 숙박객들도 객실로 돌아가서 대부분은 곤하게 잠들고 있었다. 또 새벽녘은 밤이 주는 위협이 물러간 듯한 일종의 안도감을 사람들에게 주는 것도 사실이었다.

바로 안쪽에 화장대의 윤곽이 보였다. 그 오른쪽에는 침대가 어슴푸레 보였다. 조용한 숨소리는 이 객실 손님이 깊이 잠들고 있다는 것을 뜻했다.

돈을 찾기 위해 제일 먼저 손을 대야 할 곳은 화장대였다.

그는 앞에 걸리는 물건이 없나 하고 내딛는 걸음마다 바닥을 훑어보면서 조심스럽게 화장대에 접근한 후 손을 뻗쳐서 그 표면을 더듬어 보았다.

장갑을 낀 그의 손에 몇 개 쌓아놓은 동전이 잡혔다. 아서라, 그만두자, 동전을 주머니에 넣으면 소리가 난다. 그러나 동전이 있는 곳에는 흔히 지갑이 놓여 있는 법이다. 오냐, 그러면 그렇지 역시 있었구나, 제법 불룩한 놈이 구미가 당기는데…….

그때 갑자기 전등불이 켜졌다. 부스럭대는 소리 하나 없이 일어난 일이어서 키케이스의 그 재빠른 머리회전도 이 경우는 소용이 없었다. 그저 반사적으로 지갑을 놓고 휙 돌아서면서 겁에 질린 눈으로 불이 켜진 쪽을 보았다.

침대 곁의 스탠드의 불이 들어와 있고 잠옷을 입은 사나이가 침대 위에 일어나 앉아 있었다. 젊고 근육이 발달한 그 사나이의 얼굴은 노기를 띠고 있었다.

"당신 뭐하는 거야?"

벼락과 같은 소리가 터져 나왔다.

키케이스는 그만 끽 소리도 못하고 멍청하게 입을 벌린 채 그 자리에 얼어붙어 버렸다.

나중에 생각해 보니 갑자기 눈을 뜬 그 사나이는 아직 정신을 차리지 못했기 때문에, 침입자가 보인 죄의식의 순간적 반응을 알아채지 못한 것 같다. 다음 순간 키케이스는 쇼크에서 회복되어 이런 경우를 위해서 미리 준비해 둔 각본대로 연기를 하기 시작했다.

주정뱅이처럼 비틀거리면서 혀가 돌지 않는 음성으로 "머머머라고? 내가 머, 뭘 하느냐고? 네 놈이야말로 내 침대 속에서 뭘 하고 있는 거야!" 하고 상대방의 눈에 띄지 않게 슬쩍 장갑을 벗었다.

"무슨 소리야. 이건 내 침대야, 내 방이란 말이야."

키케이스는 곁으로 접근해 가서, 아까 한 양치질 때문에 지독하게 위스키 냄새가 나는 숨을 상대방의 얼굴에 뿜어댔다. 사나이는 주춤해 하는 빛이 역력했다. 키케이스는 이제 겨우 여느 때의 기민하고 냉정한 머리의 기능을 되찾았다. 과거에도 몇 번인가 이와 같은 위기를 탈출한 경험이 있었던 것이다.

따라서 계속해서 시비조로만 나갈 것이 아니라 적당한 때를 보아 스스로 나가는 것이 중요하다는 예비지식도 가지고 있었다. 그렇게 하지 않으면 보통 객실주는 겁을 집어먹고 외부의 도움을 청할지도 모른다. 하기야 이 사나이는 어떠한 우발적인 사건도 자기 힘으로 능히 처리할 수 있을 것 같은 늠름한 인상을 주었지만……

키케이스는 얼빠진 사람처럼 "뭐요? 당신의 방이라고, 정말이오?" 하고 말했다.

사나이는 더욱 화를 냈다. "이 주정뱅이 녀석아! 이게 내 방이라는 건 뻔하지 않아."

"이상한데, 확실히 614호실이라고 알았는데……"

"이 바보 같은 친구야, 이건 641호야."

"아, 그래요? 미, 미안합니다. 내가 잘못 알았소." 키케이스는 지금 막 거리에서 돌아온 것처럼 보이기 위해서 옆구리에 낀 신문을 손에 들었다. "오늘 아침 신문이오. 특별히 당신한테 배달하기로 하지요."

"그 따위 신문, 필요 없어. 가지고 썩 꺼져!" 하고 사나이는 소리를 질렀다.

이제 되었나 보다. 미리 퇴로(退路)를 마련해 놓은 보람이 있었던 것이다.

그는 이미 문 쪽으로 가고 있었다. "너무 핏대 올리지 말아요. 미안하다 하지 않았소. 꺼질 테니까."

침대의 사나이는 눈을 부라리고 이쪽을 보고 있었다. 키케이스는 문 앞에 오자 손에 쥔 장갑으로 손잡이를 돌려서 문을 열고 복도로 나왔다. 그리고는 다시 문을 닫았다. 그는 귀를 곤두세웠다. 그 방의 사나이가 침대에서 내려와서 문 쪽으로 걸어오는 소리, 문이 딸깍 하고 채워지고 방범용 사슬이 고리에 걸리는 소리가 들렸다. 그는 계속해서 그 자리에 서서 기다렸다.

꼬박 5분 동안 복도에 서서 그 사나이가 아래층에 전화를 하는가를 알아보았다. 이건 매우 중요한 일이었다. 만약 전화를 한다면 키케이스는 큰 소동이 벌어지기 전에 자기 방에 돌아가지 않으면 안 된다. 그러나 그런 기색은 없었다. 당장의 위험은 물러간 셈이다.

그러나 상당한 시간이 지나면 이야기는 달라질 수 있다.

614호 손님은 날이 훤히 밝아서 다시 눈을 뜰 때 새벽에 일어난 일이 생각날 것이다. 그리고 한참 생각해 보면 몇 가지 의문이 생기게 될 것이다. 가령 객실 번호를 혼동했다고 해도 열쇠가 맞지 않으면 못 들어올 텐데 어떻게 들어왔을까? 게다가 방에 들어와서 전등불도 켜지 않고 어둠 속에 서 있었던 것도 이상하다. 또 전등을 켠 순간의 키케이스의 겁에 질린 표정도 생각날 것이다. 총명한 사나이라면 이런 것을 종합해서 새로운 결론을 내리게 될 것이다. 좌우간 홧김에 호텔의 책임자에게 전화를 한다 해도 전혀 이상할 것은 없다.

그렇게 되면 아마, 이 분야의 전문가인 호텔의 보안주임은 아무래도 수상하다고 생각하고 곧 수사를 시작할 것이다. 614호실의 손님을 만나본다. 그리고 가능하면 614호와 641호의 손님을 양자 대면시킨다. 지금껏 서로 한 번도 만나본 적이 없다는 것이 밝혀져도 보안주임은 조금도 놀라지 않을 것이다. 전문적인 호텔 도둑이 이 건물 안에 있을지도 모른다는 의혹을 확신으로 바꿀 뿐일 것이다. 이 말은 삽시간에 호텔 안에 퍼진다. 그래서 전 종업원은 경계를 하게 되고, 모처럼의 키케이스의 장사는 시초에서 끝장이 나고 만다.

호텔 측이 경찰에 연락할 가능성도 있다. 그러면 경찰에서는 FBI에 대해서 이 지방을 돌아다닐 가능성이 있는 호텔 절도 전과범들에 관한 정보를 요구하게 될 것이다. 그와 같은 리스트에 줄리어스 키케이스 밀른의 이름이 실려 있는 것은 뻔한 일이었다. 사진도 물론 있을 것이다. 경찰관들은 그 사진을 호텔의 사무원이나 급사들에게 보여 주면서 이 사람을 본 적이 없느냐고 묻고 돌아다닐 것이다.

그러니까 그가 해야 할 일은 빨리 짐을 싸고 도망을 치는 일이었다. 서두르면 한 시간 이내에 시내를 빠져나갈 수 있을 것이다.

그러나 사정이 그렇게 간단하지만은 않다는 데에 그의 고민이 있었다. 그는 이번 사업에 꽤 자본을 들이고 있었다 — 자동차 값, 모텔과 호텔의 숙박료, 나이트 클럽의 여급에게 지불한 돈 등. 지금 그의 자금은 바닥이 나가고 있었다. 무슨 일이 있든지 뉴올리언스에서 한몫 단단히 보지 않으면 안 되었다. 잘 생각해 보아라, 무슨 좋은 수가 없는지, 하고 그는 자신에게 타일렀다.

지금까지는 최악의 경우를 상상해 보았지만 이번에는 좀 관점을 바꾸어 보기로 하자.

비록 지금 생각한 것과 같은 일련의 사태가 일어난다 해도 며칠은 능히 걸릴 것이다. 오늘 아침 신문에 의하면, 경찰은 현재 온 시를 흥분시키고 있는 뺑소니차의 수사 때문에 경찰력을 총동원하고 있다 한다. 이런 판국에 실제로 범죄가 있었는지 없었는지도 알 수 없는 호텔의 절도미수사건 같은 것에 경찰이 시간을 빼앗길 것 같지는 않았다. 그러나 조만간 여기에도 손을 뻗쳐 올 것은 틀림없었다.

그렇다면 앞으로 얼마만한 시간적 여유가 있을 것인가? 적게 보아도 내일이나 모레까지는 괜찮을 것이다. 키케이스는 신중히 계산했다. 그만한 여유가 있으면 충분히 일할 자신이 있었다. 금요일 아침까지는 일을 마치고 이 거리를 빠져나가서 먼 곳으로 달아나 버리자.

　이렇게 결심을 하자 지금 당장은 무엇을 할 것인가가 문제였다. 이대로 일을 계속하느냐 그렇지 않으면 내일로 연기하고 8층 자기 방으로 돌아가느냐 하는 것이었다. 일단 중지하고 싶은 유혹이 강했다. 아까 일어난 일이 예전과는 달리 그의 마음을 약하게 만들었다. 자기의 방이 안전하고 안락한 천국처럼 여겨졌다.

　그러나 그는 엄한 결단을 내렸다. 일은 계속되어야 한다. 공군의 조정사는 자신의 과실이 아니라 기계의 고장으로 추락했을 때 용기를 상실하기 전에 다시 곧 비행을 명령받는다는 이야기를 어딘가에서 읽은 적이 있었다. 그도 이 원리를 따라야 한다고 생각했다.

　맨 처음에 입수한 열쇠로 실패했다는 것은 아마 열쇠를 사용하는 순서가 운수를 역행했기 때문일 것이다. 말하자면 순서를 거꾸로 해서 최후에 입수한 열쇠부터 시작하면 잘 된다는 것을 의미하는 것이다. 게다가 버본 가의 술집 여자가 그에게 준 열쇠는 1062호실의 것이었다. 그 번호에는 키케이스의 행운의 숫자인 2자가 있다. 키케이스는 계단 수를 세면서 종업원 전용 계단을 올라갔다.

　버본 가의 나이트 클럽에서 상투적인 사기에 걸려든 아이오와 주의 스탠리라는 촌뜨기는 혼자서 잠이 들어버렸다. 맨 처음에는 그 엉덩이가 큰 금발여자를 목이 빠져라 기다리고 있었지만 시간이 지남에 따라서 자신이 없어졌고, 결국 그러는 동안에 더 이상 눈을 뜰 수가 없게 되어 저절로 깊은 알코올성 혼수상태에 빠져 들어가게 되었다.

　키케이스가 방에 들어와서 여기저기를 솜씨 있게 뒤지고 있는 것을 그는 전혀 알지 못했다. 그리고 키케이스가 그의 지갑에서 돈을 빼내고 손목시계와 반지, 금제 케이스 라이터, 다이아몬드의 커프스 버튼 등을 연달아 호주머니에 넣어 가지고 조용히 방을 나갈 때까지 곤하게 잠들고 있었다.

　그가 눈을 뜬 것은 10시경이었다. 그리고 1시간쯤 지나서 지독한 숙취에 의한 몽롱한 상태 속에서 도난을 당했다는 것을 겨우 알게 되었다. 지난밤의 값비싸고 비생산적인 경험과 오늘 아침의 한심스러운 폐인 같은 상태, 거기에 덧붙여서 또 새로운 재난이 몰아닥친 것을 안 그는 의자에 털썩 주저앉아서 어린애처럼 엉엉 소리내어 울었다.

그 무렵 키케이스는 이미 자기가 사냥한 것을 숨겨두고 있었다.

그는 1062호실을 나서자 날이 너무 훤히 밝았기 때문에 그 이상 일하는 것을 단념하고 830호실로 돌아갔다. 그리고 돈을 세어보았다. 94달러. 괜찮은 액수였다. 거의 5달러와 10달러 지폐로, 그것도 새 돈이 아니었으므로 이것이 단서가 되어 잡힐 염려는 없었다. 그는 흐뭇해하면서 그것을 자기의 지갑 속에 챙겨 넣었다.

손목시계, 기타의 물건은 문제가 복잡했다. 처음에는 그런 물건을 훔치는 것을 그만 둘까도 생각했지만 욕심이 나서 모든 것을 운에 맡겨보기로 했던 것이다. 물론 이와 같은 것을 훔치면 오늘 중에 적신호가 울리게 되리라는 것은 알고 있었다. 돈이 없어진다면 어디서 어떻게 없어졌는지 확실치 않은 경우도 있겠지만 귀금속이나 보석류가 분실된다면 이것은 틀림없이 절도의 소행임이 분명해진다. 경찰에서 조속히 손을 쓸 가능성이 한층 강해지고 따라서 그에게 남겨진 시간도 그만큼 짧아진다고 할 수 있다. 그러나 이상하게도 그는 더욱 자신감이 생기는 것을 느꼈다. 필요하다면 어떤 위험을 무릅쓰고라도 벌 수 있는 대로 벌어보자는 의욕이 용솟음쳤다.

그의 소지품 가운데에는 여행가방이 있었다. 그는 훔친 물건을 하나하나 점검하면서 가방 속에 넣고 자기가 아는 믿을 수 있는 장물아비에게 넘겨주면 적어도 100달러는 받을 수 있으리라고 어림했다.

호텔이 아침의 활기를 되찾고 로비가 적당히 혼잡해질 때까지 기다렸다가, 그는 가방을 가지고 엘리베이터를 이용, 아래층으로 내려갔다. 호텔을 나와 어젯밤 차를 맡겨둔 커낼 가의 주차장에 갔다. 그리고 체프 멘터 고속도로에 있는 모텔까지 신중히 차를 몰고 갔다. 도중에서 한 번 차를 세우고 나서, 후드를 열고 엔진의 고장을 알아보는 척하면서 기화기 속에 숨겨둔 모텔의 열쇠를 끄집어냈다. 모텔에 들어가서는 그 물건들을 다른 가방 속에 옮겨 넣는 시간밖에 없었다.

시내로 돌아오는 도중 다시 한 번 엔진과의 무언극을 되풀이하면서 열쇠를 숨겼다. 그리고 나서 이번에는 다른 주차장에 차를 넣었다. 이것으로 그와 도난 사건과를 관련시킬 수 있는 것은 아무 것도 없게 되었다.

그는 유쾌한 기분으로 세인트 그레고리의 커피 숍에 들어가서 아침식사를 했다.

그가 크로이든 공작부인을 본 것은 아침식사를 마치고 거기서 나올 때였다.

공작부인은 그보다 조금 앞서 엘리베이터에서 내려 로비에 모습을 나타냈다. 한 손에 세 마리, 다른 손에 두 마리, 그녀가 끌고 가는 베드링턴 테리아는 깡충깡충 뛰면서 서로 앞을 다투어 나갔다. 부인은 정신을 다른 곳에 팔고 있는 것 같았지만 개 줄을 꽉 진 채, 똑바로 전방을 응시하면서 의젓한 자세로 로비를 횡단해 갔다. 여느 때와 조금도 다름없는 오만한 자세였다. 그러나 관찰력이 있는 사람이 본다면 그녀의 얼굴에 피로와 고뇌의 주름이 깊게 새겨져 있는 것을 눈치챘을 것이다. 화장품이나 의지의 힘으로는 그것을 완전히 숨길 수가 없었던 것이다.

키케이스는 깜짝 놀라 발걸음을 멈추고 자기의 눈을 의심했다. 그러나 그것은 틀림없이 크로이든 공작부인이었다. 여러 가지 잡지나 신문의 애독자인 키케이스는 부인의 사진을 싫증이 날 정도로 보아왔다. 그 공작부인이 지금 이 호텔에 묵고 있는 모양이다.

그의 두뇌는 바삐 회전했다. 크로이든 공작부인의 보석 수집품은 세계에서도 가장 유명한 얘깃거리의 하나였다. 언제 어디서나 부인은 찬란한 보석을 반드시 몸에 붙이고 다녔다. 지금도 아무렇지도 않은 듯 손가락에 끼고 있는 반지와 사파이어 귀고리가 키케이스의 눈길을 끌었다. 이와 같은 부인의 습관으로 보아서 그녀의 수집품의 일부가 그녀 가까이에 있을 것은 분명했다.

어떤 생각이 — 대담하고 뻔뻔스럽고 불가능할지도 모르는 — 어떤 계획이 머리에 떠오르기 시작했다.

테리아를 앞세우고 로비를 횡단해서 여름 아침 햇빛이 눈부시게 반사되고 있는 거리에 나가는 크로이든 공작부인을 키케이스는 정신나간 사람처럼 줄곧 바라보고 있었다.

2

허비 챈들러는 아침 일찍 호텔에 도착했다. 그러나 그것은 근무를 위해서가 아니라 자기의 속셈을 차리기 위해서였다.

보이장의 직위를 이용해서 그가 사복(私腹)을 채우고 있는 부업의 하나로는 많은 호텔에서 소위 〈리커 버틀 허슬〉이라고 부르는 것이었다.

위스키 기타의 음료를 각자의 객실에서 마신 손님들 중 몇 할은 흔히 마시다 1, 2인치 정도 남은 술병들을 그대로 방안에 놓아둔 채 호텔을 떠난다. 남은 술이 들어 있는 병을 여행가방 속에 넣으면 도중에 술이 새어 나온다거나, 또는 비행기에 탈 때 화물중량 초과로 요금을 더 내야 할 염려가 있기 때문이었다.

손님의 짐을 운반하기 위해서 방에 불려간 보이가 그와 같이 남은 물건이 있는 것을 보면 짐의 운반이 끝나기가 무섭게 객실에 돌아와서 그것을 확보한다. 그러나 최근에는 손수 짐을 가지고 나가는 손님이 많아졌기 때문에 대개는 객실 청소나 정돈하는 여자 종업원이 보이에게 알려주고 여기서 나오는 이익은 서로 나누어 먹게 된다.

이렇게 해서 회수되는 얼마간의 주류는 허비 챈들러의 개인 영토인 지하 창고의 한 구석에 쌓아두게 된다.

그의 편이 되어 횡령, 기타 단물을 빨아먹고 있는 창고계원이 그곳을 관리하고 있었다.

보이들은 사람들의 주의를 끌지 않도록 술병을 세탁물을 넣는 가방 속에 넣어서 운반한다. 이틀이 지나면 그곳에 모인 술병은 엄청난 수량이 된다. 보통은 이삼 일에 한 번 — 단체객이 들어올 때는 더 빈번히 — 챈들러가 그것을 정리하러 찾아온다. 오늘 아침에도 그는 그일 때문에 온 것이었다.

그는 우선 진이 들어 있는 병을 골라서 한곳에 모았다. 그리고 그 중에서 가장 값진 상표가 붙어 있는 병 두 개를 골라서 조그마한 깔때기를 사용해서 그 밖의 싼 진을 그 속에 넣었다. 처음 병은 금세 가득 차게 되고 둘째 병은 3분의 2 정도 채워졌다. 그는 그것을 다음 번 정리할 때에 채우기로 하고 소정의 장소에 치웠다. 다음에는 버본, 스카치 위스키, 라이 주 등을 같은 수법으로 채워 나갔다. 이렇게 해서 완전히 채워진 것이 일곱 병, 부분적으로 채워진 것이 서너 병 되었다. 조금 밖에 없는 워트카는 좀 주저한 후 진 속에 넣었다.

이 일곱 병은 세인트 그레고리에서 멀지 않은 어떤 바에 배달된다. 그곳 주인은 보통 가격의 반액으로 사들이고 제대로 맛도 보지 않고 그것을 손님에게 내놓는 것이다. 한편 허비는 호텔내의 협력자들에게 정기적으로 그 수익을 분배한다. 그러나 그들에게 돌아가는 액수는 정말 인사치레 정도에 지나지 않는다.

최근 그 술찌꺼기 정리는 매우 벌이가 좋았다. 오늘의 수확도 여느 때라면 그를 기쁘게 해주었을 것임에 틀림이 없지만 지금 그는 다른 일에 정신이 팔려 있었다. 어젯밤 늦게 스탠리 딕슨으로부터 전화가 왔다. 딕슨은 피터와의 대화를 자기 본위로 각색하여 전달하고 내일 — 즉 오늘이 되지만 — 오후 네시에 친구들과 함께 피터의 사무실에 갈 약속을 했다는 것도 말했다. 딕슨은 피터가 어느 정도까지 알고 있는가를 챈들러로부터 듣기 위해 전화한 것이었다.

챈들러는 그것에 대해 대답할 수 없었지만 아무튼 콜걸에 관한 것은 일절 말해서는 안 된다고 엄중하게 경고했다. 그러나 전화를 받고 나자 그는 걱정이 되어서 잠들 수가 없었다. 그저께 밤 1126~1127호실에서 어떤 일이 일어났느냐 또 피터가 그 날밤에 일어난 일과 보이장과의 관계를 어느 정도 조사해 놓고 있는가 하는 의문이 그를 줄곧 괴롭혔다.

오후 네 시까지는 이제 아홉 시간밖에 남지 않았다. 허비는 시간이 지나가는 것이 무척 빠른 것처럼 생각되었다.

3

커티스 오키페는 매일 아침의 습관대로 우선 샤워를 하고 나서 기도를 시작했다. 이 순서는 매우 능률적이었다. 목욕재계하고 상쾌한 기분으로 하나님과 대화할 수 있을 뿐만 아니라 20분 정도 무릎을 꿇고 있는 사이에 타월지로 만든 가운데 싸인 몸이 완전히 마르기 때문이다. 알맞게 온도 조절이 된 방에 흘러 들어오는 눈부신 아침 햇살이 호텔왕에게 행복감을 느끼게 했다. 이 기분은 그의 말수가 많은 기도에도 영향을 주어서, 기도는 이 세상 인간끼리의 친근한 대화와 같은 투가 되었다. 그러나 그는 세인트 그레고리 호텔에 관한 그의 절실한 관심을 하나님에게 호소하는 것을 잊지 않았다.

아침은 도도의 방에 차려졌다. 그녀는 메뉴를 얼마 동안 자세히 들여다본 다음, 전화로 룸서비스계와 오랫동안 말을 거듭하다가 주문한 것을 몇 번이나 전부 바꾸고 난 후에 겨우 결정했다. 오늘 아침은 주스의 선택을 결정하지 못한 양, 파인애플과 포도와 오렌지의 각각의 장점을, 수화자인 주문계와 수분 동안 비교 검토해 나갔다.

오키페는 몇 층 아래에 있는, 한창 바쁜 룸서비스의 계원들이 그 긴 전화 때문에 골탕을 먹고 있는 광경을 재미있게 상상했다.

식사가 도착할 때까지 그는 조간신문을 펼쳐 보았다. 뉴올리언스판의 타임스 피키윤과 항공편으로 온 뉴욕타임스가 배달되어 있었다. 지방신문 쪽은 모녀 피살사건 때문에 다른 뉴스는 모두 구석에 밀려난 꼴이었지만 사건 그 자체는 별로 새로운 진전이 없었다. 한편 뉴욕의 증권거래소의 주가변동을 보면, 오키페 호텔 체인의 주가는 4분지 3포인트가 하락하고 있었다. 물론 그 정도의 하락은 대단한 것이 아니었다. 통상적인 주가변동에 불과한 것이었다. 이제 뉴올리언스의 새로운 체인 호텔을 획득했다는 뉴스가 퍼지면 주가는 단번에 뛰어 오를 것이다.

그것을 확정시키기 위해서 이틀이나 기다려야 한다는 것이 안타까웠다. 어제 저녁에 결정해 버리자고 우길 걸 그랬다고 그는 후회했다. 그러나 일단 약속한 것을 식언할 수도 없는 일이니 참을 수밖에 없는 일이었다. 트렌트가 결국 승낙하고 말 것이라는 것은 뻔한 일이었다. 트렌트로서는 달리 어떻게 할 방도가 없을 것이었다.

아침식사가 끝날 무렵 전화가 걸려왔다. 오키페의 심복 부하로, 서부연안의 총 대리인으로 있는 행크 렘니처에게서 온 것이었다. 처음에 도도가 그 전화를 받았지만 오키페는 그 전화의 내용이 그녀가 들어서는 곤란한 것일 거라고 생각했기 때문에 전화를 자기 방에 돌려달라 하고, 양쪽 방 사이에 있는 문을 닫았다.

렘니처는 그가 능란하게 운영관리하고 있는 호텔 이외의 여러 사업에 관한 통상적인 보고를 끝내고 나서야 오키페가 기대했던 문제를 끄집어냈다. "그리고 또 한가지 이건 제니 라마시에 관한 것입니다만 —" 콧소리가 나는 캘리포니아 사투리가 수화기에 울려왔다. "기억하고 계시는지요? 그때 왜 회장님께서 비발리 호텔에서 관심을 보이시던 아가씨가 있지 않습니까."

오키페는 틀림없이 기억하고 있었다. 날씬한 몸매와 눈이 부실만큼 아름다운 가무스름한 미녀로, 해학적인 미소와 재치있는 농을 구사하는 기지가 인상적이었다. 여자로서의 소질뿐 아니라 빼어난 재기를 느끼게 하는 그런 여자였다. 그녀가 바사 여대 출신이라는 말도 어디선가 들은 적이 있는 것 같다. 지금 그녀는 어떤 조그마한 촬영소에 전속으로 근무하고 있었다.

"음, 기억하고 있네."

"그녀와 몇 번 이야기를 해보았는데요. 회장님이 원하신다면 같이 여행을 해도 좋다더군요."

그녀가 그 여행에 수반하는 의무관계를 알고 있는지 어떤지를 물어볼 필요는 없었다. 렘니처는 그와 같은 일에는 빈틈이 없는 사나이였다. 오키페는 그 이야기에 흥미를 느꼈다. 제니 라마시는 이야기 상대로서도, 또 다른 점에서도 충분히 그를 만족시켜 줄 것임에 틀림없다. 그들이 함께 만나는 사람에 대해서도 의젓한 인상을 주게 될 것이고, 주스를 무얼로 할 것이냐 하는 간단한 일도 결정하지 못해서 쩔쩔매는 일 따위는 없을 것이다.

그러나 그는 주저했다.

"그러나 도도를 어떻게 하느냐가 문제야."

렘니처의 자신 있는 음성이 들려왔다. "그런 건 신경 쓰지 않아도 됩니다. 제게 맡겨 두십시오. 다른 여자들의 경우와 마찬가지로 잘 해결해 볼 테니까요." 오키페는 대뜸 언성을 높였다. "그게 문제가 아니야." 렘니처는 상당히 쓸모 있는 부하이긴 하지만 어딘가 신경이 무딘 데가 있었다.

"그러면 무엇이 문제입니까?"

"도도에게는 무언가 특별한 것을 해주어야겠어. 그녀가 행복해지도록 말이야. 그녀와 헤어지기 전에 이점을 확실히 결정해 주어야겠네."

수화기를 통해 들려온 음성은 애매했다. "네, 그건 어떻게 그렇게 되도록 해보겠습니다. 확실히 도도는 그렇게 영리한 여자는 아니니까요."

"아무튼 특별히 생각해 주도록 하게. 필요하다면 시간이 좀 걸려도 좋아."

"제니 라마시 쪽은 어떻게 하시겠습니까?"

"그 여자에게는 남자가 없는가?"

"네, 없으리라고 생각합니다만……"

좀 어설픈 답변이었으나 갑자기 시원스러운 어조가 되면서, "네, 알았습니다. 도도의 일을 잘 생각해 보고 또 연락 드리겠습니다." 하고 덧붙였다.

도도의 거실에 돌아와 보니 그녀는 식사 후의 뒤치다꺼리를 하고 있었다. 그녀는 룸서비스의 운반기 위에 식기들을 옮겨놓고 있는 중이었다. 오키페는 화가 나서 꾸짖었다. "그런 일은 하는 게 아냐. 보이에게 맡겨둬. 그래서 돈을 주고 있는 게 아닌가."

"하지만 전 이런 일하는 걸 좋아하거든요." 그녀는 실쭉한 표정으로 그를 되돌아보았다. 반항적인 눈빛이었으나 그녀는 하라는 대로 순순히 접시 치우는 일을 그만두었다.

그는 자기의 언짢은 기분의 원인이 무엇인지 알지 못해 어리둥절해 하면서 그녀에게 말했다. "호텔 안을 산보하고 오겠소." 후에 도도를 데리고 거리구경을 나가서 속죄를 하려고 생각했다. SS 프레지던트 호라고 하는, 지금은 좀처럼 볼 수 없는 선미외륜기선(船尾外輪汽船)으로 항만을 일주하는 유람코스가 있었던 것이 생각났다. 언제나 관광객으로 만원이 되는 그 유람선은 도도가 좋아할 만한 것이었다.

방을 나올 때 그것을 그녀에게 말해 주었다. 그러자 도도는 그의 목을 껴안고 매달리며 환호성을 올렸다. "어머 멋있어! 바람에 나부껴도 괜찮도록 머리 모양을 고치겠어요. 이렇게요."

그녀는 날씬한 팔을 들어올려 어깨 위에 드리워진 잿빛이 도는 금발을 뒤로 젖혀서 둥글게 말아 올리는 시늉을 했다. 그것이 어찌나 아찔할 정도로 요염하게 보였던지 그는 호텔내의 산책을 그만두고 그냥 객실에 머무르고 싶은 충동을 느꼈다. 그러나 그렇게 할 수도 없어서 그는 곧 돌아오겠다고 말하고 황급히 문을 닫고 밖으로 나섰다.

그는 중2층에서 엘리베이터를 내렸다. 그리고 계단을 내려가 로비에 이르렀을 때 도도의 자태를 깨끗이 머리 속에서 떨쳐 버렸다. 그리고 그를 본 순간 갑자기 생기를 되찾은 것 같은 호텔 종업원들의 슬금대는 시선을 무시하고, 무관심한 척 어슬렁거리면서 로비 주변의 구조나 설비 운영실태 등을 시찰하며 자기가 느낀 점과 베일리의 비밀 보고를 마음속으로 비교해 보았다. 오키페의 눈에 뜨인 몇 가지 사실은 세인트 그레고리가 엄중한 관리지도제를 필요로 한다는 베일리의 의견을 명확히 뒷받침하고 있었다. 또 이 호텔이 큰 잠재적 재원을 가지고 있다는 점에도 의견의 일치를 보았다.

가령 로비에 줄지어 서 있는 엄청난 크기의 기둥들은 별달리 천장을 떠받치고 있는 것 같지는 않았다. 만약 그것을 모두 제거 할 수 있다면 그 공간을 이용해서 이 도시의 상인들을 위해 상품 진열장을 만들어 임대료를 받을 수도 있을 것이다.

로비보다 한 단 낮은 아케이드 안의 매점용 구역은 전부 꽃가게가 차지하고 있었다. 아마 월 300달러 정도로 빌려주고 있겠지만 그만한 공간을 현대적인 칵테일 라운지로 개조한다면(유람선 모양으로 만들면 어떨까?) 매달 2만 달러의 매상은 문제가 없을 것이다. 꽃가게가 어딘가 아늑한 구석을 찾아서 옮기면 문제가 없을 것이다.

그가 다시 로비로 돌아왔을 때 유효하게 쓸 수 있는 공간은 더 눈에 띄었다. 현재 손님들이 사용하는 넓은 공간의 일부를 없애고 거기에 매점을 대여섯 만들어 — 가령 항공회사의 출장소, 렌터카 사무소, 여행사, 약국 등을 밀어 넣으면 상당한 수익을 올리게 될 것이다. 물론 로비의 지금처럼 한적하고 안락한 분위기는 화초나 두꺼운 카펫과 함께 사라지고 말겠지만, 그러나 현대에는 사방에 광고투성이인 밝은 로비 쪽이 호텔의 손익계산서를 한층 더 건전한 것으로 하는데 도움이 되는 것이다.

또, 의자나 소파의 대부분을 제거해야만 한다. 만약 사람들이 앉고 싶으면 호텔의 바나 레스토랑이나 커피 숍을 이용하도록 해야 한다. 그것이 돈벌이가 되기 때문이다. 무료 좌석을 두고 있는 데 대한 찬반 시비에 대해 그는 오래 전에 유익한 교훈을 얻은 적이 있었다. 그것은 그가 맨 처음에 경영한 남서부의 어떤 소도시의 호텔에서의 경험이었다. 낡은 건물의 정면만을 그럴 듯하게 꾸며서 손님을 끌려고 하는 부실한 호텔이었지만 한 가지만은 장점이 있었다. 그것은 몇 개의 유료 변소가 있어서 100마일 사방의 농장이나 목장의 사람들이 그것을 이용했기 때문에 젊은 오키페가 놀랄 만큼 수익을 올렸던 일이다. 그러나 한 가지 이유 때문에 수익이 그 이상 불어나지는 않았다. 주법(州法)에 의해 12개의 변소 중에서 하나만은 무료로 하지 않으면 안 되었다. 그러자 절약정신이 강한 농장의 고용인들은 단 하나밖에 없는 무료 변소 앞에 줄을 지어 서서 참을성 있게 자기 차례를 기다렸기 때문이다.

결국 오키페는 그 도시에서 소문난 주정뱅이를 고용해서 이 문제를 해결했다. 즉 한 시간에 20센트와 싸구려 술을 그 사나이에게 주고 변소가 붐비는 낮

시간 동안 줄곧 그 변소 안에 도사리고 있게 했던 것이다. 그 결과 유료 변소에서의 수익은 두 배로 증가했다.

오키페는 지금 그 일을 상기하고 싱긋이 웃었다.

로비는 점차 사람의 출입이 빈번해져 가고 있었다. 일단의 손님이 들어와서 프런트에서 숙박인 명부에 기입하고 있는 동안에 다른 일단이 공항버스에서 내려 각자의 짐을 맡기고 있었다. 프런트 앞에는 사람들이 줄지어 섰다. 오키페는 로비에 서서 그것을 지켜보았다. 그 때 아직 다른 누구도 보지 못한 것이 그의 눈에 띄었다. 훌륭한 복장을 한 중년 흑인이 여행가방을 들고 호텔에 들어왔다. 그는 마치 산책이라도 하듯이 여유 있는 발걸음으로 프런트로 걸어갔다. 그리고 카운터에 여행가방을 놓고 행렬 끝에 가서 섰다. 네 사람 째였다. 이윽고 그의 차례가 왔다.

"안녕하세요." 그의 음성이 명확히 오키페의 귀에 들렸다. 중서부 사투리지만 태도가 정중하고 교양이 있어 보였다.

"닥터 니콜라스요. 객실을 예약해 놓았는데." 기다리는 동안 그가 검은 중절모를 벗자, 잘 빗질을 한 회색 머리가 나타났다.

"여기에 좀 기입해 주시겠습니까?" 프런트 계원은 이렇게 말하고 고개를 들었다. 그 순간 그의 얼굴 표정이 갑자기 굳어졌다. 그리고 한 쪽 손으로 방금 앞으로 내민 숙박인 명부를 다시 끌어당겼다.

"대단히 죄송합니다만, 지금 빈방이 없습니다." 하고 딱딱한 말투로 말했다.

흑인은 미소를 지으면서 부드럽게 대답했다.

"나는 예약이 되어 있어요. 이 호텔로부터 틀림없이 예약되었다는 편지도 받았습니다." 그는 안주머니에서 지갑을 꺼내 그 안에서 종이 한 장을 빼냈다.

"그건 뭔가 잘못된 것일 겁니다." 프런트 계원은 자기 앞에 놓여진 편지는 거들떠보지도 않았다.

"많은 단체 손님이 들어 오셨으니까요. 죄송합니다."

"그건 알고 있소." 흑인은 고개를 끄덕였다. 아까의 미소가 조금 희미해졌다.

"치과의사들의 단체지요? 나도 그 중 한사람이오."

프런트 계원은 고개를 들었다. "곤란한데요. 저로서는 어떻게 해 볼 도리가 없습니다."

흑인은 그 편지를 다시 지갑에 넣었다.

"그렇다면 누군가 책임 있는 지위에 있는 사람을 좀 만날 수 없을까요?"

그들이 말하고 있는 동안에 새 손님들이 연달아 도착해서 카운터 앞의 줄은 더 길어졌다. 벨트를 맨 레인 코트 차림의 손님이 초조한 듯이 소리쳤다.

"뭘 꾸물대고 있어? 빨리 좀 해요."

오키페는 점점 혼잡해지는 로비를 보면서 마치 시한 폭탄의 폭발시간이 눈앞에 다가온 것을 느꼈다.

"그러면 지배인 조수에게 말씀해 주십시오."

프런트 계원은 카운터 위로 몸을 내밀면서 큰 소리로 불렀다. "베일리 씨." 그러자 로비의 한쪽 구석의 데스크에 앉아 있던 나이 든 사나이가 고개를 들었다. "베일리 씨, 미안하지만 이리로 좀 와주십시오." 지배인 조수는 고개를 끄덕이고 나른한 듯이 일어났다. 쭈글쭈글한 얼굴에 의례적인 미소를 지으면서 그는 느릿느릿 이쪽으로 걸어왔다. 고참직원의 한 사람일 것이라고 오키페는 생각했다. 오랜 세월 동안 프런트 계원으로 일하다가 로비의 한쪽 구석에 의자와 책상이 주어져서 손님의 불평, 기타의 사소한 문제들을 처리하는 일을 맡게 된 것이다. 어떤 호텔의 경우도 마찬가지지만 지배인 조수라는 직함은 뭔가 고급 간부와 직접 관계가 있는 듯한 착각을 주어 허영심을 만족시켜 주기 위해 고안된 일종의 미끼에 지나지 않는다. 실제로는 호텔 운영에 관여하는 권한은 전혀 없다. 프런트 계원이 그에게 말했다.

"베일리 씨, 이 분에게 빈방이 없다고 설명을 드렸는데, 이해를 못하십니다."

"물론이죠. 나는 예약 확인서까지 받았으니까." 하고 흑인이 응수했다. 지배인 조수는 기다리는 손님들에게 상냥한 미소를 아끼지 않으며 담배의 진이 노랗게 배인 손을 닥터의 쭉 빠진 양복소매에 얹었다.

"그러면 말씀을 좀 들어보기로 하겠습니다. 미안하지만 이쪽으로 앉으시지요."

흑인 닥터는 그를 따라서 로비 한 쪽 구석에 있는 그의 데스크 쪽으로 걸어갔다. 오키페는 지배인 조수의 손님 다루는 솜씨가 보통이 아니라고 생각했다. 파란이 일었던 장면은 무대의 중앙에서 측면으로 매끈하게 옮겨진 셈이었다. 프런트 계원이 또 한 사람 나타나서 줄지어 섰던 손님들을 재빨리 다루기 시작했다. 딱 벌어진 어깨와 굵은 안경의 젊은 숙박객 한 사람만이 줄에서 벗어나 이 사건의 진전을 지켜보고 있었다. 시한폭탄은 불발로 끝날지도 모른다고 오키페는 생각했다. 지배인 조수는 몸짓으로 흑인 의사에게 책상 앞의 의자를 권하고 자기도 앉았다. 그리고 아까 프런트 계원과의 대화를 되풀이하는 상대방의 설명을 난감한 표정으로 귀담아 듣고 있었다.

이윽고 지배인 조수는 가볍게 고개를 끄덕이고 나서 사무적인 어조로 말했다. "잘 알았습니다. 선생님, 저희들이 실수한 것을 진심으로 사과 드립니다. 그러면 시내 다른 호텔에 방을 주선해 보겠으니 조금만 기다려 주시지요." 그는 한쪽 손에 수화기를 들고 또 다른 손으로 전화번호의 리스트를 끄집어냈다.

"잠깐만." 흑인 치과의사의 부드러운 음성은 가시 돋친 음성으로 변했다. "당신은 이 호텔이 만원이라고 하지만 다른 손님들은 전부 받고 있지 않소? 저 사람들은 모두 무슨 특별한 예약이라도 한 건가요?"

"뭐 그렇다고 말씀드려도 좋겠지요." 직업적인 미소는 그의 얼굴에서 사라졌다.

그때 반가이 사람을 알아보고 이름을 부르는 목소리가 로비 가득히 울렸다. "어이! 짐 니콜라스!" 그 음성이 들린 쪽에서 화색이 도는 붉은 얼굴에 덥수룩한 흰 수염을 기른 몸집이 작은 노신사가 그들 쪽으로 총총걸음으로 다가왔다.

흑인 치과의사가 일어섰다. "아, 잉그람 선생님, 참 반갑습니다." 노신사는 그가 내민 손을 꼭 쥐었다.

"그래 어떻게 지내고 있소, 짐. 아니야, 이건 물어볼 필요도 없을 것 같군. 잘 지내고 있다는 것을 한눈에 알 수 있겠네. 게다가 경기도 아주 좋은 것 같고. 병원은 잘 돼가고 있지?"

"네, 덕분으로 잘 되고 있습니다." 닥터 니콜라스는 기쁜 듯이 미소를 지었다. "물론 아직도 미숙해서 대학에서 배운 것도 제대로 소화하지 못하고 있습니다만."

"무슨 말을 하나? 나는 제자들이 사회에 나가 개업으로서 성공하고 있는 것을 보는 것이 즐거움이야. 하여간 자네는 명실공히 훌륭한 치과의사지. 이미 악성구강 내 종양(惡性口腔內腫瘍)에 관한 자네의 연구논문은 반응이 대단했었네. 우리는 모두 자네한테서 직접 그 연구 보고를 듣는 것을 기대하고 있다네. 한데 말야. 연구부 회의에서는 내가 자네를 소개하게 될 것 같네. 내가 금년, 회장으로 피선되어서 말야."

"아 그것은 알고 있습니다. 선생님을 회장으로 모신 건 아주 당연한 일이라고 생각합니다."

그들이 이야기를 나누고 있는 동안 지배인 조수는 천천히 의자에서 일어났다. 그는 불안한 눈으로 두 사람의 얼굴을 번갈아 보았다.

몸집이 작은 백발의 노신사는 웃으면서 옛 제자의 어깨를 두드렸다. "자네의 객실 번호를 좀 가르쳐 주게. 이따가 우리 몇 사람이 모여서 한잔하기로 되어 있거든. 자네도 부르고 싶어서 그러네."

닥터 니콜라스는 대답했다. "불행하게도 제가 숙박할 수 있는 방은 없다고, 방금 거절당했습니다. 이건 아마 저의 피부빛깔과 관계가 있는 것 같군요."

치과의학회 회장은 충격을 받은 듯이 일순 아무 말도 못 했다. 그의 얼굴이 노기로 새빨개졌다. 한순간의 침묵이 흐르자 그는 얼굴의 근육을 경련시키며 단호하게 말했다. "좋아, 이 문제는 내가 처리하겠어. 만약 이 호텔이 자네에게 사과한 다음 즉시 방을 내놓지 않으면 우리 의학회원은 한 사람도 남지 않고 이곳에서 철수하게 될 거야" 이보다 앞서 지배인 조수는 보이를 불러 아주 급하게 지시했다. "총지배인님을 오시라고 해. 빨리."

4

 피터 맥더모트의 그 날의 일과는 사소한 업무처리로부터 시작되었다. 아침의 우편물 속에 섞여 있었던 예약계로부터의 통지서에 터스커루사의 저스틴 쿠백 부처가 내일 도착할 예정이라고 쓰여 있었다. 쿠백 부처가 어째서 특별한 손님이냐고 하면 그 통지서에 첨부된 쿠백 부인의 편지에 그녀의 남편은 신장이 7피트 1인치라고 적혀 있었기 때문이다.
 '호텔의 문제가 전부 이렇게 간단한 일뿐이라면 좋겠는데……'
 피터는 이렇게 생각하면서 비서인 플로라 예이츠를 향해서 지시했다.
 "영선계에 연락해 주시오. 드골 대통령을 위해서 특별히 맞추어 놓았던 침대와 매트리스가 아직 남아 있을 거라고 생각되지만, 만약 없다면 그와 비슷한 크기의 것을 준비하고, 내일 아침 일찍부터 방 하나를 비워놓고 쿠백 부처가 여기 도착하기 전에 그 침대를 방에 넣어두시오. 그리고 정비계에도 연락을 좀 해주시오. 특대의 시트와 담요가 아니면 안될 테니까."
 건너편 책상에 조용히 앉아 있는 플로라는 여느 때와 마찬가지로 아무런 군소리도 하지 않고 또 질문도 하지 않고 그것을 받아쓰고 있었다. 이 지시들은 정확히 전달되어 내일 아침 피터가 이에 대해서 아무 말도 안 한다 해도 그녀 자신이 현장에 가서 지시대로 실행되어 있는가를 틀림없이 확인할 것이다.
 피터는 세인트 그레고리에 온 첫날부터 총지배인의 일과 함께 플로라를 인계받았다. 그녀는 전형적인 비서 스타일의 여자였고, 유능하고 신뢰할 수 있는 인품으로 나이는 40을 넘어 원만한 가정생활을 하고 있었다. 또한 시멘트 블록으로 만든 담벽처럼 용모가 아름답지 않았다. 피터에게 있어서는 아무런 물의를 일으키지 않고 그녀를 좋아할 수 있으므로 편리한 일이었다. 만약 크리스틴이 트렌트의 비서가 아니라 그의 비서로 일한다면 결과는 매우 달라졌을지도 모른다고 그는 생각했다.
 어젯밤 크리스틴의 아파트를 황급히 뛰어나온 이후 그녀의 일이 잠시도 그의 마음에서 떠나지 않았다. 자고 있는 동안은 꿈속에서 그녀를 보았다. 양편에 푸른 둑이 있는 강 위에서 두 사람이 평화롭게 떠 있는 꿈으로(무엇을 타고 있었는지는 확실치 않았지만) 무언가 떠들썩한 음악이 반주처럼 들려왔다 — 하프의 소리만이 이상하게 강하게 들렸다. 오늘 아침 일찍 전화로 그 이야기를 하니까 "강을 올라가고 있었어요? 내려가고 있었어요? 그 점이 아주 중요해요."라고 그녀는 물었다. 그는 그것은 생각나지 않았지만 그 꿈이 아주 즐거웠던 것만은 기억하고 있었다. 그리고 오늘밤에는 어제 저녁 헤어진 장소로 그녀를 데리러 가고 싶다며 그녀에게 데이트 신청을 했다.

결국 몇 시에 어디서 만나느냐 하는 것은 나중에 정하기로 하고 오늘 밤 또 데이트하기로 약속이 되었다.

"그렇게 하는 것이 당신에게 또 한 번 전화할 구실이 생겨서 좋소" 하고 피터는 말했다.

"어머 그런 염려는 하실 필요없어요. 저는 또 저대로 오늘 아침 아주 하찮은 서류 하나라도 당신한테 넘겨야 될 것이 있으면 찾아내서 직접 전하려고 벼르고 있던 참이었으니까요." 그녀의 음성은 기쁨에 넘쳐 있었다. 어젯밤의 흥분이 다음 날까지 이어진 것처럼 들뜬 음성이었다.

피터는 크리스틴이 나타나는 것을 기다리면서, 시선을 플로라로부터 아침 우편물 쪽으로 돌렸다.

오늘도 잡다한 우편물 속에서 우선 단체 숙박에 관한 문의 편지들을 골라 그가 부르는 대로 플로라에게 회답을 받아 적도록 했다. 여느 때와 마찬가지로 그는 가죽으로 만든, 높은 쓰레기통 위에 두 다리를 올려놓고 회전의자를 아슬아슬할 정도로 뒤로 젖혀 몸을 거의 수평이 되게 했다. 이런 자세를 취하면 머리가 맑아져서, 생각을 예리하게 할 수 있다는 것을 그는 경험에 의해서 알고 있었다. 그러나 그러기 위해서는 회전의자를, 균형을 유지하는 한계점까지 뒤로 기울여야만 했다. 평형상태와 참사(慘事)와의 간격은 그야말로 종이 한 장의 차이밖에 없었다. 플로라는 편지를 써나가면서 가끔 기대에 찬 눈으로 피터 쪽을 지켜본다. 그러나 그저 지켜볼 뿐 의견을 말하는 일은 없었다.

오늘은 급히 답장을 내야 할 편지가 또 한 통 있었다. 그것은 뉴올리언스의 한 시민한테서 온 편지로, 그의 처는 약 5주 전에 이 호텔에서 개최된 어느 결혼 피로연에 참석했을 때 밍크 코트를 다른 손님들의 코트와 소지품들과 함께 피아노 위에 놓아두었었다. 그 때문에 그 밍크 코트에 담뱃불 구멍이 나고 말았다. 그녀의 남편은 그 코트의 수선비로 100달러를 변상하라고 끈질긴 요구를 되풀이하고 있는 것이다. 이번 편지에는 고소를 하겠다는 강경한 말도 포함되어 있다.

피터는, 이것에 관해서는 전에도 설명했지만, 호텔이 휴대품 보관소를 두고 있는데도 그의 부인이 그것을 이용하지 않았던 점을 정중하고 단호한 어조로 지적하고 만약 거기에 맡겨 두었더라면 마땅히 호텔 측이 책임을 질 것이나 그렇지 않았기 때문에 변상에는 응할 수가 없다는 회답을 썼다.

그 편지는 단순한 협박에 불과한 것 같았지만 정말로 고소를 제기할는지도 모른다. 이와 같은 터무니없는 고소가 실제로 상당히 많았던 것이다. 물론 모두가 기각되었지만 재판소는 그러한 시간과 경비의 낭비에 골치를 앓고 있었던 것이다. 호텔이란 곳을 마치 짜기만 하면 얼마든지 나오는 마법의 젖소처럼 생각하고 있는 것 같다고 피터는 가끔 생각했다.

그가 편지를 골라냈을 때 문을 가볍게 노크하는 소리가 들렸다. 그는 크리스틴이 거기에 와 있으리라고 생각하고 고개를 들었다.

마샤 프리스코트였다. "저쪽 방에 아무도 없기에 그대로 들어왔어요" 그녀는 피터의 자세를 보고 깜짝 놀란 듯이 말했다. "어머! 뒤로 넘어지겠어요."

"아니, 괜찮아요" 하고 말하는 순간, 이미 괜찮지 않았다.

쿵! 하고 커다란 충격음이 울리고 나서 모두가 경악에 싸인 침묵의 순간이 흘렀다.

피터는 책상 뒤의 마루에서 위를 쳐다보면서 피해를 계산했다. 넘어진 의자 다리에 부딪힌 왼쪽 발목이 가장 아팠다. 뒷머리도 아팠지만 다행히 카펫이 충격을 완화시켜 주었던 모양이다. 이 밖에 위엄의 상실이라는 무형의 피해가 있었다. 마샤는 킥킥 웃어댔다. 플로라는 툭 터놓고 흥소하였다.

두 사람은 피터를 일으켜 주기 위해서 그의 곁으로 왔다. 피터는 불의의 사고에 당황해 하면서도 마샤의 청순한 미모를 눈부시게 느꼈다. 오늘 그녀는 선이 단순한 푸른 드레스를 입고 있었다. 그것이 오히려 성숙한 여인과 어린애가 하나가 된 것 같은 느낌을 주고 있었다. 검고 긴 머리는 어제와 마찬가지로 어깨 주위에 윤기 있게 흘러내리고 있었다.

"서커스에서 쓰는 구명 네트라도 쳐두면 좋았을 텐데요" 하고 마샤가 말했다.

피터는 쓴웃음을 지었다. "그래요, 나는 광대 옷을 입기로 하고."

플로라는 무거운 회전의자를 일으켰다. 두 사람의 부축을 받고 피터가 겨우 일어났을 때 크리스틴이 들어왔다. "어머 제가 방해가 됐나요" 하고 물었다.

"아니오. 의자에 앉은 채 뒤로 넘어졌어요."

크리스틴의 시선이 묵직하게 서 있는 의자 쪽으로 옮겨졌다.

"이것이 뒤로 넘어졌단 말이오" 하고 그는 다시 설명했다.

"아니 이게 그렇게 쉽게 넘어지나요." 크리스틴은 이렇게 말하면서 마샤 쪽으로 고개를 돌렸다. 플로라는 슬며시 방 밖으로 나갔다.

피터는 크리스틴과 마샤를 소개했다.

"처음 뵙겠습니다. 미스 프리스코트. 말씀은 많이 들었습니다" 하고 크리스틴이 말했다.

마샤는 눈치를 살피는 듯한 시선을 던지고 나서 쌀쌀하게 대답했다. "그야 호텔에서 일하고 계시면 여러 가지 소문이 귀에 들어올 테지요. 당신은 여기서 일하시나요?"

"제가 말씀드린 건 무슨 소문을 들었다는 이야기가 아니에요" 하고 크리스틴은 말했다. "그러나 아가씨 말씀대로 저는 여기에서 일하고 있으니까 만약 방해가 된다면 나중에 다시 오지요."

두 사람은 만나자마자 적의를 품은 것 같았다. 도대체 무엇이 원인일까 하고 피터는 생각했다.

마샤는 상냥하게 웃었다. "저 때문에 가실 필요는 없어요. 저는 단지 피터씨에게 오늘 밤 만찬회의 약속을 잊지 않도록 해달라고 말하러 온 것뿐이니까요." 그녀는 피터 쪽을 돌아보면서 "잊지 않으셨지요?" 하고 물었다.

피터는 텅빈 마음속에 찬바람이 불어오는 것 같은 느낌을 맛보면서 거짓말을 했다. "아, 물론 잊지 않았습니다."

그러고 나서 어색한 침묵을 깨고 크리스틴이 물었다. "오늘 밤이라구요?"

마샤가 그 말을 받았다. "피터씨에게 무슨 볼일이라도 있으신가요?"

크리스틴은 단호하게 고개를 저었다. "별로, 아무 것도 없을 거예요. 만약 있다 해도 내가 혼자서 할 테니까요."

"어머, 참 친절하시네요" 하고 마샤는 다시 밝은 미소를 띠었다. "그러면 저는 이제 가겠어요. 피터, 일곱 시예요. 장소는 프리타니아 가의 커다란 원주(圓柱) 네 개가 있는 집이에요. 그럼 안녕히 계세요. 미스 프랜시스." 그녀는 손을 흔들면서 방을 나갔다.

크리스틴은 조금도 악의를 느낄 수 없는 그런 표정으로 물었다. "그녀가 말한 장소를 적어둘까요? 커다란 원주가 네 개 있는 집이라면서요."

그는 어쩔 바를 모르겠다는 듯 양손을 치켜올렸다. "너무 그렇게 언짢아하지 마시오. 사실은 당신과 오늘 아침 약속을 했을 때는 그녀와의 약속을 잊어버리고 있었단 말이오. 어젯밤의 데이트로 당신 이외의 것은 모두 내 머리 밖으로 사라져 버린 거요. 그래서 오늘 아침에 당신과 이야기 할 때는 머리가 완전히 혼란했던 모양이오."

"아마 그러실 테지요. 여기에도 저기에도 여자가 있다면 머리의 혼란이 일어나지 않는 쪽이 이상할 테니까요."

그녀는 일부러라도 쾌활하게 행동하고, 필요하다면 이해심 있는 태도를 보이려고 애썼다. 어젯밤 일이 있었다고 해서 피터의 시간을 독점할 권리도 없는 일이요, 머리가 혼란되어 있었다는 말도 아마 거짓말은 아닐는지 모른다. "아무튼 오늘밤은 재미 많이 보세요" 하고 그녀는 덧붙였다.

그는 안절부절못하면서 말했다. "마샤는 아직 어린애야."

크리스틴은 이해에도 한계가 있다고 생각했다. 그녀는 눈으로 피터의 표정을 더듬듯이 하면서 말했다. "당신은 정말 그렇게 생각할지 몰라도 저는 여성으로서 당신에게 충고하고 싶어요. 미스 프리스코트가 어린애처럼 보이는 것은 호랑이가 고양이와 비슷하다는 것과 마찬가지예요. 하지만 남자들은 여자들에게 잡혀 먹히는 것이 무척 좋은 모양이더군요."

그는 초조한 듯이 고개를 저었다. "그건 지나친 오해요. 그녀는 그저께 밤에 단단히 혼이 났기 때문에 ―"

"친구가 필요하단 말씀인가요?"

"그렇지."

"그래서 당신이 그 친구가 되어 주셨군요."

"나는 그저 그녀를 위로해 주었을 뿐이오. 오늘 밤 그녀의 집에서 만찬회를 열겠다고 해서 가겠다고 한 것뿐이지. 나 말고도 손님이 몇 사람 올 게 아니오."

"그건 확실한가요?"

그가 대답하기 전에 전화벨이 요란하게 울렸다. 그는 곤혹스러운 몸짓을 하면서 전화를 받았다.

"총지배인님, 지금 로비에서 말썽이 일어났습니다. 좀 와주셔야겠습니다" 하는 음성이 들려왔다.

그가 수화기를 놓았을 때 크리스틴은 방에 없었다.

5

피터는 지금까지 될 수만 있다면 피하고 싶었던 문제와 직면하여 결단을 요구당하고 있다고 느꼈다. 무서운 악몽이 현실이 되어 나타난 것 같은 느낌이었다. 그것뿐만 아니라 양심도 신념도 자기에 대한 성실성도 이것으로 해서 갈기갈기 찢겨지는 것 같았다.

로비에서 일어난 문제가 어떤 성질의 것이냐 하는 것을 아는 데는 1분도 걸리지 않았다. 지루한 설명을 들을 필요도 없는 일이었다. 그의 책상 앞의 의자에 묵묵히 앉아 있는 기품있는 중년 흑인과, 대단히 화가 난 치과의학회의 회장인 잉그람 박사와, 책임을 피터에게 떠넘기고는 지금은 나는 모른다하는 식의 얼굴을 하고 있는 지배인 조수, 이것만으로도 모든 사정은 명백했다.

갑자기 찾아온 이 위기는 만약 조금이라도 처리를 잘못하면 호텔을 완전히 파괴시킬 폭발을 가지고 있음도 명백했다.

그는 두 사람의 방관자가 있다는 것을 알아차렸다. 한 사람은 커티스 오키페였다. 사진에서 많이 보아온 그 얼굴이 신중한 거리를 두고 열심히 이곳을 지켜보고 있었다. 또 한사람의 방관자는 플라넨 바지와 트위드 상의를 입은, 어깨가 딱 벌어지고 굵은 안경을 쓴 청년이었다. 그는 낡은 트렁크를 옆에 두고 별로 관심이 없는 듯한 얼굴로 로비를 둘러보면서 지배인 조수의 데스크 옆에서 일어나고 있는 이 극적인 장면에 온 신경을 집중하고 있는 듯했다.

치과의학회 회장은 5피트 6인치의 몸을 뒤로 젖히고 둥글고 벌건 얼굴을 빨갛게 상기시키면서 헝클어진 흰 콧수염 밑의 입술을 깨물었다. "지배인! 만약 당신네 호텔이 이런 어처구니없는 모욕행위를 당장 그만두지 않으면 중대한 사태를 자초하게 된다는 것을 경고해 두겠소." 박사의 작은 눈이 분노로 불타오르고 음성은 떨렸다. "닥터 니콜라스는 우리 학회의 가장 저명한 회원이오. 만약 당신이 그의 숙박을 거부한다면 그것은 나에 대한 — 아니 우리 학회의 전 회원에 대한 용서할 수 없는 모욕이오."

만약 제3자라면 — 이 일과 아무 관계가 없다면 아마 그 말에 아낌없는 박수를 보냈을 것이라고 피터는 생각했다. 그러나 현실은 아이러니컬했다. 그 자신이 비난받아야 할 입장에 서게 된 것이다. 어쨌든 이와 같은 광경을 사람들의 눈에 띄게 해서는 안 된다.

"두 분 선생님께서 제 방으로 좀 가실 수 없을까요? 거기서 조용히 상의 드리고 싶습니다만." 그는 잉그람 박사에게 그렇게 말하고 나서 흑인 치과의사를 정중하게 바라보았다.

"무슨 말이오! 여기서 이야기해요. 이건 으슥한 곳에 숨어서 이야기할 문제가 아니오." 몸집이 작은 노박사는 끄떡도 하지 않을 눈치였다. "자, 대답하시오. 나의 친구이고, 같은 학회 회원인 닥터 니콜라스를 받아들이겠는가 받아들이지 못하겠는가를."

로비를 드나드는 사람들이 걸음을 멈추고 이쪽에 호기심 어린 시선을 던졌다. 굵은 테 안경의 청년은 여전히 무관심한 체 하면서 아까보다는 가까운 곳에 와 서 있었다.

피터는 잉그람 박사에게 직감적인 존경심을 품게 되었다. 그리고 이런 사람과 대립하지 않으면 안 되는 자기의 운명을 한탄했다. 이런 문제를 야기시킨 워렌 트렌트의 경영방침에 대해서 어제도 반대 의견을 말하고 방침을 바꾸도록 진언한 것도 아이러니컬한 일이었다. 그는 나의 친구를 받아들이겠느냐고 모질게 다그쳐 오는 잉그람 박사에 대해서 차라리 그러겠다고 대답해 버릴까도 생각했다. 그러나 그렇게 대답한다 해도 아무 소용이 없다는 것은 그 자신이 이미 잘 알고 있었다.

그가 프런트계에 명령할 수 있는 일은 여러 가지가 있었다. 그러나 절대 흑인을 받으라고 명령할 수는 없었다. 그것은 경영자 자신의 명령으로 엄하게 금지되어 있었기 때문이다. 프런트계는 응하지 않을 것이 뻔했고, 그들과 다투어 보았자 말썽만 커질 뿐 문제의 해결에 도움이 되지 않을 것은 분명했다.

"저 자신은 닥터 니콜라스를 모시고 싶습니다만 유감스럽게도 호텔의 규칙이 그것을 금하고 있기 때문에 어쩔 수가 없습니다. 저에게는 그 규칙을 바꿀 권한이 없어서요."

"이봐, 예약 확인까지 받았는데 이제 와서 무슨 소린가."

"죄송합니다. 학회와 예약을 할 때 이 점을 명백히 해두지 않은 것은 저희들의 실수였습니다."

"흥, 만약 자네가 그 점을 명백히 했더라면 학회의 예약은 받을 수가 없었을 거야. 아니야, 이 호텔이 이렇게 나온다면 지금 부터라도 예약을 취소할지도 몰라."

지배인 조수가 끼어 들었다. "다른 호텔에 안내해 드리면 어떻겠느냐고 말씀을 드렸지요, 총지배인님?"

"그런 소린 듣기도 싫소." 잉그람 박사는 피터 쪽을 향했다. "지배인! 당신은 아직 젊고 교양도 있어 보이는데 이런 짓을 해가지고 양심이 부끄럽지 않소?"

대답을 회피할 일이 아니라고 피터는 생각했다. "네, 이렇게 부끄럽다고 느껴본 적은 처음입니다"라고 대답했다. 그리고 속으로 말했다. 이 따위 호텔은 지금 당장 집어치우고 뛰쳐나가고 싶다. 그러나 그는 이성으로 자제하고 있었다. 그렇게 해보았자 무슨 소용이 있는가? 그렇다고 닥터 니콜라스가 여기에 묵을 수 있게 되는 것도 아니잖는가? 그보다도 트렌트를 설득해서 차별 대우를 하지 말도록 노력하는 일이 내가 해야만 할 일이 아니겠는가. 지금 당장엔 안 된다 하더라도 끝내는 될지도 모를 일이다. 그러나 좀더 강한 확신을 가질 수 없는 것이 안타까울 따름이었다.

노박사는 흑인 의사 쪽을 보면서 괴로운 듯이 말했다. "짐, 이건 도대체 말도 안되네. 이쯤이면 비상 수단에 호소할 수밖에 없을 것 같소."

닥터 니콜라스는 고개를 저었다. "솔직히 말해서 저도 대단히 불쾌합니다. 만약 내가 싸운다면 친구들도 합세해서 도와 줄 것이지만 저는 이런 일에 신경을 쓰는 것보다 연구에 전념하고 싶습니다. 오후 비행기로 돌아가겠습니다."

잉그람 박사는 피터 쪽을 향했다. "자네는 아직도 모르겠는가? 닥터 니콜라스는 훌륭한 의학자야. 학회에서 중요한 연구논문을 발표하기 위해서 오신 분이야."

다른 해결책이 없을까 하고 피터는 생각해 보았다.

"이렇게 하면 어떻겠습니까. 만약 닥터 니콜라스가 다른 호텔에 머물러 주신다면 학회에 참석하시는 데는 지장이 없도록 해드리겠습니다." 사실은 이것 역시 무모한 제안이었다. 이것을 실현시키기 위해서는 워렌 트렌트와 또 한 번 격렬한 논쟁을 벌여야만 할 것이다. 그러나 이만한 일이라면 어떻게 할 수가 있을 것 같기도 했다.

"사교적인 모임, 가령 만찬회라든가 오찬회 같은 데는 참석할 수 있겠소?" 흑인 의사는 피터의 눈을 탐색하듯 바라보며 말했다.

피터는 천천히 고개를 저었다. 실현할 수 없는 일을 약속할 수는 없었다.

닥터 니콜라스는 얼굴이 굳어지며 어깨를 움칫해 보였다. "그렇다면 아무 소용도 없어요. 잉그람 선생님, 저의 논문은 우송해 드릴 테니까 희망자들에게 보여 주십시오. 선생님께서 보셔도 재미있는 점이 좀 있을 것으로 생각합니다."

몸집이 작은 백발의 노의학자는 침통한 얼굴로, "짐, 이렇게 될 줄은 꿈에도 몰랐네. 이건 정말 참을 수 없는 일이야" 하고 말했다.

니콜라스는 주위를 살피면서 자기의 여행가방을 찾았다. 피터가 말했다. "보이를 불러 드리겠습니다."

"그만두시오!" 잉그람 박사는 그를 물리쳤다. "가방을 운반하는 일쯤은 내가 하겠소."

그때 옆에서 "여러분 잠깐 실례합니다" 하는 음성이 들렸다. 그것은 트위드의 상의와 굵은 테 안경을 쓴 청년이었다. 모두가 돌아보았을 때, 찰칵 하고 카메라의 셔터 소리가 들렸다. "고맙습니다. 한 장 더 찍게 해주십시오." 그는 로라이 플렉스의 파인더 속을 들여다보면서 다시 한 번 셔터를 누르고 나서 카메라를 내리고 말했다. "최근에는 필름의 감광도가 좋아져서 다행이지요. 플래시를 사용하지 않아도 되니까요."

피터는 강경한 어조로 물었다. "당신은 누구요?"

"누구라니, 내 신분 말이오? 아니면 내 이름말인가요?"

"아무 쪽이든 여기는 사유재산 내부요. 이 안에서 제멋대로 —"

"그런 고리타분한 토론은 그만둡시다." 청년은 카메라를 케이스 속에 넣었다. 그리고 피터가 한 걸음 더 그의 쪽에 다가서자 그는 얼굴을 들면서 말했다.

"이 사진을 가지고 뭐 어떻게 해보겠다는 생각은 없어요. 이 사진이 나왔을 때는 어차피 이 호텔은 파산되어 있을지도 모르니까. 당신이 카메라맨과 싸움을 해서 파산을 재촉하고 싶다면 마음대로 해보시오."

피터는 주저했다.

상대방은 히죽 웃었다. "알아서 하시오."

잉그람 박사가 물었다. "당신은 신문기자입니까?"

안경 쓴 청년은 싱긋이 웃었다. "좋은 질문이군요. 우리 편집장 말에 의하면 나 같은 사람은 신문기자의 부류에도 들지 못한다는 겁니다만, 그러나 휴가 중에 손에 넣은 이 놈을 보내면 아마 기자로 인정해 줄 것 같군요."

"어느 신문사요?" 피터는 이름도 없는 삼류 신문사이기를 바라면서 물었다.

"뉴욕의 헤럴드 트리뷴이오."

"이건 참 잘 됐어." 치과의학회 회장은 고개를 크게 끄덕였다. "헤럴드 트리뷴이라면 이런 문제를 크게 취급해 줄 것이오. 사건의 경위는 알고 계시겠지요?"

"네, 처음부터 이 눈으로 잘 보았습니다. 이제는 이름이나 그 밖의 몇 가지 사소한 점을 들으면 되겠습니다. 그러나 그 전에 밖에서 두 분 선생님의 사진을 다시 한 번 찍게 해주셨으면 좋겠습니다."

잉그람 박사는 흑인 제자의 팔을 잡았다. "자 이 전법으로 나가세. 전국의 신문에 호소해서 호텔의 버릇을 좀 고쳐 주자는 말이야."

청년 기자도 찬성했다. "옳은 말씀입니다. 통신사에서는 이 뉴스를 아주 좋아할 테니까 각 신문사에 돌려줄 겁니다. 물론 제가 찍은 사진도 함께 말이지요."

닥터 니콜라스는 천천히 고개를 끄덕였다.

이제 어쩔 수 없는 일이라고 피터는 암담한 심경으로 입술을 깨물었다. 어느 틈엔가 커티스 오키페는 자취를 감추고 그 자리에 없었다.

"나도 빨리 행동에 옮기는 것이 좋겠소." 잉그람 박사와 다른 두 사람은 현관 쪽으로 걸어나갔다. "사진을 찍고 나면 우리 치과의학회 회원들은 전부 이 호텔에서 철수하겠소. 이런 돼먹지 않은 친구들을 혼내주는 방법은 오직 하나밖에 없어요. 이 자들은 가장 아픈 곳을 때리는 것이야. 즉 재정적인 타격을 가하는 일이지."

서슴없이 내뱉는 박사의 음성이 점점 멀어져 갔다.

6

"그 후의 경찰의 동태에 무슨 새로운 변화가 있나요?" 하고 크로이든 공작부인이 물었다.

오전 11시 가까운 시간이었다. 공작 부처는 귀빈실에서 보안 주임인 오글비와 비밀 회담을 하고 있었다. 오글비의 뚱뚱한 몸집이 등의자에서 삐져나와 있었다. 그가 움직일 때마다 의자가 비명을 지르고 있었다.

그들은 문이 굳게 닫힌, 햇볕이 잘 드는 거실에 있었다. 어제와 마찬가지로 적당한 구실을 만들어 비서와 하녀를 심부름 보냈다.

그는 한참 생각하고 나서 공작부인의 물음에 대답했다. "경찰은 그들이 찾고 있는 차가 숨어 있을 만한 장소를 많이 알고 있지요. 그래서 교외나 주변 소도시의 그런 장소들을 샅샅이 뒤지고 있는 중입니다. 그 방면의 수사는 적어도 오늘 하루는 걸립니다. 그러나 내일부터는 시내를 수색하지 않을까 생각됩니다요."

크로이든 공작부인과 오글비의 관계는 어제부터 미묘한 변화를 보여주고 있었다. 처음에는 적대관계였던 것이 지금은 공모자적인 색채가 농후해지고 아직 명확해진 것은 아니지만 하나의 동맹관계를 성립시키기 위해 서로 접근하고 있는 꼴이 되었다.

"그렇게 시간이 촉박하다면 왜 이렇게 우물쭈물하고 있는 거지요?" 하고 공작부인이 말했다.

오글비의 음흉한 눈이 날카롭게 빛났다. "그러면 날 보고, 이 대낮에 차를 끌어내란 말입니까? 차라리 커낼 가에다 주차해 둘까요. 그쪽이 더 눈에 잘 띌 테니까요."

뜻밖에 크로이든 경이 처음으로 입을 열었다. "집사람은 지금 신경이 날카로워서 그래요. 뭐 달리 생각할 건 없소."

오글비의 회의적인 침울한 표정은 변하지 않았다. 그는 저고리 호주머니에서 여송연을 끄집어내어 그것을 멍하니 바라보다가 갑자기 다시 호주머니 속에 집어넣었다. "신경이 날카로운 것은 피차 매일반입니다. 앞으로도 마찬가질 거예요. 일이 끝날 때까지는 말입니다."

공작부인은 초조한 듯이 말했다. "그런 건 대수로운 문제가 아니에요. 그보다 당면한 문제가 중요해요. 경찰은 그 차종이 재규어라는 것을 알고 있나요?"

그는 비곗살이 붙은 커다란 턱을 가로 저으면서 말했다. "만약 알았다면 그 정보는 벌써 내 귀에 들어왔을 겁니다. 어저께 말한 대로 댁의 차는 외국 차이기 때문에 그것이 판명되는데는 2~3일은 더 걸릴 겁니다."

"세상 사람들은 흔히 사건 직후에는 크게 떠들어대다가도 하루 이틀 사이에 아무 진전도 없으면 관심을 잃는 법인데, 어때요, 그런 징조는 없나요?"

"말도 안 되는 소리요." 오글비는 놀라는 표정을 지으면서 말했다. "부인은 오늘 조간을 읽어보시지 않은 모양이군요."

"읽었어요. 그냥 물어보았을 뿐이에요. 저의 요행을 바라는 마음에 불과할지도 모르지만."

"사람들의 관심은 조금도 변한 것이 없고 경찰은 더 열을 내고 있습니다. 이 사건을 해결한다면 공을 세운 것이되고 공을 세운 사람들은 응분의 표창을 받게 될 테지만, 그 반대로 해결을 못 한다면 경찰의 고위층은 물론 순경에 이르기까지 대폭적인 인사이동이 있을 겁니다. 실제로 시장은 지금 그런 말을 하고 있거든요. 말하자면 이 사건은 정치문제로까지 발전되어 가고 있단 말입니다."

"그러면 그 차를 이 거리에서 빠져나가게 하는 일은 점점 힘들어지겠군요."

"하여간 어느 경관이든 만약 그 차를 찾아내면 그 날로 특진이 되어 소매 위에 붙은 줄이 몇 개 더 불어난다는 것을 알고 있단 말입니다. 그러니까 한 사람도 남기지 않고 지금 눈에 불을 켜고 찾고 있어요. 하여간 이건 쉬운 일이 아닙니다."

한참 침묵이 흘렀다. 그 숨막히는 고요 속에서 오글비의 거친 숨소리가 유달리 크게 들렸다. 다음 질문은 명백하였지만 공작부인은 입 밖에 내기를 꺼려했다. 그것을 입 밖에 내는 것은 마치 희망이 사라지거나 혹은 진술을 하는 것과 마찬가지였다.

그러나 그녀는 마침내 결심한 듯 말했다. "그래 당신은 언제 출발할 생각이세요? 언제 그 차를 운전하고 북쪽으로 갈 거예요?"

"오늘밤입니다" 하고 오글비는 대답했다. "그러니까 이렇게 댁을 찾아 온 것 아닙니까."

크로이든 경의 한숨 소리가 들렸다.

부인이 물었다. "어떻게 빠져나갈 거지요?"

"성공할지 어떨지는 해봐야 알겠지만 그러나 어느 정도의 가능성은 있지요."

"그렇다면?"

"차를 빼는 것은 한 시경이 제일 좋다고 생각합니다."

"새벽 한 시말인가요?"

오글비는 고개를 끄덕였다. "그 시간에는 나도 별로 할 일이 없을 것이고 통행하는 차량도 적습니다. 그렇다고 너무 늦은 시간도 아니지요."

"그렇지만 발각될지도 모르잖아요."

"아무 때라도 발각될 가능성은 있어요. 그건 운에 맡길 수 밖에 없지요."

"만약 무사히 뉴올리언스를 탈출할 수 있다면 그 후에는 어디까지 갈 예정인가요?"

"여섯 시에는 날이 밝으니까 아마 메이콘 근처까지겠지요."

"그렇게 멀지는 않군요. 미시시피 주까지 가는 것의 반밖에 안 되는 거리로군요."

오글비가 의자 속에서 자세를 바꾸자 등의자가 괴로운 듯이 신음 소리를 냈다. "좀더 스피드를 내란 말씀이신가요? 기록적인 스피드를 내서 백차와 경주라도 하란 말씀인가요."

"아니에요. 그런 말은 아니에요. 저는 단지 될 수 있는 대로 멀리까지 차를 옮겨 달라는 것뿐이에요. 그래 낮 동안은 어떻게 할 셈이지요?"

"사람들의 눈에 띄지 않는 장소에 숨어 있어야지요. 미시시피 주에는 은신할 만한 곳이 얼마든지 있지요."

"그 다음에는 어떻게?"

"날이 저물면 곧 다시 출발하지요. 그리고 앨라배마 주의 북부로부터 테네시 주에 들어가서 다음에 켄터키 주, 인디애나 주의 순서로 북상할 겁니다."

"어디까지 가면 안전할까요?"

"아마 인디애나 주겠지요."

"인디애나 주에 들어가는 것은 금요일인가요?"

"대개 그때쯤일 겁니다."

"그러면 토요일에는 시카고에 도착하게 되겠네요."

"토요일 오전 중에 도착할 겁니다."

"됐어요. 그걸로 됐어요" 하고 공작부인은 말했다. "나와 공작은 금요일 밤 비행기로 시카고에 가서 드레이크 호텔에 머물면서 당신의 연락을 기다리기로 하겠어요."

공작은 오글비의 시선을 피하듯 자기의 손을 들여다보았다.

보안주임은 딱 잘라서 말했다. "네. 꼭 연락하지요."

"차고에서 차가 나갈 때 필요할지도 모르니까 계원에게 보일 허가서 한 장 써 주십시오."

"그건 곧 써드리겠어요." 공작부인은 방구석의 책상에 가서 호텔의 편지지에 몇 자 적고 나서 그것을 접어 가지고 왔다. "이걸로 되겠지요?"

오글비는 그 메모를 보려고도 하지 않고 안 호주머니 속에 집어넣었다. 그 동안 그는 공작부인의 얼굴에서 시선을 떼지 않았다. 어색한 침묵이 흘렀다.

"당신이 원하는 게 이것이 아니었어요?"

크로이든 경은 일어나면서 뻣뻣한 걸음걸이로 구석으로 갔다. 그리고 그들을 향해 등을 보인 채 화난 듯이 말했다. "돈이야. 돈을 달라는 거야."

오글비의 살찐 얼굴이 능글맞게 웃었다. "그렇지요, 부인. 약속대로 선금 1만 달러를 받고 싶단 말입니다. 나머지 1만 5천 달러는 시카고에서 받기로 하고."

공작부인은 마음이 산란한 듯 보석으로 장식된 손가락을 이마에 얹었다. "나 이거 어떻게 된 거지요…… 이런 중요한 일을 잊어버리다니, 너무 여러 가지 일들이 겹쳤기 때문에 머리가 혼란해졌군요."

"다른 일은 몰라도 이것만은 잊어버리면 곤란한데요."

"잊지 말아야지요."

"현찰로 부탁합니다. 20달러 이하의 지폐로 말이죠. 또 헌 돈이라야 되겠고."

부인은 그를 날카롭게 노려보았다. "왜죠?"

"그래야 꼬리가 잡히지 않으니까요."

"당신은 우리를 믿지 않는군요."

"이런 경우에는 사람을 믿지 않는 것이 상책이지요."

"그러면 우리는 당신을 어떻게 믿지요?"

"나머지 1만 5천 달러가 남아 있으니까 염려할 것 없잖겠습니까." 귀에 거슬리는 오글비의 가성이 신경질적으로 말했다.

"물론 어려우시겠지만 그것도 현금으로 부탁합니다. 그리고 토요일에는 은행이 쉰다는 것도 잊지 마시고."

"만약 시카고에서 당신한테 돈을 주지 않으면 어떻게 하겠어요?" 하고 공작부인이 물었다.

오글비의 얼굴에서 이미 미소 같은 것은 사라져 버렸다. "그 이야기를 꺼내주셔서 기쁘군요. 서로의 이해를 돕는 데 많은 도움이 될 테니까요."

"이해는 지나칠 정도로 하고 있는 셈이지만, 어째든 말해 보세요."

"시카고에서는 이렇게 될 겁니다. 우선 차를 적당한 장소에 숨기겠습니다. 물론 당신도 모르는 장소에 말이지요. 그리고 호텔에 가서 1만 5천 달러를 당신한테 받게 됩니다. 그 다음에는 당신에게 열쇠를 돌려주고 차가 있는 곳을 가르쳐 드리지요."

"그건 저의 질문에 대한 대답이 되지 않는데요."

"지금부터 말하려던 참입니다." 돼지처럼 생긴 조그만 눈이 번쩍 빛났다. "만약 당신이 약속을 지키지 않으면, 어떤 이유가 있더라도, 가령 은행이 문을 닫고 있다는 사실을 잊었기 때문에 돈을 못 주겠다고 해도 — 그건 일절 받아들일 수가 없습니다. 곧 경찰에 전화하겠어요."

"그렇게 하면 당신 자신이 곤란하지 않을까요? 자신의 일을 경찰에 어떻게 설명하겠어요. 가령 왜 우리 차를 시카고까지 몰고 왔느냐고 물으면 뭐라고 말할 작정이에요."

"그까짓 건 아무 것도 아닙니다. 당신에게서 200달러로 차를 운반해 달라는 청을 받았다고 하지요. 실제로 나는 그 액수의 돈을 가지고 갈 작정이오. 당신이 시카고까지는 너무 멀기 때문에 비행기로 가니까 차를 운반해 달라고 했다. 그래서 나는 아무 것도 모르고 이 일을 맡았지만, 시카고에 와서 차를 살펴보니, 당신에게 걸려든 걸 알게 되었다. 그래서 황급히 경찰에 연락하는 것이다 — 대개 이런 설명이 되겠지요." 그는 커다란 어깨를 움찔했다.

공작부인은 그를 안심시키듯이 말했다. "잘 알았어요. 우리는 계약을 어길 생각은 전혀 없어요. 단지 당신과 마찬가지로 서로의 이해를 깊게 하고 싶었을 뿐이에요."

오글비는 끄덕였다. "이걸로 이해가 꽤 깊어진 것 같군요."

"다시 와주세요. 돈을 준비해 두겠어요" 하고 공작부인은 말했다.

오글비가 돌아가자 그때까지 방구석에 혼자 떨어져 있던 크로이든 경은 제자리로 돌아왔다. 선반 위에는 바로 어제 저녁에 넣어둔 술병과 잔이 놓여 있었다. 공작은 술잔에 위스키와 소다수를 넣어 가지고 그것을 단숨에 쭉 들이켰다.

부인은 심술 사납게 말했다. "당신 또 아침부터 시작이군요."

"이건 세제(洗劑)야." 그는 두 잔 째를 만들어서 이번에는 찔끔찔끔 마셨다. "저 녀석 곁에 있으면 우리까지 더러워진 것 같은 기분이 든단 말이야."

"그가 더러우니까 우리가 살게 된 거예요. 그렇지 않으면 아무도 주정뱅이 모녀 살인자 따위하고는 사귀려고 들지 않을 테니까요."

공작의 얼굴이 창백해지고 잔을 놓는 손이 떨렸다. "그 따위 말버릇이 어디 있어!"

"게다가 뺑소니까지 쳤으니까요."

"뭐라고. 어떻게 당신 입에서 그런 말이 나올 수 있어." 그는 당장 때리기라도 할 것처럼 두 주먹을 불끈 쥐었다. "달아나라고 한 것은 당신 아니야? 당신이 그렇게 말하지 않았더라면 나는 달아나지 않았을 거야. 어제도 나는 경찰에 자수하려고 했어. 그러나 당신이 반대했기 때문에 그것도 할 수가 없었단 말야. 그러는 동안에 저 녀석한테 잡혀버린 셈이야. 아마 저 거머리 같은 녀석은 우리 피의 마지막 한 방울을 빨아먹을 때까지 달라붙어서 떨어지지 않을 거야……" 공작의 음성은 힘없이 끊겼다.

"어때요? 히스테리 발작은 이제 끝났나요?" 하고 부인은 물었다. 아무런 대답이 없었다. 부인은 말을 계속했다. "당신이 정말 그렇게 하고 싶었다면 저를 설득할 필요까진 없었을 거예요. 제가 반대하든 말든 당신 마음대로 할 수 있었을 거란 말이에요. 그리고 그 거머리의 이야기지만 당신은 만사를 나에게만 맡기고 조심스럽게 저 녀석에게서 떨어져 있었으니까 당신한테 옮겨 붙을 걱정은 없을 거예요."

공작은 한숨을 쉬었다. "여기서 말다툼해 보았자 아무 소용도 없어."

"다투어서 당신 머리가 맑아진다면 별로 반대하지 않겠어요." 그녀는 쌀쌀하게 말했다.

공작은 잔을 손에 들고 멍하니 바라보았다. "묘한 일이야, 이 지긋지긋한 사건을 겪으면서 나는 절실히 느꼈어. 우리들은 역시 부부라는 것을 말이야."

그 말이 암시하는 뜻이, 부인을 당혹케 했다. 그녀는 오글비와의 굴욕적인 절충에 지쳐 있어서 조용히 쉬고 싶었다.

"그래요, 다행이로군요." 그녀는 애써 부드럽게 말을 받아 넘겼다. "하지만 감상적인 기분에 잠겨 있을 틈이 없잖아요."

"옳은 말씀이야." 공작은 부인의 말이 마치 신호나 되는 것처럼 술을 쭉 들이켜고 나서 다시 잔에 술을 부었다.

부인은 매서운 어조로 말했다. "당신 이 마당에 취해서는 안 돼요. 은행과의 절충은 제가 한다 해도 서류에 서명하는 것은 당신이 해야 하니까요."

7

워렌 트렌트는 스스로 자기에게 주어진 두 가지 일에 착수했다. 어느 쪽도 유쾌한 일은 아니었다.

첫 번째 것은 어젯밤 커티스 오키페에게서 들은 정보를 확인하기 위해서 톰 얼쇼와 대면하는 일이었다. "그는 당신의 피를 빨아먹고 있었던 거요" 하고 오키페는 나이든 바의 주임을 비난했다. 게다가 〈모든 상황으로 보아 그것은 훨씬 전부터 계속되어 온 것 같다〉는 것이었다.

오키페는 게다가 약속한 대로 조사 결과를 문서로 해서 트렌트에게 주었다. 날짜나 시간에 이르기까지 상세히 기록된 그 보고서를 오키페 호텔의 씬 홀이라고 하는 젊은이가 전달해 온 것은 오전 열 시가 좀 지나서였다. 트렌트의 아파트에 직접 찾아온 그 청년은 거북스러워하는 표정이었다. 트렌트는 그에게 고맙다는 인사를 하고 나서 차분히 마음을 가라앉히고 7페이지짜리 그 보고서를 읽기 시작했다.

읽어나가는 동안에 우울한 기분은 더욱 강해질 뿐이었다. 톰 얼쇼뿐만 아니라 그가 신뢰하고 있던 다른 종업원들의 이름이 연달아 등장해서 그를 놀라게 했다.

그가 친구로 믿고 가장 신뢰하던 모든 사람들이 그를 기만하고 있었던 것이다. 더욱이 여기에 기록되어 있는 횡령약탈 행위는 일부에 지나지 않으며 실제로는 호텔 전체가 이와 같은 행위로 말미암아 썩어가고 있었다.

그는 곧 타자로 작성된 보고서를 조심스럽게 접어서 웃옷의 안주머니에 넣었다. 마음 같아서는 배신자 한 놈 한 놈을 불러다가 그 가면을 벗기고 단단히 혼을 내주고 싶었다.

그러나 그는 분노를 터뜨릴 수가 없었다. 그와 같은 격렬한 감정은 이미 고갈되어 있었다. 톰 얼쇼와는 직접 만나서 흑백을 가리자고 결심했지만 그 밖의 사람들과 대결할 기분은 들지 않았다.

그러나 생각해 보면 오키페의 보고서가 유익한 결과를 가져온 점도 있었다. 즉 보고서 때문에 트렌트는 지금까지 그를 괴롭혀온 어떤 의무감에서 해방된 것이었다.

세인트 그레고리를 어떻게 하느냐에 관해서 오랜 세월 동안 그에게 충성을 다해 온 종업원들의 거취 문제가 있었다. 그러나 그들의 배신 행위가 이렇게 백일하에 드러난 이상 그와 같은 의무에 구속될 필요가 없게 된 것이다.

그 결과 그 자신이 호텔의 경영관리에 직접 나설 수밖에 없게 됐지만 이제까지 그것을 피해 온 그로서는 마음이 무거웠다. 그래서 두 가지 불유쾌한 일 중에서 비교적 쉬운 쪽을 골라 우선 톰 얼쇼와 만나기로 했다.

폰탈바 라운지는 1층에 있었고, 청동(靑銅)의 장식 못을 박은 가죽으로 된 두 개의 여닫이 문이 로비와 통하고 있다. 안으로 들어가 양탄자를 깐 돌층계를 3계단 내려가면 가죽을 씌운 푹신한 의자가 있는 테이블석이 L자 형으로 된 방 안에 늘어서 있었다.

폰탈바 라운지는 다른 호텔의 칵테일 라운지와는 달리 조명이 밝았다. 따라서 손님들은 서로의 얼굴을 잘 볼 수가 있었으며 의자를 대여섯 개 갖추어놓은 바에서는 이 전체를 바라다 볼 수가 있었다.

트렌트가 로비에서 그리로 들어간 것은 12시 25분전이었다. 테이블 석에는 젊은 남녀 한 쌍과 무슨 단체의 배지를 단 두 사나이가 낮은 음성으로 이야기하고 있었을 뿐 라운지는 한산했다. 15분 후에는 점심시간이라 손님들이 한꺼번에 몰려 조용히 이야기할 시간이 없을 것이지만, 그러나 톰과의 이야기는 10분이면 충분할 것이라고 트렌트는 생각했다.

그가 들어온 것을 보고 급사가 급히 달려 왔으나 그는 손을 저어 물러가게 했다. 톰 얼쇼는 카운터 뒤에서 객석을 등지고 앉아서 타블로이드 판의 신문을 열심히 읽고 있었다. 트렌트는 뻣뻣한 걸음걸이로 카운터 앞에 가서 의자에 앉았다. 늙은 바텐더가 열심히 읽고 있는 것은 경마신문이라는 것을 한눈에 알 수가 있었다.

"자네는 내 돈을 경마에 걸고 있었군, 그래" 하고 트렌트는 말을 걸었다.

톰 얼쇼는 깜짝 놀라면서 뒤돌아보았다. 그러나 상대방이 트렌트라는 것을 알자 놀란 얼굴이 금세 웃음 띤 반기는 표정으로 바뀌었다.

"아, 사장님. 여전히 사람을 놀라게 하시는 데는 명수시군요." 톰은 경마신문을 재빨리 접어 바지 뒷주머니에 밀어 넣었다. 산타클로스와 같은 백발이 가장자리에 약간 남아 있는 둥근 대머리 밑의 주름진 얼굴이 온통 웃음을 띠고 있었다. 트렌트는 속으로, 그것이 자기에게 알랑거리는 웃음이라는 걸 왜 지금까지 알아차리지 못했을까 생각하니 자신이 한심스러웠다.

"참 오랜만에 오셨군요. 사장님 너무 오랜만입니다."

"왜 그것이 불만인가?" 하고 트렌트는 말했다.

톰은 잠시 주저하다가 "아니 뭐 별로 그런 건 아닙니다만."

"오히려 자네 멋대로 놀 수 있게 해주어서 재미가 좋았을 텐데."

한 가닥 의혹의 그림자가 주임 바텐더의 얼굴을 스쳤다. 그는 그것을 떨쳐 버리려는 듯이 소리를 내어 웃었다. "역시 농담을 좋아하시는군요. 아, 그렇지, 사장님께 보여 드리고 싶은 것이 하나 있어요. 사장님 방에 가지고 갈까 생각했습니다만 어색한 것 같아서 말이죠." 톰은 카운터 밑의 서랍 속에서 봉투를 끄집어내어 조그만 컬러 사진을 한 장 빼냈다. "이것이 제 셋째 손자인 데렉입니다. 제 어미를 닮아 아주 고집이 세답니다. 이런 손주를 보게 된 것도 모두 사장님 덕분이지요. 제 딸 에텔도 그때의 은혜를 잊지 않고, 사장님께서는 안녕하신지 안부 여쭈어 달라고 늘 입버릇처럼 말하고 있지요" 하고 그는 사진을 카운터 위에 놓았다.

트렌트는 그것을 일부러 보지도 않고 되돌려 주었다.

톰 얼쇼는 불안스런 어조로 "무언가 잘못된 일이라도 있으신가요?" 하고 물었지만 대답이 없는 것을 보고 다시 이렇게 말했다. "칵테일을 하나 만들어 드릴까요?"

트렌트는 그만두겠다고 하려다가 생각을 바꾸었다. "응, 라모스의 진 피스를 주게."

"네, 알았습니다." 톰은 재빨리 재료를 늘어놓았다. 칵테일을 만들 때의 그의 솜씨는 보는 사람의 눈을 즐겁게 해주는 것이었다. 옛날 트렌트가 자기 방에서 손님을 접대할 때에는 톰을 불러서 칵테일을 만들게 한 일도 있었다. 그것은 그가 만든 칵테일의 맛이 좋았을 뿐만 아니라 그것을 만들 때의 손놀림이 볼 만했기 때문이었다. 동작 하나 하나에 낭비가 없었고 그 교묘한 손재주는 마치 마술사의 그것을 보는 것 같았다. 지금도 그는 그 묘기를 보여주고 한껏 멋있는 손놀림을 끝으로 트렌트 앞에 칵테일 잔을 놓았다. 트렌트는 그것을 한 모금 입에 대고 나서 고개를 끄덕였다.

톰이 물었다. "어떻습니까?"

"응, 예전과 조금도 다름없군, 좋은 맛이야." 두 사람의 시선이 마주쳤다. "다행한 일이야 — 이건 자네가 이 호텔에서 만드는 최후의 칵테일이 될 테니까 말이야."

그의 얼굴이 금세 흐려지고 신경질적으로 입술을 혀로 핥았다. "그, 그런 농담은 하지 마세요, 사장님."

트렌트는 술잔을 떼밀면서 상대방의 말을 무시하고, "톰, 자네는 왜 그런 짓을 했지, 다른 사람이라면 또 몰라도 자네까지 나를 배반하다니 도대체 무슨 심산가?"

"예? 무슨 말씀이신지 통 알 수가 없는데요."

"거짓말은 그만두게. 지금까지 그렇게 나를 속여 왔는데 아직도 모자란단 말인가?"

"아닙니다. 제가 속이다니요."

"시끄러워!" 날카로운 노성이 칵테일 라운지의 고요를 깼다.

손님들의 나지막한 이야기 소리가 갑자기 뚝 그쳤다. 트렌트는 톰 얼쇼의 눈이 무척이나 난처한 빛을 띠는 것을 보고, 손님들이 모두 이쪽을 보고 있다는 것을 짐작할 수 있었다. 그는 참으려고 했던 분노가 치밀어 오르는 것을 느꼈다.

톰은 침을 삼켰다. "사장님 저는 여기서 30년 동안을 일해 왔습니다. 그러나 사장님께서 저에게 이렇게 말씀하신 적은 없었습니다. 웬일이십니까?" 들릴락 말락한 음성이었다.

트렌트는 안주머니에서 오키페의 보고서를 끄집어내어 두장을 펼치고 3분의 1을 접어 한 손으로 일부를 가렸다. 그리고 그것을 내밀면서 "읽어봐!" 하고 말했다.

톰은 어설픈 손짓으로 안경을 꼈다. 그의 손이 떨리고 있었다. 몇 줄을 읽다가 그는 계속해서 읽지 않고 고개를 들었다. 부정하려는 빛은 전혀 없었다. 궁지에 몰린 짐승의 본능적 공포가 있을 뿐이었다.

"그러나…… 증거가 없을 텐데요."

트랜트는 손으로 카운터를 쳤다. 치솟는 분노를 이기지 못해 언성을 높였. "증거를 찾아내려면 얼마든지 찾아낼 수 있어. 증거가 없다는 등 시치미를 떼려 해도 어림없는 수작이야. 어떤 사기꾼이나 도둑놈도 흔적을 남기지 않는 법이란 없다는 걸 모르나."

파국적인 사태에 당면해 있다는 것을 깨달은 톰은 온몸에 식은땀이 흐르는 것을 느꼈다. 안전이 보장되어 있다고 느꼈던 그의 세계가 갑자기 어떤 강력한 폭약으로 산산조각이 난 것 같은 느낌이었다. 자기도 정확히 기억할 수 없을 정도의 먼 옛날부터 고용주를 속여왔기 때문에 그는 어느 틈엔가 그 부정행위를 자기의 특권처럼 여기게 되었던 것이다. 이와 같은 사태가 일어나리라고는 꿈에도 생각해 본 적이 없었다.

고용주는 그의 부당이득의 누계액을 어느 정도로 보고 있을것인가 하고 그는 불안에 떨면서 생각해 보았다.

트렌트는 집게손가락으로 카운터 위에 놓인 보고서를 가리키면서 말했다. "이것을 조사한 친구들이 정확히 자네의 부정행위를 적발할 수 있었던 것은 나처럼 자네를 신뢰한다거나 친구라고 믿는 그런 잘못을 저지르지 않았기 때문이야." 격한 감정 때문에 그의 말은 잠시 중단되었다. 이윽고 그는 다시 말을 이었다. "그러나 나도 그럴 심산이었다면 증거를 찾을 수 있었네. 여기에 쓰여 있는 것은 아마 자네의 부정행위의 극히 일부에 불과할 거야. 그렇지?"

늙은 바텐더는 비굴한 표정으로 고개를 끄덕였다.

"그러나 걱정할 필요는 없네. 자네를 고소할 생각은 없으니까. 그렇게 한다면 나 자신이 처량해질 테니까 말이야."

톰의 얼굴에 안도의 빛이 떠올랐다. 그는 재빨리 그 표정을 감추려고 하면서 애원하는 투로 말했다. "만약 용서해 주신다면 지금부터는 절대로 그런 짓을 안 하겠습니다. 맹세하겠습니다."

"몇 십 년이나 사기횡령을 해온 친구가 부정이 드러난 지금에 와서 앞으로는 절대 안 할 테니까 용서해 달라는 것은 너무 염치가 없는 말이 아닌가?"

"제발 부탁입니다, 사장님. 제 나이로는 다른 직장을 얻기도 어렵습니다. 게다가 저는 가족도 있고."

"그건 잘 알고 있네." 하고 트렌트는 조용히 말했다.

톰은 얼굴을 붉혔다. "사실은 제가 여기서 받는 봉급으로는 어떻게 해나갈 수가 없었어요. 갚아야 할 돈도 많고 애들에게 쓸 일도 많아서요 —"

"경마노름에 쓸 돈도 필요했겠지. 언제나 마권업자들에게 시달렸을 거야." 그것은 아무렇게나 한 말이었지만 톰의 침묵은 그의 말이 맞다는 것을 증명해 주고 있었다.

트렌트는 퉁명스럽게 말했다. "자 이제 더 이상 할 말은 없네. 이 호텔에서 썩 나가주게. 그리고 다시는 오지 말아줘."

로비에서 폰탈바 라운지로 들어오는 손님이 늘어나고 여기저기서 대화를 주고받는 소리가 높아져 갔다. 젊은 바텐더가 카운터 뒤에 와서 열심히 칵테일을 만들고 급사가 그것을 객석에 가지고 갔다. 그 바텐더는 고용주와 상사 쪽을 보지 않으려고 애써 시선을 피하고 있었다.

톰 얼쇼는 눈을 껌벅이다가 믿을 수 없다는 듯한 어조로 항의했다. "그러나 제일 바쁜 낮 시간에 제가 없으면—."

"자네가 걱정할 일이 아니야. 자네는 이미 여기 바텐더가 아니니까."

이제 별 도리가 없다고 체념함과 동시에 톰의 표정이 바뀌었다. 복종의 가면이 벗겨지자 일그러진 웃음이 얼굴에 떠올랐다. "그렇습니까? 네, 나가지요" 하고 불손한 어조로 말했다.

"그러나 높으신 양반, 당신도 멀지 않았소. 당신도 곧 쫓겨날 테니까요. 이 호텔의 사람들은 모두 다 알고 있단 말이오."

"뭘 알고 있단 말인가."

얼쇼의 눈은 빛나고 있었다. "당신이 호텔은커녕 조그마한 헛간 하나 제대로 관리할 수 없는 어수룩한 영감이라는 것을 말이오. 이 호텔이 망하는 것도 당연한 일이란 말입니다. 당신이 이 호텔에서 쫓겨날 때는 나뿐만 아니라 여기에 있는 많은 사람들이 배를 움켜쥐고 웃을 겁니다." 그는 잠시 주저했다. 그리고 숨을 씩씩거리면서 신중하게 나가느냐 대담하게 나가느냐 어느 쪽이 유리할 것인가를 따져 보았지만 결국 보복의 충동이 더 컸다. "당신은 옛날부터 마치 이 호텔에서 일하는 모든 사람들이 당신의 소유물인 양 행세해 왔소. 확실히 다른 호텔보다 월급은 더 주었을지도 모르고, 언젠가 나에게 해준 것처럼 그리스도와

모세를 하나로 합친 것 같은 자비도 베풀어주었소." 하지만 당신은 그 따위 애들 속임수 같은 수작으로 손아귀에 넣을 수 있으려니 생각했다면 큰 오해요. 당신이 조금 후한 봉급을 지불한 것은 조합을 못 만들게 하기 위해서였고 자비나 은혜는 당신이 왕자나 된 것 같은 기분을 맛보기 위해서였소. 우리들은 이 모든 것이 우리들 때문이 아니라 당신 자신을 위한 것이라는 걸 모두 잘 알고 있단 말이오. 그러니까 우리들은 뒤에서 당신을 비웃고 각자가 자기의 속셈을 차리기로 한 것이오. 많은 친구들이 별짓을 다했지만 여기서는 더 말하지 않는 게 좋겠지요." 얼쇼는 좀 말이 지나쳤을지 모른다는 의혹을 얼굴에 나타내면서 입을 다물었다.

그들 뒤의 라운지는 갑자기 몰려오는 손님으로 붐비기 시작했다. 카운터의 앞의 의자에도 이미 손님 두 사람이 앉아 있었다. 트렌트는 점차 높아져 가는 소음에 가락을 맞추듯 가죽을 씌운 카운터의 표면을 손가락으로 두드렸다. 이상하게도 방금 전까지의 분노는 가시고 대신 어떤 확고한 결심이 마음속에 솟구쳤다. 그가 여기에 오기 전에 계획했던 제2의 복안을 곧장 실행에 옮기려는 결심이었다.

그는 고개를 들면서, 마음을 터놓고 지낼 수 있는 벗이라고 30여 년 간 믿어온 ― 그러나 지금 그렇지 않다는 것을 안 상대방을 조용히 바라보았다. "톰, 훌륭한 작별인사를 해주어서 고맙네. 그러면 가주게. 내 생각이 변해서 자네를 형무소에 집어 처넣으려고 하기 전에 말이야."

톰 얼쇼는 획 돌아서더니 곧바로 걸어나갔다.

로비를 지나서 캐론들레트 가로 나 있는 문으로 가는 도중에 트렌트는 자기에게 쏠리는 종업원들의 시선을 쌀쌀하게 외면했다. 배신자의 미소나 공손함이, 실은 경멸의 위장임을 알게 된 그는 그들과 농담을 나눌 기분조차 나지 않았다. 그가 종업원들을 잘 대해주려고 했기 때문에 그들에게서 비웃음을 당하고 경멸을 받게 되었다. 얼쇼의 말은 그의 마음의 허를 찔러 깊은 상처를 입혔던 것이다. 그것이 진실의 일면을 말하고 있기 때문이기도 했다. 아무튼 앞으로 2~3일이 지나면 웃게 될 사람이 누군지 알 수 있을 것이라고 그는 생각했다.

햇볕이 내리쬐는, 사람의 왕래가 많은 거리에 나서자 제복의 도어맨이 그를 보고 공손한 태도로 다가왔다. "택시를 잡아주게" 하고 그는 말했다. 다음 모퉁이까지 걸어갈 작정이었지만 돌층계를 내려갈 때 좌골신경통이 칼로 에는 듯한 고통을 주어서 마음을 바꾸었던 것이다.

도어맨이 휘파람을 불자, 한 대의 택시가 한창 붐비고 있는 차의 행렬에서 빠져 나와 보도(步道)에 붙어 섰다. 트렌트는 뻣뻣한 몸을 굽혀서 차안으로 들어갔다. 문을 열고 기다리고 섰던 도어맨은 모자의 챙에 손을 갖다대고 공손히 경례를 하고 나서 문을 닫았다. 그 경례도 공허한 제스처에 불과하다고 트렌트는 생각했다. 지금까지 액면 그대로 받아 들여왔던 모든 것을 이제는 의혹의 눈으로 보지 않을 수 없었다.

택시가 달리기 시작하자 그는 백미러를 통해서 운전수의 살피는 듯한 시선을 의식했다. "2~3블록만 가 주시오. 전화를 좀 걸어야겠으니까."

"전화라면 호텔에 얼마든지 있지 않습니까?" 하고 운전수는 의아한 듯 말했다.

"아무튼 어디 공중전화가 있는 곳으로 가주오." 그가 걸려는 전화의 용건은, 호텔의 전화를 사용하는 것을 피하지 않으면 안 될 정도로 극비의 중요사항이라는 것을 그 운전수에게 설명할 기분은 들지 않았다.

운전수는 어깨를 움찔했다. 그리고 두 블록 앞에서 남쪽으로 돌아 커낼 가를 가면서, 다시 한 번 백미러 속의 손님의 얼굴을 살폈다. "손님, 저기 부두에 공중전화가 있군요."

트렌트는 고개를 끄덕였다. 잠시 동안만이라도 휴식을 취할 수 있게 된 것이 기뻤다.

츄피터러스 가를 건너가자 차량의 왕래도 적어졌다. 이윽고 택시는 항만관리국 앞의 주차장에 섰다. 공중전화가 바로 눈앞에 있었다.

트렌트는 운전수에게 1달러를 주고 거스름돈은 필요 없다고 했다. 그리고 공중전화 쪽으로 가려고 하다가, 생각을 바꾸어, 이즈 광장을 횡단하여 강변에 나가 섰다. 대낮의 햇볕은 그의 머리 위에 쨍쨍 쏟아져 내리고, 콘크리트의 보도에 흡수된 온기가 그의 다리를 통해 올라와 온몸을 포근하게 녹여주는 것 같았다. 노인의 몸에 태양은 둘도 없는 약이라고 트렌트는 생각했다.

폭이 약 반 마일 되는 미시시피 강의 건너편 언덕에는 앨저즈의 거리가 아지랑이처럼 아른거렸다. 강은 오늘도 악취를 풍기며 유유히 흐르고 있었다. 그 악취와 완만한 흐름과 누런 흙탕물은 이 강의 정령(精靈)이 그때 그때의 기분을 나타내고 있는 것 같았다. 그것도 또한 오탁(汚濁)된 이 세상을 상징하고 있는 듯이 느껴졌다.

한 척의 화물선이 항구에 들어오는 유람선에 대해서 사이렌을 울리면서 바다로 나가고 있다. 유람선은 진로를 바꾸었지만, 화물선은 속도를 줄이지 않고 곧바로 남하해 갔다. 그 배는 곧 강의 고독에서 더욱 큰 바다의 고독 속으로 옮겨가게 될 것이다. 지금 선원들은 그런 것을 의식하고 있을까. 아니 그들도 그와 마찬가지로 이 지상에는 인간이 고독하지 않을 곳이란 아무 데도 없다는 것을 알고 있을 것임에 틀림없다.

그는 다시 공중전화 박스로 발걸음을 옮기고 그 안에 들어서자 조심스럽게 문을 닫았다. "지금으로 워싱턴 부탁하오" 하고 교환수에게 말했다.

상대방의 전화와 연결되기까지는 용건에 관한 질문이라든가 전화 교환의 조작 등으로 수분이 걸렸다. 이윽고 미국에서도 가장 유력한 — 일설에 의하면 가장 타락한 — 노동조합 지도자의 퉁명스러운 음성이 수화기에 울려왔다.

"무슨 용건이오?" 다짜고짜로 물어왔다.

"아, 안녕하시오. 당신이 혹 점심식사를 하러 외출하지나 않았나 걱정을 했었는데 —"

"3분밖에 시간 여유가 없어요." 상대방은 여전히 무뚝뚝하게 말했다. "당신 벌써 15초를 낭비하고 있단 말이오."

트렌트는 서둘러서 말했다. "용건이라는 것은 언젠가 당신을 만났을 때 당신이 제안한 문젠데 — 아마 기억하고 있지 않을는지도 모르겠소만."

"나는 기억력이 좋은 편이란 말이오. 너무 잘 기억하기 때문에 곤란하다고 하는 사람도 있을 정도요."

"그때는 별로 내키지 않은 대답을 한 것 같아서 미안하오."

"나는 여기 스톱 워치를 가지고 있소. 지금 꼭 30초 지났소."

"알았소. 뚝 잘라 말하겠소."

"진작 그럴 것이지."

"당신은 예전부터 호텔사업을 시작해 보려는 생각을 가지고 있었고 또 뉴올리언스에서 당신 조합의 조직을 강화해 보려는 의도를 가지고 있었지요. 지금 나는 당신한테 두 가지 희망이 다 이루어질 수 있는 기회를 주려고 할 참이오. 어떻소?"

"금액은?"

"200만 달러요. 물론 제1저당을 넣지. 그 대신 당신은 우리 호텔의 유니온 숍 제의 조합을 조직할 수 있소. 노동협약도 당신에게 맡기겠소. 당신 자신의 돈을 투자하는 것이니까 그건 당연한 일이지."

"글쎄……" 상대방은 곰곰이 생각해 보는 어조가 되었다.

"자, 스톱 워치 따위는 집어치우는 것이 어떻소." 하고 트렌트가 요구했다.

낄낄 웃는 소리가 들려왔다. "스톱 워치 같은 건 가지지 않았소. 하지만 상대방을 꾸물대지 않게 하는 데는 이 수법이 제일이지. 아주 효과가 있단 말이오. 한데 그 돈은 언제 필요한 거요?"

"돈은 금요일까지 주면 되오. 그러나 내일 정오까지는 확실한 회답을 주어야겠소."

"당신은 이곳저곳 모두 거절당하고 마지막으로 나한테 달라붙는 거로군."

거짓말을 해보았댔자 소용이 없을 것 같아 트렌트는 솔직하게. "그렇소." 하고 말해 버렸다.

"아니, 적자는 개선될 여지가 충분히 있소. 오키페의 조사원들도 그건 보증하고 있지. 그들이 지금 사겠다고 제의해 오고 있소."

"그 녀석들에게 파는 게 현명한 일일 것 같은데."

"만약 내가 팔아 버린다면 이런 기회는 다시는 당신에게 돌아오지 않을 거요."

한참 침묵이 계속되었다. 트렌트는 조용히 기다렸다. 그의 제안을 상대방이 진지하게 검토하고 있는 것은 의심할 여지가 없었다. 국제직공인조합(國際職工人組合)은 과거 10년 간에 걸쳐 호텔에의 침투를 기도해 왔다. 그러나 이 조합이 여러 분야의 산업에 파고 들어가 그 조직을 확대하는 데는 성공하고 있었지만 이 기도는 끝내 실패로 끝나고 말았다. 그 원인은 국제직공인조합을 두려워하는 호텔 경영자 측과, 또 이 조합을 적대시하고 있는 비교적 온건한 노동조합들이 이 문제에 관한 한 일치단결 하여 그들의 진출을 저지했기 때문이다. 따라서 만약 국제직공인조합이 아직 노동조합을 갖고 있지 않은 세인트 그레고리 호텔을 산하에 넣을 수만 있다면 강력한 조직적 저항력을 가지고 있는 댐의 일각에 금이 가게 되는 셈이다.

200만 달러라는 투자액은 국제직공인조합의 방대한 자력으로 본다면 아무 것도 아닌 금액이었다. 그들은 이미 실패한 호텔계로의 침투 공작을 위해서 그보다 훨씬 많은 돈을 써왔던 것이다.

만약 트렌트가 제안한 협정이 성립된다면 그는 호텔업계에서 욕을 먹고 배신자의 낙인이 찍히게 되리라는 것을 잘 알고 있었다. 또 그 자신의 종업원들도 이 협약이 그들에게 불리한 조건을 가져올 것을 뻔히 알면서도 제안된 것이라는 것을 알게 된다면 그에게 심한 비난을 퍼부을 것이었다.

협정에 의해 손해를 가장 많이 보게 되는 것은 그의 종업원들이었다. 만약 노동협약이 체결된다면 통례대로 명목상 다소의 급료 인상이 있을 것임에 틀림없다. 그러나 그들의 급료 인상은 장기간에 걸쳐서 보류되어 왔기 때문에 인상은 당연한 것이고, 오히려 늦은 감이 있었다. 트렌트는 만약 다른 방법으로 융자를 얻을 수 있다면 조속히 종업원들의 급료를 인상할 작정이었다. 또 현재의 종업원 연금제도는 없어지고 조합의 연금제도가 실시될 것이지만 이것에 의해서 득을 보는 것은 국제직공인조합 뿐일 것이다. 가장 중요한 것은 조합원 한 사람이 매달 6달러 내지 10달러의 조합비를 강제적으로 납부해야 하는 일이다. 따라서 급료가 좀 인상된다 하더라도 실제 손에 들어오는 금액은 적어질 것이 뻔했다.

동업자들에게 백안시 당하는 것은 괴롭지만 참을 수밖에 도리가 없다고 트렌트는 생각했다. 종업원들에 대해서도 톰 얼쇼와 그 밖의 많은 불성실한 녀석들의 처사를 생각한다면 양심의 가책을 느낄 것도 없었다.

수화기의 퉁명스런 음성이 그의 생각을 중단시켰다.

"우리 회계사를 두 사람 파견하기로 하겠소. 오늘 오후 비행기로 그리 갈 거요. 그리고 오늘 밤 당신 호텔의 장부를 몽땅 조사하게 될 거요. 하나도 남기지 않고 샅샅이 들추어보겠단 말이오, 알겠소? 섣불리 숨긴다든가 하면 재미없소."

국제직공인조합의 눈을 속이려고 하는 사람은 바보나 정신병자일뿐이라고 하는 투의 협박이었다.

트렌트는 화가 치밀었지만 꾹 참고 말했다. "숨길 것은 하나도 없소. 모든 것을 있는 그대로 보여 주리다."

"내일 아침 그 조사원한테서 오케이라는 보고가 오면 유니온 숍의 계약에 서명하도록 해주시오. 기한은 3년이오." 이것은 이쪽의 의견을 묻는 것이 아니라 일방적인 선언이었다.

"그야 기꺼이 서명하겠지만 그 전에 종업원들의 찬부를 표결할 필요가 있지 않을까. 물론 찬성할 건 뻔한 일이지만." 트렌트는 그렇게 말했지만 좀 불안해졌다. 국제직공인조합의 산하에 들어가는 것에 반대하는 자들이 꽤 나올 것은 확실한 일이었다. 그러나 그가 설득에 나서면 많은 자들이 승낙해 줄 것이 틀림없다. 그러나 과연 과반수를 얻을 수가 있을는지.

국제 직공인 조합의 위원장은 대수롭지 않게 말했다. "그건 표결할 필요가 없소."

"그러나 법률에서는 —"

"아니, 나에게 노동법을 가르칠 셈이오?" 수화기의 음성이 화난 듯이 외쳐댔다. "그건 이쪽 전문이오. 아마추어인 당신보다는 잘 알고 있소." 좀 사이를 두었다가 상대방은 귀찮은 듯이 설명했다. "즉 이 경우는 임의 승인협약이 되는 거요. 따라서 법률적으로도 표결의 필요가 없는 거지."

옳지, 그런 방법도 있겠구나, 하고 트렌트는 속으로 생각하였다.

도덕에 어긋나는 비인도적인 방법이지만, 합법적임에는 틀림이 없었다. 만약 트렌트가 그와 같은 협약서에 서명한다면 그의 호텔의 종업원은 싫든 좋든 전원이 그것에 의해서 구속을 받게 될 것은 틀림없었다. 그러나 결과는 어차피 마찬가지일 테니까 그쪽이 간단해서 좋을 것 같다고 트렌트는 생각했다.

"저당권의 설정방법은?" 하고 그는 물었다. 이 점에 까다로운 문제가 있는 것을 알고 있었기 때문이다. 과거에 국제직공인조합은 노동협약을 맺고 있는 회사에 대해서 과다한 투자를 하고 있었기 때문에 상원의 조사위원회에서 호되게 책망을 받은 적이 있었던 것이다.

"당신은 액면 200만 달러, 이자 8퍼센트의 어음을 국제직공인조합 연금기금국 앞으로 발행하시오. 그 어음의 보증 물건으로 호텔을 제1저당으로 넣어야 하는데 그 저당권은 직공인조합의 남부연맹이 피신탁자로 보관하게 되오."

정말 꾀가 많은 녀석이라고 트렌트는 감탄했다. 이와 같은 수법은 조합기금의 사용을 제한한 모든 법률의 정신에 어긋나는 것이지만 형식적으로는 조금도 위반하는 것은 아니었다.

"어음의 결제 기한은 3년, 그 기간 동안 매 1년마다 이자 지불이 없는 경우에는 곧 몰수하게 되오."

트렌트는 이의를 제기했다. "다른 점은 그것으로 좋지만 결제 기한은 5년으로 해주어야겠소."

"3년이오" 하고 직공인조합의 위원장은 단언했다.

가혹한 계약조건이었지만 3년의 여유가 있으면 적어도 이 호텔을 다시 일으킬 수 있을 것이다.

"좋아, 그렇게 하지." 그는 내키지 않는 대답을 했다.

딸깍 하는 소리와 함께 전화가 끊겼다.

공중전화 박스를 나올 때 좌골신경통이 다시 쑤셔 왔지만 그의 얼굴에는 미소가 떠올랐다.

8

로비에서의 말썽이 닥터 니콜라스의 퇴장으로 끝난 다음에 올 사태에 대해서 생각해 보았다. 그리고 결국 미국 치과의학회의 임원들과 지금 서둘러 절충해 보았자 아무 소득도 없을 것이라고 판단했다. 비록 회장인 잉그람 박사가 전 회원을 호텔에서 철수시킨다는 협박을 그대로 강행한다 해도 그것이 실현되는 것은 빨라도 내일 오후가 될 것이었다. 그렇다면 지금부터 2~3시간의 냉각 시간을 두는 것도 현명한 일일 것이다. 그 동안에 여러 가지 대책을 세우고 그 후에 다시 잉그람 박사나, 필요하다면 그 밖의 임원들과 이야기를 해도 늦지는 않을 것이다.

그 곤란한 장면을 신문기자에게 보인 것에 대해서는 지금 와서 어떻게 손을 써볼 방도가 없었다. 피터로서는 그 기사의 중요성을 결정하는 사람이 그것을 대수롭지 않은 사건이라고 판단해 주기를 바라는 도리밖에 없었다.

중2층의 사무실에 돌아가자 그는 정오까지 일에 몰두했다. 크리스틴을 만나고 싶은 생각이 간절했지만 그녀의 경우에도 냉각기간을 둘 필요가 있을 것같이 생각되었다. 좀더 기다렸다가 오늘 아침의 실수의 보상을 해야 할 것이라고 생각했다.

정오 조금 전에 그는 크리스틴의 방에 가보려고 의자에서 일어섰으나, 때마침 걸려온 전화 때문에 그 생각은 단번에 무산되고 말았다. 그것은 당직인 지배인 조수에게서 걸려온 것으로 아이오주와 주 마샬 타운의 스탠리 킬부릭이란 손님이 도둑을 맞았다는 것을 알려온 것이었다. 계출이 있은 것은 수분 전이었지만, 도난 당한 것은 어젯밤의 일 같았다. 분실된 현금과 귀중품의 품목이 꽤나 많았다. 지배인 조수의 말에 의하면 도난을 당한 손님은 지금 몹시 마음이 뒤집혀 있는 모양이었다. 보안주임인 오글비를 불러달라고 지배인 조수에게 부탁했다. 오글비의 근무시간이 어떻게 되어 있는지, 피터는 전혀 알 수 없었으므로 그가 호텔에 있는지 없는지조차 알 수 없을 때가 많았다. 그러나 그 후 곧 오글비로부터 현장조사가 끝나는 대로 보고하러 오겠다는 연락이 왔다. 그리고 20분쯤 지났을 때 그는 피터의 사무실에 나타났다.

그는 책상 앞의 가죽의자에 커다란 몸집을 조심스럽게 내려놓았다.

피터는 상대방에 대한 본능적인 혐오를 숨기면서 말했다.

"어떻게 됐소?"

"도둑 맞은 친구는 아주 머저리 같은 녀석이더군요. 말하자면 사기에 걸려든 거란 말이오. 이게 도난 품목입니다. 사본은 하나 만들어 두었소." 오글비는 자필의 리스트를 책상 위에 놓았다.

"고맙소. 이건 보험회사에 돌리기로 하지. 그런데 그 객실의 상태는 어떻습디까? 문의 열쇠를 부수고 들어온 흔적이 있던가요?"

보안주임은 고개를 저었다. "예비 열쇠로 열고 들어간 것 같아요. 그 경위는 대개 짐작이 갑니다. 킬부릭은 어젯밤 구 프랑스 가의 술집에서 몽땅 털렸다고 합니다. 그 친구는 엄마가 따라와야 했던 것인데…… 방 열쇠를 잃어 버렸다고 말하고 있지만 사실은 바의 여자에게 걸려든 것으로 보면 틀림없을 거요."

"우리와 협력하면 도난 당한 물건을 찾을 가능성이 많다는 것을 그 손님은 모르는 게 아닌가요."

"그건 나도 잘 타일러 보았지만 허사였소. 녀석이 지금은 골이 무거워서 충고를 제대로 받아들일 여유가 없는 탓도 있겠지만 또 하나는 도난 당한 물건에 대해서 호텔의 보험료를 받아낼 수 있다고 생각하고 있는 모양입니다. 그러니까 피해액도 사실보다 많게 보고한 눈치예요. 가령 지갑 속에 현금이 400달러나 들어 있었다고 말하고 있소."

"정말일까?"

"천만의 말씀이죠."

아무튼 그 손님은 크게 잘못 생각하고 있다고 피터는 생각했다. 호텔의 분실한 물건에 대해서는 100달러까지의 사정액까지는 보상하지만 현금에 대한 보상은 일절 없었다.

"그 밖의 점은 어때요. 이 도난사건은 이것만으로 끝날 것으로 봅니까?"

"아니, 그렇지는 않을 겁니다. 내 생각으로는 아무래도 전문적인 호텔도둑이 들어와 있는 것 같단 말이오."

"왜 그렇게 생각하지요?"

"사실은 오늘 아침 641호실에서도 이상한 일이 일어났어요. 아직 당신은 듣지 못했을지도 모르지만."

"난 아직 듣지 못했는데."

"새벽에 641호실에 수상한 친구가 열쇠로 문을 열고 들어온 모양이오. 그래서 그 객실의 손님이 눈을 뜨고 따지니까, 상대방 친구는 취한 척하면서 614호실과 혼동했다며 나가 버렸다는 거지요. 그래서 그 손님은 다시 잠이 들고 말았는데 아침에 일어나서 그 일을 곰곰이 생각해 보니 614호실의 열쇠로 641호실의 문을 어떻게 열 수 있었을까, 아무래도 이상하다고 생각되어 프런트에 연락을 했더랍니다."

"프런트에서 열쇠를 잘못 준 건가요?"

"나도 그렇게 생각하고 조사해 보았지만 그렇지가 않아요. 어제 저녁은 어느 방 열쇠도 나가지 않았다고 야근한 객실계원이 단언하고 있습니다. 또 614호실에는 부부가 투숙해 있고 그들의 말에 의하면 두 사람 다 외출하지 않고 일찍 잠이 들었다는 거요."

"641호실에 침입한 놈의 인상착의는 알고 있소?"

"그런데 그게 확실치 않단 말예요. 확실한 것은 641호실에 들어온 사람은 614호실 손님이 아니라는 것뿐이오. 두 사람을 대질도 시켰고, 두 방의 열쇠도

시험해 보았지만 전혀 맞지 않았단 말입니다."

피터는 골똘히 생각하면서 말했다. "이건 아무래도 당신 말대로 전문적인 도둑의 소행인 것 같소. 그렇다면 재빨리 대책을 세워야겠는데."

"벌써 몇 가지 대책은 세워두었소" 하고 오글비는 말했다.

"프런트의 친구들에게는 앞으로 수일간, 열쇠를 손님에게 줄 때에는 반드시 그 이름을 물어보도록 일러두었지요. 만약 수상한 손님으로 생각되면, 일단 열쇠를 주고, 상대방의 인상을 잘 보아 두었다가 곧 경비원에게 알려 달라고 했어요. 또 여자 종업원이나 보이들에게도 거동이 수상한 사람이 보이거나 뭔가 미심쩍은 일이 있으면 곧 연락해 달라고 지시를 했지요. 그리고 내 부하들은 당분간 비상근무에 들어가, 철야로 호텔 각 층을 순찰하기로 했소이다."

피터는 만족스러운 듯이 고개를 끄덕였다. "참 잘했소. 당신도 2~3일 동안 호텔에 들어와서 일을 봐주면 좋겠소. 방은 준비해 놓을 테니까."

보안주임의 얼굴에 당혹의 빛이 스쳤다. 그는 고개를 저었다. "그럴 필요는 없을 것 같소."

"그렇다면 아무 때나 당신한테 연락이 닿을 수 있도록 해주어야겠소."

"그야 그렇게 하지요." 강조하듯이 말했지만 어쩐지 자신이 없는 말투였다. 오글비도 그것을 의식했는지 다음과 같이 덧붙였다. "내가 여기에 항상 붙어 있지 않더라도 똑똑한 부하들이 있으니까 염려할 건 없소."

피터는 석연치 않은 기분으로 "경찰에 대해서는 어떻게 됐소?" 하고 물었다.

"곧 사복형사가 두 사람 올 테니까 641호실의 사건도 설명할 작정이오. 아마 범인이 외부로부터 들어온 자일 경우도 고려해서 그 방면의 수사도 진행시켜 줄 것이오. 만약 전과자라면 범행수법 기타의 단서를 잡기가 쉬우니까 쉽게 잡을 수 있을 거요."

"하지만 범인도 언제까지나 꾸물대고 있지는 않을 텐데."

"그야 그렇지요. 내가 보기에는 범인은 아주 빈틈이 없는 녀석인 것 같으니까 지금쯤은 우리가 그를 쫓고 있는 것을 눈치채고 있을 것이오. 그러니까 빨리 일을 해치우고 달아나 버릴 생각일 테지."

"그렇다면 당신이 곁에 있지 않으면 곤란할 것 같은데……" 하고 피터가 지적했다.

"아니오, 빈틈없이 손을 써두었으니까 염려할 것 없어요."

"그건 물론 알고 있소. 당신이 취한 조치는 나 같은 사람은 미처 생각해 낼 수도 없는 일들뿐이었소. 하지만 내가 걱정하는 것은 당신이 여기 없을 때 무슨 일이 일어나면 다른 경비원들은 도저히 당신만큼 적절하고 기민한 행동을 취할 수 없을 것이라는 거요."

골치 아픈 친구이기는 하지만 여차 하는 경우에는 이 보안주임의 수완을 따를 자가 없다는 것을 피터는 인정하지 않을 수 없었다. 그러나 정말 다루기가 힘든 친구여서 이런 뻔한 일에 있어서도 그에게 이렇게 머리를 숙이고 부탁을 하지 않으면 안 되는 것이 화가 나는 일이었다. "글쎄 아무 염려 없대두요." 하고 오글비가 되풀이 다짐했다. 하지만 그가 그 육중한 몸을 일으키고 방을 나서는 것을 바라보는 피터는 그 보안주임이 뭔가 걱정거리를 마음속에 숨기고 있는 것 같다는 인상을 받았다.

피터는 바로 그 뒤 호텔의 보험계에 도난사건을 알리고 오글비가 놓고 나간 도난품 목록의 내용을 불러주고 방을 나섰다.

크리스틴의 사무실에 들러 보았지만 그녀가 자리에 없는 것을 보고 약간의 실망을 느꼈다. 점심식사를 끝내고 다시 한번 와보리라 생각했다.

로비에 내려가서 곧바로 대식당으로 들어갔다. 호텔이 현재 만원이라는 것을 나타내듯이 낮의 식당은 오랜만에 성시를 이루고 있었다.

피터는 자기 앞으로 서둘러 온 급사장 맥스에게 다정히 고개를 끄덕여 보였다.

"어서 오세요, 총지배인님. 혼자 앉으시겠어요?"

"아니오, 다른 사람들과 함께 앉겠소." 총지배인 피터는 자기 혼자만의 테이블을 가질 수 있는 특권이 있었지만 거의 그렇게 한 적이 없었다. 대개는 간부 종업원의 좌석으로 되어 있는 조리실 문 곁의 둥글고 큰 테이블에서 식사를 했다.

제3장 Wednesday 257

그가 거기에 갔을 때 회계주임인 로얄 에드워즈와 대머리인 신용주임 샘 재크빅이 먼저 식사를 하고 있었다. 피터는 맥스가 권한 의자에 앉으면서 이렇게 물었다. "오늘은 뭐가 좋은가?"

"이 물냉이 수프가 좋아요." 재크빅은 수프를 들면서 말했다. "보통 가정에서는 이런 맛은 낼 수가 없지."

로얄 에드워즈는 회계사다운 꼼꼼한 어조로 덧붙였다. "오늘의 특별요리는 치킨 프라이드입니다. 우리도 그걸 주문했어요."

급사장이 가버리자 대신 젊은 급사가 재빨리 나타났다. 그 간부종업원용의 둥근 테이블은 식당 중에서도 가장 완벽한 서비스를 받고 있었다. 그렇게 해서는 안 된다고 자주 주의를 시켰지만 개선되는 일이 없었다. 간부종업원들보다 호텔의 손님이 중요한데도 좀처럼 시정되지 않았던 것이다. 주임기사는 코에 걸린 안경 너머로 보고 있던 메뉴를 접었다. "나도 같은 걸로 하겠소."

"나도 마찬가지요" 하고 피터는 메뉴를 열지 않고 급사에게 돌려주었다.

급사는 주저했다. "저어, 치킨 프라이는 권할 수 없습니다. 다른 걸로 하시지요."

"뭐라고, 아니 이제 와서 그게 무슨 소리야?" 하고 재크빅이 물었다.

"주문하신 것은 취소할 수 있어요. 에드워즈 주임님 것도 역시 마찬가지입니다."

피터는 물었다. "치킨 프라이에 뭐 잘못된 점이라도 있나?"

"이런 건 말하면 안 될지 모르겠습니다만······" 급사는 우물우물하면서 혼잡한 객석 쪽을 힐끗 보았다. "사실은 손님들에게서 불평이 많이 나와 있습니다. 맛이 형편없다구요."

"그래? 그러면 시험삼아 한 번 먹어 봐야겠군. 그대로 가지고 와." 다른 세 사람도 좀 꺼림직한 기색이기는 했지만 그를 따랐다.

급사가 물러가자 재크빅이 말했다. "소문을 듣자니 치과의학회의 단체객들이 전부 철수한다던데 어떻게 된 겁니까?"

"당신은 참 소식도 빠르군. 그것이 단순한 소문으로 끝나느냐 아니냐는 오늘 오후면 알 수 있소."

피터는, 마치 마법을 쓴 것처럼 순간에 나온 수프를 들면서 한 시간 전에 로비에서 일어난 사건을 대충 설명했다. 그것을 듣는 세 사람의 얼굴은 점점 긴장해 갔다.

로얄 에드워즈가 자신의 의견을 말했다. "나쁜 일은 겹치는 법입니다. 최근 우리 호텔의 재정 형편은 모두들 잘 알고 있는 대로니까 또다시 이런 일이 있으면 끝장입니다."

"만약 그렇게 된다면 제일 먼저 기계설비의 예산이 크게 삭감되겠지." 하고 주임기사가 말했다.

"자칫하면 전부 깎일지도 몰라요." 하고 회계주임이 말했다.

주임기사는 우울한 표정으로 투덜댔다.

샘 재크빅이 말했다. "우리들 목이 모두 달아날지도 모르는 판인데 뭐. 오키페가 이 호텔을 사게 되면 말이오." 그는 냉소적인 눈매로 피터의 얼굴을 보았다. 그때 급사가 돌아왔기 때문에 로얄 에드워즈는 턱으로 말을 막았다. 젊은 급사가 능숙한 솜씨로 치킨 프라이의 접시를 회계주임과 조사주임 앞에 차려 놓는 동안 그들은 침묵을 지켰다. 식당 손님들의 얘기 소리, 접시 부딪히는 소리, 급사들이 조리실을 바쁘게 오가는 발걸음 소리들이 뒤범벅이 되어 그들 주위를 둘러쌌다.

급사가 가버리자 재크빅은 기다렸다는 듯이 입을 열었다. "이 호텔은 어떻게 되는 겁니까? 뭐 좀 알고 있는 것 없습니까?"

피터는 고개를 흔들었다. "전혀 모르겠소. 하지만 이 수프는 아주 맛이 있군."

"그야 우리가 권했을 정도니까 맛이야 그만이지요." 하고 로얄 에드워즈가 말했다. "노파심에서 또 한 가지 자신 있는 충고를 덧붙일까요. 도박은 이기고 있는 동안에 그만두라는 말도 있지만 —" 그는 재크빅보다 먼저 나온 치킨 후라이를 한쪽 시식하고 있다가 나이프와 포크를 놓으면서 말했다. "앞으로는 급사가 하는 말을 좀더 겸허하게 들어야 할 것이라고 생각합니다."

"그렇게 맛이 형편없소?" 하고 피터가 물었다.

"글쎄요. 썩은 냄새가 나는 고기를 좋아하는 사람이라면 몰라도 이건 ―"

재크빅도 다른 세 사람이 지켜보는 가운데 한 입 먹어보고 다시 이렇게 말했다. "이건 정말 고약하군. 나라도 돈을 내고 이런 걸 먹는다면 화를 안 낼 수 없을 거야."

피터는 일어서려 하다가 때마침 식당 안을 지나가는 급사장을 보자 그를 손짓해서 오게 했다. "주방장은 오늘 출근했소, 맥스?"

"아닙니다. 몸이 불편해서 쉬고 있는 모양입니다. 레뮤 부주방장이 일을 대신 맡고 있습니다만……" 급사장은 불안스러운 어조로 말했다. "만약 치킨 프라이에 관한 말씀이라면 적당한 조치를 취하고 있으니까 걱정하실 것 없습니다. 그 요리는 주문을 받지 않고 있고 불평을 하신 손님들에게는 다른 요리로 바꿔 드리고 있습니다." 그는 그들이 앉아 있는 테이블에 시선을 돌렸다. "여기도 곧 그렇게 하도록 하겠습니다."

"그 보다 왜, 일이 이렇게 되었나를 알고 싶단 말이오. 부주방장을 좀 불러주겠소?"

조리실 문이 바로 눈앞에 있기 때문에 피터는 당장 그 안에 들어가서 오늘 점심의 특별요리가 어째서 이 지경이 되었는지를 알아보고 싶었지만 현명한 처사는 아니었다.

호텔의 주방장은 특별한 대우를 받고 있어서, 왕실(王室)의 경우와 같은 인습적인 의례라든가 관습에 따라 다루지 않으면 안 되었다. 주방장이나 대리인인 부주방장은 조리실 안에서는 절대적인 권력을 가진 왕이나 다름없었다. 비록 총지배인일지라도 무단으로 조리실에 들어갈 수는 없는 일이었다.

물론 주방장도 해고되는 경우가 있지만, 어쨌든 그 지위에 있는 한 그의 영토를 침범하는 것은 허락되지 않았다.

그러나 부주방장을 조리실 밖으로 불러내어 사정을 알아보는 일은 상관없었다. 더구나 사장이 부재중일 경우 피터가 호텔의 최고 책임자이므로 강제적으로 명령할 수도 있는 일이었다. 물론 부주방장의 승낙을 얻어 조리실 안에서 얘기를 들을 수도 있었지만 조리실은 지금 한창 붐빌 것이므로 피터는 이 경우에는 가장 적절한 방법으로 전자를 택한 것이다.

"얘기는 다르지만 에브랑 주방장은 이미 내용년수(耐用年數)가 지난 게 아닌가요?" 하고 재크빅이 새 화제를 꺼냈다.

에드워즈가 그 말을 받아서 맞장구를 쳤다. "그렇지, 그 사람은 있으나 마나 한 존재니까." 그것은 주방장이 오늘처럼 결근하는 날이 많은 것을 꼬집어 하는 말이었다.

"우리는 뭐 그리 오래 갈 것 같소? 조금이라도 더 오래 붙어 있으려고 하는 기분은 알 만하오. 피차 마찬가지야." 주임기사가 말했다. 회계주임의 신랄한 말투는 말씨 좋은 주임기사의 신경을 건드리는 일이 자주 있었다.

재크빅이 말했다. "그런데 나는 아직 부주방장을 만난 적이 없지만, 꽤 일을 열심히 하는 친구인 모양이더군."

로얄 에드워즈는 거의 손을 대지 않은 치킨 프라이를 보면서 "일은 열심일지 몰라도 코는 아주 둔감한 모양이야." 하고 말했다.

바로 그때 조리실의 문이 열리고, 마침 안에 들어가려던 식당 조수가 뒤로 물러서자 안에서 급사장 맥스가 나왔다. 그 뒤를 쫓아서 하얀 조리복을 입은 장신의 사나이가 부주방장의 높은 모자 아래로 침통한 표정을 지으면서 모습을 나타냈다.

피터는 세 사람의 주임에게 부주방장을 소개했다. "아직 인사가 없는 분도 있을지 모르니까 소개하겠소. 부주방장인 앙드레 레뮤 씨입니다."

"안녕하세요." 젊은 프랑스 인은 가볍게 인사하고 나서 두 손을 벌리고 절망적인 몸짓을 해보였다. "아아 이런 일이 일어나다니. 무어라 말씀드려야 할지 ㅡ" 하고 말끝을 잇지 못했다.

피터는 약 2개월 전에 세인트 그레고리에 온 새 부주방장과 몇 번 만난 적이 있었다. 그리고 만날 때마다 이 새로 온 부주방장에 대한 호감이 두터워 갔다.

앙드레 레뮤의 전임자는 에브랑 주방장에 대한 쌓이고 쌓인 불만을 어느 날 갑자기 폭발시키고 사직하고 말았던 것이다. 주방장과 아랫사람과의 감정적 대립은 규모가 큰 조리실에서는 어디서나 일어나는 문제이기 때문에, 두 사람이 싸우기만 했다면 일은 거기서 끝났을지도 모른다. 그런데 난처하게도 전임 부주방장은 그 나이든 주방장에게 수프를 접시 째 던져버린 것이다. 그 수프가 비시스와 수프였으므로 주방장이 화상을 입지 않은 것이 불행 중 다행이었다. 진득진득한 하얀 수프를 온몸에 뒤집어 쓴 주방장은 그 부주방장을 뒷문까지 끌어내서는 노인으로서는 상상도 할 수 없는 힘으로 밖에 내동댕이쳤다.

그로부터 1주일 후에 앙드레 레뮤가 고용되었던 것이다.

그의 경력은 매우 훌륭했다. 파리에서 수업한 후 런던의 프르니엘이나 사보이에서 일하고, 또 뉴욕의 라 파비온에서 단기간 근무하고 나서 발탁되어 뉴올리언스로 오게 된 것이다. 그러나 세인트 그레고리에서 일하기 시작한 지 아직 채 2개월도 되지 않았는데, 그도 이미 전임자를 괴롭힌 것과 같은 장애에 봉착하고 있었다. 그것은 주로 주방장인 에브랑이 하루가 멀다고 결근하면서 부주방장에게 일을 맡기고 있으면서 조리실의 운영이나 조리방법의 개선을 완강하게 거부하고 있는 것에 원인이 있었다. 피터도 이미 그것을 알고 그들의 관계가 여러 면에서 자기와 트렌트와의 관계와 비슷하다고 생각되어 그에게 동정심을 품고 있었다.

피터는 비어 있는 좌석을 가리키면서, "어때요, 함께 식사나 하면서 이야기를 할까?" 했다.

"고맙습니다." 젊은 프랑스 인은 급사장이 내민 의자에 근엄하게 앉았다. 주문도 하지 않았는데, 급사가 곧 빌 스캘러퍼니를 4인분 가져왔다. 그는 말썽이 난 치킨 프라이를 치운 다음, 식당 조수에게 주방으로 가져가도록 일렀다. 네 사람의 간부종업원은 새로 나온 요리를 먹기 시작했다. 부주방장은 블랙 커피만을 시켰다.

"이건 특별요리라는 이름에 손색이 없는 맛이군." 하고 샘 재크빅이 만족스러운 듯이 말했다.

"그래 사고의 원인은 알았소?" 하고 피터가 물었다.

부주방장은 조리실 쪽으로 슬픈 듯한 시선을 보냈다. "원인은 여러 가지 있습니다만 직접적인 원인은 튀김 기름이 나빴기 때문입니다. 그것을 바꾸어야 한다고 생각하면서도 그렇게 하지 않은 것이 잘못이었지요. 내가 그런 음식을 식당에 내보내다니." 그는 믿을 수 없다는 듯이 고개를 저었다.

"혼자서 모든 것을 다 살필 수는 없는 일이니까 그럴 수도 있지요. 우리도 각기 한 개의 부서를 맡고 있기 때문에 그 점은 이해할 수 있소." 하고 주임기사는 말했다.

로얄 에드워즈는 불현듯 머리에 떠오른 생각을 그대로 피터에게 말했다. "그것을 먹고 맛이 형편없다고 생각하면서도 불평하지 않은 손님들이 몇 사람 있었는지도 몰라도 아무튼 그 사람들은 또다시 이 식당에는 오지 않을 테지요."

앙드레 레뮤는 침울한 표정으로 고개를 끄덕이고 손에 들고 있던 커피 잔을 내려놓았다. "그러면 저는 이만 실례하겠습니다. 총지배인님, 말씀드릴 일이 좀 있는데 식사가 끝나신 후 뵐 수 있을까요?"

15분 후에 피터는 식당 문을 통해서 조리실에 들어갔다. 앙드레 레뮤는 그를 보자 서둘러 이쪽으로 왔다.

"오시게 해서 죄송합니다."

피터는 고개를 흔들었다. "아니 조리실을 보는 것도 재미있는 일이지요." 점심시간의 분주한 고비는 이미 지나고 있었다. 한 단 높은 곳에 있는 카운터에 마치 의심 많은 여교사처럼 점잖을 빼고 앉아 있는 두 사람의 중년 여인 앞을 금방 만들어진 몇 개의 요리가 지나가고 있는 것이 보였지만 그 보다는 식당에서 들어오는 빈 접시의 수가 훨씬 더 많았다. 안쪽의 거대한 접시닦기장에는 크롬을 씌운 번쩍번쩍하는 싱크대와, 음식 찌꺼기를 넣는 용기들이 즐비하게 놓여 있어서 일견 카페처럼 보이기도 했다. 거기서는 고무로 만든 앞치마를 두른 여섯 명의 종업원이 열심히 일하고 있었지만 그래도 호텔의 식당이나 레스토랑, 연회장 등에서 줄지어 쇄도하는 접시들을 제대로 처리할 수가 없었다. 피터가 보고 있으려니까 또 한사람의 작업원은 손님들이 남긴 버터를 커다란 크롬의 용기 속에 모으고 있었다. 이것은 거의 모든 호텔이나 음식점의 조리실에서 은밀히 행하여지고 있는 일로서, 이렇게 회수된 버터는 후에 다시 요리에 쓰이는 것이다.

"총지배인님과 둘이서만 말하고 싶어서 그랬습니다. 다른 사람들이 있는 곳에서는 좀 말씀드리기 어려운 일이라서요."

"사실은 아까 당신의 설명에서 확실치 않은 점이 하나 있었는데…… 당신은 못 쓰게 된 튀김용 기름을 버리라고 지시했지만 그 지시가 제대로 지켜지지 않는다는 얘긴가요?" 하고 피터가 물었다.

"그렇습니다."

"어떻게 되어서 그렇지요?"

젊은 부주방장은 걱정스러운 표정으로 "오늘 아침에 저는 지시를 했습니다. 냄새를 맡아보니 못 쓰겠더군요. 그런데 에브랑 씨가 버릴 필요가 없다고 말한 모양입니다. 그리고 곧 에브랑 씨는 집으로 돌아갔기 때문에 저는 그 못 쓰게 된 기름이 쓰여진 것을 전혀 알지 못하고 있었던 겁니다" 하고 말했다.

피터는 자신도 모르게 쓴웃음을 지었다. "당신의 지시를 주방장이 취소한 이유는 뭔가요?"

"기름이 아깝다는 거지요. 기름이 비싸다는 거예요. 그 점은 저도 동감이에요. 최근엔 기름을 바꾸는 일이 너무 잦아서 머리를 앓고 있었던 참이었어요."

"왜죠? 그 원인을 알아보려고 했나요?"

앙드레 레뮤는 양손을 들면서 절망적인 몸짓을 했다. "저는 매일 지방산의 분석 검사를 해달라고 제안했지요. 조금만 설비를 하면 여기서도 할 수가 있으니까요. 그 검사에 의해서 기름이 나빠지는 원인을 찾아낼 수 있는 겁니다. 그런데 에브랑 씨가 찬성해 주지 않기 때문에…… 이 문제뿐만 아니라 무슨 제안을 해도 다 그 모양이긴 하지만요."

"이곳에는 개선할 점이 많은 모양이로군."

"네, 많지요." 그는 내뱉듯이 말하고 나서 한참 침묵을 지켰다. 그러다가 갑자기, 둑이 무너진 것처럼 세차게 말문을 열었다. "이곳은 프라이드를 가지고 일할 수 있는 곳이 못됩니다. 말하자면 이곳은 양로원이지요. 옛날식이건 현대식이건, 만든다는 요리는 모두가 맛이 없고, 또 낭비가 많아요. 저를 훌륭한 요리사라고 말해 주는 사람들도 있지만 자기의 솜씨를 충분히 발휘할 수 없다면 훌륭한 요리사가 무슨 소용이 있습니까? 확실히 저는 많은 것을 개선해 보려고 했습니다. 호텔을 위해서, 에브랑 씨를 위해서, 또 모든 사람들을 위해서 많은 노력을 했습니다. 그러나 그때마다 어린애 취급을 당하고 그러지 말라는 말만 들었지요."

"그러나 아주 가까운 시일 안에 이 호텔 전체가 크게 바뀔지도 모르오" 하고 피터가 말했다.

앙드레 레뮤는 의연하게 가슴을 펴면서 말했다. "그것이 오키페가 이 호텔을 매수한다는 말이라면, 그가 여기를 어떻게 고치건 저와는 아무 관계도 없습니다. 저는 그 전에 이곳을 그만둘 테니까요. 저는 체인 호텔의, 즉석요리를 만드는 요리사로 전락할 생각은 전혀 없어요."

피터는 흥미로운 듯이 물었다. "만약 이 세인트 그레고리가 독립된 업체로 그대로 남게 된다면 당신은 이곳을 어떻게 바꾸어보고 싶소?"

그들은 조리실의 끝에서 끝까지 천천히 걸어갔다. 장방형(長方形)의 조리실 가로 폭은 호텔 건물의 문간 폭과 거의 같았다. 그리고 그 장방형의 긴 쪽 두 변에는 여러 개의 호텔식당이나, 종업원 전용 엘리베이터나, 같은 1층과 지하에 있는 준비실 등으로 통하는 통로가 적당한 간격을 두고 늘어서 있었다. 마치 지옥의 기름가마처럼 들끓고 있는 수프용의 큰 솥이 두 줄로 늘어서 있는 곳을 지나면 다음에는 유리 칸막이로 된 사무실이 나왔다. 주방장과 부주방장은 그곳에서 주방 전체의 일을 분담해서 하도록 되어 있다. 그 근처에 오늘 말썽의 근원이 된 커다란 4중층(四重層)의 프라이어가 있었다. 들여다보니 한 사람의 조수가 그 속의 기름을 전부 빼내고 있는 중이었다. 그 양으로 보아서 기름을 빈번히 바꾼다는 것은 큰 손실이 된다는 것을 쉽게 알 수가 있었다.

앙드레 레뮤는 발걸음을 멈추고 피터의 질문에 대해서 생각했다.

"무엇을 어떻게 바꾸겠느냐는 말씀이지요? 가장 중요한 것은 역시 음식의 질을 좋게 하는 것이겠지요. 음식을 만드는 사람 가운데는 질이나 맛보다 외관을 더 중요시하는 사람들이 있어요. 이 호텔에서는 현재 겉치레 때문에 많은 돈은 낭비하고 있지요. 가령 파슬리는 어느 요리 접시든 듬뿍 담아 모양을 내고 있지만 소스에는 제대로 쓰이고 있지 않아요. 물냉이도 수프에 넣어야 하는데 그게 아니고 주로 요리 접시를 장식하는 데만 쓰이고 있단 말이죠. 예의 그 채색된 젤라틴 장식에 대해서는 무슨 말을 더 하겠습니까." 레뮤는 두 팔을 들어올리면서 개탄했다. 피터는 공감의 미소를 지었다.

"그리고 이 호텔의 와인 말입니다만, 그렇게 맛없는 와인은 우리나라에서는 찾아볼래야 찾을 수가 없습니다."

"그래, 그건 맞는 말이오." 피터 자신도 세인트 그레고리의 창고에 들어 있는 와인의 품질에 대해서는 비판적이었다.

"한 마디로 말한다면 이곳 요리의 맛은 3류나 4류 호텔 식당의 맛과 조금도 다를 바가 없습니다. 외관을 좋게 하기 위해 돈을 잔뜩 쓰고 요리 그 자체는 말도 안될 정도니 이건 정말 울고 싶어지는군요." 그는 어깨를 움칫하고 나서 잠시 후에 다시 말을 이었다. "그 같은 낭비를 없애면 어디에 내놓아도 손색이 없는, 훌륭한 요리를 만들 수 있습니다. 지금처럼 맛없고 특색 없는 요리를 만들어서야 호텔로서도 이로울 게 하나도 없지요."

피터는 앙드레 레뮤가 실제적인 면에서 과연 세인트 그레고리 호텔에 적합한가, 물었다. 부주방장은 마치 그의 의혹을 눈치챈 듯이 이렇게 덧붙였다. "물론 호텔에도 호텔로서의 독자적인 문제가 있기는 하겠지요. 호텔은 식도락가들만을 위한 시설이 아니라는 것도 알고 있습니다. 우리들은 미국 특유의, 밤낮없이 서둘러대기만 하는 많은 숙박객들을 위해서 재빨리 대량의 식사를 만들어내지 않으면 안 되는 거죠. 그러나 그 같은 제한 속에서도 훌륭한 일은 할 수가 있을 것입니다. 요리다운 요리를 만들 수 있다는 말씀이지요. 에브랑 씨의 주장은 나의 제안이 비용이 너무 든다는 것이지만 결코 그렇지는 않습니다. 저는 그것을 실증해 보였지요."

"어떻게 해서?"

"잠깐 이리로 와주시겠습니까?"

젊은 부주방장은 피터를 유리 칸막이가 된 사무실로 안내했다. 좁고 답답한 그 방의 3면의 벽에는 서류 캐비닛과 찬장이 빽빽 놓여 있었고, 책상이 두 개 있었다. 앙드레 레뮤는 작은 책상에 가서 서랍 속의 서류봉투를 꺼내 들더니 그 속에서 서류철을 빼내 피터에게 주었다. "무엇을 어떻게 바꾸느냐하는 당신의 질문에 대한 해답이 여기에 전부 적혀 있습니다."

피터는 호기심을 느끼면서 그것을 열어보았다. 그것은 꽤나 두꺼운 서류철로 페이지마다 단정하고 가는 글씨로 꼼꼼하게 적힌 내용들로 가득 채워져 있었다. 그 서류철 속에 접어서 끼워 놓은 몇 장의 큰 용지들은 공들여 제도되고 정성스레 글자를 적어 넣은 도표였다. 객관적으로 말하면 이 서류철은 호텔 전체의 음식 설비기구에 관한 계획서로, 재료 구입, 원가 견적, 메뉴, 품질관리, 인사기구의 개편 등의 문제가 다루어져 있었다. 한번 주욱 훑어보는 것만으로도 구상의 참신함과 세부에 대한 정확한 지식 등이 피터에게는 무척 인상적이었다.

이윽고 고개를 들자 피터의 눈은 자기를 빤히 쳐다보고 있는 젊은 부주방장의 시선과 마주쳤다. "이걸 좀 검토하고 싶은데 빌려가도 되겠소?"

"그러십시오. 빨리 돌려주실 필요도 없습니다. 어차피 햇빛을 볼 가능성은 전혀 없는 것들일 테니까요" 하고 앙드레 레뮤는 쓸쓸하게 웃었다.

"하지만 놀랐는데요. 여기 온 지 아직 얼마 되지도 않았는데 어떻게 이토록 상세히 쓸 수 있었던가요?"

앙드레 레뮤는 어깨를 움찟했다. "잘못된 것들은 쉽게 눈에 띄는 법이니까요."

"그 말이 진리라면 왜 기름이 나빠졌느냐 하는 것도 곧 알 수 있었을 것 같은데."

피터의 가벼운 농담에 응해서 젊은 프랑스 인은 눈웃음을 지었지만 곧 분해서 못 견디겠다는 듯한 표정을 지었다. "옳은 말씀입니다. 조심해서 살펴본 것은 사실이지만, 부글부글 끓고 있는 기름에 코를 갖다대고 냄새를 맡을 수도 없으니까 그만……."

"아니, 당신을 나무라고 있는 것은 아니오. 당신은 기름을 바꾸라고 지시했는데 다른 사람들이 그 지시에 따르지 않았으니까."

"기름이 나빠지는 원인을 빨리 규명해 두어야만 했었지요. 반드시 무슨 원인이 있을 겁니다. 그것을 빨리 발견하지 않으면 큰일이 날지도 몰라요."

"큰일이라니 그건 또 뭐요?"

"오늘은 다행히 튀김 기름을 조금밖에 쓰지 않았습니다. 그러나 내일은 점심 시간에 단체 손님의 프라이가 600명분이나 나가게 됩니다. 그러니까 만약 그때 오늘과 같은 일이 일어난다면 그야말로 큰일이지요."

피터는 아찔해져서 자신도 모르게 휘파람을 불었다.

두 사람은 사무실을 나와 프라이어의 곁에 섰다. 문제의 나쁜 기름은 전부 제거되어 있었다.

"물론 내일은 새 기름을 사용하게 되겠지만, 아까의 그 나쁜 기름은 언제부터 사용했었죠?"

"어제 바꾼 겁니다."

"아니, 하루 동안에 그렇게 못 쓰게 되었단 말이오?"

앙드레 레뮤는 고개를 끄덕였다. "에브랑 씨가 비용이 많이 들게 되는 것을 걱정하는 것도 무리는 아닙니다. 그러나 왜 그렇게 빨리 나빠지느냐를 전혀 알 수가 없단 말입니다."

피터는 생각하면서 말했다. "식품화학의 강의에서 배운 기억이 나는데 분명, 새 식용유의 발연점은 —"

"화씨 425도입니다. 그 이상 열을 가해서는 안 되죠. 기름을 파괴해 버리니까요."

"그리고 기름의 질이 떨어짐에 따라서 발연점도 점점 낮아지게 되어 있지, 아마?"

"네, 조금 씩이지만요."

"프라이를 할 때의 온도는 몇 도지요?"

"360도가 제일 알맞은 온도입니다. 이건 식당뿐만 아니라 가정의 부엌에서도 마찬가지입니다."

"그러면 발연점이 360도 이상인 동안에는 사용할 수 있어도 그 이하가 되면 버리지 않으면 안 된단 말이군요."

"그렇습니다. 그렇게 되면 오늘처럼 신맛이 나고 고약한 냄새가 나게 되지요."

한때는 기억해 두었지만 오랫동안 쓰지 않았기 때문에 녹슨 지식이 피터의 머리 속에서 꿈틀거리기 시작했다. 코넬대학에서는 호텔 경영학부의 학생들을 위해서 식품화학의 과목을 설강하고 있었다. 유리창에 하얗게 성에가 낀 어느 겨울날의 늦은 오후, 스태트라 홀에서 들은 어떤 강의가 머리에 떠올랐다. 살을 에는 듯한 바깥 공기에서 교실로 들어가면 그 속은 온실처럼 훈훈했고 교수의 음성은 나른하게 들렸다. 식용유와 촉매작용의 강의였다.

피터는 그것을 상기하면서 말했다. "식용유와 접촉하게 되면 촉매작용을 일으켜서 기름을 변질시키는 특정한 물질들이 있죠?"

"네, 있습니다." 앙드레 레뮤는 손가락으로 하나씩 확인해 나갔다. "습기, 소금, 놋쇠 또는 동으로 된 프라이어의 부품들, 과열. 이것들을 전부 조사해 보았지만 모두 그 원인이 아니더란 말씀입니다."

그 중 한 개의 단어가 피터의 머리 속에서 찰칵 소리를 냈다.

그것은 아까 청소중의 프라이어 속에서 언뜻 본 어떤 것과 관련되어 있었다.

"그 프라이어 안의 망대(網臺)는 어떤 금속을 사용하고 있지요?"

"크롬입니다." 의아한 듯한 말투였다. 크롬이 식용유에 무해하다는 것은 더 말할 필요도 없었다.

"그것은 알고 있소. 그러나 자칫 도금이 제대로 되어 있지 않아서 벗겨진 곳의 금속이 어딘가 드러나 있는 게 아니오?"

레뮤는 믿을 수 없다는 듯한 표정으로 조금 주저하다가 말없이 망대를 하나 떼어 내서 그것을 마른 헝겊으로 깨끗이 닦았다. 그리고 그것을 불 밑에 가지고 가서 금속의 표면을 주의 깊게 살펴보았다.

크롬 도금은 오랫동안 줄곧 사용되어 왔기 때문에 긁혀 있었고 여기저기 칠이 벗겨져 있었다. 긁히고 닳은 곳에는 노란 금속이 번쩍이고 있었다.

"아! 놋쇠군요." 레뮤는 가볍게 자기의 이마를 쳤다. "기름을 변질시킨 범인은 바로 이 놈이었군요. 이것 참 내가 바보였군."

"당신 자신을 꾸짖을 필요는 없어요. 이건 분명히 당신이 여기 오기 전에 누군가가 돈을 아끼느라고 값싼 망대를 샀기 때문이오. 돈을 아끼려다가 더 큰 손해를 보게 된 셈이지."

"그러나 총지배인님은 주방에 들어오시자마자 발견한 것을 저는 까마득하게 모르고 있었으니……" 레뮤는 금세 울음을 터뜨릴 것 같은 표정을 지었다. "이건 정말 웃음거리가 되겠습니다. 부끄러워서 고개도 들지 못하겠군요."

"그야 당신이 이것을 다른 사람들한테 말하고 돌아다닌다면야 웃음거리가 되겠지요. 하지만 나는 아무에게도 말하지 않을 것이오."

앙드레 레뮤는 감동을 억누르듯이 천천히 말했다. "총지배인님은 이해심이 많고 마음 착한 분이시라는 소문은 들었습니다만, 지금 저도 정말 그렇다는 것을 알았습니다."

피터는 손에 든 서류철을 만지면서 말했다. "이건 내가 읽어보고, 후에 나의 생각을 말해 드리겠소."

"고맙습니다. 그리고 지체하지 않고 새 망대를 사달라고 하겠습니다. 물론 스테인레스로 된 거지요. 만약 알아듣지 못하는 돌대가리가 있다면 때려서라도 오늘 밤 중에는 여기 갖다 놓게 하겠습니다."

피터는 싱긋이 웃었다.

"또 한 가지 생각난 게 있습니다만."

"뭐지요?"

젊은 주방장은 잠시 주저했다. "이것은 좀 주제넘은 말일지 모르겠습니다만 만약 당신과 제가 손을 잡고 우리 뜻대로 모든 것을 해나갈 수 있다면 이 호텔은 정말 기막힌 곳이 될 겁니다."

피터는 반사적으로 웃었으나, 이 말은 그가 중2층의 사무실로 돌아가는 동안 줄곧 그의 머리 속에서 떠나지를 않았다.

9

크리스틴 프랜시스는 1410호의 문을 노크한 직후, 왜 자기가 여기에 왔을까 하고 자문(自問)했다. 어제는 앨버트 웰즈가 그녀의 도움을 받아 겨우 생명을 건진 직후였으니까 그녀가 그의 상태를 염려해서 찾아간 것은 당연한 일이었다. 그러나 지금은 충분한 간호를 받고 있고 병세도 호전되어 1,500명 이상의 일반 숙박객들과 다른 점이라고는 하나도 없었다. 따라서 그녀가 개인적으로 찾아갈 이유라곤 전혀 없을 것이었다.

그러나 몸집이 작은 그 노인은 뭔가 그녀의 마음을 끄는 점이 있었다. 그것은 웰즈의 인자한 아버지 같은 따뜻함이, 5년이 지난 지금도 사별의 슬픔이 가시지 않는 그녀의 아버지의 모습을 마음속에 되살아나게 하기 때문일까? 아니 그것이 아닐 게다. 그녀와 아버지와의 관계는 그녀가 일방적으로 의존하는 것이 전부였다. 그런데 앨버트 웰즈에 대해서는 거꾸로 그녀가 보호자가 된 기분이 들었던 것이다. 가령 어저께만 해도 자신의 요구로 파출 간호원을 오게 했지만, 웰즈가 그 간호원에 대해 불만을 느끼고 있는 것을 보자 그만 자기가 그를 돌봐 주고 싶었던 것이다.

아니면 오늘 밤 피터와 만날 계획이 틀어진 데서 오는 실망감, 쓸쓸함을 잊기 위해서 이러는 것일까 그녀는 생각해 보았다. 아니 피터가 그녀와의 약속을 저버리고 마샤 프리스코트의 만찬회에 가려고 하는 것을 알았을 때의 감정은 단순한 실망감에 불과했을까? 정직하게 말하면 그것은 분노였다. 그녀는 그것을 숨기려 애썼지만 쉽지 않았다. 그래서 그녀는 그만 가시 돋친 말을 내뱉고 만 것이다. 그때 피터에 대한 독점욕을 노출시킨 일이나 어린 마샤에게 여자로서의 승리를 확신케 했던 것은 — 비록 모든 것이 사실이었다 할지라도 — 큰 실수였다.

그녀의 노크에는 응답이 없었다. 간호원이 있을 텐데 어찌된 일일까, 생각하면서 그녀는 다시 한 번 좀 강하게 문을 두드려 보았다. 그때서야 의자가 움직이는 소리가 나고 발걸음소리가 가까워졌다. 문이 열리자 앨버트 웰즈 씨가 거기에 있었다. 그는 정장을 하고 있었다. 혈색이 회복되어 오늘은 무척 건강하게 보이는 얼굴이 환히 밝아지면서 크리스틴을 보자 반기는 표정을 지었다. "아가씨를 기다리고 있었소. 만약 오지 않으면 만나러 가려고 했었지."

크리스틴은 놀라면서 물었다. "하지만 이렇게 일어나셔도 괜찮으신가요?"

작은 새 같은 노인은 명랑하게 소리내어 웃었다. "괜찮소. 괜찮구 말구요. 이 호텔 전속 의사는 내가 완전히 나았는데도 침대에서 꼼짝 못하게 했기 때문에 나는 그를 그 왜, 일리노이주에서 온 전문의 악스브리지 선생 있지요, 그 분을 찾아보고 그의 의견을 들어보라고 했지요. 그 의사는 제법 얘기가 통하는 분이라서 본인이 그런다면 아마 괜찮을 거라고 말하더라는 거예요. 그래서 나는 곧 그 시끄러운 간호원을 내쫓아 버렸어요." 그는 밝게 미소지었다. "자 어서 들어오시오, 아가씨." 무엇보다도 파출 간호원의 비용이 더 늘어나지 않게 되어 다행이라고 크리스틴은 생각했다. 그 비용이 무척 비싸다는 것을 안 것과 앨버트 웰즈의 결심과는 상당히 관계가 있었던 게 아닐까도 생각되었다.

그녀가 방에 들어서자 그는 물었다. "아까도 한 번 노크를 했었던가요?"

그녀는 고개를 끄덕였다.

"그래요. 하긴 무슨 소리가 나는 것 같기도 했소. 이것에 열중하다 보니 그만 잘 듣지 못했던 게로군." 그는 창가의 테이블 위를 가리켰다. 그 위에는 크고 복잡한 조각그림 맞추기가 3분의 2정도 완성되어 있었다. "게다가 아마 베일리려니 생각하기도 해서 말이오" 하고 덧붙였다.

"베일리란 누구죠?" 크리스틴은 호기심이 나서 물었다.

"곧 만나게 될 거요. 그가 아니면 바남이 올 테니까."

그녀는 무슨 말인지 알아들을 수 없어서 고개를 저어 보였다. 창가에 가서 그림 맞추기를 보았다. 뉴올리언스의 풍경이라는 것은 이미 맞추어 놓은 부분만 보아도 알 수 있었다. 높은 장소에서 굽어본 거리의 저녁 풍경으로, 미시시피 강이 환하게 빛나며 흐르고 있다. "저도 어릴 때 많이 했어요. 아버지의 도움을 받아서요."

앨버트 웰즈는 그녀의 곁에 와서 말했다. "이것이 어른의 오락은 되지 못한다고 생각하는 사람도 있을 테지만, 그렇지 않아요. 나의 경우는 뭔가 생각할 일이 생길 때에는 이걸 하지요. 열쇠를 찾게 되면, 동시에 그 생각할 일에 대한 해답도 나오게 되는 수가 많지요."

"열쇠요? 그런 게 있나요?"

"이건 나 개인의 생각에 불과하지만, 그림 맞추기뿐만 아니라 대부분의 경우에도 그것을 푸는 열쇠가 어디엔가 있다고 생각하오. 그걸 발견했다고 생각해도 사실은 그렇지 않은 경우도 있소. 그러나 정말로 열쇠를 찾게 되면 그 주위에 있는 것들이 어떻게 되어 있느냐 하는 것도 알게 되고 전체가 뚜렷해지는 법이지요."

그때 강하게 문을 두드리는 소리가 들렸다. "베일리로군, 들어오게" 하고 노인은 큰 소리로 대답했다.

문이 열렸다. 크리스틴은 흥미를 가지고 뒤돌아보았지만 뜻밖에도 그는 제복을 입은 보이었다. 그는 옷걸이에 건 양복을 몇 벌이나 한쪽 어깨에 걸머지고, 푸른 사지의 양복 한 벌은 손에 들고 있었다. 그 옷의 스타일이 구식인 것으로 보아 그것은 아마 앨버트 웰즈의 것임에 틀림없었다. 보이는 그 양복을 재빨리 옷장 속에 걸고 노인이 서 있는 창가로 돌아왔다. 그리고 어깨에 걸친 양복들을 왼손으로 잡으면서 오른쪽 손바닥을 내밀었다.

"팁은 벌써 주었는데, 오늘 아침 그 옷을 가지고 갈 때 말이야." 말투는 단호했지만 그 눈에는 장난기가 섞여 있었다.

"아닙니다. 저는 아직 받지 않았는데요." 보이는 고개를 흔들었다.

"직접 자네에게 주진 않았어도 자네 친구에게 주었으니 마찬가지가 아닌가."

보이는 끄떡도 않고 말했다. "그런 건 전혀 모르겠습니다."

"그러면 그 친구가 자네 몫을 먹어버린 게로군."

보이는 내민 손을 내렸다. "무슨 말씀이신지 저는 전혀 알 수 없습니다만."

노인은 히죽 웃었다. "이것 보게. 자네는 베일리지. 나는 바남한테 틀림없이 팁을 주었단 말일세. 알았어?"

보이의 시선이 힐끗 크리스틴 쪽으로 옮겨갔다. 그리고 그녀가 거기에 있다는 것을 안 순간 불안과 동요의 빛이 얼굴에 떠올랐다. "네, 알았습니다" 하고 그는 객실을 나가서 문을 닫았다.

"도대체 이건 어떻게 된 일이지요?"

노인은 껄껄 웃었다. "아가씨는 이 호텔에서 일하고 있으면서도 베일리와 바남이 서로 짜고 손님을 속이고 있다는 것을 몰랐던가 보군."

그녀는 고개를 저었다.

"방법은 간단해요. 보이가 둘이서 짜고 그 중 하나가 손님한테서 다림질을 부탁 받고 손님의 옷을 가지고 가면, 다른 하나가 후에 그것을 가져다주고 팁을 이중으로 받아내는 것이오. 녀석들은 팁을 모아 두었다가 후에 나누어 먹는 것이지."

"이제 알겠어요. 우리 호텔의 보이들이 그런 못된 짓을 하리라고는 생각도 못했군요."

"대부분의 사람들은 모두 몰라요, 그러니까 녀석들이 동일한 서비스로 이중의 팁을 뜯어낼 수가 있는 거지." 웰즈는 참새의 부리와 같은 코를 비비면서 생각에 잠긴 듯이 말했다. "그러나 이것은 나에게 있어서는 게임과 같은 것이지, 이런 짓을 하고 있는 호텔이 워낙 많으니까 말이오."

그녀는 웃었다. "처음에 어떻게 그걸 알아내셨어요?"

"훨씬 전에 어떤 보이가 나에게 고백을 했지요. 내가 다 알고 있다고 으름장을 놓았더니 말이오. 또 한 가지 다른 것도 그에게서 들었소. 호텔에는 교환을 통하지 않고, 각 객실로 직접 통하는 전화가 몇 대 있는 모양이더군. 거기서 바남과 베일리가 — 아무 쪽이나 그날 일을 맡은 친구가 — 배달할 양복이 있는 방에 전화를 걸지요. 대답이 없는 경우에는 후에 다시 전화를 하죠. 또 대답이 있으면 아무 말도 하지 않고 전화를 끊어버리지. 숙박객이 방에 있다는 것을 알았으니까. 그리고는 2~3분 후에 양복을 가져다주고 팁을 이중으로 뜯어낸다 이거요."

"선생님은 팁을 주는 것이 싫으신가 보죠?"

"싫고 좋고가 아니라 숙명 같은 거라고 생각하오. 마음을 써봐도 소용없는 일이지. 나는 오늘 아침 바남에게 아주 후하게 팁을 주었지만, 말하자면 그것은 아까 베일리를 놀려주고 유쾌해지기 위한 선물 같은 것이었소. 단지 그 놈들한테 바보 취급을 당하는 게 싫기 때문이지."

"그럴 리는 절대 없으리라고 생각해요." 크리스틴은 노인이 생각보다 훨씬 다부지고 믿음직스럽게 보이는 것에 새삼 놀라움과 안도를 느꼈다.

"그렇긴 하지. 그런데 솔직히 말해서 이 호텔은 다른 데보다 그런 짓을 하는 게 좀 심한 것 같더군."

"어떻게 그것을 아시지요?"

"잘 주의해서 보거나, 종업원들의 말을 들어보면 알 수 있지요. 아마 당신에게는 말할 수 없는 일들까지 내게는 다 말해 주니까."

"어떤 종류의 일을요?"

"가령 호텔 안의 여기저기서 돈이나 물건을 횡령하고 있다는 따위지요. 호텔의 경영관리가 엉성하기 때문이 아닌가요? 단속을 하려면 할 수 있는데 하려 들질 않는 거겠지. 트렌트씨가 지금 궁지에 몰려 있는 것도 그 때문일 것이오."

크리스틴은 경탄의 눈으로 웰즈를 보았다. 이 노인은 세속의 일을 초월하고 있으면서도, 현실을 파악하는 매서운 본능을 가지고 있는 것 같았다. "참 신기한 일이군요. 피터 맥더모트씨도 같은 말을 하고 있어요. 어쩌면 말투까지 그리 같지요?"

웰즈는 턱을 크게 끄덕였다. "그는 똑똑한 청년이오. 어제 우리는 이야기를 좀 했지."

"피터가 여기 왔었나요?" 그녀는 놀라면서 물었다.

"그렇소."

"그래요? 저는 몰랐군요." 그러나 생각해 보면 그것은 피터가 할 만한 일이었다. 그는 자기가 관여한 일은 무슨 일이든 끝까지 돌보는 성미의 사람이다. 생각하는 폭이 넓으면서도, 사소한 일에도 일일이 신경을 쓸 줄 아는 것이 피터라는 것을 크리스틴은 잘 알고 있었다.

"그와 결혼할 건가요, 아가씨?"

갑작스러운 이 물음에 크리스틴은 깜짝 놀랐다. 그녀는 항의하듯이 말했다. "어머, 몰라요. 왜 그렇게 생각하시죠?" 저도 모르게 얼굴이 붉어지는 것을 느끼고, 그것이 더욱 그녀를 당황하게 만들었다.

웰즈는 아주 재미있다는 듯 껄껄 웃었다. 장난꾸러기 소년 같다고 크리스틴은 생각했다.

"굳이 말하자면 아까 아가씨가 그의 이름을 입 밖에 냈을 때 그 말투로 금방 그렇게 느꼈지. 게다가 두 사람이 같은 직장에서 일하고 있으니까 서로 얼굴을 맞대는 일도 많을 게고. 그리고 또한 그 청년이 내가 생각하는 것처럼 제대로 된 눈을 가졌다면 신부감을 딴 곳에서 고르려고 할 필요가 없다는 것을 알 거요."

"참 선생님은 나쁜 분이에요. 사람의 마음을 꿰뚫어 보고는 겁을 주거나 놀려대고 재미있어 하시니 말이에요!" 하지만 그녀의 입가에는 미소가 흐르고 있어 그 비난이 거짓이라는 것을 말해 주고 있었다. "그리고요, 아가씨라고 부르는 것은 그만 둬 주세요. 제 이름은 크리스틴이라고 해요."

"아아, 그래요. 그것은 그리운 이름이로군요. 나의 아내도 같은 이름이었소."

"이름이었다니요?"

"죽었다오. 하도 먼 옛날 일이라서 둘이 함께 산 일이 거짓말같이 여겨질 정도요. 즐거운 일뿐만 아니라 괴로운 일도 무척 많았소. 그러나 때로는 그것이 바로 어제의 일같이 생각될 때도 있지. 그런 때에는 역시 쓸쓸한 느낌이 들고 이렇게 혼자 사는 일이 진력이 나기도 하오, 우리한테는 아이가 없었소." 그는 여기서 잠시 말을 멈추고, 생각에 잠기듯 창 너머를 바라보았다. "괴로움이나 기쁨을 함께 나눌 수 있는 사람이 얼마나 필요한가는 그 사람이 없어지기까지는 좀처럼 알 수 없는 일이오. 그러니까 당신의 그 애인도 우물쭈물해서는 안되오. 기회를 놓치면 영영 돌아오지 않는 법이니까."

크리스틴은 웃었다. "그가 저의 애인이라고 마음대로 정하시면 곤란해요. 아직은 그런 관계가 아니에요."

"당신이 잘 하면 그도 이끌려 오게 되지."

크리스틴은 아직 완성되지 않은 그림 맞추기를 보면서 천천히 말했다. "선생님께서는 어떤 문제에도 그것을 해결하는 열쇠가 있다고 말씀하셨지만 열쇠를 발견했다 해도 그게 과연 진짜 열쇠인지 아닌지 알 수 없는 경우가 있는 게 아닐까요?" 그리고 그녀는 자기도 알지 못하는 사이에 과거에 일어난 일을 노인에게 말하고 있었다. 위스콘신 주에서의 비행기 사고, 가족의 죽음, 고독, 뉴올리언스로의 이주, 상심을 달래 온 세월, 그리고 지금 비로소 충실한 생활의 가능성을 발견한 일. 더 나아가서 그녀는 어젯밤에 피터와 한 약속이 깨어져서 실망감을 안게 된 일도 고백했다.

그것을 다 듣고 나자, 웰즈는 조용히 고개를 끄덕이면서 말했다. "세상일은 저절로 해결되는 수도 있소. 그러나 때로는 이쪽에서 능동적으로 상대방을 움직이게 하는 것이 필요할 경우도 있지요."

그녀는 물었다. "무슨 좋은 생각이라도 있나요?"

그는 고개를 저었다. "이와 같은 일에 있어서는 여성인 당신이 나보다 더 지혜가 있을 거요. 단지 한 가지만 말해 두고 싶은 게 있소. 그 청년은 아마 사과하는 의미에서 내일 당신을 어디엔가 데리고 가려고 할거요."

크리스틴은 미소지었다. "네에? 그러면요."

"그러니까 그가 데이트 신청을 하기 전에 다른 사람과 미리 약속을 해버리시오. 그러면 그는 하루 동안 기다려야만 하니까 당신을 지금보다 더 소중히 여기게 될 것이오."

"그렇다면 저는 데이트 상대를 찾거나 다른 구실을 만들지 않으면 안 되겠군요."

"뭐 그렇게 무리할 필요는 없을 게요. 아가씨, 아니 크리스틴. 어차피 나는 당신을 저녁식사에 초대할 작정으로 있었소. 그저께 밤에 신세를 진 답례로 말이오. 나 같은 늙은이라도 괜찮다면 내가 기꺼이 데이트 대역을 맡으리다."

"고맙습니다. 저야말로 기꺼이 초대에 응하겠어요. 하지만 선생님은 대역이 아니에요."

"좋아요. 그럼 그렇게 정합시다." 웰즈는 어린애처럼 좋아하는 표정을 지었다. "그러나 저녁식사는 이 호텔 안에서 하는 게 좋겠소. 의사가 2, 3일 동안은 밖에 나가지 말라고 했으니까요. 괜찮겠죠?"

크리스틴은 좀 주저했다. 세인트 그레고리 식당의 만찬은 상당히 비싸다는 것을 웰즈는 알고 있는 것일까. 파출 간호원의 경비가 이제 나가지 않는다고는 하지만 얼마 되지 않을지도 모르는 그의 노후의 생활자금을 축나게 하는 것은 마음 아픈 일이었다. 그러나 그 때 그녀는 불현듯 그것을 피할 수 있는 방법을 생각해 냈다.

그녀는 그 계획을 마음속에 숨긴 채 대답했다. "네, 호텔이라도 좋아요, 하지만 이건 특별한 초대니까 저에게 아파트에 돌아가서 멋있는 옷을 갈아입고 올 시간 여유를 주세요. 그러면 내일 밤 8시에 뵙겠어요."

14층의 웰즈의 객실을 나오자 크리스틴은 4호 엘리베이터가 운휴중인 것을 보았다. 엘리베이터의 문과 기계의 보수작업 때문이었다. 그녀는 다른 엘리베이터로 중2층에 내려갔다.

10

치과의학회의 회장 잉그람 박사는 7층의 자기 방에 찾아온 청년을 힐끗 보았다. "맥더모트 군, 미리 말해 두겠지만 만약 자네가 이 사태를 적당히 얼버무릴 생각으로 여기에 왔다면 그것은 시간낭비야. 자네 그것 때문에 왔지?"

"네, 결국 그렇다고 말씀드려야 할 것 같습니다."

노박사는 마지못해 말했다. "솔직히 시인하는 점은 마음에 드는군."

"거짓말을 한다고 해결될 문제가 아니잖습니까. 잉그람 박사님, 저는 이 호텔의 종업원입니다. 여기서 일하고 있는 한 이 호텔을 위해 최선을 다할 의무가 있습니다."

"그렇다면, 니콜라스 군을 그 따위로 내쫓은 것도 자네의 최선을 다한 방법이었단 말인가?"

"아닙니다. 오히려 우리가 저지를 수 있었던 최악의 과실이었다고 생각합니다. 단지 저는 호텔의 기본적인 규칙을 바꿀 권한을 갖고 있지 않기 때문에 어떻게 해볼 도리가 없었던 겁니다."

"흥, 자네가 정말 그렇게 생각하고 있다면 왜 여기를 깨끗이 그만두고 어디 다른 호텔에서 일하지 않는 건가? 비록 급료가 좀 적다고 해도 도의에 어긋나지 않는 직장을 선택해야만 옳을 게 아닌가?"

피터는 반박하고 싶은 충동을 억누르면서 얼굴을 붉혔다.

오늘 아침 로비에서 자기의 소신을 굽히려고 하지 않았던 이 노박사의 단호한 태도에 은근히 존경심을 품었던 그 마음은 지금도 변함이 없었다.

"자네 생각은 어떤가." 잉그람 박사의 단호한 시선이 피터의 눈을 노려보고 있었다.

피터는 말했다. "만약 제가 그만둔다면 대신 들어오는 사람이 현재의 방식을 무턱대고 그대로 답습할지도 모릅니다. 저는 적어도 그렇지는 않습니다. 어떻게 해서든 현재의 규칙을 바꾸어 보려고 애쓰고 있습니다."

"걸핏하면 규칙이니 합리화니 하고 섣불리 말꼬리를 회피하지 말란 말야." 박사의 벌건 얼굴에 한층 더 붉은 빛이 돌았다. "그런 말들은 이제 신물이 날 정도로 들어왔어. 인간 사회에 정나미가 떨어질 정도야."

두 사람 사이에는 잠시 침묵이 흘렀다.

이윽고 노여움이 엷어지자 잉그람 박사가 목소리를 낮추고 말했다. "하기야 자네는 일부 사람들처럼 그렇게 경우 없지 않다는 것은 인정하네. 자네 자신도 괴로워하고 있으니 자네에게 고함을 질러보았자 아무 소용도 없다는 것은 잘 알고 있네. 그렇지만 말야, 알겠소? — 오늘 니콜라스 군이 받은 것 같은 비인도적 대우를 낳게 한 원인의 하나는 자네나, 나 같은 사람들의 그 돼먹지 않은 사리 분별 때문이야."

"네, 그건 알고 있습니다. 그러나 사업이라는 것은 박사님이 말씀하시는 것처럼 그렇게 간단한 건 아닌 것 같습니다."

"그야 사업뿐만 아니라 세상에 간단한 일이 어디 있나" 하고 노박사는 화난 듯이 말을 받았다. "아무튼 내가 니콜라스 군에게 말한 대로 호텔 측이 그에게 사과하고 방을 제공하지 않으면 나는 학회 회원들을 이 호텔에서 철수시킬 수밖에 없어."

피터는 조심스레 말했다. "이번 대회에서는 연구발표라든가 실습, 또는 토론 등 사회에 공헌하는 바가 많은 행사들이 있겠지요."

"물론 그렇지."

"그렇다면 만약 박사님이 그것을 전부 취소시킨다면 이 사회의 이익에 위배되지는 않는지요. 니콜라스 선생님에게도 아무 도움이 안 될 것이……" 피터는 상대방의 적의가 되살아나는 것을 느끼고 말을 끊었다.

잉그람 박사는 화가 난 듯 말했다. "묘하게 갖다 붙여서 사람을 속이려는 짓 따위는 집어치우게. 게다가 자네한테 설교를 들을 필요도 없이 그 정도는 나도 분별이 있단 말야."

"죄송합니다."

"무슨 일이든 그것을 해서는 안 되는 이유가 반드시 있는 법이야. 많은 경우 그럴 듯한 이유가 말일세. 그렇기 때문에 옳다고 생각하는 일을 끝까지 실행하는 사람은 극히 적은 것이야. 앞으로 3, 4시간 후에 나는 학회에 전원의 철수를 제안할 생각이지만 아마도 일부 회원들은 선의에서 자네와 똑같은 의견을 말할 테지." 잉그람 박사는 한숨을 쉬면서 말을 끊었다. 그리고는 피터의 얼굴을 정면으로 보았다. "한 가지 자네한테 묻겠네. 자네는 오늘 아침 짐 니콜라스를 몰아내는 일을 부끄럽게 생각한다고 말했지만 만약 자네가 나라면 어떻게 하겠나?"

"박사님, 가정(假定)의 그런 문제는……"

"군소리말고 대답해 보게."

피터는 생각했다. 세인트 그레고리에 관한 한, 그가 여기서 지금 무슨 말을 한들 그것이 이 일의 성패에 어떤 영향을 끼치지는 않을 것이다. 정직하게 대답하면 되는 것이다.

그는 말했다. "아마 저도 박사님이 하시려는 것처럼 학회 전원을 철수시킬 것이라고 생각됩니다."

"좋아 마음에 들었어." 노박사는 한 발짝 뒤로 물러서면서 가상하다는 듯이 피터를 바라보았다. "사기와 거짓의 덩어리 같은 이 호텔 안에도 정직한 사람이 한 사람은 있었군."

"곧 쫓겨나게 될지도 모르겠습니다만."

"그만두게 되더라도 그 검은 옷은 벗지 않는 게 좋겠네. 장의사에 취직할 수 있을지도 모르니까 말야." 이렇게 말하고 잉그람 박사는 웃었다. "아무튼 자네가 마음에 들었네. 나쁜 치아가 있으면 내가 치료해 주지."

피터는 고개를 저었다. "만약 지장이 없으시다면 박사님의 앞으로의 계획을 좀 말씀해 주실 수 있을까요. 될 수 있는 대로 빨리 알고 싶어서 그럽니다." 해약이 결정되면 곧 거기에 대한 응급 조치를 취하지 않으면 안 되었다. 로얄 에드워즈가 지적한 대로 호텔 측의 손해는 막대한 액수에 달할 것이다. 그러나 적어도 내일과 모레의 학회를 위한 준비를 곧 그만 두게 할 수 있다면 그만큼 피해는 적어지는 것이다.

잉그람 박사는 시원스럽게 대답했다. "자네가 나한테 솔직한 대답을 해주었으니까 나도 자네한테 그렇게 하겠네. 오늘 오후 다섯 시부터 긴급 임원회의를 열기로 했지." 그는 손목시계를 보면서, "앞으로 두 시간 삼십 분 남았어. 그 시각에는 대부분의 임원이 모이게 될 테지" 하고 말했다.

"물론 그 결과를 연락해 주실 수 있겠지요."

잉그람 박사는 다시 엄격한 표정이 되어 고개를 끄덕였다. "그러나 잠시 이렇게 속을 터놓고 이야기했다고 해서 오해는 하지 말게. 사정은 조금도 변하지 않았어. 물론 나는 이 호텔의 아픈 곳을 호되게 때려서 버릇을 가르쳐줄 셈이니까."

세인트 그레고리 호텔의 흑인 차별대우에 대한 항의수단으로써 미국 치과의학회의 참가자 전원이 호텔을 철수할지도 모른다는 보고를 받았을 때 워렌 트렌트는 의외로 거의 아무런 관심도 나타내지 않았다. 그보다 앞서서 피터는 잉그람 박사와 헤어지자 그 길로 중2층에 있는 사장실에 갔던 것이다. 크리스틴은 좀 쌀쌀해 보이는 태도로 트렌트가 안에 있다고 알려 주었다.

워렌 트렌트는 최근 그와는 딴판으로 태평스러워 보였다. 호화로운 사장실 안, 윗면이 검은 대리석으로 된 책상 뒤에 편안히 앉아 있는 그에게는 어저께의 그 조바심하던 표정은 전혀 찾아볼 수 없었다. 피터의 보고를 듣는 동안 가끔 입가에 엷은 미소도 지었는데 이 미소는 당면한 사건과는 별로 관계가 없는 것 같았다. 뭔가 개인적으로 남모르는 좋은 일을 생각해 보고 흐뭇해하는 것 같았다. 보고가 끝나자, 트렌트는 단호히 고개를 흔들었다. "아닐세, 그들은 나가지 않을 거야. 이러니저러니 말은 오가겠지만, 그걸로 끝날 테지."

"하지만 잉그람 박사는 단단히 벼르고 있던데요."

"그 친구는 그럴지 몰라도 다른 사람들이 응하지 않을 거야. 뭐 긴급회의라는 것을 열 모양이지만 어떤 결과가 될지는 대략 짐작이 가네. 한동안 이러쿵저러쿵 하다가 결국 위원회를 만들어 신중히 검토하자는 정도가 고작일 거야. 그 위원회는 나중에 — 아마 내일쯤 되겠지만 — 임원회에 심의결과를 보고하게 될 테지. 그러면 임원들은 위원회의 보고를 채택하느냐 수정하느냐를 가지고 또 토론을 시작하겠지. 그리고 아마 모레쯤 다시 회원들이 모두 대회장에 모여서 이번에는 임원회의 결론을 둘러싸고 토론을 벌이게 될 거라는 말일세. 어중이 떠중이 모두가 민주주의의 세상이니 말이지 — 여하튼 그것은 좋은 일이긴 하네만 — 만약 학회가 끝나더라도 그들은 계속 토론을 벌일 걸세."

"확실히 사장님께서 말씀하시는 대로 되는지도 모릅니다. 그러나 그렇게 보시는 것은 어딘가 잘못된 게 아닐까요?"

피터는 앞뒤를 헤아리지 않고 말하고 나서 트렌트의 폭발적인 반응에 맞설 태세를 갖추었다. 그러나 폭발은 일어나지 않았다. 트렌트는 불만스러운 듯이 이렇게 대꾸할 뿐이었다. "나는 실제에 입각한 견해를 말했을 따름이야. 소위 주의라든가, 운동이라든가 하는 것이라면 목이 쉬도록 떠들어대는 패들이라도 자기에게 불리한 일은 되도록 피하려 한단 말일세."

피터는 물고 늘어졌다. "좌우간 우리가 방침을 바꾸기만 하면 이런 까다로운 문제는 일어나지 않아도 되는 겁니다. 니콜라스 박사를 받아들인다 해서 호텔의 품위나 명성이 떨어지는 것도 아니잖습니까."

"그래. 그의 경우에는 그럴 거야. 그러나 그 뒤를 이어 들어오게 될 천한 족속들은 어찌하겠나? 그렇게 되면 그야말로 꼼짝달싹 못하게 되는 거야."

"어차피 우리 호텔은 이미 그와 비슷한 상태가 되어 있는 게 아닙니까." 피터는 전에 없이 외고집이 되어 일부러 자기를 궁지로 몰고 가는 것을 의식했다. 그러나 최종적인 위험선은 제대로 가늠하고 있었다. 그런데 오늘 트렌트는 왜 이렇게 기분이 좋은 것일까, 하고 피터는 속으로 생각했다.

트렌트의 귀족적인 용모가 조소하듯이 일그러졌다. "그와 같은 상태는 당분간 계속되긴 하겠지만 빠르면 하루 이틀 사이에 어떤 해결이 날 걸세." 이렇게 말하고 나서 그는 당돌하게 물었다. "커티스 오키페는 아직 이 호텔에 머물고 있나?"

"제가 알기로는 그렇습니다. 그가 떠났다면 저에게 연락이 있을 테니까요."

"좋아." 입가에 미소를 띠면서 트렌트는 말했다. "그렇다면 자네에게 한 가지 재미있는 이야기를 들려주지. 내일, 나는 오키페에게 체인 호텔 같은 것은 전부 때려 부셔서 폰차트레인 호(湖)에나 처넣으라고 말해 줄 생각이라네."

11

허비 챈들러는 로비 중앙에 있는 보이장의 책상 뒤에 서서 거리로부터 들어온 네 사람의 젊은이들을 은밀하게 지켜보고 있었다. 오후 4시 조금 전이었다.

보이장은 그 중의 두 사람, 라일 듀메어와 스탠리 딕슨의 얼굴을 알고 있었다. 선두에 선 딕슨은 찌푸린 얼굴로 곧장 엘리베이터 쪽으로 갔다. 그리고 잠시 후에 그들은 자취를 감추었다.

어제 전화로 딕슨은, 보이장이 그저께 밤에 일어난 사건의 공범자라는 것을 폭로하지 않겠다고 약속했다. 하지만 생각해보면 딕슨은 네 사람 중의 한 사람에 불과했다. 다른 세 사람은 아니 딕슨 자신조차도 유도심문이나 협박에 의해서 모든 것을 다 불고 말 가능성은 충분히 있었다.

지난 24시간 동안 줄곧 불안에 시달린 보이장은 다시 가슴이 조여오는 것을 느꼈다.

중2층에서 엘리베이터를 내리자 딕슨은 다시 선두에 서서, 〈관리자 사무실〉이라는 표지가 붙은 문 앞에서 걸음을 멈추고 기분이 언짢은 듯한 어조로, 아까

한 경고를 다시 한 번 되풀이했다. "말은 전부 내가 할 테니까 너희들은 모두 입을 다물고 있으란 말야."

플로라 예이츠가 그들을 피터의 방으로 안내하자 피터는 무뚝뚝한 얼굴을 들어 몸짓으로 그들에게 의자를 권하고 대뜸 물었다. "누가 딕슨인가?"

"나요."

"듀메어는?"

라일 듀메어는 좀 머뭇거리면서 고개를 끄덕였다. "다른 두 사람의 이름은 모르겠는데."

"그것 안됐구려. 그런 줄 알았더라면 우리가 모두 명함을 가지고 올 걸 그랬지" 하고 딕슨이 빈정거렸다.

세 번째 젊은이가 불쑥 말을 꺼냈다. "나는 그래드윈이고, 얘가 조 왈로스키입니다." 딕슨은 화가 난 눈으로 그를 힐끗 보았다.

피터는 말했다. "내가 마샤 프리스코트 양한테서 월요일 밤의 사건에 대해 모든 이야기를 들었다는 건 자네들도 잘 알고 있겠지. 그래서 이번에 자네들의 말을 듣고 싶었네."

딕슨은 다른 친구들이 말하기 전에 재빨리 대답했다. "우리는 당신에게 말해 주고 싶은 것이 아무 것도 없단 말요. 당신이 오라고 했으니까 왔을 뿐이오. 하고 싶은 이야기가 있으면 빨리 해보시오."

피터의 얼굴이 굳어졌다. 그는 부글부글 끓어오르는 분노를 억제하면서 말했다.

"그러면 우선 제일 작은 문제부터 얘기해 보지." 그는 서류를 꺼내고 딕슨을 향해서, "1126~1127호실은 자네의 이름으로 대실이 되어 있는데 자네가 도주할 때" 도주했다는 문구를 강조해서 말했다. "계산하고 가는 것을 잊어버린 모양이니까, 이 청구서를 작성해서 가져오게 했어. 객실료 음식대금을 합하면 75달러가 좀 넘어. 그리고 또 하나는 객실의 손해배상 청구서로 금액이 110달러야."

그래드윈이라고 한 젊은이가 기가 막히다는 듯 휘파람 소리를 냈다.

딕슨은 대답했다. "75달러는 지불하겠소. 그러나 손해배상이라는 건 말도 안 돼."

"손해배상에 대해서 이의를 제기하는 것은 자네의 자유이지만 우리로서는 이 것을 철회할 생각이 없어. 여기서 해결이 안되면 소송을 제기하겠네." 피터가 말했다.

"이봐, 스탠······." 네 번째 젊은이 조 왈로스키가 뭔가 말하려고 했지만 딕슨 이 손을 저어 그의 말을 가로막았다.

그의 곁에 앉은 라일 듀메어가 안절부절못하면서 낮은 소리로 말했다. "스탠, 잘못하다가는 시끄러워질 거야. 할 수 없지 뭐, 넷이서 같이 물도록 하잔 말야." 그는 피터에게 말했다. "우리가 변상한다 해도 당장 110달러를 구하기는 힘들 겁니다. 분할해서 내도 되겠어요?"

"물론 그렇게 해도 좋아." 통례가 되어 있는 호의적 조치를 이 경우에 적용해 서 안 될 이유는 없을 것이라고 피터는 생각했다. "자네들 중의 한 사람이나, 혹 은 넷이 모두 우리 조사주임을 만나서 그 수속을 밟아주게. 그러면 이 문제는 이걸로 해결된 것으로 봐도 되겠나?" 하고 피터는 네 사람을 둘러보았다.

네 사람은 차례로 고개를 끄덕였다.

"자, 그러면 이제부터 폭행미수사건으로 넘어갈까? 한 사람의 연약한 여자에 게 소위 대장부가 넷이나 달려든, 그야말로 비열한 사건 말일세." 피터는 자기 음성에서 경멸감을 숨기려고 하지 않았다.

왈로스키와 그래드윈은 얼굴을 붉혔다. 라일 듀메어는 난처한 듯 눈을 아래 로 깔았다.

그러나 오직 딕슨만은 오만한 태도로, "그건 그 계집애가 한 얘기야. 우리도 할 말이 있어" 하고 말했다.

"그러니까 자네들의 말도 들어보겠다고 하지 않았나."

"흥, 기가 막혀서."

"할 말이 없다면 나로서는 프리스코트 양의 말을 그대로 인정할 수밖에 없겠군."

딕슨은 비웃었다. "당신은 그 자리에 없었던 것이 몹시 유감스러운 게 아니오? 아니면 후에 은밀히 당신 몫을 차지했을는지도 모르겠군."

왈로스키가 작은 음성으로 나무랐다. "그런 말 마, 스탠."

피터는 의자의 팔걸이를 두 손으로 꽉 쥐었다. 책상 뒤에서 뛰쳐나가 눈앞에서 이죽거리고 있는 딕슨을 마음껏 후려갈기고 싶은 충동을 겨우 참았다. 그러나 만약 그렇게 하면 상대방에게 유리한 입장만을 주게 될 것이다 — 아마 딕슨은 그것을 빈틈없이 이용할 것이다. 무슨 일이 있어도 손을 대서는 안 된다고 피터는 마음속으로 자신에게 타일렀다.

"자네들도 그것이 형사사건이 될 수 있다는 것을 알고 있을 테지." 피터는 쌀쌀하게 말했다.

"흥, 고소할 생각이 있었다면 벌써 고소했을 거요. 그 따위 낡아빠진 협박은 그만두란 말이오."

"좋아, 곧 마크 프리스코트 씨가 따님의 사건을 듣고 로마에서 날아올 테니까 자네가 지금 말한 것을 그 분한테 다시 한 번 말해 보게."

라일 듀메어는 겁에 질린 얼굴을 하고 고개를 들었다. 딕슨의 눈에도 처음으로 불안의 빛이 감돌았다.

그래드윈은 다급한 목소리로 물었다. "프리스코트 씨에게 알렸습니까?"

"닥쳐" 하고 딕슨이 소리쳤다. "거짓말이야, 걸려들지 말라구!" 그러나 좀 자신이 없는 음성이었다.

"거짓말인지 아닌지는 자네들 스스로가 판단하도록 증거를 보여 주겠네." 피터는 책상 서랍을 열고 서류철을 끄집어냈다. "나의 이 진술서는 마샤 프리스코트의 증언과, 월요일 밤에 내가 1126~1127호실에 가서 목격한 사실을 그대로 기록한 거야. 아직 그녀의 서명은 받지 않았지만 그건 언제든지 받을 수 있을 것이고 또 여기에 몇 가지 사실을 첨가해서 더 상세한 진술서를 만들 수도 있어. 이것뿐만 아니라 또 하나의 진술서가 있네. 이건 자네들이 폭행을 가한 호텔 종업원 알로이셔스 로이스의 정식 진술서인데, 그가 그 객실에 들어간 직후에 일어난 일들을 정확히 기록한 거야. 즉 이건 프리스코트 양의 증언을 바로 뒷받침하고 있는 거야."

피터가 로이스의 진술서를 얻을 생각을 한 것은 어젯밤이었다. 전화로 부탁했더니 로이스는 오늘 아침 일찍 그것을 가지고 왔다. 깨끗하게 타자기로 친 그 진술서는 정확한 용어와 문체로 신중하게 다루어져 로이스의 법률지식의 깊이를 엿보게 해주었다. 그러나 로이스는 피터에게 재차 주의를 환기시켰다. "자꾸 되풀이해서 안됐습니다만 루이지애나 주의 재판소는 백인의 폭행사건에 흑인의 증언을 채용한 예가 없어요." 피터는 로이스의 집요함을 좀 귀찮게 여기면서도 그 경고를 받아들여 이렇게 약속했다. "이건 법정에 제출할 생각은 없네. 단지 위협사격용의 무기가 필요했던 거야."

조사주임 재크빅도 한몫 거들었다. 그는 피터의 의뢰를 받고 스탠리 딕슨과 라일 듀메어, 이 두 청년에 대한 신상조사를 극비로 행한 뒤 이렇게 보고를 해왔다. "듀메어의 부친은 당신도 알다시피 은행장이고, 딕슨의 부친은 큰 자동차 판매회사의 사장으로 상당한 자산가입니다. 그런데 이 두 분 다 자식에 대해서는 자유방임주의적인 데가 있어서 용돈 같은 것도 아마 상당히 많이 주는 눈치입니다. 물론 한도는 있겠지만요. 또 내가 들은 바에 의하면, 양쪽의 부친이 다 아들이 한두 명의 여자애들과 관계를 가지는 것쯤은 아무렇지도 않게 생각하는 모양 같습니다. 나도 젊었을 때는 여자가 몇 명이나 있었지, 하고 태연하게 말할 정도라니까요. 그러나 자기 자식이 폭행미수사건을 일으켰다고 하면 이야기는 달라질 겁니다. 게다가 상대는 프리스코트의 따님 아닙니까? 마크 프리스코트는 이 뉴올리언스에서는 굴지의 유력자로, 그 두 녀석의 부친들과 교제는 있지만 프리스코트 쪽이 사교계에서는 상위에 있는 모양입니다. 그러니까 마크 프리스코트가 딕슨과 듀메어 양쪽과 맞서서 그들의 자식들을 고소하게 된다면 이건 큰 사건이 될 것이오. 아들녀석들도 그것은 알고 있을 겁니다." 피터는 그 정보를 필요한 경우에 사용하기 위해서 마음속에 새겨 두었던 것이다.

딕슨은 말했다. "흥, 그런 진술서 같은 건 아무런 가치도 없소. 요는 당신이 제멋대로 만든 게 아니오. 당신은 사건현장에 있지 않았으니까. 그건 증거가 될 수 없소."

"자네 말이 맞을지도 몰라. 나는 법률가가 아니라 잘은 모르지만 가치가 없다고는 생각하지 않네. 혹 또 자네들이 이기든 지든 아무런 흠 없이 법정을 나올 수는 없을 것이고 자네들의 부모님들도 자네들에게 응분의 벌을 주지 않을 수 없을 게 아닌가?"

딕슨과 듀메어가 서로 심상치 않은 시선을 교환한 것으로 보아 마지막 한 마디가 그들의 아픈 곳을 찔렀다는 것을 알 수 있었다.

그래드윈은 다른 세 사람에게 호소하듯이 말했다. "제기랄, 재판소에 끌려나가는 건 질색이야."

듀메어는 포기한 듯한 어조로 피터에게 물었다. "도대체 당신은 우리들을 어떻게 할 작정이오?"

"만약 자네들이 협력해 준다면 더 이상 문제를 삼지 않겠어. 그러나 끝까지 대결해서 문제를 법정에까지 끌어들일 심산이라면 나는 오늘 중으로 로마의 프리스코트 씨에게 전화를 해서 그의 변호사에게 이 서류를 넘겨주고 적절한 조치를 취해 달라고 하겠네."

"협력이라는 건 무슨 뜻이오?" 하고 딕슨이 반항적으로 물었다.

"그것은 자네들이 각각 바로 이 자리에서 월요일 밤에 일어난 일을 상세히 쓰는 일이야. 그 사건이 일어나기까지의 경위와 또 호텔 종업원 중에서 그 일에 관련된 자가 있다면 누가 어떤 일을 했느냐 하는 점까지도 정직하게 써달라는 거야."

"제기랄, 그런 시시한 것은—" 하고 딕슨이 말했다.

그래드윈은 초조한 듯이 그의 말을 가로막았다. "좀 잠자코 있어, 스탠." 그리고 나서 피터에게 물었다. "만약 우리가 그 진술서를 쓴다면 당신은 그걸 어쩔 작정이오."

"이 사건과는 전혀 별개의, 자네들과는 아무 관계도 없는 조사에 쓰고 싶은 것 뿐이야. 그러니까 그것은 이 호텔 내부의 극히 소수의 사람들 이외에는 절대 보이지 않을 테니 그 점은 약속해도 좋아."

"그 약속을 보증하는 증거는 무엇이죠?"

"그건 없어. 믿어줄 수밖에 없지."

방안에 침묵이 흘렀다. 밖으로부터 타자기 치는 소리라든가 의자가 삐걱거리는 소리 등이 희미하게 들려올 뿐이었다.

갑자기 왈로스키가 말했다. "좋아. 나는 믿어보기로 하겠어. 종이를 주세요."

"나도 그렇게 할까?" 하고 그래드윈이 말했다.

듀메어도 시무룩한 표정으로 고개를 끄덕여서 동의를 나타냈다.

딕슨은 얼굴을 찌푸리고 어깨를 움찔했다. "모두 쓰는 모양이니, 이거 어쩔 수 없군. 끝이 굵은 펜을 하나 주시오. 끝이 가늘면 글씨가 잘 안 된단 말야."

30분 후에, 피터는 그들을 방면하기 전에 여러 장의 종이로 묶여진 각자의 진술서를 대충 훑어보았다.

월요일 밤의 사건에 관한 네 사람의 진술은 세부적으로는 다소 어긋나는 점이 있었지만 중요한 대목은 모두 일치하고 있었다. 이것에 의해서 지금까지 알 수 없었던 것들이 모두 명백히 드러나고 호텔의 종업원이 이 사건에 관련되어 있다는 것도 판명되었다.

보이장 허비 챈들러는 드디어 꼬리를 잡힌 것이다.

12

키케이스 밀른의 마음속에 싹텄던 구상은 이제 뚜렷한 윤곽을 잡기 시작했다. 그가 로비를 지나갔을 때 크로이든 공작부인이 출현했다는 것은 결코 우연의 일치가 아니라고 그는 생각했다. 그것은 그의 앞길에 공작부인의 찬란하게 빛나는 갖가지 보석들이 그를 기다리고 있다는 것을 알려주는 길조 중의 길조였던 것이다.

이미 누구나 다 아는 크로이든 공작부인의 보석 수집품이 고스란히 뉴올리언스로 옮겨졌다고는 생각할 수 없었다. 여행 중에는 그 일부밖에 가지고 다니지 않을 것이다. 그러나 비록 일부라 할지라도 상당한 수에 달할 것은 틀림이 없다. 또 그 일부는 호텔의 금고에 보관되어 있을지도 모르지만, 그 밖의 보석들은 바로 그녀 곁에 있을 것임에 틀림없다.

이와 같은 상황에서 일의 성패를 좌우하는 열쇠는 바로 크로이든 부처의 객실 열쇠였다. 그래서 키케이스는 그것을 입수하는 일에 착수했다. 우선 남에게 의심받지 않도록 일일이 엘리베이터를 갈아타면서 몇 번 오르내리는 동안에 엘리베이터맨과 단둘이만 있게 될 기회를 잡았다. 그는 넌지시 물었다. "크로이든 공작 부처가 이 호텔에 묵고 있는 모양인데 사실이오?"

"네. 그렇습니다."

키케이스는 정답게 웃어 보였다. "우리 일반 유숙객들과는 달리 그런 고귀한 양반들에게는 특별한 방이 준비되어 있겠죠."

"네, 공작 부처는 귀빈실에 묵고 계십니다."

"아, 그렇소. 그건 몇 층에 있소."

"9층입니다."

키케이스는 마음속의 계획표에 제1과 완료의 표시를 하고 8층에서 엘리베이터를 내렸다.

제2과는 귀빈실의 번호를 정확히 알아보는 것이었다. 이것은 간단히 알 수 있었다. 종업원 전용 계단을 한 층 올라가서 조금 걷는 것만으로 충분했다. 금빛의 백합문장(百合紋章)이 붙은, 가죽을 씌운 문에 찬란한 금빛 글씨로 귀빈실이라고 쓰여 있었기 때문이다. 그는 973~977이라는 번호를 정확히 머리 속에 새겨 두었다.

다시 한 번 로비로 내려가, 이번에는 무심한 체 어슬렁어슬렁 걸어가면서 프런트의 데스크 앞을 통과했다. 날카로운 눈으로 재빨리 관찰한 결과 973~977호실도 일반 객실과 마찬가지로 보통 우편함 속에 열쇠를 보관하고 있다는 것을 알았다.

곧 그 열쇠에 달려드는 것은 위험한 일이다. 키케이스는 꾹 눌러 앉아서 정세를 지켜보았다. 조심한 보람이 있었다.

4, 5분간의 관찰로 지금 호텔은 경계태세에 있다는 것을 알게 되었다. 전에 아무렇게나 열쇠를 내주던 것과 비교하면 너무나 신중했다. 손님이 열쇠를 요구하면 계원은 일일이 이름을 묻고 그것을 명부와 대조하고 있었다. 틀림없이 키케이스 자신의 새벽의 기습이 보고되고, 경계하라는 지시가 내려진 것이라고 그는 판단했다.

가슴을 찌르는 듯한 공포가, 똑같은 확정적인 사태를 머리 속에 떠올리게 했다. 뉴올리언스의 경찰은 이미 사건 수사에 나서, 앞으로 몇 시간 후면 키케이스 밀른을 용의자로 지명 수배할지도 모른다. 오늘 조간에 의하면 이틀 전의 뺑소니 사건은, 아직도 경찰의 주의를 대부분 그것에 쏠리게 하고 있는 것 같지만, 경찰본부에 남아 있는 경찰관이 FBI에 텔레타이프로 문의할 시간 여유쯤은 있을 것이다. 키케이스는 또 한 번의 유죄판결이라는 무서운 대가를 생각하면, 사뭇 등골에 소름이 끼쳐서 지금 당장 계산을 치르고 달아나 버리고 싶은 생각이 들었다. 그러나 결단이 서지 않은 채 한참 앉아 있노라니까 오늘 아침의 길조가 머리 속에 되살아나 의혹을 물리치고 용기를 북돋아 주었다.

이윽고 기다린 보람이 있었던 것을 알게 되었다. 프런트계의 한 사람인, 머리털이 곱슬곱슬한 청년의 서툰 일솜씨와 자신없어 보이는 태도가 눈에 띄었던 것이다. 이 부서에 처음 온 친구일 것이라고 키케이스는 판단했다.

그 청년의 존재는 그에게 하나의 찬스를 제공하고 있었다. 하기야, 거의 도박에 가까운 그리고 그다지 성공을 기대할 수 없는 찬스이기는 했지만, 그래도 그와 같은 찬스가 생겼다는 것 자체가 오늘 일어난 몇 가지 사건과 마찬가지로 하나의 길조라고 생각되었다. 그리고 이미 예전에 써본 적이 있는 수법을 써서 그 찬스를 잡아보기로 결심했다. 적어도 준비에는 한시간은 걸릴 것 같았다. 지금이 오후 3시 전후이므로 저 청년이 교대하기 전에 준비를 완료하려면 빨리 서둘러야 한다. 그는 호텔을 나섰다. 목적지는 메존 브랑쉬 백화점이었다.

될 수 있는 대로 돈을 아껴서, 싸고 부피가 큰 것을 — 주로 어린애들의 장난감을 — 샀다. 물건 하나를 살 때마다, 한 눈으로 알 수 있는 메존 브랑쉬의 포장지나 상자에 싸달라고 했다. 두 손으로 모두 들 수 없을 만큼 많은 물건을 사가지고 백화점 문을 나선 뒤 그는 다시 꽃가게에 들러 꽃이 피어있는 진달래나무를 한 그루 샀다. 그리고는 그것을 짐 위에 올려놓고 호텔로 돌아왔다.

캐론들레트가에 면한 입구의 도어맨이 재빨리 문을 열고 백화점의 상품 꾸러미와 진달래꽃 속에 파묻혀 버린 키케이스에게 미소를 던졌다.

호텔 안에 들어서자 키케이스는 로비의 진열장을 보는 체하면서 한참 동안 그 언저리를 어슬렁어슬렁 돌아다녔다. 그러나 실제로는 다음의 두 가지 일이 일어나기를 기다리고 있었던 것이다. 하나는 프런트에 손님들이 몇 사람 모이는 일. 그리고 또 하나는 아까 보았던 젊은 계원이 다시 나타나는 일이었다. 곧 그 두 가지는 동시에 실현되었다.

키케이스는 가슴이 두근거리는 것을 느끼면서 천천히 프런트 데스크로 접근해 갔다.

그는 젊은 계원 앞 줄 세 번째에 가서 섰다. 바로 앞의 부인이 자기 이름을 대고 열쇠를 받았다. 그리고 막 물러가려고 하던 그녀는 우편물의 회송 방법에 관한 것을 문의하려던 일이 생각나서 자질구레한 질문을 끝없이 계속했다. 게다가 젊은 프런트 계원의 대답이 자주 막혀서 두 사람의 문답은 더욱 길어졌다. 키케이스는 초조했다. 프런트 데스크에 모여 있던 사람의 수가 점점 줄어드는 것이다. 이미 계원 하나는 손이 비어 이쪽을 물끄러미 바라보고 있었다. 키케이스는 그의 시선을 피하면서 앞에 선 여자의 이야기가 빨리 끝나기를 기도했다.

드디어 여자는 데스크를 떠났다. 젊은 계원은 키케이스 쪽으로 향했다. 그리고 아슬아슬하게 쌓아올린 물건 꾸러미 위에 진달래꽃이 놓여 있는 것을 보고 아까 도어맨이 한 것처럼 저도 모르게 미소를 지었다.

키케이스는 일부러 까다롭게 들리는 어조로 이미 연습을 한 대사를 입 밖에 내었다. "이런 꼴로 좀 안됐지만 거기 973호실의 열쇠를 좀 주실까."

젊은 계원은 그만 얼굴이 빨개졌다. 미소도 금세 사라졌다. "네, 네, 알았습니다." 키케이스가 예상한 대로 그는 당황하면서 열쇠걸이 앞에 뛰어가 973호실의 열쇠를 뽑아냈다.

객실 번호를 말했을 때 키케이스는 다른 계원 한 사람이 이쪽을 힐끗 쳐다보는 것을 느꼈다. 위기일발의 순간이었다. 분명 귀빈실 번호는 계원들 사이에 잘 알려져 있는 것 같았다. 만약 숙련된 프런트 계원이 여기에 개입했더라면 당장 탄로가 났을는지 모른다. 키케이스는 식은땀을 흘렸다.

"존함이 어떻게 되시는지요?"

키케이스는 날카로운 어조로 대꾸했다. "뭐야, 이건 불심검문인가?" 이와 동시에 그는 일부러 꾸러미 두 개를 앞에 떨어뜨렸다. 하나는 카운터에 부딪쳤다가 데스크 뒤 바닥에 떨어졌다. 젊은 계원은 더욱 당황하면서 그 꾸러미를 주워 올렸다. 그보다 나이가 위인 동료는 관대한 미소를 지으면서 시선을 딴데로 돌렸다.

"대단히 죄송합니다."

"아니, 괜찮소." 꾸러미를 받아 다시 다른 꾸러미 위에 쌓아 올리면서 키케이스는 열쇠를 달라고 손을 내밀었다.

일순 계원은 주저하는 듯했다. 그러나 키케이스의 위장(僞裝)이 승리했다. 손님의 상당한 사회적 지위를 입증해 주고 있는 메존 브랑쉬의 포장지로 포장된 물건을 잔뜩 사들었기 때문에, 이 손님은 피곤하여 신경이 날카로운가 보다. 그러니까 쓸데없는 질문을 해서 손님을 노하게 하는 것은 이로울 게 하나도 없다…… 젊은 계원은 그렇게 생각하며 공손히 열쇠를 주었다.

키케이스가 천천히 엘리베이터 쪽으로 걸어가는 동안에 프런트의 데스크는 다시 몰려온 손님들로 붐비기 시작했다. 힐끗 뒤돌아본 그는 계원들이 다시 바쁘게 일하고 있는 모습을 보고 속으로 기뻤다. 잘 됐어! 저런 상태라면 나를 미심쩍게 생각하고 서로 의논할 틈도 없이 그대로 잊고 말 거야. 그러나 열쇠는 될 수 있는 대로 빨리 돌려주도록 하자. 머지않아 열쇠가 없어진 것을 알게 되어 의혹을 품게 될지도 모른다. 더구나 호텔이 지금 경계태세를 하고 있다면 더더욱 위험한 일이다.

"9층" 하고 그는 엘리베이터맨에게 말했다. 9층까지 간다고 한 것은 그가 프런트에서 9층 열쇠를 달라고 한 걸 누군가가 들었을 경우를 대비해서 신중한 행동을 취한 것이다. 9층에서 엘리베이터를 내리자 그는 꾸러미를 다시 제대로 쌓는 체하면서 우물쭈물하다가 엘리베이터의 문이 닫히는 것을 보고 재빨리 종업원 전용의 계단으로 내려갔다. 도중의 층계 뒤에 쓰레기통이 있었다. 그는 그 뚜껑을 열고 이제 소용이 없게 된 진달래를 버렸다. 채 5초도 지나지 않아 그는 자기 방인 830호실에 있었다.

그는 가지고 온 짐 꾸러미를 서둘러서 옷장 속에 넣었다. 내일 그것을 다시 백화점에 가지고 가서 물러달라고 할 참이었다. 그 대금은 그가 지금 노리고 있는 보물에 비하면 아무 것도 아니었다. 그러나 이 상품 꾸러미들을 가지고 다닌다는 것은 너무나 거추장스러웠고 그렇다고 해서 버리고 가면 꼬리를 잡힐 염려가 있었다.

여전히 재빠른 동작으로 움직이면서 여행가방을 열고 가죽을 씌운 조그만 상자를 끄집어냈다. 그 속에는 몇 장의 흰 카드, 심 끝이 뾰족한 연필, 캘리퍼스(測徑器), 마이크로미터(測微計) 등이 들어 있었다. 그는 카드 한 장을 끄집어내서 그 위에 귀빈실의 열쇠를 놓고 연필로 정성스럽게 그 가장자리를 따라 윤곽을 그렸다. 다음에는 마이크로미터와 캘리퍼스를 가지고 열쇠의 두께와 홈, 돌출부의 폭이라든가 길이, 간격 등을 정확히 재고 각기 그 수치를 열쇠의 윤곽도(輪廓圖) 속에 적어 넣었다. 문자와 숫자를 혼합해서 만든 제조업자의 부호도 적어두었다. 그 부호는 적당한 재료를 선택하는 데 도움이 될지도 몰랐다. 그리고는 마지막으로 열쇠를 창 쪽을 향해서 들고 그 측면도를 세밀하게 스케치했다. 이렇게 만들어진 상세한 제도는 숙련된 자물쇠 제조공이라면 그것에 따라서 본래 것과 조금도 다름이 없는 여벌의 열쇠를 만들 수 있는 것이었다. 키케이스는 이따금 웃음이 나오지만 이 방법은 추리작가들이 애용하는 밀랍으로 틀을 뜨는 방법에 비해 좀 번거로운 것 같지만 사실은 훨씬 빠르고 정확한 것이다.

그는 가죽을 씌운 상자를 치우고 카드를 포켓 속에 넣자 곧 로비로 돌아왔다. 아까와 마찬가지로 프런트 데스크가 붐빌 때까지 기다렸다가 시침을 떼고 카운터 위에 슬쩍 973호실의 열쇠를 올려놓고 그곳을 떠났다.

그리고는 한참 동안 형세를 지켜보았다. 데스크가 다시 한산해지자 카운터의 계원 한 사람이 그 열쇠를 집어 올려 무심히 번호를 본 다음 소정의 장소에 가져다 놓았다. 키케이스는 일을 끝낸 기쁨과 안도감을 느꼈다. 그의 창의와 기량이 호텔 측의 경계의 눈을 속이고 드디어 제1목표를 달성한 것이다.

13

옷장 속에 있는 몇 개의 넥타이 중에서 감청색의 샤파렐리타이를 골라 그것을 매면서, 피터는 생각에 잠겼다. 그는 약 한 시간 전에 호텔을 나와서 거기서 그다지 멀지 않은 조그마한 자기 아파트로 돌아왔다. 앞으로 20분만 지나면 마샤 프리스코트의 만찬회에 참석해야만 한다. 자기 이외의 어떤 사람들이 초대되었을까. 물론 그녀의 친구들이겠지만 딕슨과 듀메어 따위들과는 다른 친구들이기를 바랐다. 그밖에 피터와 이야기 상대가 될 만한 연장의 손님들이 한두 사람 초대되어 올지도 모른다. 이제 가야 할 시간이 되고 보니 그녀의 만찬회에 참석하겠다고 약속한 것이 새삼 후회되고 크리스틴과 둘이서 식사를 할 수 있었으면 얼마나 좋을까 싶었다. 떠나기 전에 크리스틴에게 전화를 하고 싶었지만 내일까지 기다리는 편이 현명하리라고 생각했다. 오늘밤은 이상하게 마음이 안정되질 않았다. 과거와 미래의 중간에 둥둥 떠 있는 것 같은 불안정한 기분이었다. 결과를 알 때까지 결단을 내릴 수 없는 미해결의 문제들이 그를 둘러싸고 있기 때문일까? 세인트 그레고리 자체의 문제도 있었다. 커티스 오키페는 결국 호텔을 매수하고야 말 것인가. 만약 그렇다고 한다면 다른 문제들은 모두 대수롭지 않은 것이 되어버릴 것이다. 치과의학회의 문제조차도 그랬다. 잉그람 박사가 소집한 임원회의는 한 시간 전에도 여전히 토의를 계속하고 있었다. 급사들을 시켜서 찬 음료를 회의장에 들여간 급사장의 말에 의하면 회의는 길어질 것이라고 한다. 피터는 회의가 결렬될 징조가 보이고 있느냐 하는 점을 중점적으로 알아보려고 했지만 토론이 백열화되어 가고 있다는 것밖에 알아낼 수가 없었다. 그는 호텔을 나서기 전에 지배인 조수를 불러서 만약 치과의학회의 임원회의에서 무슨 결의를 했다는 걸 알게 되면 즉시 전화로 연락해 달라고 부탁해 두었다. 그러나 지금까지 아무런 연락도 없었다. 잉그람 박사의 강경론이 이길 것인가, 또는 아무 결론도 없이 흐지부지 끝나버릴 것이라고 한 트렌트의 냉소적인 예언이 들어맞을 것인가, 피터는 전혀 판단이 서지 않았다.

그는 또 이와 같이 결단이 서지 않는 기분 때문에 허비 챈들러에 대한 처분을 적어도 내일까지 연기하기로 했다. 처분이란 그 경박한 보이장을 즉각 파면하는 일이었다. 그것은 또한 부패한 공기를 호텔에서 추방하는 것이 될 게다. 엄밀히 말하면 챈들러는 콜걸 조직을 만들고 있었기 때문에 해고되는 것이 아니고 — 만약 챈들러가 만들지 않았다면 다른 누군가가 만들었을지도 모른다 — 오히려 그가 탐욕에 눈이 어두워 양식(良識)을 저버린 데 근본적인 이유가 있었다.

챈들러의 추방과 함께 다른 많은 악습도 시정할 수가 있을 것이다. 하기는 트렌트가 이와 같은 즉결처분에 동의할는지도 의문이었다. 그러나 이미 드러난 여러 가지 확증과 호텔의 명성에 대한 트렌트의 관심들을 고려해 보면 그의 동의를 얻는 일은 그다지 어렵지 않을 것으로 여겨졌다.

아무튼 딕슨 등 4인의 진술서는 극비로 보관하고 호텔 내에서만 사용되도록 할 필요가 있다고 피터는 생각했다. 그 약속은 절대로 지키고 싶었다. 그리고 마크 프리스코트에게 딸의 폭행미수사건을 알리겠다고 그들을 협박은 했지만,

이제 알릴 필요가 없어져서 한시름 놓은 기분이었다. 로마에 있는 아버지에게는 절대로 알리지 말아달라는, 마샤의 부탁을 받았기 때문이다. 마샤의 일이 생각나자 피터는 현실로 돌아와서 준비를 서둘렀다. 그리고 곧 아파트를 나와 택시를 잡았다.

"이 집인가요?" 하고 피터는 물었다.

"그렇습니다. 적어도 손님이 말씀하신 번지가 맞는다면 말입니다."

"번지는 맞는데!" 피터의 눈은 운전수의 눈길을 따라 그 거대한, 흰 저택을 보았다. 건물 전면만 해도 경탄할 만했다. 주목나무의 산울타리와 높은 목련나무 저편에는 아름다운, 골진 원주(圓柱)들이 테라스로부터 난간이 있는 높은 베란다까지 올라갔다가 다시 베란다를 뚫고 고전적인 균형을 갖춘 박공에까지 솟아 있었다. 그 중앙 건물의 양 날개에는 이것을 그대로 축소한 건물들이 붙어 있었다. 전면(前面) 전체가 완벽하게 보수(補修)되어 있고 나무로 된 면은 새로 칠을 하여 아름답게 보존되어 있었다. 집 주위에 만발한 올리브꽃은 황혼의 대기 속에 달콤한 향기를 풍기고 있었다.

택시에서 내리자 피터는 쇠로 된 격자문으로 다가갔다. 문은 매끄럽게 열렸다. 오래된 붉은 벽돌길이 나무와 잔디밭 사이에 곡선을 그리고 있었다. 저택에 가까워지자 아직 해가 다지지 않았는데도 길 양쪽에 서 있는 높은 외등에 불이 들어와 있는 게 보였다. 테라스의 돌층계를 올라갔을 때 찰칵 하는 빗장 소리가 나더니 두 짝 문이 활짝 열렸다. 그 넓은 통로 가운데 마샤가 서 있었다. 그녀는 피터가 돌층계 끝까지 올라오는 것을 기다렸다가 총총걸음으로 그에게 다가왔다.

비칠 듯한 얇은 순백(純白)의 드레스는 그녀의 칠흑(漆黑)같은 머리와 선명하게 대조되어 생기 있어 보였다. 피터는 앳된 소녀 같기도 하고 성숙한 여인 같기도 한 마샤의 요염한 매력을 전보다 더 자극적으로 느꼈다.

"어서 오세요" 하고 그녀가 쾌활하게 말했다.

"고맙습니다." 피터는 주위를 돌아보면서 말했다. "너무 훌륭한 집이라서 압도된 기분입니다."

그녀는 피터의 팔을 끼었다. "어두워지기 전에 프리스코트가(家)의 정식 관광 코스를 안내해 드릴게요."

그들은 테라스를 내려가 양탄자처럼 부드러운 잔디밭 속으로 걸어 들어갔다. 피터는 웃옷의 소매를 통해, 찰싹 달라붙어서 걸어가는 그녀의 팽팽한 육체의 움직임과 온기를 느꼈다. 그의 손목에 가볍게 놓인 그녀의 손가락의 부드러운 감촉과 올리브꽃 향기에 섞여 은은히 풍기는 그녀의 향수 냄새가 그의 몸을 감쌌다.

마샤는 갑자기 돌아서면서 말했다. "여기가 제일 경치 좋은 곳이에요. 구경오는 대개의 사람들이 여기서 사진을 찍지요."

확실히 그곳에서 바라보는 광경은 한층 더 아름다웠다.

"어떤 방탕한, 프랑스 인 귀족이 1840년대에 이 집을 지었대요. 그 사람은 부흥기의 희랍식 건축과 쾌활한 노예 그리고 여자를 좋아해서 첩을 두기 위해 건물 한쪽 편에 별채를 지었다더군요. 후에 저의 아빠가 반대쪽에 그것과 똑같은 것을 붙여지었답니다. 아빠는 무엇이나 밸런스가 맞는 것을 좋아하거든요. 건물에 있어서나, 회계(會計)에 있어서나……"

"이건 참 참신한 관광안내로군요. 철학적 해석까지 곁들였으니 말입니다."

"어머, 너무해요. 그렇게 놀리시기에요? 그러면 철학적 해석은 빼고 사실만 들어 설명해 드릴까요? 저 지붕을 보세요." 그들은 함께 건물을 올려다보았다. "저 지붕의 처마가 2층의 베란다 위에 길게 나와 있죠. 저것은 루이지애나식 그리스 양식의 특징으로 이 지방의 오래된 집들은 대게 저렇게 되어 있어요. 요즘 같은 계절에 햇볕을 막아주고 통풍이 잘 되도록 저렇게 만든 거죠. 당시에는 베란다가 주택의 중심이어서 가족들은 대개 거기 모여 이야기를 하면서 단란한 시간을 보냈지요."

피터는 생각나는 대로 인용했다. "가족이란 안전하고 자기 충족적인 형태에 있어서 건전한 생활의 공유다 — 이런 말씀이겠군요."

"그건 누가 한 말이지요?"

"아리스토텔레스."

"그래요. 그렇다면 그는 베란다의 진정한 가치를 이해했겠군요." 마샤는 얘기를 멈추고 생각했다. "저의 아빠는 이 집을 수리하는데 많은 돈을 들였지요. 그래서 건물 자체는 좋아졌지만, 그렇다고 쓸모가 나아진 것은 별로 없어요."

"그러나 이와 같은 건물은 크게 존중돼야 된다고 생각하는데요."

"저는 아주 싫어요" 하고 마샤가 말했다. "오래 전부터 나는 이 집이 좋았던 적은 한 번도 없어요."

피터는 캐묻는 듯한 눈으로 그녀를 보았다.

"그야 제가 만일 봄 축제(祝祭)에 50센트를 내고 이곳에 구경 오는 손님들처럼, 외부사람으로서 이 집을 구경할 뿐이라면 싫지 않을 거예요. 저는 옛날 것을 무척 좋아하니까 이 집도 틀림없이 마음에 들 거예요. 그러나 여기서 사는 건 싫어요. 특히 밤이 찾아오고 이 넓은 집에 혼자 있게 되면 견디기 어려운 기분이 들어요."

"벌써 어두워져 오는군요."

"네. 하지만 선생님이 함께 계시니까, 오늘은 달라요."

그들은 테라스를 향해서 잔디밭을 되돌아갔다. 피터는 처음으로 이상하리 만큼의 고요를 의식했다.

"다른 손님들은 당신이 돌아오는 것을 기다리고 있겠군요" 하고 그가 물었다.

마샤는 장난기 어린 눈을 동그랗게 뜨고 되물었다. "다른 손님이라니 그게 무슨 말이죠?"

피터는 한동안 멍해 있다가, "아니, 만찬회를 연다고 하지 않았어요?" 하고 말했다.

"네, 그래요. 선생님을 위한 만찬회지요. 보호자가 있느냐가 걱정되신다면, 그건 염려 마세요. 안나가 있으니까요."

그들은 안채에 들어갔다. 어둑어둑한 내부는 천장이 높고 무척 서늘했다. 안쪽에서 검은 비단옷을 입은 초로의 부인이 미소를 지으면서 고개를 끄덕였다.

"저는 선생님 이야기를 여기 이 안나 아주머니에게 말해서 양해를 얻었어요. 아빠는 아주머니를 절대로 신뢰하고 계시니까 염려하실 건 아무 것도 없어요. 또 벤도 있고."

벤이라는 흑인 하인은 그들의 뒤를 쫓아서, 벽에 책이 빽빽이 들어차 있는 조그만 서재에 들어갔다. 그리고 찬장에서 셰리주(酒)의 병과 잔을 끄집어내서 쟁반에 담아 가지고 왔다. 마샤는 고개를 저어 안 마시겠다고 했다. 피터는 잔을 받아 셰리주를 입에 갖다대었다. 긴 의자에 앉은 마샤는 피터에게 곁에 와 앉으라고 손짓을 했다.

"이 집에서 혼자 지내시는 일이 많은가요?" 하고 피터는 물었다.

"아빠는 여행하시는 틈에 집에 들르실 뿐이에요. 그러니까 여행이 길어지면 집에 계시는 기간이 짧아지게 되는 거죠. 정말이지 저는 이런 곳보다 아파트나 방갈로 같은 데 살고 싶어요. 아무리 좁고 누추한 곳이라도 발랄한 생활을 할 수 있었으면 좋겠어요."

"하지만 당신이 정말 그런 생활을 할 수 있을까요?"

"할 수 있구 말구요 — 좋아하는 사람과 함께라면요. 아니면 호텔이라도 좋겠어요. 호텔 꼭대기에서 아파트 생활을 하는 사장도 있지 않아요."

피터가 놀라서 고개를 드니까 마샤는 웃고 있었다.

이윽고 하인이 식사 준비가 된 것을 알려왔다.

그 서재에 붙어 있는 방에는 조그만 둥근 탁자에 두 사람의 좌석이 마련되어 있었고, 식탁이라든가 거울벽의 촛대에서 비치는 촛불이 포근한 분위기를 더해 주었다. 검은 대리석으로 만든 벽난로 선반 위에는 엄격한 얼굴을 한 노인의 초상화가 걸려 있는데 아래를 노려보는 노인의 시선이 그의 흠이라도 잡으려는 것 같다고 피터는 느꼈다.

"증조부님에 대해서는 신경을 쓰시지 않아도 돼요." 마샤는 의자에 앉자 이렇게 말했다.

"저 분은 나를 노려보고 계시는 거예요. 증조부님은 일기(日記)에 일국의 왕이 되어서 자손에게 오래오래 왕가의 계보를 이어주게 하고 싶다고 적어 놓으셨어요. 그러니까 저에게 최후의 헛된 희망을 걸고 있는 것이겠죠."

그들은 식사를 하면서 이야기를 했다. 하인은 두 사람에게 방해가 되지 않도록 조심스럽게 시중을 들었다. 음식 맛이 아주 훌륭했다. 주 요리는 점발레이야였고 뒤이어 그레메불뤼레가 나왔다. 피터는 처음에는 기분이 좀 무거웠지만 어느 틈엔가 그 자리의 분위기에 익숙해져서 저도 모르게 즐거운 기분이 되어 가는 것을 느꼈다. 시간이 지남에 따라 마샤는 더욱 쾌활하고 발랄해 보였다. 두 사람의 나이 차이는 아무런 장애가 되지 않았다. 어스름하고 고풍스러운 방에서 촛불에 비친 그녀의 모습은 눈부실 정도로 아름다웠다.

옛날 이 굉장한 저택을 지은 프랑스 귀족과 그 정부(情婦)도 여기에 이렇게 앉아서 정답게 식사를 나누었을까? 하고 피터는 생각해 보았다. 아니면 이 생각은 단순히 주위의 정경이나 분위기에 홀린 그의 환각(幻覺)에 지나지 않는 것일까?

"베란다에서 커피를 마실까요?" 식사가 끝나자 그녀는 말했다.

피터는 마샤의 의자를 뒤로 끌어주었다. 그녀는 재빨리 일어나서 반사적으로 그의 팔을 잡았다. 피터는 그녀에게 이끌리듯이 통로를 나와 넓고 커브를 그린 계단을 올라갔다.

그 위에는 프레스코 벽에 조그마한 등불이 붙어 있는 넓은 복도가 있었고 그 복도를 지나 베란다에 나서자 컴컴한 뜰이 아래로 굽어보였다. 조그마한 커피 잔과 은기(銀器)들이 등나무로 된 탁자 위에 놓여 있고 그 위에 가스등이 흰 빛을 비추고 있었다. 그들은 커피 잔을 가지고 그네의자가 있는 곳으로 갔다. 두 사람이 그 의자에 앉았을 때 의자는 조용히 앞뒤로 흔들렸다. 산들거리는 바람이 시원한 밤 공기를 안겨 주었다. 요란한 벌레 울음소리. 두 블록쯤 떨어진 세인트 찰스 가를 오가는 희미한 차 소리. 피터는 마샤가 아무 말도 안 하고 있는 것을 보고 말했다.

"왜 갑자기 말이 없습니까?"

"하고 싶은 말이 있는데 어떻게 말하면 좋을까 생각하고 있는 중이에요."

"생각한 대로 말해 보십시오. 괜찮으니까."

"좋아요. 그러면 그렇게 하겠어요." 그녀의 음성에서 숨가쁜 긴장감이 느껴졌다. "저는 말이에요. 선생님과 결혼하고 싶어요."

피터는 한참 동안 몸이 굳어져 마치 그네의자에 비끄러매진 것처럼 움직일 수가 없었다. 그것은 불과 2~3초에 지나지 않았지만 피터에게는 끝없이 긴 시간처럼 느껴졌다. 드디어 그는 조심스럽게 커피 잔을 내려놓았다.

마샤는 헛기침을 하고 나서 그 기침을 신경질적인 웃음으로 바꾸었다. "만약 달아나고 싶으시다면 계단은 저쪽에 있어요."

"아니, 달아나는 것보다도 당신이 왜 그런 말을 했는지 듣고 싶군요."

"그건 저도 잘 모르겠어요." 그녀는 얼굴을 반쯤 저쪽으로 돌리고 밤의 어둠 속을 응시하고 있었다. 피터는 그녀의 몸이 떨리고 있는 것을 알았다. "그저 갑자기 그렇게 말할 수밖에 없었어요."

피터는 이 충동적인 소녀에게 친절과 동시에 신중한 태도가 필요하다는 것을 알고 있었다. 하지만 이상스럽게 목이 굳어져 그것이 한층 더 그의 마음을 어수선하게 했다. 크리스틴이 오늘 아침에 한 말이 불현듯 생각났다. ―〈저 여자가 어린애처럼 보이는 것은 호랑이가 고양이와 비슷하다는 것과 마찬가지예요. 하지만 남자들은 모두 모험을 즐기는 것 같으니…….〉 그 말은 물론 곡해와 지나친 비유에서 나온 말이긴 했지만 마샤가 어린애가 아니라는 것만은 사실이었다.

"마샤, 당신은 나를 거의 알지 못하고, 나도 당신을 아직 잘 모르지 않소."

"선생님은 직관을 전혀 믿지 않으시나요?"

"아니오, 믿지 않는 건 아니지만."

"저는 직관으로 선생님이란 사람을 알았어요. 처음에 만난 그 순간부터요." 처음에는 머뭇거리던 그녀의 음성이 침착성을 되찾았다. "저의 직관은 대개 맞아요."

피터는 가볍게 나무라는 듯한 어조로 "스탠리 딕슨이나 라일 듀메어에 대해서는 예외였던가요?" 하고 말했다.

"그들은 애당초 안중에도 없었어요. 선생님의 경우와는 달라요."

"하지만 직관이라는 것은 틀릴 수도 있잖겠습니까."

"아무리 오랜 시간을 두고 본다 하더라도 틀리는 경우도 있겠지요 뭐." 마샤는 피터 쪽으로 다시 얼굴을 돌렸다. 그녀의 진지한 눈매에서 피터는 이제껏 알아차리지 못했던 어떤 강한 성격을 느꼈다. "저의 아빠와 엄마는 결혼하기까지 15년 동안이나 교제를 했어요. 엄마한테서 들은 이야기인데 이들 두 사람은 아주 모범적인 부부가 될 것이라고 사람들이 말했대요. 그러나 사실은 최악의 부부가 돼버렸거든요. 그래서 저까지 이렇게 휘말려 들게 된 것이에요."

그는 뭐라고 대꾸를 해야 옳을지 몰라서 가만히 있었다.

"그것은 저에게 있어서 큰 교훈이 되었어요. 그리고 또 한가지 다른 의미에서 교훈이 된 실례가 있어요. 선생님은 아까 안나를 만났지요?"

"네."

"안나는 한 번밖에 만난 적이 없는 사람과 17세 때 강제로 결혼을 하게 됐어요. 양쪽 집안에서 마음대로 정해 버린 모양이에요. 그때는 그런 결혼이 적지 않았던가 보아요."

"네, 그래서요." 그는 마샤의 얼굴을 보면서 말했다.

"결혼식 전날 밤에는 밤새 울었대요. 그러나 결국 그 사람과 결혼해서 46년간을 의좋게 살아왔어요. 그 두 사람은 여기서 살았었는데 남편이 작년에 죽었어요. 아주 친절하고 마음씨 고운 분이었는데. 세상에 완전한 결혼생활이 있다고 한다면 그것은 그들 부부를 두고 한 말이라고 생각해요."

피터는 마샤의 말꼬리를 잡는 것 같아서 주저했지만 결국 말해 버리고 말았다. "그건 안나가 직관을 따르지 않은 데서 온 행운이 아니었을까요."

"네, 그건 알고 있어요. 제가 말하고 싶은 것은 세상에는 절대로 확실한 방법 같은 건 없다는 거예요. 그러니까 직관도 훌륭한 길잡이가 될 수 있다는 것을 말하고 싶은 거예요." 그리고 나서 그녀는 잠시 사이를 두었다가 말을 이었다. "저는 머지않아 선생님이 저를 사랑하게 만들 자신이 있어요."

처녀의 부질없는 공상에 지나지 않는다고 피터는 생각했다. 그 자신도 그와 같은 어리석은 생각을 해서 혼이 난 경험이 있다. 하지만…… 하고 그는 다시 생각했다. 과연 그것은 공상에 지나지 않는다고 단언할 수 있을까. 한 가지 경험을 그 모든 상황에 가져다 맞추려는 생각이야말로 오히려 어리석은 것이 아닐까? 혹시 그녀가 말한 대로 될지 모른다는 이치를 벗어난 생각이 갑자기 마음속에 떠올라 그를 당황하게 하고 동시에 야릇한 흥분을 느끼게 했다.

로마에 있는 그녀의 아버지가 그 말을 들으면 무엇이라고 할 것인지 그는 생각해 보았다.

"저의 아빠 일을 생각하고 계세요?" 하고 그녀가 말했다.

피터는 깜짝 놀라면서 물었다. "그걸 어떻게 알지요?"

"선생님의 마음을 조금씩 알 수 있게 되었기 때문이겠죠."

피터는 숨이 막히는 듯한 느낌이 들었다. "아버님께서 아시게 되면 뭐라고 하실까요."

"처음에는 걱정을 하시겠지요. 그리고 아마 당장 돌아오시겠지요." 마샤는 생긋 웃었다. "그러나 아빠는 도리를 아시는 분이니까 이해해 주실 걸로 생각해요. 게다가 아빠는 선생님을 좋아하시게 될 거예요. 저는 아빠가 제일 좋아하는 사람의 타입을 알고 있는데 선생님이 바로 그런 타입이거든요."

피터는 마샤의 말에 대해서 그냥 넘겨버릴 것인가 아니면 진지하게 대답해야 할 것인가 판단이 서지 않았다. "그래요? 적어도 싫어하는 타입은 아니라니 다행이군요." 그는 모호하게 말했다.

"그리고 또 한 가지가 있어요. 이것은 저에게는 어떻든 상관없는 일이지만 아빠에게는 중요한 일일 거예요. 선생님은 앞으로 틀림없이 큰 성공을 거두고 선생님 소유의 호텔을 경영하게 될 거예요. 저는 벌써 그렇게 되리라는 것을 알고 있어요. 아빠도 곧 그것을 아시게 되리라고 생각해요. 하지만 저는 그런 건 아무래도 좋아요. 제가 원하는 것은 오직 선생님뿐이니까요." 그녀는 단숨에 이렇게 말했다.

피터는 점점 더 난처해져서 "마샤, 그렇게 말하면 나는 어떻게 대답해야 좋을지 모르지 않겠소" 하고 말했다.

　그리고는 갑자기 마샤가 자신을 잃은 것 같은 기미를 눈치채고 말을 중단했다. 마치 지금까지 기력만으로 그녀가 자신에 차 있었는데 그 기력이 달리자 자신이 흔들리는 것같이 보였다. 잠시 있다가 그녀는 힘없는 작은 목소리로 말했다. "선생님은 저를 정말 바보 같은 말만 하는 여자라고 생각하시겠지요. 그러면 그렇다고 확실히 말해 주세요."

　"당치도 않은 말입니다. 나도 당신처럼 정직해질 수 있다면 얼마나 —"

　"그럼 그건 괜찮다는 말이지요?"

　"괜찮은 정도가 아니라 저는 크게 감동을 받아 머리가 다 멍하답니다."

　"고마와요. 그러면 이제 아무 말씀도 말아주세요." 마샤는 갑자기 벌떡 일어나더니 두 손을 피터 쪽으로 내밀었다. 그는 그 손을 잡아 쥐고 깍지 끼듯 하면서 그녀와 마주섰다. 마치 의혹이 조금만 풀려도 금세 불안을 물리치고 마는 것 같은 그녀의 태도에 피터는 그저 어리벙벙해질 따름이었다. 그녀는 그러한 그를 다그쳤다. "자, 이제 빨리 돌아가서 잘 생각해 보세요. 저의 일을 생각하고, 생각하고 또 생각해 주세요."

　"그러지 말라고 해도 생각하게 될 겁니다." 그는 정직하게 말했다.

　마샤는 키스를 재촉하듯이 고개를 좀 위로 치켜들었다. 그는 그녀에게 몸을 굽혔다. 그녀의 볼에 가볍게 키스할 생각이었지만 그녀는 그의 입 쪽으로 입술을 내밀어 두 사람의 입술이 맞닿자 팔을 그의 몸에 감고 격렬하게 매달렸다. 피터의 머리 속에서 희미하게 경종(警鐘) 같은 것이 울리는 듯했다. 강하게 달라붙는 그녀의 육체가 그의 온몸에 전기를 흐르게 했다. 그녀의 향내가 그로 하여금 더욱 숨 가쁘게 했다. 마샤는 이제 여인 이외의 아무 것도 아니었다. 피터는 남성의 육체가 눈뜨고 격렬하게 불타오르는 것을 느꼈다. 정신이 어지러워졌다. 경종이 멎었다. 불현듯 어떤 소리가 희미하게 들려왔다. —「저 아가씨는 어린애처럼 보이지만…… 그래도 남자들이란 모험을 즐기는 것 같으니」 피터는 가까스로 자기의 몸을 마샤에게서 떼어냈다. 그리고 그녀의 손을 살며시 잡고 말했다. "그러면 이제 그만 가봐야겠소."

그녀는 테라스까지 그를 따라왔다. 그의 손이 그녀의 머리를 애무했다. 그녀는 속삭였다. "피터, 또 만나요."

그는 테라스의 돌층계를 내려가면서 돌층계가 거기에 있다는 것조차 의식하지 못했다.

14

밤 10시 30분, 보안주임 오글비는 지하 2층의 종업원 전용지하도를 어슬렁거리다가 호텔의 차고로 향했다. 가장 가깝고 편리한 1층의 통로를 통하지 않고 그 지하도를 이용한 것은 그가 10시 30분이라는 시각을 선택한 것과 같은 이유, 즉 될 수 있는 대로 사람의 눈에 안 띄도록 하기 위해서였다. 이 시각은 밤 외출을 할 손님은 이미 다 나가버리고 그들이 돌아오기에는 아직 이른 시각이었던 것이다. 또한 새로 오는 손님들이 자동차로 호텔에 도착하는 일도 비교적 드문 시각이었다.

앞으로 2시간 후 새벽 1시에 크로이든 공작부인의 재규어를 운전해서 북으로 향한다는 당초의 계획에는 아무런 변동이 없었다. 그러나 출발하기 전에 해두어야만 할 작업이 있었다. 그러기 위해서는 사람의 눈에 띄지 않도록 하는 것이 중요했다.

공구는 그가 손에 들고 있는 종이주머니 속에 들어 있었다. 그가 여기에 온 것은 크로이든 공작부인의 면밀한 계획에서 빠진 것을 보충하기 위해서였다. 그는 물론 처음부터 이 점을 알고 있었지만 일일이 상의하기도 귀찮다는 생각에서 자기 혼자 해결하기로 작정한 것이다.

월요일 밤의 뺑소니 사건으로 재규어의 한쪽 헤드라이트는 엉망으로 깨져 있었다. 게다가 트림 링이 빠졌기 때문에 — 그것은 지금 경찰의 손에 들어가 있지만 — 헤드라이트의 붙임대마저 고장이 나 있었다. 따라서 계획대로 야간에 운전하기 위해서는 붙임대를 수리하고 헤드라이트를 바꾸어 끼울 필요가 있었다. 그러나 차를 시중의 수리공장으로 운반하는 것은 위험한 일이고 그렇다고 해서 호텔의 수리공에게 부탁하는 것도 스스로 묘혈(墓穴)을 파는 거나 다름이 없었다.

그래서 오글비는 어저께 차고가 한산한 시간을 골라서 기둥 뒤 눈에 잘 띄지 않는 곳에 숨겨둔 차의 파손 부분을 검사했다. 그리고 같은 형의 헤드라이트가 있다면 자기가 응급 수리할 수 있을 것이라고 판단했다.

뉴올리언스에 단 하나밖에 없는 재규어 판매대리점에서 똑같은 헤드라이트를 산다는 모험적 수단에 대해서도 검토해 보았지만 그 계획은 포기하지 않을 수 없었다. 경찰은, 그가 아는 한 범인의 차종이나 차 이름을 아직 모르고 있는 것 같았지만 헤드라이트의 유리의 파편 등에 의해서 하루나 이틀이 지나면 그것이 판명될 것임에 틀림없었다. 따라서 만약 그가 지금 재규어의 부품을 산다면 수사원이 그 상점을 조사했을 때 간단히 사실이 밝혀지리라고 생각되었기 때문이다. 그래서 그는 시내의 셀프서비스의 부품상점에서 팔고 있는 표준형 이중 필라멘트의 북아메리칸 램프를 사용하기로 했다. 살펴보니 이걸로 될 수 있을 것 같았다. 그 헤드라이트를 사는 일은 바쁜 하루를 더욱 바쁘게 만들었다. 그리고 그 바쁜 하루가 끝나 가는 지금 그의 마음속에는 만족감과 불안이 착잡하게 엇갈려 있었다. 또 북부로의 긴 여행을 눈앞에 두고 육체적인 피로도 꽤 심했다. 그러나 2만 5천 달러라는 큰돈이 그의 마음을 달래 주었다. 그 중의 1만 달러는 예정대로 오늘 오후 공작부인한테서 받았다. 입을 꼭 다물고 의례적(儀禮的)으로 점잔을 뺀 공작부인의 손에서 지폐다발을 받아 한 손에 움켜쥔 오글비가 거침없이 그것을 서류가방 속에 집어넣는 광경은 색다른 긴장감을 자아내어 스산하기조차 했다. 그들 곁에는 눈앞에서 일어나는 일을 거의 판별도 할 수 없을 정도로 술에 취한 크로이든 경이 몸을 비틀거리며 서 있었다. 그 돈 생각을 하자 오글비는 이루 말할 수 없는 기쁨이 솟아오르는 것을 느꼈다. 그것은 이미 안전한 곳에 잘 숨겨서 지금 호주머니 속에는 200달러밖에 없었다. 여행 중 어떤 불의의 사태가 일어날 것에 대비해서 이것만은 가지고 가기로 한 것이었다.

이것과 대조적인 불안의 원인이 두 가지 있었다. 하나는 그가 재규어를 뉴올리언스 또는 남부의 모든 주로부터 빠져나가게 하는 데 실패할 경우에는 그 자신도 이 무서운 사건의 공범이 된다는 것, 또 하나는 호텔에서 무단 이탈하는 일이 없게 하라는 지시를 피터 맥더모트한테서 받은 일이었다.

하필이면 이런 때 절도 사건이 일어나다니 골치 아픈 일이 아닐 수 없다. 더군다나 호텔 전문 도둑이 세인트 그레고리에 잠복하고 있을 가능성이 많으니 일은 더욱 난처했다. 그러나 오글비는 자기가 할 수 있는 조치는 모두 취해 두었다. 시 경찰에 연락해서 형사를 불러 피해자와 대면시켰다. 호텔 경비원에게는 물론 간부종업원에게도 엄중히 경고했고 그의 부하들에게도 여러 가지 사태에 대응할 지시를 해두었다. 그러나 막상 일이 벌어지면 그가 진두지휘하지 않으면 안 될 것은 뻔한 일이었다. 어제처럼 그가 없는 것을 피터가 알게 된다면 반드시 큰 소동이 일어나고야 말 것이다. 아니 그 소동 자체는 큰 문제가 아니라고 할 수도 있다. 왜냐하면 피터나 그 밖의 직원들은 언제든지 쫓겨날 수 있지만 오글비는 트렌트와 자기 자신밖에 모르는 모종의 이유에 의해서 결코 실직하게 되는 일은 없기 때문이다. 그러나 말썽이 커지면 응당 앞으로 수일간의 그의 행동을 알아보려는 친구들이 나올 것이다. 그가 가장 두려워하는 것은 바로 이 점이었다.

구태여 말한다면 절도 사건은 한 가지 점에서는 도움이 되었다. 그가 몇 번이고 경찰본부에 드나들 수 있는 구실을 만들어 준 일이다. 그가 거기에서 넌지시 뺑소니 사건의 수사의 진전 상태를 물어볼 수 있었던 것이다. 그가 알아본 바에 의하면 경찰당국은 여전히 그 수사에 전력을 기울이고 단서를 잡으려고 필사적인 노력을 계속하고 있었다. 오늘 아침의 스테이츠 아이템지(紙)는 펜더나 헤드라이트가 파손되어 있는 자동차를 발견했을 경우에는 곧 경찰에 신고해 달라고 일반 시민들에게 호소하고 있었다. 이 기사로도 수사의 진전 상태를 어느 정도 알 수 있게는 되었지만, 동시에 또한 재규어를 이 도시에서 무사히 빼내어 갈 찬스가 더욱 적어졌다는 것을 의미하고 있었다. 여기에 생각이 미치자 그는 일순 식은땀이 등골에 흐르는 것 같았다.

그는 곧 지하도를 빠져서 지하 2층의 차고에 들어갔다.

그다지 밝지 않은 차고는 매우 조용했다. 오글비는 5, 6층 위에 있는 크로이든 경의 차로 직행할 것인가 야간 감시원이 있는 차고 사무실에 먼저 들를 것인가 하고 한참 동안 망설였다. 결국 사무실을 우선 찾아가는 것이 좋을 것이라고 마음먹었다.

그는 무거운 몸을 이끌고 약간 숨을 헐떡거리면서 두 개의 쇠로 만든 계단을 올라갔다. 칼그마라는 초로의 말 많은 친구가 당번으로, 자동차 출입구 가까이에 있는 조그마한 경비실 안에 혼자 앉아 있었다. 보안주임이 들어가자 그는 읽던 석간신문을 놓고 뒤돌아보았다.

"미리 알려 두겠는데 좀 있다가 크로이든 경의 차를 내가게 될 거요. 주차구(駐車區) 번호는 371번. 그 어른의 부탁을 받았소."

칼그마는 이맛살을 찌푸렸다. "하지만 저는 뭐라고 말씀드릴 수 없습니다. 본인이 쓴 허가증이나 뭐 그런 게 있으면 모르겠지만요."

오글비는 공작부인에게서 받은 증명서를 끄집어냈다. "이거면 되오?"

야간 감시원은 그것을 조심스럽게 읽어보고 뒤집어 보았다. "뭐 되겠지요."

보안주임은 살찐 손을 뻗쳐서 그 증명서를 도로 찾으려고 했다.

칼그마는 고개를 저었다. "이건 여기에 보관해야 겠습니다. 증거가 없으면 후에 제가 곤란하니까요."

보안주임은 어깨를 움칫했다. 그것을 찾고 싶은 생각은 간절했지만 무리를 하다가 말다툼이라도 벌어지게 된다면 그것이 상대방의 기억 속에 남아서 후에 골탕을 먹게 될지도 몰랐다. 그는 종이주머니를 칼그마에게 보였다. "자 그러면 이걸 거기 두고 오겠소. 앞으로 두 시간쯤 지나서 차를 내어갈 작정이오."

"그렇게 하시죠." 감시원은 고개를 끄덕이고 나서 다시 신문을 펴들었다.

2~3분 후에 371번 주차구에 접근해서는 슬그머니 주위를 둘러보았다. 차가 절반쯤 들어찬 천장이 낮은 주차장은 조용하고 인기척이 없었다. 야근하는 주차계원들은 바로 위층의 대기실에 틀어박혀서 눈을 붙이거나 트럼프 놀이를 하면서 한가한 시간을 보내고 있을 것이다. 그러나 서둘러 일을 해치울 필요가 있었다. 그는 재규어와 기둥에 가려진 한쪽 구석에서 종이주머니를 열고 헤드라이트라든가 드라이버, 니퍼, 전기 코드 그리고 테이프 등을 끄집어냈다. 투박스러운 그의 손가락이 놀랄 만큼 기민하게 움직였다. 손에 상처를 입지 않기 위해서 장갑을 끼고 부서진 헤드라이트의 파편을 끄집어냈다. 바꾸어 넣을 헤드라이트가 재규어에 꼭 맞는다는 것은 금세 알았지만 전기의 접촉이 제대로 되지 않았다. 그것은 그가 미리 예상했던 것이다. 민첩한 손놀림으로 니퍼, 테이프, 코드를 사용해서 볼품은 없지만 효과적으로 접속시켰다. 그리고 남은 코드로 헤드라이트를 단단히 제자리에 매고 호주머니에서 끄집어낸 판지를 트림 링이 빠져나간 틈에다가 끼워 넣었다. 그리고 테이프를 그 위에 붙인 다음 다시 뒤쪽에 돌려서 꼭 붙였다. 말하자면 이것은 임시 변통의 수리였지만 어두운데서라면 충분히 통할 것 같았다. 15분으로 일은 끝났다. 그는 운전석의 문을 열고 헤드라이트의 스위치를 넣었다. 양쪽 헤드라이트가 켜졌다.

그가 "됐어" 하고 만족스럽게 혼자 중얼거렸을 때 아래쪽에서 날카로운 경적과 함께 엔진 소리가 들려왔다. 오글비는 겁에 질려 온통 얼어붙는 것 같았다. 엔진 소리는 콘크리트 벽과 낮은 천장에 울려서 확대되면서 접근해 왔다. 그리고 헤드라이트의 강렬한 불빛이 느닷없이 그의 곁을 스치고 위층으로 가는 경사로를 달려갔다. 이윽고 찌익 하고 타이어가 땅바닥과 마찰되는 소리가 나며 엔진 소리가 멎자 문이 거칠게 탕 닫히는 소리가 났다. 오글비는 휴우 — 하고 한숨을 내쉬었다. 차고계원은 대개 아래에 내려올 때에는 엘리베이터를 이용하였다. 발걸음 소리가 멀어가자 그는 수리공구와 함께 헤드라이트의 유리파편을 종이주머니 속에 담아 그것을 나중에 가지고 가기 위해서 차 옆에 두었다.

그는 그 주차장으로 올라오다가 한 층 밑에 있는 청소 도구통을 보아두었다. 곧 그는 경사로를 타고 그리로 내려갔다.

그가 본 대로 청소도구가 있었다. 그는 빗자루와 쓰레받기를 집어들고 물통에 더운물을 담아 걸레를 그 물에 적셨다. 그리고 아래쪽에서 무슨 소리가 나지 않나 귀를 기울이고 나서 차 두 대가 지나가는 것을 기다렸다가 재빨리 한 층 위의 주차장으로 돌아갔다. 그리고 빗자루로 차 주위의 바닥을 깨끗이 쓸었다. 만약 거기에 유리파편이 떨어져 있어서 경찰이 그것을 발견하고 사건현장에 있었던 것과 비교하는 일이 생긴다면 낭패이기 때문이다.

이제 시간 여유가 얼마 없었다. 주차장에 들어오는 차의 대수가 점점 늘어갔다. 유리파편을 쓸어모으고 있는 동안에 차 한 대가 같은 층의 주차장에 들어와 재규어에서 불과 수 야드 밖에 떨어지지 않은 곳에 멎었다. 그는 숨을 죽이고 몸을 구부렸다. 다행히 그 주차계원은 주위를 둘러보지 않았기 때문에 그의 눈에는 띄지 않았으나, 이러다간 아무래도 발각될 염려가 점점 더 커질 것은 분명했다. 만약 주차계원이 그가 거기 있는 것을 보고 곁에 왔더라면 그는 당장 호기심과 질문의 대상이 되고 그 질문은 아래층에서도 되풀이될 것이다. 오글비가 차고의 감시계원을 납득시킨 설명이 그 주차계원에게 반드시 석연히 받아들여진다고 할 수는 없다. 북으로의 비밀여행이 성공하느냐 실패하느냐는 될 수 있는 대로 그 발자취를 남기지 않고 출발할 수 있느냐 없느냐에 달려 있는 것이다.

또 하나의 준비 계획이 남아 있었다. 그는 더운물에 적신 걸레로 재규어의 펜더의 손상된 부분과 그 주위를 말끔히 닦아냈다. 그 걸레를 양동이 속에 넣어서 헹구니까 맑았던 물이 검불그스름한 색으로 변했다. 그는 자기가 손을 본 것들을 주의 깊게 점검하고 나서 만족스러운 듯이 무언가 입 속으로 중얼거렸다. 다른 것이야 어떻든 말라붙었던 핏자국만은 전혀 남아 있지 않았다.

그로부터 10분 후에 그는 땀을 뻘뻘 흘리면서 호텔의 본관으로 돌아갔다. 시카고까지 긴 자동차 여행에 나서기 전에 한시간 동안만이라도 수면을 취하기 위해서였다. 시계를 보았다. 11시 15분이었다.

15

"어떤 목적으로 조사하시려는 건지 말씀해 주신다면 저도 좀더 도와드릴 수 있을 것 같습니다만……" 회계주임 로얄 에드워즈는 상대방의 의도를 헤아릴 길이 없어서 이렇게 타진해 보았다. 그는 회계실의 긴 테이블을 사이에 두고 두 사람의 회계사처럼 보이는 사나이들과 마주앉아 있었다. 그들 앞에는 장부나 서류가 펼쳐지고, 여느 때라면 이 시각에는 깜깜했을 사무실 전체가 환하게 밝혀져 있었다. 그는 한 시간 전에 15층의 사장실에서부터 두 사람의 손님을 이곳으로 안내하고 자신의 손으로 전등의 스위치를 눌렀던 것이다.

그가 트렌트 사장한테서 받은 지시는 극히 짧막한 것이었다. "이 분들은 우리 호텔의 장부를 조사하러 오셨소. 아마 내일 아침까지는 일을 계속하게 될 텐데 미안하지만 당신도 남아서 이 분들과 함께 있어 주시오. 그리고 이 분들이 요구하시는 것은 무엇이나 다 보여 드리도록 하오. 또 아무 것도 숨기지 말고 있는 그대로를 말씀드리시오."

지시를 내리고 있는 동안 트렌트는 오랜만에 유쾌한 표정을 짓고 있었다. 그러나 그 유쾌한 표정도 회계주임의 언짢은 기분을 달랠 수는 없었다. 회계주임은 집에서 우표 수집을 즐기고 있다가 호출되어 왔을 뿐만 아니라 두 사람의 손님이 장부를 조사하러 오게 된 경위에 대해선 전혀 아무런 이야기도 없었기 때문에 마음이 언짢았다. 게다가 호텔 안에서 가장 강경하게 8시간 노동제를 주장하고 있는 그로서는 철야근무라는 말만 듣고도 부아가 치밀었다.

저당기간이 금요일로 끝나는 것이나 커티스 오키페가 이 호텔에 들어온 의도에 대해서는 물론 그도 알고 있었다. 두 사람의 내방자가 그것과 어떤 관계가 있으리라는 짐작은 갔지만 과연 그것이 무슨 관계일까? 워싱턴에서부터 뉴올리언스에 비행기로 온 것을 말해 주고 있는 꼬리표가 달린 그들의 여행가방만이 그 수수께끼를 푸는 단서가 될 것 같지만 그러나 이 두 사람의 회계사는 아무리 보아도 정부의 관계자들 같지는 않았다. 조만간 알 수 있을 거라고 그는 스스로를 타일렀다. 그러나 그들에게서 하급사무원 같은 취급을 당하는 것이 화가 났다.

조사의 목적을 좀더 명백히 해준다면 도움이 될 수 있을 것 같다는 그의 제안은 묵살 당하고 말았다. 그는 집요하게 그 제안을 되풀이했다. 두 사람의 내방자 중에 어지간한 일엔 끄떡도 않을 성싶은 얼굴을 한 뚱뚱한 몸집의 나이 많은 사람이 곁에 놓여 있는 커피를 한 모금 마시고 나서 이렇게 말했다. "이건 제가 항상 생각하는 건데요, 에드워즈 씨. 훌륭한 커피 맛이란 정말 뭐라 말할 수 없거든요. 요즘은 이런 커피를 끓여주는 호텔이 좀처럼 없지요. 그런데 이 커피 맛은 정말 기가막히군요. 이런 커피를 내놓는 호텔이라면 부정은 없다고 봐도 틀림없을 것 같은데…… 자네 생각은 어떤가, 프랭크."

"내일 아침까지 일을 끝내지 않으면 안 되니까 쓸데없는 잡담은 이제 그만두는 게 좋을 것 같습니다." 또 한 명의 사나이는 열심히 조사하고 있는 시산표(試算表)에서 얼굴을 들려고도 하지 않고 시무룩하게 대답했다.

나이 많은 사나이는 손으로 달래듯 하는 시늉을 하면서 말했다. "이제 아시겠지요? 에드워즈 씨. 프랭크의 말이 맞는 것 같아요. 이 사람은 틀림없는 사람이거든요. 그러니까 당신에게 사정을 설명해 드리고 싶은 생각은 간절하지만 그건 그만두기로 하고 일이나 계속합시다." 이들 수작에 보기 좋게 넘어간 것을 알고 로얄 에드워즈는 퉁명스럽게 말했다. "알았습니다. 그렇게 하지요."

"고맙습니다. 그러면 우선 목록작성 방식부터 알아볼까요. 구매, 전표관리, 재고조사, 보급조사 기타 모든 부문에 걸쳐서…… 그건 그렇고 아까 그 커피는 참 맛있었어요. 한 잔 더 마실 수 있을까요?"

"네, 네, 전화를 하지요." 회계주임은 시계바늘이 벌써 자정을 가리키는 것을 보고 우울해졌다. 아무리 보아도 이 친구들이 여기서 밤샘을 할 모양이었다.

제 4 장

Thursday

1

　내일 근무에 지장이 없게 하려면 빨리 집에 돌아가서 자는 것이 좋을 것이라고 피터는 생각했다.
　벌써 자정이 30분이나 지나 있었다. 아마 2시간은 더 걸었던 것 같다. 그러나 그 피로는 상쾌하고 산뜻한, 그런 피로감이었다.
　원래 긴 산책은 그의 오랜 습관이었다. 특히 해결이 되지 않는 문제나 고민거리가 있을 때에는 몇 시간이고 걸었다.
　오늘 밤 마샤와 헤어진 후 그는 일단 시내에 있는 자기 아파트로 돌아갔다. 그러나 그 답답한 공간에서는 어쩐지 마음이 가라앉지 않았고, 자고 싶은 생각도 없었기 때문에 밖으로 나와서 강 쪽으로 걸어가기 시작했다. 그는 포이드래스 부두에서 줄리어가 부두까지, 불을 끄고 조용히 정박해 있는 기선이라든가 출항 준비로 북적거리며 활기를 띠고 있는 화물선들을 물끄러미 바라보며 걸었다. 그리고 커낼 가의 나룻배를 타고 강 건너편에 가서 인적이 드문 둑을 걸으면서 어두운 강물 위에 비치는 거리의 불빛을 바라보았다. 다시 나룻배로 돌아오자 구 프랑스 가의 오래된 카페의 한 구석에서 지금 밀크 커피를 마시고 있는 중이었다.

수분 전에, 그는 지금까지 말끔히 잊고 있던 호텔의 일이 생각나 세인트 그레고리에 전화를 걸어 미국 치과의학회의 동정을 물어봤다. 전화를 받은 지배인 조수는 자정 조금 전에 대회장(大會場)이 있는 층을 담당한 급사장한테서 다음과 같은 보고를 받았다고 했다. 즉 치과의학회의 임원회는 장장 6시간이나 계속되었지만 결국 아무런 결론도 내지 못했다는 것이다. 그러나 내일 아침 9시 30분부터 도핀 살롱에서 긴급총회를 열기로 결정을 보았다. 그 회의는 회원의 안전보장을 위해 비공개회의가 될 것이고, 호텔 측에 대해서도 비밀이 보장되도록 협력해 줄 것을 요청해 왔다는 것이다.

피터는 요청이건 주문이건 그쪽에서 의뢰해 오는 대로만 하면 된다고 전화로 지시하고 나서 그 문제는 내일 아침까지 잊어버리기로 했다. 마샤와 그녀를 둘러싸고 일어났던 오늘 밤 일이 잠시나마 피터의 마음을 떠난 것은 단지 그가 호텔로 전화한 그 사이뿐이었다고 해도 과언은 아닐 것이다. 여러 가지 문제들이 그의 머리 속에 얽히고 설키어 잇달아 질문해 오는 소리가 마치 집요한 벌의 앵앵거리는 소리처럼 그의 귀를 떠나지를 않았다. 마샤의 마음을 상하게 하지 않고 이 사태를 잘 수습하려면 어떻게 하면 될까. 그녀의 결혼신청 자체는 전혀 터무니없는 일이기는 해도 그렇다고 해서 그와 같은 정직한 고백을 아무렇게나 거절해 버린다는 것은 너무나 잔인한 것 같았다.

왜 너도 그녀처럼 정직하게 고백할 수 없느냐고 꾸짖는 소리도 있었다. 사실 그는 오늘 밤 한 소녀로서가 아니라 한 여인으로서의 마샤에게 크게 끌렸었다. 눈을 감으면 그때의 그녀의 모습이 뚜렷이 떠오른다. 그것은 감미로운 술처럼 지금도 그를 취하게 하고 있다.

그러나 그는 그와 같은 술을 예전에 마신 적이 있었다. 그 감미로운 맛이 쓰디쓴 것으로 바뀌었을 때 그는 두 번 다시 그것을 입에 대지 않으리라고 맹세했었다.

그와 같은 경험은 판단력을 풍부히 해주고 여자를 선택하는 눈을 길러주게 된다고 남들이 말하고 그 자신도 그렇게 믿고 있었지만, 과연 그럴까? 지금은 그것을 의심하지 않을 수 없었다.

그도 남자였다. 자율적이고도 더구나 도피적인 금욕생활을 영구히 계속할 수는 없는 일이고 또 그래서도 안 될 것이다. 그렇다면 언제 어떻게 거기에 종지부를 찍을 것인가?

다음은 만약 마샤와의 관계를 시급히 끊어버릴 수 없다면 그는 다시 그녀와 계속 만나 교제할 수밖에 없는데 그때 그들은 어떤 관계에 있어야 하겠는가? 또 두 사람의 연령의 차이는 어떻게 할 것인가?

마샤는 19세, 그는 32세. 차이가 너무 나는 것이 아닐까? 물론 두 사람이 열 살만 더 먹었더라면 연애든 결혼이든 그것이 남의 눈에 유별나게 비치지는 않을 것이다. 그러나 그렇다고 해서 그녀가 같은 나이 또래의 청년들과 뜻이 맞느냐 하면 그것도 매우 의심스러웠다.

의문은 끝없이 많았다. 그러나 마샤와 다시 만나느냐, 또 만난다면 어떤 입장에서 만나느냐 하는 문제조차도 결단을 내릴 수 없었다.

이렇게 이리저리 궁리를 하고 있는 동안에도 크리스틴의 일은 줄곧 머리 속에 박혀 있었다. 불과 수일간 그와 크리스틴은 급속히 친밀도를 더해 가고 있었다. 오늘 저녁 마샤의 집을 찾아가기 직전에 그의 마음속에 떠오른 것은 크리스틴의 일이었다. 지금도 그는 그녀가 몹시 그리웠다. 그녀의 모습을 보고 그녀의 음성을 듣고 싶었다.

1주일 전까지만 해도 여자와는 짐짓 관계를 가지지 않으려고 하던 그가 지금 두 여성 사이에 끼어 들게 된 것이다. — 왜 일이 이렇게 되었을까, 피터는 좀 이상한 기분이 들었다.

쓴웃음을 삼키면서 그는 계산을 치르고 밖으로 나왔다.

세인트 그레고리 호텔은 그의 아파트로 돌아가는 도중에 있었다. 그래서 그는 본능적으로 호텔 쪽으로 걸음을 옮겼다.

호텔에 도착했을 때 시계는 1시를 조금 지나 있었다.

로비에는 아직 활기가 감돌고 있었다. 그러나 바깥의 세인트 찰스 가는 이미 고요가 깃들어, 손님을 찾아 느릿느릿 움직여 가는 택시 한 대와, 두세 명의 통행인의 모습이 보일 뿐이었다. 그는 도로를 횡단해서 지름길로 가려고 호텔의 뒤쪽으로 갔다. 그곳은 더 조용했다. 그가 호텔 전용 주차장의 출입구를 횡단하려 할 때 주차장 경사로를 급하게 달려오는 자동차의 엔진 소리와 헤드라이트의 빛에 놀라 그 자리에 멈춰 섰다. 바로 그 순간 차체가 낮은 검은 승용차가 나타나더니 맹렬한 속도로 달려와 도로에 들어서자 삐익 하고 비명을 지르는 듯한 타이어 소리와 함께 급정차 했다. 공교롭게 가로등의 불빛 바로 밑에 들어간 그 재규어를 피터는 무심코 보았다. 펜더의 끝 부분이 움푹 들어간 것같이 보였다. 또 같은 쪽의 헤드라이트도 어딘가 이상한 점이 있는 것 같았다. 그는 그 손상(損傷)이 호텔 차고 측의 부주의로 인해서 생긴 것이 아니기를 빌었다. 만약 그렇다면 그는 곧 그 보고를 받게 될 것이지만…….

그는 운전자에게 힐끗 시선을 보냈다가 그것이 오글비인 것을 알고 깜짝 놀랐다. 피터와 시선이 마주친 보안주임도 똑같이 놀란 것 같았다. 그러나 차는 급속히 거리로 달려나가 쏜살같이 사라져 갔다.

오글비는 왜 자기의 낡아빠진 시보레가 아닌 재규어를 운전하고 있는 것일까? 피터는 그 점이 의문스러웠지만 호텔 종업원이 호텔 밖에서 무엇을 하든 그것은 상관할 바가 아니라고 생각하고 그대로 아파트에 돌아왔다.

그리고는 곧 깊이 잠들었다.

2

피터 맥더모트와는 달리 키케이스는 제대로 잠을 이루지 못했다.

그는 신속히 또 능률적으로 귀빈실 열쇠의 정확한 상세도를 손아귀에 넣었지만 그 복제품을 만드는 단계에 이르자 일은 그다지 순조롭지 못했다. 그가 뉴올리언스에 도착했을 때 약속하였던 친구가 기대한 만큼 소용이 닿지 않았던 것이다. 그러나 강 건너에 있는 빈민굴의 한 열쇠 제조공이 — 이 친구는 절대로 신용할 수 있다는 이야기였지만 실물 없이 상세도만으로 복제품을 만드는 일에 난색을 보이면서도 결국 그 일을 맡았다. 그러나 그 열쇠는 목요일이 되어야 완성된다고 했고 그가 요구하는 값도 엄청났다. 그러나 달리 어떻게 해볼 도리가 없었기 때문에 그는 그 완성 기일도, 가격도 그대로 받아들였다. 그러나 시간이 지나면 지날수록 추적을 받고 체포될 가능성이 많아진다는 것을 생각하면 그때까지 기다려야 한다는 일이 무척 괴로운 노릇이었다.

오늘 밤 잠들기 전에 그는 내일 아침 일찍 다시 호텔을 털어볼까도 생각해 보았다. 그에게는 아직 사용하지 않은 열쇠가 두 개 있었다. 화요일 아침 공항에서 입수한 449호실과 프런트에서 자기 방 열쇠 대신으로 받은 803호실의 열쇠였다. 그러나 내일 새벽 그 두 개의 열쇠를 사용하는 것은 결국 그만두기로 했다. 좀더 기다렸다가 크로이든 공작부인의 보물을 몽땅 실례하는 일에 전력을 기울여야만 한다고 자신에게 타일렀다. 그러나 이런 결론에 도달하는 동안에도 사실은 두렵기 때문에 그만둔 것이라는 것을 그는 알고 있었다.

잠을 이루지 못하고 있는 사이에 그 공포심이 점점 더 강해져서 나중에는 자기 기만의 베일로 그것을 숨길 기력조차 없어졌다. 그러나 내일이 되면 어떻게 해서든 이 공포를 이기고 사자처럼 호담한 자신을 되찾으리라고 마음속에 맹세했다. 겨우 불안스러운 잠이 찾아왔을 때 그는 꿈속에서 거대한 철문이 빛과 공기를 차단하면서 그의 눈앞에서 천천히 닫히려고 하는 것을 보았다. 그는 틈이 남아 있는 동안에 도망치려고 발버둥쳤지만 몸이 전혀 말을 듣지 않았다. 철문은 닫히고, 그는 그것이 다시는 열리지 않는다는 것을 알고 그만 울음을 터뜨렸다.

어둠 속에서 와들와들 떨면서 눈을 뜬 그의 얼굴은 눈물로 뒤범벅이 되어 있었다.

3

뉴올리언스에서 북쪽으로 70마일 정도 떨어진 곳에서 오글비는 아직도 피터 맥더모트와 우연히 마주친 일에 대해서 생각하고 있었다. 그때의 충격은 거의 차의 정면 충돌만큼이나 큰 것이었다. 그는 그 후 한 시간 이상 긴장된 운전을 계속했지만 시내를 빠져 나와서 폰차트레인 가도를 횡단하고 이어 북쪽으로 인터스테이트 59호선을 달리고 있는 재규어의 주행경과를 거의 의식하지 않았다.

그의 시선은 끊임없이 백미러로 갔다. 배후에 헤드라이트가 나타날 때마다 추적의 사이렌을 울리면서 자기 차를 따라오는 것이 아닌가 겁에 질린 눈으로 그것을 지켜보았다.

또 네 거리나, 길모퉁이에 오면 전방에 경찰의 비상검문 바리게이트가 쳐져 있는 것 같은 환각을 느껴서 자신도 모르게 브레이크를 밟으려 했다.

피터가 그때 거기에 서 있었던 것은 나를 죄에 빠뜨리게 하고야 말 이 여행의 출발을 목격하기 위해서였던 것이다 — 그 밖의 아무런 이유도 생각할 수 없다고 그는 혼자서 작정해버리고 말았다. 그런데 피터가 어떻게 그의 계획을 알아냈을까. 오글비는 전혀 짐작이 가지 않았다. 그러나 아무튼 사전에 계획을 알아차리고 지키고 있었던 것은 사실인 모양이다. 내가 이런 함정에 호락호락 빠져 들다니 이게 뭐람 하고 그는 줄곧 개탄했다.

그가 자기 자신의 짐작에 대해 의문을 품고 우연의 일치에 불과했던 것이 아닌가 하고 생각하기 시작한 것은 그로부터 상당한 시간이 지나서, 인가가 드문 어두운 산길을 달리고 있을 때였다.

확실히 피터가 만약 어떤 의도를 가지고 그 자리에 있었다면 재규어는 벌써 오래 전에 추적을 받았거나 경찰의 비상경계망에 걸렸을 것이다. 그런데 지금까지 그런 기색조차 없다는 것은 피터를 만난 것이 아마, 아니 틀림없이 우연의 일치였다는 것을 말해 주는 증거가 아닌가. 이렇게 생각하자 오글비는 원기가 솟아났다. 이 여행의 목적지에서 기다리고 있는 1만 5천 달러의 현금을 생각해 보고 혼자서 히죽히죽 웃는 여유조차 생겼다.

그는 마음속에서 검토해 보았다. 지금까지 모든 것이 무사했으니까 이대로 계속 달리는 것이 현명하지 않을까. 앞으로 한 시간만 지나면 날이 밝는다. 첫 번째 계획으로는 이제 슬슬 큰길에서 벗어나 차를 숨기고 다시 밤이 오는 것을 기다리는 것이었다. 그러나 낮 동안 꼼짝도 하지 않고 있는 일도 위험이 없는 것은 아니었다. 아직 미시시피 주를 반쯤 지났을 뿐으로 뉴올리언스에서 그렇게 떨어져 있지도 않았다. 물론 이대로 달린다면 사람의 눈에 뜨일 염려가 있다. 모험이겠지만 지금까지의 경과로 보아 그 모험의 확률은 별다른 것이 아니지 않을까? 그러나 이와 같은 생각은 어제부터 쌓여온 육체적 긴장과 피로로 해서 억눌러지고 말았다. 피로와 함께 참을 수 없는 졸음이 몰려왔다.

그때 갑자기 이변이 일어났다. 마치 마법을 써서 나타난 것처럼 배후에 붉은 섬광등(閃光燈)이 쫓아오고 있었다. 동시에 사이렌 소리가 요란하게 들려왔다.

이것은 바로 과거 몇 시간 동안 줄곧 예기하고 있었던 일이었다. 그러나 지금까지 아무 일도 일어나지 않았기 때문에 긴장이 풀리고 말았던 것이다. 그 허를 찔린 충격은 컸다.

그의 발은 본능적으로 액셀러레이터를 밟았다. 재규어는 화살처럼 날아갔다. 속도계의 바늘은 급격히 뛰어 올라갔다. 70, 80, 85, 드디어 90마일에 달했을 때 오글비는 커브를 돌기 위해 속도를 늦추었다. 커브를 돌고 나서 백 미러를 보니까 붉은 섬광 등은 바로 뒤쪽까지 와 있었다. 한참 동안 끊겼던 사이렌소리가 다시 울리기 시작했다. 곧 붉은 섬광등은 재규어에 따라붙더니 추월하려고 옆으로 나섰다.

달아나려고 해도 소용없는 일이라는 것을 오글비는 알고 있었다. 비록 재규어를 더 빨리 몰아서 이 추적자를 뿌리쳐 버린다고 해도 이미 전방에 무선으로 연락되어 있을 다른 순찰차들을 피할 수는 없을 것이었다. 그는 체념하고 속도를 늦추었다.

쫓아오던 차는 눈 깜짝할 사이에 옆을 스치고 질주해 갔다. 옅은 빛깔의 길다란 리무진 형의 차로 차내등의 으스름한 빛 속에 좌석에 누워 있는 사람과 그 위에 몸을 굽히고 있는 사람의 모습이 언뜻 보였다. 이어서 구급차가 지나가고 그 붉은 섬광등은 멀리 사라져 갔다.

이 일로 그는 온몸이 떨렸으며 극심한 피로를 느끼게 되었다. 이제 위험 확률의 비교 검토 같은 것은 아무래도 좋았다. 어딘가에 빨리 차를 숨기고 낮 동안 줄곧 차안에 숨어 있어야 하겠다고 결심했다. 이미 첫날밤의 목표 지점인 미시시피 주의 소도시 메이콘을 통과했다. 동녘 하늘이 밝아오고 있었다. 그는 차를 세우고 지도를 본 다음 곧 고속도로에서 벗어나 복잡한 시골길로 접어들었다.

길은 점점 험해져서 바퀴 자국이 깊게 난 곳에 잡초가 우거져 있었다. 날은 어느새 밝아왔다. 그는 차에서 내려서 부근을 조사했다.

그곳은 나무가 드문드문 난 황량한 풀밭에 인가 같은 것은 하나도 보이지 않았다. 고속도로까지 적어도 1마일 이상 떨어져 있었다. 바로 앞에 조그마한 숲이 있었다. 그는 거기까지 걸어가서 길이 그 숲 속에서 끊겨 있는 것을 발견했다. 그는 만족스러운 듯한 한 마디를 중얼거리고 나서 차에 돌아와 신중히 운전해서 차를 숲 속에 숨겼다. 그리고 여기저기의 지점에 가서 조사해 보고 차가 그 거리가 아니면 보이지 않는다는 것을 확인했다. 그 일을 마치고 차의 뒷좌석에 드러누워 잠이 들었다.

4

8시 조금 전에 눈을 뜬 워렌 트렌트는 이상하게 마음이 유쾌해지는 것을 느끼고 웬일일까 하고 한참 의아해 했다. 그러다가 오늘 아침에는 어저께 직공인 조합에 제안한 협정이 거의 완결돼 갈 것이라는 생각이 문득 머리에 떠올랐다. 앞으로 몇 시간 지나면 그는 모든 압력이라든가 비관적 관측이라든가 그 밖의 여러 가지 장애를 물리치고 오키페 호텔 체인에 병합되려고 하는 세인트 그레고리를 구출해 낼 수 있을 것이다. 그것은 적어도 개인적인 승리였다. 그는 직공인 조합과의 제휴가 더욱 큰 문제를 낳게 될지도 모른다는 의혹을 마음 한구석으로 몰아버렸다. 만약 그렇게 된다면 그때에 가서 대책을 생각하면 된다. 지금 가장 중요한 것은 당면한 위협을 제거하는 일이었다. 침대에서 일어나자 그는 호텔 꼭대기에 있는 그의 집 창을 통해서 뉴올리언스의 거리를 내려다보았다. 오늘도 하늘은 맑게 개고 이미 높이 뜬 태양이 쨍쨍한 볕을 내리쏟고 있었다.

그는 콧노래를 흥얼거리며 샤워를 하고 알로이셔스 로이스를 불러 면도를 하게 했다.

잠에서 깨어난 지 얼마 되지 않아서 말수가 적어 그 이유를 알 수는 없었지만 오늘따라 유달리 유쾌해 보이는 그의 태도는 로이스를 놀라게 할 정도였다.

옷을 갈아입고 거실에 들어가자 그는 곧 로얄 에드워즈에게 전화를 걸었다. 아직 자택에 있는 에드워즈는 지난 밤 철야로 일하고 지금 막 아침식사를 시작하는 중이라는 것을 강조했다. 그러나 트렌트는 그런 불평 섞인 설명 같은 것은 들은 체도 않고, 내방한 두 사람의 회계사들이 어젯밤 어떤 반응을 보였는가를 물었다. 회계주임의 보고에 의하면 두 사람의 내방자는 세인트 그레고리의 최근의 재정적 위기에 대해서 조사해 보았지만 별로 이상한 점은 발견하지 못했고 그들의 질문에 대한 에드워즈의 응답에도 만족해하는 것 같더라는 것이었다. 트렌트는 마음을 놓으면서 전화를 끊고, 에드워즈를 다시 아침식탁으로 돌아가게 했다. 아마 지금쯤은 세인트 그레고리의 경영자로서의 그의 지위를 확고하게 해줄 보고가 워싱턴에 전화로 전달되고 있을 것이다. 머지않아 저쪽에서 확답이 올 것임에 틀림없다고 그는 생각했다.

바로 그때 전화벨이 울렸다.

로이스는 2, 3분 전에 도착한 룸서비스용의 운반기에서 아침식사를 식탁에 옮겨 놓으려고 하고 있었다. 트렌트는 몸짓으로 그것을 중단시켰다.

교환수의 음성이 장거리 전화라는 것을 알려 주었다. 그리고 다른 교환수의 물음에 대답해서 그가 트렌트임을 밝히자 교환수는 잠깐만 기다려 달라고 했다. 곧 직공인 조합의 위원장이 무뚝뚝하게 전화를 받았다.

"트렌트 씨요?"

"안녕하시오?"

"당신 그게 뭐요? 아무 것도 숨기지 말라고 어저께 그렇게 주의하지 않았소. 나를 속인 녀석들은 죽기보다 더 심한 괴로움을 맛보게 될 것이라는 것을 당신 모르오? 이번에는 계약을 하기 전에 탄로가 났기 때문에 당신은 운이 좋았던 걸로 아시오. 그러나 앞날을 위해서 다시 한 번 경고해 두겠소. 다시는 나를 속일 생각을 아예 하지 말란 말이오."

너무나도 뜻밖인 데다가 몹시도 사나운 상대방의 호통에 그만 트렌트는 기가 질려 한동안 입을 열지 못했다. 그리고는 겨우 정신을 차리고 나서 이렇게 물었다. "도대체 무슨 소린지 알 수가 없는데. 뭘 가지고 그러는 거요?"

"당신 호텔에서 흑인 폭동사건이 일어나고 있는데 전혀 모르겠다는 거요? 뉴욕이나 워싱턴 신문에도 그 기사가 크게 나와 있소."

골이 잔뜩 나서 고함을 질러대는 그의 항의 내용과 어저께 피터 맥더모트의 보고를 서로 연결시키는 데는 수초밖에 걸리지 않았다.

"사실 어제 아침에 사소한 말썽이 있기는 했었지만 그건 뭐 흑인 폭동사건이라고까지 할 만큼 대단한 것은 아니었소. 또 내가 당신한테 전화할 때 나는 그것을 전혀 몰랐소. 아니 알고있었다고 해도 구태여 보고해야 할 만큼 중요한 사건이라고는 생각하지 않았을 것이오. 뉴욕의 신문에 대해서는, 아직 그걸 읽어보지 못했소."

"그 뉴스는 저녁까지는 전국의 신문에 실리게 될 거요. 게다가 내가 인종차별을 하고 있는 호텔에 투자하고 있다는 것을 조합원들이 알게 되면 검둥이들 표에 침을 흘리고 있는 너절한 국회의원 녀석들까지 합세해서 나를 죽일 놈이라고 할거요."

"그렇다면 당신 자신은 주의주장에 얽매여 있는 것은 아닌 게로군. 그렇다면 우리가 하는 일이 세상에 알려지지만 않으면 될 게 아니오?"

"그야 조합의 돈을 투자하는 이상 제일의 관심사는 이익이 날 것이냐 아니냐 하는 것 아니겠소."

"그렇다면 우리의 거래를 극비로 해두면 되지 않겠소."

"그게 될 일이라고 생각하다니 당신 좀 어떻게 된 것 아니오?"

트렌트도 직공인 조합과의 제휴 사실을 언제까지 숨겨둘 수는 없으리라 생각했다. 그는 다른 각도로 상대방을 설득하여 보려고 했다. "어저께 우리 호텔에서 일어난 사건은 우리 호텔에만 국한된 일이 아니오. 그와 같은 일은 지금까지 남부의 많은 호텔에서 일어났고 또 앞으로도 일어날 것이오. 그러니까 앞으로 하루 이틀 지나면 세상 사람들의 관심은 어떤 다른 사건에 옮겨가게 될 것 아니겠소."

"그럴지도 모르지. 그러나 당신의 호텔이 직공인 조합의 투자를 받게 된다면 다시 관심의 초점이 될 것이오. 이런 사건 후에는 아주 좋지 않거든."

"그렇다면 모처럼 어젯밤 당신의 회계사들이 우리 호텔의 경영상태를 조사했는데, 어저께 우리 얘기는 이걸로 끝장을 내게 되는 건가."

워싱턴으로부터 다음과 같은 음성이 들려왔다. "당신의 호텔장부에는 별로 난점이 없소. 조사원의 보고는 아주 긍정적이었소. 그러나 지금 말한 이유로 나는 포기할 수밖에 없소."

결국 어저께는 대수롭지 않은 일이라고 해서 간단히 처리해 버린 사건이 그에게서 승리의 잔을 빼앗아가게 된 것이라고 트렌트는 마음속으로 씁쓸히 생각했다. 지금에 와서는 아무리 변명해도 돌이킬 수 없는 일이라고 깨닫자 그는 비꼬는 듯한 어조로 말했다. "당신은 이제까지 조합 돈을 쓰는데 그렇게 까다롭게 굴지는 않았잖소."

한참 침묵을 지키다가 직공인 조합의 위원장은 조용히 대답했다. "당신은 머지않아 지금 나한테 한 그 말로 괴로움 좀 당할 거요."

트렌트는 천천히 수화기를 놓았다. 곁에 있는 테이블 위에 로이스가 이미 항공편으로 배달된 뉴욕의 신문들을 펼쳐 놓았다. 로이스는 헤럴드 트리뷴 지를 가리키면서 말했다. "여기 자세히 실려 있습니다. 타임즈는 전혀 다루고 있지 않은데요."

"워싱턴에서는 늦게 나오는 판이 있으니 거기에 실렸을지도 모르지." 트렌트는 헤럴드 트리뷴 지의 표제를 읽고 인쇄된 사진을 힐끗 쳐다보았다. 그것은 어저께의 세인트 그레고리 로비의 장면으로 닥터 니콜라스와 잉그람 박사에게 초점이 맞추어져 있었다. 그 기사는 나중에 자세히 읽어보리라고 생각했다. 지금은 그런 것을 읽고 싶은 생각이 나지 않았다.

"식사를 준비할까요?" 하고 로이스가 물었다.

트렌트는 고개를 저었다. "식욕이 전혀 없군." 물끄러미 바라보고 있는 젊은 흑인의 시선을 눈이 부신 듯 피하면서 그는 괴어오는 눈물을 막으려고 눈을 껌벅였다. "너는 아마 내가 당연한 응보를 받은 것이라고 생각하고 있을 테지."

로이스는 잠시 생각하다가 말했다. "아마 그렇다 해도 좋겠지요. 사장님은 우리가 살고 있는 이 시대에 순응하지 못하고 있는 겁니다."

"만약 그렇다면 너는 이제 시대에 뒤떨어진 나 같은 사람이 하는 말을 귀담아 들을 필요가 없어. 그렇지 않아도 내일부터는 내 의견 같은 건 별로 중요한 의미를 갖지 못하게 될 테니까."

"설마 그럴 리가 —"

"말하자면 그건 오키페가 이곳을 매수하게 될 거라는 뜻이야." 트렌트는 창가로 걸어가서 밖을 내다보았다. 그리고는 느닷없이 입을 열었다. "너도 오키페가 제시한 조건을 이미 들었으리라고 생각하지만 그 가운데 내가 여기서 살아도 좋다는 조건이 있는 것을 알고 있지?"

"네."

"그렇게 되면 네가 다음 달에 대학을 졸업한 후에도 계속해서 너와 함께 여기서 살아야 할지도 모르겠어. 마음 같아선 내쫓아 버리고 싶겠지만 말이야."

로이스는 주저했다. 여느 때라면 재빨리 신랄한 말을 되돌려 주었을 것이다. 그러나 지금 트렌트가 한 말은 그에게 계속 있어 주기를 바라는 고독한 패배자의 애소(哀訴)라는 것을 알았던 것이다.

로이스는 결단을 망설였다. 그러나 조급히 결정하지 않으면 안 될 문제였다. 아버지가 돌아가신 후 거의 12년 동안이나 그는 많은 점에서 트렌트에게 친자식과 같은 대우를 받아 왔다. 여기 계속 머물게 될 경우 그가 해야 할 일이란 기껏해야 그의 법률적인 일 외에 트렌트의 이야기 상대나 되어주는 일이라는 것을 알고 있었다. 그것은 결코 유쾌하지 못한 생활은 아닐 것이다. 그러나 그의 마음은 그것을 순순히 받아들일 수 없었다. 여기에 그냥 주저앉는 것에 대해서 강하게 반발하는 힘이 마음속에 솟구치는 것을 느꼈다.

"별로 생각해 본 적은 없지만 저에게도 그 편이 나을는지 모르지요" 하고 그는 거짓말을 했다.

트렌트는 생각에 잠겼다. 크고 작은 모든 일이 갑자기 변해 가고 있었다. 세인트 그레고리의 경영권이 드디어 그의 손을 벗어나가는 것처럼 로이스 또한 그의 곁을 떠나리라는 것은 이미 의심할 여지가 없을 것 같았다. 다사다난한 인생의 주류에서 밀려난 것 같은 기분, 그러한 고독감과 일종의 소외감은 인생을 너무 오래 산 인간에게 있는 특이한 느낌일까.

그는 로이스에게 말했다. "이제 나가도 좋아, 알로이셔스. 나는 잠시 혼자 있고 싶네."

조금 있다가 커티스 오키페에게 전화해서 정식으로 항복을 통고하려고 마음먹었다.

5

주간지 타임의 편집장은 같은 회사의 조간신문에서 다룬 세인트 그레고리 호텔의 인종차별문제를 보자 이것은 뉴스거리로 다루어볼 가치가 있다고 판단하고 곧 취재 활동을 시작했다. 이 주간지의 지방 통신원인 뉴올리언스 스테이츠 아이템지의 한 기자는 그 사건의 지방적 배경에 대해서 상세하게 보고하도록 긴급 지시를 받았다. 또 휴스턴 지국장은 전날 밤 헤럴드 트리뷴 지의 제1판이 뉴욕 시내에 배달된 직후 전화로 지시를 받고 다음 날 새벽 항공편으로 현지로 날아갔다.

그리하여 이 두 사람은 지금 세인트 그레고리의 1층에 있는 어떤 조그마한 방에서 보이장인 허비 챈들러와 밀담을 계속하고 있었다. 그곳은 사람들이 막연하게 기자실이라고 부르는 방으로 책상과 전화와 모자걸이들이 엉성하게 놓여 있었다. 휴스턴 지국장은 그 지위에 알맞은 대접을 받아서 오직 한 개 밖에 없는 의자를 차지하고 있었다.

취재에 편의를 제공해 준 자에 대한 타임즈지의 두둑한 사례에 황송해 마지않는 챈들러는 정찰(偵察)의 결과를 그들에게 보고하고 있었다.

"치과의학회의 회의장을 보고 왔습니다만 그야말로 물샐 틈 없는 경비태세더군요. 회원 이외에는 비록 회원의 부인들이라도 입장시켜서는 안 된다고 회의장 담당 급사장에게 엄명하고 있고 회원들이 입장할 때에도 회원 중에서 뽑은 경비원들이 입구에서 명부와 일일이 대조해서 입장시키기로 된 모양입니다. 물론 호텔의 급사, 그 밖의 종업원들은 회의가 시작되기 전에 전원 밖으로 쫓겨나고, 문은 전부 안에서 걸어 잠그게 된답니다."

지국장은 고개를 끄덕였다. 커라튼이라는, 일을 무척 열심히 하는 이 상고머리의 젊은이는 이미 치과의학회 회장인 잉그람 박사와 인터뷰를 했다. 보이장의 보고는 그때 그가 잉그람 박사에게서 들은 말을 뒷받침해 주었다.

박사는 그에게 이렇게 말했다. "그렇소, 이제부터 긴급 총회를 열기로 되어 있소. 어젯밤 임원회의에서 결정했는데 이것은 비공개로 하기로 했지요. 나는 당신네들 보도 관계자들이나 그 외에 누구라도 환영하고 싶지만 거기에 대해서 이론을 제기하는 사람들도 있어서 말이지 — 즉 보도관계자들이 없는 편이 좀 더 자유롭게 말할 수 있을 거라는 거지요. 그래서 당신에게는 참 안됐소만 긴급 총회에 관한 취재는 단념해 줘야 될 것 같소."

그러나 커라튼은 단념할 의사가 없었다. 이미 허비 챈들러를 매수해 놓았기 때문에 낡은 수법이긴 하지만 보이의 제복을 빌어 입고 회의장에 들어갈 계획을 세웠다. 그러나 챈들러의 가장 새로운 보고는 계획을 수정할 필요가 있음을 말해 주고 있었다.

"회의장으로 쓸 장소는 상당히 큰 홀이겠구먼" 하고 커라튼은 물었다.

챈들러는 고개를 끄덕이면서 "도핀 살롱이라고 하는 집회용의 홀로 좌석은 300개가 있습니다. 출석하는 회원 수도 대개 그 정도가 됩니다" 하고 대답했다.

타임지의 지국장은 생각했다. 300명의 대집회라면 비밀회의라 해도 끝나자마자 비밀을 보장할 수 없음이 명백했다. 회의장에서 나오는 회원들 틈에 섞여서 자기도 회원인 체 가장하고 그들에게 말을 건다면 회의의 상황을 알아보기는 쉬운 일일 것이다. 그러나 그런 방법으로는 타임지 및 독자들의 호기심을 만족시키고 대중적 관심을 불러일으킬 수 있는 상세하고 미묘한 내용은 놓쳐버릴 염려가 있었다.

"그 살롱에는 발코니가 있나?"

"조그마한 것이 있긴 하지만 그들은 이미 거기에도 손을 써서 회원 두 사람이 그곳을 경비하기로 되어 있는 모양입니다. 특설 마이크로폰도 전부 전원(電源)을 끊어 버렸어요."

"허 — 왜 그렇게 엄중하게 경계하지 않으면 안 되지?" 하고 지방지의 기자가 투덜댔다.

커라튼은 생각하면서 말했다. "그들 중에는 한마디하고 싶어도 자기가 한 말이 기록되면 곤란하다고 생각하는 친구들이 상당히 많단 말이오. 지적 직업인들은 특히 인종문제에 대해서는 명확한 입장을 취하려고 하지 않는 법이지. 그런데 이번 경우에는 전원이 철수한다는 강경한 행동을 취할 것인가, 또는 그럴 듯한 성명을 내고 체면이나 유지할 것인가 어느 한쪽을 선택할 수밖에 없게 되어 있어. 그런 점에서 아주 흥미진진한 장면이 전개될 수도 있단 말이야." 정말 이것은 예상 외로 재미있는 스토리가 될지 모른다고 그는 생각했다. 그래서 무슨 수를 써서라도 대회장에 잠입해 보겠다는 결의를 한층 굳게 했다.

그는 챈들러에게 말했다. "그 회의장과 위층의 구조를 그려놓은 설계도를 입수할 수 없을까? 객실의 배치도가 아니라 배선 배관 공사나 벽, 천장 기타 모든 구조를 설명한 공사 설계도 말이야, 그게 급히 필요해. 앞으로 한 시간 이내에 공작을 하지 않으면 안 되니까 말이야."

"하지만 그건 어려운 주문인데요. 과연 그런 게 있는지……" 챈들러는 커라튼이 20달러 짜리 지폐를 세는 것을 보고 말을 멈추었다. 커라튼은 재빨리 그 지폐 5장을 챈들러에게 주었다." 기사(技師)든 누구든 가지고 있을 성싶은 사람을 붙잡아서 이걸로 한번 흥정을 붙여보게. 자네에 대한 사례는 나중에 하겠어. 30분 이내에 여기로 돌아와야 돼."

"네, 네." 챈들러의 족제비 같은 얼굴이 일그러지면서 아첨하는 웃음을 지었다.

커라튼은 뉴올리언스의 기자에게 지시했다. "이곳 주민들의 반응을 취재해 주면 좋겠는데. 시 당국이나 지도자적인 시민의 의견을 묻는다든가, 또 흑인 지위향상협회의 견해도 들어야겠지. 물론 이런 건 일일이 설명하지 않아도 되겠지만 말이야."

"그런 거라면 자면서도 쓸 수 있습니다."

"무슨 말이야. 하여간 대중적인 관심을 주안점으로 해야 돼. 가령 화장실에서 시장을 잡을 수 있으면 재미있을 거야. 시장이 손을 씻으면서 성명을 발표한다 — 이건 제법 상징적이 아니겠나? 아무튼 깜짝 놀랄 만한 걸 써달란 말이오."

"어디 한 번 화장실에 숨어서 찬스를 잡아볼까요?" 지방지 기자도 여가 동안의 아르바이트로서는 막대한 보수를 받게 될 것을 기뻐하면서 밖으로 뛰어나갔다.

커라튼은 세인트 그레고리의 커피숍에서 기다렸다. 아이스 티를 주문하여 그것을 건성으로 마시면서 스토리의 구상에 정신을 집중시켰다. 머리기사는 못되더라도 좀 참신한 각도에서 다룬다면 내주 호에 3페이지짜리 특별 기사로 취급되어 나올 가능성은 충분히 있었다. 최근 몇 주간 그가 고심해서 송고한 10편 이상의 스토리는 뉴욕 본사에서 파기되거나 편집과정에서 잘려져 나가거나 해서 모두가 햇빛을 보지 못했다. 물론 그것은 그의 경우에만 한한 것이 아니요, 타임 지나 라이프지의 기자는 거의 모두가 모래밭 위에 원고를 쓰는 것 같은 좌절감을 끊임없이 맛보지 않으면 안 되는 것이다. 그러나 커라튼에게 있어서는 그와 같은 사실은 조금도 위안이 되는 것이 아니었다. 꼭 활자가 되는 것을 쓰고 싶었다. 그리고 그것이 본지 지면을 장식하는 것을 보고 싶었다.

그는 그 좁은 기자실로 돌아왔다. 수분 후 챈들러가 작업복을 입은 30대의, 날카로운 인상을 한 사나이를 데리고 왔다. 그리고 영선과의 체스 엘리스라고 소개했다. 초면인 엘리스는 서먹서먹한 태도로 악수를 교환하고 나자 팔에 낀 청사진 두루마리를 가리키면서 불안스러운 어조로 말했다. "이건 돌려주지 않으면 안 되는데요."

"걱정 말아요. 잠깐만 보면 되니까." 커라튼은 엘리스가 청사진을 펼치는 것을 돕고 나서 그 한쪽 귀를 손으로 눌렀다.

"도핀 살롱은 어디 있지?"

"여깁니다."

챈들러가 끼어 들었다. "그 집회에 대해서는 이 양반한테 벌써 말했습니다. 선생님께서 그 회의장에 들어가지 않고 거기서 일어나는 일을 알고 싶어하신다는 것두요."

타임의 지국장은 엘리스에게 물었다.

"벽이나 천장 속은 어떻게 되어 있지요?"

"벽은 속이 비어 있지 않습니다. 천장과 아래층 바닥 사이에는 빈틈이 좀 있습니다만 그 속에 들어가기는 어려울 것입니다. 천장 바닥이 뚫리어 떨어지고 말 테니까요."

"저런, 그건 안 되겠군." 커라튼이 생각했던 것은 바로 그 방법이었던 것이다. 그는 손가락 끝으로 청사진을 두드렸다.

"이 선은 뭐지요?"

"주방의 열기를 빼는 배기관입니다. 이건 굉장히 뜨거우니까 설불리 접근했다가는 통구이가 되고 말지요."

"이건 또 뭐지요?"

엘리스는 상체를 굽혀 그 부분을 자세히 보고 나서 또 한 장의 청사진을 조사해 보았다. "냉방용의 송풍관이군요. 도핀 살롱의 천장을 가로질러 있지요."

"그 홀로 통하는 송풍구도 있겠지?"

"네, 3개가 있습니다. 중앙과 양쪽 끝에 있죠. 여기에 표시되어 있습니다."

"그 송풍관의 굵기는 어느 정도나 되지요?"

엘리스는 잠시 생각하다가 대답했다. "아마 사방 3피트 정도는 될 겁니다."

커라튼은 결단을 내린 듯 말했다. "좋소. 그러면 나를 그 송풍관 속에 넣어주시오. 그 속에 들어가서 송풍구 있는 데까지 기어가면 아래에서 일어나는 일을 모조리 듣고 볼 수 있을 테니까."

그 일은 예상 밖으로 그리 긴 시간이 걸리지 않았다. 엘리스는 처음에는 마음이 내키지 않는 모양이었으나 챈들러가 등을 밀 듯이 재촉을 하자 작업복과 연장을 가지러 갔다. 커라튼은 재빨리 작업복으로 갈아입고 연장 통을 어깨에 메었다. 그러자 엘리스는 겁에 질려 초조한 듯한 빛을 보이면서도 순순히 회의장의 조리실에 붙어 있는 작은 부속실로 그를 안내했다. 챈들러는 어느 틈엔가 그 자리에서 자취를 감추었다. 커라튼은 자기가 준 200달러 중에서 챈들러가 엘리스에게 얼마나 주었는지 몰랐다. 물론 전부는 주지 않았을 게다. 그러나 충분한 액수만큼은 준 모양이라고 생각했다.

영선과의 고용원으로 가장한 커라튼은 누구의 눈에도 뜨이지 않고 조리실을 지나갔다. 조리실에 딸린 부속실 안으로 들어가자 벽 위의 높은 곳에 붙어 있는 쇠격자는 엘리스가 미리 떼어놓았고, 거기에 난 구멍 앞에는 사닥다리가 놓여 있었다. 커라튼은 아무 말도 하지 않고 곧 그 사닥다리를 올라가서 구멍 속으로 들어갔다. 구멍은 엎드려 기어갈 만한 넓이였다. 그 이상의 여유는 없었다. 조리실에서 들어오는 광선이 입구주위만을 희미하게 비쳐줄 뿐 속은 캄캄했다. 얼굴에 와 닿는 바람이 차가웠다. 금속의 배기관을 그의 몸이 막게 되자 풍압(風壓)은 증대되었다.

엘리스가 뒤에서 속삭이듯이 말했다. "넷째 번 구멍입니다. 넷째, 다섯째, 여섯째의 송풍구가 도핀 살롱 위에 있는 겁니다. 될 수 있는 대로 소리가 나지 않도록 해주세요. 누가 들을지도 모르니까요. 저는 30분 후에 다시 오겠습니다. 만약 당신의 일이 그때까지 끝나지 않았으면 또 30분 지나서 오지요." 커라튼은 뒤돌아보려고 했지만 머리를 돌릴 수가 없었다. 갈 길도 힘들지만 돌아오는 길은 더욱 험난할 것이라는 아찔한 생각이 들었다. "알아, 알았어." 그는 낮은 음성으로 대답하고 나서 기어 들어가기 시작했다.

금속의 표면은 너무 딱딱해서 팔꿈치와 무릎이 아팠다. 뿐만 아니라 여기저기 밖에서 박은 나사못의 끝이 나와 있었다. 그 중의 하나가 그의 작업복을 찢고 다리를 쿡 찌르자 그는 얼굴을 찡그렸다. 몸을 뒤로 밀어서 못에 걸린 옷을 빼고 그는 다시 조심조심 앞으로 기어 들어갔다.

각 송풍구는 거기서 광선이 들어오기 때문에 쉽게 찾을 수가 있었다. 그는 격자나 송풍관이 단단히 고정되어 있기를 빌면서 3개의 송풍구 위를 지났다. 그리고 넷째 번 송풍구 근처까지 왔을 때 말소리가 들렸다. 회의는 벌써 시작된 모양이다. 다행히도 말소리는 또렷하게 들려왔다. 목을 길게 빼고 내려다보니 회의장의 일부가 나타났다. 다음 송풍구라면 좀더 잘 보일지도 모른다고 생각했다. 생각한 대로였다. 거기에서는 연단에 서서 말하고 있는 잉그람 회장을 비롯해서 참석자들의 반수 이상을 볼 수가 있었다. 커라튼은 손을 뻗쳐서 수첩과 볼펜을 끄집어냈다. 볼펜 끝에는 조그만 등불이 달려 있었다.

"강경한 태도를 취해 줄 것을 요망하는 바입니다."

잉그람 박사는 좀 사이를 두고 연설을 계속했다. "본질적으로 중산층인 우리 지적 직업인들은 인권문제에 대해서 너무나 오랫동안 우유부단한 태도를 취해 왔습니다. 우리들 자신은 인종차별을 하고 있지 않다 — 적어도 태반은 그렇습니다 — 그리고 자기들이 인종차별을 하지 않는다는 그것만으로 충분하다고 생각해 왔습니다. 대체적으로 우리들은 자기들의 계층 외에 사회적 문제를 무시하기가 쉽습니다. 우리 의사들은 그런 일에 신경 쓸 시간이 없다는 이유로 그냥 넘어가 버리는 것입니다. 확실히 그것은 사실일 겁니다. 아마 편의주의에서 나온 것만은 아니라고 생각합니다. 하지만 우리들은 좋든 싫든 문제의 와중에 휩쓸리고 있는 것입니다."

몸집이 작은 나이든 박사는 잠시 사이를 두고 청중을 둘러보았다. "여러분이 이미 아시다시피 우리 우수한 회원의 한 분인 니콜라스 씨가 이 호텔에서 도저히 용납될 수 없는 모욕을 받은 것입니다. 이것은 민권법을 완전히 무시하고 인권을 유린한 모욕행위입니다. 동시에 이것은 우리 미국 치과의학회에 대한 모욕이라고 봐도 틀림없습니다. 따라서 치과의학회 회장으로서 저는 이에 대한 보복으로 단호한 행동을 취해야 한다고 생각하고 그 구체적 방법을 이사회에 제안했던 것입니다. 그것은 본 대회를 중단하고 전원이 이 호텔에서 철수하자는 것입니다."

여기저기에서 놀란 회원들의 웅성거리는 소리가 들렸다. 잉그람 박사는 말을 계속했다. "여러분들 중의 대부분은 이미 이 제안을 알고 계실 것입니다만 오늘 아침 도착하신 분들 중에는 지금 이 자리에서 처음 들으시고 놀란 분도 계실 줄 압니다. 어느 분이든 간에 나의 이 제안은 몹시 번거롭고 귀찮은 일이라고 생각하실 것이며, 학회가 중단되는 것은 저에게 있어서도 여러분 못지 않게 섭섭한 일입니다. 또 그것은 치과의학회뿐만 아니라 사회적으로도 적지 않은 손실일 것입니다. 그러나 위대한 정의를 관철하려 할 때, 가장 강력한 행동 이외의 어떤 방법도 그 목적을 달성할 수 없는 경우가 흔히 있습니다. 이번 경우가 바로 그렇다고 생각합니다. 그렇게 하는 것이 우리들의 도의심을 크게 선양하고 동시에 우리 치과의사들의 인권문제에 관한 확고한 의사를 표명하는 유일한 방법이라는 것을 확신하는 바입니다."

장내에서 "찬성이오" 하는 소리와 불만스러운 듯 투덜거리는 소리가 들려왔다.

그때 회의장 중앙쯤에서 육중한 몸집을 한 사나이가 천천히 몸을 일으켰다. 커라튼은 몸을 앞으로 내밀고 내려다보았다.

그 사나이의 억센 턱과 미소 띤 두터운 입술과 테가 굵은 안경이 인상적으로 눈에 비쳤다. "저는 캔자스 시티에서 왔습니다만 —" 누군가가 성원을 보내자 그는 커다란 손을 흔들면서 거기에 답했다. "회장님께 한 가지 질문할 것이 있습니다. 아마 많은 참석자들의 부인들께서도 모두 그러시리라고 생각합니다만 저의 아내도 이번 여행에 상당한 기대를 걸고 있었습니다. 그런데 왜 우리가 여기 도착하자마자 발길을 돌려서 집으로 돌아가지 않으면 안 되느냐를, 도대체 누가 아내에게 설명해 주시렵니까. 회장님이십니까?"

"시시한 소리 집어치워" 하고 누군가 면박을 주었다. 홍소(哄笑)와 야유로 장내는 소란해졌다.

"시시한 이야기가 아닙니다. 저는 정말로 회장님께서 직접 제 아내에게 설명을 해주셨으면 합니다." 그는 그렇게 말하고 나서 만족스러운 듯한 표정으로 자리에 앉았다.

잉그람 박사는 화가 잔뜩 나서 상기된 얼굴을 하고 일어났다. "여러분, 이것은 긴급하고도 진지한 문제입니다. 우리는 사건 발생이래 이미 24시간을 허비하고 있습니다. 우리의 행동은 적어도 이미 반나절이나 지연되고 있는 겁니다."

박수 소리가 들렸지만 그것은 짧고도 몇 안되었다. 여러 사람들이 한꺼번에 지껄여 대기 시작했다. 잉그람 박사 곁의 의장은 의사봉으로 테이블을 마구 쳤다.

여러 명의 회원이 차례로 일어나서 닥터 니콜라스에 대한 동정적인 의견을 말했지만 보복의 문제에 대해서는 아무도 언급하려 하지 않았다. 그러는 동안에 회의장 맨 앞줄에 앉아 있던 호리호리한 몸집의 단정한 옷차림을 한 신사가 마치 자기차례를 기다리고 있었던 것처럼 침착하게 일어났다. 그 위엄 있는 태도가 만장의 주목을 끌었다. 커라튼은 의장이 호명한 이름은 듣지 못했지만 다음의 소개만은 똑똑히 들을 수가 있었다. "제2부회장이며 이사 중의 한 분이십니다."

그 발언자는 날카로운 어조로 말하기 시작했다. "이 총회가 비공개리에 열리게 된 것은 제가 이사회에서 그 필요성을 역설하고 몇 분 이사님의 지지를 얻었기 때문입니다. 그렇게 하면 우리는 어떠한 발언을 해도 그것이 기록에 남거나 그릇되게 보도될 염려가 없기 때문에 우리는 자유로운 의견의 교환을 할 수 있는 것입니다. 그러나 여기서 한 마디 덧붙여 말씀드리고 싶은 것은 이 총회를 비공개로 하는 것에 대해서 우리가 존경하여 마지 않는 잉그람 회장께서 강력히 반대했다는 사실입니다."

잉그람 박사는 연단에서 마땅치 않은 듯 소리쳤다. "당신은 뭘 두려워하고 있는 거요. 말려들게 될까봐 그러는 거요?"

귀공자 같은 발언자는 그 질문을 무시하고 자기의 말을 이었다. "저는 인종차별을 반대하는 점에서는 결코 누구에게도 뒤지지 않는 사람입니다. 저의 가장 가까운 친구 몇 사람은 저와는 민족과 신앙을 달리하고 있습니다. 또 어저께 사건에 대해서는 잉그람 회장님 못지 않게 개탄을 금할 수 없습니다. 따라서 현 단계에 있어서 우리들의 의견이 서로 다른 점은 의사표시의 수단으로써 무엇을 택하느냐 하는, 말하자면 절차상의 문제뿐입니다. 잉그람 회장님이 즐겨 쓰시는 비유를 외람 되게 빌어서 말씀드린다면, 회장님께서는 대담하게 적출수술을 하라는 것입니다만 저의 의견은 이 불쾌한 풍토병에 대해서 좀 더 부드러운 치료법을 쓰자는 것입니다." 와아 하는 웃음소리가 들렸다. 발언자는 미소를 띠면서 말을 이었다.

"불행히도 이 자리에 출석할 수 없었던 우리들의 친구 니콜라스 씨도, 우리가 항의 수단으로써 학회를 중단한다 하여 과연 무슨 득이 있겠습니까? 치과의학회로 봐도 이것은 큰 손실입니다. 뿐만 아니라 ― 비밀 회의이기 때문에 기탄 없이 말씀드리겠습니다만 ― 광범한 정치적 사회적 문제인 인종문제는 우리 학회와는 본래 아무 관계도 없는 것입니다."

"무슨 소리요. 큰 관계가 있소" 하고 뒤쪽 좌석에서 한 사람이 고함을 질렀다. 그러나 다른 청중들은 모두 침묵을 지키고 있었다.

발언자는 고개를 흔들었다. "우리들이 어떠한 입장을 취하든 그것은 어디까지나 개인적인 문제이지 학회가 관여할 일이 아니라고 생각합니다. 물론 우리 의학회 회원이 지원을 필요로 하는 경우 의학회로서는 응당 지원의 손길을 뻗쳐야 할 것이고 니콜라스 씨의 경우에 대해서도 저는 후에 그 구체안을 제출할 생각으로 있습니다. 그러나 그 이외의 점에서는 우리 의사들은 다른 사람들의 일에 신경을 쓸 틈이 없다고 말씀하신 잉그람 회장님의 의견에 전적으로 동의합니다."

잉그람 박사는 자리를 박차고 벌떡 일어났다. "그것은 터무니없는 말이오. 나는 그러한 구실을 가지고 문제를 외면하는 것이 과거의 일반적인 풍조라고 말했을 뿐이오. 물론 나는 그런 무기력한 태도에는 반대합니다."

발언자는 어깨를 들썩였다. "하지만 아까는 그런 뜻으로 말씀하신 것이 아니잖습니까?"

"아니오. 그건 당신이 한 말과 같은 뜻으로 말한 게 아니오. 그것을 곡해하려는 당신의 태도는 돼먹지 않았소." 박사의 눈은 분노로 이글거리고 있었다. "의장, 우리는 언제까지나 〈불행한 일이다〉〈유감으로 생각한다〉 하는 말만 되풀이하고 있을 수는 없다고 생각하오. 우리가 당면하고 있는 문제는 더 심각하단 말씀이오. 도대체 이것이 인권과 사회정의 문제를 토의하고 있는 사람들의 태도인가요? 만약 당신이 어저께, 나처럼 그 현장에 있어서 한 분의 선량하고 우수한 회원이, 우리의 친구가 받은 그 모욕 —"

"의장, 규칙 위반이오. 의사진행을 제대로 하시오." 하고 외쳐대는 소리들이 들려왔다. 의장은 마지못해서 의사봉으로 테이블을 두들겼다. 잉그람 박사는 분을 참지 못하면서 그냥 주저앉고 말았다.

귀공자 같은 부회장은 의장을 향해서 상냥하게 물었다. "발언을 계속해도 좋겠습니까?" 의장은 고개를 끄덕였다.

"그러면 저의 제안을 간단히 말씀드리겠습니다. 첫째는, 우리 학회를 다음부터는 니콜라스 씨를 비롯한 흑인 회원들이 아무런 지장 없이 받아들여질 수 있는 지방에서 개최하자는 것입니다. 그러한 제한을 둔다 해도 회의 개최에 적합한 장소는 얼마든지 있다고 생각합니다. 둘째로는 니콜라스 씨를 거부한 이 호텔의 차별행위를 비난하는 결의를 채택한 다음 예정대로 학회를 개최하자는 것입니다."

연단 위의 잉그람 회장은 믿을 수 없다는 듯이 고개를 저었다. 발언자는 손에 든 한 장의 종이를 펼쳤다. "저는 몇 분의 이사들과 공동으로 여기에 결의문 초안을 —"

천장 위의 커라튼은 발언자의 음성에 귀를 기울이는 것을 그만 두었다. 결의문 그 자체는 별 의미가 없었다. 그 내용은 대개 추측할 수 있었고 필요하다면 후에 그 사본을 입수할 수도 있는 일이었다. 대신 그는 밑의 청중들의 얼굴을 살펴보았다. 교양과 분별력이 있어 보이는 남자들의 얼굴이 죽 늘어서 있었으며 그 모든 얼굴에 안도의 빛이 떠오르고 있었다. 그것은 아마 잉그람 회장이 제안한 거추장스럽고 생소한 항의 운동을 강요당할 염려가 없게 된 데서 오는 안도감이었을 것이다. 그들의 양심을 달래주는 말들이 민주주의적인 방식으로 그럴 듯하게 오가고 돌파구를 제공했다. 양심은 구제될 것이요, 편익(便益)은 손상되지 않을 것이다. 단 한 사람, 잉그람 회장의 의견을 지지하는 발언자가 그것에 반대하는 발언을 했지만 거의 묵살 당하고 말았다.

결의문의 자구(字句)를 둘러싸고 지루한 토론이 계속되었다. 타임지의 지국장은 몸을 떨었다. 그것은 이미 한 시간 동안이나 추운 송풍관 속에 있었다는 사실을 그에게 상기시켰다. 그러나 그 노력은 헛된 것이 아니다. 아마 뉴욕의 명문장가들도 상대가 되지 않을 생생한 스토리를 쓸 수가 있을 것이다. 금주에야말로 나의 원고가 햇빛을 보게 될 것이라고 그는 확신했다.

6

 피터 맥더모트는 치과의학회가 예정대로 대회를 개최하기로 한다는 결론에 도달한 것을 비공개 회의가 끝나자마자 알게 되었다. 그 총회가 호텔로서는 매우 중요한 것이었으므로 그는 단체객 담당의 종업원을 도핀 살롱 밖에 배치해 두고 무슨 정보를 얻게 되면 곧 보고하도록 지시해 두었었다. 그런데 조금 전에 그 종업원은 전화로, 회의장을 나오는 회원들이 주고받는 말을 들으니 대회를 중단하자는 안이 부결되었음이 틀림없다고 알려왔던 것이다.
 피터는 호텔을 위해서 그것이 응당 기뻐해야 할 일이라 생각했지만 사실은 반대로 실망감이 앞서는 것을 어쩔 수 없었다. 강경한 항의 운동을 주장했지만 거부당한 잉그람 박사의 지금의 심정이 어떨까 생각되었다.
 워렌 트렌트의 어저께의 냉소적인 상황판단은 결국 맞아 들었구나, 하고 피터는 쓴웃음을 지었다. 그리고 곧 그에게 그 사실을 알려야겠다고 생각했다.
 사장실에 들어갔을 때, 자리에서 일하고 있던 크리스틴이 얼굴을 들면서 그에게 미소를 보냈다. 그 웃는 얼굴을 보자 피터는 어젯밤 견딜 수 없이 그녀를 보고 싶었던 일이 생각났다. 크리스틴이 말을 걸어왔다. "파티는 즐거웠어요?" 피터가 머뭇거리자 그녀는 놀리는 듯한 어조로 "아니 벌써 잊어 버리셨나요?" 했다.
 그는 고개를 저었다. "파티는 재미있었지만 당신이 없어서 섭섭했소. 약속을 어겨 정말 미안하오."
 "이제 24시간이나 지났으니까 용서해 드리지요."
 "고맙소. 오늘 저녁에 별일이 없으면 내가 그 보상을 하고 싶은데."
 "오늘 저녁은 제가 너무 인기가 있어서 탈이군요" 하고 크리스틴은 말했다. "오늘밤에는 웰즈 씨와 저녁을 같이 하기로 했어요."
 피터는 눈썹을 치켜올렸다. "그 분은 이제 완전히 나왔나요?"
 "아직 외출은 할 수 없기 때문에 호텔에서 저녁식사를 하기로 했어요. 만약 일이 늦어질 것 같거든 나중에 오셔서 우리와 함께 식사해요."

"가능하면 그렇게 하지요." 피터는 사장실의 문을 가리켰다. "사장님은 지금 계신가요?"

"네, 계세요. 하지만 까다로운 용건은 가지고 들어가시지 않는 게 좋을 거예요. 오늘 아침엔 기분이 언짢으신 모양이니까요."

"영감이 좋아할 만한 뉴스를 가지고 왔소. 치과의학회가 학회를 중지하자는 안을 보류시켰소. 당신도 뉴욕의 신문을 보았지요?"

"네, 보았어요. 우리는 당연한 응보를 받은 거예요."

그는 고개를 끄덕이면서 동의를 나타냈다.

"지방신문도 보았지만 뺑소니 사건에 대해서는 아무 것도 새로운 것이 나와 있지 않았어요. 어떻게 된 거죠? 신경이 쓰이는군요."

"정말 어떻게 된 일인지 모르겠소." 피터는 사흘 전 밤, 로프를 둘러친 노상에서 경찰관들이 현장조사를 하고 있던 광경이 머리 속에 되살아났다. 수사 당국은 과연 범인이나 차를 찾아낼 수 있을까? 지금쯤은 어딘가 안전한 곳에 숨어 버린 것이 아닐까. 그 뺑소니 사건은 또 하나의 범죄사건을 떠오르게 했다. 피터는 호텔내의 절도 사건 수사의 진전 상황을 이따가 오글비에게 물어보려고 했다. 보안주임한테서 아직 아무 보고도 없다는 것이 놀라운 일이었다.

그는 크리스틴에게 미소를 던지고 나서 트렌트의 사무실 문을 노크하고 안으로 들어갔다. 피터가 전한 소식에 트렌트는 별 반응이 없었다. 트렌트는 그때까지 젖어 있던 몽상에서 아직 덜 깨어난 듯 멍하니 고개만 끄덕였다. 그리고 뭔가 — 다른 전화였던 것 같지만 — 말하려다 갑자기 하지 않기로 생각을 바꾸었다. 피터는 그와 몇 마디의 말만 주고받고 그곳을 나왔다.

피더가 틀림없이 오늘 밤 데이트 신청을 할 것이라던, 웰즈 씨의 예언이 역시 들어맞았다고 크리스틴은 속으로 생각했다. 그리고 일부러 선약을 해버린 것을 약간 후회했다.

또한 그녀는 오늘 밤 앨버트 웰즈의 부담을 될 수 있는 대로 덜어 주기 위하여 어제 미리 생각해 둔 것이 머리에 떠오르자 곧 대식당의 급사장 맥스에게 전화를 걸었다.

"맥스씨, 요즘 그 식당의 저녁 정식(定食)이 너무 비싸다고 생각하지 않으세요?"

"그건 내가 정한 것이 아니잖습니까, 프랜시스 양. 나도 가끔, 그걸 내가 정할 수 있으면 좋겠다고 생각할 때가 있어요."

"요즘 사람이 많아요?"

"가끔이오. 저는 매일 밤 가뭄에 비 기다리는 심정이랍니다. 요새는 손님들도 꽤 약아졌거든요. 이런 호텔에는 중심이 되는 주방이 하나뿐이어서 호텔내의 어느 레스토랑에 들어가도 같은 요리사가 똑같은 방법으로 똑같은 요리를 한다는 것을 알고 있지요. 비록 서비스는 좀 다르다고 해도 같은 요리를 일부러 비싸게 먹으려고 하는 사람은 별로 없으니까요."

크리스틴은 말했다. "그런데 제 친구로, 식당의 서비스를 좋아하는 분이 한 분 계세요. 웰즈 씨라는 연세가 많은 어른인데요, 오늘 밤 저는 그 분과 함께 그곳으로 저녁식사를 하러 갈 거예요. 그래서 부탁인데요. 그 분이 눈치 채시지 못할 정도로 계산서를 좀 싸게 만들어 주시겠어요? 그리고 그 차액은 저에게 외상으로 달아주세요."

급사장은 껄껄 웃었다. "허어, 참 좋습니다. 나도 당신 같은 아가씨와 친해졌으면 얼마나 좋을까, 하고 늘 생각했지요."

"사양하겠어요. 아무리 저라도 맥스 씨한테는 그렇게 하고 싶지 않아요. 맥스 씨는 이 호텔에서 가장 수입이 좋은 두 사람의 종업원 중 하나라는 소문이 나 있거든요" 하고 그녀는 응수했다.

"또 한 사람은 누구지요?"

"허비 챈들러라고 그러던가요?"

"내 이름이 그 친구 이름하고 나란히 일컬어지는 것은 반갑지 않은데."

"아무튼 웰즈 씨 일은 잘 좀 부탁해요."

"그 분이 계산서를 보면 셀프 서비스 식당에서 식사를 한 것 같은 기분이 들지 않을까요?"

그녀는 맥스가 모든 걸 잘 해주리라고 믿고, 웃으면서 전화를 끊었다.

정말 믿어지지 않는다는 심정으로, 가슴이 부글부글 끓어오르는 분노를 이기지 못하면서 피터 맥더모트는 오글비의 편지를 천천히 다시 읽어보았다. 그 편지는 피터가 트렌트와 짧은 회담을 끝내고 돌아왔을 때 책상 위에 놓여 있었다.

어제 날짜와 시각이 찍힌 소인을 보면 그것은 오늘 아침 호텔 내 우편으로 배달되도록 오글비가 그의 사무실에 두고 간 모양이었다. 즉 그 전달방법에 의해서 시간을 지연시켜 피터가 그것을 받을 때에는 어떤 수도 쓸 수 없도록 꾸민 것이 명백하였다.

거기에는 이렇게 쓰여 있었다.

P 맥더모트 귀하

긴급한 개인적인 사유에 의해서 7일부터 4일간 휴가를 받고자 하오니 허락하여 주시기 바랍니다.

본인 부재중에는 보안부주임 W 피네간이 절도 사건 기타 만반의 사태에 대처하도록 필요한 지시를 해두었습니다.

내주 수요일에 돌아올 예정입니다.

보안주임 T I 오글비

오글비 자신이 호텔 전문 절도 상습범이 세인트 그레고리 내부에 잠입하고 있다는 결론을 내린 후 아직 24시간도 채 못되었다는 것을 피터는 쓰디쓰게 상기했다. 그때 피터는 보안주임에게 4, 5일간 호텔 내에서 묵도록 권했지만 그 뚱보는 그것을 거부했다. 지금 생각해 보니 보안주임은 그때 이미 두 시간 내에 호텔을 떠날 생각을 가지고 있었음에 틀림없다. 그런데 그는 아무 말도 없었다.

왜 그랬을까? 물론 그는 피터가 강력히 반대할 것을 알고 있었기 때문일 것이고 그것 때문에 말다툼을 한다거나 출발이 늦어지는 것을 바라지 않았기 때문일 것이다.

그 편지에는 긴급한 개인적 사유라고 쓰여 있었다. 피터는 그것이 사실일 것이라고 생각했다. 오글비가 아무리 워렌 트렌트와의 친밀한 관계를 내세운다고 해도 이 중요한 시기에 무단으로 결근한다면 중대한 결과를 초래할지 모른다는 것을 그도 알고 있었을 것임에 틀림없다.

그렇다 해도 개인적 이유란 도대체 무엇일까. 물론 떳떳이 공개할 수 있는 그런 것은 아닐 것이다. 만약 그런 이유라면 이렇게 할 리가 없다.

일반적으로 호텔업계에서는 종업원의 병이나 재난 같은 개인 신상의 위기(危機)에 대해서는 극히 동정적인 조치를 취하는 것이 보통이다. 세인트 그레고리 호텔도 예외는 아니었다. 그렇다면 그의 개인 사정이란 분명히 공개를 꺼려할 만한 일임에 틀림없다.

비록 그렇다 해도 그것이 호텔 운영에 특별한 지장을 주지 않는다면 아무도 상관할 바가 없는 것이다. 그러나 지금 오글비의 경우는 큰 지장을 줄 것이 분명하기 때문에 피터는 자기도 알고 싶어할 권리가 있다고 판단했다. 그래서 그는 보안주임이 어디에 갔는지, 또 왜 갔는지를 알아보기로 마음먹었다.

그는 우선 플로라를 불러서 그 편지를 보여 주기로 했다.

그녀는 피터의 심정을 이해하는 듯한 어조로 말했다. "저는 그걸 벌써 읽었어요. 당신이 그걸 보면 화를 낼 거라고 생각했죠."

"할 수 있다면 그가 어디 있는지 알아주었으면 좋겠소. 그의 집이나 그가 갈 만한 곳에 전화를 해서 누군가 오늘 그를 본 사람이 있는가, 그와 약속한 사람이 있는가 알아봐 주시오. 만나면 곧 연락하도록 부탁하는 것도 잊지 말고, 또 오글비와 전화 연락이 되면 그 전화를 나에게 돌려 주시오."

플로라는 메모를 하였다.

"그리고 또 한 가지 차고에 전화를 해주시오. 사실은 어젯밤 1시경, 내가 우연히 호텔 곁을 지나다가 그 친구가 차를 몰고 — 재규어였소 — 나가는 걸 보았거든, 그러니까 어쩌면 행선지를 주차장에 있는 누군가에게 말해 두었을지 몰라요." 플로라가 물러가자 그는 보안부주임 피네간을 불렀다. 야위고 말수가 적은 이 뉴잉글랜드 인은, 조급하게 물어대는 피터의 질문에 대답하기 전 하나 하나 곰곰이 생각하고 나서 입을 열었다.

오글비가 간 곳에 대해서는 그도 전혀 짐작이 가지 않는다고 대답했다. 그가 그의 상사한테서 4일 간 대리근무를 부탁 받은 것은 어젯밤 늦게였다. 어젯밤엔 호텔 안을 줄곧 순찰했지만 별 이상은 없었다. 오늘 아침에도 어느 객실에서나 불법 침입이 있었다는 보고는 전혀 없다. 뉴올리언스 경찰본부에서는 아직 아무런 연락도 없지만 자기는 피터 맥더모트가 제안한대로 계속 경찰과 밀접한 연락을 취할 것이다. 그리고 물론 오글비에게서 연락이 오면 곧 피터에게 알리겠다는 얘기였다.

피터는 결국 아무 소득도 없이 피네간을 물러가게 했다. 오글비에 대한 분노는 조금도 가시지 않았으나 지금 당장은 어떻게 해볼 방법이 없었다.

그리고 2, 3분지나 플로라가 인터폰으로 "마샤 프리스코트양의 전화입니다"라고 알려왔을 때에도 노기는 여전히 가라앉지 않고 있었다.

"바쁘니까 이따가 이쪽에서 전화한다고 전해 주시오." 피터는 이렇게 소리치더니 생각을 바꾸어 말했다. "아니오, 전화를 받겠소."

그는 수화기를 들었다.

마샤의 음성이 명랑하게 들려왔다. "들었어요. 아니 그렇게 바쁘세요."

앞으로 인터폰으로 통화하고 있을 때에는 전화의 중단 버튼을 눌러두도록 플로라에게 일러두리라고 생각하면서 피터는 말했다. "미안합니다. 멋있었던 밤이 지난 다음 날 아침은 으레 만사가 저조해지나 봅니다."

"호텔의 총지배인이면 이미 그런 일에는 익숙해 있을 텐데요."

"익숙한 사람도 있을 테지만 저는 아직 미숙해서요."

그녀는 잠시 주저하다가 "그렇게 멋있는 밤이었어요?" 하고 물었다.

"그럼요. 모든 것이 훌륭했지요."

"어머 기뻐요. 그러면 전 약속대로 하겠어요."

"약속이라뇨? 약속은 이행하지 않았던가요?"

"아니에요. 뉴올리언스의 역사를 가르쳐 드린다고 약속했잖아요. 괜찮으시다면 오늘 오후부터 시작할까요?"

그는 거절하려고 했다. 바빠서 호텔을 비울 수가 없다고 대답할까 했다. 그런데 그때 문득 가보고 싶은 생각이 들었다. 잠깐 외출을 한다 해도 큰 지장은 없을 게다. 1주일에 이틀의 휴일도 제대로 쉬어보지 못하는 데다가 요즘은 시간외 근무까지 늘어나고 있었다.

"좋습니다. 두 시부터 네 시 사이에 몇 세기 분의 공부를 할 수 있을는지 기대를 가져 보겠습니다"라고 그는 말했다.

7

커티스 오키페는 자기 방에서 아침식사를 하기 전 드리는 20분 간의 기도 때, 두 번씩이나 파고드는 잡념을 떨쳐 버리느라고 애를 먹었다. 언제나 마찬가지로 침착성을 잃은 데 원인이 있는 그 무엄한 태도를 하나님께 빌긴 했지만, 그는 내심으로는 그것이 그다지 그릇된 일이라고는 생각지 않았다. 언제나 바쁘게 머리를 회전해야 하는 것은 호텔왕의 천성의 하나요, 아마도 하나님의 뜻임에 틀림없었기 때문이다.

아무튼 오늘이 뉴올리언스에서의 최후의 날임을 생각하자 마음이 놓였다. 오늘 밤 뉴욕을 향해서 출발하고 내일은 도도와 함께 이탈리아에 간다. 목적지는 나폴리 오키페 호텔. 무대가 바뀔 뿐만 아니라 자기 집에 머물 수 있는 것도 기쁜 일이었다. 각지의 오키페 호텔에 머물면서 세계일주를 한다면 미국에 있는 것과 마찬가지가 아니겠느냐고 까다로운 친구들은 말하지만 그는 그것이 왜 나쁜지 알 수가 없었다. 그는 해외여행을 자주 해도 가는 곳마다 언제나 낯익고 구면인 곳을 더 좋아했다. 약간의 지방색을 띤 미국식 장식, 미국식 생활설비, 미국식 식사, 그리고 많은 미국인들. 오키페 체인 호텔은 그 요구를 모두 충족시켜 주었다.

지금 한시라도 빨리 뉴올리언스를 떠나고 싶어하는 것과 마찬가지로 이탈리아에 가서도 1주일만 지나면 또 싫증이 날 것이지만 그것은 별로 중요한 일이 아니었다. 그의 제국영토(帝國領土)는 세계 각지에 분포되어 있기 때문이다. 타지마할 오키페, 오키페 리스본, 애들레이드 오키페, 오키페 코펜하겐 등등. 현재의 능률화된 체인 기구에 있어서는 그렇게 큰 영향은 없을 것이지만 오키페 제국의 제왕의 방문은, 로마 법왕의 체재(滯在)가 대사원에 활기를 불어 넣어주는 것과 마찬가지로 그 호텔의 영업 활동을 자극할 것임이 분명했다.

물론 그는 1, 2개월 후에 다시 뉴올리언스에 돌아올 것이다. 그때 오키페 세인트 그레고리라고 개칭된 이 호텔은 이미 해체수리가 끝나고 또 개조되어서 명실상부한 오키페 호텔이 되어 있을 것이다. 그리고 성대한 개업의 축전에 그가 도착할 때에는 전 시민이 환호와 승리의 팡파르를 울리고 신문, 라디오, 텔레비전이 그 상황을 보도하게 될 것이다. 이런 행사에는 무료로 호화로운 구경과 대접을 한다는 미끼로 할리우드의 스타들과 각계의 명사들을 끌어 모으기가 어렵지는 않을 것이다.

이와 같은 공상을 하다 보니 오키페는 그날이 빨리 와주었으면 하는 안타까운 생각이 들었다. 그런데 이틀 전에 제시한 이쪽의 조건에 대해 아직 워렌 트렌트의 회답이 도착하지 않은 것은 뜻밖이었다. 지금은 목요일 10시를 지난 시간이다. 약속시한(時限)인 정오까지는 90여 분을 남겨 놓았다. 세인트 그레고리의 경영자는 무언가 다른 이유가 있어서 마지막 순간까지 수락을 보류하고 있는 것 같았다.

오키페는 안절부절못하면서 방안을 돌아다녔다. 약 30분 전에 도도는 그에게서 고액권으로 수백 달러의 지폐를 받아 가지고 쇼핑을 나갔다. 나폴리는 뉴올리언스보다도 훨씬 더울 것이라 예상되었고 뉴욕에서는 쇼핑을 할 시간이 없기 때문에 가벼운 여름옷도 몇 벌 사두는 게 좋지 않겠느냐고 그는 일러두었다. 도도는 여느 때와 마찬가지로 기쁜 표정을 지으면서 고맙다는 인사를 했지만, 이상하게도 어저께 6달러라는 싼값으로 유람 보트를 탔을 때와 같은 열광적인 기쁨을 나타내지는 않았다. 여자란 참 알 수 없는 동물이라고 그는 생각했다.

창가에 멈춰 서서 밖을 내다보고 있을 때 거실의 전화벨이 울렸다. 그는 대여섯 걸음 성큼성큼 걸어가서 수화기를 들었다.

"여보세요."

워렌 트렌트의 목소리를 기대하고 있었지만 교환수는 장거리 전화라고 알려 왔다. 잠시 후 행크 젬니처의 콧소리가 나는 캘리포니아 사투리가 전화선을 타고 들려왔다.

"회장님이십니까?"

"음, 그렇소." 서해안에 있는 그의 방계회사의 대표자가 24시간 이내에 두 번씩이나 전화를 해오는 것이 이상하게 돈이 아깝다는 인색한 생각이 그의 머리를 스쳤다.

"회장님께 아주 좋은 뉴스가 들어 왔습니다."

"무슨 뉴슨데."

"도도를 위해서 어떤 계약을 체결했습니다."

"그녀를 위해서 뭔가 특별한 일을 해달라고 어저께 확실히 말해 둔 걸로 아는데."

"네. 알고 있습니다. 이것은 그야말로 둘도 없는 최고의 이야깁니다. 회장님, 도도는 정말 행운아군요."

"무슨 이야기요."

"월트 커즌이 〈가지고 나가면 안 돼요〉의 개작(改作)을 기획하고 있는 것을 알고 계시지요. 우리 회사도 주식을 가지고 있지 않습니까."

"음, 알고 있네."

"실은 어저께 월트가 앤 밀러의 역을 맡을 여배우를 찾고 있는 걸 알았지요. 이건 상당히 중요한 역이거든요. 게다가 도도에게는 이거야말로 타이트 브래지어처럼 꼭 들어맞는 역이란 말씀이에요."

상스러운 표현을 즐겨 쓰는 렘니처의 그 버릇을 좀 고칠 수 없을까 생각하면서 오키페는 말했다.

"하지만 스크린 테스트를 할 게 아닌가?"

"물론 그렇지요."

"그러면 과연 커즌이 그 배역에 동의할는지 안 할는지 모르지 않소."

"농담은 그만두세요, 회장님. 회장님의 영향력을 과소평가해서는 안 됩니다. 도도 이야기는 이제 다 결정된 거나 다름없어요. 게다가 그녀에게 샌드라 스트로간을 붙이기로 돼 있으니까 염려할 건 없습니다. 회장님도 샌드라를 아시죠?"

오키페는 샌드라 스트로간에 대해서 잘 알고 있었다. 그녀는 영화계 굴지의 연기 지도자로서 명성을 떨치고 있었다. 그녀의 업적 중에서 특히 유명한 것은 유명한 스폰서가 붙은 무명의 여성을 수없이 은막의 여왕으로 세상에 키워 내보낸 일이었다.

"도도에게는 다시 없는 기회라 저는 기뻐하고 있습니다" 하고 켐니처는 말했다. "도도는 아주 좋은 여자니까요. 단 이 일은 급히 서둘지 않으면 안 됩니다."

"그건 또 무슨 말이오?"

"그들은 내일 도도를 보내달라고 합니다. 다음 차례는 제대로 준비되어 있습니다."

"다음 차례라는 건 또 뭔가?"

렘니처는 머뭇거리듯 말했다. "제니 라마시 말입니다. 잊지는 않으셨겠죠?"

오키페는 한두 달 전에 자기가 강한 인상을 받았던 바사 여대 출신의 까무잡잡한 그 아름다운 여인을 잊을 수가 없었다. 그러나 어저께 켐니처와 통화를 한 후에 그녀는 잠시 그의 머리에서 떠나 있었던 것이다.

"만사 빈틈없이 손을 써두었습니다. 제니는 오늘 밤 비행기로 뉴욕으로 떠나 거기서 내일 회장님과 만나기로 되어 있어요. 그러니까 도도의 나폴리행의 예약은 제니로 바꾸면 되겠지요. 도도는 뉴올리언스에서 이곳으로 곧바로 보내주시면 되겠습니다. 간단하지 않습니까?"

확실히 간단했다. 너무나 간단해서 오키페는 그 계획에 아무런 결점도 찾을 수 없었다. 아니 도대체 무엇 때문에 결점을 찾아내려 하느냐고 그는 자문했다.

"도도는 틀림없이 그 역을 맡게 되겠지."

"어머니의 무덤에 맹세해도 좋습니다."

"당신 어머니는 아직 생존해 계시지 않나."

"그러면 할머니의 무덤에 맹세하지요." 한참 사이를 두었다가 갑자기 정신을 차린 것처럼 렘니처는 말했다. "만약 회장님께서 도도에게 말씀하시기가 거북하면 저에게 맡겨 주십시오. 회장님이 두 시간쯤 외출하고 계시는 동안에 제가 그녀에게 전화로 얘기하겠습니다. 그렇게 하는 것이 말썽도 나지 않고 좋을 겁니다."

"고마와. 그러나 이 일은 내가 직접 처리할 테니까 염려할 것 없네."

"그렇습니까. 좋으실 대로 하시지요. 그저 좀 도와드리고 싶어서 그랬습니다."

"도도가 로스앤젤레스에 도착할 시간을 당신한테 전보로 알릴 테니 마중 나와 주겠나?"

"네, 알았습니다. 도도를 만날 일이 기쁘군요. 그러면 회장님, 나폴리에서 유쾌한 시간을 보내세요. 제니를 차지하게 되시다니 회장님이 부럽습니다."

오키페는 아무 말도 하지 않고 전화를 끊었다.

도도는 두 팔에 상품 꾸러미를 가득 안고 숨을 헐떡이면서 돌아왔다. 그 뒤를 더 많은 짐을 안은 보이가 웃으면서 따라 들어왔다.

"다시 돌아가야 해요. 아직 더 있으니까요, 커티."

오키페는 퉁명스럽게 말했다. "전부 배달해 달라고 하면 되잖아."

"이렇게 하는 쪽이 더 신이 나요. 꼭 크리스마스 같아요." 그녀는 보이를 돌아보면서 말했다. "우리는 나폴리에 가요. 이탈리아의 나폴리요."

오키페는 보이에게 1달러를 주고는 그가 물러가기를 기다렸다.

도도는 짐을 내려놓자 충동적으로 오키페의 목을 껴안으면서 양 볼에 키스를 했다. "제가 없어서 쓸쓸했죠? 커티, 난 아주 행복해요."

오키페는 슬며시 그녀의 팔을 풀었다. "여기 앉아. 계획을 변경했기 때문에 그걸 좀 얘기하려고 해. 또 좋은 뉴스도 있고 말이야."

"우리의 출발이 빨라지는 모양이로군요."

그는 고개를 저었다. "이건 나보다도 주로 당신과 관계가 있는 일이오. 실은 당신이 영화에 출연하게 되었소. 이건 예전부터 내가 힘을 써온 거지만 오늘 아침 결정을 보았다는 보고가 들어왔소."

도도의 순진한 파란 눈이 그를 빤히 바라보고 있었다.

"아주 멋있는 역임에 틀림없소. 사실 그런 역이 아니면 나는 절대로 당신을 놓아주지 않겠다고 했으니까. 만약 일이 잘되면 — 아니 물론 잘 될 테지만 — 그렇게만 되면 훌륭한 미래가 당신을 기다리고 있는 거요." 오키페는 자기 말의 공허함을 스스로 의식하고 입을 다물었다.

도도는 천천히 말했다. "그렇다면 저는 당신과 헤어져야 하나요?"

"응, 섭섭하지만 그러는 수밖에 없겠지."

"곧?"

"그래, 내일 아침이오. 당신은 비행기로 곧장 로스앤젤레스에 가기로 되어 있소. 켐니처가 공항에 마중나와 있을 거야."

도도는 천천히 고개를 끄덕였다. 가냘픈 손을 멍하니 얼굴에 올려서 헝클어진 연한 금색의 머리카락을 뒤로 쓸어 넘겼다. 도도의 그와 같은 단순한 동작의 대부분이 그에게 참을 수 없는 욕정을 불러 일으켰다. 그때 불현듯 오키페는 행크 켐니처가 도도를 차지할 것이라는 생각이 들어 질투 비슷하게 마음이 아려왔다. 과거 호텔왕의 애인의 태반을 소개한 켐니처는 선택한 여인과 사전에 관계를 갖는 일은 절대로 없었다. 그러나 단맛 다 보고 오키페가 물린 여인들에 대해서는 과연 어떨까? 전자의 경우와는 사정이 달라지니까…… 오키페는 그런 생각을 물리쳤다.

"당신을 잃는다는 건 나로서도 온몸을 찢기는 것처럼 괴로운 일이지만 당신의 장래도 생각해 줘야 하니까 말이지."

"네, 알겠어요." 도도의 눈은 언제나와 같이 천진난만했지만 오키페는 어쩐지 그의 속마음을 들킨 것 같아 마음이 편치 않았다.

"당신은 영화 배우가 되는 걸 좀더 기뻐할 줄 알았는데."

"기뻐요. 정말 기뻐요! 고마와요, 커티. 전 너무 감격해서 무어라 말씀드렸으면 좋을지 몰라서 그래요."

오키페는 겨우 자신(自信)을 되찾았다. "아무튼 이건 정말 굉장한 기회야. 아마 당신은 틀림없이 잘 해낼 거야. 나도 많은 후원을 할 테니까 말야." 그는 제니 라마시의 일에 생각을 집중하기로 했다.

"당신은……" 도도의 음성이 약간 막히는 듯했다. "오늘 밤 떠나시는 거지요? 저보다 먼저요."

오키페는 그 자리에서 즉각 결심을 하면서 대답했다. "아니 오늘밤 비행기 예약은 취소하고 내일 아침에 떠나기로 하겠소. 오늘밤은 우리 두 사람을 위한 특별한 밤이 되도록 할 작정이오."

도도가 고마워하는 표정으로 위를 쳐다보았을 때 전화벨이 울렸다. 오키페는 그 상황에서 피할 수 있게 됨을 다행스럽게 느끼면서 전화를 받았다.

"오키페 씨입니까?" 아름다운 여성의 음성이 물어왔다.

"네, 그렇소만."

"워렌 트렌트 사장의 비서 크리스틴 프랜시스입니다. 사장님께서 지금 그곳으로 가시려고 합니다만 괜찮으실는지요?"

오키페는 손목시계를 보았다. 열두 시가 조금 못되었다.

"네 좋습니다. 곧 오셔도 좋다고 전해 주시오."

그는 수화기를 놓자 도도를 뒤돌아보면서 히죽 웃었다. "이제 우리는 서로를 축하하게 될 것 같군. 당신의 빛나는 미래와 나의 새로운 호텔을 위해서 말이오."

8

 그보다 약 한 시간 전 워렌 트렌트는 사장실의 굳게 닫힌 문 안에서 혼자 생각에 잠겨 있었다. 그는 몇 번인가 커티스 오키페에게 전화를 하려고 수화기에 손을 뻗쳤다. 매수 조건 수락의 회답을 연기할 이유는 이제 더 없었다. 직공인 조합은 그것을 대치하는 융자의 최후의 희망이었다. 그 희망이 사라짐과 동시에 오키페에 대한 최후의 저항은 무너지고 말았던 것이다.

 그러나 그는 손을 전화기에 내밀 때마다 주저되어 다시 거둬들였다. 마치 사형시간이 임박한 죄수가 그 전에 자살해 버릴까, 망설이고 있는 것과 같다고 트렌트는 생각했다. 그러나 그의 속마음은, 최후의 시간이 다가와서 결단의 필요가 없어질 때까지 남겨진 시간에 늘어붙어 절대 손을 떼려 하지 않았다.

 피터 맥더모트가 그를 찾아왔을 때 트렌트는 항복 직전의 상태에 있었다. 피터의 출현이 일시 항복을 막은 셈이었다. 치과의학회가 대회를 예정대로 열기로 결정하였다는 피터의 보고는 트렌트가 어제 예언한 것이어서 별로 놀랄 만한 일은 아니었다. 또 그와 같은 일은 이제 그와는 아무 관계도 없는, 전혀 무의미한 일처럼 생각되었다. 피터가 곧 그 자리에서 물러가 준 것이 반가웠다.

 그리고 나서 그는 잠시 동안 과거의 승리와 흐뭇했던 일들의 추억에 잠겼다. 일찍이 — 그렇다 해도 그렇게 먼 과거의 일은 아니지만 — 세계의 위대한 국가원수, 왕, 거두들 그리고 신분이 높은 신사 숙녀, 명사 또는 유명 무명의 부호나 실업가들, 그 모든 톱 클래스의 사람들이 모두 하나같이 이 호텔을 찾았던 것이다. 그리고 그들은 그들이 바라는 대로 세인의 주목을 끌었다. 이들 엘리트들이 가는 곳마다 많은 아류(亞流)들이 모여들고 세인트 그레고리는 세계 유명인의 성지(聖地)가 되고 동시에 돈이 열리는 나무가 되었다.

 추억 이외의 아무 것도 남은 것이 없게 될 때에는 그것만이라도 마음껏 즐기는 것이 좋을 게다. 트렌트는 이 호텔의 경영자로서의 최후의 한 시간을 누구의 방해도 받지 않고 조용히 보내고 싶었다. 그러나 그 희망도 소용없는 일이었다.

크리스틴 프랜시스는 트렌트의 그와 같은 기분을 알고 조용히 방에 들어왔다. "에밀 듀메어 씨가 사장님께 말씀드리고 싶은 게 있다고 하시는데요. 방해하고 싶지 않았습니다만 듀메어 씨가 긴급한 용건이라고 말씀하시기 때문에 —"

트렌트는 아니꼽다는 듯이 "흥" 하고 콧소리를 냈다. 까마귀 떼들이 모여드는구나, 하고 마음속으로 생각했다. 그러나 생각해 보니 그 비유는 타당치 못한 것 같았다. 에밀 듀메어가 은행장으로 있는 상공은행은 세인트 그레고리에 상당한 돈을 빌려주고 있었다. 그러나 상공은행은 수개월 전에 채권결제의 연기나 재융자를 거부한 은행의 하나였다. 아무튼 듀메어나 그 은행의 중역들은 이제 아무 것도 걱정할 필요가 없을 게 아닌가 — 앞으로 한 시간 후에 이 호텔을 팔게 되면 그들의 돈은 무사히 돌아갈 테니까 말이다. 트렌트는 그렇게 말해 듀메어를 안심시켜 주리라 생각했다.

그는 수화기에 손을 뻗쳤다. "아니에요. 듀메어 씨는 지금 여기와 계십니다. 밖에서 기다리고 계세요" 하고 크리스틴이 말했다.

트렌트는 놀라서 손을 멈추었다. 에밀 듀메어가 누군가를 방문하기 위해서 그의 은행 문을 나서는 일은 대단히 이례적인 일이었다.

크리스틴은 방문자를 맞아들이고 방을 나가서 문을 닫았다. 대머리에 한 줌도 안 되는 곱슬곱슬한 백발을 남기고 있는, 키가 작고 뚱뚱한 에밀 듀메어는 순수한, 프랑스 이민 조상의 피를 이어받은 듯했다. 그러나 거드름을 피우며 법석을 떠는 태도 때문에 마치 디킨즈의 〈피크위크의 기록〉의 주인공을 눈앞에서 보는 것 같았다.

"갑자기 찾아와서 이것 참 죄송합니다. 너무 급한 용건이라서 전화를 할 틈도 없었어요. 워렌."

두 사람은 기계적으로 악수를 교환했다. 트렌트는 손님에게 의자를 권했다.

"그래 용건이란 무엇입니까."

"차례로 말씀드리지요. 우선 당신의 융자신청에 응해 드리지 못해서 정말 죄송했소이다. 당신이 신청한 금액이나 조건은 우리 은행의 자금이나 소정의 영업방침과는 너무나 동떨어진 것이어서 그렇게 되었지요."

트렌트는 애매하게 고개를 끄덕였다. 이 은행가에 대해서 그는 별로 호감을 갖고 있지 않았다. 그렇다고 해서 이 친구를 과소 평가하는 잘못을 저지른 적은 한 번도 없었다. 속은 텅 빈 주제에 겉으로 보이게 거드름을 피우는 인물로 보이기 때문에 깔보고 대들었다가 혼나는 친구들도 적지 않았지만 듀메어는 사실 대단히 유능하고 빈틈없는 두뇌의 소유자였던 것이다.

"그런데 오늘 내가 여기에 온 것은 그것을 보상하기 위해서입니다."

"허, 그건 또 무슨 말씀입니까" 하고 트렌트는 말했다.

은행장은 얄팍한 서류가방 속에서 연필로 잔뜩 메모가 된 괘지를 4, 5매 끄집어내고, "듣자니 오키페 호텔 회사에서 이 호텔을 매수하겠다는 제의를 해온 모양이더군요" 했다.

"그만한 것은 FBI의 신세를 지지 않아도 알 수 있을 게 아닙니까."

은행장은 웃었다. "그 조건을 좀 말해 줄 수 없겠소."

"그건 알아 무엇해요."

"사실은" 하고 듀메어가 신중한 어조로 말했다. "나는 경쟁계약을 제의하기 위해서 왔습니다."

"그렇다면 더욱 말해 줄 수 없겠군요. 말씀드릴 수 있는 것은 오늘 정오까지 오키페 측에 회답을 주기로 되어 있다는 것뿐이오."

"그래요. 내가 들은 정보도 대체로 그런 것이었기 때문에 급히 온 겁니다. 아니 좀더 빨리 오려고 생각했지만 자세한 정보를 얻느라고 시간이 좀 걸렸지요."

이 막다른 시간에 제안된 경쟁계약은 트렌트의 관심을 거의 끌지 않았다. 듀메어를 대표로 하는 이 고장 투자가들의 일단은 이 호텔을 싸게 사서 비싸게 팔아버릴 계산을 하고 있을 것이다. 따라서 그들이 제시하는 조건은 아마 오키페가 제안한 것보다도 못할 게 뻔했다. 트렌트 자신의 지위에 관해서도 더 좋은 보증이 있으리라고는 생각되지 않았다.

은행장은 연필로 쓴 메모를 보면서 말했다. "들은 바에 의하면, 오키페 호텔

회사가 제안한 조건은 매도가격이 400만 달러, 그 중 200만 달러는 현 저당권의 갱신에 사용하고 나머지 200만 달러 중에서 100만 달러는 오키페 회사의 신주(新株)로 지불한다는 것이라더군요. 그 외에 당신이 이 호텔 내에서 살 수 있는 종신차용권이라고나 할까, 그러한 권리를 얻기로 되어 있다는 소문이던데요."

트렌트의 얼굴이 분노로 벌겋게 달아올랐다. 그는 주먹을 불끈 쥐고 책상을 세차게 내리쳤다.

"뭐, 뭐라고? 나를 놀려 주려고 온 거요? 당신은!"

"그럴 생각은 없지만 만약 그렇게 보였다면 죄송합니다."

"제기랄! 속속들이 다 알고 있으면서 왜 묻는 거요."

"솔직히 말한다면 그것을 확인하고 싶었던 건데 당신이 지금 한 그 한 마디로 그 목적은 달성한 셈이오. 동시에 내가 책임을 지고 제안하려는 조건이 그보다 좀 낫다는 것도 이로써 명백해 졌소이다."

트렌트는 자기가 초보적이고 낡아빠진 책략에 걸려 들었다는 것을 깨달았다. 듀메어가 그를 그런 진부한 수법으로 속일 수 있다고 보았다는 것은 울화가 치미는 일이었다.

그와 동시에 커티스 오키페가 자기 진영 속에 배신자를 갖고 있다는 것도 명백해졌다. 아마 그것은 고도의 기밀에 관여하고 있는 수뇌부 중의 한 사람일 것이다. 스파이 정책을 쓰는 오키페 자신이 자기 부하에게 탐색 당한다는 사실은 아이러니컬한 일이다.

"그 조건은 어느 정도나 낫다는 건가요. 도대체 제안자는 누구요?"

"우선 둘째 번 질문에 대해서인데, 현재로서 나는 그것을 대답해 드릴 수가 없습니다."

트렌트는 콧방귀를 뀌었다. "나는 내가 볼 수 있는 사람과 거래를 하는 거지, 유령과는 할 수가 없어요."

"아니오. 적어도 나는 유령이 아니지요. 그리고 내가 책임을 지고 제안하는 계약조건은 우리 은행의 보증을 받고 있고 또 나는 각 관계자들에게서 우리 은행을 대표자로 해서 일체의 계약교섭을 맡긴다는 정식 위임장을 갖고 있어요."

아까 상대방의 계략에 넘어간 일을 아직도 분하게 여기고 있는 트렌트는 시무룩한 어조로 말했다. "아무튼 요점을 말하도록 하십시오."

"그렇게 하려던 참입니다." 듀메어는 메모지를 정리했다. "기본적인 문제로서 이 호텔에 대한 평가액은 오키페 회사의 그것과 마찬가지요."

"그거야 당연할 테지. 당신은 오키페가 제시한 액수를 알고 있으니까."

"그러나 다른 점에서는 여러 가지 중요한 차이가 있습니다."

트렌트는 회담이 시작된 후 처음으로, 자신이 듀메어의 이야기에 점점 흥미를 가지게 되는 것을 느꼈다.

"첫째로, 당신이 세인트 그레고리 호텔과의 개인적인 관계를 끊는 것도, 투자자본을 빼 가는 것도 우리 출자자들은 전혀 바라고 있지 않아요. 둘째는 채산이 맞는 한 이 호텔의 독립과 현재의 성격을 유지하고 싶다는 것이 우리측의 기본 방침입니다."

트렌트는 의자의 팔걸이를 꽉 쥐었다. 오른쪽에 있는 벽시계는 12시 15분전을 가리키고 있었다.

"하지만 경영관리를 능률적으로 강화하기 위해서 호텔 운영의 실권은 우리들 새로운 출자자들이 인수하게 될 텐데, 이런 현상으로 보아서는 당연한 요구라고 생각합니다. 따라서 당신은 이 호텔의 최대 주주의 지위에 머물게 되고 사장의 지위는 사퇴하게 되는 것이지요. 가만, 물 한 잔만 좀 주시겠습니까?"

트렌트는 책상 위의 보온 물병에서 컵에 물을 따라 주었다.

"그렇다면 나는 보이나 도어맨의 조수라도 되는 건가요?"

"천만의 말씀입니다." 에밀 듀메어는 물을 한 모금 마시고 나서 컵에 남아 있는 물을 빤히 들여다보았다. "제가 언제나 감탄하는 건데, 어떻게 저 미시시피의 흙탕물이 이렇게 깨끗하고 맛있는 물이 될 수 있을까요!"

"쓸데없는 소리하지 말고 얘기나 계속합시다."

은행장은 빙그레 웃었다. "당신은 현재의 직무에서 물러남과 동시에 중역회의 회장에 취임하게 되는 겁니다. 임기는 우선 2년으로 정하고."

"명목상의 지위겠지."

"아마 그렇다고 할 수 있겠지요. 다른 경우와 비교한다면 훨씬 좋은 조건이 아닐까요. 그렇지 않으면 그 명목도 커티스 오키페에게 팔아버리고 싶은 건가요?"

트렌트는 아무 말이 없었다.

"당신이 오키페 호텔 회사에서 제공받기로 되어 있는, 현재 살고 있는 곳의 종신차용권은 우리 출자자들도 마찬가지로 인정하겠어요. 다음은 주식의 양도와 융자문제에 관해 자세히 설명해 드리겠습니다."

듀메어 은행장이 메모를 보면서 이야기를 하고 있는 동안에 트렌트는 일종의 권태감과 허탈감에 사로잡혔다. 불현듯 먼 옛날의 일이 생각났다. 어릴 때 여러 가지 재미있는 것들을 타보기 위해서 모아둔 용돈을 가지고 시골의 축제에 갔을 때 일이었다. 그들 탈 것들 중에 케이크워크라는 것이 있었다.(그런 놀이는 이미 사라져 버렸으려니 생각했다) 그것은 바닥이 돌쩌귀로 복잡하게 이어진 긴 나무판으로, 바닥의 각 부분을 기계장치로 제멋대로 움직일 수 있고 전후 좌우로 기울어지게 만들어져 있었다. 1펜스를 내고 그 위를 걸어가는 것이지만 몸의 균형을 유지하고 상당히 민첩하게 가지 않으면 떨어져버릴 위험이 있었다. 그는 그것을 타보았지만 재미있기는커녕 눈이 핑 돌아 끝에쯤 가서는 빨리 내리고 싶은 생각밖에 들지 않았다.

지금까지의 수주간도 꼭 케이크워크와 같았다. 처음에는 자신만만했지만 갑자기 발 밑의 바닥이 흔들리기 시작했다. 희망이 되살아나자 그 바닥은 다시 고개를 쳐들고 올라온다. 그리고는 또 갑자기 털썩 기울어진다. 몇 번이나 이와 같은 일이 되풀이되고 나서 마침내 직공인조합과의 계약이 거의 성사될 것 같아 겨우 안정을 되찾은 것처럼 보였는데 그것도 꼭 미친 짓과 같은 돌쩌귀 장치 때문에 또다시 기울어지고 말았다.

그리고 지금 생각지도 않게 케이크워크가 다시 안정을 찾았다. 그러나 그는 그저 내리고 싶은 심정뿐이다. 나중에 마음이 바뀌어 호텔 재건의 의욕이 솟아

날지는 모르지만 지금은 어찌됐든 그저 어깨에 걸머진 무거운 짐을 내려놓을 수 있을 것 같다는 안도감만이 그를 지배하고 있었다. 그 안도감과 함께 호기심도 일었다.

뉴올리언스의 지도적 실업가들 중 누가 에밀 듀메어의 배후에 있는 것일까? 세인트 그레고리 호텔을 전통적인 독립경영 기업으로 유지하려는 모험적 사업에 뛰어들고자 하는 사람은 과연 누구일까? 마크 프리스코트일까? 저 다각 경영에 열을 올리고 있는 백화점의 두목이라면 호텔 사업에 손을 뻗친다고 해도 이상할 것은 없다. 트렌트는 최근 누군가한테서 마크 프리스코트가 로마에 가 있다는 말을 들었다. 그것은 듀메어를 중간에 내세워서 교섭을 시키고 있는 사실과 부합된다는 생각이 들기도 했다. 아무튼 그 정체는 곧 알게 될 것이라고 생각했다.

듀메어가 제안한 주식양도의 방법은 타당한 것이다. 오키페의 제안과 비교한다면 받는 현금액수는 적지만 그것은 호텔에 유보된 잔존 권리에 의해서 충분히 메워질 수 있는 것이었다. 오키페의 경우는 그를 세인트 그레고리 호텔에 관한 모든 일에서 완전히 손을 떼게 하는 것이었다.

중역회 회장이라는 지위에 대해서 말한다면 확실히 실권이 없는 명목뿐임에는 틀림없겠지만, 적어도 그리되면 호텔 내부에서 일어나는 일의 진행을 지켜볼 수 있는 권리는 가질 수 있을 것이다. 또 체면 유지도 될 수 있을 것이고.

"이상이 대체적인 요지입니다." 에밀 듀메어는 설명을 끝냈다. "이 제안의 성실한 이행에 대해서는 이미 말한 대로 우리은행이 그것을 보증하오. 오늘 오후에 공증(公證)된 취지서를 당신에게 드릴 생각입니다."

"만약 내가 동의한다면 계약은 언제 하게 되겠습니까?"

은행장은 입술을 오므리면서 생각했다. "필요한 서류를 만드는 데는 별로 시간이 걸리지 않을 것이고 게다가 저당 기한도 눈앞에 다가왔으니까 내일 이맘 때 계약을 하도록 합시다."

"그 때는 매수인의 정체도 알 수 있게 되겠죠?"

"계약하는 이상 그것은 당연한 일이지요."

"내일 계약할 거라면 지금 해도 무방하지 않겠습니까?"

은행장은 고개를 저었다. "그건 내 독단으로는 할 수 없는 일입니다."

트렌트의 마음속에서 타고난 조급한 성미가 고개를 들었다. 동의의 조건으로서 상대방의 이름을 밝히라고 할까도 생각했다. 그러나 약속한 조항들이 지켜지기만 한다면 이름은 밝히든 안 밝히든 마찬가지가 아니겠느냐, 하는 이성의 소리가 그를 타일렀다. 그리고 사실은 논쟁할 의욕도 솟아나지 않았다. 몇 분전의 권태감과 허탈감이 다시 그를 찾아왔다.

트렌트는 한숨을 내쉬며, 간단히 대답했다. "좋아요. 승낙하겠소."

9

커티스 오키페는 경악과 분노를 가누지 못하면서 트렌트를 노려보았다.

"아니, 딴 사람에게 팔았다고. 어떻게 당신 입에서 그런 뻔뻔스러운 말이 나올 수 있소!"

그들은 오키페의 거실에 있었다. 에밀 듀메어가 돌아간 후 곧 크리스틴이 오키페에게 전화를 걸어 약속을 했고, 지금 그 약속대로 트렌트가 그를 방문한 것이다. 도도는 어쩔 줄 몰라하는 표정으로 오키페의 뒤에 서 있었다.

"뻔뻔스러운지 어떤지는 모르겠지만 아무튼 보고하러 왔소. 내가 완전히 팔아버리지 않고 실질적인 권리를 보유하게 되었다는 건 당신도 흥미를 좀 가지리라 생각해서 말이오."

"흥, 그 따위 것은 어차피 언제고 흔적도 없이 날아가 버리고 말 거요." 오키페의 얼굴은 노기를 띠고 빨갛게 달아 있었다. 자기가 사려고 생각했던 것을 거절당하는 일은 몇 년만에 처음 있는 일이었다. 그러니 일이 다 틀어진 지금, 실의(失意)의 고배를 마시면서도 아직 그것을 믿을 수가 없었다. "어디 두고 봅시다. 반드시 당신을 쓰러뜨리고 말 테니까."

도도는 손을 내밀어 오키페의 소매를 끌었다. "커티, 그만두세요."

"닥쳐!" 그는 그녀의 손을 뿌리쳤다. 관자놀이의 혈관이 불거지고 두 주먹을 불끈 쥐고 있었다.

"커티, 너무 흥분하지 마세요. 그러면 안 돼요……"

"바보 같으니라구. 네가 나설 일이 아니야!"

도도는 호소하듯 한 눈매로 트렌트를 보았다. 그 눈이 막 화를 터뜨리려고 하던 트렌트의 기분을 가라앉혔다.

그는 오키페에게 말했다. "당신 마음대로 해보시오. 그리고 한 마디만 해두겠는데 당신은 이 호텔을 살 자격이 없소. 도대체 당신은 내가 초대도 하지 않았는데 당신 멋대로 여기에 쳐들어온 것이 아니오?"

"흥, 나중에 후회하지 말라구. 당신뿐만 아냐, 이걸 산 친구들도 다 마찬가지야. 알겠소? 나는 이 도시에 꼭 호텔을 세우고 말 거요. 그리고 이 호텔을 파산시키고 말겠소. 나는 온 힘을 다해, 무슨 수를 써서라도 당신을 이 호텔과 더불어 멸망시키고 말 거요."

"당신이나 나나 피차 그때까지 살 수 있다면 말이겠지." 트렌트는 오키페가 흥분하면 할수록 냉정해지고 있는 자신을 느꼈다. "그러나 당신의 의도를 실현하는 데는 상당한 시일이 걸릴 테니까 당신이나 나 그것을 볼 수가 있을는지 모르겠소. 하지만 새로 이곳을 경영하는 사람들은 당신에게 뒤지지 않는 재력(財力)을 가지고 있다는 것을 알아야 하오." 이것은 전혀 근거가 없는 말이었지만, 정말 그럴는지도 모르겠다고 트렌트는 속으로 생각했다.

오키페는 격앙된 어조로 말했다. "뭐라고? 썩 나가요."

"여기는 아직 나의 호텔이오. 확실히 당신이 나의 손님인 한, 이 방에서는 손님으로서의 특권을 가지고 있기는 하오. 그러나 그 특권을 너무 남용하지 않는 게 좋겠소." 트렌트는 도도에게 가볍게 고개를 숙이고 나서 밖으로 나갔다.

"커티!" 하고 도도가 말했다.

오키페는 그 소리를 듣지 못했는지 거친 숨소리만 내고 있었다.

"커티, 당신 어딘가 편찮은 게 아니에요?"

"왜 그런 바보 같은 질문을 해? 물론 내 몸은 괜찮아." 그는 초조한 듯이 방안을 돌아다녔다.

"그까짓 호텔 하나를 가지고 왜 그렇게 흥분하시죠? 당신한테는 호텔이 얼마든지 있잖아요."

"나는 이 호텔이 꼭 갖고 싶은 거야."

"하지만 저 노인에게는 오직 하나밖에 없는 ─"

"그래. 과연 너다운 생각이야. 이 배신자, 바보 같으니라구!" 그는 미친듯이 소리를 질러댔다.

지금까지 이렇게 함부로 날뛰는 그를 본 일이 없는 도도는 겁을 먹고 떨고 있었다. "제발 그러지 말아주세요, 커티."

"왜 내 주위에는 이렇게 바보들만 모여 있지. 바보, 바보들. 이 바보 멍텅구리야, 너 같은 바보하고는 한시도 같이 있기가 지겹단 말야. 내가 너를 쫓아버리려는 것도 그 때문이야. 좀더 똑똑한 여자가 필요하단 말이야."

그렇게 말한 순간 그는 아차 큰 실수를 했구나, 하고 생각했다. 그 충격이 마치 불에 물을 부은 것처럼 그의 노기를 단번에 가시게 했다. 한참 아무 말이 없다가 그는 중얼거렸다. "미안해. 그런 말은 하지 말았어야 했는데."

도도의 눈에는 눈물이 괴어 있었다. 그녀는 여느 때처럼 육감적인 몸짓으로 멍하니 머리에 손을 가져갔다.

"저도 알고 있었어요. 당신이 말하지 않았어도." 그녀는 옆방으로 들어가서 문을 닫았다.

10

뜻밖의 횡재가 키케이스 밀른에게 굴러 들어와 그의 사기를 크게 떨쳐 주었다.

그는 오전 중에, 어제 메존 브랑쉬 백화점에서 사들인 전략용 물품들을 물리러 가서 힘 안 들이고 신속히 또 정중하게 돈을 돌려 받았다. 이걸로 그는 주체하기 힘든 짐들을 털어 버리고 또 너무 많아서 걱정이던 시간을 1시간 가량 심심지 않게 소비할 수 있었다. 그러나 어제 아이리시 채널의 열쇠공에게 부탁한 열쇠가 완성되기까지는 아직도 몇 시간을 더 기다려야만 했다.

그런데 메존 브랑쉬 백화점을 막 나오려다가 그는 뜻밖의 행운을 만났던 것이다.

1층의 어느 매장에서 훌륭한 옷차림을 한 여자 쇼핑객 한사람이 핸드백 속에서 신용거래 카드를 꺼내다가 열쇠 뭉치를 마룻바닥에 떨어뜨렸다. 그 여자도, 주위의 아무도 그것이 떨어진 것을 알아차리지 못한 것 같았다. 키케이스는 가까운 매장에서 넥타이를 보는 척하면서 부인이 그 자리를 떠나기를 기다렸다. 그리고 그 매장 쪽으로 슬슬 걸어가서 바닥에 떨어져 있는 열쇠 뭉치를 처음 발견한 것 같은 시늉을 하면서 걸음을 멈추어 그것을 주웠다. 보니까 자동차 열쇠뿐만 아니라 주택용의 열쇠 몇 개도 고리에 끼워져 있었다. 아니 노련한 그는 처음부터 그들 열쇠보다도 귀중한 어떤 것에 눈독을 들이고 있었던 것이다. 그것은 상이군인회가 모금에 응한 자동차 소유주에게 돌려주는 조그만 자동차 번호판이었다. 그것을 열쇠 꾸러미에 붙여두면 잃어버렸을 때 상이군인회에서 주인을 찾아주는 서비스를 제공해 준다. 그 번호판은 루이지애나 주의 등록번호가 적혀 있었다.

키케이스는 일부러 남의 눈에 띄게 하면서 그 열쇠 꾸러미를 주어서 백화점 밖으로 나간 주인의 뒤를 쫓았다. 만약 그가 열쇠 꾸러미를 줍는 걸 목격한 사람이 있었다면, 키케이스가 그것을 주인에게 돌려주기 위해서 달려간 것이라고 믿었을 것이다.

그러나 커낼 가의 인파 속에 끼어 들자, 그는 열쇠 꾸러미를 손바닥 안에 숨긴 다음 슬쩍 호주머니에 넣었다.

그것을 떨어뜨린 부인은 아직도 저 만치에 보였다. 키케이스는 신중한 거리를 두고 그녀의 뒤를 따랐다. 두 구획 앞에서 그녀는 커낼 가를 횡단해 어느 미용실로 들어갔다. 키케이스가 안을 들여다보니까 그녀는 접수 계원과 몇 마디 말을 주고받고, 계원은 예약자 명단을 펼쳐 보았다. 그리고 난 후 그녀는 의자에 앉아서 자기 차례를 기다렸다. 키케이스는 의기양양해서 전화 박스로 달려갔다.

시내 전화로 물어본 결과 그가 알려고 하는 사항은 주(州)의 수도인 배튼 루즈에 전화하면 알 수 있다는 것이 판명되었다. 그는 장거리 전화로 주의 육운국을 대달라고 했다. 그 관청의 교환양은 그의 용건을 묻고 담당관과 연결해 주었다.

그는 열쇠 묶음을 손에 들고 그 조그만 번호판의 숫자를 읽어주었다. 이윽고 곧 시들한 목소리가 그 차는 FR 드라몬드라는 사람의 이름으로 등록되어 있다는 것과 뉴올리언스의 레이크뷰 구에 있는 주소를 알려 주었다.

루이지애나 주에서는 미국의 다른 주와 마찬가지로 자동차 소유권은 공개 기록 사항이 되어 있어서 전화 한 통화로 간단히 알 수 있었다. 키케이스는 이 귀중한 지식을 때때로 이용해서 재미를 보아왔다.

그는 FR 드라몬드의 전화번호를 조사해서 시내 전화의 다이얼을 돌렸다. 생각한 대로 신호는 가는데 전화를 받는 사람이 없었다.

신속한 행동이 필요했다. 그는 필요한 시간을 약 한 시간으로 잡았다. 곧 택시를 잡아 그의 차를 주차하고 있는 곳으로 간 다음, 거기서부터는 시내 지도를 봐가면서 레이크뷰로 차를 몰았다. 그가 노리는 집 주소는 아주 쉽게 찾을 수 있었다.

우선 그는 반 구획쯤 떨어진 곳에서 그 집을 정찰했다. 잘 가꾸어진 2층 저택으로, 차 2대가 들어가는 차고와 넓은 정원이 있었다. 사이프러스의 콘 나무들이 차도를 덮고 있어서 길 건너의 집들이나 인접한 집들로부터 시야를 알맞게 가리고 있었다.

　키케이스는 대담하게 그 나무들 밑으로 차를 몰고 들어가서 현관문까지 걸어갔다. 문은 첫 번째 열쇠로 쉽사리 열렸다.

　집안은 조용했다. "계십니까?"하고 그는 외쳤다. 만약 사람이 나온다면 현관문이 열려 있었다든지 집을 잘못 찾았다든지 하는 따위의, 미리 준비한 구실을 둘러댈 작정이었지만, 아무런 응답도 없었다.

　그는 재빨리 1층에 있는 방들을 탐색하고 나서 2층에 올라갔다. 침실이 4개 있었는데 그 중 제일 큰방의 벽장 속에서 모피 코트를 두 벌 발견했다. 그는 그것들을 끄집어내서 침대 위에 놓았다. 다른 벽장 속에는 슈트케이스가 몇 개 있었다. 그 중에서 제일 큰 것을 골라 그 속에 모피 코트를 둘둘 말아 넣었다. 화장대 서랍 속에서는 보석 상자를 발견했다. 그는 그 속에 든 것을 몽땅 슈트케이스에 쏟아 넣었다. 이 밖에 8밀리 영사기와 망원경, 휴대용 라디오를 집어넣고 슈트케이스를 아래층으로 운반해서 그것을 다시 열어 은쟁반과 은단지를 쓸어 넣었다. 마지막으로 휴대용 녹음기를 발견하자 그것과 슈트케이스를 양손에 들고 차로 돌아왔다. 그가 집 안에 있었던 시간은 불과 10분밖에 되지 않았다. 그는 슈트케이스와 녹음기를 차의 트렁크 속에 집어넣고 그곳을 떠났다. 그로부터 1시간 후, 체프 멘터 하이웨이의 모텔 방에 훔친 물건들을 숨기고 뉴올리언스에 되돌아가서 차를 아까와 같은 주차장에 두었다. 그리고 발걸음도 가볍게 세인트 그레고리 호텔로 돌아왔다.

　그 도중에서 약간의 유머가 머리 속에 떠올라 자동차 번호표의 뒤에 적혀 있는 대로 열쇠 꾸러미를 우편함에 넣었다. 물론 그 열쇠 꾸러미는 약속대로 임자에게 돌아가게 될 것이다.

　키케이스의 계산으로는 오늘 아침의 뜻밖의 전리품은 대충 쳐도 약 1,000달러의 수익을 가져왔다.

　그는 세인트 그레고리 호텔의 커피 숍에서 커피를 마시고 나서, 걸어서 아이리시 채널의 열쇠 제조공을 찾아갔다. 귀빈실의 열쇠는 완성되어 있었다. 엄청난 가격이었지만 그는 기분 좋게 그 돈을 물었다. 돌아오는 길의 구름 한 점 없는 하늘에서 내리쬐이는 햇빛은 자비의 빛처럼 느껴졌다. 그것과 오늘 아침의 뜻밖의 하나님의 은혜는, 지금 막 착수해야 할 일생 일대의 대사업이 성공한다는 명백한 전조였다. 예전의 자신과 필승의 신념이 갑자기 그의 마음속에 솟아났다.

11

정오를 알리는 종소리가 나른한 공기에 휩싸인 뉴올리언스의 거리에 울려 퍼졌다. 그 계조음이 냉방 때문에 밀폐된 9층의 귀빈실 창으로부터 희미하게 들려왔다. 크로이든 경은 오늘 아침 4잔째인 스카치 위스키와 소다를 잔에 부으면서 그 종소리를 듣고 확인을 해보는 것처럼 손목시계를 들여다보았다.

그리고 믿을 수 없다는 듯 고개를 저으며 중얼거렸다. "아직 이것 밖에 안 됐나? 내 생애에서 가장 긴 날이로군."

"아무리 길어도 하루는 하루, 머지않아 저물게 되겠지요." 공작부인은 소파에 앉아, W H 오든의 시집에 억지로 정신을 집중시키려 하면서 대답했다. 과거 이삼일 간 그녀는 남편에게 줄곧 신랄한 말만 해왔었다. 그래도 그 말은 상당히 부드러운 느낌을 주는 것이었다. 오글비와, 범죄를 저지른 차가 북쪽을 향해 출발한 어젯밤부터 지금까지의 시간은 그녀에게는 길고 긴 긴장의 연속이었다. 크로이든 공작 부처가 호텔의 보안주임과 마지막으로 만난 후 19시간이 지나고 있었다. 그런데도 아직 아무런 연락이 없었다.

"그 놈 전화나 한번 걸어줄 일이지." 공작은 또다시 초조해져서 방안을 왔다 갔다하기 시작했다. 이른 아침부터 벌써 몇 번째인지 모른다.

"연락은 안 하기로 했잖아요" 하고 부인이 여전히 조용한 어조로 말했다. "그렇게 하는 것이 안전하니까요. 게다가 낮 동안은 차를 숨기기로 했으니까 그는 어딘가 외진 곳에 있을 게 아니에요. 전화를 걸래야 걸 수가 없을 테지요."

공작은 아침부터 벌써 몇 번이나 살펴 본 테이블 위의 에쏘의 도로지도를 다시 들여다보았다. 그리고 손가락으로 미시시피주 메이콘 주변에 원을 그렸다. 그리고는 혼잣말처럼 중얼거렸다. "아직도 멀린 못 갔어. 여긴 넘어지면 코 닿을 데란 말이야. 그리고 하루 종일 이런 데서 기다리고 있을 테니⋯⋯ 이 친구 이미 잡혔는지도 모르겠군⋯⋯."

"걱정 말아요. 만약 그가 잡혔으면 벌써 라디오나 신문 같은데서 보도했을 거예요." 그녀의 곁에는 아까 비서를 로비에 보내서 가져오게 한, 오후 제1판의 스테이츠 아이템 지가 놓여 있었다. 또 공작 부처는 아침부터 줄곧 시간마다 방송되는 라디오의 뉴스를 듣고 있었다. 지금도 라디오는 소리를 낮추어 켜져 있었지만 보도되는 뉴스는 매사추세츠의 폭풍우의 피해나 월남 문제에 대한 백악관의 성명 따위뿐이었다. 신문이나 라디오가 모두 뺑소니 사건을 다루고 있기는 했지만 그것은 단지 지금도 수사가 계속되고 있다는 것과 새로운 사실은 전혀 발견되지 않았다는 것만 알리는 것이었다.

"어젯밤은 운전할 수 있는 시간이 적었겠지만 오늘 밤 어두워지면 곧 출발할 수 있을 테니까, 내일 아침이면 모든 것이 무사해질 거예요" 하고 부인은 마치 자기 자신을 안심시키려는 듯이 말했다.

"뭐가 무사해진단 말이오!" 하고 공작은 시무룩해서 다시 술잔을 들었다. "그보다 유족의 일을 좀 생각해야겠어. 죽은 그 부인과 딸의 사진을 보면 정말 견딜 수가 없단 말이야. 당신도 보았지?"

"그건 이미 지나간 일이에요. 자꾸 생각해 보았자 아무 소용이 없어요."

"장례식은 오늘 오후였지. 하다 못해 장례식에라도 나가봐야 할 것 같은데."

"안 돼요. 가선 안 된다는 건 당신도 알지 않아요."

우아하고 넓은 그 방안에 숨막힐 듯한 침묵이 흘렀다.

요란한 전화 벨 소리가 그 침묵을 깨트렸다. 공작 부처는 서로 얼굴을 마주보았다. 둘 중의 아무도 전화를 받으려 하지 않았다. 공작의 얼굴 근육이 경련을 일으켰다.

전화벨은 두 번 울리다가 멈추었다. 옆방으로 통하는 문틈으로 전화를 받는 비서의 음성이 약하게 들려왔다.

이윽고 비서가 노크를 하고 공손한 태도로 들어왔다. 공작에게 꾸벅 절을 하고 나서, "각하, 어떤 지방 신문사에서 전화가 걸려 왔습니다만, 각하에 관한 어떤 특별 뉴스가 들어왔으니 거기에 대해서 좀 얘기하고 싶답니다"라고 말했다.

부인은 힘들여 냉정을 되찾았다. "내가 받겠어요. 저 방 전화는 끊어주세요." 그녀는 바로 곁에 있는 수화기를 들었다. 세심한 관찰자라면 그때 그녀의 손이 떨리고 있는 것을 보았을 것이다.

부인은 옆방의 전화가 찰칵 하고 끊기는 소리를 듣고 나서야 응답했다. "여보세요, 크로이든 공작부인입니다."

시원시원한 남자의 음성이 그것을 받았다. "공작부인이십니까? 저는 스테이츠 아이템의 편집부에 있는 사람입니다. 실은 방금 전 AP통신사에서 특전이 들어왔는데요, 거기에 대해서 좀 묻고 싶어서 그럽니다." 음성이 끊겼다. "잠깐만 기다려 주세요." 그리고 상대방이 다급하게 말하는 것이 들렸다. "그게 어디 갔지. 아 그거야, 그 원고를 이리 주게, 앤디."

종이장을 넘기는 바스락바스락 하는 소리가 나고 상대방의 음성이 다시 들려왔다. "죄송합니다. 그 특전을 읽어 드리겠습니다."

「런던(AP) – 의회 소식통이 전하는 바에 의하면 국제분쟁 조종자로 유명한 크로이든 공작이 워싱턴 주재 영국대사로 내정되었다 한다. 이 이동은 호평을 받고 있고 근일 중 공식발표가 있을 예정이다.」

"그래서 워싱턴 주재 대사로 내정된 크로이든 공작의 소감을 듣고 싶어서 전화를 한 겁니다. 또 허락해 주신다면 호텔에 카메라맨을 보내고 싶습니다만 어떻겠습니까?"

공작부인은 잠시 눈을 감고 안도의 물결이 진정제처럼 마음구석구석까지 퍼져 가는 느낌에 황홀해 있었다. 전화의 음성이 그것을 막았다.

"여보세요. 듣고 계십니까?"

"네." 그녀는 마비된 사고 기능을 겨우 되찾았다.

"공작의 담화는 물론 전화로 —"

"저, 공작께선 지금 당장은 담화를 발표할 준비가 되어 있지 않고 더구나 정식으로 임명되기까지는 그런 성명은 사양하시려는데요."

"그러시다면 —"

"사진에 대해서도 역시 마찬가지예요."

상대방은 실망한 듯한 음성으로 말했다. "그러면 우리가 가지고 있는 자료로 다음 판에 기사를 넣겠습니다."

"그것은 당신의 자유지요."

"공식 발표가 있을 경우에는 담화를 주시겠지요?"

"물론 그 경우에는 기꺼이 신문관계자들과 만날 것입니다."

"그러면 다시 전화를 드리겠습니다."

"네, 그렇게 해주세요."

수화기를 놓자 공작부인은 상체를 곧게 하고 의자에 앉아 한참 동안 화석처럼 움직이지 않았다. 이윽고 그녀의 입 언저리에 엷은 미소가 떠올랐다. "역시 조프리의 공작(工作)이 성공을 거두었군요."

공작은 믿을 수 없는 듯한 눈으로 그녀를 바라보고 입술을 축였다. "워싱턴이라고?"

부인은 AP특전의 내용을 설명했다. "내정되었다는 뉴스를 흘리게 한 것은 반응을 보기 위해서였을 거예요. 평도 좋다는군요."

"그래. 아무리 당신 오빠의 힘이라도 이번만은 안 될 걸로 알았는데……"

"오빠의 힘도 컸지만 그 밖의 여러 가지 이유가 있었을 거예요. 꼭 당신과 같은 경력의 사람이 필요한 때였으니까 제대로 들어맞은 거지요. 새 정책과 일치

된다는 점도 있을 테지요. 그 가능성은 예전부터 있어 왔지만…… 아무튼 모든 것이 시기적으로 제대로 맞아떨어진 거지요."

"그렇다면 이건 더욱……" 공작은 머리 속에 떠오른 상념을 뿌리치듯이 말을 끊었다.

"더욱, 뭐예요?"

"아니…… 과연 내가 그 일을 제대로 해낼지 걱정이오."

"해내구 말구요. 우리가 합심을 하면 훌륭하게 해낼 수 있을 거예요."

공작은 의심스러운 듯이 고개를 흔들었다. "그러나 자신이 없는데."

"곧 자신이 붙게 돼요." 부인은 위엄 있는 음성으로 사정없이 말했다. "오늘 늦게 기자회견을 하게 되는지도 모르니까요 — 그밖에도 여러 가지로 바쁘게 될 테니까 정신을 똑바로 차리고 있지 않으면 곤란해요."

공작은 천천히 고개를 끄덕였다. "응, 알겠어." 그리고 술잔을 입에 갖다 대었다.

"안 돼요." 부인은 벌떡 일어나서 남편의 손에서 술잔을 빼앗아 욕실로 가져 갔다. 술잔에 든 것을 세면대에 버리는 소리가 들렸다. 돌아오자 부인은 엄숙하게 선언했다. "이제 더 마시면 안 돼요. 알겠어요?"

공작은 반대하려 하다가 그만두었다. "응, 할 수 없지."

"뭣하면 제가 병을 모두 치워 드릴까요?"

공작은 고개를 저었다. "괜찮아. 그렇게 하지 않아도." 그는 애써 사고의 초점을 맞추었다. 타고난 카멜레온적 성격을 다시 발휘해서, 흐트러지고 늘어진 얼굴 표정이 갑자기 긴장되었다. 음성도 침착해졌다. "아무튼 좋은 소식이로군."

"그래요. 이게 새로운 출발이 되었으면 얼마나 좋겠어요." 공작은 부인 쪽으로 한 발짝 다가갔다가 생각을 바꾸었다.

새로운 출발 같은 게 정말 있을 수 있을까?

부인은 자기 생각을 입 밖에 내어 중얼거렸다. "그렇다면 시카고에 가는 계획은 변경할 필요가 있겠군요. 당신은 이제부터 세상 사람들의 관심의 대상이 될 테니까 우리가 함께 시카고에 간다면 그곳의 신문에 크게 보도될지도 몰라요. 차를 수리하러 보내기도 어렵겠어요. 사람들의 호기심을 불러일으킬 테니까요."

"그래도 나나 당신 중 누구 한 사람은 가야 할 게 아니오."

부인은 결단을 내렸다. "제가 가겠어요. 좀 변장을 하고 가면 아무도 눈치채지 못할 거예요." 그녀의 시선이 책상 옆의 조그마한 가방으로 달렸다. "나머지 금액을 가지고 가서 모든 문제를 해결하고 오겠어요."

"그 놈은 과연 무사히 시카고에 도착할까, 아직도 길은 멀어."

부인은 마치 잊고 있었던 악몽을 상기한 듯 눈을 크게 뜨고 속삭이듯이 말했다. "아, 제발 무사히 도착해 주었으면, 무슨 일이 있어도 무사히……"

12

점심식사를 마치자 피터 맥더모트는 곧 호텔을 나가서 자기아파트에 돌아가 뻣뻣한 제복을 벗고 면으로 만든 바지와 가벼운 재킷으로 갈아입었다. 그리고 아까 호텔을 나올 때 플로라의 책상 위에 놓았던 서신류에 서명하기 위해서 잠깐 호텔에 들렀다.

"저녁까진 돌아오겠소" 하고 플로라에게 말한 뒤 "오글비에 대해서 뭔가 좀 알아냈어요?" 하고 물었다.

그의 비서는 고개를 저었다. "총지배인님은 저에게 오글비 씨가 행선지를 말하고 갔는지 알아보라고 하셨지요. 제가 알아본 한에서는 아무에게도 말하지 않은 것 같아요."

"그럴 테지."

"그런데 한가지 좀……" 플로라는 주저했다. "중요한 건 아닐지 몰라도 좀 이상하게 생각되는 일이 있어요."

"무슨 일이지요?"

"오글비 씨가 타고 간 차 말예요. 그게 재규어였다면서요."

"그렇소."

"그건 크로이든 공작 부처의 차라더군요."

"누군가 잘못 생각한 게 아니오?"

"저도 그렇게 생각하고 차고계원에게 물어 보았어요. 그랬더니 감시계의 칼그마에게 물어 보라더군요."

"그래. 그 사람은 나도 알아요."

"어젯밤에는 그가 당번이었어요. 그래서 그의 집에 전화로 물어 보았더니 오글비 씨가 크로이든 공작부인한테서 그 차를 써도 좋다는 허가서를 받아 왔더라는 거예요."

피터는 어깨를 들썩였다. "그러면 아무 것도 잘못된 점은 없는 것 같군." 그러나 오글비가 크로이든 공작 부처의 차를 이용한다는 것은 아무리 생각해도 이상한 일이었다. 도대체 공작부처와 건달 같은 보안주임 사이에 무슨 관계가 있는 것일까. 아주 괴상한 일이었다. 플로라도 같은 의문을 품고 있는 것 같았다.

"그래 차는 돌아왔나요?" 하고 피터는 물었다.

플로라는 고개를 저었다. "크로이든 공작부처에게 물어볼까도 했는데요. 그 전에 우선 지배인님께 여쭈어 보려고 그만두었지요."

"그건 참 잘했어요." 피터는 크로이든 공작부처에게 오글비가 간 곳을 알고 있느냐고 묻는 것은 쉬운 일일 거라고 생각했다. 오글비가 그들의 차를 쓰고 있으니까 아마 오글비의 행선지를 알고 있을 것 같았다. 그러나 그렇게 생각하면서도 그는 주저했다. 월요일 밤 공작부인이 말썽을 부리던 일을 생각하면 또 오해를 초래할 여지가 있는 일은 삼가고 싶었다. 섣불리 아무 질문이나 했다가는 남의 사사로운 일에 부당한 간섭을 한다고 분개할지도 모른다. 게다가 호텔 당국이 보안주임의 소재를 전혀 모르고 있다는 부끄러운 사실을 드러내지 않으면 안 된다는 것도 마음이 무거운 일이었다.

"좀 두고 봅시다." 그는 플로라에게 말했다.

또 한 가지 끝내지 못한 일이 있었다. 허비 챈들러의 일이다. 챈들러가 월요일 밤의 폭행미수사건과 관련이 있다는 딕슨이나 듀메어의 증언을 그는 오늘 아침 트렌트에게 보고할 작정이었다. 그러나 뭔가 깊은 생각에 잠겨 있는 트렌트의 모습을 보고 말을 꺼내지 못했던 것이다. 이따가 챈들러와 직접 만나보려고 생각했다.

"챈들러가 오늘 아침 출근했는지를 알아보고 만약 출근했으면 6시에 여기서 만나고 싶다고 전해 주시오. 만약 오늘 출근을 안 했으면 내일 아침이라도 좋소."

피터는 플로라에게 그렇게 지시하고 사무실을 나와서 로비에 내려갔다. 그는 곧 침침한 호텔 안에서 세인트 찰스 가의 눈부신 오후의 햇빛 속에 나섰다. 그때였다.

"피터, 여기예요."

돌아보니까, 손님을 기다리고 있는 택시의 줄 속에 끼여든 하얀 컨버터블(역주 : 폈다 접었다 할 수 있는 포장으로 덮인 자동차)의 운전석에서 마샤가 손을 흔들고 있었다. 민첩한 도어맨이 피터보다 먼저 달려가서 그 차의 문을 열었다. 피터가 마샤의 곁에 탔을 때 주위의 택시 운전수들의 능글맞게 웃는 얼굴이 보였다. 그 중의 한 사람은 휘파람을 불면서 놀려댔다.

"만약 당신이 오지 않았다면 저도 승객을 한 사람 모시지 않으면 안 될 뻔했어요." 상쾌한 여름 옷차림을 한 마샤는 유쾌하고 활발해 보였다. 그러나 피터는 그녀의 명랑한 인사말 속에서 한 가닥 수줍음을 느꼈다. 아마 어젯밤 두 사람 사이에 있었던 일을 의식하고 있기 때문일 것이다. 피터는 충동적으로 그녀의 손을 잡고 꼭 쥐었다.

그녀는 말했다. "저는 운전할 때에는 양손을 쓰겠다고 아빠한테 약속을 했지만 오늘은 그렇게 안 하겠어요. 이렇게 하는 게 좋으니까요." 앞뒤의 운전수들이 틈을 내주었기 때문에 그녀는 쉽게 차를 차도로 뺄 수 있었다.

커낼 가에서 청신호를 기다리면서 피터는 최근에는 항상 아름다운 여성이 운전하는 차를 타고 다니는 것 같다고 생각했다. 그러나 잘 생각해 보면 크리스틴의 폴크스바겐으로 그녀의 아파트에 간 것은 불과 사흘 전 일이었다. 그가 처음 마샤를 만난 것도 그날 밤이었다. 그것이 더 오래된 일같이 생각되는 것은 아마 그 동안 마샤의 구혼이 있었기 때문일 것이다. 지금 백주의 현실에 나서 보니 피터는 그녀가 좀더 이성적으로 생각을 고쳐먹은 것이 아닐까 생각했다. 그러나 그녀 쪽에서 다시 그 문제를 꺼낼 때까지는 아무 말도 안 하기로 마음먹었다.

이렇게 그녀와 가까이 있으니 어젯밤 헤어질 때의 일이 — 부드러운 키스가, 자제심이 썰물처럼 물러가면서 솟아오르던 열정이, 소녀가 아니라 성숙한 여인인 마샤를 포옹하면서 여체의 강렬한 자극에 몸을 떨었던 그 숨가쁜 순간이 떠올라서 피터는 새로운 흥분을 느꼈다. 피터는 지금 그녀의 터질 듯한 젊음, 우아한 팔의 민첩한 움직임, 얇은 드레스가 그녀의 날씬한 몸의 곡선을 강조해 주고 있는 것을 훔쳐보듯이 바라보았다. 그리고 손을 뻗쳐 그녀의 허리를 껴안고 싶은 욕망이 고개를 쳐들었다. 그러나 가까스로 그 충동을 억제했다. 자기를 억제하기 위해서, 이성(異性)과의 관계로 이성(理性)이 흐려져 쓴맛을 보았던 지난날의 괴로운 경험을 애써 회상했다.

마샤는 전방의 차량의 흐름에서 시선을 떼고 피터를 힐끗 보았다. "무슨 생각을 그렇게 하고 계시죠?"

"이 도시의 역사에 대해서요." 그는 거짓말을 했다. "그래, 어디서부터 시작할래요?"

"오래된 세인트루이스 묘지예요. 가보신 적 있어요?"

피터는 고개를 흔들었다. "묘지라는 곳은 어릴 때부터 도무지 내키지가 않는 곳이오."

"뉴올리언스의 묘지는 다른 곳과는 좀 달라요."

베이슨 가는 멀지 않았다. 마샤는 도로의 남쪽에 차를 세워두고 길을 건너서, 담으로 둘러싸인 고풍의 문이 있는 세인트루이스 제1묘지로 향했다.

그녀는 피터의 팔을 꼭 잡으면서 말했다. "많은 역사들이 이곳에서 시작되었지요. 우선 프랑스 인들이 뉴올리언스의 거리를 만들었던 18세기초의 이 지방은 습지대였었나 봐요. 제방을 만들지 않았다면 지금도 그럴는지 몰라요."

"맞아요. 이 도시는 지하가 습지층이라는 건 나도 알아요. 우리 호텔의 지하실에서는 폐수를 아래쪽이 아닌 위쪽으로 펌프로 뿜어 올려서 시의 하수구에 내보내고 있죠."

"그 당시는 지금보다 훨씬 심했었대요. 건조한 땅에서도 3피트만 파면 물이 나왔기 때문에 묘를 파도 관을 넣기 전에 물이 가득 고였대요. 그래서 묘를 파는 사람들은 관이 떠오르지 않도록 그 위에 올라타면서 묻었대요. 때로는 관에 구멍을 뚫고 관이 물 속에 잠기게 했대요. 만약 관속에 들어 있는 사람이 채 죽지 않고 살아 있었다면 익사해 버렸을 것이라고 당시의 사람들은 곧잘 농담을 했다는군요."

"무슨 공포영화 같은 이야기로군."

"어떤 책에는 음료수에서도 시체의 냄새가 났다고 쓰여 있어요." 그녀는 언짢은 듯이 얼굴을 찡그렸다. "어쨌든 그래서 후에는 매장할 때에 반드시 지면보다 높이 흙을 쌓아서 관을 묻도록 법률로 정하게 됐다는군요."

그들은 곧 독특한 형태를 한 묘의 줄 사이를 걸어갔다. 확실히 이 공동묘지는 피터가 지금까지 보아온 다른 묘지하고는 그 양상이 많이 달랐다. 마샤는 주위의 무덤들을 가리키면서 말했다. "이 무덤들은 그 법이 생긴 후에 만들어진 것들이에요. 뉴올리언스의 사람들은 이곳을 사자(死者)의 도시라고 부르고 있는데 이제 그 까닭을 아시겠지요?"

피터는 고개를 끄덕였다.

확실히 그곳은 조그만 도시를 닮았다. 불규칙한 가로(街路), 벽돌이나 흰 반죽으로 치장한 소형의 집 모양의 무덤들, 그 중에는 쇠로 만든 발코니나 좁은 보도가 있는 것들도 있었다. 대여섯 개의 방이 있고 집의 구조는 제각기 달랐지만 창이 없는 점만은 공통되었다. 그 대신에 자그마한 통로가 많이 나 있었다. "마치 아파트 같군" 하고 피터가 말했다.

"네, 이것들은 사실 아파트라 할 수 있지요. 임대기간이 짧은 아파트 말이에요."

피터는 의아해 하는 얼굴로 마샤를 쳐다보았다.

마샤는 설명했다. "보통 집들의 묘는 방이 두 개나 여섯 개로 나뉘어져 있고 각 방마다 자그마한 문이 달려 있어요. 그래서 보통의 가족묘는 장례가 있을 때마다 미리 한 방에 들어있는 관을 열어서 유골을 안쪽으로 밀어 홈을 통해서 땅에 떨어뜨리고 관은 소각해 버리지요. 그리고 그 자리에 새 관을 넣게 돼요. 그래서 가족이 많은 묘에서는 거의 1년마다 이와 같은 일이 되풀이된답니다."

"1년 마다요?"

그들 뒤에서 사람의 음성이 들렸다. "다음 분이 서둘지 않을 때는 몇 년이고 그대로 놔둡니다만 그래도 1년이면 충분하답니다. 바퀴벌레가 많이 도와주니까요."

돌아보니, 때묻은 데님 작업복을 입은 항아리 같은 몸집을 한 60세 가량의 사나이가 유쾌한 미소를 띠고 그들을 보고 있었다. 그는 낡은 밀짚모자를 벗고 붉은 명주수건으로 대머리의 땀을 닦았다. "더운데요. 이 속은 훨씬 시원하지요" 하고 손으로 다정한 듯 곁의 무덤을 두들겼다.

"그 속에 들어가는 것보다는 더운 편이 낫겠소."

상대방은 웃으면서 "그러나 언젠가는 들어가지 않으면 안 되지 않아요……? 프리스코트 양, 안녕하십니까?"

"아, 코로디 씨, 안녕하세요? 이 분은 맥더모트 씨예요."

묘지기는 상냥하게 웃었다. "댁의 별장을 보러 오셨나요?"

"네, 이 분에게 보여 드리고 싶어서요."

"그러시다면 이쪽으로 가는 것이 가깝지요. 지난주에 청소를 해놓았으니까 아주 깨끗할 겁니다."

묘지기는 앞장서서 무덤 사이를 누비고 가는 좁은 길을 걸어가기 시작했다. 여기저기의 무덤에 새겨진 오래된 연대(年代)와 이름들이 피터에게는 인상적이었다. 묘지기는 공지에 만든 석실 같은 것을 가리키면서 "지금 태우고 있는 중이지요" 했다. 타오르는 연기 사이에 관의 일부가 보였다.

곧 그들은 전통적인 프랑스계 이민의 가옥 모양을 딴 6개의 방으로 된 무덤 앞에 섰다. 흰 칠이 되어 있고, 주위의 묘들보다 훨씬 잘 가꾸어져 있었다. 오래된 대리석으로 만든 비석에 새겨진 많은 이름들의 대부분은 프리스코트의 성으로 되어 있었다. "우리 집 조상들이지요. 땅 속은 유골들로 붐비고 있을 거예요." 하고 마샤가 말했다.

흰 벽에 반사되는 햇빛이 눈부셨다.

뒤에 서 있던 묘지기가 위쪽 방의 문을 가리켰다. "이번에 열게 될 것은 이거랍니다, 미스 프리스코트 양. 아버님이 들어가시게 되겠지요." 그리고 그는 그 밑의 문을 가볍게 매만지면서 "아가씨 건 이거지요. 하기는 나야 아가씨가 들어가실 때까지는 살 수 없을 겁니다만" 하고 좀 사이를 두었다가 깊이 생각하는 듯한 어조로 말했다. "너무 지체하시지 말고 빨리 오세요." 그리고는 다시 대머리를 닦으면서 천천히 저쪽으로 갔다.

뜨거운 햇빛 속에서 피터는 몸이 오싹해 오는 것을 느꼈다. 마샤처럼 젊은 여인의 사후의 방을 지금부터 정해 둔다는 것은 아무래도 괴이한 일이었다.

"저는 아무렇지도 않아요." 또다시 마샤는 그의 생각을 알아차린 것처럼 말했다. "저희들은 어릴 때부터 이런 일에는 익숙해 있으니까요."

피터는 고개를 끄덕였다. 그러나 이 사자의 집은 여전히 으스스한 느낌을 주었다.

돌아오는 길에 베이슨 가로 나가는 문 근처까지 왔을 때 마샤는 급히 그의 팔을 잡아당기면서 그 자리에 섰다.

차가 연달아 문 밖에 서고, 내린 사람들이 보도에 줄지어 서기 시작했다. 이제부터 장례식의 행렬이 들어오려고 하는 모양이었다.

마샤가 속삭였다. "피터, 좀 기다려 보아요." 두 사람은 사람들의 눈에 잘 뜨이지 않는 곳에 가서 문 밖의 사람들의 움직임을 지켜보았다.

이윽고 보도의 사람들이 둘로 갈라서고 작은 행렬이 들어오는 길을 터 주었다. 자못 심각한 체 표정을 꾸민, 혈색이 나쁜 장의사의 사나이가 처음에 들어왔다. 그 뒤를 목사가 따랐다. 목사의 다음에는 무거운 관을 멘 장송자들이 천천히 들어왔다. 그들 뒤에는 또 네 사람이 희고 자그마한 관을 메고 있었다. 그 관 위에는 하얀 협죽도 한 가지가 놓여 있었다.

"아니 이럴 수가." 마샤가 낮은 소리로 외쳤다. 피터는 반사적으로 그녀의 손을 꼭 쥐었다.

목사가 기도를 올렸다. "바라옵건대 천사는 그대를 낙원으로 인도하고 순교자는 그대를 출영하여 예루살렘에 인도하소서 —" 장례객들은 두 번째 관 뒤를 따라서 들어왔다. 그 선두에 선 것은 30세 전후의 남자였다. 그는 검은 옷을 헐렁하게 입고 모자를 어색하게 손에 쥐고 걸어갔다. 그의 시선은 잠시도 조그마한 관에서 떨어지지 않는 것 같았다. 뺨은 눈물로 흥건히 젖어 있었다. 그 뒤를 따르는 유족이나 친족들 속에는 사람들의 부축을 받은 채 흐느껴 우는 늙은 여자의 모습이 있었다.

"— 천사들의 찬양대가 그대를 반겨 맞이하고 일찍이 가난하였던 나사로와 함께 영원한 휴식을 얻기를 —"

마샤가 속삭였다. "저건 그 뺑소니 사건으로 죽은 모녀예요. 오늘 장례식이 있다고 신문에 났었어요." 그녀도 울음을 터뜨릴 것 같은 얼굴이었다.

"알아요." 피터는 이 슬픈 정경에 가슴이 아파 말도 잘 나오지를 않았다. 월요일 밤 사건의 현장을 지날 때는 뭔가 무서워 가까이 가기를 꺼렸었지만 지금은 그 사건이 한결 몸 가까이 느껴지고 온몸을 조여오는 것 같았다. 그 애처로운 행렬을 보고 있자니 눈시울이 뜨거워졌다.

유족의 뒤를 이어 일반 장례객의 무리가 이어져 갔다. 피터는 그 중 한 사람의 얼굴을 알아보고 깜짝 놀랐다. 처음에는 그게 누군지 얼른 생각이 나지 않았다. 그러다가 그가 솔 내체즈라는 것을 알게 되었다. 일요일 밤 크로이든 공작 부처와 말썽을 일으키고 나서 줄곧 결근을 하고 있는, 식사를 운반하는 급사였다. 피터는 다음 날 아침 내체즈의 집에 사람을 보내 금주 말까지 유급휴가를 줄 테니 호텔에 나와서는 안 된다는 트렌트의 명령을 전달했던 것이다. 내체즈는 피터와 마샤 쪽을 보았지만 피터가 거기에 있는 것을 알지 못하는 것 같았다.

행렬의 선두는 묘지 쪽으로 가서 보이지 않게 되었다. 피터는 장례객과 구경꾼들이 모두 가버리는 것을 기다렸다.

"자, 이제 돌아갈까요?" 하고 마샤가 말했다. 그때 누군가의 손이 느닷없이 피터의 팔을 가볍게 쳤다. 돌아서 보니 솔 내체즈었다. 피터를 알아보고 행렬에서 빠져 나온 모양이었다.

"총지배인님이 여기 계신 것을 보고 왔지요. 저 가족들을 알고 계신가요?"

"아니 우연히 여기 오게 되었소." 피터는 마샤를 소개했다.

그녀는 물었다. "매장이 끝날 때까지 거기 계실 거 아녜요?" 노년의 급사는 고개를 저었다. "너무 불쌍해서 볼 수가 없었지요."

"그러면 저 분들을 알고 계시는군요?"

"네, 잘 알고 있지요. 정말 불쌍한 분들입니다."

피터는 말없이 고개를 끄덕였다. 할 말이 생각나지 않았다. 내체즈가 말했다. "맥더모트 씨, 화요일에는 고맙다는 인사도 드리지 못했습니다만 그때는 여러 가지로 저를 감싸주셔서 고마웠습니다."

"괜찮아요. 당신에게 잘못이 있다고는 생각지 않았소."

"생각해 보면 정말 이상한 일입니다." 노년의 급사는 마샤와 피터를 번갈아 보았다. 그는 그 자리를 떠나고 싶지 않은 모양이었다.

"뭐가 이상한 거지요?" 피터가 물었다.

내체즈는 행렬이 가버린 쪽을 가리키면서 말했다. "그 뺑소니 사건은 공작부인이 시비를 걸어오기 직전에 일어난 사건입니다. 바로 월요일 밤에 말이죠."

"그렇지" 하고 피터는 말했다. 그러나 그는 사고 현장에서 보고 들은 일에 대해서는 설명하고 싶지 않았다.

"공작 부처와의 문제는 그걸로 끝이 난 건가요?"

"그렇소, 그 후에는 아무 말도 해오지 않았소."

피터는 화제가 장례식 이외의 일에 돌아가자 크게 마음이 놓였다. 내체즈도 같을 것이라고 생각했다.

내체즈는 잠시 생각하는 듯했다. "나중에 그것에 대해서 많이 생각해 보았습니다만 아무래도 이상하단 말씀이에요. 공작 부처가 일부러 떠들어댄 게 아닐까 하는 느낌이 들어서요."

피터는 그가 월요일 밤에도 같은 말을 했던 게 생각났다.

〈공작부인은 저의 팔을 쳤던 겁니다. 실례인진 몰라도 정확히 말한다면 일부러 친 겁니다.〉 피터 자신도 후에 그와 비슷한 인상을 받았다. 왠지 공작부인이 그 사건을 피터에게 기억시키려고 일부러 떠들어대는 것같이 느껴졌다. 게다가 귀빈실에서 조용한 밤을 보내려고 했다느니, 호텔 주위를 좀 산책하고 돌아오는 길이었다느니 하는 거의 관계가 없는 일들을 강조해서 피터를 어리둥절하게 만들었던 것이다. 왜 그와 같은 말을 할 필요가 있었던 것인가 하고 이상하게 여겼던 일이 생각났다.

그리고는 공작이 불쑥 나타나서 담배를 차 속에 두고 왔다고 말했다. 그러자 부인은 잔뜩 화가 나서 공작을 향해 야단치듯 말했다.

생각해 보면 이상한 일이다. 부인의 말은 공작과 줄곧 그 방에 있었고, 조금 전에 호텔 근처를 잠시 산책했을 뿐이라고 했다.

그렇다면 담배를 차 속에 두고 온 것은 오전 중이나 오후의 이른 시간이었을까?

그렇지는 않을 것이다. 공작이 그 후 줄곧 담배를 피우지 않았다고는 생각할 수 없기 때문이다. 공작 부처는 틀림없이 차로 어딘가를 다녀온 것이다. 즉 부인은 거짓말을 한 것이 된다.

피터는 곁에 있는 두 사람의 일은 잊어버리고 추리에 몰두했다.

그러나 자기 차를 사용했던 일을 숨길 필요가 있었을까? 그날 밤 줄곧 호텔에 있었다는 말을 왜 강조할 필요가 있었을까? 내체즈가 크레올 소스를 쏟아서 공작의 옷에, 얼룩이 지게 했다고 떠들어댄 것도 뭔가를 숨기기 위한 연극이 아니었을까? 부인을 격노시킨 공작의 그 말을 듣지 않았더라면 피터는 이렇게까지 의심하지는 않았을지도 모른다. 공작 부처는 왜 그 날밤 자기들의 차를 사용한 일을 숨기려고 했을까?

내체즈가 방금 전에 한 말이 생각났다. '생각해 보면 참 이상한 일이올시다. 월요일 밤의 뺑소니 사건이 제가 그 말썽에 말려들기 직전에 일어났다고 하는 것은······.'

크로이든 공작 부처의 차는 재규어였다.

······오글비······

피터는 어젯밤 차고에서 달려 나오던 재규어가 갑자기 생각났다. 재규어가 가로등의 불빛 밑에 일시 정착했을 때 어딘가 이상한 곳이 있었다. 어디였을까? 그렇다. 펜더와 헤드라이트였다. 그것이 둘 다 파손되어 있었던 것이다. 불현듯 신문에서 읽은 경찰당국의 공식발표가 생각나자 전신의 피가 일순에 얼어붙는 듯한 충격을 느꼈다.

"웬일이에요? 피터, 얼굴이 창백해요" 하고 마샤가 말했다.

피터에게는 거의 들리지 않았다.

아무튼 어딘가 혼자 있을 수 있는 곳에 가서 생각해 보고 싶었다. 논리적으로 신중하게 생각해 볼 필요가 있었다. 무엇보다도 조급하고 그릇된 결론을 내려서는 안 될 것이다.

의문이나 수수께끼의 부분도 있었다. 표면적으로는 그것들이 서로 관련되어 있는 것 같았다. 그러나 그런 점들은 숙고하고 또 숙고하고, 정리하고 다시 또 정리해야만 할 것이다.

너무나 엄청난, 있을 수 없는 일 같았기 때문에 그 자신도 그것이 사실이라고는 차마 믿을 수 없었다.

마샤의 음성이 멀리서 들려오는 것 같았다.

"피터, 왜 그러세요? 뭐 잘못된 게 있어요?"

솔 내체즈도 걱정스러운 얼굴로 그를 보고 있었다.

"마샤, 미안하지만 나는 곧 가봐야겠소."

"어디예요?"

"호텔에 돌아가야 돼. 지금은 말할 수 없지만 나중에 그 이유를 설명해 줄게요."

그녀가 실망한 듯한 어조로 말했다. "같이 차를 마실까 했었는데."

"미안해요. 정말 이건 중요한 일이오."

"그러면 차로 바래다 드리지요."

마샤와 함께 차로 간다면 이야기를 해야 하고 설명을 해야할 것이었다. "아니 혼자서 돌아가겠소. 미안해요. 이따가 전화할 테니까."

피터는 어리둥절해 하는 두 사람을 남겨 두고 그곳을 떠났다. 베이슨 가로 나왔을 때 마침 그곳을 지나가던 택시를 잡았다. 마샤한테는 호텔에 돌아간다고 했지만 생각을 바꾸어서 자기 아파트의 번지를 말했다.

그쪽이 훨씬 조용할 것이다.

누구의 방해도 받지 않고 생각할 수가 있다. 자기가 무엇을 해야 할지를 결정할 수 있는 것이다.

피터의 추리가 매듭을 지은 것은 저녁 무렵이었다.

그는 혼잣말을 했다. 어떤 계산을 몇 번 되풀이해도 나오는 답이 꼭 같을 때, 그리고 그 문제가 자기가 지금 당면하고 있는 것 같은 문제일 경우에는 자신의 책임을 면할 길이 없는 것이다라고.

그는 마샤와 헤어져서 약 1시간 반 동안 자기 아파트에 틀어박혀 흥분을 억제하고 이성적으로 냉정하고 또 신중히 생각을 해보았다. 월요일 밤부터 누적되어 온 갖가지 사건들을 하나 하나 검토했다. 하나 하나의 사건과 전체와의 관계에 대해서 두 가지 이상의 설명을 찾았다. 그러나 묘지에서 갑자기 도달하게 된, 그 가공할 결론 이외에는 타당성이 있는 설명은 하나도 발견할 수가 없었다.

검토는 끝나고 결론을 내려야 할 때가 왔다.

그는 자기가 알고 있는 모든 사실과, 추리를 우선 트렌트에게 말할까 생각했다. 그러나 그것은 어떤 의미에서는 책임회피요, 비겁한 일일 것 같은 생각이 들었다. 그래서 혼자 해보기로 결심했다.

어떤 의미에 있어서 사물 본래의 목적성에 따를 필요가 있었다. 그래서 그는 재빨리 밝은 빛깔의 양복을 검은 양복으로 갈아입었다. 아파트를 나서서 불과 2, 3구획 밖에 떨어져 있지 않은 호텔까지 택시로 달렸다. 종업원들의 인사에 대답하면서 로비를 지나 2층의 사무실에 도착했다. 플로라는 퇴근하고, 그의 책상에는 편지나 전언지(傳言紙) 따위들이 쌓여 있었지만 그것들은 거들떠보지도 않았다.

조용한 사무실 안에서 잠시 동안 묵묵히 앉아서 무엇을 할 것인가를 다시 한 번 검토해 보았다. 그리고 수화기를 들고 천천히 시 경찰본부의 다이얼 번호를 돌렸다.

13

어디로 들어왔는지 차 속에 날아 들어온 한 마리의 모기가 집요하게 윙윙거리는 소리 때문에 오글비는 눈을 떴다. 천천히 눈을 뜨고 나자 한참 동안은 자기가 어디에 있는지 좀처럼 생각이 나질 않았다. 그러나 곧 일련의 사건들이 뇌리에 되살아났다. 호텔을 출발했을 때의 일, 새벽녘의 드라이브, 돌연한 사이렌 소리에 간담이 서늘해진 일, 낮에는 대피하였다가 어두워진 후에 북부로의 여행을 계속하기로 결심한 일, 풀이 우거진 시골길이 끊긴 곳, 조그만 숲 속에 차를 숨겨둔 일 등…. 그 은닉 장소는 확실히 잘 선택한 것 같았다. 손목시계를 보고 그는 8시간 가까이나 아무에게도 발견되지 않고 잤다는 것을 알게 되었다. 의식이 되살아나자 불쾌감이 뒤따랐다. 차안은 숨막힐 듯 답답했고 좁은 뒷좌석에서 오랫동안 쭈그리고 잤기 때문에 온몸이 뻣뻣하고 아팠다.

오글비는 고통스러운 신음 소리를 내면서 그 큰 몸집을 일으켜 차 문을 열었다. 밖에 나가자 곧 수많은 모기들이 달려들었다. 그는 모기들을 쫓으면서 주위를 들러보고 이 지점의 오늘 새벽녘의 인상과 지금의 그것과를 비교해 보았다. 오늘 아침 이곳에 차를 몰고 들어왔을 때에는 어두컴컴하고 시원했지만 지금은 태양이 높이 떠서 나무 그늘에서조차 찌는 듯한 더위를 느꼈다.

숲의 가장자리로 가니까 멀리 열파(熱波)가 가물거리는 고속도로가 보였다. 새벽녘에는 한 대의 차도 지나지 않았으나 지금은 많은 승용차와 트럭이 속력을 내면서 왕래했고 그들 차의 엔진 소리도 희미하게 들려왔다.

주위에는 끊임없는 벌레 소리 외에는 생물이 움직이는 기색이라곤 전혀 없었다. 그와 고속도로 사이에는 생기 없는 초원과 조용한 시골길과 고립된 조그마한 숲이 있을 뿐이었다.

오글비는 안도의 숨을 내쉬면서 차의 트렁크에 싣고 온 짐을 꺼냈다. 그 속에는 커피를 넣은 물통, 깡통맥주가 몇 개, 샌드위치, 살라미 소시지, 병 속에 넣은 오이 피클, 사과 파이 등이 들어 있었다. 그는 맥주로 그 음식물들이 목안으로 흘러내리게 하듯이 게걸스럽게 먹었다. 커피는 식었지만 진하고 맛있었다.

식사를 하면서 차의 라디오를 틀고 뉴올리언스 방송국에서의 뉴스 방송을 기다렸다. 곧 뉴스가 시작되었지만 뺑소니 사건의 수사에 대해서는 새로운 진전이 없다고 하는 극히 간단한 보도밖에 없었다.

그 후 그는 부근의 상황을 조사해 보았다. 200~300야드 떨어진 조그맣고 둥근 언덕 위에 조금 큰 숲이 있었다. 그는 초원을 횡단해서 그 언덕 위로 올라갔다. 그 너머에는 이끼가 낀 둑이 있고 물이 완만하게 흘러가는 시내가 있었다. 시내 곁에 무릎을 꿇고 세수를 하자 기분이 상쾌해지는 것을 느꼈다. 둑의 풀은 차를 숨겨둔 곳의 풀보다도 초록색이 짙고 나무 그늘도 시원해 보였다. 그는 웃옷을 베개로 해서 그 자리에 벌렁 드러누웠다.

기분이 가라앉자 오글비는 지난밤에 있었던 일과 앞으로 있을 일을 다시 검토해 보았다. 호텔 밖에서 피터 맥더모트와 만난 것은 단순한 우연이었다는 새벽의 결론이 옳았다는 것을 새삼 확신했다. 그 점에 대해서는 이미 걱정할 필요가 없다고 생각했다. 맥더모트는 보안주임이 돌연 휴가를 떠난 일을 알고 아주 화를 내고 있을 것이지만 그렇다고 행선지나 여행의 목적이 드러날 리도 없을 것이다.

물론 어젯밤 무슨 사건이 일어나서 그 때문에 오글비나 재규어의 행방을 찾는다는 것은 있을 수 있는 일이다. 그러나 라디오의 뉴스를 들어보면 그 걱정도 필요없을 것 같다.

대체로 앞으로의 전망은 밝다고 그는 생각했다. 이미 안전하게 숨겨놓은 돈과 내일 시카고에서 받기로 되어 있는 잔액을 생각하자 더욱 밝은 기분이 들었다.

이제는 단지 어두워지기만 하면 되는 것이다.

14

키케이스 밀른의 유쾌한 기분은 그날 오후도 줄곧 계속되었다. 오후 5시가 조금 지났을 때 그는 자신만만하게 귀빈실을 향했다.

이번에도 종업원 전용 계단을 이용해서 9층으로 올라갔다. 아이리시 채널의 열쇠 제조공이 만든 열쇠는 물론 그의 호주머니 속에 있었다. 귀빈실 밖의 복도에는 인기척이 없었다. 그는 가죽을 씌운 양개식 문 앞에 서서 귀를 기울었다. 아무 소리도 들리지 않았다. 그는 복도를 좌우로 살펴보고 재빨리 열쇠를 끄집어내서 그것을 열쇠구멍 속에 넣어보았다. 열쇠에는 미리 윤활유를 발라두었다. 열쇠의 반응을 알아보고 살짝 돌렸다. 그리고 한쪽 문을 조금만 밀어보았다. 방 내부에서는 여전히 아무 소리도 들리지 않는다. 그는 조심스럽게 문을 닫고 열쇠를 빼냈다.

지금 귀빈실에 들어가는 것이 그의 목적은 아니었다. 그것은 오늘밤의 일이었다. 지금은 단지 주위의 상황을 정찰하고 열쇠가 맞는가를 알아본 후 자기가 원할 때 곧 사용할 수 있게 해두기 위해 온 것이다. 오늘밤은 자지 않고 감시를 해서 예측한 기회가 닥쳐오는 것을 기다릴 것이다. 그는 8층의 자기 방에 돌아와 곧 사발시계의 시간을 맞추어놓고 잠이 들었다.

15

창 밖은 황혼의 빛이 짙어져 가고 있었다. 피터 맥더모트는 상대방의 양해를 구하고 책상에서 일어나 사무실의 전등을 켰다. 그리고 회색 플란넬 양복을 입은 조용한 사나이와 다시 마주앉았다. 뉴올리언스 경찰서 수사과의 욜즈 형사부장은 피터가 지금껏 보아온 누구보다도 형사답지 않은 사람이었다. 그는 마치 대부신청을 검토하는 은행장과 같은 정중한 태도로 피터의 보고를 들었다. 그 긴 이야기가 진행되는 동안 그가 피터의 말을 가로막은 것은 전화를 좀 쓰게 해달라고 말했을 때 뿐이었다. 양해를 얻자 그는 사무실 구석의 전화를 이용해서 피터가 전혀 알아들을 수 없는 매우 낮은 음성으로 무슨 이야긴가 하고 있었다.

피터는 자기의 보고에 대해서 상대방이 전혀 반응을 보이지 않기 때문에 점점 자신을 잃어서 마지막에 이렇게 말했다. "그러나 이건 저 자신도 확신이 있는 건 아닙니다. 사실 제 스스로도 머리가 좀 돈 것이 아닌가 하는 생각이 들 정도입니다."

"아닙니다. 세상사람들이 당신처럼 좀더 적극적으로 협력해주신다면 우리는 훨씬 일하기가 쉬울 겝니다." 형사부장은 처음으로 수첩과 연필을 꺼내면서 말했다. "당신의 이야기가 아주 중요한 증거가 된다는 것을 알게 되면 물론 정식 진술서를 써 주시도록 부탁드리겠습니다만 우선 한두 가지만 가르쳐 주십시오. 첫째는 문제의 차량 번홉니다." 그것은 플로라가 쓴 메모 속에 있었다. 피터가 그것을 읽자 형사부장은 수첩에 적었다. "고맙습니다. 또 하나는 이 호텔 보안주임의 얼굴이나 몸의 특징입니다. 저도 그를 알고 있습니다만 직접 당신한테서 듣고 싶어서 그럽니다."

피터는 처음으로 미소를 지었다. "네, 알았습니다."

오글비의 특징을 설명하는 것이 끝났을 때 전화벨이 울렸다. 피터는 전화를 받고 나서 형사부장에게 말했다. "부장님에게 온 전화입니다."

이번에는 전화에 대답하는 형사부장의 음성이 잘 들렸지만 그것은 거의 〈네〉라든가 〈알았습니다〉하는 말만 되풀이할 뿐이었다.

곧 형사부장은 얼굴을 들고 피터를 찬찬히 살펴보면서 전화에 답했다. "네, 이 분은 충분히 신뢰할 수 있다고 믿습니다." 형사부장의 얼굴에는 미소가 떠올랐다. "게다가 이 분도 꽤 애쓰셨던 모양입니다."

형사부장은 차의 번호와 오글비의 특징을 말하고 나서 수화기를 놓았다.

피터가 말했다. "확실히 저는 이 결론을 얻어내는데 애먹었습니다. 하여간 상대가 크로이든 공작이니 말이지요. 당신은 공작 부처를 만나실 생각이십니까?"

"아니 좀더 조사를 해보고 만날 작정입니다. 오늘 석간신문을 보셨습니까?" 형사부장은 물끄러미 피터를 쳐다보면서 말했다.

"아니오, 아직 못 보았는데요."

"크로이든 공작은 워싱턴 주재 영국 대사로 내정되었다는 기사가 스테이츠 아이템 지에 나와 있었어요."

피터는 저도 모르게 휘파람 소리를 냈다. 형사부장은 계속해서 말했다. "우리 과장님의 말에 의하면 아까 정식으로 임명되었다는 라디오 방송이 있었답니다."

"그렇다면 외교적인 면책 같은 것이 있게 되나요?"

형사부장은 고개를 저었다. "지금 문제가 되고 있는 것 같은 범죄 사건에 대해서는 그렇지 않습니다."

"그러나 만약 잘못된 고소 같은 것을 한다면 큰일나겠지요."

"그렇습니다. 특히 상대는 일국을 대표하는 대사니까요. 따라서 우리로서는 신중하게 행동하지 않을 수가 없는 겁니다."

만약 크로이든 공작 부처가 수사를 받고 있다는 말이 새어 나가고, 나중에 그들이 결백하다는 것이 밝혀진다면 피터 자신뿐만 아니라 호텔도 매우 어려운 입장에 놓이게 되리라는 것은 분명한 일이었다. 욜즈 형사부장은 말했다. "그러나 당신도 불안하실 테니까 마음을 놓으실 수 있는 일을 몇 가지 알려 드리지요. 실은 제가 아까 처음 본서에서 전화한 후에 수사과에서는 여러 가지 대책을 강구하고 있습니다. 우선 오글비는 차를 북부의 어딘가로 운반해 가려고 하는 것으로 보고 긴급 수배를 하기로 결정했습니다. 물론 그가 왜 크로이든 공작 부처와 연결되어 있는지는 알 수 없습니다만."

"저도 그 점은 전혀 짐작이 가지 않습니다."

"아무튼 그는 어젯밤 당신과 만난 후에 어둠을 타고 차를 몰아 새벽녘에 어딘가에 차를 숨겨 놓았을 것으로 짐작이 갑니다. 차가 그 모양이 되었다면 대낮에 달리는 것은 위험하다는 것쯤은 그도 알고 있을 테니까요. 그러니까 우리는 오늘밤 그가 다시 나타나면 잡으려고 하고 있습니다. 지금 12개 주에 걸쳐서 비상경계경보가 나가 있습니다."

"그렇다면 당신들은 저의 이야기를 진지하게 받아들이고 있는 거군요."

형사부장은 전화를 가리켰다. "아까 본서에서 전화를 걸어온 이유 중의 하나는 월요일 밤에 사건 현장에 떨어져 있던 헤드라이트의 트림 링과 유리 파편에 관한 감식보고가 들어왔기 때문입니다. 제조업자의 새로운 설계명세서를 입수하는데 애를 먹어 감식이 늦어졌던 모양입니다. 아까 겨우 도착한 보고에 의하면 유리와 트림 링은 모두 재규어의 부품이라는군요."

"그게 확실합니까?"

"물론입니다. 그러니까 그 차가 모녀를 치었다고 가정하고 차를 잡기만 하면 의심의 여지없이 완전히 범행을 입증할 수 있게 되지요."

욜즈 형사부장은 일어서서 가려고 했다. 피터는 사무실 입구까지 전송하러 나갔다. 거기에서 허비 챈들러가 기다리고 있는 것을 보고 놀랐지만, 오늘 저녁이나 내일 사무실에 오라고 자기가 보이장에게 명령한 일이 금세 생각났다. 예기치 않던 오후의 사건 직후여서 불쾌한 문제들은 내일로 미루고 싶었다. 그러나 불쾌한 일일수록 빨리 처리해 버리는 것이 좋을 것이라고 생각을 고쳐먹었다. 형사부장과 챈들러는 서로 고개를 숙여 목례를 했다.

"그럼 안녕히 가십시오." 피터는 형사부장을 전송하면서 보이장의 족제비 같은 얼굴에 걱정하는 빛이 스치는 것을 보고 만족감을 느꼈다. 형사가 가버리자 피터는 보이장을 안쪽 사무실로 불러들였다.

그는 책상 서랍을 열고 어저께 딕슨 등 4명의 청년이 쓴 진술서를 봉투에서 끄집어내어 챈들러에게 넘겨 주었다. "이건 당신에게도 흥미가 있을 거요. 지금 무슨 딴 생각을 할까 봐 미리 말해 두겠지만 이것은 사본이고 원본은 따로 보관하고 있소."

챈들러는 고통스러운 표정을 짓고 나서 읽어나가기 시작했다. 페이지를 넘길 때마다 입술이 일그러지고 꽉 깨문 이 사이로 씩씩거리는 숨소리가 들렸다. 잠시 후 그는 신음하는 듯한 소리로 중얼거렸다.

"개자식들! 배신자들 같으니라고."

"왜? 당신이 매춘 알선을 한 것을 폭로했기 때문인가?"

보이장은 벌게진 얼굴로 진술서를 내려놓았다. "그래 저를 어떻게 하실 셈인가요."

"나로서는 당신을 당장 파면하고 싶지만 당신은 장기간 여기서 근무해 온 사람이니까, 일단 트렌트 씨에게 모든 것을 말씀드릴 작정이오."

챈들러는 우는소리를 내면서 애원했다. "총지배인님, 서로 인간적으로 이야기를 좀 할 수 없을까요?" 피터가 가만히 있으니까, 그는 입을 열고 마음대로 지껄이기 시작했다. "이런 호텔에는 옛날부터 여러 가지 관례가 있는데—"

"그 관례라는 것이 콜걸이나 그 밖의 온갖 부정행위를 말하는 것이라면 그건 나도 이미 알고 있소. 그러나 당신도 알다시피 거기에는 한도라는 게 있소. 미성년자에게 여자를 소개해주는 따위의 일은 도저히 용납할 수가 없는 일이 아니오?"

"그건 그렇지만, 총지배인님, 이번만은 좀 봐주십시오. 트렌트 씨에게는 알리지 말고 총지배인님과 나만의 일로 해 주실 수 없겠습니까?"

"그건 안 되겠소."

보이장은 재빨리 주위를 둘러보고 나서 계산하는 듯한 눈으로 그를 보았다. "총지배인님, 서로 봐주는 인정도 있어야 할게 아닙니까."

"그래서?"

"사람을 살려주면 언젠가는 그것이 자기한테로 돌아 올 수 있는 법입니다."

호기심이 피터를 침묵시켰다. 챈들러는 좀 주저하고 나서 조심스럽게 저고리의 단추를 끄르고 안주머니에서 둘로 접은 봉투를 끄집어내서 책상 위에 올려 놓았다.

피터가 말했다. "뭐요? 이건. 봐도 괜찮소?"

챈들러는 아무 말 없이 그 봉투를 피터 쪽으로 밀었다. 봉하지 않은 그 봉투 속에는 100달러 지폐가 다섯 장 들어 있었다. 피터는 그것을 신기한 듯이 보았다. "이거 진짜요?"

챈들러는 쓴웃음을 지었다. "진짜고 말고요."

"나는 당신이 나에게 얼마만한 값을 매기는가를 알고 싶었을 뿐이오." 피터는 그 돈을 휙 던져서 돌려주었다. "그걸 가지고 어서 나가."

"그걸로 부족하시다면……"

"썩 나가란 말이야." 피터는 낮은 음성으로 말하고 의자에서 벌떡 일어났다. "썩 나가란 말이야. 꾸물대고 있으면 너의 그 더러운 모가지를 부러뜨릴 테니까."

다시 돈을 집어들고 나가는 챈들러의 얼굴은 증오에 넘치고 있었다. 혼자가 되자 피터는 의자에 털썩 주저앉았다. 형사와 보이장과의 회견은 그를 몹시 지치게 하고 특히 후자는 매수하려는 돈에 손을 댄 것이 개운치 않은 뒷맛을 남긴 때문인지 더욱 그의 기분을 상하게 만들었다.

아니 정직하게 말한다면 그것은 좀 틀린 말이 되지 않을까 하고 그는 반성을 했다. 그 돈을 손에 쥐었을 때, 비록 짧은 순간이긴 했지만 그것을 호주머니에 챙겨 넣고 싶은 유혹을 느꼈던 것은 사실이다. 500달러라면 꽤 많은 돈이다. 그는 자기 급료의 몇 배나 되는 돈을 부정한 수단으로 긁어모으고 있는 것이 틀림없는 챈들러를 부러워하는 마음은 없었다. 챈들러와 같은 부정한 짓을 해서까지 돈을 벌고 싶지는 않았다. 그러나 만약 상대방이 챈들러 이외의 사나이였다면 어떠했을까. 유혹에 넘어갔을까. 피터는 그것을 확고하게 부정할 수는 없었다. 좌우간 호텔의 지배인이 부하에게서 뇌물을 받는 일은 그렇게 드문 일이 아니었다.

또 피터가 챈들러의 부정에 대한 증거를 트렌트에게 보인다해도 챈들러의 목이 반드시 달아난다는 보장이 없는 것도 아이러니컬한 일이었다. 게다가 호텔의 경영자가 갑자기 바뀐다고 하면 그것은 이미 트렌트와는 아무 관계가 없어질는지도 모른다. 거꾸로 피터 쪽이 먼저 목이 달아날지도 모르는 일이었다. 새로운 경영자는 당연히 간부종업원의 경력을 조사할 것이다. 그는 월도프 호텔에서의 불미스러운 경력을 가지고 있다. 그 오명은 이제 문제가 되지 않을 만큼 되었을까. 그것은 머지않아 알게 될 것이다.

그는 문득 제정신이 들었다. 책상 위에 플로라가 두고 간 오후의 영업보고서와 기타의 서류가 있었다. 여기에 들어온 후 처음으로 그는 그 숫자를 살펴보았다. 호텔은 오늘밤에도 만원이 될 것 같았다. 비록 세인트 그레고리가 쇠퇴한다 해도 진군나팔은 여전히 울리고 있는 셈이었다.

영업보고서나 전화의 전언(傳言) 외에도 우편이나 메모류가 산적되어 있었다. 피터는 그것을 주욱 훑어보았다. 오늘밤에 꼭 처리하지 않으면 안 될 것은 하나도 없는 것 같았다. 메모 밑에 있는 서류철을 열었다. 그것은 부주방장인 앙드레 레뮤가 어저께 그에게 준 음식물 조달기구의 계획시안으로 피터는 오늘 아침에 그것을 읽기 시작했던 것이다.

손목시계를 보고 나서 밤의 순찰을 하기 전에 그것을 다 읽어보기로 했다. 차분히 마음을 잡고, 꼼꼼한 필적으로 쓴 서류철과 정성들인 도표를 펼쳐 나갔다. 읽어나가는 동안에 젊은 부주방장에 대한 찬탄의 마음은 더욱 커갔다. 호텔의 식당경영상의 문제와 장래성을 대국적으로 파악한 그 계획은 읽을 만한 가치가 충분히 있는 것이었다. 주방장 H 에브랑이 그 제안을 거들떠보지도 않았다는 사실에 피터는 분노를 느꼈다.

확실히 어떤 점은 논의의 여지가 있었고 또 찬성할 수 없는 점도 있었다. 그리고 얼른 보아도 물품 가격의 견적이 너무 낙관적이라고 생각되는 점도 있었다. 그러나 그것들은 모두 사소한 문제에 불과했다. 가장 괄목할 점은 영특하고 참신한 두뇌가 현재의 음식조달기구의 운영상의 결함을 명확히 포착하고, 그것을 분석해서 개선 방안을 제시하고 있다는 것이었다. 만약 세인트 그레고리 호텔이 앙드레 레뮤의 탁월한 재능을 받아들이지 못한다면 아마 머지않아 그는 다른 곳에서 재능을 발휘하는 길을 택할 것이다.

피터는 레뮤처럼 자기가 맡은 일에 그렇게 열의를 갖고 있는 사람이 이 호텔 안에 있다는 것을 알고 마음이 흐뭇해지는 것을 느끼면서 계획서를 덮었다. 곧 앙드레 레뮤를 만나서 자기의 느낀 점을 말하고 싶다고 생각했다. 현재와 같은 상황에서는 그것밖에 아무 것도 해줄 수 없지만 적어도 그의 열의에 대해서 고맙다는 뜻만이라도 전하고 싶었다.

조리실에 전화를 걸어 주방장은 오늘밤도 병으로 쉬고 있어서 부주방장인 레뮤가 대리를 맡고 있는 것을 알았다. 주방을 방문할 때의 의견절차를 존중하면서 피터는 이제부터 그곳으로 간다는 것을 알렸다.

앙드레 레뮤는 대식당으로 통하는 문에서 그를 기다리고 있었다.

"어서 오십시오." 시끄럽고 김이 자욱히 서린 조리실 안으로 안내하면서 레뮤는 피터의 귀에다 대고 큰소리로 말했다. "음악으로 말하면 지금이 막 크레센토에 들어가는 대목이지요." 비교적 조용했던 어제 오후에 비하면 이 시간은 마치 격전강(激戰場) 같았다. 각자의 부서에 속해 있는 흰옷의 각 반장들이나 조수, 견습인들의 모습은 전쟁터에 피어난 들국화처럼 보였다. 그들 주위에서는 주방 조수들이 뿜어내는 김과 열기 속에서 땀투성이가 되어 이리저리 오가고 크고 작은 냄비라든가 쟁반들을 요란한 소리를 내며 나르는가 하면 손수레를 바삐 밀어대기도 한다. 게다가 쟁반을 들고 총총 걸음으로 출입하는 급사라든가 여급사들이 뒤섞여 어수선한 시장터같이 붐비고 있었다. 스팀 테이블 위에서는 정식(定食) 메뉴의 접시들이 분배되어 곧 식당으로 옮길 채비가 되어 있다. 특별주문이라든가 룸서비스용의 요리를 준비하고 있는 요리사들의 재빠른 손놀림은 마치 한꺼번에 사방팔방으로 움직이고 있는 것 같았다. 급사들이 연방 들락날락, 주문요리의 진척 상황을 물어댄다. 요리사들이 이에 큰 소리로 대답한다. 다른 급사들은 요리를 담은 쟁반을 들고 높은 계산대 위에서 한껏 위엄을 부리고 앉아 있는 두 사람의 여자 검사계 앞을 잇따라 지나가고 있다. 수프부의 거대한 냄비에서는 김이 연기처럼 뿜어 오르고 있다. 조금 떨어진 조리대 앞에서는 두 사람의 전문요리사가 날렵한 솜씨로 카나페라든가 뜨거운 오르되브르를 만들고 있다. 그 저쪽 너머에서는 파이계의 반장이 디저트 요리를 감독하느라고 잔소리를 하고 있다. 이따금 오븐의 뚜껑이 열리고 지옥과 같은 내부를 들여다보는 진지한 얼굴을 화염이 붉게 물들이고 있다. 접시들이 부딪는 소리, 갖가지 요리의 냄새, 커피의 구수한 향기 등이 들뜬 열기와 함께 주방 안을 가득히 채우고 있었다.

"우리는 바쁘면 바쁠수록 사는 보람을 느끼지요" 하고 레뮤가 말했다.

피터는 그를 따라서 유리로 칸막이를 한 사무실로 들어가자 가지고 온 서류철을 그에게 되돌려 주었다. "정말 훌륭한 제안이오. 당신의 생각이 아주 마음에 들었소. 몇 가지 검토해야 할 점도 있기는 하지만 그런 것이 그다지 많지는 않소."

"실제로 이것을 실행하게 된다면 다시 한 번 검토해 보았으면 합니다."

"그러나 아직 그럴 단계는 아닌 것 같소." 피터는 기구의 개혁에 착수하기 전에 지금 불안정한 상태에 있는 호텔 경영권의 문제가 해결되지 않으면 안 된다는 것을 설명했다.

"결국 이 계획이나 제 자신도 여기서 밀려나게 될지도 모르겠군요. 그렇게 된다 해도 뭐 별 상관은 없지만요." 레뮤는 프랑스식으로 어깨를 들썩이고 나서 이렇게 덧붙었다. "저는 이제부터 집회장에 가기로 되어 있습니다만, 함께 가시지 않겠습니까?"

피터는 오늘밤 순찰을 할 때 집회장에 들를 예정이었다. 집회장에서부터 순찰을 시작해도 결국은 마찬가지였다.

"고맙소. 그러면 같이 갈까요."

그들은 종업원 전용 엘리베이터로 3층으로 올라가, 1층의 중앙조리실을 그대로 옮긴 것 같은 방에 들어갔다. 여기서부터 세 개의 집회장과 10개 이상의 개실식당(個室食堂)으로 한꺼번에 약 2천 명분의 식사를 배달할 수가 있다. 지금은 여기도 1층의 주방과 마찬가지로 전쟁터처럼 부산스러웠다.

"오늘밤에는 큰 연회가 두 개나 있어서 말이지요. 대무도장(大舞蹈場)도, 비엔빌도 만원입니다."

피터는 고개를 끄덕였다. "음, 치과의학회와 골드 크라운콜라의 단체가 들었으니까요." 지금 막 나온 요리들이 긴 조리실의 양끝으로 흘러가듯이 운반되어 갔다. 치과의학회의 메인 코스는 칠면조 로스구이이고 크라운콜라 쪽은 가자미 버터구이였다. 요리사와 조수들이 일체가 되어서 기계와 같은 리듬으로 채소를 담고 다 된 접시는 금속 뚜껑이 덮여져서 급사가 가지고 갈 쟁반 위에 옮겨진다. 한 개의 쟁반에 아홉 개의 접시를 얹는다. 그 숫자는 한 테이블에 앉는 손님들의 수인 것이다. 급사 한 사람이 테이블 두개를 담당한다. 식사는 4코스. 거기에 롤빵, 버터, 커피, 케이크가 따른다. 피터는 계산했다 — 급사 한 사람은 적어도 무거운 짐을 열 두 번 나르지 않으면 안 된다. 따로 손님의 주문이 있다든가 테이블을 초과로 맡게 되는 경우도 있기 때문에 실제로는 그 이상의 노동을 하게 된다. 근무가 끝날 무렵에는 완전히 녹초가 되는 급사의 수가 적지 않은 것도 무리가 아니었다. 비교적 덜 피로한 사람은 흰 연미복을 입고 점잔을 빼고 있는 급사장인 것이다. 그는 경찰서장처럼 조리실 한가운데 서서 양쪽 방향으로 가는 급사들의 흐름을 지휘하고 있었지만 레뮤와 피터의 모습을 보자 급히 그들한테로 다가왔다. "안녕하세요, 부주방장님 그리고 총지배인님." 호텔의 서열로 보면 피터가 다른 두 사람보다 격이 위지만 조리실에서는 근무중인 부주방장에게 더 경의를 표하는 것이 관례였다.

앙드레 레뮤가 물었다. "도미니크 씨, 저녁식사 할 손님이 몇 분이지요."

급사장은 종이쪽지를 보면서 말했다. "골드 크라운의 단체손님들은 240명으로 잡고 있습니다. 대체로 그 정도가 들어와 있는 것 같습니다."

"그들은 월급으로 사는 세일즈맨이니까 밖에 나가서 식사할 여유는 없을 거요" 하고 피터가 말했다. "거기에 비하면 치과의사 쪽은 여유가 있는 사람들이니까 아마 제멋대로 딴 곳에서 식사를 하게 될 거야. 그러니 수가 좀 줄어들 게 아닌가." 급사장은 고개를 끄덕이면서 "여러 객실에서 치과의학회 손님들이 계속 마시고 있는 모양입니다. 얼음 주문이 많아서 룸 서비스계는 정신을 못 차리더군요. 그래서 그들의 식사 숫자도 줄이려고 생각하고 있습니다만……" 하고 말했다.

단체의 식사를 몇 인분 준비하느냐 하는 것은 꽤 어려운 문제였다. 지금도 세 사람은 그 문제로 골치를 앓지 않으면 안되었다. 단체의 책임자는 호텔 측에 대해서 최저 인원을 보증하고 있지만 실제 숫자가 100명 이상이나 틀리는 경우가 있었다. 단체 손님들 중에는 조그마한 그룹으로 파티를 열고 공식회식에 나오지 않는 사람들이 있는가 하면 끝날 무렵이 되어서 단번에 밀려오는 경우도 있어서 실제의 인원을 파악하기란 여간 어려운 것이 아니다.

따라서 어떤 호텔의 주방장도 큰 단체의 회식 직전에는 불안과 긴장에 싸이게 된다. 이 위기에 제대로 대처하느냐 못하느냐가 그 주방장의 능력의 우열을 가름하는 것이 되기 때문에 관계자로서는 골치가 아픈 순간이었다. 피터는 급사장에게 물었다.

"최초에 예상한 인원수는 얼마였던가?"

"치과의 쪽은 500명입니다. 모여드는 것을 보아도 대개 그 정도였기 때문에 식사를 내놓기 시작했습니다만 지금에 와서 손님이 점점 불어나고 있는 것 같습니다."

"그렇다면 추가된 숫자를 빨리 파악할 필요가 있겠는데."

"네, 한 사람이 지금 세고 있습니다. 아 저기 돌아왔군요." 붉은 웃옷을 입은 부급사장이 대무도장의 종업원 통용문 쪽에서 사람들 틈을 헤치면서 오는 것이 보였다.

피터는 레뮤에게 물었다. "필요한 경우에는 증가 분을 곧 만들 수 있겠소?"

"예, 어떻게든 해보도록 하지요."

급사장은 부급사장과 상의하고 나서 그들에게 보고했다.

"아무래도 170인분쯤 추가하지 않으면 안 될 것 같습니다. 단번에 밀려왔기 때문에 지금 급히 테이블을 늘리고 있는 중입니다."

언제나 그렇지만 위기는 예고 없이 찾아왔다. 오늘밤은 특히 급작스레, 더구나 그 숫자가 많았다. 170명분의 식사를 급히 추가하라고 한다면 어떤 호텔의 주방에서도 비명을 지르지 않을 수 없을 것이다. 피터가 뒤돌아보니까 젊은 프랑스 인 부주방장은 벌써 그 자리에 없었다.

레뮤는 이미 주방에 뛰어가서 기관총처럼 명령을 연발하고 있었다. ― 견습 요리사 한 사람, 아래층 중앙 주방에 달려가 내일의 경식사용 칠면조 로스구이 일곱 마리만 가지고 와.(그리고는 준비실에다 대고 명령했다.) 예비재료를 전부 사용할 것!. 빨리 해! 야채가 모자란다! 제2회장분을 조금 이쪽에 돌려. 모양이 좀 시원찮아도 돼! (견습 요리사 한 사람을 또 아래층 주방으로 달려보내 쓸 수 있는 야채를 모두 긁어모아 가지고 오도록 명령했다.) 내려간 김에 지원할 사람을 불러와! 요리사 두 사람, 고기 써는 조수 두 사람만 올라오라고 해! 그리고 파이계 반장에게 170인분의 디저트를 즉각 준비하라고 해! 요령 있게 속여도 돼. 우선 인원수 분량을 채우는 것이 선결문제야 ― 젊은 앙드레 레뮤는 기민하게 머리를 회전시키면서 즐거운 듯이, 마치 쇼를 연출하고 있는 것같이 자신에 넘친 태도를 보였다.

이미 급사들도 재배치되어 있었다. 비교적 손님 수가 적은 골드 크라운콜라의 회식 쪽에서 급사의 일부를 빼갔으므로 남은 급사들은 여분의 일을 맡게 되었다. 회식객들은 다음 코스부터 아까와는 다른 급사가 와도 그것을 눈치채지 못할 것이다. 한편 치과의학회 회식 쪽에 돌려진 급사들은 세 개의 테이블 ―

27명의 식사 — 을 서비스하는 일을 맡게 되었다. 특히 팔도 손도 빠른 숙련된 소수의 급사들은 네 테이블을 담당하는 경우도 있다. 이렇게 혹사하면 급사들 사이에서 다소 불평이 나올지도 몰랐다. 단체객의 급사들은 대개 임시 고용자들로, 필요에 따라 불러오게 된다. 3시간 노동으로 4달러라는 임금은 두 테이블을 기준으로 하고 있어서 테이블이 한 개 늘 때마다 기본 임금의 반이 추가된다. 그러나 팁이 들어오기 때문에 실제의 수입은 그 두 배가 될 것이다. 따라서 일을 빨리 하는 자들은 15~16달러의 수입을 올릴 수 있다. 잘 하면 점심이나 아침식사 때에도 거의 같은 액수를 벌 수가 있었다.

피터가 보고 있는 동안에 지금 막 요리한 칠면조가 세 마리 운반차에 실려 엘리베이터로 올라왔다. 준비실의 요리사들이 그 곁에 몰려들었다. 세 마리를 가지고 온 견습 요리사는 다시 나머지 칠면조를 가지러 되돌아갔다.

한 마리의 칠면조에서 15인분의 고기가 나온다. 외과의사와 같은 재빠른 솜씨로 고기가 잘려져 나간다. 그리고 20인분의 흰 고기와 붉은 고기, 그리고 드레싱이 쟁반 하나 하나에 균등하게 나뉘어지고 그 쟁반이 서비스 카운터에 운반된다. 한편 삶은 야채를 실은 운반기가 항구에 들어오는 선박처럼 수증기를 뿜어 올리면서 연달아 그곳으로 모여든다.

부주방장이 전령으로 인원을 차출했기 때문에 분배부는 일손이 달렸다. 레뮤는 급히 두 사람의 전령을 도로 제자리에 불러들였다. 분배부는 전 속력을 내어 작업을 하기 시작했다.

접시, 고기, 첫째 번 야채, 둘째 번 야채, 소스, 다음에는 접시를 옮겨서 뚜껑을 덮는다. 한 사람은 한 가지 동작만을 한다. 팔, 손, 국자가 재빠르게 움직인다. 1인분을 만드는데 걸리는 시간은 1초 — 그러나 좀더 빨리! 서비스 카운터 앞에 늘어선 급사의 줄이 점점 길어진다. 그 저쪽에서는 파이계 반장이 냉각기를 하나하나 열어보고 속에 들어 있는 것을 끄집어내 살펴보고 있었다. 1층 주방에서 파이계의 요리사가 급하게 달려와서 일을 도왔다. 예비의 디저트가 지하에서 운반되어 왔다.

이 한참 분주한 때에 어울리지 않는 한 순간이 있었다.

급사가 뭔가를 부급사장에게 보고하고 부급사장이 그것을 급사장에게 전하고 마지막으로 급사장이 앙드레 레뮤에게 보고했다.

"칠면조를 싫어하는 손님이 있어서 비프스테이크를 달라고 하는 모양입니다." 땀을 뻘뻘 흘리면서 일하던 요리사들 사이에서 폭소가 터졌다. 이와 같은 주문은 급사장이 단독으로 처리할 수는 없었다. 소정의 메뉴에서 벗어나는 것은 주방장만이 허가할 수 있는 일이다.

레뮤는 쓴웃음을 지으면서 말했다. "할 수 없어, 만들어 줘. 그러나 같은 테이블에서는 그 손님의 요리가 제일 마지막으로 나가도록 해주게."

이것도 호텔 주방의 낡은 관습의 하나였다. 대개의 호텔에서는 선전을 하는 의미에서 새로 시킨 요리의 비용이 소정의 요리보다 비싸도 주문에 응하고 있다. 그러나 제멋대로 주문한 손님은 다른 손님들이 그것을 본받지 않도록 반드시 주위에 있는 손님들이 소정의 요리를 먹기 시작할 때까지 기다리게 만드는 것이다.

이윽고 서비스 카운터 앞에 늘어선 급사의 줄이 줄어들게 되었다. 대무도장의 손님들 대부분에게 메인 코스가 나가고 빈 접시들을 조수들이 조리실로 가지고 가기 시작했다. 위기는 어느 정도 지났다. 앙드레 레뮤는 분배부의 부서를 떠나서 파이계의 반장에게 뭔가 묻는 듯한 시선을 보냈다.

성냥개비처럼 바짝 마른, 자신이 만든 디저트는 좀처럼 시식해 본 적도 없을 것 같은 몸집의 반장이 엄지손가락과 집게손가락으로 동그라미를 그려 보였다. "준비 완료입니다."

레뮤는 벙긋 웃고 나서 피터의 곁으로 왔다. "위기는 이제 지난 것 같습니다."

"수고했소. 정말 훌륭했소."

젊은 프랑스 인은 어깨를 들썩였다. "때마침 제대로 되어 가는 장면을 보셨을 뿐입니다. 늘 이렇게 순조롭게 돌아간다고는 할 수 없지요. 좀 실례하겠습니다."

디저트는 〈불타는 앵두〉였다. 이것은 회장을 어둡게 하고 불이 타오르는 쟁반을 높이 들면서 축제와 같은 분위기 속에서 각 테이블에 나가게 하는 것이었다.

급사들은 문 앞에 줄지어 섰다. 파이계의 반장과 조수들이 쟁반 위에 놓인 것들을 점검하고 있었다. 출발신호와 함께 쟁반 중앙의 접시가 훨훨 타오르게 한다. 두 사람의 요리사가 불을 켠 조그마한 초를 가지고 대기하고 있다. 앙드레 레뮤는 행렬의 선두에서 끝까지 빈틈없이 살펴 나갔다.

대무도장의 입구에 서 있던 급사장이 손을 든 채로 레뮤의 얼굴을 주시하고 있었다.

레뮤가 고개를 끄덕이자 그는 손을 내렸다. 초를 든 요리사가 줄을 따라 달리면서 쟁반 속의 접시에 점화하기 시작했다. 양 쪽으로 문이 활짝 열리고 고정되었다. 전기기사는 회장의 조명을 어둡게 했다. 오케스트라의 음악이 약해지더니 갑자기 멈추었다. 넓은 회장 안의 웅성거리던 소리도 잠잠해졌다.

그때 회장의 한쪽 구석에서 스포트라이트의 광선이 조리실의 문을 비췄다. 장내가 쥐죽은듯이 조용해졌다. 다음 순간 트럼펫의 팡파르가 힘차게 울려 퍼졌다. 그것이 끝나자 오케스트라와 오르간이 폭발적인 최강음으로 〈성자의 행진〉의 첫 소절을 연주하기 시작했다. 동시에 불타오르는 쟁반을 높이 든 급사들의 행렬이 음악에 보조를 맞추어서 회장 안으로 행진해 들어왔다.

피터도 그 광경을 잘 보기 위해서 대 무도장으로 들어갔다. 예상 외로 많이 모여든 회식자들로 넓은 회장은 초만원이었다.

— Oh, when the Saints ; Oh, when the Saints ; Oh, when the Saints go marching in —

푸른 제복을 입은 말쑥한 급사들이 잇따라 회장 안으로 행진해 들어간다. 조리실에 있는 사람들은 거의 한 사람도 남기지 않고 감동적인 눈으로 그 광경을 지켜보고 있었다. 머지않아 그 중의 몇 사람은 못 다한 일을 마치기 위해서 다른 회장으로 돌아갈 것이지만, 장내의 어둠 속에서 급사들이 쳐들고 가는 촛불들이 횃불처럼 아름답게 흔들린다.

— Oh, when the Saints ; Oh, when the Saints ; Oh, when the
　Saints go marching in —

객석에서 요란한 박수갈채가 일어나고 그것이 점차 음악의 장단에 맞추어지는 박수로 변했다. 방금 전까지도 주방의 전원이 위기에 직면하여 악전고투하고 있었다는 것을 당사자 이외에는 아무도 알 리가 없었다.

— Lord, I want to be in that number, When the Saints go
　marching in —

급사들이 각자 자기가 맡은 테이블을 찾아가자, 다시 한 번 불을 높이 쳐들었고, 장내에는 또 한 번 새로운 박수 소리가 요란히 울려 퍼졌다.
앙드레 레뮤는 피터의 옆에 서 있었다. "이걸로 끝났습니다. 만약 코냑을 들고 싶으시면 주방에 조금 준비 한 게 있습니다만."
"아니 괜찮아요. 정말 훌륭한 쇼였소. 축하하오."
피터가 떠나려고 했을 때 레뮤가 뒤에서 불렀다. "안녕히 가십시오. 제가 말한 것을 잊지 말아 주십시오."
피터는 어리둥절해서 발걸음을 멈추었다. "뭘 잊지 말라고 하는 거지요?"
"총지배인님과 제가 손을 맞잡으면 훌륭한 호텔을 만들 수 있다는 것을 말입니다."
피터는 아주 유쾌한 기분이 되어서 회장의 테이블 사이를 통해 대무도장의 문으로 걸어나갔다.
그러나 거의 문 있는 곳까지 왔을 때 뭔가 잘못된 점이 있는 것 같은 느낌이 들어서 발걸음을 멈추었다. 그것이 뭔지 생각이 나지 않아서 멍하니 사방을 두

리번거렸다. 그러다가 갑자기 생각났다. 치과의학회 회장인 잉그람 박사는 으레 오늘밤의 회식을 주재하여야만 했을 텐데 그 자리에도, 맨 앞의 긴 테이블에서도 박사의 모습을 볼 수 없었다. 여러 명의 회원들이 여기저기의 테이블을 돌아다니면서 친구들과 인사를 교환하고 있었다. 보청기를 낀 한 사람이 피터의 곁에서 걸음을 멈추고 말을 걸었다. "꽤 성대한 모임이지요."

"네, 요리는 맛이 있었습니까?"

"괜찮았어요."

"그런데 저는 잉그람 박사님을 찾고 있는 중입니다만, 혹 어디에 계신지 모르십니까?"

"몰라요, 난." 상대방은 갑자기 쌀쌀한 어조가 되어 의심스러운 눈으로 피터를 보았다.

"당신은 신문사 사람이오?"

"아니, 이 호텔에 있는 사람입니다. 두세 번 박사님을 만난 적이 있습니다."

"그 양반은 그만두었어요, 오늘 오후에. 그 따위 바보 같은 짓을 하면 그만둘 수밖에 없지."

피터는 놀라움을 숨기면서 물었다. "그래 박사님은 아직 호텔에 계십니까?"

"글쎄 모르겠는걸." 보청기를 낀 사나이는 그냥 가버렸다. 회장의 중2층에 구내 전화가 있다. 교환수의 보고에 의하면 숙박인 명부에는 잉그람 박사가 아직 나가지 않은 것으로 돼있지만 그의 객실에 전화를 해도 대답이 없다고 한다. 피터는 출납계장에게 전화를 했다. "필라델피아의 잉그람 박사는 아직 계산을 끝내지 않았소?"

"아니 방금 계산을 끝냈습니다. 지금 로비에 계십니다."

"누군가 사람을 보내서 잠깐 기다려 주십사고 해주게. 내가 곧 그리로 갈 테니까."

피터가 로비에 도착했을 때 잉그람 박사는 레인코트를 팔에 걸고 여행가방을 곁에 두고 서 있었다.

"이번에는 또 무슨 문제가 일어난 건가, 맥더모트 군. 만약 이 호텔에 감사장을 써달라는 것이라면 그건 안되겠소. 난 회장을 그만두었으니까 말이야. 게다가 비행기 출발 시간도 다가왔고."

"회장직을 그만두셨다는 말을 듣고 사과 말씀을 드리러 왔습니다."

3층의 대무도장에서의 박수갈채 소리가 여기까지 들려왔다.

"내가 그만둔다 해도 뭐 달라질 것도 없소. 모두 잘들 해주겠지."

"섭섭하시지는 않습니까."

"섭섭하지 않은 체하고 있을 뿐이오." 나이든 박사는 발목을 보면서 중얼거렸다. "그러지 말아야겠지만 섭섭한 걸 어떻게 하겠나?"

"누구라도 그럴 겁니다" 하고 피터가 말했다.

나이든 박사는 갑자기 고개를 쳐들었다. "자네 오해하고 있는 게 아닌가? 맥더모트 군, 나는 패배자가 아니야. 또 패배자라고 느낄 필요도 없소. 나는 오랫동안 교수로서 보람 있는 생활을 해왔지. 짐 니콜라스나 그 밖의 많은 훌륭한 의사들을 길러내고 내 이름이 붙은 갖가지 의학적 발견도 했고 권위 있는 전문 서적도 몇 권인가 남겼어. 그런 곳에야말로 충실한 인생이 있는 곳이지 그 밖의 곳은 —" 박사는 대무도장 쪽을 턱으로 가리키면서 말했다. "모두 헛된 장식에 불과한 거야."

"맞습니다, 하지만 —"

"그야 다소의 장식은 있어도 좋을 테지. 무해할 뿐만 아니라 때로는 기분이 좋은 것이야. 내가 억지로 회장후보로 추대되어서 당선되었을 때에는 역시 기뻤소. 소중히 여기는 사람들에게서 선물을 받은 기분이었으니까. 솔직히 말해서 — 왜 내가 자네한테 이런 말을 하려고 하는지 잘 알 수 없지만 — 오늘밤 회식에 참석하지 않은 것은 좀 가슴이 아프긴 해." 그는 좀 사이를 두었다가 또 웅성거리는 소리가 들려오는 대무도장 쪽을 쳐다보았다. 그리고 강한 어조로 말했다. "그러나 인간의 일생에는 자기가 바라는 것보다도 믿는 것을 선택하지 않으면 안 될 때가 있는 법이야. 회원 중에는 나를 미친 사람으로 생각하는 사람도 있는 것 같지만."

"원리나 주의를 관철하는 일은 결코 어리석은 일이 아니라고 생각합니다."

잉그람 박사는 피터를 빤히 바라보았다. "자네는 그 기회가 있었는데 왜 그렇게 하지 않았나. 이 호텔이나 이 직업에 대해서 너무 마음을 썼기 때문일세."

"네. 그것이 사실이라고 생각합니다."

"자네는 꽤 정직하니까 좀더 얘기해 주지. 그건 자네뿐만 아니야. 나도 자신의 신념대로 행할 용기가 없었던 때가 자주 있었어. 모든 사람이 다 그렇지. 그러나 때로는 두 번째 찬스가 찾아올 때가 있어. 만약 자네한테 그런 찬스가 오면 그때는 그것을 꼭 잡도록 해야 하네."

피터는 보이를 불렀다. "현관까지 전송해 드리지요."

잉그람 박사는 고개를 저었다. "아니 그럴 필요는 없어요. 피차 이런 곳에서 바보 같은 짓은 하지 않기로 하세. 나는 이 호텔이나 자네나 별로 좋아하지 않소."

보이가 눈으로 재촉했다. 박사는 말했다. "응, 가지."

16

늦은 오후, 재규어를 숨겨둔 숲 속에서 오글비는 다시 한 번 잠이 들었다. 눈을 뜨니까 오렌지 빛의 커다란 석양이 서산에 걸리고 주위에는 땅거미가 지고 있었다. 대낮의 혹서는 가시고 시원한 저녁 공기의 감촉이 상쾌했다. 오글비는 서둘렀다. 곧 출발해야 할 시간이다.

우선 라디오를 들었다. 새로운 뉴스는 없고 앞서 말한 것의 되풀이뿐이었다. 그는 만족해하면서 스위치를 껐다. 숲 너머에 있는 냇가에 가서 머리와 얼굴에 물을 뒤집어쓰고 졸음을 깨끗이 쫓아버렸다. 그리고 먹다 남은 식량으로 배를 채우고 물통에 물을 넣어 조금 남은 빵과 치즈와 함께 뒷좌석에 놓아두었다. 내일 아침까지 불필요한 정차는 일절 하지 않을 작정이었기 때문에 오늘밤은 이 이상 더 먹지 않고 견뎌야 할 것이다.

그가 뉴올리언스를 출발하기 전에 계획하고 또 암기했던 도로는 앞으로 미시시피 주를 북서로 달리고 앨라배마 주의 서쪽 어깨를 횡단한 다음 테네시 주를 곧바로 북쪽으로 빠진다. 그리고 켄터키 주에 들어가 루이스빌 근처에서 진로를 서쪽으로 바꾼 다음 인디애나 주를 대각선으로 가로질러 인디애나 폴리스를 지나 일리노이 주의 헤몬드 부근에 도달한 다음 시카고로 북상한다. 나머지 거리는 약 700마일, 단숨에 달리기에는 좀 벅찬 거리이다. 그러나 새벽녘까지 인디애나 폴리스 근처까지 도달할 수 있다면 우선은 안전하리라 하는 것이 오글비의 계산이었다. 거기서부터 시카고까지는 200마일 밖에 안 된다.

그가 재규어를 숲 속에서 빼내 천천히 고속도로 쪽으로 몰고 나갔을 때 날은 완전히 어두워졌다. 다시 US 45호선에 나서자 그는 만족스러운 듯이 중얼거리면서 북으로 차를 몰았다.

실로의 옛 전투에서 전사한 병사들의 무덤 가까이 있는 미시시피 주 콜럼버스에서 그는 가솔린을 보급하기 위해 차를 멈췄다. 단 하나밖에 없는 전등이 희미하게 구식 가솔린 펌프를 비쳐주고 있는 변두리의 조그마한 잡화점을 고른 다음 전등에서 되도록 앞쪽으로 차를 빼서 차의 앞쪽이 그늘에 가리도록 했다. "상쾌한 밤이로군요" 라든가 "어디까지 가시죠?" 하고 주인이 걸어오는 말을 무시하고 대화를 사전에 막았다. 그리고 가솔린과 초콜릿의 값을 치른 뒤 곧 출발했다.

거기서부터 90마일 가는 곳에서 앨라배마의 주경을 넘었다. 조그마한 시가들이 잇따라 나타나서는 멀어져 갔다. 버논, 설리젠트, 해밀턴, 러셀빌, 플로렌스, 그 중 마지막 시가는 변기(便器)의 생산으로 유명하다고 안내판에 쓰여 있다. 거기서 수마일 더 간 곳에서 주경을 넘어 테네시 주로 들어갔다.

차량의 왕래는 대체로 적었고 재규어는 아주 순조롭게 달렸다. 해가 저물자 곧 떠오른 보름달이 그의 운전을 도와주었다. 어떠한 경찰활동도 전혀 찾아볼 수 없었다.

오글비는 만족하여 긴장이 풀리는 것을 느꼈다. 테네시 주의 내시빌의 남쪽 50마일 지점에서 US31호선에 들어섰다. 갑자기 차량의 왕래가 심해졌다. 길다란 트랙터 트레일러의 헤드라이트의 빛이, 눈부신 무한한 쇠사슬처럼 어둠을 뚫고 남쪽의 버밍햄으로 또는 북쪽의 중서부 공업지대로 굉음을 울리면서 달려갔다. 몇 대의 승용차는 트럭 운전수들의 간담을 서늘하게 하는 모험을 감행하면서 차의 흐름을 누비고 갔다. 오글비도 때로는 느린 앞차를 추월하는 일이 있었지만 일정한 제한 속도를 위반하지 않도록 주의를 했다. 스피드 위반, 그 밖의 어떠한 이유로도 사람들의 주의를 끄는 일을 피하고 싶었다. 한참 지났을 때 후속 차가 자기와 거의 같은 속도를 유지하면서 줄곧 뒤따라오는 것을 알았다. 그는 백미러를 조절해서 뒤차의 라이트의 반사를 적게 한 다음 속도를 늦추어 뒤차를 앞세우려 했다. 그러나 상대방은 좀처럼 앞에 나서려고 하지 않기 때문에 그는 다시 아까의 속도로 돌아갔다.

거기서 4마일쯤 간 곳에서 북으로 향하는 차선의 교통이 막히기 시작했다. 전방의 차들의 붉은 테일 램프가 끊임없이 점멸한다. 좌측으로 몸을 내밀고 보니까 북으로 향하는 2차선의 제차의 헤드라이트가 합쳐지고 그 앞에서 한 줄이 되어 있었다. 고속도로의 교통사고 현장에서 흔히 보는 광경이었다.

그러나 곧 완만한 커브에 왔을 때 차가 빨리 빠지지 못하는 이유를 확실히 알게 되었다. 테네시 주 고속도로 순찰대의 차가 붉은 루프 라이트를 번쩍이면서 길 양쪽에 두 줄로 늘어서고 조명등이 붙은 바리케이트가 안쪽 차선을 가로막고 있었다. 바로 그 순간 지금까지 바로 뒤에 붙어오던 차의 지붕에 갑자기 붉은 루프 라이트가 켜졌다.

재규어가 속도를 늦추고 정지하니까 권총을 손에 든 경비대원이 문 양쪽으로 달려왔다. 오글비는 벌벌 떨면서 양 손을 들었다. 우람한 체구를 한 경사가 차의 문을 열고 명령했다.

"손을 든 채로 천천히 내려. 너를 체포한다."

17

크리스틴 프랜시스는 너무 우스워서 그만 소리를 내어 웃었다. "어머, 또 그러시네. 커피를 따라 드릴 때마다 반드시 두 손으로 잔을 부여잡고 마치 무슨 주술(呪術)을 행하시는 분 같아요."

만찬 테이블의 건너 쪽에서 앨버트 웰즈는 참새처럼 쾌활한 미소를 보내왔다. "당신은 보통 사람들보다 관찰력이 뛰어나군요."

그는 오늘밤도 몸이 개운치 않은가 보다고 크리스틴은 생각했다. 3일 전의 그 창백한 안색이 되돌아왔고, 그의 유쾌한 기분을 해칠 정도는 아니었지만 이따금 기관지염성의 기침이 그를 괴롭히고 있었다. 누군가 간호해 줄 사람을 붙여줄 필요가 있다고 그녀는 생각했다.

그들이 호텔의 대식당에 온 지 벌써 한 시간쯤 지났다. 손님들의 대부분은 이미 자리를 뜨고 커피나 술을 마시고 있는 손님이 듬성하게 남아 있을 뿐이었다. 호텔은 만원이라도 밤의 식당 손님은 적었다.

급사장 맥스가 슬며시 그들 테이블에 왔다.

"이 밖에 또 뭐 드실 것이 있으시면 말씀하시죠."

앨버트 웰즈는 크리스틴을 보았다. 그녀는 고개를 저었다. "이걸로 됐소. 나중에 계산서를 가져다주시오."

"네. 알았습니다." 맥스는 크리스틴에게 고개를 끄덕여 보이고 오늘 아침 서로가 계획한 일을 잊지 않았다는 것을 눈짓으로 알렸다.

급사장이 떠나자 몸집이 조그마한 노인은 말했다. "커피 이야기가 나왔으니 말인데 북쪽에서 광산을 찾을 때에는 실지 손에 들고 있는 잔의 열마저 낭비가 없도록 하지 않으면 살아남을 수가 없었던 것이오. 그것이 버릇이 돼버린 거지. 아니 이런 버릇은 버리려고만 들면 버릴 수가 있을 테지. 그러나 나는 때때로 이렇게 함으로써 그 당시를 상기하고 스스로를 다스리는 것이라오."

"그 당시가 즐거우셨기 때문인가요? 그렇지 않으면 지금보다 훨씬 괴로웠기 때문인가요?"

그는 생각했다. "아마 양쪽 다일 거요."

"선생님은 광부였다고 하셨지요. 탐광자(探鑛者)였던 때도 있었나요?"

"대개의 경우는 그 두 가지가 다 비슷한 거지요. 특히 캐나다 북쪽 끝의 노스웨스트 테리토리즈의 캐나디안 실드 언저리에라도 가려면 그야말로 광부고 탐광부고 없어요. 오로지 자기혼자서 땅 파는 일로부터 신 광구 개발원조 신청에 이르기까지 닥치는 대로 혼자 해내지 않으면 안 되니까요."

"선생님께서 찾고 계신 것은 무슨 광산이었나요?"

"우라늄이나 코발트도 원했지만 주로 금광이었지."

"그래 좀 찾으셨나요?"

그는 크게 고개를 끄덕이고 나서 "많이 찾았지요. 그레이트 슬레이브 호의 옐로나이프 부근에서 말이오. 그 지방에서는 1890년대로부터 1945년의 붐에 이르기까지 여러 곳에서 발견되기는 했지만 채굴이 워낙 곤란해서 쓸모가 없는 곳이 많았지요."

"아주 고된 생활이었겠군요."

노인은 한동안 기침을 하고 나서 물을 한 모금 마시고 미안하다는 듯이 웃었다. "그 당시는 아주 고됐지요. 캐나디안 실드에서는 조금만 실수를 해도 그야말로 목숨이 날아가 버리니까 말이오." 그는 샹들리에의 불빛으로 환히 밝은, 잘된 설비의 식당 안을 기분 좋은 듯이 둘러보았다. "여기에 있으면 먼 지구 끝의 일같이 생각되지요."

"금광이 발견돼도 채굴이 힘들다고 말씀하셨지만 전부가 다 그렇다고는 할 수 없지 않아요?"

"그렇지. 때로는 다른 광산들보다 유리한 곳도 있어요. 그러나 잘 안 되는 경우가 더 많지요. 실드나 바렌 랜즈와 같은 곳은 인간에게 묘한 영향을 주기 때문이기도 하지요. 몸뿐만 아니라 정신력도 강한 사나이가 뜻밖에 죽어가기도 하고 절대 신뢰할 수 있다고 믿었던 사나이가 그렇지 않다는 것을 알게도 되지요. 물론 그 반대의 경우도 있지만 ─"

급사장이 조그마한 쟁반 위에 얹은 계산서를 테이블 위에 놓은 것을 보고 그는 이야기를 중단했다.

크리스틴은 그를 재촉했다. "이야기를 계속해 주세요."

"이야기를 하면 길어지는데." 그는 계산서를 뒤집어서 앞면을 훑어보았다.

"꼭 듣고 싶어요." 크리스틴은 정말 그렇게 생각했다. 이 진지한 노인을 시간이 지남에 따라 더욱더 좋아하게 되었다.

앨버트 웰즈는 고개를 들었다. 그 눈이 뭔가 재미있는 듯이 미소를 짓고 있었다. 그는 식당 저쪽에 있는 급사장 쪽을 힐끗 보고 나서 크리스틴에게 시선을 돌렸다. 그리고는 느닷없이 연필을 끄집어내어 계산서에 사인을 했다.

"그것은 1986년의 일인데 ─" 하고 그는 이야기를 시작했다. "그때 마침 옐로나이프 주변에서는 최후의 탄광 붐이 일고 있었다오. 나도 그 붐을 타고 그레이트 슬레이브 호 연안에서 탐광을 했었지요. 하이미 액스타인이라는 동업자와 함께 말이오. 하이미는 오하이오 주 태생으로 의복상이라든가 중고차의 세일즈맨, 그 밖의 여러 가지 일을 해온 사람이었던 모양이오. 말하자면 그는 수완가이고 말 잘하는 친구였지요. 그러나 그는 만나는 사람마다 그를 좋아하게 만드는 특별한 매력을 가진 사나이였소. 아무튼 그는 옐로나이프에 왔을 때 돈을 좀 가지고 있었지만 나는 완전히 무일푼이 되어 있었기 때문에 하이미가 돈을 대고 일을 시작하기로 했지요."

앨버트 웰즈는 생각에 잠긴 듯한 표정으로 천천히 물을 마셨다.

"하이미는 눈 구두를 본 적도 없었고 영구동결대라는 말도 들어본 적이 없었으며 편암(片岩)이나 석영(石英)의 차이도 몰랐지만 나와 그는 처음부터 아주 마음이 맞았지요. 마치 형제라도 된 것 같은 기분으로 함께 출발했지요. 1~2개월쯤 지났을 때 ─ 실드를 돌아다니면 시간을 전혀 알 수가 없어요 ─ 어느 날 나는 옐로나이프 강 하구 근처에 앉아서 궐련을 말고 있었지요. 채굴자의 버릇으로 나는 그때 앉은 그 자리에서 산화된 바위를 조금 따내어 그것을 호주머니 속에 넣어두었소. 그후 나는 그것을 호반에서 선광 냄비로 걸러보았지. 그랬더니, 그것이 금의 조광을 상당히 많이 포함하고 있다는 것을 알게 되었을 때, 나의 놀람이란…… 정말 졸도할 뻔했지."

"그럴 테지요. 이 세상에서 최고로 감격적인 순간이었으리라 생각해요."

"세상에는 그 이상의 감격이 있을지도 모르지만 적어도 나는 그 때 이외에는 그런 감격을 경험해 본 적이 없소이다. 아무튼 우리들은 그 바위를 따낸 곳으로 달려가서 이끼로 덮어 그것을 감춰 놓았지요. 그런데 그 이틀 후에 이미 그 토지는 광구 신청이 되어 있다는 것을 알게 되었소. 이것은 우리에게는 뼈아픈 충격이었소. 정말 눈앞이 캄캄해지는 것 같더군. 조사를 해보니까 터론토의 어떤 탄광자가 신청을 내고 있었더란 말이오. 그런데 웬일인지 전 해에 신청해 놓은 채 동쪽으로 간 후 아직 돌아오지 않았다는 말이오. 아마 자기가 신청한 토지가 얼마나 가치가 있는지 잘 알지 못했던 거지요. 테리토리즈의 법률에서는 신청 후 1년 이내에 계약공사를 착수하지 않으면 그 권리는 자연 소멸케 되어 있었어요."

"그럼 그 때까지 얼마만한 기간이 남아 있었어요?"

"우리가 발견한 것은 6월이었소. 만약 그 상태로 계속된다면 9월 말일에 그 토지의 광구권이 백지화되는 것이지요."

"그러면 아무에게도 말하지 않고 그 날이 오기를 기다리면 되었겠군요."

"그렇지요. 우리는 당연히 그것을 노렸지만 그러나 그게 그렇게 간단하지만은 않았었단 말이외다. 우선 첫째로 우리가 발견한 토지는 채굴 중의 광산과 인접해 있었고 다른 탐광자들도 그 지방에 많이 들어와 있었어요. 그리고 또 한가지 하이미와 나는 돈을 다 써버리고 먹을 것조차 제대로 없는 형편이 되어 있었던 거요."

앨버트 웰즈는 지나가는 급사를 불러 세웠다. "커피를 한 잔 더 가져다주게." 그리고 크리스틴에게 물었다. "한 잔 더 드시지 않겠소?"

그녀는 고개를 저었다. "아니 괜찮아요. 이야기를 계속해주세요. 끝까지 듣고 싶어요." 이 몬트리올의 작은 노인처럼 평범한 인간이 많은 사람들이 꿈꾸는 서

사시적인 모험을 했다는 것은 놀랄 만한 일이었다.

"그래서 그 후의 3개월은 나의 일생에 있어서 가장 길고도 가장 괴로운 기간이었소. 우리들은 고기를 잡고 풀을 뜯어먹으면서 연명을 했지. 나는 마지막에는 작은 나뭇가지처럼 바싹 마르고 괴혈병으로 다리가 검게 타버리더군. 이 천식과 정맥염도 그때 걸린 병이오. 하이미도 상당히 쇠약해졌지만 그는 결코 투덜대진 않았소. 그래서 나는 그가 더욱더 좋아진 거지."

커피가 나왔다. 크리스틴은 아무 말없이 기다렸다.

"이윽고 그 기다리고 기다렸던 9월의 최후의 날이 찾아왔소. 그 무렵에는 최초의 신청자의 기득권이 끝나는 것을 노리고 있는 탐광자들이 상당히 많다는 소문이 옐로나이프에 퍼져 있었기 때문에 우리들은 잠시도 꾸물대고 있을 수가 없었지요. 훨씬 전부터 신청서를 준비해 가지고 있다가 그 날 한밤중에 사무소의 책임자를 두들겨 깨웠어요. 강한 눈보라가 치는 밤이었지." 그는 커피 잔을 두 손으로 쥐었다.

"그러나 내가 기억하고 있는 것은 그것뿐이오. 그 후 내가 어떻게 되었는지 전혀 모르지요. 내가 다시 정신을 차렸을 때에는 우리가 신청한 토지에서 천 마일이나 떨어진 에드먼턴의 병원에 입원하고 있었소. 후에 안 일이지만 하이미는 나를 실드에서 구출해 내서 비행기로 그 병원까지 실어다 준 것이오. 이송 중이나 입원 중에도 나는 몇 번이고 위독한 상태가 계속된 모양이었지만 결코 죽진 않았어요. 그러나 얼마 안 있다가 우리들이 신청한 금광의 그 후 소식을 들었을 때에는 차라리 죽어버린 편이 나았겠다고 생각했지요."

"왜요? 두 분의 신청은 무효였나요?" 하고 크리스틴이 물었다.

"아니지요. 신청은 잘 되었어요. 문제는 하이미의 일이었소." 웰즈는 회상하는 듯한 표정으로 참새의 부리 같은 코를 문질렀다. "이야기가 좀 되돌아가지만⋯⋯ 실드에서 시기가 오는 것을 기다리고 있는 동안에 우리들은 상호간에 매매계약서를 한 통씩 만들어 두었지요. 즉 두 사람 공동으로 나누어 가진 광구권을 내 쪽은 하이미에게 그쪽은 나에게 양도한다는 문서를 교환했단 말이오."

"왜 그렇게 하셨어요?"

"그건 하이미의 제안이었소. 우리 둘 중의 하나가 도중에 탈락할 경우를 생각해서 그렇게 하자고 한 것이오. 즉 그런 경우에는 생존한 쪽이 권리의 전부를 자기 것으로 할 수 있다는 것을 증명하는 서류를 보존해 두고 다른 쪽은 파기해 버리는 거지요. 그러면 법률상의 시끄러운 문제들을 미연에 방지할 수 있다는 것이 하이미의 주장이었소. 그때는 그 말이 아주 타당한 말로 여겨졌소. 만약 두 사람 다 살아 남는다면 양쪽 서류를 다 찢어 버린다는 약속이었지요."

크리스틴은 이야기를 재촉했다. "그러면 선생님께서 입원해 계시는 동안에 ─"

"하이미는 양쪽 서류를 다 가지고 있었기 때문에 모든 권리를 자기 것으로 등기를 해놓았단 말이오. 그리고 내가 겨우 일에 관여할 수 있는 상태가 되었을 때에는 하이미는 이미 어엿한 광산주로 자리를 잡고 기계나 인부를 고용해서 채굴을 하기 시작하고 있었더란 말이오. 어느 큰 제련업자에게서 30만 달러로 사겠다는 제의를 받았다든가, 다른 경쟁자들이 값을 더 올리고 있다는 그런 소문도 나의 귀에 들어왔지요."

"선생님께서는 어떻게 해볼 도리가 없었나요?"

웰즈 노인은 고개를 끄덕였다. "나는 처음부터 사기를 당한 것이라고 생각했었지. 이제는 별수가 없다는 것을 알고 있었지만 병원에서 퇴원하자 곧 북으로 달려 갔었지요."

앨버트 웰즈는 갑자기 이야기를 중단하더니만 식당 문 쪽으로 손을 들면서 누군가에게 인사를 했다. 크리스틴이 뒤돌아보자 피터가 그들 테이블 쪽으로 다가오는 것이 보였다. 사정이 허락한다면 저녁식사 후에 거기로 와달라고 한 권유를 피터는 역시 잊지 않았구나 하고 그녀는 생각했다. 그의 모습을 보자 기쁨이 가슴에 넘치는 것 같았다. 그리고 곧 그가 이상스레 풀이 죽어 있다는 것을 느꼈다.

웰즈는 그를 따뜻하게 맞이했다.

피터는 고맙다는 인사를 하면서 앉았다. "제가 좀 늦게 온 모양이로군요. 급한 일이 생겨서 뜻대로 되지 않았습니다." 이렇게 말하고 나서는 크리스틴한테 말을 듣고 온 걸 얘기 중에 비친 것은 잘못이 아니었나 생각했다.

크리스틴은 재빨리 이야기를 돌렸다. "웰즈 씨한테서 지금 아주 재미있는 이야기를 듣고 있는 중이에요. 끝까지 꼭 들어야겠어요."

피터는 급사가 가지고 온 커피를 마셨다. "어서 계속하십시오, 웰즈 씨. 저는 영화를 도중에서 보는 셈치고 듣기로 하겠습니다. 처음 부분은 후에 듣기로 하고요."

웰즈 노인은 미소를 지으면서 마디진 억센 손을 바라보았다. "이제 얼마 안 남았어요. 작은 반전이 있을 뿐이지요…… 나는 옐로나이프에 가서 호텔이라는 이름뿐인 조그마한 집에 머물고 있는 하이미를 찾아냈어요. 그리고 입에 담을 수 없는 온갖 욕을 그에게 퍼부었던 거지요. 그러나 그는 히죽히죽 웃고만 있었기 때문에 나는 더욱 화가 나서 그 자리에서 그를 죽여 버릴까도 생각했지요. 그러나 그는 내가 그런 짓을 할 수 없는 인간이라는 것을 잘 알고 있기 때문에 그저 태연한 얼굴을 하고 있더란 말입니다."

"아주 엉큼한 사람이로군요" 하고 크리스틴이 말했다.

"나도 그렇게 생각했지. 그런데 내가 좀 조용해지니까 하이미는 나에게 보이고 싶은 것이 있으니까 좀 따라와 달라고 하더니 나를 변호사에게 데리고 가지 않겠소. 거기에는 이미 준비가 다 되어 서명만을 기다리고 있는 서류가 있었어요. 나는 그것을 읽고 마치 여우에게 홀린 것 같은 기분이 되었소. 왜냐하면 그것은 나의 공유권은 반환할 뿐 아니라 내가 입원하고 있는 수개월간 자기가 혼자 한 일에 대해서 그는 아무런 보수도 받지 않겠다는 서류였던 것이오."

크리스틴은 어리둥절해서 고개를 갸우뚱했다. "모르겠는데요. 하이미라는 사람은 금광을 전부 자기 소유로 해놓지 않았던가요? 그런데 왜 그런 서류를……"

"그는 비로소 그곳에서 처음으로 설명해 주더군요. 만약 내가 공유권을 그에게 판 것으로 하지 않으면 처음부터 법률적인 문제나 서류 작성에 시간이 걸려서 일에 착수하는 것이 늦어지게 되는 것을 그는 염려했던 거지요. 가령 기계구입이나 인부들에게 지불하는 임금 등 기타의 비용을 마련하기 위해서 은행에서 융자를 받지 않으면 안 되었는데 공유권을 가지고 있는 내가 정작 입원을 하고 있었으니 일일이 계약서류를 가지고, 천 마일이나 떨어져 있는 곳을 왕래하지 않으면 안 되게 되었거든요. 당시의 그에게는 그럴 만한 여유가 없었어요. 그래서 그는 나의 매매계약서를 이용해서 필요한 수속을 간단히 마치고 곧 일에 착수한 거지요. 그렇게 하는 것이 나에게도 좋으리라 생각했던 것이오. 그러나 그는 나의 공유권을 언제든지 돌려줄 생각이었지요. 단지 그는 편지 쓰기를 아주 싫어하는 친구였기 때문에 나에게 그것을 알려오지 않은 것이 잘못이라면 잘못이었소. 그러나 그는 처음부터 변호사에게 자기의 의사를 전하고 만약 그가 죽는다면 내가 나의 공유권과 함께 그의 공유권도 인수받도록 하는 법적 수속까지 다 마치고 있었더란 말이외다."

피터와 크리스틴은 아연해 하는 표정을 지었다.

웰즈는 말을 계속했다. "후에 나도 내가 죽으면 하이미에게 공유권을 양도한다는 법적 수속을 밟아놨소. 그리고 그 금광에 대해서 두 사람이 모든 것을 동등하게 한다는 것을 약속하고 그것을 지금부터 5년 전, 하이미가 죽을 때까지 지켜왔소. 일단 사람을 신뢰하면 결코 마음을 바꾸어서는 안 된다는 것을 그는 나에게 가르쳐 준 것이라 생각되오."

피터는 물었다. "그래서 금광은 그 후에 어떻게 되었습니까."

"여기저기서 팔지 않겠느냐는 제의를 받았지만 모두 거절했어요. 결국 우리가 잘 한 거지요. 하이미는 오랫동안 그것을 훌륭히 운영해서 지금도 캐나다 북부에서는 손안에 꼽는 금광이 되어 있어요. 나도 가끔 그곳에 가서 먼 옛날의 일을 회상하기도 하지요."

크리스틴은 어이가 없어서 멍하니 이 조그마한 노인을 바라보았다. "어머, 선생님께서…… 금광을…… 가지고 계시다는 말씀이군요."

앨버트 웰즈는 유쾌하다는 듯이 고개를 끄덕이더니 "그렇지. 지금은 다른 일에도 좀 손을 대고 있소만" 하고 말했다.

"자꾸만 캐어묻는 것 같아서 죄송합니다만 다른 방면이라면 가령 어떤 건가요?" 하고 피터가 물었다.

"전부는 기억하고 있지 않지만……" 노인은 자신이 없는 듯이 의자 속에서 몸을 쭈뼛거렸다. "신문사가 두 개, 선박회사, 보험회사, 빌딩 기타 자질구레한 것들이 몇 개…… 작년에는 어떤 식품의 체인 스토어를 일괄해서 매입했지. 나는 신기한 물건을 사들이는 것을 좋아해요. 무척 재미있어서 그만둘 수가 없거든."

"하아……" 피터는 눈을 휘둥그래지면서 말했다. "저는 도무지 상상할 수조차 없는데요."

앨버트 웰즈는 장난기 어린 미소를 지었다. "이야기가 나온 김에 지금 말해 버릴까? 사실은 당신들 두 사람한테 내일 말하려고 했는데…… 나는 조금 전에 이 호텔을 샀어요."

18

"저 두 분입니다."

식당의 급사장 맥스는 로비의 신문매장 곁에서 기다리는 두 사람을 가리키면서 말했다.

그 중의 한 사람은 뉴올리언스 경찰의 욜즈 형사부장이었다. 그보다 조금 전 피터가 앨버트 웰즈의 말에 놀라 어리벙벙해서 앉아 있었을 때 맥스가 그를 부르러 왔던 것이다. 웰즈의 이야기가 너무나 놀라운 것이었기 때문에 크리스틴도 피터도 멍해져서 그것이 어떤 의미를 가지고 있는지 잘 알 수가 없었다. 그때 긴급한 용건으로 손님이 찾아왔다는 전갈을 듣고 피터는 크게 마음이 놓였다. 가능하면 후에 돌아오겠다는 약속을 하고 급히 그 자리에서 일어났다.

욜즈 형사부장은 그에게 다가와서 함께 온 형사를 베네트라고 소개한 다음 "어디 이야기할 만한 곳이 없겠습니까?" 하고 물었다.

"이리 오십시오." 피터는 수위의 책상 앞을 지나 야간에는 사용하지 않는 조사주임의 사무실로 그들을 안내했다. 방에 들어설 때 욜즈 형사부장은 피터에게 접혀진 신문을 건네주었다. 조간인 타임즈 피키윤이 3단으로 뽑은 큼직한 표제가 눈에 띄었다.

크로이든 경 주미대사로 확정.
뉴올리언스 체재중의 공작 부처, 현지에서 소식을 받다.

욜즈 형사부장은 사무실의 문을 닫았다. "맥더모트 씨, 오글비가 체포되었어요" 하고 그는 느닷없이 말했다. "1시간 전에 내시빌 근처에서 그 문제의 차와 함께 고스란히 걸려든 것이죠. 지금 테네시 주 경찰에 구금중이지만 여기서 즉시 관계관을 파견했으므로 오늘 밤 중에는 연행해 올 수 있을 겁니다. 그 차는 트럭에 실려 벌써 그곳을 출발했고요. 현장에서 조사한 바에 의하면 그 차가 바로 우리가 찾고 있던 차가 틀림없나 봅니다."

피터는 멍하니 고개를 끄덕였다. 그리고는 두 사람의 형사가 의아한 표정으로 그를 들여다보고 있는 것을 깨달았다.

"미안합니다. 실은 조금 전에 무슨 일로 인해 크게 놀랐기 때문에 넋빠진 꼴로 말씀을 들어서 죄송합니다."

"이 사건과 관계가 있는 일인가요."

"아닙니다. 호텔 내부의 일이지요."

잠시 후에 욜즈가 말했다. "그런데 오글비는 좀 흥미 있는 진술을 하고 있단 말입니다. 그 자는 그 차가 교통사고를 일으킨 차라는 것은 전연 몰랐다는 거예요. 단지 크로이든 공작부인한테서 그 차를 북부로 옮겨 달라는 부탁을 받고 수

고비 조로 200달러를 받았을 뿐이라는 겁니다. 조사해 본 결과 그 금액하고 똑같은 돈을 소지하고 있더라는 겁니다."

"그게 사실인가요."

"정말인지 거짓말인지는 지금 이 자리에서 단정할 수는 없지만 아마 내일 여기에서 조사해 보면 명백해질 겁니다."

내일은 여러 가지 일들이 명백해지겠구나 하고 피터는 속으로 생각했다. 오늘밤은 무언가 꿈과 현실도 분간 못하는 그러한 기분이었다. "그래 이제부터 어떻게 하실 셈인가요?"

"크로이든 경 부처를 찾아가 볼 생각입니다. 가능하면 선생하고 함께 가봤으면 하는데요."

"그래요……"

"한 가지 더 여쭈어 보고 싶은 것이 있는데……" 하고 다른 형사가 말했다. "크로이든 공작부인은 오글비에게 호텔의 차고에서 차를 꺼내갈 수 있도록 허가증 같은 것을 써주었다는 겁니다."

"네, 그것은 나도 들었습니다만."

"그 허가증은 중요한 증거가 될지 모릅니다. 누가 그것을 보관하고 있는지 혹 아시겠습니까."

피터는 고개를 저었다. "그것은 조사해 보기 전에는 전혀 알 수가 없지요. 차고에 전화를 걸어볼까요."

"아닙니다. 함께 가서 그곳에서 직접 알아보는 것이 빠를 것 같군요" 하고 욜즈 형사부장이 말했다.

차고의 야간 감시계원 칼그마는 아까운 듯 변명했다. "저는 그것이 어떤 경우에 증거가 될지 모른다고 생각해서 보관해 두려고 했었지요. 그래서 오늘 저녁 여기에 와서 찾아보았지만 없어요. 가만히 생각해 보니 어저께 샌드위치의 포장지와 함께 버린 모양이에요. 하지만 저 안을 잘 보시면 아시겠지만 ─" 그는 유리창으로 된 감시계 방을 가리켰다. "저렇게 협소하니 종이조각이고 뭐고 금세 뒤죽박죽이 돼서 어떻게 해볼 도리가 없어요. 조금만 더 넓었더라면 이런 일은 없었을텐데요. 사실 말씀이지 저는 매일 밤 여기에 올 때마다 방안을 정리하는데 —"

피터는 그의 이야기를 가로막고 물어보았다. "그래 그 종이쪽지에는 뭐라고 쓰여 있었는가?"

"오글비 씨에게 차의 반출을 허가한다는 것뿐이었죠. 저도 그것을 보고 좀 이상하다고는 생각했습니다만 —"

"호텔의 편지지에 쓰여 있던가?"

"네, 그랬습니다."

"압인이 찍혀 있고 위쪽에 〈귀빈실〉이라고 인쇄돼 있는 거였지?"

"네, 맞아요. 보통 것보다는 좀 자그마하던데요."

피터는 두 사람의 형사에게 말했다. "귀빈실에는 특제 편지지가 비치되어 있지요."

베네트 형사가 칼그마에게 질문했다. "당신은 그 종이쪽지를 도시락 꾸러미의 포장지와 함께 버렸다 이 말이로군."

"그밖에는 없어질 까닭이 없거든요. 저는요, 상당히 세심한 편이라서요, 절대로 물건을 잊어버리는 일 따위는 없는데요. 아마 그것은 틀림없이 작년의 일이었는데 —"

"그건 언제쯤이었소?"

"작년 일 말씀인가요?"

형사는 답답하다는 듯 말했다. "어젯밤 일 말이오…… 샌드위치 포장지를 버린 게 몇 시쯤이었냐고 묻는 거요."

"새벽 두 시쯤이라고 생각합니다. 저는 언제고 한 시쯤 도시락을 먹거든요. 그때쯤에는 차의 출입도 없고 해서 천천히 도시락을…"

"어디에다 버렸느냐니까."

"아, 예, 그 언제고 버리는 장소죠. 여깁니다." 칼그마는 청소부실로 안내해서 안의 쓰레기통 뚜껑을 열었다.

"흑, 어저께 버린 것은 아직 그 안에 남아 있는 것이 아닐까?"

"아닙니다. 쓰레기는 매일 치운답니다. 이 호텔은 이런 일에 대해선 늘 까다롭거든요. 안 그렇습니까, 총지배인님."

피터는 고개를 끄덕였다.

"게다가 어젯밤엔 이 쓰레기통이 거의 넘쳐 있었죠. 지금은 보시다시피 거의 없는 편이지요."

"하여간 확인해 봅시다." 욜즈 형사부장은 눈으로 피터의 승낙을 구한 다음 쓰레기통을 거꾸로 들어 안에 든 것을 모두 쏟아 놓았다. 그리고는 샅샅이 뒤져 보았지만 칼그마의 샌드위치 포장이나 크로이든 공작부인이 써줬다는 허가증은 끝내 나오지 않았다.

칼그마는 감시계로 되돌아가 차의 출입을 감시하고 있었다. 욜즈 형사부장은 종이 타월로 손을 닦았다. "이 쓰레기통 안에 든 내용물은 어디다가 버리는가요?"

"지하에 있는 소각로에다 버리게 되어 있지요" 하고 피터가 설명했다. "커다란 손수레로 호텔 안의 모든 쓰레기를 걷어 그곳에 모아둡니다. 그래서 한꺼번에 섞여 버려 어디에서 가지고 온 쓰레기가 어디에 섞여 있는지는 전혀 가려내기 힘들지요. 어떻든지 간에 여기에서 가지고 간 쓰레기는 이미 소각되었을는지도 모릅니다."

욜즈 형사부장은 말했다. "뭐 없어도 별 상관은 없지만…… 하여튼 아까운 일이었습니다."

엘리베이터는 9층에서 멎었다. 피터는 뒤에서 내린 두 사람의 형사에게 말했다. "나는 여기가 영 마음에 들지를 않아요."

욜즈 형사부장은 달래듯 말했다. "몇 가지만 물어보면 되니까요. 당신은 그저 듣기만 하고 있으면 됩니다. 굳이 총지배인님을 입회시키는 것은 나중에 증인이 되어 주실 필요가 있을는지 몰라서 그러는 거니까요."

피터는 귀빈실 가까이 다다랐을 때 웬일인가 싶었다. 입구의 도어가 열어 젖혀 있고 방안에서는 떠들썩한 얘기 소리가 들려왔기 때문이다.

"파티를 하고 있는 모양이로군." 또 한 사람의 형사가 말했다.

피터는 복도에 서서 버저를 눌렀다. 잠시 후 안의 문이 열렸다. 그 문틈으로 안의 넓은 거실의 광경이 들여다보였다. 몇 사람의 남녀가 크로이든 공작 부처를 에워싸고 담소하고 있었다. 손님의 대부분이 한 손에 음료를 들고 또 한 손에는 수첩이라든가 메모지를 들고 있었다.

크로이든 공작의 남자 비서가 이쪽으로 나왔다. 피터가 말했다. "안녕하십니까. 여기 이 두 분께서 공작 내외분을 뵙고싶다고 하는데요."

"신문사에서 오셨군요."

욜즈 형사부장은 고개를 저었다.

"그럼 안됐습니다만 지금 뵐 수는 없겠습니다. 보시다시피 내외분께서는 지금 기자회견을 하고 계시니까요. 공작님께서는 오늘 밤 주미대사의 임명을 받으셨지요."

"그것은 알고 있습니다만 우리는 매우 중요한 용건으로 찾아뵈려는 것입니다" 하고 욜즈 형사부장이 말했다.

그와 같은 말을 주고받는 사이에 그들은 복도에서 거실 안으로 들어서게 되었다. 이윽고 공작부인이 거실의 손님 틈에서 빠져 나와 그들 쪽으로 다가왔다. 상냥한 미소를 띠고 "어서 들어오세요" 하고 말했다.

비서가 입을 열었다. "이 분들은 신문사에서 나온 분이 아닙니다."

"어머, 그래요!" 공작부인은 낯이 익는다는 눈매로 피터를 바라보고 두 사람의 형사에게로 눈을 돌렸다.

욜즈 형사부장이 말했다. "경찰에서 나왔습니다. 물론 배지는 가지고 있습니다만 그런 것을 여기서 꺼내 달면 폐가 되실 것 같아서요……" 거실의 손님들이 무슨 일인가 의아스러운 눈초리로 이쪽을 바라보고 있었다.

공작부인은 비서에게 눈짓하여 거실의 문을 닫게 했다.

경찰이라는 말을 들었을 때 공작부인의 얼굴에 공포의 그늘이 진 듯했으나 그것은 착각에 지나지 않을까 하고 피터는 속으로 생각했다. 어떻든 지금은 눈곱만치의 틈도 엿보이지 않고 아무런 감정의 동요도 없었다.

"무슨 용건이신지?"

"공작님과 부인께 좀 여쭈어 보고 싶은 일이 있습니다."

"지금은 좀 바빠서요. 시간을 낼 수 있을는지 모르겠어요."

"될 수 있는 대로 간단히 끝마치겠습니다." 욜즈 형사부장의 말투는 정중하긴 했지만 위엄이 풍겼다.

"그러면 주인한테 물어보도록 하죠, 저쪽에서 조금 기다려주세요."

비서는 사무실처럼 꾸며진 방으로 그들을 안내했다. 비서가 나가고 잠시 후에 부인이 공작과 함께 들어섰다. 공작은 약간 얼떨떨한 시선을 세 사람의 방문객에게 돌렸다.

"4, 5분 후에 되돌아오겠다고 기자단한테 양해를 구했으니 그리 아세요" 하고 부인이 말을 했다.

욜즈 형사부장은 그 말에는 아랑곳하지 않고 호주머니에서 수첩을 꺼내들고 대뜸 질문하기 시작했다.

"개인적인 일을 여쭈어 보게 돼서 죄송합니다만 공작님께서 자가용을 제일 마지막에 쓰신 것이 언제쯤이셨습니까. 차는 재규어였었지요?" 형사부장은 등록번호도 곁들여 말했다.

"우리들 차 말이에요?" 공작부인은 놀라움을 숨기려 하지 않았다. "마지막 쓴 것이…… 글쎄요, 언제였던가 그게……? 아, 그래요. 월요일 아침이었군요. 그리고는 줄곧 호텔의 차고에 넣어둔 채 있어요. 지금도 거기 있을 거예요."

"다시 한 번 잘 생각해 봐주십시오. 부인께서나 혹은 공작, 어느 한 분이 아니면 두 분께서 함께 월요일 밤 그 차를 사용하시지 않았던가요?"

그 질문은 분명 공작부인한테 묻는 말이었다.

부인의 얼굴에 붉은 기가 돌았다. "내가 말한 것을 의심하다니 실례 아녜요? 나는 월요일 아침 그 차를 사용한 것이 마지막이었다고 분명히 말씀드리지 않았나요. 어째서 당신이 그런 것을 알고자 하는 건지 먼저 설명하는 것이 예의가 아니겠어요."

형사부장은 수첩에 적었다.

"부인께서나 공작께서 데오더 오글비라는 사람을 알고 계신지요."

"듣던 이름인데 —"

"이 호텔의 보안주임입니다."

"아, 생각났군요 여기에 온 일이 있었지요. 언제였는지는 기억 못하겠지만 떨어진 보석을 주웠는데 혹 내 것이 아니냐고 보이러 왔더군요. 내 것은 아니었어요."

"공작께서는?" 욜즈 형사는 공작을 향해 말했다. "데오더 오글비를 아시는지요. 혹 무슨 거래 같은 것은 없으셨는지요."

크로이든 공작은 눈에 띄게 주저했다. 부인의 시선이 그의 얼굴을 쏘았다. "그것은…… 집사람이 말한 정도는 알고 있지만."

형사부장은 수첩을 덮었다. 부드럽고 평범한 말투로 다시 물었다. "실은 데오더 오글비가 내외분의 차를 몰고 있다가 테네시 주에서 체포되었습니다. 놀라셨습니까? 또 있습니다. 오글비는 내외분한테서 돈을 받고 뉴올리언스로부터 시카고까지 그 차를 옮겨 놓아달라는 부탁을 받았다는 겁니다. 그뿐만 아니라 현장에서 검사한 결과, 내외분의 차는 금주 월요일 밤에 이 도시에서 일어난 뺑소니차 사건과 관계가 있다는 것이 판명되었습니다."

"힘들게 물어보는 것이니 대답해 드리지요" 하고 공작부인은 말했다. "확실히 무척 놀랍군요. 사실 말이지 그러한 터무니없는 억지 이야기는 난생 처음이에요."

"억지 얘기가 아닙니다. 공작 내외분의 차는 사실로 지금 테네시 주에 있는 겁니다. 오글비가 그것을 몰고 갔던 겁니다."

"만약 그게 사실이라면 그는 나나 우리 주인한테 알리지도 않고 제멋대로 차를 끄집어 낸 것이겠지요. 게다가 만약 당신들이 말한 대로 그 차가 월요일 밤의 사건에 관계가 있었다면 그 사람은 그날 밤에도 자기 멋대로 우리들의 차를 꺼내 사용하고 있었다는 것이 그걸로 명백해진 것이 아니겠어요."

"그렇다면 부인께서는 데오더 오글비를 고소하시겠습니까?"

"고소하는 것은 당신들 일이 아니었던가요" 하고 공작부인은 똑부러지게 말했다. "그런 것은 그쪽의 전문가인 당신들한테 맡기겠어요. 단, 이 호텔이 손님의 소유물 보호를 게을리 한, 지극히 불성실한 처사에 대해서는 응분의 조치를 취하겠어요." 부인은 날카롭게 피터를 되돌아보았다. "알겠어요? 잠시 후에 좀더 구체적으로 통지할 테니 그리 알아주세요."

피터는 반박했다. "하지만 부인께서는 허가증을 써 주시지 않았던가요? 그것이 있었으니까 오글비가 차를 꺼낼 수 있었던 겁니다."

이 한 마디는 마치 공작부인의 뺨을 한 대 후려치는 것과 같은 반응을 주었다. 부인의 입술이 파르르 떨렸다. 얼굴에서는 핏기가 싹 가셨다. 피터는 부인이 잊고 있던 유일한 유죄 증거를 보기 좋게 드러낸 것을 알고 속으로 쾌재를 불렀다.

침묵은 계속되는 듯 싶었다. 그러나 이윽고 공작부인은 얼굴을 치켜들었다.

"그렇다면 어디 그것을 보여 주실까요!" 하고 소리쳤다. 피터는 움찔했다. 갑자기 당황했다. "그것은…… 당장 그것은……" 하고 말을 잇지 못했다.

그는 공작부인의 눈에 조소 같은 승리의 웃음기가 빛나고 있는 것을 보았다.

19

의례적인 질문과 축하 인사가 오간 후 크로이든 경의 기자회견은 끝났다.

마지막 한 사람이 귀빈실을 나가고 바깥 쪽 문이 닫혔을 때 크로이든 경의 가슴에 쌓여 있던 말이 입 밖으로 튀어나왔다. "바보 같으니라구! 집어치워. 그 따위 속임수로 죄를 모면할 수 있다고 생각한다면 어림도 없는 일이야."

"가만있어요!" 부인은 조용해진 거실을 둘러보았다. "여기에서는 제대로 얘기를 할 수 없어요. 이 호텔은 도무지 빈틈이 없으니 말이에요."

"그러면 도대체 어디 가야만 안전하다는 거야."

"밖으로 나가요. 밖에서라면 누구한테도 들킬 염려 없이 이야기를 할 수가 있어요. 그렇지만 밖에 나가거든 그렇게 흥분하지 말아줘요."

부인은 베드링턴 테리아를 가둬놓고 있는 침실 문을 열어 한 마리씩 가죽 줄을 달아매기 시작했다. 개들은 밖에 나가는 줄 알고 기쁜 듯 짖어댔다.

그들이 거실에 나서자 비서가 공손히 바깥 쪽 문을 열어 선두에 선 개들을 나서게 했다.

엘리베이터 안에서 공작이 말을 꺼내려고 하자 부인은 고개를 저어 말을 막았다.

이윽고 호텔을 나서서 밤거리의 통행인이 뜸해진 곳에 이르자 부인은 나지막한 소리로 속삭였다. "자아 이젠 괜찮아요."

공작은 긴장된 묵직한 목소리로 말했다. "이제 모든 것이다 끝장이야. 당신 하는 짓은 꼭 미치광이 같단 말이야. 단순한 교통사고에 지나지 않았던 것을 점점 더 복잡하고 악질적으로 몰고 갈 뿐이야. 이렇게 해서 마지막으로 발각이 되면 어떻게 되는지 당신 생각이나 해봤소!"

"그때 가서는 그 나름대로 제겐 생각이 있어요."

공작은 듣지 않았다. "사회 도덕이라든가 양심의 문제뿐만이 아니오. 이미 형사책임을 모면할 수 없단 말이오."

"어째서요?"

"이러구저러구가 어디 있어! 처음이라면 몰라도 사태가 이쯤 되면 이젠 절망적이야. 아, 나는 도대체 어쩌면 좋단 말인가……"

"사태가 나빠진 것은 아녜요. 오히려 더 좋아진 거예요. 워싱턴으로의 영전이 결정된 것을 잊으셨나요?"

"흥! 영전은 고사하고 워싱턴으로 도망칠 수조차 없게 되었잖아."

"문제없어요."

그는 날뛰기만 하는 개들에게 이끌려 세인트 찰스 가를 빠져 나와 번화한 커낼 가의 대낮과 같은 밝음 속으로 들어서게 되었다. 그리고는 좀 있다가 남동쪽의 강가로 돌아 가지각색의 상점들의 창 속을 들여다보는 척하며 걸어나갔다. 통행인들이 그 곁을 닿을락 말락 스쳐 지나갔다.

공작부인은 목소리를 낮추고 말했다. "생각만 해도 불쾌한 일이긴 하지만 그래도 알는 놔둬야겠어요…… 월요일 밤 당신이 아이리시 베이유로 갔을 때 동반한 여자 일 말인데요. 당신은 그때 그 여자를 차안에 태워 가지고 그곳으로 갔었던가요?"

공작은 얼굴을 붉혔다. "아냐. 그 여자는 택시로 왔소. 하지만 그 여자하곤 뭐 별로 이상스런 관계가 있었던 것은 —"

"그런 관계 같은 건 아무래도 좋아요. 하여튼 그러면 그 여자는 당신도 택시로 온 줄 알고 있었겠네요."

"거기까지 생각해 본 적은 없지만 아마 그렇게 생각했을지도 모르지."

"나도 역시 택시를 타고 그곳에 가서 당신을 데리고 나올 때 느낀 일이지만 당신은 그 고상치 못한 클럽에서 꽤 멀리에 차를 주차해 놨더군요. 그곳엔 차량감시원도 없었던 것 같고……"

"일부러 멀리 떨어져 주차해 놓았던 거요. 당신한테 들키지 않으려고 말이야."

"그렇다면 월요일 밤 당신이 그 차를 운전하고 있었던 사실을 알고 있는 사람은 하나도 없다는 얘기가 되지요."

"호텔의 차고로 돌아왔을 때 누가 보았는지도 모르잖아."

"그럴 리는 없어요. 당신은 언제나처럼 차고의 입구에서 조금 들어간 곳에 차를 넣었고 주위에는 아무도 없었거든요. 그러니 누가 보았을 리가 없어요."

"차를 꺼냈을 때는 어땠을까."

"호텔의 차고에서 꺼내지는 않았잖아요? 월요일 아침 바깥주차장에 줄곧 방치해 두었잖아요."

"아, 그래. 맞아, 밤에 그곳에서 차를 몰고 나갔으니까."

공작부인은 생각에 잠기면서 혼잣말로 중얼거렸다. "물론, 월요일 그 차를 사용한 후에 차고에 넣은 것으로 한다…… 차고에 넣었다는 증거는 없지만 넣지 않았었다는 증거도 없으니…… 그러니까 우리들은 월요일 낮부터 줄곧 그 차는 본 일이 없다는 것으로 해두는 거지."

공작은 말없이 발을 옮겼다. 한참 후 손을 뻗쳐 부인과 교대해서 테리아의 가죽끈을 잡아 쥐었다. 끈의 주인이 바뀌자 개는 아까보다도 더 힘껏 달려나가 보려고 기를 썼다.

이윽고 공작이 입을 열었다. "용케도 당신은 그렇게 앞뒤의 아귀를 잘 맞추는구료. 놀랍군."

"감탄하고 있을 때가 아니에요. 그렇게 할 수밖에 도리가 없잖아요. 하여튼 모든 일이 잘 풀릴 것만 같아요. 나머지는 그저…."

"나머지는 그저 나 대신 다른 남자 하나를 형무소에 집어 처넣으면 된다 이건가."

"아녜요."

"아무리 그런 놈이기는 하지만 그건 좀 안됐지 않소."

"아녜요. 그는 염려 없어요. 죄를 뒤집어 쓸 염려도 없어요."

"호오, 어째서."

"경찰 측은 그가 사건 당일 밤에 그 차를 몰고 있었다는 것을 증명하지 않으면 안 될 게 아니에요. 그런데 그것은 당신의 경우와 마찬가지로 절대 불가능하지요. 안 그래요? 하기야 범인이 당신이 아니면 그라는 것을 알아낼지도 모르죠. 아니, 범인이 누구라는 것을 짐작할지도 몰라요. 하지만 짐작만으로는 안 되죠. 증거를 잡아내지 않으면."

"하여튼 당신, 보통 여자는 아니야" 하고 공작은 혀를 찼다.

"나는요, 현실적이란 말이에요. 현실적이라니까 또 한 가지 중요한 것을 잊고 있었네요. 오글비에게 1만 달러 건네준 것 말예요. 적어도 그것에 대해 뭔가 적당한 설명을 준비해 둘 필요가 있어요."

"얘기 끝이지만 나머지 1만 5천 달러는 어디 있지?"

"서류가방에 넣어서 침실에다 두었어요. 이곳 은행에 넣으면 의심받을 위험이 있으니까 호텔을 나설 때는 그대로 가지고 가야만 해요."

"정말 당신은 빈틈이 없어."

"그 허가서만은 실수였어요. 그런 걸 써서 넘겨주다니, 내가 좀 돌았었나봐요. 그들이 만일 그것을 가지고 있다면…… 생각만 해도 소름이 끼쳐요."

"원숭이도 나무에서 떨어진다는 말이 있지 않소."

그들은 커낼 가의 밝은 주택가 끝에서 되돌아 시의 중심 쪽으로 향했다.

"하여간 엄청난 이야기요 —" 크로이든 공작은 낮부터 한 방울의 술도 입에 대지 않고 있었기 때문에 근래 보기 드물게 또렷한 음성으로 말했다. "실로 악마적인 꾀라 할지, 그러나 그런 대로 잘 될 것 같기도 한 기분이 드는군."

20

욜즈 형사부장은 피터의 사무실 안을 천천히 거닐면서 중얼거리듯 말했다. "그자가 거짓말을 하고 있는 것은 뻔한데…… 그 반증을 잡는 것이 어렵겠단 말야." 그들은 귀빈실에서 나오자 곧장 이곳으로 왔던 것이다.

"공작을 따로 다그치면 털어놓을 것 같기도 한데 말입니다."

또 한 사람의 형사가 말했다.

욜즈는 고개를 저었다. "그건 무리야. 첫째 그녀는 그렇게 빈틈없는 여자니까 우리들에게 그런 기회를 주진 않을 걸세. 게다가 그와 같은 신분이라든가 지위의 사람을 상대로 해서는 우리들은 그저 계란 껍데기 위를 걷고 있는 거나 다름없으니 말이지." 그는 피터를 돌아보았다. "좀 안된 얘기이기는 해도 가난한 사람을 대할 경우와 부자라든가 권력자를 대하는 경우에는 그 다루는 방법에 있에서 차이를 두지 않으면 안 되거든요."

사무실을 거닐며 피터는 뭔가 석연치 않은 기분이었으나 대수롭지 않은 듯 고개를 끄덕였다. 그로서는 자기의 책임을 다하고 양심의 가책없이 경찰에 바통을 넘겼는데도 어쩐지 어깨의 짐을 내려놓은 듯한 후련한 느낌이 들지 않았다. 그는 호기심에서 물어보았다. "공작부인이 쓴 허가서를 찾아내면 문제가 없겠지만 그렇지 못할 경우라도 가령 차고의 감시계라든가 오글비 자신이 그 허가서가 틀림없이 있었다는 사실을 증언하는 것만으로는 부족할까요?"

"그렇게 나오면 틀림없이 공작부인은 오글비가 그것을 위조했노라고 주장할 테죠."

욜즈 형사부장은 자신을 비웃듯 웃고 나서 이렇게 덧붙였다. "그 허가서는 특제의 편지지 위에 썼다고 했지요? 어디 그 편지지를 좀 보여 주시겠습니까?"

피터는 방을 나가서 용지 선반 안에 들어 있는 그 편지지 몇 장을 끄집어내었다. 엷은 하늘색의 두꺼운 폰드지로 호텔의 이름과 문장 밑에 부각된 글씨로 〈귀빈실〉이라는 압인이 찍혀있었다.

피터는 자기 방으로 되돌아왔다. 두 사람의 형사는 그 용지를 주의 깊게 살펴 보았다.

"이것 참 훌륭한 편지지로군요" 하고 베네트 형사가 말했다. 욜즈가 물었다. "이것을 손에 넣을 수 있는 종업원은 몇 사람 정도일까요?"

"대개는 극히 제한된 사람뿐입니다. 그렇지만 마음만 먹으면 많은 종업원들이 손에 넣을 수 있으리라 생각합니다."

"그렇다면 말이 안 되는군." 욜즈는 낙심한 듯 어깨를 떨구었다.

그때 어떤 생각이 불현듯 피터의 머리 속에 떠올랐다. 피터는 소리쳤다.

"맞아요. 아직 가능성이 있어요."

"네? 무슨 가능성입니까?"

"공작부인이 썼다는 허가서를 잘 하면 찾아낼 수 있을는지도 몰라요. 내가 그때 차고에서 쓰레기통의 내용물을 회수하는 것은 불가능한 일이라고 말씀드렸지요 — 확실히 그때는 쓰레기의 산더미 속에서 겨우 한 장의 종이쪽지를 찾아 낸다는 것은 어려울 것이라고 했지요. 게다가 그 허가서가 그렇게 중요한 것인 줄은 몰랐기 때문에 말입니다……."

피터는 두 사람의 형사의 긴장된 눈을 바라보고 야릇한 흥분을 느끼며 이야기를 계속했다.

"그런데 나는 지금 갑자기 소각로에서 일하고 있는 어떤 사람을 생각한 것입니다. 그가 산더미 같은 쓰레기더미에서 갖가지 물건을 골라낸다는 것을 말이지요. 물론 겨우 한 장의 종이쪽지를 가려 낸다는 것은 힘든 일이고 어쩌면 이미 늦었을는지도 모르지만 —"

"그러면 큰일인데. 자, 빨리 가봅시다" 하고 욜즈 형사부장은 소리쳤다.

그들은 종업원 전용의 통로를 뛰어나가 화물 전용 엘리베이터 앞에 섰다. 엘리베이터는 아래층에서 멎었다. 화물을 내리고 있는 소리가 들렸다. 피터는 계원에게 큰 소리로 독촉했다.

기다리고 있는 사이에 베네트 형사가 말했다. "어저껜가 그저께 이 호텔에서 뭔가 다른 범죄사건이 있었다면서요."

"어저께 아침 일찍 절도 사건이 있었습니다. 이번 소동으로 그만 말끔히 잊고 있었죠."

"나는 여기 선임 경비계를 만나 사정을 들었는데 — 이름이 뭐였던가?"

"피네간이죠. 지금 주임대리를 맡고 있죠." 피터는 씁쓸하게 웃었다. "우리 보안주임은 아시다시피 다른 일로 출장중이니까요."

"절도 사건 쪽은 거의 단서를 못 잡고 있는데, 실은 오늘 그와 관련해서 약간 신경이 쓰이는 사건이 일어났죠. 레이크뷰의 어느 저택에 빈집털이가 들었던 겁니다. 그 집의 안주인이 오늘 아침 시내에서 쇼핑을 하던 중 열쇠를 떨어뜨렸답니다. 그래서 그것을 주운 놈이 재빨리 그 집엘 들어가 여주인이 돌아오기 전에 온 집안을 뒤졌다는 거죠. 한데 떨어뜨린 열쇠에 눈독을 들인 솜씨라든가 도난품의 종류, 지문을 남기지 않은 점 등이 호텔의 절도 사건과 수법이 아주 비슷하거든요."

"그쪽도 단서는 없나요?"

"시간이 꽤 지나 사건을 알게 됐기 때문이죠…… 그러나 한가지 단서는 잡았습니다. 이웃 사람이 범인의 차를 보았는데 번호판이 흰 바탕에 녹색의 숫자였다는 걸 기억하고 있었습니다. 차형이라든가 색은 도무지 확실치 않지만 그렇더라도 그러한 번호판을 사용하고 있는 곳은 다섯 개 주밖에 없으니까요. 미시간, 아이다호, 네브래스카, 버몬트, 워싱턴, 그밖에는 캐나다의 서스캐처원 주뿐이거든요."

"그것은 어느 정도 도움이 되나요?"

"이제부터 2, 3일간 경관을 총동원하여 그들 주로부터 온 차를 모조리 조사하는 겁니다. 그런 방법으로 그 밖의 뚜렷한 단서가 잡히지 않았던 사건이 일거에 해결된 전례도 있죠. 물론 운이 좋은 탓도 있었지만 말입니다."

피터는 별로 흥미가 없는 표정으로 고개를 끄덕였다. 절도 사건은 이틀 전에 일어났을 뿐 그 후론 잠잠했다. 현재로서는 뭐 그리 문제삼을 필요가 없다고 생각했다.

엘리베이터가 왔다.

호텔의 간부종업원 중 오직 한 사람, 지하의 가장 후미진 곳에 있는 소각로를 몇 번인가 찾아와 얼굴이 익은 피터의 모습을 보자, 부커 T 그레엄이 땀으로 뒤범벅이 된 얼굴에 기쁜 듯 웃음을 머금었다. 피터는 이따금 그곳을 방문했을 뿐인데 그레엄에게는 그것이 더없는 격려가 되었던 것이다.

욜즈 형사부장은 열로 확산된 쓰레기의 지독한 악취에 자신도 모르게 손을 코에 갖다댔다. 소각로 안의 불꽃의 붉은 그림자가 그을은 벽 위에서 춤추고 있다. 피터는 요란한 바람소리를 내고 타오르는 소각로보다 더 큰 목소리로 형사부장에게 말했다. "여기는 저에게 맡겨 주십시오. 용건을 설명한 다음 곧 일에 착수토록 할 테니까요."

욜즈는 고개를 끄덕였다. 처음 이곳을 찾는 사람은 모두가 그렇지만 마치 지옥 속을 들여다보는 듯한 기분이 드는 것이다. 이러한 장소에 비록 잠시나마 인간이 있을 수 있다는 것이 이상스럽게 느껴졌다.

피터가 소각되기 전의 쓰레기더미를 분류하고 있는 덩치 큰 흑인과 이야기를 하고 있는 모양을 욜즈는 멀리서 지켜보고 있었다. 피터는 가지고 온 귀빈실용의 편지지를 흑인에게 보였다. 흑인은 그것을 받아들고 고개를 끄덕였지만 어딘지 미심쩍은 표정이었다. 그는 주위에 쌓여 있는, 거의 넘칠 듯한 커다란 쓰레기통을 가리키며 비관적인 몸짓을 했다. 보고 있는 동안에도 그와 같은 큰 쓰레기통이 손수레로 잇달아 밀려들어오고 있었다. 피터가 미리, 여기서 겨우 한 장의 종이 쪽지를 가려낸다는 것은 도저히 불가능하다고 생각한 것도 무리는 아니라고 여겨졌다. 이윽고 흑인이 무슨 질문에 대해선가 고개를 저었다. 피터는 두 사람의 형사 곁으로 다가왔다.

그는 이렇게 설명했다. "지금 있는 쓰레기의 대부분은 어저께 쓰레기통에 버려져 오늘 모아온 것들뿐입니다. 어저께 쓰레기 중 약 3분의 1은 이미 태워졌다는데 우리들이 찾고 있는 것이 그 안에 들어 있었는지 없었는지는 물론 알 수가 없다는 거죠. 나머지 쓰레기에 대해서는 그레엄이 은식기라든가 병을 회수하는 일을 하면서 문제의 종이쪽지를 찾아보겠다고 합니다. 하지만 보시다시피 그것은 엄청난 일이거든요. 형편없이 구겨 처넣어지고 더구나 물기 있는 것들이 많아서 모두가 흠뻑 젖어 있어요. 임시로 도와줄 사람을 붙여줄까 그레엄에게 물었더니 숙달되지 않은 사람을 조수로 쓰다가는 자칫 빼먹기 쉽다고 해서 그에게 그냥 맡겼습니다."

"사실 이것은 운에 맡기는 도리밖에 없겠군요" 하고 베네트 형사가 말했다.

욜즈도 그 말에 동의했다. "할 수 없군. 그래 혹 그것을 찾아냈을 경우엔?"

"그레엄이 즉시 나에게 보고할 겁니다. 나는 미리 계원에게 가령 그것이 한밤중 몇 시든 간에 즉각 알리도록 엄명해 놓을 겁니다. 그래서 만약 보고를 받게 되면 내가 직접 부장님께 연락을 드리도록 하죠."

세 사람은 그레엄이 커다란 대 위의 쓰레기더미를 손으로 고르고 있는 것을 잠시 바라보고 있다가 그곳을 떴다.

키케이스 밀른은 겨냥이 빗나가자 당황했다.

그는 초저녁부터 줄곧 귀빈실의 동태를 살피고 있었던 것이다. 크로이든 공작 부처는 아마도 저녁식사 때가 되면 호텔을 나설지 모른다고 확실한 예상을 세운 그는 그 시간보다 조금 일찍 9층의 종업원 전용 계단 가까이에서 망을 보고 있었다. 그곳으로부터는 귀빈실의 입구가 잘 보일 뿐만 아니라 계단의 층계문 뒤쪽으로 재빨리 몸을 숨길 수가 있어서 사람 눈에 띌 염려가 없었다. 사실 엘리베이터가 서고 다른 방의 유숙객들이 그의 앞을 지나간 일이 여러 차례 있어서 그는 그때마다 상대방의 모습을 확인하고는 재빨리 층계 문 뒤쪽으로 몸을 숨겼다. 그 시각에는 3층 이상의 위층에서는 호텔 종업원들의 활동이 뜸하다는 것도 그는 정확히 계산하고 있었다. 또한 예측할 수 없는 사태가 벌어졌을 경우에 8층으로 내려가 필요하다면 자기 방으로 도망쳐 들어가기도 간단했다.

그의 계획의 그러한 부분에는 차질이 없었다. 하지만 가장 중요한 곳에서 차질이 생겼던 것이다. 그것은 공작 부처가 아무리 기다려도 그 방을 나서지 않는 것이었다.

그렇지만 저녁식사가 운반되어 들어간 일도 없어서 아직 그는 한 가닥 희망을 걸고 있었다.

자칫, 공작부처가 나가는 것을 못 본 것이나 아닌지 신중하게 신경을 쓰면서 복도로 걸어나가 귀빈실 문 앞에서 귀를 기울여 보았다. 안에서는 여자 음성이 섞인 말소리가 들려왔다. 그 후 잇따라 방문객들이 몰려들어 그를 점점 더 실망시켰다. 방문객은 혼자 또는 두 사람이 함께 왔으며 여러 사람이 모이게 되자 귀빈실 입구의 문이 활짝 열려졌다. 이윽고 객실 급사가 오르되브르의 쟁반을 가지고 나타나고, 차츰 높아져 가는 이야기소리와 웃음소리가 얼음과 컵 부딪치는 소리와 함께 섞여 복도까지 흘러나왔다.

그를 한층 더 당황하게 한 것은 호텔의 종업원같이 생긴, 어깨가 떡 벌어진 청년이 뭔가 굉장히 엄숙한 표정으로 두 사람의 남자를 데리고 나타난 것이다. 키케이스는 문 뒤로 숨기 전에 세 사람의 차림새를 주의 깊게 관찰했다. 나머지 두 사람은 어딘지 형사 냄새가 난다고 생각했지만 즉시 그 추측은 약간 망상기가 있다고 다시 고쳐 생각했다. 나중에 온 세 사람의 손님들이 먼저 나가고 그로부터 한 시간 반정도 후에 나머지 한 떼가 물러갔다. 늦은 밤이 되자 사람들의 왕래가 무척 많아졌지만 키케이스는 어느 누구한테도 들키지 않았고 혹 누군가의 눈에 띄었다 하더라도 일반 투숙객으로밖에 여겨지지 않았을 것이다.

방문객이 모두 물러가자 9층은 아주 조용해졌다. 이미 11시 가까이 되었다. 오늘밤엔 공작 부처는 밖에 나가지 않을 모양이다. 키케이스는 앞으로 10분만 더 기다려 보다가 안 되면 철수하리라 마음먹었다.

오늘 일찍부터 찾아들었던 낙천적 기분이 지금은 흔적도 없이 사라져 버리고 우울과 불안이 그의 마음을 가르고 고개를 들기 시작했다.

앞으로 24시간을 더 이 호텔에 머물러 있는 모험을 할 것인가? 그는 어떻게 해야 할지 결정을 못 내리고 궁리에 잠겼다. 내일 아침 일찍 귀빈실에 숨어 들어가는 방법도 생각해 보았지만 그것은 단념하기로 했다. 너무나 위험한 노릇이기 때문이다. 만약 누군가가 눈을 뜬다면, 어떠한 구실로도 그가 귀빈실에 침입해 들어간 사실을 정당화할 수가 없는 일이었다. 이미 어저께부터 마음속에 유의해 둔 대로 공작의 비서라든가, 부인이 데리고 있는 하녀의 동태에 대해서도 고려하지 않으면 안 되었다. 그 하녀는 밤에는 다른 방에서 묵고 있었으나 비서는 귀빈실에 묵고 있었다. 게다가 귀가 밝은 개들의 존재도 매우 조심스러웠다.

결국 그는 하루를 더 기다리느냐, 아니면 공작부인의 보석을 노리는 걸 단념하느냐, 그 어느 한 쪽을 선택하지 않으면 안 되게 되었다.

내 방에 돌아가서 좀더 연구해 보기로 하자…… 그가 그렇게 마음먹으면서 자리를 뜨려고 할 때, 귀빈실에서 베드링턴 테리아들이 기세 좋게 문 밖으로 뛰쳐나오고 그 뒤를 공작 부처가 따라나왔다.

키케이스는 재빨리 계단의 문 뒤로 몸을 숨겼다. 희망을 버렸을 때 홀연히 기회가 다가온 것이다. 그의 가슴은 뛸 대로 뛰었다.

단 그것은 무조건 좋은 기회는 아니었다. 공작 부처의 외출은 그리 오래될 것 같지 않았다. 더구나 귀빈실의 어느 곳엔가 남자 비서가 있을 것이었다. 어디에 있을까? 공작 부처의 침실에서 멀리 떨어진 작은 방일까? 혹시 이미 잠들어 있는 것은 아닌지? 무척 고지식한 사람 같으니까 벌써 자기 방으로 물러나 있는지도 모를 일이다.

이쯤되면 비록 어떠한 위험이 도사리고 있다 하더라도 단호히 결행하는 수밖에 없다 — 지금 착수하지 않으면 또 하루 기다리는 동안에 그 용기가 사라지고 말 우려도 있다.

엘리베이터의 문이 열리고 또 닫히는 소리가 들렸다. 그는 복도로 나섰다. 조용한 복도에는 그림자 하나 없었다. 그는 발자국 소리를 죽이며 귀빈실 쪽으로 다가갔다.

오늘 오후에 시험해 본 대로 특제의 열쇠는 매끄럽게 돌아갔다. 그는 양쪽으로 열 수 있는 한쪽 문을 조용히 열고 열쇠의 스프링을 살며시 늦추며 열쇠를 뺐다. 소리 하나 내지 않고 문이 열렸다.

바로 앞에 홀이 있고 그 건너편 정면에 넓은 방이 있었다. 홀의 좌우에는 문이 달려 있었는데 모두 닫혀 있었다. 모든 방에 불이 켜져 있는 것 같았는데 인기척은 없었다.

키케이스는 안으로 들어갔다. 장갑을 낀 손으로 들어온 문을 닫고 고리를 잠갔다.

그는 주의 깊게, 그러면서도 재빠르게 행동했다. 홀과 거실에 깔린 무늬 없는 카펫이 그의 발자국 소리를 삼켰다. 그는 거실을 지나 열려진 채로 있는 안쪽의 문으로 향했다. 예상한 대로 그것은 화장실과 욕실이 가운데 딸린 넓은 두 개의 침실로 통하고 있었다. 각 방 모두 불이 켜진 채로 있었다. 어느 쪽이 공작부인의 방인지 한눈에 알 수 있었다.
 그 방안에는 다리가 달린 장롱과 화장대가 둘, 거기에 의상실 등이 붙어 있었다. 키케이스는 차례로 뒤지기 시작했다. 그가 노리고 있던 보석은 장롱이나 첫 번째 화장대 속에는 없었다. 다른 물건들은 수북히 있었다. 금으로 된 야회용 핸드백, 금제 담배 케이스, 보기에도 값비싸 보이는 콤팩트와 그 밖의 물건들 ─ 그 어느 것이든 상황이 허락한다면 기꺼이 거두어 갈 물건들이었다. 그러나 그는 지금 막대한 상금이 걸린 경주에 출전하고 있는 것이다. 그 따위 것에 눈을 돌릴 새조차 없었다.
 두 번째 화장대의 맨 위 서랍에는 아무 것도 값진 것은 없었다. 다음 서랍도 마찬가지였다. 세 번째의 서랍을 열어보니 위에는 신품의 네글리제가 몇 벌 놓여 있었고, 그 밑에 장방형의 두툼한 수공의 가죽 상자가 숨겨 놓은 것같이 들어 있었다. 거기에는 자물쇠가 채워져 있었다.
 키케이스는 그 상자를 서랍 속에 넣어둔 채 칼과 드라이버로 자물쇠를 뜯기 시작했다. 아주 단단하게 만들어져 있어서 쉽사리 열리지는 않았다. 수분이 지났다. 흘러만 가는 시간이 그를 조바심 나게 했다. 이마에는 땀이 배어왔다. 가까스로 자물쇠가 열려 뚜껑을 올렸다. 눈이 부시도록 휘황하게 빛나는 보석이 2단으로 죽 들어 있었다. 반지, 브로치, 목걸이, 클립, 머리장식, 그 모든 것에 보석이 늘어붙어 있었다. 키케이스는 자신도 모르게 침을 삼켰다. 역시 유명한 공작부인의 보석수집품의 일부가 호텔의 창고에 보관되지 않고 방에 놓여 있던 것이다. 그의 예감은 적중했다. 그는 두 손을 뻗쳐 그것들을 집어들려 했다 ─ 그 순간 바깥문에 열쇠가 꽂히는 소리가 들려왔다.
 거의 동시에 그는 반사적 행동으로 옮겨갔다. 보석상자의 뚜껑을 닫고 서랍을 밀어 넣었다. 들어올 때에 조금 열어놓은 침실의 문 쪽으로 달려갔다. 그 1인치쯤의 틈새로부터 거실이 들여다보였다. 호텔의 잡역부가 들어왔다. 타월을 팔에 걸고 흔들흔들 공작부인의 침실 쪽을 향해 걸어 들어오고 있었다. 나이가 든 여자였다. 그 느릿느릿한 발걸음이 그에게 절박한 기회를 주었다.

그는 획 돌아서서 침대 곁의 스탠드 램프를 향해 몸을 날렸다. 그리고는 코드를 힘껏 잡아 뺐다. 전등이 꺼졌다. 이제는 뭔가 연극을 하기 위해 필요한 소도구를 손에 들기만 하면 된다. 뭐가 없을까? 무엇이든 좋다. 빨리!

구석의 창가에 조그만 서류가방이 있었다. 그는 그것을 집어들고 유유히 문 쪽을 향해 걸어갔다.

그가 갑작스레 문을 활짝 열어 젖혔기 때문에 그 여자는 기겁을 해서 뒤로 물러났다.

"아이쿠머니나!" 그녀는 목소리를 삼키고 가슴에 손을 올렸다.

키케이스는 얼굴을 찌푸리고 말했다. "당신 어디 가 있었소. 좀 빨리 와야 할게 아니오!"

간이 떨어질 만큼 놀란 데다가 느닷없이 책망을 받자 그녀는 어쩔 줄을 몰라서 멀뚱거리고만 있었다. 그의 술책이 맞아 들어간 것이다.

"죄송합니다. 손님들이 많이 들어서 그만 —"

"좋아요. 자, 일을 하시오. 스탠드가 고장난 것 같으니 —" 그는 침실 쪽을 턱으로 가리켰다. "오늘 밤 안으로 고쳐 놓도록 하시오." 비서한테 들킬까봐 그는 목소리를 죽이고 말했다.

"네, 네, 알았습니다. 네."

"그럼 부탁해요." 키케이스는 거만하게 고개를 흔들고 밖으로 나갔다.

복도로 나서자 그는 정신 없이 830호실로 되돌아 들어왔다. 그리고는 절망과 패배의 비애가 갑자기 엄습해 들어서 침대에 몸을 던져 베개에 얼굴을 파묻었다.

가지고 온 서류가방의 열쇠를 뜯어본 것은 그로부터 한 시간 이상이 지난 후였다.

그 안에는 미합중국의 지폐 뭉치가 빽빽이 들어차 있었다. 모두가 소액의 지폐로, 더구나 헌 돈뿐이었다.

그는 떨리는 손으로 1만 5천 달러까지 세었다.

21

피터는 지하의 소각로로부터 세인트 찰스 가의 통로까지 두 사람의 형사를 배웅했다.

헤어질 무렵에 욜즈 형사부장이 부탁을 했다. "오늘밤의 일은 당분간 될 수 있는 대로 비밀로 해두세요. 우리들이 댁의 보안주임을 기소할 때까지는 아직 여러 문제가 남아 있을 것 같습니다. 그때까지는 신문사 친구들한테, 시달리기 싫어서 말이죠."

피터는 동의했다. "호텔 측으로서도 되도록이면 세상에 알려지지 않았으면 하니까요."

욜즈는 어깨를 들썩이며 말했다. "그것은 기대하기 힘들 겁니다."

그들과 헤어져 피터는 식당으로 갔다. 예상한 대로 크리스틴과 앨버트 웰즈는 돌아가고 없었다.

로비에서 야근 지배인 조수가 그를 보고 다가왔다. "프랜시스 양한테서 이 편지를 전해 달라는 부탁을 받았습니다."

겉봉을 뜯어보니 간단히 이렇게 적혀 있었다.

「집에 돌아갑니다. 가능하시면 들러 주세요. ― 크리스틴」

가보리라고 피터는 마음먹었다. 크리스틴은 오늘밤의 앨버트 웰즈의 놀랄 만한 발표라든가 그 밖의 여러 가지 일에 대해 이야기하고 싶어서 그럴 것이다.

오늘밤은 그 밖의 무슨 일이 남아 있을까 하고 그는 생각해보았다. 그는 문득 마샤 프리스코트와의 약속이 생각났다. 오늘 오후 공동묘지에서 헤어질 때 나중에 전화하겠다고 하고서는 지금까지 줄곧 잊고 있었다. 짧은 시간 안에 긴박한 사건들이 겹쳐 일어나서 그 몇 시간이 마치 며칠이나 된 것처럼 느껴져 그만 마샤와 멀리 떨어져 있었던 것같이 생각되었다. 하지만 시간이 늦기는 했어도 약속대로 전화는 해야 할 것이라고 생각했다.

그는 다시 1층의 조사주임의 사무실로 들어가 프리스코트의 집으로 전화를 했다. 전화 벨 소리가 나자마자 마샤의 음성이 들려왔다.

"피터 씨예요? 저는 전화 곁에 붙어 앉아 지금껏 기다렸어요. 아무리 기다려도 전화가 없어서 두 번이나 그곳에 전화하고 메모를 부탁했었는데."

피터는 약간 미안한 마음으로 그의 사무실의 책상 위에 산적된 전언지의 메모 내용을 상기했다.

"미안합니다. 아직 설명할 수 없는데요. 여러 가지 사건이 일어났었다는 것밖에는 말이죠."

"내일은요?"

"아마 내일은 무척 바빠서 그럴 짬이 —"

"그럼, 아침식사 하러 오세요. 그렇게 바쁘시다면 뉴올리언스식 아침식사를 하실 필요가 있어요. 유명하거든요. 알고 계세요?"

"전 언제고 아침식사는 거른답니다."

"내일은 드시도록 하세요. 안나는 그 요리의 명수예요. 그곳 호텔 요리 따위와는 비교도 안 돼요."

피터는 마샤의 간청을 거절할 수가 없었다. 오늘 오후, 그녀를 바람맞힌 대가로라도 승낙해야 될 것이라고 생각했다.

"하지만 내일 아침은 빨라야 되는데요."

"아무리 빨라도 상관없으니 꼭 오세요."

피터는 7시 30분으로 약속을 정했다.

그로부터 얼마 안 있어 피터는 택시를 잡아타고 크리스틴의 아파트로 향했다. 크리스틴은 아파트의 문을 잠그지 않고 기다리고 있었다.

"두 잔 째를 마실 때까지 아무말하지 않기예요" 하고 그녀는 말했다. "입을 열면 끝이 없을 거예요."

"암, 그렇게 합시다. 나도 당신 모르는 이야기가 잔뜩 있으니까."

냉장고에는 찬 칵테일이 준비되어 있었다. 햄과 닭고기의 샌드위치를 가득 담은 접시도 있었다. 이제 막 끓기 시작한 커피의 향내가 방 가득히 그윽했다.

피터는 호텔의 조리실을 둘러보고, 식당엘 들어가고, 내일의 아침식사를 약속하고, 하면서도 정작 점심식사 후 이제까지 아무 것도 먹지 않았던 것이 갑자기 생각났다.

그가 그 사실을 말하자 크리스틴은 기쁜 듯이 미소를 띠고 말했다. "그럴 거라고 생각했어요. 자아, 듭시다!"

그는 권하는 대로 먹고 마시면서 자그마한 부엌에서 야무지게 움직이고 있는 크리스틴을 바라보고 있었다. 여기 앉아있으면 바깥 세상의 모든 일로부터 차단되어 비로소 자기를 되찾은 것 같은 홀가분한 기분이 들었다. 그리고 자기를 위해 성찬을 마련하고 기다리고 있었던 크리스틴의 따뜻한 마음씨를 고맙게 여기고 있었다. 아니 그보다도 중요한 것은 두 사람의 마음이 이상하게 통하여 서로 아무 말없이도 상대방의 기분을 이해할 것같이 느껴지는 사실이었다.

잠시 후 피터는 커피를 한 모금 마시고 나서, "자, 그러면 무엇부터 이야기를 시작할까?" 하고 물었다.

두 사람은 2시간 이상이나 서로 이야기를 했다. 이야기가 무르익어 감에 따라 친근감도 더해 갔다.

"내일이 기다려져요. 지금부터 가슴이 설레어 오늘밤은 잠이 올 것 같지도 않아요" 하고 그녀가 말했다.

"음, 나도 잠이 올 것 같지가 않아. 전혀 딴 이유에서 말이오" 하고 피터가 대꾸했다.

그는 지금 이 순간을, 그녀와 통하는 이 야릇한 심정을 언제까지라도 이어나가고 싶다고 생각했다. 그리하여 그는 거짓 없는 욕망에 이끌리어 그녀를 힘껏 껴안았다.

그리고는 이 세상에서 가장 자연스러운 것처럼 두 사람은 서로의 사랑을 마음껏 불태웠다.

제 5 장
Friday

1

 세인트 그레고리 호텔의 옥상에서 크로이든 공작 부처가 오글비의 뚱뚱한 몸을 눈사람처럼 둥글게 해서 옥상의 아래로 굴리려 하고 있었다. 까마득히 내려다보이는 아래, 도로를 가득 메우고 괴상한 소리를 질러대며 위를 올려다보고 있는 얼굴, 얼굴, 얼굴의 바다…… 그 광경은 피터에게 있어서 별로 이상스러운 것은 아니었다. 그러나 그곳으로부터 몇 야드 떨어진 곳에서 커티스 오키페와 워렌 트렌트가 피로 물들인 칼을 휘두르며 결투하고 있는 처참한 모습은 약간 이해가 가지 않았다. 어째서 욜즈 형사부장은 그것을 말리려고 하지도 않고 계단의 문 곁에 우두커니 서 있기만 하는가? 그렇게 생각하면서 자세히 보니 형사는 겨우 한 개의 알에서 새끼 새가 깨어나려고 하는 커다란 새 둥지를 바라보고 있는 것이었다. 한참 있으려니 알이 쫙 갈라지더니만 안에서 쾌활한 앨버트 웰즈 얼굴의 커다란 참새가 뛰쳐나왔다. 그러나 피터는 다음 순간 옥상의 끝에서 전개되고 있는 괴상한 모양에 눈이 끌렸다. 어느 틈엔가 크리스틴이 오글비와 함께 엉켜 절망적으로 몸부림치고 있었다. 어찌된 까닭인지 마샤 프리스코트가 크로이든 공작 부처와 가세하여 크리스틴과 오글비를 공처럼 굴려서 옥상 끝에서 아래로 밀어 떨어뜨리려고 하고 있었다. 밑의 군중들은 그저 넋을 잃고 그것을 바라보고 있었으며 욜즈 형사부장은 문가의 기둥에 몸을 기대고 하품을 하고 있었다. 크리스틴을 구해 내자! 피터는 달려가려고 했다 ― 하지만 다리가 마치, 아교로 마룻바닥에 붙여놓은 것처럼 떨어지질 않았다. 큰 소리로 고함치려 했지만 목이 막혀 소리가 나오질 않았다. 크리스틴의 절망적인 눈매가 힐끗 피터의 시선을 스쳤다.

그때 갑자기 크로이든 공작 부처와 마샤의 동작이 멈췄다. 오키페와 트렌트도 결투를 중지하고 귀를 기울었다. 참새인 앨버트 웰즈는 고개를 갸우뚱하고 듣고 있었다. 이윽고 오글비와 욜즈, 크리스틴도 귀를 기울이고 열심히 듣고 있었다. 무엇을 듣고 있는 것일까?

그때 피터의 귀에도 그것이 들려왔다. 마치 지구상의 모든 전화벨이 일시에 울려대는 듯한 불쾌한 잡음이었다. 그 음향은 점점 부풀어올라 노도와 같이 밀어닥쳤다. 그는 급히 양손으로 귀를 막고 눈을 감았다. 그리고는 눈을 살며시 떠보았다.

그는 자기 아파트에서 자고 있었다. 베개 곁에 놓여 있는 자명종이 6시 30분을 가리키고 있었다.

그는 잠시 그대로 누워 있으면서 황당무계한 꿈의 찌꺼기를 떨쳐 버리고 있었다. 그리고는 맨발로 욕실에 들어가 한동안 샤워를 한 다음 맑은 정신이 들자 욕실에서 나왔다. 타월지의 화장옷을 입고 부엌으로 가 가스레인지에 커피포트를 올려놓고 나서 호텔로 전화를 걸었다.

야근중인 지배인 조수는 어젯밤 소각로로부터는 그 무엇도 발견되었다는 소식이 없었다고 했다. 그리고 피로한 음성으로 이렇게 덧붙였다. "아닙니다. 제가 직접 알아본 것은 아닙니다만 뭣하면 지금 바로 내려가서 그 결과를 보고 드릴까요? 소각로는 지하층의 어디에 있지요?"

피터는 장시간의 근무로 피로가 절정에 이르는 이 시간에 그를 얼토당토않은 곳에 심부름 보내게 된 것이 좀 안됐다고 생각했다.

피터가 수염을 깎고 있는 사이에 그 결과를 보고하는 전화가 왔다. 야근 지배인 조수는 소각로계의 그레엄을 만나 물어보았으나 피터가 찾고 있는 종이쪽지는 아직도 발견되지 않았고 앞으로도 나올 가망성은 없더라는 것이다. 그리고는 그레엄의 근무 시간은 야근 지배인 조수 자신의 근무 시간과 마찬가지로 거의 끝나가고 있다는 것을 덧붙여 전해 왔다.

피터는 나중에 그것을 욜즈 형사부장에게 보고하려고 생각했다. 여하튼 형사부장이 어젯밤 말한 대로 호텔 측으로서는 충분히 그 사회적 의무를 다한 것이므로 그 이상의 것은 모두다 경찰에 맡기는 수밖에 없었다.

커피를 마시고 옷을 갈아입는 동안, 피터는 그의 마음속에서 가장 큰 비중을 차지하는 두 가지 문제에 대해 생각해 보았다. 하나는 크리스틴의 일. 또 하나는 세인트 그레고리 호텔에 있어서의 그 자신의 장래에 관한 것이었다.

어젯밤 이후, 크리스틴에 대한 연모의 정은 점점 더 강해졌다. 그녀를 사랑하고 있기 때문일 것이라고 할지 모르지만 그는 자기의 깊은 감정을 자기 자신에 대해서조차 뚜렷이 정의 내리는 것을 경계하고 있었다. 일찍이 사랑이라고 믿었던 것이 수포로 돌아가고 만 일이 있었던 것이다.

그가 크리스틴에게서 안식을 얻을 수 있었다는 것은 좀 비낭만적인 이야기 같지만 그것은 사실이었고 어떤 의미에서는 믿음직하기도 했다. 두 사람 사이의 유대도 시간이 흐름에 따라 굳어지면 굳어졌지 약해질 까닭은 없다고 그는 확신했다. 그리고는 크리스틴도 그와 같은 느낌일 것이라고 생각했다.

지금 눈앞에 있는 것은 여유를 가지고 충분히 맛볼 일이지 서둘러 탐식(貪食)할 필요는 없는 것이라고 그의 본능은 말해주고 있었다.

호텔에 관해서는, 상냥하고 평범한 노인에 지나지 않는다고 생각했던 앨버트 웰즈가 세인트 그레고리를 지배할 만한 대부호였다는 것은 아직도 잘 믿어지지 않았다.

표면적으로 본다면 이 뜻밖의 정세 변화에 의해 피터의 입장은 잘 되어갈 것 같다. 그는 그 자그마한 노인에게 친근감을 품고 있었으며 웰즈도 그에게 호감을 가지고 있는 것 같았다. 그러나 호감과 사업상의 결단과는 전혀 다른 것이다. 보통 때는 무척 상냥하고 친절한 사람도 사업 면에서는 지극히 엄격하고 냉혹한 경우가 있다. 또한 웰즈 자신이 그 호텔을 직접 운영하리라고는 생각되지 않으므로 아마 틀림없이 다른 사람을 그 자리에 앉혀둘 것이다. 그 사람은 종업원의 경력을 절대적으로 중시할 수도 있을 것이다.

하지만 그러한 가정적(假定的)인 문제를 지금 이러쿵저러쿵 생각할 것은 아니라고 피터는 마음먹었다.

그가 택시로 프라이타니어 가의 프리스코트 저택에 닿았을 때 뉴올리언스의 여러 곳에 있는 시계탑은 7시 30분의 종을 치고 있었다.

앞면에 우아한 흰빛 원주들이 늘어서 있는 그 대저택은 이른 아침의 햇살을 받고 당당하게 서 있었다. 둘레의 공기는 아직 이슬의 습기를 머금어 서늘하고도 상쾌했다. 목련의 향기가 은은히 풍기고 있었다.

거리도, 그 저택도 인기척 없이 아주 조용했지만 세인트 찰스 가라든가, 그 건너에서 눈뜬 시가지의 소음이 간간이 들려오고 있었다.

피터는 곡선을 그리고 가는, 오래 묵은 붉은 벽돌의 보도를 지나 잔디 깔린 정원을 가로질러 테라스의 돌계단을 올라서서 여러 장식이 부조된 여닫이문을 노크했다.

수요일의 저녁식사 때 시중을 들던 하인, 벤이 문을 열고 공손히 인사를 했다. "안녕하셨습니까. 안으로 드십시오." 그를 따라 피터가 안으로 들어서자, 그는 이렇게 말했다.

"마샤 양께서는 선생님을 베란다로 안내해 드리라는 말씀이 있었습니다. 마샤 양께서도 곧 그쪽으로 나가시겠다고요."

피터는 벤의 뒤를 따라 곡선을 그리는 넓은 계단을 올라 프레스코 벽의 넓은 복도를 지났다. 수요일 밤, 마샤와 함께 어스름한 그 복도를 거닐던 일이 먼 옛날 일처럼 회상되었다.

눈부신 아침 햇살 속의 베란다는 그 전날 밤과 마찬가지로 말끔하게 정돈되어 있었다. 보기에도 푹신한 의자와 갖가지 아름다운 꽃이 다투어 핀 화초분들이 놓여 있고 아래 정원을 내려다볼 수 있는 방에는 아침식사의 테이블이 마련되어 있었으며 의자 두 개가 놓여 있었다.

"이렇게 아침 일찍 폐를 끼쳐 미안한데요" 하고 피터가 말했다.

"아닙니다. 이 댁 어른들은 모두 일찍 일어나시는 걸요. 사장님께서 집에 계실 때에는 아침식사 준비가 늦는다고 야단이신데요. 하루라는 시간은 그 첫머리를 헛되이 보낼 만큼 길지가 않은 것이라고 늘 말씀하신답니다."

"그것 보세요. 우리 아빠는 선생님과 아주 비슷하다고 말씀드렸잖아요."

피터는 마샤의 목소리에 놀라 뒤돌아보았다. 어느 새 그녀는 뒤에 서 있었다. 이슬에 젖은 장미꽃처럼 신선한 얼굴이 미소를 머금고 있었다.

"안녕하세요? 벤, 맥더모트 씨에게 스위스 압생트를 올려요." 그녀는 피터의 팔을 잡았다.

"조금만 따라주시오." 피터는 벤에게 말했다. "뉴올리언스의 아침 식사에는 으레 스위스 압생트를 꼭 곁들인다는 건 알고 있지만 오늘 아침에는 새로운 경영자를 만나야 하므로 알콜은 되도록 삼가야겠소."

벤은 상냥하게 웃으며 말했다. "네, 알겠습니다."

테이블에 앉자 마샤가 말했다. "선생님이 갑자기 호텔로 돌아가신 건 그 때문이었어요?"

"아닙니다. 그것은 또 다른 일이었지요."

피터는 뺑소니 사건의 수사 진전을 크로이든 공작의 이름은 밝히지 않고 얘기할 수 있는 범위 내에서 말해 주었다. 마샤는 눈을 빛내며 듣고 있었다. 피터는 그녀의 질문에 끌려들기를 바라지 않았으므로, "어쨌든 오늘 중으로 뭔가 새로운 뉴스가 발표될 것입니다" 하고 말끝을 흐렸다.

아마 틀림없이 지금쯤은 오글비가 뉴올리언스에 돌아와 경찰의 준엄한 심문을 받고 있을 것이다. 만약에 그가 그대로 구류되고 기소되어 법정에 나서게 된다면 당연히 신문사들이 그것을 써댈 것이다. 그 경우 필연적으로 그 재규어가 등장하고 크로이든 공작 부처는 세상 사람들의 의혹의 눈을 피하지 못하게 될 것이다.

피터는 혀끝으로 부드러운 스위스 압생트를 맛보았다. 바텐더 경험이 있는 그는 그 성분을 생각해 내었다. 허브세인트, 계란 흰자위, 크림, 오기트 시럽에다가 아니스 주(酒)를 조금 넣은 것이었다. 마샤는 오렌지 주스를 마시고 있었다.

크로이든 공작 부처는 오글비가 기소되더라도 끝까지 무죄를 주장할 것인가. 그것은 아마도 오늘 그 해답이 나올지도 모르는 문제 중 하나였다.

공작부인이 그 허가서를 썼다는 것이 사실이었다고 해도 그것은 틀림없이 분실되고 만 것이리라. 그 일에 대해서 호텔로부터는 아무런 소식도 없었고 그레엄은 이미 근무를 끝마치고 돌아가 있을 것이었다.

벤이 에반셀린 치즈에 과일을 장식한 것을 피터와 마샤 앞에 갖다놓았다.

피터는 먹기 시작했다.

"아까 호텔 경영자가 바뀌었다고 하셨죠? 그게 무슨 뜻이에요?" 하고 마샤가 물었다.

치즈와 과일을 삼키면서 피터는 앨버트 웰즈의 일을 설명했다. "새로운 경영자의 이름은 오늘 정식으로 발표될 예정입니다. 제가 이리로 오기 조금 전에 전화로 그 말을 들었죠."

그것은 워렌 트렌트로부터의 전화였다. 그에 의하면 세인트 그레고리의 새로운 경영자의 재무 대리인인 몬트리올의 뎀프스터 씨가 이스턴 항공편으로 이미 뉴욕을 떠나 뉴올리언스에 열 시경 도착할 예정이라는 것이다. 신구 경영자 간의 회담은 열한 시 삼십 분 경으로 예정되어 있으므로, 피터는 그에 관련된 용건이 생겼을 경우 즉각 응할 수 있도록 좀 일찍 나와달라는 지시를 받았다.

뜻밖에도 트렌트는 전혀 낙담하는 빛이 없었고 오히려 요즘으로서는 드물게 무척 기분이 좋은 듯 밝은 음성이었다. 세인트 그레고리의 새로운 경영자가 이미 호텔 내에 있는 것을 트렌트는 모르는 것일까 하고 피터는 생각했다. 그리고는 정식적인 교체가 있을 때까지는 옛 고용주에게 충실해야 된다는 생각에서 어젯밤 앨버트 웰즈, 크리스틴 그리고 자기가 주고받은 이야기를 전했다. "응, 그것은 알고 있네" 하고 트렌트는 대답했다. "웰즈 씨를 위해 교섭에 나섰던 상공은행의 에밀 듀메어가 어제 저녁에 전화로 알려왔소. 비밀로 해둘 필요가 있었던 모양인데 이젠 뭐 그럴 필요는 없겠지."

피터는 또한 오키페와 그의 동행인 미스 래시가 오늘 아침 세인트 그레고리를 떠날 예정임을 알고 있었다. 호텔의 계원이 미스 래시를 위해 로스앤젤레스 행 비행기를 예약하고 커티스 오키페는 뉴욕에서 로마 경유로 나폴리 행의 각 연락편을 예약했다. 그것은 그들 둘이 이대로 헤어져 간다는 것을 뜻하고 있는 것같이 생각되었다.

"선생님은 지금 여러 가지를 생각하고 계신 것 같은데 좀 이야기해 주실 수 없겠어요? 아빠는 아침식사 때 이야기하기를 좋아했어요. 엄마는 전혀 흥미를 갖지 않았지만요. 하지만 나는 그 얘기를 듣는 게 재미있었어요."

피터는 웃으며 오늘부터 일어나게 될 여러 가지 일에 대해서 이야기했다.

에반젤린 치즈의 나머지가 나가고 양엉겅퀴를 깐 위에다 수란(水卵) 두 개를 얹고 크림으로 쪄 올린 시금치를 곁들여 오란다 소스를 친 향기롭고 따뜻한 에그 살도우가 나왔다. 피터 앞에는 로제 와인이 놓여졌다.

"선생님이 오늘은 바쁘다고 하신 뜻을 알겠어요."

"나는 당신이 말한 전통 아침식사라고 한 말의 뜻을 잘 알았습니다." 피터는 뒤에 서 있는 안나를 돌아보고 "정말 맛이 있군요!" 하고 말을 건넸다. 안나는 기쁜 듯 얼굴에 미소를 가득 담았다.

그 뒤, 쇠고기 텐덜로인과 버섯을 조린 요리에 따뜻한 프랑스 빵과 마멀레이드가 나와 피터는 눈이 휘둥그래졌다.

"이 이상은 더 —"

"나머지는 크레프 수제트 하고 카페오레 뿐이에요" 하고 마샤가 말했다. "여기가 식민지였을 때의 사람들은 유럽의 쁘띠드쥬네(가벼운 아침식사)를 경멸했었더랬죠. 그들의 아침식사는 언제나 이보다 더 요란했었던가 봐요."

"이렇게 훌륭한 식사를 대접받고 또 역사강의까지 들었으니 정말 저는 당신에게 감사하고 있습니다. 아마 이것은 일생의 추억거리가 될 것입니다" 하고 피터는 말했다.

"어머, 싫어요. 갑자기 격식을 차리시니 마치 작별인사라도 하시는 것 같잖아요."

"사실 그럴까 합니다 — 크레프 수제트를 먹고 난 뒤 바로 말입니다."

마샤는 말없이 그를 바라보고 있었다.

피터는 테이블 너머로 손을 뻗쳐 마샤의 손위에 얹었다.

"봐요. 우리들은 꿈을 꾸고 있던 것 같은 생각이 듭니다. 아주 멋진 꿈이긴 했지만."

"어째서 꿈이라고 생각지 않으면 안 되죠?"

"그것은 조금 설명하기 어렵지만…… 가령 당신이 얼마만큼 그 누구가 좋아진다 하더라도 최선의 길을 택해야만 할 때가 반드시 오게 됩니다. 냉정히 판단하지 않으면 안 될 때가…"

"내 판단이 잘못됐다는 말씀이신가요?"

"마샤, 내가 말하는 걸 믿어줘요. 서로를 위해." 하지만 과연 그런 것일까? 그는 자신에게 물었다. 확신을 가질 수가 없었다. 어쩌면 나는 지금 터무니없는 실수를 저지르고 있어서 몇 년 후엔가는 후회하게 될는지도 모른다고 생각했다. 사람들은 흔히 돌이킬 수 없을 때 가서야 그의 과오를 깨닫게 되는 것이다.

그는 마샤가 눈물짓고 있는 것을 보았다.

"잠깐 실례해요." 그녀는 나지막한 목소리로 이렇게 말하고 일어서서 빠른 걸음으로 베란다에서 집 안으로 그 모습을 감추고 말았다.

피터는 너무 솔직하게 말한 것을 후회하면서, 사라지는 그녀의 모습을 바라보고 있었다. 저 고독한 소녀에게 좀더 다정하게 대해주지 못한 것을 후회했다. 그녀는 다시 돌아올 것 같지 않았다. 한참 있자니 안나가 나와서 그에게 말했다. "혼자 드세요. 아가씨는 돌아오실 것 같지 않군요."

"무얼 하고 있습니까?"

"방에서 울고 계세요." 안나는 어깨를 들썩였다. "마음 쓰실 필요 없어요. 새삼스러운 일이 아니니까요. 자기 뜻대로 되지 않으면 언제나 저렇거든요." 안나는 접시를 치우기 시작했다. "나머지는 벤이 시중을 들 테니까 천천히 드세요."

피터는 고개를 저었다. "아닙니다. 이제 저는 가봐야겠습니다."

"그러시다면 커피만이라도……" 벤은 안에서 분주하게 일하고 있었지만 커피를 가지고 온 것은 안나였다.

"아가씨는 제가 잘 보살펴 드리도록 할 테니까 염려 놓으세요. 아가씨는 혼자서 생각하는 시간이 너무 많죠. 아버님께서 집에 계시는 시간이 좀더 많다면 아가씨도 많이 달라질 텐데, 집을 비우시는 일이 많아서요."

"여러 가지로 고마왔습니다."

피터는 문득 그녀가 안나에 관해서 이야기한 일이 생각났다. 안나는 부모들의 강요로 잘 알지도 못하는 남자와 결혼을 했으나 그 결혼생활은 작년, 그녀의 남편이 죽을 때까지 40년 이상이나 행복하게 계속되었다는 이야기였다.

피터는 말했다. "돌아가신 댁의 남편께서는 아주 좋은 분이셨다죠. 아가씨한테 들었지만요."

"저의 남편이오?" 안나는 눈을 크게 떴다. "어머 기가 막혀서! 남편이 있을 리가 있나요. 저는 한 번도 결혼한 적이 없는 걸요. 저는 줄곧 혼자예요."

마샤는 그때 이렇게 말했었다 ― 안나는 남편과 함께 그녀의 집에서 지내고 있었다. 안나의 남편은 매우 친절하고 마음씨 좋은 사람으로 세상에 완전한 결혼생활이 있다고 한다면 그건 바로 이들을 두고 하는 말일 것이라고. 마샤는 피터에게 프로포즈를 하면서 그녀의 주장을 뒷받침하는 것으로 그 예를 들었던 것이다.

안나는 싱글거리며 웃어댔다. "아가씨는 꾸며대는 얘기에 능숙하거든요. 거기엔 대개 누구든지 넘어가고 만답니다. 연극도 꽤 하지요. 그러니 아까 일도 별로 마음 쓰실 필요가 없어요."

"그렇습니까?" 피터는 석연치 않은 것이 마음에 남았지만 홀가분한 기분이었다.

벤이 그를 배웅했다. 9시를 지난 시간이 되자 날씨는 더워지기 시작했다. 피터는 세인트 찰스 가에 나서서 그곳으로부터 호텔까지 걸어갔다. 걷는 것으로 해서 대식가의 아침식사 때문에 졸음이 오는 것을 막고자 해서였다. 이젠 두 번 다시 마샤를 만날 수 없을는지 모른다고 생각하니 어쩐지 서운함이 마음속을 파고들었다. 이유는 정확히 알 수 없지만 그녀가 몹시도 불쌍히 여겨졌다. 그렇다 하더라도, 여전히 여자로 해서 난처하게 되고 여자에 대해 조금도 현명해지지 못하는 자신이 안타까웠다.

2

4호 엘리베이터가 또다시 말썽이었다. 1주일 전부터 점점 더 심하게 덜컹거리는 이 엘리베이터 때문에 나이든 엘리베이터맨 싸이 루인은 골치를 앓았다.

지난 주 일요일에는 문이 닫히고도 엘리베이터가 움직이지 않은 일이 여러 번 있었다. 야근 엘리베이터맨이 싸이 루인에게 한 말에 의하면, 월요일 밤 총지배인인 피터 맥더모트가 타고 있을 때에도 같은 일이 일어났다고 한다.

더욱이 수요일에는 고장 때문에 몇 시간이나 운휴하지 않으면 안 되었었다. 클러치 장치의 부조(不調) ― 무슨 뜻인지 잘 모르겠지만 ― 라고 기사는 말했다. 그러나 오랜 시간 수리를 했어도 다음 날 또다시 상태가 나빠 세 번이나 15층에서 싸이 루인을 애먹였었다.

오늘도 4호 엘리베이터는 각층에서 덜컥덜컥 시동하거나 급격히 멎는 일이 많았다.

어디가 어떻게 고장인지 싸이 루인은 알려 하지도 않았고 알아야 할 책임도 느끼지 않았다. 주임기사인 독 비커리가 "누더기 투성이라 어떻게 해볼 도리가 없다"고 한탄하거나 "엘리베이터의 부속품을 바꾸는 데만도 10만 달러가 든다"고 투덜대는 것을 들으면서도 그는 특별한 관심을 갖지 않았다. 확실히 그러한 큰 돈을 마련한다는 것은 호텔로서도 여간 힘든 일이 아닐 것이라고 생각해 본 적은 있었다. 해마다 내기 경마의 마권을 사기 위해 생활비를 줄이다가 결국은 몽땅 날리고 마는 일이 허다한 그로서는 거금을 마련한다는 것이 얼마나 어려운가를 뼈저리게 알고 있었다.

내일이라도 당장 다른 엘리베이터로 옮겨 달라고 부탁해 보리라 그는 마음먹었다. 27년 간이나 이 호텔에 근무하면서 엘리베이터를 줄곧 운전해 오고 있는 그는 그 연공(年功)으로 해서라도 특별취급을 받을 권리가 있으리라. 27년이라고 한다면 지금 제법 고참인 체하고 뽐내고 다니는 젊은 종업원들은 아직 태어나지도 않은 때부터이다. 아마도 내일부터는 누군가 딴 사람이 고장이 잦은 이 4호 엘리베이터를 운전하게 될 것이다.

오전 10시가 좀 안된 시간이었다. 호텔은 붐비기 시작했다. 싸이 루인은 로비에서 손님을 태우고 — 그들 대부분은 앞가슴에 명찰을 단 단체객이었다. — 각 층에 손님을 내려 주면서 맨 꼭대기인 15층까지 갔다가 다시 9층으로 내려오는 동안 승객이 만원이 되는 바람에 나머지 층에서는 쉬지 않고 로비까지 직행했다. 싸이 루인은 엘리베이터의 덜컥거림이 어느새 멎은 것을 알고 어디가 고장이었는지는 모르지만 어떻게 저절로 나온 모양이라고 속으로 생각했다.

하지만 그것은 터무니없는 생각이었다. 싸이 루인의 머리 위 저 꼭대기에는 엘리베이터의 관제실이 있다. 그곳에 설치된 4호 엘리베이터의 중추기관 속에 있는 조그만 계전기(繼電器)가 내구력의 한계에 다다르고 있었던 것이다. 그 중에서도 직접적인 원인이 된 것은 2인치 못 정도 크기의 작은 연접간(連接桿)이었다.

그 연접간은 소형의 피스톤 맨 끝에 나사로 꽂혀 있어서 세 가지의 각기 다른 스위치 작용을 하고 있는 것이다. 첫 번째 스위치는 엘리베이터의 브레이크에 작용한다. 두 번째 것은 모터에 전류를 흐르게 하고, 마지막 세 번째 스위치는 발전기의 회로를 조정한다. 엘리베이터는 이들 세 가지 작용에 의해서 조종장치의 움직임에 따른 원활한 승강을 할 수가 있는 것이다. 그러나 만약 스위치가 두 개밖에 작용하지 않고, 더구나 고장난 것이 모터를 움직이게 하는 스위치였을 경우에는 엘리베이터는 자체의 중량으로 해서 추락할 가능성이 있다. 그리고 그와 같은 고장의 거의 유일한 원인이 연접간과 피스톤의 노후화에 있는 것이다.

몇 주 전부터 그 연접간의 작용에 이상이 생기기 시작했다. 사람 머리카락 굵기의 100분의 1 정도의 극히 미세한 틈을 내며 닳기 시작해서 피스톤의 머리부분이 서서히 연접간의 홈에서 벗어나기 시작했던 것이다. 그 때문에 연접간과 피스톤의 전체 길이가 늘어나 모터 스위치가 듣지 않게 되었던 것이다.

극히 미세한 한 알의 모래가 저울의 한 쪽을 기울게 하듯 피스톤의 머리가 이제 조금만 더 닳으면 모터 스위치는 완전히 절단되고 말 상태에 있었다.

그 결함이 4호 엘리베이터의 말썽의 원인이 되어 있었지만 보수를 한 계원들은 그것을 밝혀내질 못했다. 그러나 무턱대고 그들만 나무랄 수도 없는 것이다. 한 대의 엘리베이터에는 60개 이상의 계전기가 있으며 호텔 전체에 20대나 되는 엘리베이터가 있기 때문이다.

따라서 4호 엘리베이터의 두 개의 안전장치가 조금 나간 것쯤 아무도 알아차리지를 못했던 것이다.

금요일 오전 10시 30분, 4호 엘리베이터는 문자 그대로 줄타기를 하고 있었다.

3

몬트리올의 뎀프스터 씨는 10시 30분에 프런트에서 숙박인 명부에 서명했다. 피터는 그의 도착이 알려지자 바로 로비에 내려가 의례적인 환영의 인사를 했다. 오늘 아침, 워렌 트렌트나 앨버트 웰즈는 아직 아무도 아래층에 내려와 있지 않았다. 뿐만 아니라 웰즈로부터는 아무런 연락이 없었다.

앨버트 웰즈의 재무대리인은 커다란 은행의 노련한 지점장답게 활기 있고 인상적인 인물이었다. 피터가 너무나도 갑작스러운 결정에 놀랐다는 말을 하자, 그는 "웰즈 씨는 이따금 그와 같은 수법으로 성공을 거두고 있답니다" 하고 대답했다. 보이가 그를 11층의 스위트로 안내했다.

20분 후에 뎀프스터가 다시 피터의 사무실에 나타났다.

그는 앨버트 웰즈와 만나 상의한 후 트렌트에게 전화하여 예정대로 11시 30분에 회담할 것을 결정했노라고 피터에게 말했다. 그리고 뎀프스터는 호텔의 회계주임, 그 밖의 두서너 사람하고 협의를 하고자 하므로 트렌트의 승낙을 얻은 후 본부실을 사용하기로 했다고 말했다.

그는 두뇌의 회전이 빨라 만사에 빈틈이 없어서 보기에도 사업의 운영관리에 숙련된 실무가다웠다.

피터는 그를 트렌트의 사무실로 안내하고 크리스틴을 소개했다. 피터가 크리스틴과 오늘 아침 얼굴을 마주친 것은 이것이 두 번째였다. 피터는 호텔에 닿자 곧바로 그녀를 찾아가 업무관계의 이야기를 나누던 도중 주위의 눈을 피해 살며시 그녀의 손을 잡았던 것이다.

몬트리올에서 온 남자는 도착이래 처음으로 미소를 지었다. "아 ─ 프랜시스 양입니까. 당신 이야기는 웰즈 씨로부터 전해 들어서 알고 있습니다. 웰즈 씨는 당신을 무척 칭찬하고 계시더군요."

"고맙습니다. 저도 웰즈 씨가 아주 좋은 분이라고 그 전부터 생각하고 있었습니다만." 그녀는 갑자기 머뭇거렸다.

"그런데요?"

"어젯밤에는 좀 멋쩍었던 것 같아요."

뎀프스터는 호주머니에서 굵은 테의 안경을 꺼내들고 그것을 닦았다. "그것은 식당의 계산서 건이지요? 그거라면 신경 쓰실 필요가 없습니다. 웰즈 씨는 당신의 친절한 마음씨에 감격하고 계셨어요. 물론 당신이 꾸민 일을 알고 있었던 겁니다. 웰즈 씨는 작은 일에까지 신경을 쓰시는 분이니까요."

"네. 저도 이제 그것을 알게 되었어요."

그때 노크 소리와 함께 조사주임인 샘 재크빅이 들어왔다. 그는 피터의 방을 들여다보고 손님이 있는 것을 보고는 돌아가려고 했다. 피터는 그를 불렀다.

"웰즈 씨라고 하는 그 노인양반이 이 호텔을 매수했다는 소문이 파다해서 그걸 좀 확인해 보고 싶어서 말입니다 —"

"그것은 소문이 아니라 사실이오"라고 말하고 나서 피터는 뎀프스터에게 그를 소개했다.

재크빅은 머리를 긁었다. "이것 참 놀랍습니다. 저는 그 분의 신용조사를 했거든요 — 그 분의 수표를 의심하고 말입니다. 몬트리올의 은행까지 전화해서 알아보았지요."

"당신의 전화 건은 들어서 알고 있습니다." 뎀프스터는 또다시 빙그레 웃었다.

"은행 사람들은 배를 쥐고 웃었더랬죠. 하지만 웰즈 씨의 일은 절대로 외부에 알려서는 안 된다고 엄중히 주의를 받고 있었기 때문에 그 이상은 말을 못 한 거랍니다. 말하자면 그와 같은 방식이 웰즈 씨가 즐기는 방법입니다."

재크빅은 불만스러운 표정을 지었다.

뎀프스터는 그를 달래듯 말했다. "만약 당신이 웰즈 씨의 신용조사를 하지 않았더라면 당신은 나중에 후회하게 되었을는지 모릅니다. 틀림없이 조회해 본 것을 알았기 때문에 웰즈씨는 당신을 신뢰하게 될 것이란 말입니다. 그 분은 손에 닿는 아무 종이쪽지에나 수표를 끊는 버릇이 있어서 모르는 사람을 당혹하게 만들지요. 하지만 물론 그들 수표는 모두가 유효합니다. 이미 알고 계실지 모르지만 웰즈 씨는 북미대륙에서 손꼽히는 대부호이니까요."

재크빅은 넋이 빠져 그저 고개만 끄덕이고 있을 뿐이었다. 뎀프스터는 시계를 들여다보았다. "은행장인 듀메어 씨와 변호사 몇 분이 얼마 안 있어 이곳에 오기로 돼 있는데 아직 시간이 좀 있는 것 같으니 웰즈 씨에 관해서 두서너 가지 설명해 드리도록 하지요."

그러나 그때 회계주임이 들어와 이야기가 중단되었다. 로얄 에드워즈는 서류나 장부 같은 것을 잔뜩 끼고 있었다. 또다시 소개 인사가 오갔다.

뎀프스터는 악수를 교환하면서 회계주임에게 말했다. "지금부터 잠시 여러분과 함께 이야기를 좀 할까 합니다만 당신은 여기 남아서 11시 반의 회의에 참석해 주십시오. 아, 그리고 프랜시스 양, 당신도 참석하는 겁니다. 트렌트 씨가 그렇게 해달라더군요. 웰즈 씨도 기뻐하실 테고."

피터는 자기만 소외되는 것 같아 속으로 언짢아했다.

"웰즈 씨에 관해서 이야기하려고 하던 참이었죠." 뎀프스터는 안경을 벗고 입김을 불어 알을 다시 닦았다.

"웰즈 씨는 막대한 재산이 있는데도 생활은 아주 검소합니다. 그렇다고 해서 노랭이처럼 그렇게 짠 분은 아니지요. 돈에 관해서도 놀랄 만큼 관대하신 분입니다. 단지 복장이라든가, 여행할 때의 방이라든가, 그런 것은 모두 검소한 것을 즐기시는 분이란 말입니다."

"그 방 문제인데요 —" 하고 피터가 얘기 중에 끼어 들었다. "커티스 오키페 씨가 묵고 있던, 이 호텔에서 비교적 좋은 스위트가 오늘 오후에 비게 되므로 그 방으로 옮겨 모시도록 할 예정 —"

"아니에요. 그러지 않는 것이 좋을 겁니다. 웰즈 씨는 지금 묵고 있는 방이 마음에 드시는 것 같으니까 말입니다. 그 먼저 방은 좀 너무한 것 같았지만."

피터는 앨버트 웰즈가 월요일 밤까지 묵고 있던 한증탕 같은 방을 생각하고 남몰래 몸을 떨었다.

"웰즈 씨는 다른 사람이 — 가령 내가 — 스위트에 묵는 일은 별로 반대하지 않으십니다" 하고 뎀프스터는 설명했다. "단지 웰즈 씨 자신은 그런 방에 묵고 싶은 마음이 들지 않는다는 거죠. 이런 얘기, 좀 지루한가요?"

일동은 그렇지 않다고 대답했다.

로얄 에드워즈는 흥미 있다는 듯 말했다. "마치 그림동화에 나오는 이야기 같군요."

"그렇기도 하군요. 하지만 웰즈 씨를 옛날 이야기 속의 인물처럼 생각했다가는 큰 오산입니다."

피터는 뎀프스터의 품위 있는 말솜씨 뒤에는 예리하고 차가운 날이 빛나고 있다고 느꼈다.

뎀프스터는 이야기를 계속했다. "내가 웰즈 씨를 알게 된 것은 옛날부터입니다. 그때부터 사업이라든가 인간에 대한 그분의 날카로운 눈에는 늘 감탄하고 있었던 것입니다. 웰즈 씨는 하버드 대학의 상대(商大) 같은 데에서도 습득하지 못하는, 그러한 천성적인 예지를 지니고 계시는 분이지요."

하버드 대학 상대 출신인 로얄 에드워즈는 얼굴을 붉혔다. 피터는 그의 이러한 지나가는 말의 풍자가 우연이었는지, 아니면 이 앨버트 웰즈의 대리인이 호텔 간부직원의 경력을 재빨리 조사해 보고 난 연후에 하는 이야기인지 궁금했다. 만약 경력을 조사해 보고 난 후의 이야기라면 피터가 월도프에서 해고당한 이유라든가 업계의 블랙 리스트에 올라 있는 사실도 모두 알고 있음에 틀림없다. 피터는 자기가 수뇌회의의 멤버에서 제외된 것도 그 때문일지 모른다고 생각했다.

로얄 에드워즈가 말했다. "이제부터 대폭적인 변혁이 있을 것이라고 생각해도 되겠습니까?"

"그렇게 생각합니다." 뎀프스터는 또다시 안경알을 닦았다. 그것은 아마도 그의 습관인 것 같았다. "우선 먼저 제가 호텔의 사장직을 맡게 됩니다. 그 분의 회사 중 대부분은 제가 사장직을 맡고 있지요. 웰즈 씨는 당신 자신이 스스로 그러한 직함을 갖는 것을 싫어하시거든요."

크리스틴이 말했다. "그러면 우리는 앞으로 사장님을 자주 뵙게 되겠군요."

"아닙니다. 거의 보기 힘들 겁니다. 나는 명목상의 사장에 불과하니까요. 실제로는 부사장한테 전면적인 권한이 맡겨져 이 호텔이 운영되리라 생각합니다. 웰즈 씨는 그와 같은 방침이시고 나도 찬성입니다."

역시 그렇구나, 하고 피터는 속으로 생각했다. 앨버트 웰즈가 이 호텔의 운영에 직접 관여하지 않고 현장에서 이중으로 떨어져 있게 된다면, 그를 안다는 것은 아무런 도움도 되지 않을 것 같다. 피터의 장래는 부사장이 될 사람의 의사에 달려있는 것이다. 그 사람은 자기가 알고 있는 사람일까, 만약 그렇다면 사정은 크게 달라지겠지만······.

피터는 지금까지 이 호텔에서 해고를 당하든, 남아 있게 되든 상관없다는 마음이었다. 그러나 지금은 그렇지가 않다. 될 수 있으면, 아니 어떻게 해서든지 이 세인트 그레고리에 남고 싶다고 생각했다. 물론 크리스틴 때문이기도 했다. 그러나 이유는 그뿐만이 아니었다. 새로운 경영자 밑에서 독립경영을 계속 할 수 있게 된 세인트 그레고리에 강한 흥미와 매력을 느꼈던 것이다.

피터가 말했다. "뎀프스터 씨. 만약 중대한 비밀이 아니라면 누가 부사장으로 취임하게 되는지 가르쳐 주실 수 없습니까?"

몬트리올에서 온 사나이는 어리둥절한 모양이었다. 웬일인가 싶은 얼굴로 피터를 바라보았다. 그리고는 표정이 풀리더니만, "이것 참 실례했습니다. 난 당신이 이미 알고 있는 줄 알았지요. 부사장은 물론 당신입니다" 하고 대답했다.

4

어젯밤 호텔의 손님들이 모두 잠들어 고요한 시간만이 흐르고 있을 때 부커 T 그레엄은 소각로의 이글거리는 불 앞에서 홀로 작업을 계속하고 있었다. 하지만 그 자체는 아무런 색다른 일도 아니었다. 그레엄에게 있어서는 밤이나 낮이나 별다른 것이 아니었고 그런 일에 별로 고통을 느끼지도 않았다. 그의 야심도 지극히 단순해서 의식주에 관한 것과 어느 정도의 인간적인 존엄성을 갖추는 일에 국한되어 있었다. 인간적인 존엄성이라고 하더라도 그의 경우는 극히 자연 본능적인 것이어서 뚜렷이 설명될 수 있는 성질의 것은 아니었다.

철야로 일을 계속하는 것은 그에게 있어서 별다른 일이 아니었지만 그 날처럼 일이 빨리 진척되지 않는 적은 참으로 드물었다. 여느 때의 그라면 근무시간이 끝나기 훨씬 전에 그날 모여진 쓰레기를 완전히 처리하고 회수품의 정리를 끝내고 나서, 손수 만든 담배를 피우면서 30분 가량 쉬었다가 소각로를 닫고 돌아가는 것이었다. 그런데 오늘 아침은 근무시간이 거의 끝나 가는데도 일을 마치지 못했다. 보통 호텔을 나설 시간인데 아직 열 상자 이상의 쓰레기통이 그대로 남아 있었다.

그 원인은 피터 맥더모트한테서 부탁 받은 것을 찾는 데 있었다. 그는 그것을 주의 깊게 철저히 찾아보았다. 그 때문에 시간이 걸려 쓰레기의 처리가 늦어졌던 것이다. 그런데도 아직 문제의 편지지는 나오지 않았다.

아침 일찍 야근의 지배인 조수가 찾아왔다. 작업장 가득히 차 있는 악취에 코를 찡그리면서 처음 보는 쓰레기 소각장의 험상에 기가 질린 듯 눈을 휘둥그래 뜨고 있었다. 그리고는 그레엄의 보고를 듣자 황급히 그곳을 뜨고 말았지만 그가 직접 그곳을 찾아왔다는 사실과 그로부터 들은 전갈은 분실된 편지지가 피터에게 있어 대단히 중요한 것이라는 걸 명백히 말해 주고 있었다.

유감스럽게도 그로부터 얼마 안 있다가 일을 끝마치고 집에 돌아가야만 할 시각이 되었다. 초과근무는 일체 허락되지 않았다. 좀더 분명히 말한다면, 그는 오로지 쓰레기 처리만을 위해서 고용되었을 뿐 그 이외의 문제에 관련되어 여분의 일을 한다 해도 한 푼의 이득도 있는 것이 아니었다.

만약 주간에 아직 쓰레기가 처리되지 않고 그대로 남아 있는 것이 알려지게 되면 누군가가 임시 고용되어 소각로에 보내져 그 쓰레기를 태우게 되는지 모른다. 그렇게 되면 문제의 편지지를 찾아내게 될 희망은 영영 없어지게 된다.

또 가령 그가 오늘 저녁 늦게 출근해서 나머지 작업을 계속하다가 운 좋게 그것을 발견한다 하더라도 이미 시간이 늦어, 쓸모 없는 것이 돼버릴지도 모른다고 그레엄은 생각했다.

아니 여하튼 맥더모트 씨를 위해 되도록 빨리 찾아내 주지 않으면 안 된다고 마음먹었다. 우직한 그는 왜 그래야 되는지 누가 묻는다 해도 설명할 수는 없었을 것이다. 다만 그가 아는 것은 그 젊은 총지배인의 곁에 있으면 그레엄은 다른 어느 때보다도 하나의 인격으로서의 자기를 감지할 수 있게 되는 것이었다. 그는 계속 찾아보리라 결심했다.

번거로운 문제가 일어날 것을 피해서 그는 우선 위층에 올라가 타임 레코더의 자기 카드에 퇴사시간을 찍고 내려왔다. 소각로를 찾아오는 사람은 드물었으므로 그렇게 해두면 누구한테도 방해받지 않고 일을 할 수가 있을 것이다.

그는 그로부터 3시간 반 동안이나 계속 작업을 했다. 그가 찾고 있는 것은 그 지시를 받기 이전에 이미 소각되었는지도 모르고 또는 원래 쓰레기통 안에 들어가 있지 않았을는지도 모른다고 생각하면서도 열심히 찾아보았.

10시 반경 극심한 피로감을 물리치면서 마지막 쓰레기통에 달려들었다.

쓰레기 선별대 위에 그 내용물을 쏟아놓은 직후, 샌드위치 포장지 같은, 구겨진 기름종이 뭉치가 눈에 띄었다. 그것을 펴보자 안에서 꾸깃꾸깃한 한 장의 편지가 나왔다. 그는 밝은 곳에 가서 피터가 놓고 간 견본과 비교해 보았다. 그와 아주 똑같은 것이었다.

발견된 용지는 기름기와 때가 묻어 한 귀퉁이는 물기가 배어서 글씨가 번져 있었다. 그러나 그것은 아주 일부분이고 나머지는 또렷이 읽을 수 있었다.

부커 T 그레엄은 때묻은 웃옷을 걸쳤다. 그리고는 나머지 쓰레기는 돌아보지도 않고 급히 위층으로 발걸음을 옮겼다.

5

워렌 트렌트의 사무실 안에는, 뎀프스터와 회계주임과의 대담이 끝나 로얄 에드워즈가 책상 위에 펼쳐진 대차대조표 및 그 밖의 서류를 챙기고 있는 사이에 11시 반의 회담 출석자들이 속속 모여들었다. 우선 중개역의 에밀 듀메어가 약간 위엄을 부리며 들어왔다. 그 뒤를 이어 세인트 그레고리의 법률관계 일을 담당하고 있는 홀쭉 마른 노령의 변호사와 앨버트 웰즈 측의 젊은 변호사가 나타났다. 그리고는 피터 맥더모트가 15층에서 막 내려온 워렌 트렌트를 앞세우고 들어왔다. 세인트 그레고리의 경영자는 호텔을 유지하기 위한 오랜 고투에 패배하고 말았지만 요 근래로서는 드물게 기분이 좋은 상태에서 마음속으로부터 홀가분한 티가 우러나왔다. 가슴에는 카네이션을 달고 피터가 소개한 뎀프스터와 그 밖의 손님들과 반갑게 인사를 나누었다.

한편 피터는 뭔가 백주에 꿈을 꾸고 있는 듯한 기분이 들었다. 그래서 기계적으로 움직이고 조건 반사적으로 그저 상대방이야기에 맞장구만 치고 있을 따름이었다. 뎀프스터의 발표로 받은 쇼크에서 깨어날 때까지 그의 내부의 로보트가 대역을 맡고 있는 듯한 상태가 계속되었다.

그에게 있어서는 부사장이라고 하는 직함보다는 그것이 뜻하는 여러 가지 일들이 중요한 것이었다. 완전한 권한을 갖고 세인트 그레고리를 운영한다는 것은 그의 꿈을 실현한 거나 다름없다. 그는 열정적인 확신을 가지고 이 호텔을 반드시 훌륭한 호텔로 만들고 말리라고 다짐했다. 세인트 그레고리는 틀림없이 많은 사람들한테서 사랑을 받게 될 것이며 높이 평가되고 그리고 능률적이며 충분히 채산이 맞는 호텔이 될 것이다. 사업적 눈을 가진 것으로 소문이 나 있는 커티스 오키페도 그것을 명백히 예언하고 있었다.

그 목적을 달성하는 방법은 여러 가지가 있다. 자본의 도입, 권한의 분담을 뚜렷이 정한 조직의 재편성, 인사 이동 등 — 퇴직이라든가 승진 또는 외부로부터의 인재 등용까지를 포함해서.

그는 앨버트 웰즈가 이 호텔을 사들여 독립경영을 계속 한다는 것을 알았을 때 새로운 경영책임자는 진보적이면서도 개혁의 열의와 명민한 통찰력을 겸비한 사람이었으면 했다. 그런데 지금 그 자신이 그것을 실현하기 위한 임무를 부여받은 것이다. 희망에 가슴이 부풀음과 동시에 무거운 책임감과 불안이 왈칵 밀어닥치기도 했다.

그것은 개인적으로도 중대한 의미를 지니고 있었다. 호텔업계에 있어서의 그의 신분의 회복이 걸려 있었던 것이다. 만약 그가 세인트 그레고리의 부흥에 성공한다면 그의 과거의 오점은 불식되어 잊혀지게 될 것이다. 일반적으로 말해서 호텔업자는 그렇게 고집통도 아니며 절대로 마음이 좁지도 않다. 결국은 실적이 말을 하게 되는 것이다.

갖가지 생각이 그의 가슴속을 달렸다. 얼마 안 있어 넓은 방의 한가운데에 마련된 긴 테이블을 에워싸고 모든 사람이 각기 자기 자리에 앉았을 때 그는 가까스로 쇼크에서 깨어나기 시작했다.

앨버트 웰즈가 맨 마지막으로 도착했다. 그는 크리스틴의 부축을 받으며 멋쩍은 듯이 들어왔다. 전원이 일제히 자리에서 일어났다.

"아니, 아니, 그냥 자리에 앉으시도록!" 자그마한 노인은 당혹해서 손을 저었다.

트렌트가 앞에 나서서 악수를 했다. "웰즈 씨, 어서 오십시오. 이 호텔이 당신의 것으로 되는 순간, 이 낡은 벽돌이 한때 나에게 주었던 것과 같은 크나큰 기쁨과 만족을 역시 당신에게 안겨줄 것을 진심으로 기원합니다."

정중한 그 인사는 만약 딴 사람이 말했더라면 어색한 빈말처럼 들렸을는지도 모른다. 하지만 트렌트의 말은 실감이 넘쳐, 듣는 이들의 가슴을 뭉클하게 했다.

앨버트 웰즈는 눈을 껌벅였다. 트렌트는 한결같이 정중한 태도로 웰즈의 팔을 잡고 참석자들을 하나하나 소개했다.

크리스틴은 바깥의 문을 닫고 모든 사람이 앉아 있는 테이블로 돌아왔다.

"나의 비서인 프랜시스 양과 맥더모트 씨에 관해서는 새삼 소개드릴 필요가 없으리라 봅니다."

앨버트 웰즈는 장난꾸러기 방울새 같은 미소를 입가에 띠었다. "그렇죠. 이제껏 많은 신세를 져 왔으니 말입니다. 앞으로 더욱 많은 신세를 지게 되겠지요."

사회자인 에밀 듀메어가 의사진행을 시작했다.

그의 보고에 의하면 매매의 조건은 이미 쌍방의 실질적인 동의를 얻고 있어서, 이 회담의 목적은 정식 인계 날짜의 결정 등 수속상의 문제의 검토일 뿐 별달리 어려운 문제는 없는 것 같았다. 기한이 오늘로 되어 있는 호텔의 저당권은 앨버트 웰즈의 대리인인 뎀프스터의 보증으로 상공은행이 가등기의 수속을 취하고 있었다.

피터는 지난 수개월간 저당권의 갱신을 위해 헛된 노력을 해온 워렌 트렌트가 던진 자조적인 눈길을 흘깃 바라보았다.

에밀 듀메어는 다시 협의사항을 적은 종이를 모두에게 나누어주었다. 그것을 토대로 변호사들과 뎀프스터와의 사이에 짤막한 토의가 오갔다. 그리고는 그들은 협의 사항을 한 가지씩 처리해 갔다. 그 동안 워렌 트렌트와 앨버트 웰즈는 시종 방관자로서 듣고만 있었다. 전자는 단지 명상에 빠져 있으며 자그마한 노인은 사람 눈을 피하듯 의자에 몸을 파묻고 있었다. 뎀프스터는 어떤 문제에 대해서도 앨버트 웰즈에게 의논하려 하지 않았다. 그쪽으로는 시선조차 보내려 하지 않았다. 분명 그는 사람의 눈을 끌게 되는 것을 꺼려하는 앨버트 웰즈의 성격을 이해하고 있어 언제나 대략 자기의 재량으로 일을 진행하고 있는 것 같았다.

피터 맥더모트와 로얄 에드워즈는 호텔의 운영관리와 회계에 관한 질문이 나왔을 때만 발언을 했다. 크리스틴은 두 번 자리를 떠 필요한 서류를 가지고 왔다.

상공은행의 은행장은 약간 재는 듯한 태도였으나 요령 있게 의사를 진행해 나가 채 30분도 못되어 주요한 문제는 모두 처리되어졌다. 공식 인계 날짜는 내주 화요일로 정했다. 그 밖의 번잡한 사무수속은 양 변호사에게 위임했다.

에밀 듀메어는 재빨리 테이블을 둘러보며 말했다. "그 밖의 토의할 사항은 없는 것 같으니 —"

"한 가지만 말씀드리는 것이 좋을 것 같아서인데." 워렌 트렌트가 몸을 앞으로 젖히며 말했다. 모든 사람의 시선이 그에게 몰렸다. "계약서의 서명은, 이미 우리들 신사끼리 맺은 계약을 확인하는 수속에 지나지 않는다고 생각합니다만 —" 그는 앨버트 웰즈를 보고 "그 점 이의는 없으시겠지요?" 하고 말했다.

뎀프스터가 대답했다. "네, 동감입니다."

"그렇다면 지금부터는 여러분들의 계획을 마음대로 진행해주십시오."

"고맙습니다." 뎀프스터는 고개를 숙여 감사의 뜻을 표했다. "우리들이 예정하고 있는 것을 두서너 가지 말씀드린다면…… 웰즈 씨는 우선 화요일에 정식으로 인계를 끝맺은 다음 그 즉시 임원회의를 열어 당신을 회장으로 추천하시려고 하는데 어떻겠습니까?"

트렌트는 공손히 머리를 숙였다. "감사합니다. 기꺼이 응하겠습니다. 알맞은 장식품이 되도록 최선의 노력을 다해 보겠습니다."

뎀프스터는 좀 멋쩍은 듯한 미소를 띠며, "그리고 이것도 웰즈 씨의 희망으로서, 주제넘지만 제가 사장으로 취임하게 되어 있습니다" 하고 말했다.

"당연한 희망이시겠지요."

"그리고 피터 맥더모트 씨에게는 전임(專任)의 부사장직을 맡기도록 하겠습니다."

테이블 여기저기에서 박수와 축사가 피터를 향해 집중되었다. 트렌트도 다른 사람들과 같이 피터에게 악수를 청했다.

뎀프스터는 좌중이 다시 조용해지기를 기다렸다. "또 한 가지 말씀드려 둘 것이 있습니다. 제가 뉴욕에 있었을 때, 이 호텔에서 일어난 어떤 불상사가 신문에 보도된 바 있습니다. 저는 적어도 정식인계 전에 그와 같은 일이 두 번 다시 일어나지 않도록 해 주십사 하는 것을 부탁드리고 싶습니다."

잠시 침묵이 감돌았다.

나이 많은 변호사가 의아한 얼굴로 젊은 변호사를 돌아보았다. 젊은 변호사는 작은 목소리로 설명했다. "흑인의 숙박을 거절해서 분쟁이 일어났었죠."

"아, 그런가!" 노변호사는 알겠다는 듯 고개를 끄덕였다. 뎀프스터는 안경을 벗어들고 차근히 닦기 시작했다. "분명히 말씀드린다면 저는 이 호텔의 기본 운영방침을 바꾸려고 하는 것이 아닙니다. 이 지방의 풍습이라든가 이 지방 사람들의 사고방식 등은 존중해야 되리라 생각합니다. 다만 제가 바라고 싶은 것은 만약 그와 같은 사태가 또다시 발생하더라도 같은 결과가 되지 않도록 배려하지 않으면 안 되겠다는 것입니다."

또다시 침묵이 흘렀다.

피터는 문득 주위 사람들의 시선이 자기 쪽으로 옮겨진 것을 느꼈다. 그리하여 지금 아무런 예고도 없이 어떠한 위기가 닥쳐온 것을 ― 그것이 그의 새 정무 시행에서 최초인 동시에 가장 중대한 위기라는 것을 ― 본능적으로 깨달았다. 그것을 어떻게 처리하느냐에 따라 호텔과 그 자신의 미래가 좌우된다. 그는 자기가 말하고자 하는 바를 뚜렷이 마음속에서 가다듬고 나서 서서히 자리에서 일어났다.

그리고는 젊은 변호사 쪽을 향하여 고개를 끄덕이고 나서 온건하게 말했다. "아까 당신이 말씀하신 것은 불행하게도 사실이었습니다. 이 호텔에, 확인까지 마친 예약서를 가지고 온 어느 학회의 회원이 숙박이 거절되어 호텔을 떠났습니다. 그분은 치과의사로 ― 아주 우수한 의사라고 들었습니다만 ― 공교롭게도 흑인이었기 때문이었습니다. 무척 유감스러운 일이었지만 그 분을 쫓아낸 것은 바로 저였습니다. 그래서 저는 그 후 두 번 다시 이 같은 일을 되풀이하지 않겠다고 다짐했습니다."

에밀 듀메어가 말했다. "부사장으로서 어떻게 그런 경솔한 말을 ―"

"그러면 같은 차별 행위를 이후로도 계속하라는 말씀이신가요?"

은행장은 볼멘소리로 말했다. "그것은 중대한 발언이오."

트렌트는 화난 얼굴로 피터를 돌아보았다. "그것은 이미 끝난 일이 아니오?"

"여러분!" 뎀프스터는 안경을 다시 썼다. "나는 분명히 이 호텔의 기본적인 경영방침을 바꿀 생각은 없다고 말씀드리지 않았습니까."

"저는 바꿔야 한다고 생각합니다" 하고 피터는 반박했다. 어차피 언젠가 한 번은 그 문제와 맞부딪쳐 결판을 내야 할 것이라면 지금 이 자리에서 결말을 지어놓는 편이 좋을 것 같았다.

"허! 그래요?" 뎀프스터는 테이블 앞으로 몸을 당기며 말했다. "어디 당신의 견해를 한번 들어보도록 할까요?"

너무 당돌하게 나서다간 나중에 후회하게 되지, 하는 내면의 목소리가 피터에게 경고했다. 그는 그것을 무시했다. "제 생각은 매우 간단명료합니다. 저는 제 일자리를 걸고라도 이 호텔에 있어서의 흑인 차별을 완전히 폐지시킬 생각입니다."

"일자리를 걸고 까지라고 하는 것은 너무 좀 성급한 말이 아니오."

"견해를 분명히 하라는 말씀은 암암리에 어느 정도 개인적인 문제와 관련되어 있음을 뜻하고 있는 것 같아서 그랬습니다."

뎀프스터는 고개를 끄덕였다. "확실히 그것은 그렇지만."

크리스틴은 뚫어질 듯 피터를 바라보고 있었다. 그 모습이 눈에 띄었을 때, 그녀는 과연 어떻게 생각하고 있는 것일까 하는 의문이 문득 머리를 스쳤다.

"성급하냐 아니냐는 별 문제로 하고 어쨌든 저는 제 입장을 뚜렷이 해두는 것이 공정할 것이라고 생각했습니다." 피터는 조용한 말투로 말했다.

뎀프스터는 또다시 안경을 닦기 시작하며 출석자 일동을 향해 말했다. "저는 여러분도 전통적인 신조를 지지하고 계시리라 생각합니다 만은 비록 그렇다 해도 이런 복잡한 문제는 타협을 요하는 문제라고 생각되어, 만약 맥더모트 씨가 동의한다면, 지금 이 자리에서 결론을 내리는 것은 잠시 보류해 두었다가 한두 달 후에 이 문제를 다시 거론하기로 했으면 합니다."

만약 맥더모트 씨가 동의한다면……? 피터는 그 참뜻을 헤아릴 수가 있었다. 앨버트 웰즈의 대리인은 교묘한 수법으로 피터에게 도피구를 마련해 주었던 것이다.

그것은 또 격식대로의 경과를 거칠 것임을 뜻하고 있었다. 우선 강경한 주장이 내세워져 양심을 충족케 하고 주의(主義)가 드높이 구가된다. 그리고는 양보가 시작된다. 온건한 타협안이 온건한 사람들에 의해 제출된다. 말하자면 〈문제가 재검토되는 것〉이다. 그 이상 문화적이고 민주주의적인 해결방법이 그밖에 또 어디 있으랴. 많은 사람들이 좋아하는, 소위 중용을 걷는 지극히 온건한 태도인 것이다. 가령 저 치과의사들을 보자. 니콜라스 씨에 대한 호텔의 차별행위를 비난했던 그들의 결의문이라는 것이 오늘에서야 전달되었다.

호텔 측에 여러 가지 곤란한 사정이 있는 것도 사실이었다. 우선 시기가 나빴다. 경영자의 교체에 따른 갖가지 문제가 발생될 것이 예상되는 때에 하필이면 새로운 문제를 일부러 만들어낼 필요가 어디 있을까? 역시 그 문제들이 가라앉을 때까지 기다려 보는 것이 최선의 길일는지 모른다. 하지만 혁명적인 개혁에 과연 형편이 좋은 시기라는 것이 있을 수 있을까? 무슨 일이든 간에 해서는 안 될 이유는 언제나 있는 법 — 이라고 최근 누군가가 이야기한 것이 머리에 떠올랐다.

누구였던가? 잉그람 박사였다. 편의라든가 형편보다는 원리원칙에 더 철저해야 하는 것이 중요한 일이라고 말하고 의학회의 회장직을 물러나 어젯밤 세인트 그레고리 호텔을 떠난 대쪽같은 노의학자의 말이었다.

호텔을 떠나기 직전 박사는 이렇게 말했다.

"인간의 일생에는 자기가 소망하는 것보다도 믿는 것을 택하지 않으면 안 될 때가 있는 법이야…… 자네는 그 기회가 있었는데도 왜 그렇게 하지 않았나. 이 호텔의 일이라든가 직장의 일을 너무 염려했기 때문이지…… 하지만 때로는 두 번째의 기회가 찾아올 때도 있어. 만약 자네한테 그런 찬스가 오면 그때는 그것을 꼭 잡도록 해야 하네."

피터는 뎀프스터를 향하여 말했다. "어엿한 민권법이 있습니다. 비록 우리들이 시기를 늦추거나 우회를 하더라도 결국은 같은 결과가 되고야 말 것입니다."

"내가 들은 바에 의하면 그 법률을 둘러싸고 각계로부터 반대의 소리가 높다던데요" 하고 뎀프스터가 말했다.

피터는 안타까운 듯 고개를 저었다. 테이블을 쭉 훑어보고 나서 입을 열었다. "뛰어난 호텔은 시대의 변화에 순응해야 한다는 것을 잊어서는 안 된다고 생각합니다. 인권문제는 말하자면 새로운 시대의 경종인 것입니다. 그것을 뚜렷이 인식하고, 꼼짝달싹할 수 없는 꼴이 되어 강제적으로 실시할 수밖에 없게 되기 전에 미리 그것을 받아들이는 편이 한결 현명하지는 않을는지요. 저는 바로 조금 전에 니콜라스 씨를 쫓아낸 것과 같은 비인도적인 행위는 두 번 다시 되풀이 하지 않겠다고 언명했습니다. 지금도 그 의사를 바꿀 생각은 전혀 없습니다."

트렌트가 경멸적인 콧방귀를 뀌었다. "검둥이들이 모두 니콜라스 씨와 같은 사람들뿐인 줄 아오?"

"우리들은 현재 일정한 어떤 기준을 갖추고 있습니다. 거기에 포용성을 줄 따름이고 기준 그 자체는 존속시키는 것입니다."

"그런 어리석은 일이 어디 있소! 당신은 이 호텔을 망쳐놓을 셈이오?"

"그럴 셈이라면 뭐 이런 번거로운 짓을 하지 않더라도 그 밖의 방법이 여러 가지 있지 않겠습니까?"

트렌트는 얼굴을 붉히고 아무 말도 하지 않았다.

뎀프스터는 자기의 손끝을 바라보며 말했다. "어떻게 의논이 막히고 만 것 같은데…… 어떻게 할까요?" 그는 처음으로 자신이 없는 듯한 태도로 앨버트 웰즈 쪽을 돌아보았다.

작달막한 노인은 의자에 파묻혀 있었다. 사람들의 시선이 집중되어 있어서 더욱더 위축되어 있는 것처럼 보였다.

하지만 그의 눈은 뎀프스터를 똑바로 바라보고 있었다.

"찰리! 그 청년에게 맡겨 두도록 합시다" 하고 피터 쪽을 턱으로 가리켰다.

뎀프스터는 표정 하나 바꾸지 않고 선언했다. "그러면 맥더모트 씨, 당신 요구대로 하기로 합시다."

도중까지의 화기애애했던 분위기와는 달리 회담은 서먹서먹한 가운데 끝났다. 트렌트는 몹시 언짢은 표정으로 피터를 외면했다. 노변호사는 불만스러운 표정이었고 젊은 변호사는 애매한 얼굴이었다. 에밀 듀메어는 뎀프스터와 열심히 이야기를 나누고 있었다. 앨버트 웰즈만이 아까의 논쟁을 재미있게 듣고 있었던 것 같았다.

크리스틴이 제일 먼저 방을 나섰다. 그러나 바로 되돌아와 피터를 불렀다. 문틈으로 그의 비서인 플로라가 복도에 서 있는 것이 보였다. 웬만한 일로는 여기까지 오는 법이 없는 그녀였기 때문에 뭔가 몹시 긴급한 용건 같다고 피터는 생각했다. 그는 급히 자리에서 일어나 방을 나섰다.

복도에서 크리스틴이 접혀진 종이쪽지를 그의 손안에 쥐어주고 빠른 말로 속삭였다. "나중에 읽어봐요." 그는 고개를 끄덕이고 그것을 호주머니 속에 넣었다.

플로라가 다가와서 말했다. "중요한 회의를 방해해 드리고싶지는 않았지만……"

"알겠소. 무슨 일이 있었소?"

"총지배인님 방에 괴상한 사나이가 와 있어요. 뭐 소각로에서 일하고 있다고 하면서 — 뭔지 총지배인님이 찾고 계시던 아주 중요한 것을 가지고 왔다는 거예요. 나한테 맡기려고도 하지 않고 방에 버티고 있어요."

"뭐! 그래요?" 피터는 놀라서 눈을 크게 떴다. "그러면 되도록 빨리 갈 테니 기다리게 해주오."

"빨리 와주세요!" 플로라는 난처한 모양으로 미간을 좁혔다. "이런 말씀 드리고 싶지는 않지만 아주 곤란해 죽겠어요…… 글쎄 그 사람한테서는 냄새가 몹시 나거든요."

6

정오 조금 전에 빌리보이 노블이라고 하는, 손발이 콩나물처럼 길고 동작이 굼뜬 기계수리공이 4호 엘리베이터의 통로 밑바닥 얕은 구멍 속에 구부리고 앉아 있었다. 소제와 기계의 점검이 그의 일로서 오늘 아침에는 이미 1호 엘리베이터로부터 3호 엘리베이터까지 차례로 일을 끝마쳤다. 그 작업은 엘리베이터를 멈출 필요가 없다고 생각되었다. 빌리보이는 이따금 일손을 멈추고 저 꼭대기 위에서 상승과 하강을 교대로 되풀이하고 있는 검은 기괴한 동물 같은 4호 엘리베이터의 모습을 멀거니 올려다 보았다.

7

운명의 하찮은 변덕이 역사를 바꿀 수도 있는 것이다.

피터는 사무실에 홀로 앉아 골똘히 생각에 빠졌다. 부커 T 그레엄이 피터로부터 마음속에서 우러나오는 감사의 말을 듣고는 자그마한 성공의 기쁨에 얼굴을 빛내며 돌아간 지 얼마 안된 시각이었다.

운명의 변덕.

만약에 그레엄이 딴 종류의 사람이었더라면…… 만약에 그가 근무시간대로 일을 마치고 집에 돌아가 버렸다면(다른 종업원이었더라면 그렇게 했을 것이다)…… 만약 그가 직무에 충실치 않았더라면…… 틀림없이 지금 피터의 책상 위에서 그를 응시하고 있는 한 장의 종이는 영영 사라지고 말았을 것이다.

〈만약〉은 무수하게 있었다. 피터 자신도 그 안에 포함되어 있었다.

그가 간혹 소각로를 찾아가곤 한 것이 그레엄에게는 무척 힘이 되어 주었다고 그레엄 자신이 말했다. 오늘 아침 그레엄은 일부러 타임 레코더로 퇴근시간을 기록해 놓은 다음 시간외 수당도 전혀 기대하지 않고 계속 일을 했다는 것이다. 피터가 플로라를 불러 그것을 지불토록 지시하자 그레엄은 그저 송구스러워할 뿐이었다.

원인이야 어떻든 그 결과는 지금 눈앞에 있었다.

책상 위에 펼쳐진 그 허가서는 이틀 전 날짜로 쓰여진 것이었다. 귀빈실 전용의 편지지에 공작부인의 필적으로 오글비가 〈임의의 시간에〉 크로이든 공작 부처의 차를 호텔의 차고에서 반출할 것을 허가한다고 적혀 있었다.

피터는 미리 공작부인의 필적을 조사해 놓았다. 플로라에게 부탁해 크로이든 공작 부처의 관계서류철을 가져오게 했던 것이다. 지금 그것이 책상 위에 펼쳐진 채로 있었다.

방의 예약에 관한 편지에는 공작부인이 자필로 덧붙여 써놓은 곳이 몇 군데 있었다. 물론 정확한 판정은 필적감정 전문가의 손을 거쳐야만 하겠지만 양쪽이 너무나도 비슷한 것은 보통 사람의 눈에도 뚜렷했다.

공작부인은 오글비가 무단으로 차를 끄집어낸 것이라고 형사에게 잡아떼었다. 공작 부처가 오글비에게 돈을 주고 재규어를 북부에 옮기려고 했었다는 오글비의 진술을 전적으로 부인했다. 오글비는 월요일 밤 뺑소니 사건이 일어난 그 시간에도 무단으로 그 차를 운전하고 있었을 것이라고 말했다. 그리고 그에게 건네주었다는 허가서에 대해서 따져 묻자 그녀는 느닷없이 「그것을 보여달라」고 시침을 떼었다.

지금은 이제 그 요구에 응할 수가 있게 되었다. 자아 — 바로 여기 있습니다, 하고 그녀의 코앞에 들이밀 수가 있는 것이다.

피터의 전문적인 법률지식은 호텔과 관계 있는 부문에 한정되어 있었지만 그 허가서가 공작부인의 유죄를 확정케 될 유력한 증거가 될 것은 틀림없었다. 따라서 그것이 발견된 사실을 즉각 경찰에 알리는 것이 그의 당연한 의무라는 것도 분명했다.

그러나 그는 수화기를 손에 들고 주저했다.

그는 크로이든 공작 부처에 대해 눈곱만치의 동정심도 느끼지 않았다. 모든 증거로 판단해서 그들이 과실치사죄를 범하고 난 후 비겁하게도 그것을 은폐하려고 획책하고 있었던 것은 더 이상 의심의 여지가 없다고 생각되었다. 세인트 루이스 공동묘지에서 목격한 장례의 행렬, 커다란 관과 그 뒤의 자그마한 흰 관이 눈에 선하게 떠올랐다……

크로이든 공작 부처는 더욱이 오글비를 매수하여 증거의 인멸을 꾀한 것이다. 그 보안주임의 비열함은 크게 나무랄 일이지만 종범자로서의 그의 범죄는 공작 부처의 그것에 비해 한결 가벼운 것이었다. 그런데 공작 부처는 오글비에게 자기의 죄까지 뒤집어씌우려 하고 있는 것이다.

그렇기 때문에 즉각 경찰에 신고를 하려다가 머뭇거리게 된 것은 공작 부처에 대한 측은함에서가 아니었다. 근원을 거슬러 올라간다면 그 몇 세기 전인 옛날 여인숙 주인의 신조에 연유한, 유숙객에 대한 전통적인 예의가 그렇게 시킨 것이다.

무엇보다도 우선 크로이든 공작 부처는 세인트 그레고리 호텔의 손님이었다. 물론 피터는 경찰에 전화할 생각이었다. 하지만 그 전에 우선 크로이든 공작 부처에게 전화하지 않을 수 없었다.

그는 수화기를 고쳐 잡고 귀빈실을 불렀다.

8

커티스 오키페는 도도와 2인분의 늦은 아침식사를 자기 스스로 주문했다. 그 식사는 이미 한 시간 전에 그의 방에 차려졌다. 그렇지만 그 요리의 태반은 거의 손도 대지 않고 남겼다. 두 사람은 차려진 식탁에 그저 형식상 앉기는 했지만 전혀 식욕이 나지 않았다. 한참 후에 도도는 자리를 떠 자기 방으로 돌아가 다시 짐을 꾸리기 시작했다. 그녀는 이제 30분 후에는 공항으로 나가지 않으면 안 되었다. 커티스 오키페는 그보다 조금 늦게 1시간 후에 호텔을 나설 예정이었다.

어제 오후이래 두 사람 사이의 서먹함이 아직도 그 꼬리를 끌고 있었다.

오키페는 분통을 터뜨린 후 바로 사과했다. 워렌 트렌트의, 그의 말을 빌자면 〈배신행위〉는 확실히 분개할 만한 일이었다. 그렇다고 화가 난 나머지 도도에게 분풀이를 한 것은 어른스럽지 않은 추태였다.

곤란하게도 그것은 다시 아물 수 없는 상처를 남겼다. 아무리 빌어도 사실을 감출 수가 없었다. 하긴 그렇지 않아도 그는 도도와 손을 끊고 오늘 오후의 델타 항공편으로 그녀를 로스앤젤레스로 쫓아 버리려고 하던 참이었다.

도도의 대역인 제니 라마시는 뉴욕에서 그를 기다리고 있다. 어젯밤 그는 사죄하는 뜻으로 도도를 위한 밤을 계획하여 우선 코맨더스 팔레스에서 최고의 저녁식사를 한턱 내고 루즈벨트 호텔의 블루 룸에서 함께 춤을 추었다. 하지만 모처럼의 계획에도 불구하고 별로 흥이 나질 않았다. 그것은 도도탓이 아니라 거꾸로 그 자신의 마음이 자꾸 가라앉기 때문이었다.

도도는 애써 쾌활하게 굴었다.

그녀는 상처받은 감정을 억누르고 언제나와 같이 유쾌한 동반자의 역을 해내고 있었다. 저녁식사 때 그녀는 느닷없이 "커티, 내가 맡은 영화의 역을 맡기 위해서라면 많은 여자들이 남자들이 하자는 대로 했을 거예요" 했다. 그리고는 오키페의 손위에 손을 얹고 "당신은 정말 나에게는 사랑스러운 분이에요. 앞으로도 그럴 거예요" 했다.

그러나 도도의 노력도 헛되이 그의 마음은 자꾸만 침울해질 따름이었다. 그리하여 결국에는 그것이 도도에게까지 전염되고 말았다.

오키페는 도무지 주체할 수 없을 만큼 끈질긴 침울한 기분이 세인트 그리고리의 매수에 실패했기 때문이리라 생각했다. 아무리 그일지라도 긴 세월 동안에 사업상으로 실망한 일이 적지는 않았지만 언제고 바로 일어나서 다음 일에 달라붙었다. 실패를 언제까지 찐득찐득 한탄하며 시간을 낭비하는 일 따위는 절대 없었다.

하지만 이번만은 그렇게 되지 않았다. 침울한 기분은 한 밤을 자고 나서도 집요하게 그의 마음을 파고들었다.

그 결과 그는 하나님에게까지 역정을 냈다. 아침의 기도는 어조가 날카로웠으며 비판적이었다. "……하나님, 당신께서는 세인트 그레고리가 이교도(異教徒)의 손에 넘어가는 것이 타당한 일이라고 보시옵니까…… 이 경험이 풍부하고 충실한 종으로서도 그 이유를 전혀 알 수 없는 것은 하나님의 마음속에 헤아릴 수 없는 어떤 다른 목적이 숨겨져 있는 증거라는건 아오니……"

여느 때보다도 훨씬 짧은 시간에 혼자서 기도를 마친 다음 그는 도도가 그녀의 짐뿐만 아니라 그의 여행가방까지 꾸리는 것을 보고 말리려고 했다. 그녀는 대답했다. "나는 짐을 꾸리는 일을 좋아해요. 더구나 내가 지금 짐을 꾸리지 않으면 아무도 꾸려줄 사람이 없잖아요."

그는 도도의 전임자는 어느 누구 하나 그의 짐에 손을 대려하지 않았던 일이라든가 늘 호텔의 메이드를 시켰었다는 것 — 지금부터 역시 그렇게 하지 않으면 안 될 것이라는 것 등을 설명해 줄 마음이 생기지 않았다.

그가 전화로 아침식사를 주문한 것은 바로 그 직후였다. 하지만 둘이서 식사를 함으로써 기분을 전환해 보려던 시도는 허사였다. 도도는 테이블에 자리를 잡고 나서 이렇게 그를 위안했던 것이지만 — "커티, 쓸쓸해 할 것 없어요. 우린 영영 다시 만날 수 없게 되는 것은 아니잖아요. 로스앤젤레스에 오시면 언제고 만날 수 있지 않아요."

그러나 이제까지 몇 번이나 같은 길을 걸어왔던 그로서는 그들이 이젠 다시 만날 리가 없다는 것을 잘 알고 있었다. 게다가, 원래 그의 마음을 어둡고 슬프게 하고 있는 원인은 도도와의 이별 때문이 아니라 세인트 그레고리를 손에 넣을 수 없었던 사실 때문이라고 그는 생각했다.

시간은 자꾸만 흐르고 있었다. 이윽고 도도의 출발시간이 다가왔다. 크게 부풀어오른 그녀의 여행가방은 몇 분전에 보이 둘이서 로비로 운반해 갔다. 얼마 후 보이장이 나머지 손가방을 들고 공항까지 나가는 대기 소형버스까지 그녀를 배웅하기 위해 올라왔다.

허비 챈들러는 커티스 오키페의 권세에 아부하는 마음과 후한 팁의 가능성을 민감하게 냄새 맡아내는 독특한 그의 후각으로 해서 스스로 그 역을 맡은 것이다. 그는 스위트의 입구에 서서 대기하고 있었다.

오키페는 손목시계를 보면서 옆방의 문으로 가서 말을 건넸다. "이제 시간이 없어요, 도도."

도도의 말소리가 되돌아왔다. "아직 손톱손질이 덜 끝났어요. 커티."

여자란 동물은 어째서 마지막 순간까지 손톱을 갈고 있지 않으면 직성이 풀리지 않는 것일까 하고 생각하면서 오키페는 허비 챈들러에게 5달러 짜리를 내밀었다. "다른 두 사람한테도 나누어주게."

챈들러의 족제비상에 흐뭇한 표정이 번졌다. "네, 고맙습니다." 물론 그는 부하들에게 나누어 줄 것이다 — 단 50센트씩 말이다. 나머지 4달러는 그가 차지할 것이고.

도도가 옆방에서 걸어나왔.

이때쯤 음악이 흘러야 되는 건데 하고 오키페는 생각했다. 트럼펫과 현악기로 이별의 노래라든가 뭐 그런 애수에 젖은 곡이 말이다.

그녀는 화요일, 여기 올 때 입고 왔던 노랑색 원피스에 차양이 넓고 그림이 그려져 있는 밀짚모자를 쓰고 잿빛이 나는 금발을 아무렇게나 어깨 위에 늘어뜨렸다.

파랗고 티 없는 눈이 오키페를 바라보았다. "잘 있어요, 커티." 그녀는 그의 목에 팔을 감고 작별의 키스를 했다. 그는 반사적으로 그녀를 힘껏 끌어안았다. 그 순간, 헤어지기 섭섭한 마음이 울컥 솟아올랐다. 그녀를 그냥 붙잡아두어 언제까지나 곁에 있게 하고 싶은 충동이 일었다. 그렇지만…… 어리석은 감상에 지나지 않는다. 제니 라마시가 기다리고 있지 않은가. 내일 이때쯤에는 말이다 —

"잘 가오, 도도. 당신의 활약을 지켜보고 있겠소."

그녀는 복도에서 되돌아보고 손을 흔들었다. 확실히 알 수는 없었지만 울고 있는 것 같았다. 챈들러가 문을 닫았다.

　보이장은 12층의 엘리베이터 승강구의 버튼을 눌렀다. 기다리는 동안 도도는 손수건으로 그녀의 얼굴 화장을 고쳤다.

　오늘은 어떤 엘리베이터나 이상하게 꾸물댄다고 챈들러는 속으로 조바심을 냈다. 다시 한 번 짜증난 듯 버튼을 눌렀다. 몇 초 동안 계속 누르고 있었다. 조바심 내고 있는 자기 자신을 느낄 수 있었다. 어제 피더 맥더모트한테 잔뜩 당하고 난 후 줄곧 마음이 언짢았다. 이번에는 언제 어떠한 호출이 또 있을 것인지 불안한 생각이 끊임없이 그의 마음속을 파고들었다. 틀림없이 워렌 트렌트한테서 직접 호출이 있을는지 모른다. 그렇게 되면 세인트 그레고리 호텔에서 쌓아올린 그의 지위는 단숨에 날아가 버리고 말 것이다. 아직은 호출이 없었고 그가 들어본 적도 없는 이름의 어떤 노인에게 호텔이 팔렸다는 소문이 들리기도 했다.

　경영자가 바뀌면 어떻게 될 것인가? 유감스럽게도 그 자신에게 유리한 결과는 전혀 생각할 수 없었다. 적어도 피터 맥더모트가 호텔에 머물러 있는 한 희망은 없었다. 그의 해고가 4~5일 연장될는지 모르지만 그것으로 끝일 것이다. 제기랄 그놈의 맥더모트 같으니라구. 이가 갈리는 그 놈의 이름만 입 밖에 내어도 가슴이 온통 뒤집히는 것 같았다. 그 놈의 목을 칼로 그냥 마구 쑤셔대고 싶은 게 챈들러의 심정이었다.

　문득 어떤 생각이 떠올랐다. 맥더모트 같은 놈에게 호된 맛을 보여줄 손쉽고도 효과적인 방법이 있었다. 뉴올리언스는 그런 점에서 편리한 곳이다. 물론 돈이 좀 들기는 하지만, 맥더모트 놈이 어저께 건방지게시리 물리친 그 500달러가 있다. 흥! 제 따위가 그걸 물리치긴 했지만 아마 나중에 꽤나 아까웠을 것이다. 그 돈으로 놈이 피투성이, 흙투성이가 되어 어느 시궁창에서 몸부림치고 있는 꼴을 구경하는 것도 나쁘지는 않을 것이다…… 챈들러는 전에 그러한 제재를 받은 녀석을 본적이 있었다. 보기에도 무참하다는 것은 그런 꼴을 두고 하는 말일 것이다. 챈들러는 입술을 깨물고 그 계획을 궁리했다. 생각하면 생각할수록 마음에 들었다. 됐어, 로비에 가서 바로 전화를 해야지, 빨리 손을 써서……오늘밤 사이에 해치운다…… 겨우 엘리베이터가 도착하여 문이 열렸다.

 타고 있던 여러 명의 승객이 서로 뒤로 물러나 도도의 자리를 비워 주었다. 챈들러도 탔다. 문이 닫혔다.

 그것은 4호 엘리베이터였다. 시계바늘이 정오를 11분 경과하고 있었다.

9

 크로이든 공작부인은 도화선이 천천히 타 들어가 눈에 보이지 않는 다이너마이트에 불이 붙는 것을 기다리고 있는 듯한 기분이었다. 다이너마이트가 폭발할 것인가 아닌가. 폭발하더라도 언제 어디서 폭발할 것인지 예측할 수 없었다.

 그러한 상태가 이미 24시간이나 계속되고 있다.

 어젯밤 두 사람의 형사가 돌아간 뒤 아무런 소식도 없는 것이 공작부인의 마음속에 갖가지 의혹을 자아내게 했다. 경찰은 무엇을 하고 있는 것일까. 오글비는 또 어디쯤에 있는 것일까. 재규어는? 똑똑한 공작부인이긴 하지만 뭔가 중대한 증거를 빠뜨리지는 않았을까. 흑 그런 것이 있을 리는 만무하지만…….

 중요한 것이 한 가지 있다. 그것은 마음속으로는 얼마만큼 불안에 떨고 있을지언정 밖으로는 여느 때와 다름없이 조용히 행동하지 않으면 안 된다는 것이었다. 그런 뜻에서 크로이든 경은 부인의 독촉으로 런던이라든가 워싱턴에 몇 번이고 전화를 했다. 내일 뉴올리언스를 출발하기 위해 갖가지 계획이 진행되었다.

 10시경, 부인은 평소와 다름없이 베드링턴 테리아를 운동시키기 위해 호텔을 나섰다. 그리고는 30분전쯤 돌아왔다.

 이제 거의 정오가 다 되었다. 공작 부처의 마음을 가장 괴롭히고 있는 문제에 대해서는 여전히 아무런 소식도 없었다.

논리적으로 생각해서 어젯밤의 이들의 입장은 그야말로 어느 한 군데 나무랄 데가 없었던 것 같았다. 그런데 오늘 생각해 보니 그들의 논리 그 자체는 어딘가 걸맞지 않는 것 같아서 불안했다.

"아마 그들은 계속 침묵을 지킴으로써 우리들이 지쳐 손을 들 때까지 기다리고 있는 것이 아닐까?" 크로이든 경은 귀빈실의 창가에 서서 밖을 내다보며 말했다. 여느 날과 달리 오늘은 음성이 또렷했다. 어제부터 술을 끊고 있었기 때문이다.

"그렇다면 우리 쪽에서도 나름대로 손을 써야―"

전화 벨 소리가 부인의 말을 가로막았다. 공작 부처는 아침부터 전화가 걸려 올 때마다 움찔해서 서로의 얼굴을 바라보았다.

부인 쪽이 전화에 가까웠다. 그녀는 손을 뻗치려다가 갑자기 멈추었다. 뭔가 불길한 예감이 들었던 것이다.

크로이든 경이 동정적으로 말했다. "내가 받을까?"

부인은 고개를 저었다. 어수선한 마음을 뿌리치고 수화기를 잡았다.

"네…… 그렇습니다. 전데요."

잠시 사이를 두었다가 부인은 수화기를 손으로 가리고 남편에게 말했다. "어제 저녁에 여기 왔었던, 맥더모트라고 하는 호텔의 총지배인이에요."

부인은 전화에다 대고 말하기 시작했다. "네, 알고 있어요. 당신은 어제 저녁 여기서 쓸데없는 시비를…"

부인의 말이 끊겼다. 잠시 후 돌연 얼굴 색이 변했다. 마치 현기증을 일으켰을 때처럼 눈을 감았다.

"네, 알겠어요." 신음하듯 힘없이 대답했다.

그녀는 수화기를 내려놓았다. 손이 떨리고 있었다.

크로이든 경이 말을 붙였다. "뭔가 좋지 않은 일인가 보구려." 그건 질문이 아니라 그 자신의 느낌을 말한 듯했다.

부인은 천천히 고개를 끄덕였다. "그 허가서 말이에요." 거의 알아들을 수 없을 정도의 목소리였다. "오글비에게 써주었던, 그것이 발견됐다는군요. 호텔의 총지배인이 그것을 가지고 있다는 거예요."

크로이든 경은 창가를 떠났다. 방 한가운데에서 걸음을 멈추고 두 손을 축 늘어뜨린 채 한동안 움직이지 않았다. 마치 그 통보의 뜻을 새기고 있는 듯 깊은 생각에 잠겨 있었다. 이윽고 "그래 그는 이제부터 어떻게 한다는 거야?" 하고 물었다.

"경찰에 전화하겠대요. 우선 우리들에게 알리는 것이 예의일 것 같아 전화를 했다는 거예요……"

부인은 절망적인 몸짓으로 이마에 손을 얹었다. "그 허가서는 정말 큰 실책이었어요. 내가 그 따위 것을 쓰지만 않았더라면 —"

"아냐, 비록 그것이 없었다 하더라도 뭔가 딴 일로 꼬리를 잡혔을는지 모르오. 처음부터 당신에게는 아무런 책임이 없었던 거요. 내가 그런 실수를 저지른 것이 나빴소."

그는 바로 사용되고 있는 식기장(食器欌) 앞에 가서 스카치소다를 따랐다. "딱 한 잔 만이오. 앞으로 당분간은 못 마시게 될지도 모르니까 말이오."

"어떻게 하시려구요?"

그는 잔을 힘차게 내려놓았다. "이제 새삼스럽게 선량한 척해도 소용없는 노릇이기는 하지만, 단지 조금이라도 좋은 결과를 얻을 수 있도록 노력해 보려오." 그는 자기 침실로 가서 가벼운 레인코트와 홈버그 모자를 가지고 나왔다.

"될 수 있으면 경찰관들이 이리로 오기 전에 그쪽에 닿고 싶소. 소위 자수하는 형식이 되겠지만 당신하고 의논하고 있을 틈도 없으니 여하튼 필요한 것만 말해 주고 올 셈이오."

공작부인은 이야기할 힘조차 없어 멍하니 그를 바라볼 뿐이었다.

크로이든 경은 흥분을 억누른 조용한 목소리로 말했다. "당신이 여러 가지 노력해 준 일을 내가 감사하고 있다는 것을 알아주오. 실패로 끝나기는 했지만 당신은 참 잘해 주었소. 나는 당신이 죄가 되지 않도록 최선의 노력을 할 셈이오.

여차하면 사건 후의 여러 가지 일들은 모두 내가 꾸며내서 당신에게 강제로 시켰다고 말할 테니까."

부인은 애매하게 고개를 끄덕였다.

"그리고 또 한 가지. 아마 변호사가 필요하게 될지 모르니 바로 수배해 절차를 밟도록 하시오."

크로이든 경은 모자를 쓰고 손가락 끝으로 가벼이 모양을 가다듬었다. 바로 당장 일생을 날리고 미래의 길도 막혀 버린 인간이라고는 생각도 못할 만큼 여유 있는 태도였다.

"변호사를 대려면 상당한 돈이 들 거요. 우선 당신이 시카고로 가지고 가려던 그 1만 5천 달러 중에서 착수금을 지불하고 나머지는 은행에 도로 예금해 두도록 하시오. 이젠 뭐 숨겨둘 까닭도 없으니 말이오."

부인은 듣고 있는 시늉조차도 없었다.

남편의 얼굴에 한 가닥 연민의 표정이 스쳤다. "이젠 당분간 만날 수 없게 될지도 모르겠군……" 그는 양손을 그녀 쪽으로 뻗쳤다.

부인은 일부러 냉정하게 고개를 돌렸다.

공작은 뭔가 말하고 싶은 모양이었으나 곧 단념한 듯 가볍게 어깨를 추스리고 조용히 방을 나섰다.

부인은 한동안 의자에 몸을 파묻고 늘어져서 골똘히 생각하고 있었다. 그러나 그녀는 여느 때의 습성처럼 다시 자리를 박차고 일어섰다. 우선 변호사의 수배가 필요했다. 그리고 난 뒤에 자살방법을 검토해 보려고 그녀는 마음먹었다.

그 전에 아까 얘기된 그 돈을 어딘가 더 안전한 곳에 감춰두리라…… 그녀는 침실로 들어갔다.

처음에는 설마하여 미친 사람처럼 헤집고 돌아다녔다. 그러나 서류가방이 없어진 사실은 2분도 채 못되어 분명해졌다. 원인은 오직 한 가지밖에 생각할 수 없었다 — 도난 당한 것이다. 즉시 경찰에 신고하려고 하다가 그녀는 스스로 비웃듯 얼굴을 일그러뜨리며 마치 미친 사람처럼 웃어댔다.

서두를수록 엘리베이터는 여간해 오지 않는 법이다.

크로이든 경은 9층의 엘리베이터 승강구에서 5분 이상이나 기다린 것 같았다. 이윽고 엘리베이터는 위에서 내려와 9층에서 문이 열렸다.

그 순간 공작은 잠시 머뭇거렸다. 왠지 심상치 않은 부인의 외마디 소리가 들려온 것 같았기 때문이었다. 되돌아갈까 생각했다. 그러나 헛들었는지도 몰라서 공작은 그대로 4호 엘리베이터에 올랐다.

여러 손님들 틈에 매력적인 금발의 아가씨와 보이장이 섞여있었다. 보이장은 공작을 보았다.

"안녕하십니까, 각하."

크로이든 경이 멍하니 고개를 끄덕였을 때 엘리베이터의 문이 닫혔다.

10

키케이스 밀른은 어젯밤부터 새벽녘까지 자기 앞에 일어난 일이 현실과 환상, 그 어느 쪽인지 판단이 안 서서 얼떨떨했다. 귀빈실에서 멋도 모르고 가지고 나온 서류가방 속에 엄청난 돈이 들어 있는 것을 알았을 때 처음에는 꼭 꿈을 꾸고 있는 줄 알았다. 꿈에서 깨어 나려고 방안을 거닐어 보기도 했으나 마찬가지였다. 오히려 마치 꿈속에서 깨어 있는 것과 같은 느낌만 들뿐이었다. 꿈과 현실과의 혼란은 새벽녘까지 계속되었다. 그리고는 졸음이 와서 11시가 넘도록 푹 잠을 잘 잤다.

그러나 빈틈없는 키케이스는 그와 같은 상태에 있어서도 절대로 시간을 허비하지 않았다.

그는 그 엄청난 행운이 현실이라는 게 믿어지지 않으면서도 그런 경우를 대비해서 계획과 준비를 서둘렀다.

도둑질에 전념해 온 긴 생애 가운데 1만 5천 달러나 되는 현금을 손에 대본 적은 이것이 처음이었다. 그러한 거금이 수월하게 손에 들어왔을 뿐만 아니라 그것을 고스란히 빼나가는데도 그리 큰 문제가 있을 성싶지 않았다. 호텔을 언제 어떻게 떠날 것인가 하는 문제와 현금을 어떤 방법으로 갖고 나갈 것인가 하는 문제밖에는 없었다.

그는 어저께 저녁 내내 그 문제를 검토하여 결론을 얻고 있었다.

호텔을 나설 때는 사람의 주의를 끌 만한 짓은 절대 해서는 안 된다. 말하자면 그것은 통례에 따라 카운터에서 계산을 마치고 제대로 나가는 것을 뜻한다. 그 밖의 다른 방법으로는 부정으로 몰려 경찰에 고발될 우려가 있는 것이다. 그것은 어리석기 짝이 없는 노릇이다.

키케이스는 당장 계산을 치르고 나가고 싶은 충동에 사로잡혔지만 가까스로 이를 참았다. 잘못 한밤중에 계산하자고 한다면 하루 분의 방 값을 가산할 것이냐 아니냐로 카운터가 시끄러워지거나 하여 마치 횃불에 불을 당기는 것과 같이 될는지도 모를 일이다. 야간 회계계에 그의 얼굴이 기억되고 그로 인해서 꼬리가 잡힐지도 모른다. 모두 잠들고 있는 시간이어서 그곳에 와 있는 다른 사람들한테까지 얼굴이 알려질 염려도 있었다.

그건 절대로 안 된다. 계산을 마치고 나오는 데 가장 알맞는 시각은 많은 투숙객이 호텔을 나가는 11시 전후일 것이다. 그 무렵이라면 사실상 전혀 눈치채이지 않고 나갈 수가 있을 것이다. 물론 그때까지 남아 있는 것도 다소 위험하긴 하다.

공작 부처가 현금을 도난 당한 줄 알면 바로 경찰에 연락할지도 모른다. 그러면 경찰은 로비를 둘러싸고 호텔을 출입하는 한 사람 한 사람을 엄중하게 조사할 것이다. 그러나 웬만한 실수를 저지르지 않는 한 키케이스와 이 절도 사건을 관련지을 만한 것은 어느 하나고 발견하지 못할 것이다. 투숙객의 짐을 일일이 열어보며 조사한다고 하는 것은 거의 있을 수 없는 일이었다.

그런데 더욱 이해가 가지 않는 것이 하나 있었다. 그와 같은 거액의 현금이 그가 발견한 곳과 같은 허술한 장소에 아무렇게나 놓여져 있었다는 것은 아무리 생각해 봐도 예삿일은 아니었다. 뭔가 좀 부정한 냄새조차 나는 것이다. 과연 공작부처가 경찰에 신고할 것인가. 적어도 그렇지 않을 가능성이 많았다.

이것저것 생각한 결과 내일까지 기다리는 것이 가장 위험이 적으며 최상의 방법일 것이라고 생각되었다.

두 번째 문제는 돈을 어떻게 가지고 나가느냐 하는 것이다. 우송하는 방법도 있다. 하루나 이틀 이내에 갈 수 있는, 어느 도시의 호텔에 그 자신 앞으로 이곳 호텔에서 우송하는 것이다. 그는 이와 같은 방법으로 성공한 경험이 있다. 그러나 이번은 금액이 너무 많았다. 여러 개의 소포로 나누지 않으면 안 되는데 그렇게 하려면 호텔 우편계의 눈을 끌기 쉽고 의심받을 염려도 있다.

역시 그 자신이 직접 가지고 나가는 방법밖에는 없을 것 같았다. 그러면 어떻게 하는 것이 가장 좋을까.

물론 공작 부처의 방에서 가지고 나온 서류가방 속에 그대로 넣어 가지고 나갈 수는 없는 노릇이다. 그 가방은 만사 제쳐놓고 제일 먼저 처분하지 않으면 안 된다. 키케이스는 그 생각이 들자 곧 작업을 시작했다.

가방은 고급가죽으로 단단하게 만들어져 있었다. 그는 애써 그것을 해체하고 면도칼로 잘게 썰어 놓았다. 그것은 여간 손이 가지 않는, 지루한 작업이었다. 가끔 그 잘린 조각들을 화장실로 가지고 가서 흘려 내버렸다. 그것도 양쪽 객실 손님에게 의심을 사지 않도록 긴 간격을 두고 하지 않으면 안 되었다.

그 작업은 두 시간 이상이나 걸렸다. 이렇게 하여 서류가방의 흔적을 남기는 것이라고는 금속 자물쇠와 경첩밖에 안 남았다. 그는 그것을 호주머니 속에 넣고 방을 나섰다. 그리고는 8층 복도를 잠시 산책했다.

엘리베이터의 승강구 근처에 재떨이용의 모래단지가 두서너 개 있었다. 그는 이들 금속 자물쇠와 경첩을 그 모래 안에 파묻었다. 언제고 발견될는지 모르지만 우선은 당장만 모면하면 되는 것이다.

그 시각은 날이 샐 무렵이어서 호텔은 아주 조용했다. 그는 방에 돌아와 내일 출발할 때까지 직접 필요한 것을 빼고 소지품을 모두 꾸렸다. 1만 5천 달러는 화요일 아침에 가지고 온 두 개의 여행가방 중, 큰 가방 안의 헌 속옷 속에 뭉쳐 넣었다. 그리고는 도무지 믿기지 않는 기분으로 침대 속으로 기어 들어갔다.

자명종을 11시에 맞추어 놓았지만 벨이 울리지 않았는지, 울렸는데도 잠이 깨지 않았는지 하여튼 그가 눈을 뜬 것은 11시 반경이어서 눈부신 햇살이 방안을 비추고 있었다. 그러나 잠을 푹 자두었던 보람이 있었다. 그는 어젯밤의 일이 환각이 아니라 사실이었던 것을 겨우 확신할 수 있게 되었다. 비참한 패배가 신데렐라의 마법에 의해 빛나는 승리로 급변한 것이다. 기쁜 마음에 가슴이 마구 뛰었다.

면도를 하고 재빨리 옷을 갈아입은 다음 짐을 완전히 꾸려 두 개의 여행가방에 자물쇠를 채웠다.

그리고는 여행가방을 방에 놓아둔 채로 우선 밑에 내려가 계산을 마치고 로비의 상황을 정찰키로 했다.

그에 앞서 나머지 여분의 열쇠들을 처분했다. 449호, 641호, 803호, 1062호실 및 귀빈실을 합쳐 다섯 개나 되었다. 그는 면도를 하는 동안 욕실 벽 아래 구석에 달려 있는 수도공사의 검사판을 눈여겨 두었다. 그 커버를 벗겨 구멍 안으로 열쇠를 하나 떨어뜨렸다.

그 자신의 방 열쇠는 호텔을 나설 때 필요했으므로 간직해두었다. 바이론 미더 씨가 세인트 그레고리 호텔을 떠남에 있어서는 여하한 규칙 위반도 해서는 안 되는 것이다.

로비는 보통 정도로 붐비고 있었지만 이상한 낌새는 전혀 없었다. 키케이스가 계산을 마치자 여사무원이 친근한 미소를 던졌다. "방은 그러면 비어 있겠지요?"

그는 역시 미소를 띠고 대답했다.

"앞으로 2~3분이면 비우게 되지요. 짐을 가지고 나와야 할 테니까요."

그는 만족하여 방으로 돌아왔다.

830호실로 들어서자 마지막으로 차근차근 방을 둘러 보았다. 그의 신원이 드러날 만한 단서는 어느 것 하나 남지 않았다. 그는 작은 타월로 자기의 지문이

묻어 있을 만한 곳을 모두 닦아내었다. 그리고는 여행가방 들을 가지고 방을 나섰다.

그의 손목시계는 12시 10분을 가리키고 있었다. 그는 큰 쪽의 여행가방을 꽉 잡았다. 이제 몇 분 후에는 로비를 통해서 호텔을 빠져나갈 수 있다고 생각하니 심장이 뛰고 손에 땀이 배었다. 8층의 엘리베이터 승강구에서 버튼을 눌렀다. 이윽고 위에서 한 대의 엘리베이터가 내려오는 소리가 들렸다. 그것은 바로 위층에서 멎고, 한참 있으니까 또다시 움직이기 시작하여 8층에서 멎었다. 그리하여 키케이스의 앞에서 4호 엘리베이터의 문이 열렸다. 그 엘리베이터의 정면에 크로이든 공작이 타고 있었다.

키케이스는 순간 쭈뼛했다. 하마터면 도망칠 뻔했다. 그러나 그 순간 이것은 우연일 것이라고 그의 이성이 그를 말렸다. 힐끗 바라본 것만으로도 그것이 명확했다. 공작은 혼자였고 키케이스를 쳐다보지도 않았다. 뭔가 깊이 생각하고 있는 듯한 모습이었다.

"내려갑니다" 하고 나이든 엘리베이터맨이 말했다. 그 엘리베이터맨의 곁에 서 있는 보이장을 키케이스는 로비에서 보아 알고 있었다. 보이장은 그가 두 손에 여행가방을 들고 있는 것을 보고 "들어 드릴까요?" 하고 말했다. 키케이스는 고개를 저었다. 그가 엘리베이터에 들어섰을 때 공작과 금발의 젊고 아름다운 아가씨가 조금 안쪽으로 물러나 자리를 만들어 주었다. 문이 닫혔다. 엘리베이터맨인 싸이 루인은 셀렉터 핸들을 〈다운(下降)〉 쪽으로 돌렸다. 그와 거의 동시에 엘리베이터는 날카로운 소리를 내며 떨어지기 시작했다.

11

피터는 크로이든 공작 부처에 관한 일들을 트렌트에게 보고할 의무가 있다고 생각했다.

트렌트는 아직 중2층의 사무실에 있었다. 회담에 참석했던 다른 사람들은 모두 돌아갔고 알로이셔스 로이스가 그의 사물을 정리하는 것을 거들고 있었다.

"이 방은 이제 나에게는 필요가 없다고 생각해서 정리하고 있는 걸세" 하고 트렌트는 피터에게 말했다. "아마 자네 방이 될 걸세." 노경영자의 음성에는 30분전의 언쟁의 티조차 느낄 수 없었다.

알로이셔스 로이스는 계속 일을 했다.

피터는 어제, 오후 세인트 루이스 공동묘지에 나갔었던 일과 몇 분전에 크로이든 공작 부처와 뉴올리언스 경찰서로 전화하기 전까지의 일의 전말을 대충 설명했다.

트렌트는 열심히 듣고 있더니 이렇게 말했다. "크로이든 부처가 그 따위 짓을 했다면 동정할 여지는 없지. 자네의 처리방법은 아주 적절했다고 보네." 그리고는 잠시 생각하다가 한마디 덧붙었다. "그 놈의 돼먹지 않은 개들도 쫓아버릴 수가 있어서 마음이 시원하군."

"오글비도 꽤 무거운 벌을 받게 되리라 생각합니다만."

트렌트는 고개를 끄덕였다. "이번에야말로 그 자도 끝장이야. 너무했어…… 당연하네. 자기가 뿌린 씨는 자기가 거두어야지." 그리고는 잠시 있다가 마음을 가다듬듯이 눈을 감고 천천히 입을 떼었다. "내가 언제나 오글비에 대해 관대했던 것을 자네는 이상스럽게 여겼겠지."

"네."

"실은 말이야, 그 놈은 우리 집사람의 조카였네. 그것은 전혀 자랑거리가 못 되는 데다가 우리 집사람과 오글비는 성품도 전혀 달라서 나는 처음부터 그를 좋아하지 않았네. 하지만 이제 뭐 근 십여 년 전의 이야기네만 어느 날 집사람의 부탁으로 그를 채용했던 거라네. 그런데 얼마 안 가 그 놈은 문제를 일으켜서 — 보통 같으면 해고시켰지만 집사람이 그 놈 일에 대해 하도 안쓰러워해서 딱하게 생각하고 절대로 쫓아내지 않겠다고 약속했던 거야. 그래서 나는 언제까지라도 집사람과의 약속은 어기지 않기로 마음먹고 있었지."

 죽은 아내와의 사랑의 이음줄이 그 아무리 덧없는 것일지언정 나에게는 유일한, 무엇과도 바꿀 수 없는 귀중한 것이라는 것을 어떻게 설명할 수 있을까 하고 트렌트는 생각했다.

 "그랬었나요? 처음 듣습니다 —"

 "내가 결혼한 일이 있었다는 것을 말인가." 트렌트는 쓸쓸히 미소 지었다. "알고 있는 사람은 드물 걸세. 우리 집사람은 나와 함께 이 호텔에서 근무하고 있었지. 그때는 아주 젊었었네…… 결혼한 지 얼마 안되어 집사람은 죽었어. 모든 것이 아득한 옛날 일같이 생각되네 그려."

 트렌트는 참고 견뎌온 오랜 과거의 고독을 상기하고 동시에 머지않아 닥쳐올 더 한층 고독한 나날을 생각했다.

 피터가 말했다. "뭔가 제가 해드릴 일이라도 —"

 그때 갑자기 문이 확 열리더니 크리스틴이 허둥지둥 달려 들어왔다. 머리는 헝클어지고 한쪽 구두는 어딘가에 내동댕이친 채 구르듯 튀어 들어왔다. 숨이 막혀 거의 목소리가 나오질 않는 것 같았다.

 "크, 큰일 났어요……! 엘리베이터가 추락했어요……! 제가 로비에 있자니까 갑자기 요란한 비명이 들리고 —"

 피터는 이미 그녀를 젖혀놓고 복도로 뛰어나갔다. 알로이셔스 로이스도 곧 그 뒤를 따랐다.

12

세 가지 기능이 완전히 작동하고 있었더라면 4호 엘리베이터는 대 참사를 미연에 방지할 수가 있었을 것이다.

그 하나는 속도 조정기였다. 이것은 엘리베이터가 안전한 속도의 한계를 넘었을 경우에 자동적으로 기어가 걸리는 작동을 한다. 그러나 4호 엘리베이터는 그 조정기에 결함이 생겨서 작동하는 것이 늦었던 것이다.

제2의 안전장치는 네 개의 죔틀로 되어 있다. 속도 조정기가 작동함과 동시에 이 죔틀은 가이드레일을 물어 엘리베이터를 정지시키는 것이다. 사실 4호 엘리베이터의 한쪽 죔틀 두 개는 가이드레일을 물었었다. 그러나 반대쪽의 두 개는 속도 조정기의 반응이 늦은 데다가 그 장치 자체가 낡아서 레일을 물지 못했던 것이다.

가령 그와 같은 경우에라도 엘리베이터 내부의 비상 조정장치가 재빠르게 작동됐더라면 참사는 막을 수 있었을 것이다. 그것은 겨우 한 개의 빨간 버튼에 불과했다. 그것을 누르면 전원(電源)이 끊겨 엘리베이터의 주행을 정지시키는 것이다. 최근의 엘리베이터는 모두 그 비상 버튼을 보기 쉬운 높이에 장치하고 있지만 세인트 그레고리와 그 밖의 많은 곳에서 아직도 사용되고 있는 구식 엘리베이터에는 그것이 낮은 위치에 부착되어 있었다. 그 때문에 싸이 루인이 허리를 굽혀 그것을 더듬지 않으면 안 되었다. 그가 어물어물하고 있는 사이에 시기를 놓치고 만 것이었다.

한 쌍의 죔틀은 가이드레일을 잡고 또 한 쌍은 작동되지 않았기 때문에 그 반동으로 엘리베이터는 왈칵 기울었다. 동시에 자체의 중량과 적재중량에 가속도를 더한 강대한 압력이 차체를 휘게 했다. 차체는 금속이 찢겨 나가는 듯한 괴이한 소리를 내며 갈라졌다. 리베트가 잘리고 판벽이 뜯겨 나갔으며 쇳바닥이 갈기갈기 찢겨 나갔다. 급경사로 기운 차체의 한쪽은 벽과 밑바닥 사이에 수 피트의 높은 틈이 생겼다. 승객들은 비명을 지르며 서로 정신 없이 부둥켜안으면서 그 틈으로 왈칵 미끄러져 나갔다.

가장 가까운 위치에 서 있던 엘리베이터맨인 싸이 루인은 제일 먼저 그 틈으로 떨어져 나갔다. 단 한 마디 비통한 부르짖음은 그의 몸이 9층 밑의 콘크리트 바닥에 떨어졌을 때 갑자기 끊기고 말았다. 다음에는 솔트 레이크 시티의 노부부가 서로 부둥켜안은 채 추락해 버렸다. 크로이든 공작은 볼썽사납게 떨어져 버렸다. 우선 엘리베이터 통구의 가느다란 철봉 끝에 부딪쳐 몸이 꽂히고 나서 그 철봉이 부러진 채로 함께 떨어져 나갔다. 아마도 밑바닥에 닿기 전에 죽었을 것이다.

나머지 사람들은 가까스로 몸을 지탱하여 틈 사이로 떨어지지는 않았다. 하지만 그것도 잠시 뿐이었다. 힘겹게 가이드레일을 물고 있던 두 개의 쐐기들이 차체의 중량을 감당하지 못하여 차체는 통구의 나머지 거리를 차츰 가속도를 더하면서 추락하기 시작했다. 도중에서 중년의 치과의사가 갈라진 틈으로 또 떨어져 나갔다. 그는 즉사하지는 않았으나 의식불명인 채 3일 후에 사망했다.

허비 챈들러는 조금 운이 좋았다. 그는 엘리베이터가 통구의 밑바닥에 부딪치기 직전에 틈새로 튕겨져 나와 곁의 궤도로 뒹굴어 떨어져 두개골과 척추 몇 군데가 골절됐다. 가까스로 목숨은 건지게 되었지만 대마비증(對痲痺症)을 일으켜 평생 걸을 수도 없게 되었다. 뉴올리언스의 어느 중년 부인은 엘리베이터의 바닥에 거꾸러져 경골이 부러지고 아래턱뼈가 가루가 되다시피 됐다. 엘리베이터가 궤도의 밑바닥에 충돌했을 때 도도는 그 충격으로 말미암아 맨 나중에 틈새로 떨어져 나가 한쪽 팔이 부러지고 가이드레일에 심하게 머리를 부딪쳐 의식을 잃고 말았다. 빈사상태로 머리의 상처에서 내뿜은 심한 출혈이 그녀의 얼굴을 시뻘겋게 물들었다. 나머지 세 사람의 승객 — 골드 크라운 콜라의 세일즈 맨 부부와 키케이스 밀른은 기적처럼 가벼운 상처 하나 입지 않았다.

사고가 일어나기 10분 전쯤부터 궤도의 밑바닥에서 작업을 하고 있던 보수공 빌리보이 노블은 구멍 속에 몸을 굽혔지만 양다리와 골반이 부서져 피투성이가 된 채 신음하고 있었다.

13

피터 맥더모트는 정신 없이 중2층의 계단을 뛰어 내려갔다. 로비는 대 혼란을 빚고 있었다. 사고를 일으킨 엘리베이터의 통구 밑에서는 몸서리쳐지는 아비규환이 울려 나오고 승강구 근처의 여러 명의 여인들은 놀라서 울부짖고 있었으며 당황한 목소리로 외쳐대는 소리들이 이곳저곳에서 터져 나와 귀가 터질 지경이었다. 당황해서 어쩔 줄을 모르는 군중 앞에서 얼굴이 새파랗게 질린 지배인 조수 한 사람과 보이가 지레를 밀어 넣고 4호 엘리베이터 통구의 철문을 열려고 하는 것이 보였다. 회계계, 프론트계, 그 밖의 종업원들이 각자의 일터에서 서로 앞을 다투어 뛰어나왔다. 식당이라든가 바에서도 손님이나 급사들이 모두 자리를 비우고 로비로 모여들었다. 대식당의 주간음악은 끊기고 악단원이 전원 이 달음질 속에 끼어 들었으며 조리실의 복도에서는 요리사와 이들의 조수들이 일렬로 늘어서서 뛰어나오고 있었다. 이곳저곳에서 흥분한 목소리의 질문들이 피터에게 퍼부어졌다.

"조용히들 하십시오!" 피터는 큰 소리로 외쳤다.

순간 소란이 가라앉자 그는 또다시 소리쳤다. "자! 좀 뒤로 물러나 주세요!" 그리고는 한 사람의 프런트 계원과 눈이 맞닥뜨리자 "누군가 소방서에 전화했소?" 하고 물었다.

"글쎄 — 모르겠습니다."

"그럼 곧 전화해!" 피터는 이어 다른 한 사람에게 지시했다. "당신은 경찰에 전화하시오. 그리고 구급차와 의사를 부탁하고 군중정리계를 지금 파견해 달라고 하시오."

두 사람은 뛰어 갔다. 트위드의 상의와 린네르 바지를 입은 키 큰 남자가 다가왔다. "나는 해군장교입니다. 내가 할 수 있는 일이 있으면 도와 드리겠습니다."

피터는 감사해 하며 대답했다. "로비의 중앙을 터놓을 필요가 있습니다만 호텔 종업원들을 데리고 비상선을 좀 쳐주십시오. 정면 현관 쪽으로부터의 통로도 터놓고 문을 전부 열어 놓도록 부탁드립니다."

"알겠습니다."

키 큰 해군장교는 구령을 하기 시작했다. 군중들은 마치 지휘자가 나타나기를 기다리고 있었던 듯이 순순히 그의 명령에 따랐다. 이윽고 급사라든가 보이, 요리사, 사무원, 악단, 징용된 몇 명의 숙박객들이 로비에서 세인트 찰스 가에 면한 통로를 향하여 사람의 바리케이트를 쳤다.

알로이셔스 로이스는 지배인 조수와 보이하고 협력해서 엘리베이터의 승강구 문을 열어 보려고 애썼지만 뒤돌아보고 피터에게 소리질렀다. "도구가 없이는 열릴 것 같지 않아요. 어디 다른 곳으로 들어가는 것이 빠르지 않을까요?" 그 때 작업복 차림의 보수공이 로비에 뛰어들어와 피터에게 말했다. "엘리베이터의 통구 밑으로 좀 와주십시오. 작업원 한 사람이 깔려 있는데 구출해 낼 수가 없어요. 승객도 몇 명 —"

"알았소, 갑시다!" 피터는 지하로 통하는 계단을 뛰어 내려갔다. 알로이셔스 로이스도 그 뒤를 쫓았다.

희미한 전등이 달려 있는 회색 벽돌의 터널이 엘리베이터의 통구로 나 있었다. 위층으로 들려왔던 그 비참한 외침 소리가 차츰 높이 그리고 처참함을 더하며 가까워 왔다. 이윽고 형편없이 부서져 버린 엘리베이터의 〈통〉이 바로 눈앞에 나타났다. 그러나 그 통과, 충돌에 의해 파괴된 주위의 장치가 무참하게 휘어지고 부러진 철제라든가 그 밖의 잔해들이 길을 막고 있어서 더 이상 들어갈 수가 없었다. 몇 명의 보수공들이 지렛대 등의 도구로 통로를 헤치려고 기를 쓰고 있었다. 그들 뒤의 사람들은 손을 쓸 수도 없어 그저 그 참상을 지켜보고 있을 따름이었다. 〈통〉 속의 처참한 신음 소리, 흐트러진 외침소리 그리고 인접된 기계의 모터 소리 등이 함께 뒤범벅이 되어 요란하게 울려댔다. 피터는 작업을 하고 있지 않은 자들에게 큰 소리로 명령했다. "회중 전등을 가지고 와서 불을 좀더 밝혀요." 몇 사람이 급히 터널 밖으로 뛰어나갔다.

피터는 아까 로비로 연락차 달려 온 그 보수공에게 지시했다. "로비로 다시

가서 소방서 사람들을 이곳으로 안내하시오."

"그리고 의사도 말이오!" 하고 파괴된 부스러기 더미에 무릎을 꿇은 채 로이스가 말했다. "그래. 누구에게 부탁해서 의사를 데리고 와요. 지금 호텔에 두서너 사람 묵고 있을 거요." 보수공은 알았다는 시늉을 하고 뛰어나갔다.

군중들이 통로로 밀려 들어와 길을 메우기 시작했다. 주임기사 독 비커리가 사람들을 헤치고 달려왔다.

그는 눈앞의 참담한 광경에 한동안 눈이 휘둥그레졌다. "제기랄! 그래서 내 말하지 않았나. 돈을 안 들이면 이런 꼴이 된다고 그렇게 주의했는데…… 안 그래요? 총지배인님도 귀에 못이 박이도록 듣지 않았어요?" 그는 피터의 팔을 잡아당기면서 말했다.

"그 이야기는 나중에 하고 ─ 저 사람들을 구해 내려면 어떻게 하면 되겠소."

주임기사는 절망적으로 고개를 저었다. "대형기계가 아니고서는 어려워요. 잭크라든가 절단기 같은 것 말이죠."

주임기사는 완전히 당황해 있어서 현장지휘가 어려울 것은 뻔했다. 피터는 그에게 지시했다. "다른 엘리베이터를 조사해 보시오. 만약 필요하다면 전부 운휴토록 하고…… 이런 사고는 절대로 두 번 다시 일어나서는 안 되오." 노기사는 아무 말 없이 고개를 끄덕이고 어깨가 축 늘어져 자리를 떴다.

피터는 가까이 있던 기관사의 어깨를 잡았다. "자네는 직접 관계가 없는 사람들을 모두 여기서 내보내 주게."

기관사는 알았다고 고개를 끄덕이고 터널 안의 군중을 위층으로 이동시켰다.

피터는 엘리베이터의 통구로 돌아왔다. 로이스는 부서진 〈통〉 밑으로 기어 들어가 통구의 밑바닥에서 신음하고 있는 보수공의 어깨를 부축하고 있었다. 그 주위는 한층 더 컴컴했지만 보수공의 아랫배 쪽에 부서진 〈통〉의 철재가 짓누르고 있는 것은 한눈에 알 수 있었다.

"빌리보이, 힘 내시오! 곧 구출할 수 있으니까" 하고 로이스가 격려하고 있었다.

그는 괴로운 신음 소리로 대신 답했다.
피터는 그의 손을 잡았다. "로이스가 말한 대로요. 이제 곧 구조대가 도착하오. 힘을 내시오."
머리 위 아주 먼 곳에서부터 차츰 높아져 가는 사이렌 소리가 들려왔다.

14

시청내의 소방본부에 연락한 프런트 계원의 설명이 채 끝나기도 전에 시내 각 소방서의 비상경보의 버저가 울려대기 시작했다. 이어서 지령발신 계원의 침착한 음성이 무선으로 명령을 전달했다.
"108방면대, 캐론들레트 가의 세인트 그레고리 호텔로 긴급 출동하라 —"
동시에 센트럴, 튜레인, 사우드 램파트, 듀메인의 4개 분서는 신속한 활동을 개시했다. 그들 중 세 개의 분서에서는 입초 근무자 이외의 전원이 점심식사 중이었다. 센트럴 분서는 점심식사 준비가 거의 다 되어 있어서 지금부터 막 식사를 하려던 참이었다. 메뉴는 미트볼과 스파게티. 취사 당번인 소방대원은 한숨을 쉬면서 가스를 끄고 다른 부원과 함께 달려나갔다.
출동용의 의복, 장화 등은 모두가 트럭 위에 있다. 소방대원들은 제각기 구두를 벗어 던지고 트럭에 뛰어올라가 재빨리 장비를 갖추었다. 그 사이에 필요한 기구가 실려졌다. 이리하여 긴급 출동명령이 내려진 지 1분내에 5소대의 구원대와 사닥다리반, 비상 구출작업반 및 부서장과 두 사람의 분서장을 태운 차는 대낮의 교통혼잡을 뚫고 일제히 세인트 그레고리를 향하여 돌진해 갔다.
호텔의 긴급출동요청은 최고순위를 차지한다.
그 밖의 각 분서의 16소대와 두 개의 사닥다리반은 제2의 출동명령에 대비하여 대기하고 있었다.
한편, 형사재판소 내의 경찰구호 활동국은 소방본부와 세인트 그레고리 호텔로부터 직접 출동요청을 받았다. 〈전화의 응답은 인내심 있게〉라고 쓰여진 종이 밑에서 두 사람의 수신계 여사무원이 지령의 내용을 전달용지에 적어두고 그것을 무선계로 넘겼다. 무선계는 그것을 방송했다 ―. "경찰 및 자선병원의 구급차는 모두 세인트 그레고리 호텔로 직행하라!"

15

세인트 그레고리의 로비에서 3층 아래인 엘리베이터 통구로 통하는 터널 안에서는 괴로운 신음 소리라든가 외치는 소리, 급한 지시라든가 주의, 소음 등이 뒤범벅이 되어 있었다. 이윽고 또박또박한 발자국 소리가 그 소리들을 뚫고 가까워왔다. 린네르 양복을 입은 젊은 남자가 의료가방을 손에 들고 나타났다.

"아, 선생님 여깁니다!" 피터는 다급히 소리쳤다.

의사는 허리를 굽히고 기어가듯 피터와 로이스 곁으로 갔다. 그들 등뒤에서 잇달아 도착한 회중 전등이 둥그렇게 빛을 비쳐주고 있었다. 빌리보이 노블은 고통으로 일그러진 얼굴을 돌려 애원하는 듯한 눈초리로 의사를 보았다. "주, 죽겠어요…… 빨리 좀 어떻게……."

의사는 가방 안을 뒤져 주사기를 꺼내 들었다. 피터는 빌리보이의 작업복 소매를 걷어올려 그 팔을 받쳐 주었다. 의사는 재빨리 소독면으로 피부를 닦고 주사기의 바늘을 꽂았다. 모르핀은 수초 안에 효력을 나타냈다. 빌리보이의 고개가 뒤로 젖혀지고 눈이 감겼다.

의사는 빌리브이의 가슴에 청진기를 대며 말했다. "나는 거리를 지나다가 불려와서 거의 아무 준비도 없어요. 빨리 구출하지 않으면 ―"

"구조대가 오면 곧 구출해 낼 수가 있겠지요. 아! 왔나봅니다!"

이번에는 여러 명의 발자국 소리가 터널 안에 무겁게 울리며 들려오고 이윽고 헬멧을 쓴 소방대원들이 몰려 들어왔다. 조명등이라든가 중장비 그리고 도

끼와 재크 또는 절단용의 기구, 사닥다리 등이 운반되어 들어왔다. 간결한 지령이 내렸다.

"거기에 재크를 넣어. 이 철재를 들어올리고!"

위층 쪽에서는 망치 소리가 들려왔다. 이어서 금속이 부러지는 소리, 로비의 엘리베이터 승강구의 문이 부서지고 밝은 빛이 엘리베이터의 통구를 비쳤다.

"사닥다리!" 긴 사닥다리가 아래로 내려왔다.

젊은 의사가 다급히 소리쳤다. "빨리! 빨리 하지 않으면 늦어요."

두 사람의 소방대원이 재크를 넣는데 애먹고 있었다. 그것이 조금만 더 안으로 들어가면 빌리보이를 짓누르고 있는 철재를 들어올려 그를 구출할 수가 있는데 재크가 너무 커서 아무리 해도 들어가질 않았다. "더 작은 재크가 필요해. 작은 재크로 조금 들어올린 다음 이것을 넣으면 된다."

휴대용 무선이 명령을 전했다. "구출반의 트럭에서 소형 재크를 빨리 가져와라."

"빨리, 빨리 하지 않으면 늦는다니까!" 하고 의사가 독촉했다.

피터가 말했다. "그쪽 위의 철봉을 치우면 아래 철봉도 함께 움직여 재크가 들어가지 않을까요?"

소방대원 한 사람이 주의했다. "〈통〉은 무게가 20톤이나 된단 말요. 그것을 섣불리 움직였다가는 〈통〉이 확 떨어져 내릴 것이오. 살그머니 들어올리지 않으면 안 되오—"

"하여간 해봅시다" 하고 로이스가 말했다.

로이스와 피터는 서로 어깨를 잡고 위의 철봉 밑으로 등을 들이밀었다. 영차! 까딱도 않는다. 또 한번! 피가 거꾸로 솟구치고 폐가 파열할 것만 같다. 제기랄! 철봉은 약간 움직였다. 눈이 캄캄해지고 다리가 휘청거렸다. 힘을 내자! 조금만 더! "재크가 들어갔어!"

철재가 조금씩 위로 들어 올려졌다. "자, 이제 구출해 낼 수가 있소!"

그때 의사가 조용한 목소리로 말했다. "아니, 이젠 서두를 필요가 없소. 죽었소."

 사망자와 부상자가 한 사람씩 사다리 위로 꺼내 올려졌다. 로비는 마치 야전병원 같았다. 부상자는 그곳에서 응급처치를 받고 사망자는 주검이 확인됐다. 책상이라든가 의자 또는 화분 등이 전부 치워지고 들것이 놓여졌다. 비상선 뒤로 몰린 군중은 숨을 죽이고 그 광경을 지켜보았다. 울고 있는 여인도 있었다. 끔찍스럽다는 듯 얼굴을 돌리는 사나이도 있었다.

 호텔 밖에서는 구급차들이 줄을 지어 기다리고 있었다. 세인트 찰스 가와 캐론들레트 가, 그리고 커낼 가 및 그라비엘 가는 교통이 차단되고, 군중들이 양쪽의 비상선 바깥으로 속속 몰려들기 시작했다. 구급차는 한 대씩 출발했다. 선두는 허비 챈들러를 실은 구급차였다. 이어서 빈사상태의 치과의사가 실려갔다. 조금 사이를 두고 한 쪽 다리와 턱을 다친 뉴올리언스의 중년 부인을 실은 차가 한 대 출발했다. 사망자를 실은 구급차는 약간 느린 속도로 시내의 시체안치소로 달렸다. 호텔 안에서는 형사부장 한 사람이 증인을 찾아 회생자의 신원 등을 조사하고 있었다.

 부상자들 가운데 도도는 맨 나중에 구출되었다. 의사가 사다리로 내려가 다친 머리를 붕대로 싸매고 골절된 한쪽 팔에 플라스틱의 부목을 대었다. 키케이스 밀른은 자기를 구출하려는 소방대원을 물리치고 그 대원을 도도가 쓰러져 있는 곳으로 안내하여 줄곧 그녀 곁에 붙어 있었다. 그리하여 그는 맨 나중에 나오게 되었다. 그 전에 골드 크라운 콜라의 세일즈 맨 부부가 구출되었다. 소방대원 한 사람이 도도와 키케이스의 짐을 엘리베이터의 잔해 속에서 끄집어내어 로비로 끌어올렸다. 제복의 경관이 그것을 보관했다.

 피터가 로비로 돌아왔을 때 마침 도도가 실려 나갔다. 그녀는 온몸이 피로 물들였으며 새로 감은 붕대도 이미 피가 맺혀있었다. 들것에 실려진 그녀를 두 사람의 의사가 간단히 진찰했다. 젊은 의사가 절망적으로 고개를 흔들었다.

 그때 비상선의 뒤쪽이 소란해졌다. 와이셔츠차림의 한 사나이가 "좀 비켜주시오!"라고 외치며 인파를 헤치고 있었다.

피터는 그쪽을 뒤돌아보고 해군장교에게 몸짓으로 들여 보내도록 알렸다. 비상선이 뚫리고 커티스 오키페가 그 사이로 뛰어 들어오고 있었다.

그는 비통한 얼굴로 들것 곁을 따라갔다. 밖에 나서자 그는 구급차에 함께 오르게 해달라고 부탁했다. 젊은 의사가 허락했다. 문이 닫혔다. 구급차는 요란하게 사이렌을 울리며 달려갔다.

16

키케이스는 심한 충격에서 아직 덜 깨어 자기가 구출된 것을 믿기 어려운 듯 엘리베이터 통구의 사다리를 올랐다. 소방대원이 그를 부축하듯 뒤에서 따라 올라왔다. 위에서 손이 뻗쳤다. 몇 사람의 팔이 그를 껴안아 로비로 끌어올렸다.

키케이스는 사람 손을 빌지 않고도 움직일 수 있다는 것을 알았다. 겨우 제정신이 들었을 때 그는 제복의 경관들이 주위를 둘러싸고 있는 것을 보고 움찔했다.

여행가방은 어떻게 되었을까. 만약 큰 가방이 추락 때의 충격으로 파열되기라도 했다면……! 다행히 괜찮았던 모양이다. 바로 곁에 다른 사람들의 가방과 함께 그의 것도 고스란히 놓여 있었다. 그는 급히 그쪽으로 갔다.

"여보세요!" 뒤에서 부르는 소리가 들렸다. "구급차가 기다리고 있으니 빨리 오르시죠." 뒤돌아보니 젊은 경관이었다.

"아, 난 괜찮아요."

"하지만 일단 진찰을 받아 보십시오. 선생님 자신을 위해서 말입니다."

"내 여행가방을 건네주시오."

"나중에 내드리겠습니다. 우리가 책임지고 보관해 두겠습니다."

"아니오, 지금 필요해요."

다른 경관이 끼어 들었다. "내드리지, 필요하다고 하시니 말야. 이런 사고를 당한 분의 말씀을 안 들어드릴 수도 없지 않소."

젊은 경관은 여행가방을 가지고 와, 키케이스를 세인트 찰스 가에 면한 현관까지 전송했다. "좀 기다리시면 곧 구급차를 불러 드리겠습니다."

경관이 물러나자 키케이스는 여행가방을 가지고 군중들 틈으로 휩쓸려 들어갔다. 그가 호텔을 나서는 것을 아무도 눈여겨보지 않았다.

그는 서둘지 않고 유유히 밖의 주차장으로 걸어갔다. 어저께 레이크 뷰의 저택에 들어가 빈집을 턴 후 차를 그곳에 두었던 것이다.

주차장은 혼잡했으나 키케이스는 흰 바탕에 선명한 녹색 문자로 쓰여진 미시간 주의 번호판을 보고 자기 차인 포드를 손쉽게 찾아낼 수 있었다. 월요일에 그 번호판이 사람의 눈을 끌게 될까 봐 걱정했던 일이 생각났다. 전혀 쓸데없는 걱정거리였나 보다.

차는 그가 어저께 그곳에 놓아둔 상태 그대로였다. 언제나처럼 시동은 부드럽게 잘 걸렸다.

훔친 물건들을 숨겨두고 있는 체프 멘터 고속도로의 모텔까지 그는 신중히 차를 몰았다. 그곳에 보관해 둔 훔친 물건들은 어젯밤의 빛나는 전과에 비한다면 가치가 적다고는 하겠지만 그래도 꽤 돈이 나가는 물건들이었다.

모텔에 도착하자 그는 자기 방 바로 앞까지 차를 몰고 가서 두 개의 여행가방을 방으로 갖고 들어갔다. 그리고는 창의 커튼을 모두 내리고 큰 가방을 열어 1만 5천 달러를 다시 확인했다.

방안에는 그의 물건이 가득 숨겨져 있었으므로 그것들을 여러 개의 여행가방 안에 다시 챙겨 넣었다. 마지막으로 레이크 뷰에서 훔쳐온 모피 코트 두 벌과 커다란 은단지와 은쟁반이 남았다. 그러나 그것들은 어느 가방 안에도 들어가질 않았다.

다시 짐을 풀어 고쳐 싸는 수밖에 없었다. 그렇게 해야만 한다는 것을 알고 있었지만 그는 아주 녹초가 되어 있었다. 엘리베이터의 추락사고에 의한 긴장과 그 충격으로 피로가 한꺼번에 몰린 것 같았다. 더구나 시간이 너무 지나서 될 수 있는 대로 빨리 뉴올리언스에서 탈출할 필요가 있었다. 모피라든가 은기는 그대로 차의 트렁크 안에 넣어도 상관없겠지 하고 그는 생각했다.

주위에 보는 사람이 없는 것을 확인하며 여행가방을 차의 트렁크 속에 넣고 모피라든가 은기는 그 옆에다 넣었다. 그리고는 방 값과 이미 지불한 선금과의 차액을 지불했다. 또다시 차의 핸들을 잡았을 때는 피로가 어느 정도 가신 것 같았다.

목적지는 디트로이트. 가는 도중 마음 내키는 곳에서 차를 멈추고 쉬어가며 마음 편한 여행을 할 계획이었다. 그 동안에 자기의 장래에 관해 진지하게 생각해 보려고 했다. 어느 때고 목돈이 좀 마련되면 자그마한 자동차 수리 집을 사들여 도둑질을 청산하고 앞으로 여생을 올바로 살아보려는 것이 벌써 몇 년 전부터의 그의 소원이었다. 이제야 가까스로 그 가능성을 잡은 것이다. 1만 5천 달러란 돈은 그 밑천으로는 충분한 금액이다. 하지만 과연 지금이 그 시기일까? 그것이 문제였다.

그가 뉴올리언스의 북부를 달려 폰차트레인 고속도로 근처에 이르렀을 때는 그 문제에 관한 검토를 끝마치고 있었다.

도둑질을 청산하겠다는 견해에는 극히 타당한 근거가 있었다. 그는 이제 옛날처럼 젊지가 않다. 모험이라든가 긴장을 견딜 만한 힘도 줄었다. 사실 뉴올리언스에서는 공포에 질려 일을 팽개쳐 버릴 뻔하기도 했다.

그러나…… 지난 36시간 동안의 갖가지 일들은 그에게 새로운 자신과 활력을 불어 넣어주었다. 멋들어지게 해낸 빈집털이, 알라딘의 마법의 램프로 실현시킨 일확천금의 꿈, 겨우 한 시간 전에 일어났던 엘리베이터 추락사고에서 가벼운 상처하나 없이 기적적으로 살아났던 일 — 이 모든 것들이 그가 이제 바야흐로 행운의 절정에 올라 앞으로 거칠 것이 없다는 것을 나타내 주는 길조가 아니겠는가?

하여간 당분간 조금만 더 손에 익은 돈벌이를 계속해 보자. 손을 씻는 일은 언제고 할 수 있는 일이다.

그는 체프 멘터 고속도로로부터 젠틀리 대로로 나서 시립공원변 함수호(鹹水湖)라든가 울창한 참나무의 숲을 지나 공원로에서 다시금 메터리 대로로 나섰다. 그 부근은 뉴올리언스의 새로운 공동묘지 지대로 소방서 묘지, 자선병원 묘지, 그린우드 메터리, 세인트 패트릭, 사이프러스, 그로우부 등의 공동묘지가 도로변에 이어져 있으며 그 광경은 그야말로 묘의 바다였다. 그 너머엔 고가(高架)로 된 폰차트레인 고속도로가 있다. 만리장성과도 같은, 혹은 천국으로 들어가는 구름다리와도 같은 그 고속도로가 이윽고 나타나기 시작했다. 그는 이제 2~3분만 더 달리면 그 고가도로 위에 올라가게 되고 마침내 뉴올리언스를 벗어나게 되는 것이다.

그 고속도로의 인터체인지 바로 앞에는 커낼 가와 공원로의 교차점이 있었다. 그곳의 교통 신호등이 고장이라서 경관 한사람이 교차점의 중앙에서 교통정리를 하고 있었다.

그 교차점의 몇 야드 앞에서 키케이스는 차의 뒷바퀴가 둔탁한 소리를 내며 바람이 빠지는 것을 느꼈다.

뉴올리언스 경찰서의 순찰대원인 니콜라스 클랜시는 〈경찰서 내에서 가장 멍텅구리 경관〉이라고 상관인 경사한테 호통을 받은 적이 있었다.

정말 그랬다. 클랜시는 근무 연수로 따지자면 베테랑에 속해 있을 인물이지만 아직도 순경으로 머물러 있으면서 진급이 고려된 일조차 없었다. 그의 성적은 매우 나빴으며 이렇다 할 범죄자를 체포한 일이 한 번도 없었다. 도망자를 뒤쫓게 하면 반드시 도중에서 놓치고 만다. 어느 땐가 난투극의 현장에서 클랜시는 다른 경관이 잡아놓은 용의자에게 수갑을 채우라는 명령을 받았다. 그런데 그가 혁대에 달아매고 있던 수갑을 떼려고 애쓰고 있는 사이에 그 용의자는 재빨리 도망쳐 행방을 감추고 말았다. 또 어느 땐가는 이름난 은행강도가 가두에서 클랜시에게 발견되어 항복하고 권총을 그에게 넘겼다. 그런데 그가 그 권총을 잘못 땅에 떨어뜨려 폭발했다. 강도범은 깜짝 놀라 도망치고 말았다. 그 강도범은 1년 후에 다시 잡히게 될 때까지 6회나 은행을 털었다.

클랜시가 그럼에도 불구하고 해고되지 않는 유일한 이유는 그가 그지없이 성품이 좋았기 때문이다. 게다가 그는 자기의 결점을 솔직히 인정하고, 언제나 스스로를 비하하고 자학적으로 구는 광대다운 익살기가 있기 때문이었다.

그러한 그였지만 이따금 반성하고 뭔가 공로를 세워 보려고 마음먹었다. 불명예스러운 성적을 일거에 싹 쓸어버릴 만한 큰 수훈은 어렵다 하더라도 하다못해 일방적으로 기운 저울 한 끝을 조금만이라도 일으켜 볼 수 있으면 하고 속으로 바라고 있었다.

그의 갖가지 업무 가운데 오직 하나, 또 한 번도 실수해 본적이 없는 종목이 있었다. ― 그것은 교통정리였다. 그는 그것을 좋아했다. 만약 그가 역사를 되돌려 교통신호등의 발명을 방해할 수만 있다면 기꺼이 그랬을는지 모른다.

약 10분전에 그는 커낼 가와 공원로의 교차점 신호등이 고장나 있는 것을 발견하고 무선으로 그것을 본부에 보고한 다음, 오토바이를 세우고 교통정리에 들어갔다. 신호등 수리공이 되도록 늦게 오기를 바라면서…….

이럭저럭하는 동안에 공원로에서 들어오던 한 대의 회색 포드가 교차점 바로 앞에서 갑자기 속도를 늦추고 멎는 것이 보였다. 클랜시는 천천히 그쪽으로 걸어갔다. 키케이스는 차를 세워둔 채로 꼼짝 않고 앉아 있었다.

클랜시는 뒤쪽의 바깥 타이어가 납작해져 있는 것을 보았다.

"빵꾸인가요?"

키케이스는 말없이 고개를 끄덕였다. 만약 클랜시의 관찰력이 조금만 더 뛰어났더라면 핸들을 잡고 있는 키케이스의 양손가락 마디가 하얗게 변한 것을 알았을 것이다. 키케이스는 치밀하게 짜놓은 자기의 계획에 오직 한가지 실수가 있었다는 것을 지금 문득 생각하고 모질게 자신을 나무라고 있었다. 예비 타이어와 잭크는 트렁크 안에 있었다. 그것을 꺼내려면 트렁크를 열지 않으면 안되는데 그렇게 하면 모피라든가 은기라든가 여행가방 등이 경관의 눈에 띌 것이다.

그는 식은땀을 흘리며 기다리고 있었다. 경관은 물러날 기색조차 없다.

"타이어를 바꾸지 않으면 안 되겠네요?"

키케이스는 역시 말없이 고개를 끄덕였다. 하려면 간단히 할 수 있는 작업이었다. 3분도 채 걸리지 않을 것이다. 재크로 차체를 들어올린다. 렌치로 너트를 푼다. 차바퀴를 뗀다. 예비 타이어를 갈아 끼운다. 너트를 조인다. 빵꾸난 바퀴와 재크, 렌치 등을 트렁크 안에 다시 집어넣고 뚜껑을 닫는다. 시동을 건다. 고속도로에 나선다 — 다만 이 순경만 없어 주면 되는 것이다.

그의 차 뒤로 차량들이 막히기 시작했다. 뒤에서 오는 차들은 속도를 줄이면서 추월해 나갔다. 센터 라인 위로 나서기 전에 정지하지 않으면 안 될 차도 있었다. 너무 빨리 나서서 반대쪽에서 오는 차와 충돌할 뻔한 차도 있었다. 급브레이크를 밟는 소리가 났다. 조바심하듯 경적이 울러댔다. 경관은 키케이스의 옆 도어에 팔을 올려놓고 윗몸을 구부려 말했다.

"여기는 교통이 혼잡합니다."

"네." 키케이스는 침을 삼켰다.

경관은 몸을 도로 일으키고 나서 문을 열었다. "자아 빨리 서두르시오."

키케이스는 엔진 열쇠를 빼고 천천히 차에서 내렸다. 애써 미소를 지었다. "나 혼자 할 수 있으니 그냥 일을 보시지요?"

경관은 교차점의 상태를 바라보고 있었다. 키케이스는 숨을 죽이고 기다리고 있었다.

경찰은 상냥하게 말했다. "조금 거들어 드리죠."

키케이스는 차를 버리고 도망쳐 버릴까 생각했다. 그러나 그것은 스스로 묘혈을 파는 것과 다름이 없었다. 거의 체념하고 열쇠로 차의 트렁크를 열었다.

그로부터 1분도 안되어 그는 재크를 꺼내, 렌치로 타이어의 너트를 푼 다음 뒷범퍼를 들어올렸다. 여행가방이라든가 모피 또는 은기들이 트렁크 안에서 미끄러져 한쪽으로 쏠렸다. 키케이스는 작업을 계속하면서 트렁크 안의 도품(盜品)들을 뚫어져라 바라보고 있는 경관의 모습을 한쪽 눈으로 살피고 있었다. 이상하게도 경관은 아직 아무 말도 없었다.

클랜시의 두뇌 판단기능이 작용하기까지는 꽤 시간이 걸린다는 것을 키케이 스로서는 알 까닭이 없었다.

이윽고 클랜시는 허리를 굽혀 한 벌의 모피 코트를 집어 올렸다.

"이것을 입기에는 날씨가 너무 덥지 않습니까?" 지난 10일간의 뉴올리언스의 한낮 기온은 언제나 화씨 95도를 넘고 있었다.

"집사람이 추위를 몹시 타는 편이라서요."

너트를 빼고 헌 타이어를 떼어 냈다. 뒤쪽 문을 열고 그 타이어를 집어 처넣었다.

경관은 트렁크 뚜껑에서 목을 빼고 차 속을 들여다보았다. "부인과 함께가 아니시던가요?"

"네. 먼저 가서 기다리고 있지요."

예비 타이어의 러크 너트가 꽉 조여져 있어서 여간해서 돌아가지 않았다. 손톱이 까지고 살갗이 벗겨졌다. 그러나 그런 것에 신경쓸 때가 아니었다. 간신히 트렁크에서 타이어를 끄집어낼 수가 있었다.

"아무래도 얘기가 좀 이상한데" 하고 경관이 중얼거렸다.

키케이스는 순간 온몸이 얼어붙었다. 몸이 움직이질 않았다. 그만 그 자리에 못박인 것 같았다. 어째서 못박여지지 않으면 안 되는지를 직감적으로 깨달았다.

운명은 그에게 기회를 부여했는데도 그는 그것을 내팽개쳤기 때문이다. 마음 속으로 작정했었다는 것만으로는 변명이 되질 않는다. 운명은 그에게 친절히 가르쳐 주었는데도 그는 그 충고를 져버리고 만 것이다. 운명은 화가 나서 보복을 한 것이다.

그는 그 동안 의기양양해 있었기 때문에 잠시 잊고 있었던 것을 되새기며 몸을 떨있다. 종신형! 이젠 평생 세상 햇빛보기는 틀린 것이다. 자유가 지금처럼 귀중하게 느껴진 적은 없었다. 바로 눈앞에 있는 고속도로가 저 멀리 흐려져 보였다.

어제부터의 길조가 사실 무엇을 의미하고 있었는지를 지금 비로소 깨달았다.

그것은 그가 손을 씻고 올바른, 새로운 인생을 살 수 있는 기회가 온 것을 말해 주었던 것이다.

그런데도 그는 건방지게 그 운명의 친절한 가르침을 자기의 필승불패의 운세를 나타내주는 것으로 곡해하고 있었던 것이다. 이것이야말로 자업자득이다. 새삼스럽게 후회한들 이미 늦은 것이다.

아니, 아직은 희망이 있는지도 모른다. 키케이스는 눈을 감았다. 그리고 마음 속으로 굳게 맹세했다 — 만약에 무슨 기적에 의해 이 위기를 벗어날 수만 있다면 이제는 죽어도, 두 번 다시 나쁜 짓은 않겠습니다.

눈을 떴다. 경관은 차를 멈추고 길을 묻고 있는 운전수와 얘기를 하고 있었다. 키케이스는 자기 스스로도 믿기지 않을 정도로 재빨리 예비타이어를 끼우고 너트를 조인 다음 잭크를 빼서 트렁크 안에 집어 처넣었다. 타이어가 지면에 닿았을 때 요령 있는 수리공이라면 누구나 그리하듯 렌치로 너트를 다시 한 번 조이기까지 했다. 그리고는 트렁크에 렌치를 넣었을 때 경관이 다시 돌아왔다.

클랜시는 조금 전까지 머리 속에 떠올렸던 것을 깨끗이 잊고 만족스러운 듯 끄덕였다. "아, 벌써 다 끼웠군요."

키케이스는 트렁크의 뚜껑을 기세 좋게 닫았다.

그때서야 기동순찰대원 클랜시는 비로소 미시간 주의 번호판을 보았다.

미시간 흰 바탕에 녹색…… 클랜시의 두뇌 안쪽에서 뭔가 기억이 꿈틀댔다.

어저께, 아니 그저께던가? 그의 상관이 부하들을 정렬해 놓고 전달사항을 읽어 내려갔다. 틀림없이 그 가운데 흰 바탕의 녹색 번호판에 관한 것이 있었는데…….

클랜시는 곰곰이 생각해 봤다. 전달사항은 매일 산더미처럼 있다. — 범인의 지명수배, 실종차, 도난차, 절도, 기타 등으로 순찰대의 열성적인 젊은 경관은 그 전달사항들을 재빨리 수첩에 적어두고 늘 기억한다. 클랜시도 항상 그렇게 하려고 노력은 하지만 상관의 말이 빠른 데다가 그의 필기력이 약해서 따라갈 수가 없었다. 흰 바탕에 녹색……? 아무래도 생각이 나질 않았다.

클랜시는 번호판을 가리켰다. "미시간 주의 차로군요?" 키케이스는 머리를 끄덕였다. 정신이 아찔했다.

"워터 원더랜드라." 클랜시는 번호판을 읽었다. "그곳에선 고기가 잘 낚인다지요." 인간의 마음을 이끄는 것은 너무나도 많은 것이다.

"그럼요. 잘 잡히지요."

"언제고 한 번 나가보고 싶은데요. 난 낚시를 아주 좋아하거든요."

뒤에서 조바심하듯 경적이 울렸다. 클랜시는 차의 문을 열어주었다. 자기가 경관인 것을 생각해 낸 것 같았다. "자아, 차량들이 막히니까 어서 서둘러 주시오." 흰 바탕에 녹색이라…… 가물가물했지만 끝내 생각이 나질 않았다.

키케이스는 시동을 걸었다. 차가 달리기 시작했다. 클랜시는 멍하니 달려나가는 차의 뒷모습을 바라보고 있었다. 키케이스는 마음속으로 조금 전의 맹세를 다시금 다짐하며 고속도로로 차를 몰았다.

흰 바탕에 녹색……? 클랜시는 고개를 저으며 교통정리의 부서로 돌아왔다. 그가 경찰서 내 최대의 멍텅구리 경관이란 말을 듣는 연유는 바로 이런 데에 있었다.

17

하늘색과 백색의 경찰구급차는 선명하고 푸른 루프 라이트를 번쩍이면서 튜레인 가로부터 자선병원의 비상입구로 통하는 차도를 돌진해 갔다. 구급차가 멎자 재빨리 문이 열리고 도도를 실은 들것이 나왔다. 간호원들이 그것을 받아 백인응급환자 전용이라 쓰여진 통로로 운반해 갔다.

커티스 오키페는 잰걸음으로 그 뒤를 따랐다.

선두의 간호원이 소리쳤다. "응급환자요, 비켜 주세요!" 접수라든가 회계창구가 있는 로비에 몰려 있던 사람들이 황급히 길을 비켜 주었다. 호기심에 찬

눈들이 그것을 쫓았다. 백랍으로 만든 마스크 같은 도도의 얼굴에 거의 모든 사람들의 눈길이 모였다.

응급실이라고 쓰여진 문이 열리고 들것이 들어갔다. 간호원과 의사들이 바삐 움직이고 있었다. 간호원 한 사람이 오키페를 가로막았다. "그쪽에서 기다려 주십시오."

오키페는 항의했다. "나 좀 들어갑시다. 상태가 어떤지 알고 싶어서 그러오—"

복도에서 빠른 걸음으로 막 들어서려고 하던 한 간호원이 잠깐 발을 멈췄다. "할 수 있는 데까지 손을 쓸 테니까 저희들에게 맡겨 주세요. 나중에, 될 수 있는 대로 빨리 의사 선생님께서 말씀이 있으실 거예요." 간호원이 안으로 들어가고 문이 닫혔다.

커티스 오키페는 한동안 그대로 멍하니 문 앞에 서 있었다. 눈시울이 뜨거워졌다.

30분전쯤, 도도가 떠나간 뒤 그는 뭔가 삭막하고 흐트러진 심정을 주체하지 못하여 방안을 왔다갔다했다. 두 번 다시 발견할 수 없는 그 무엇을 영원히 잃어버리고 만 것 같은 느낌이었다. 그의 이성은 그러한 감정을 비웃었다. 도도 외에도 몇 사람의 여인이 나타났다가는 사라졌다. 그는 그런 것에 전혀 아랑곳하지 않았다. 그런데 이번만은 그렇지 않다는 것이 전혀 이치에 닿지를 않았다.

그런데도 도도를 그대로 붙잡아두고 싶은 욕망은 여간해서 가시지를 않았다. 그녀와의 이별을 단 몇 시간만이라도 지연시키고 나서 그 동안에 다시 한 번 자신의 솔직한 감정의 진부(眞否)를 정해보고 싶었다. 그러나 결국 이성이 그의 감정을 누르고 그를 그대로 방안에 남게 했다.

몇 분 뒤엔가 그는 사이렌 소리를 들었다. 처음에는 무관심했다. 그러나 사이렌의 수가 점점 늘어나고 그것이 호텔로 모여드는 것을 알자 자기 방의 창가로 걸음을 옮겼다. 호텔 앞의 심상치 않은 광경을 보고 내려가 보기로 작정했다. 그는 웃옷도 입지 않은 채 방을 나섰다.

12층의 엘리베이터 승강구에서 기다리고 있자니 밑에서 이상한, 울부짖는 소리와 소음이 흘러 들어왔다. 4, 5분 기다렸으나 엘리베이터가 오질 않으므로 오키페는 여러 사람의 손님과 함께 비상계단을 내려가기 시작하였다. 아래층에 가까워질수록 그 괴이한 소리는 높아져 갔다. 스포츠로 단련된 그의 다리는 자연 빨라지기 시작했다.

로비로 내려서자 흥분한 구경꾼들로부터 사건의 대충 이야기를 듣게 되었다. 그는 도도가 그 엘리베이터의 추락사고가 있기 전에 이미 호텔을 나섰거나 아니면 다른 엘리베이터에 타고 있었기를 마음속으로 빌었다. 그 직후 그는 그녀가 의식을 잃은 채 엘리베이터의 통구에서 운반되어 나오는 것을 보았다.

그가 좋아했던 노란색 드레스나 매혹적인 팔과 다리나 아름다운 금발이나 그 모든 것이 처참하게 피로 물들어 있었으며 티 없는 그 얼굴은 죽음의 그림자로 휩싸여 있었다.

그 광경을 본 순간, 오랫동안 그의 눈에 띄지 않았던 어떤 진실을, 마치 신의 계시를 받은 양 홀연히 발견하게 되었다. 그는 도도를 사랑하고 있었던 것이다. 열렬한 애정이, 마치 화산 밑의 바윗덩이를 녹이고 타오르는 불꽃처럼 그의 마음속에 남몰래 불타고 있었던 것이다. 도도를 떠나게 한 것은 그의 생애 최대의 과실이었다는 것을 늦게나마 그는 가까스로 깨달은 것이다…….

지금 그는 응급실의 문 앞에 선 채 사무치는 회한을 되씹어가며, 그것을 되돌아보고 생각에 잠겨 있었다. 문이 열리더니 간호원 한 사람이 밖으로 나왔다. 그는 달려가 물어 보았지만 간호원은 고개를 저은 채 어디론가 급히 가버렸다.

그는 절망감에 휩싸이고 말았다. 그녀를 위해 아무 것도 해줄 수 없는 그의 무력함에 화가 나기도 했다.

그리고는 문득 생각이 나서 원장실을 찾아 나섰다. 복도와 로비의 사람들 사이를 헤치고 표지판과 화살표를 따라 가까스로 원장실에 다다랐다. 그리고는 비서가 말리는 것을 뿌리치고 원장실이라 쓰여진 문을 열고 원장 앞으로 똑바로 다가갔다.

원장은 놀라움과 노여움을 나타내며 자리에서 일어섰다. 오키페가 자기 소개를 하자 노여움은 어느 정도 가라앉는 것 같았다.

그리고는 15분 후에 원장은 얌전하고 호리호리한 의사를 데리고 응급실을 나섰다. 의사는 오키페와 악수하며 자기 이름은 보크레일이라고 했다.

"선생님은 미스 래시의 친구이신가요."

"네, 그렇습니다. 환자의 상태는 어떤지요."

"중태입니다. 최대한으로 조치는 다하고 있습니다만 워낙 부상이 심해서 말이죠."

오키페는 고개를 떨구었다.

의사는 설명을 계속했다. "머리를 심하게 부딪쳤기 때문에 두개골이 골절되었어요. 아마 뼛조각이 뇌 속에 들어가지 않았나 생각됩니다만 여하튼 X레이를 찍어보면 확실히 알 수 있을 겁니다."

원장이 설명을 보충했다. "출혈이 심해서 지금 수혈을 하고 있는 중입니다. 물론 쇼크에 대한 치료도 함께 하고 있지요."

"언제쯤 되면 —"

"의식이 회복되려면 적어도 앞으로 한 시간 정도는 걸릴 겁니다. 그리고 X레이 검사가 아까 말씀드린 진단과 일치된다면 즉시 수술하지 않으면 안 되는데 뉴올리언스에 친척은 안 계신가요."

오키페는 고개를 저었다.

"뭐, 실제로는 같은 것이지만…… 이러한 긴급한 경우에는 친척의 승낙 없이도 수술할 수 있도록 법률상 허용되고 있습니다."

"그녀를 만날 수 없을까요."

"지금은 안 됩니다. 조금만 더 참으시면 만나실 수 있도록 해 드리죠."

"그런데 의사선생님, 만약 뭔가 필요한 것이 있으시면 염려마시고 저한테 말씀해 주십시오. 가령 금전상의 문제라든가 전문의의 지원을 부탁한다거나 —"

원장은 부드러운 말투로 이를 가로막았다. "여기는 무료봉사의 병원입니다. 가난한 사람이나 위급환자를 위한 병원입니다. 돈으로는 살 수 없는 진심의 봉사를 하는 곳입니다. 더구나 두 개의 대학 의학부가 바로 이웃에 있어서 그곳에서 지원오기로 되어 있고 말씀드릴 필요도 없는 일이지만 닥터 보크레일은 우리나라의 지도적 외과의사 중 한 사람입니다."

오키페는 황송해서 말했다.

"이거 죄송하게 됐습니다."

"그러나 한 가지 부탁드릴 것이 있습니다" 하고 닥터 보크레일이 말했다.

오키페는 얼굴을 번쩍 치켜들었다.

"환자는 지금 의식불명으로 진정제도 놓았지만, 조금 전까지는 이따금 의식이 어느 정도 살아날 때가 있었어요. 그때 헛소리로 어머니를 부르고 있었습니다. 그래서 혹 어머니를 여기로 오시게 한다면 —"

"네, 할 수 있구 말구요!" 오키페는 조금이라도 그가 도움이 되는 일을 할 수 있어서 기뻤다.

그는 복도의 공중전화로 오하이오 주 아크론에 콜렉트콜로 전화를 걸었다. 오키페 쿠야호가 호텔의 지배인 해리슨이 자신의 사무실에서 그 전화를 받았다.

오키페는 그에게 지시했다. "당신이 지금 무엇을 하려고 했든 즉시 그 일을 중지하고 내가 지금부터 말하는 것을 전속력을 다해서 실행토록 하시오."

"네." 해리슨의 다부진 음성이 들려왔다.

"아크론 익스체인지 가의 아이린 래시 부인을 찾아내요. 그 집 번지는 알 수 없지만." 오키페는 과일바구니를 전보로 전달했을 때 그 가로(街路)의 이름을 기억하고 있었던 것이다. 그때가 화요일이었던가?

해리슨이 사무실의 누군가에게 이렇게 지시하는 소리가 들려왔다. "아크론 시의 주소 성명부를 가지고 와, 빨리!"

오키페는 지시를 계속했다. "당신이 직접 그 래시 부인을 만나요. 만나서 부인의 딸 도도가 엘리베이터 추락사고로 중태라는 것을 알리는 거요. 그리고 되도록 빠른 방법으로 그녀를 뉴올리언스로 모시도록 하시오. 필요하다면 비행기를 전세 내도 좋아. 비용은 얼마가 들어도 상관없으니까."

"잠깐만 기다려 주십시오." 그리고는 해리슨의 야무진 명령소리가 들려왔다. "이스턴 항공의 클리블랜드 영업소로 전화 좀 부탁해. 그리고 능숙한 운전수가 달린 차를 마켓 가의 현관에 대기시켜 놔."

더 큰 목소리의 음성이 다시 수화기에 들려왔다. "죄송합니다. 회장님! 말씀해 주십시오."

오키페는 바로 상세한 처리를 부탁하고 자선병원에서 래시 부인을 만날 채비를 일러두었다.

그리고 그러한 지시가 충실히 이행되리라는 것을 확신하면서 전화를 끊었다. 해리슨은 유능한 사나이다. 좀더 중요한 호텔로 전근시킬 필요가 있을 것 같다.

한 시간 반 후에, X-레이 검사는 보크레일의 진단을 뒷받침했다. 12층에서는 수술 준비가 진행되었다. 수술은 순조롭게 진행된다 하더라도 몇 시간 걸리게 될 것이다.

도도가 수술실로 운반돼 들어가기 전에 오키페는 잠깐 그녀를 만나도 된다는 허락을 받았다. 그녀는 의식이 없었다. 창백한 얼굴은 딴 사람 같았고 쾌활하고 자상한 마음씨의 그녀의 모습은 전혀 없었다.

이윽고 수술실의 문이 닫혔다.

해리슨은 도도의 모친이 출발한 것을 알려왔다. 오키페는 세인트 그레고리의 피터 맥더모트에게 전화해서 래시 부인을 공항에서 맞아들여 곧바로 병원으로 데려다 주기를 부탁했다.

이젠 그저 기다리는 것 외에는 아무 것도 할 일이 없었다. 원장실에서 좀 휴식을 취하라는 권유가 있었지만 사양했다. 그는 몇 시간이고 12층에서 기다릴 결심이 되어 있었다.

한참 있다가 문득 기도 드리고 싶은 생각이 들었다.

바로 옆방의 문은 흑인 부인실이라고 쓰여 있었다. 그 다음은 소생용 기재 보관실이라고 적혀 있었고 문에 달려 있는 유리창 너머 안은 캄캄했다.

그는 문을 열고 안에 들어가 산소흡입용 밀폐 텐트라든가 아이언 링(철로 만든 폐) 같은 것들이 놓여져 있는 사이를 더듬어 들어갔다. 그리고는 적당한 공간을 택해서 어둠 속에 무릎을 꿇었다. 여느 때와 같은 두터운 카펫 위가 아니고 딱딱한 마룻바닥이어서 무릎이 아팠지만 그런 것은 전혀 상관치 않고 두 손을 모아 고개를 숙였다.

그러나 이상스럽게도 자기 마음속에 있는 모든 것을 표현할 말이 한 마디도 떠오르지 않았다.

18

황혼이, 하루 동안의 흥분과 피로를 달래는 진정제처럼 고요히 거리를 감싸기 시작한다. 이제 머지않아 밤이 되고 밤은 수면과 망각을 가져다주어 내일은 오늘 일어났던 끔찍한 사건들의 생생한 느낌을 어느 정도 가시게 해줄 것이다. 이미 황혼조차가 모든 고통을 잊게 하는 시간의 흐름을 나타내고 있었다.

그러나 오늘의 참사를 직접 가까이서 경험한 사람들의 공포와 슬픔을 잊게 하기까지는 앞으로 더 많은 황혼과 밤과 낮이 지나야 할 것이다. 망각의 냇물은 아직 저 멀리 떨어져 있는 것이다.

활동이 해방은 되지 않을지언정 다소 마음의 위안은 되는 것이다.

오늘은 이른 오후부터 여러 가지 일이 너무 많았다.

피터 맥더모트는 중2층의 사무실 안에서 홀로 앉아 오늘 오후의 자기 활동을 되돌아보고 아직 남아 있는 일의 한가지 한가지에 대해서 생각을 하고 있었다.

사망자의 신원을 조사해서 유족에게 알리는 가슴 아픈 일들은 모두 끝마쳤다. 호텔이 장례를 치러 주어야 할 필요가 있는 것은 그 준비가 진행되고 있었다.

부상자에 대해서도 병원치료 외의 자질구레한 문제들은 대부분을 결말지어 놓았다.

소방차와 경찰의 구급대는 이미 돌아갔으며 뒤를 이어 엘리베이터의 전문기사들이 호텔의 모든 엘리베이터를 정밀검사하고 있는 중이었다. 아마도 오늘밤부터 내일 저녁까지 꼬박 하루가 걸릴 것이다. 그 동안 엘리베이터는 일부만 가동하게 되어 있다.

그밖에 보험조사원이 수명, 막대한 보험액이 되리라는 것을 예측하면서 아직도 끈질긴 질문이라든가 자료조사를 계속하고 있었다.

월요일에는 콘설턴트 일단이 뉴욕에서 와서 모든 승용 엘리베이터 기계를 새로운 것으로 대체하는 계획을 추진하게 될 것이다. 이것은 앨버트 웰즈-뎀프스터-맥더모트의 새로운 경영진에 있어서 최초의 대대적인 설비투자가 되는 것이다.

주임기사 독 비커리의 사표가 피터의 책상 위에 놓여 있다. 피터는 그것을 받아들일 생각이었다.

그러나 장기 근무에 상응하는 연금을 주고 명예로운 퇴직이 되도록 노력할 셈이었다.

주방장인 에브랑에게도 동등한 배려가 베풀어질 것이다. 될 수 있는 대로 빨리 그를 퇴직시키고 앙드레 레뮤를 주방장으로 승진시키는 것이다.

각 식당에 제 나름의 특색을 갖게 하고 바는 손님들이 쉽게 친숙감을 갖도록 꾸미며 호텔의 급식기구를 전면적으로 개혁하는 계획을 갖고 있는 앙드레 레뮤. 호텔의 미래는 그의 어깨에 크게 걸려 있었다. 호텔이란 단지 방을 빌리는 것만으로는 살아 남지 못한다. 비록 매일 만원이 된다 하더라도 파산할지 모른다. 식당, 바, 집회 등의 특별한 서비스 부문이 커다란 이윤 몫이 되는 것이다.

그 밖의 인사기구의 개혁, 명확한 책임체제의 확립이란 과제를 해결하기 위해 많은 직원의 임명 또는 해임이 있을 것이다. 전임(專任) 부사장이 되면 피터는 경영정책 면에 많은 시간을 할애해야 만 될 것이다. 호텔의 일상업무를 감독하는 총지배인이 필요하게 될는지도 모른다. 젊고 유능하며 필요할 때는 엄격히 규율을 다스리지만 자기보다 나이 많은 사람들과도 협조할 수 있는 청년이 필요했다. 호텔 경영학과의 졸업생 가운데 적당한 인재가 있을지도 모른다. 월요일에는 코넬대학의 로버트 벡 지도교수에게 전화를 해볼 것이다. 그 교수는 많은 우수한 졸업생과 연락이 있기 때문에 피터의 희망에 알맞은 사람을 소개해 줄지 모른다.

오늘의 참사로 마음이 아팠지만 그의 장래에 관해서도 생각해 볼 필요가 있었다.

크리스틴과 그 자신의 미래 문제도 있었다. 그 일을 생각하니 가슴이 벅차왔다. 두 사람 사이에는 아직 아무 것도 결정을 내린 것은 없었지만 곧 어떤 결정이 있게 되리라는 것을 그는 알고 있었다. 크리스틴은 조금 전 아파트로 돌아갔다. 그도 곧 그곳으로 갈 예정이었다.

그다지 유쾌하지 못한 일이 아직 한 가지 남아 있었다. 한시간 전에 뉴올리언스 경찰본부의 욜즈 형사부장이 크로이든 공작부인을 만나고 나서 돌아가는 길에 피터의 사무실에 들렸었다.

형사부장은 이렇게 말했다. "그 여자와 대면하고 있으면 저 굳은 얼음장 같은 표정 밑에는 무엇이 있는 걸까 생각하게 되지요. 저러고도 여자일까요? 글쎄, 자기 남편의 그런 끔찍한 주검을 보고도 아무런 느낌도 없는 모양이지요. 나도 그의 시체를 보았습니다만 정말 처참합니다. 보통여자 같으면 그 꼴을 보면 까무러치고 말 겁니다. 그런데 그녀는 꼼짝도 않아요. 울부짖기는커녕 눈물 한 방울 흘리지 않습니다. 언제나처럼 가슴을 펴고 거만한 표정을 보였을 따름이지요. 솔직히 말해서 우리 남자로서는 오히려 매력을 느낄 정도예요. 정말 이상한 여자입니다, 그 여자는."

그리고 그는 피터의 질문에 이렇게 대답했다. "네, 그녀를 종범으로 기소할 생각입니다. 장례식이 끝나면 체포하게 될 겁니다. 아마 어쩌면 배심원들은 그녀의 남편이 주모자이지 그녀에게는 죄가 없다는 변호인 측의 주장을 인정하는지는 모르지만요."

오글비는 이미 기소되어 있었다. "그도 종범으로 기소되긴 했지만 나중에 여죄(餘罪)가 추가될는지도 모릅니다. 지방검찰이 아마 그것을 결정짓게 되겠지요. 어쨌든 간에 비록 당신이 그의 직장을 비워 놓는다 하더라도 5년 안에는 돌아올 수 없을 것입니다."

"아닙니다. 그를 해고할 생각입니다." 피터는 호텔의 경비기구를 꽤 중시하고 있었다.

형사부장이 나가자 사무실은 조용해졌다. 어둠이 제법 두텁게 깔려 있었다. 잠시 후 밖의 문이 열렸다 닫히는 소리가 들려왔다. 그리고는 그의 사무실 문을 가볍게 노크하는 소리가 뒤따랐다.

"들어와요" 하고 피터가 말했다.

알로이셔스 로이스였다. 마티니를 넣은 물주전자와 컵 한 개를 쟁반에 받쳐 들고 와 책상 위에 놓았다.

"때로는 한 잔 하시는 것도 해롭지 않을 겁니다."

"고맙네. 하지만 혼자 마시는 것은 마음이 내키지를 않는걸."

"그렇게 말씀하실 줄 알고 —" 로이스는 호주머니 속에서 또 한 개의 유리잔을 꺼냈다.

두 사람은 말없이 마시기 시작했다. 오늘의 사건이 아직도 마음속에 생생하게 살아 남아 있어 건배할 마음이 나지 않았다.

"래시 부인을 무사히 병원까지 모셔다 드렸소?" 하고 피터가 물었다.

"병원까지 차로 모시고 가서 오키페 씨에게 인도했습니다."

"고맙소." 커티스 오키페의 전화를 받고 누구를 비행장에 보낼까 하다가 피터는 로이스를 보냈던 것이다.

"제가 병원에 도착했을 때는 수술이 끝나 있더군요. 경과는 좋다나 봐요."

"다행이로군."

"오키페 씨는 그녀가 회복되는 대로 그녀와 결혼할 거라고 하더군요. 그녀의 모친도 그 말에 찬성인가 보구요."

피터는 피식 웃었다. "세상에 그 말에 반대할 어머니는 아마 없겠지."

조금 있다가 로이스가 말했다. "오늘 아침 회의 때의 얘기를 사장님한테서 들었습니다. 종래의 호텔의 기본 방침을 바꾸겠다는 것도 말이죠."

피터는 고개를 끄덕였다. "인종차별을 전면적으로 폐지키로 했지."

"아마 당신은 내가 감사하리라고 기대하고 있겠지요. 그러나 그것은 우리들 본래의 권리를 우리들에게 되돌려 준 것에 지나지 않잖습니까."

"여전히 입이 사납군 그래. 그런데 말야, 만약 자네가 트렌트 씨하고 함께 호텔에 남을 생각이면 트렌트 씨 자신도 기뻐할 것이고 이 호텔로서도 법률상의 일의 일부를 자네에게 맡겼으면 큰 도움이 되겠는데 말야."

"모처럼의 호의지만 그것은 사양하겠습니다. 나는 대학을 졸업하면 호텔을 떠날 것이라고 오늘 분명히 사장님께 말씀드렸습니다." 로이스는 두 사람의 잔에 마티니를 다시 따르고 자기 잔을 손에 들고 물끄러미 바라보았다. "당신하고 나는 서로의 편에 갈라서서 투쟁하고 있는 것입니다. 이 싸움은 우리 세대에는 끝나지 않을 것입니다. 나는 법률을 배운 경험이라든가 지식을 살려 우리 동포를 위해 일할 생각입니다. 앞으로 법률 면에서나 그 밖의 여러 가지 면에서 크고 작은 투쟁이 수없이 되풀이되겠지요. 우리들 측이나 당신들 측이나 늘 옳다고 만은 할 수 없을 것입니다. 그러나 비록 우리들이 부당했거나 편협했거나 또는 광폭한 경우가 있다손 치더라도 그것은 우리들이 바로 당신들한테서 그것들을 배웠기 때문이라는 것을 잊지 마십시오. 물론 이곳저곳에서 분쟁이 일어나겠지요. 이 호텔만 해도 그렇습니다. 당신은 인종차별을 철폐한다고 했지만 그것으로 만사가 다 해결되는 것은 아닙니다. 당신의 방침을 좋아하지 않는 사람이라든가 행실이 좋지 못한 흑인 사이에 반드시 트러블이 생길 것입니다. 흑인이 흑인답게 구는 자체가 당신을 당혹케 할 것입니다. 흑인 특유의 큰 목소리, 고집, 주정 ― 그것들을 당신은 어떻게 처리할 셈인가요. 백인들이라 해도 똑같은 결점이 있습니다. 그렇지만 그런 행실을 하는 것이 백인이라면 당신은 보고도 못 본 체할 것이고 또는 웃어넘길 것입니다. 그러나 만일 그것이 흑인이라면 어떻게 할 것인가요?"

"그야 그것은 간단히는 안 되겠지만 될 수 있는 대로 객관적으로 대처해야겠지."

"당신은 그럴는지 모르지만 다른 사람은 그렇지 않을 것입니다. 뭐 말하자면 전쟁이란 게 그런 것 아니겠어요. 단 한가지 좋은 일이 있습니다."

"뭔데?"

"가끔가다 휴전할 때도 있다는 것입니다." 로이스는 빈 주전자와 유리잔을 놓은 쟁반을 들고 빙그레 웃었다. "아마 이것도 그 한 가지였겠지만요."

이윽고 밤이 왔다.

호텔 내부에서 하루의 활동 주기(週期)가 한 바퀴 끝난 셈이다. 오늘의 그것은 다른 날과는 달랐지만 뜻하지 않던 사고에 의한 혼란의 밑바닥에는 평상시의 업무가 착실히 계속되었다. 예약, 접수, 회계, 객실관리, 조리 — 이런 것들이 결합하여 손님을 받아들이고 시중들며 휴식을 주어 내보낸다는 하나의 단순한 기능을 다하고 있었던 것이다.

머지않아 또 하나의 주기가 시작될 것이다. 피터 맥더모트는 기운이 빠져 돌아갈 채비를 하고 있었다. 사무실의 전등을 끄고 중2층의 사무실을 빠져나가 로비로 내려가는 계단 마루턱에서 피터는 앞에 걸려 있는 거울 속에 비친 자신의 모습을 들여다보았다.

옷은 형편없이 구겨져 있었고 여기저기 더러워져 있는 것을 비로소 알았다. 빌리보이가 죽은, 그 엘리베이터 통구 밑에서 그렇게 되었나 보다.

그는 손으로 웃옷의 먼지를 털었다. 호주머니 속에서 뭔가 부스럭거리는 종이 소리에 이끌려 손을 집어넣어 보았다. 손끝이 접혀져 있는 종이쪽지에 가 닿았다. 그것을 끄집어내 보고 비로소 생각이 났다. 오늘 아침 그가 직장을 걸고 주의(主義)를 위해 싸운, 그리고 승리한 그 회의장을 나설 때 크리스틴이 준 쪽지였다. 무슨 말을 써놓았을까 궁금해하며 편지를 펼쳐 들었다.

거기에는 이렇게 쓰여 있었다.

「호텔은 그것을 경영하는 사람을 닮는 법. 틀림없이 훌륭한 호텔이 될 것입니다.」

그 끝에 작은 글씨로 「추신 : 당신을 사랑해요」라고 써 있었다.
피터는 웃음 지으며 가벼운 발걸음으로 이제 그의 것이 된 호텔의 로비로 내려섰다.

〈끝〉

작품해설

아더 헤일리의 일련의 작품이 모두 미국에서 베스트 셀러 리스트에 오르고 대부분이 영화화되었고 미니 시리즈로서 TV에서 방영되었으며 또 세계 여러 나라에서 다투어 번역 소개되고 있다는 사실은 우선 그의 소설이 무척 재미가 있기 때문일 것이다.

소설은 우선 재미있어야 한다. 그리고 비록 픽션일망정 강력한 설득력을 갖기 위해서는 사실성과 개연성이 강조되어야 한다.

아더 헤일리의 모든 작품은 치밀한 창작의 설계도와 소설의 소재 내지는 사실에 관한 정확한 지식, 그리고 상세한 묘사를 토대로 하여 이루어졌기 때문에 독자들은 그의 작품을 대할 때 현실성과 박진감, 그리고 생생한 현장감에 사로잡혀 작가가 의도하는 주제에 한결 강하게 밀착되게 마련이다. 이 작가는 그러기 위해 창작에 앞서 1년 이상의 철저한 조사를 하고 정확한 자료를 풍부하게 모은다. 물론 이와 같은 다큐멘터리적 수법은 헤일리 특유의 것은 아니며 오히려 일반적 창작기법에 지나지 않는 것이지만 아마도 헤일리만큼 이 수법에 철두철미한 작가도 드물 것이다.

그의 이러한 수법은 그의 다른 작품들 《최후의 진단(The Final Diagnosis)》, 《空港(Airport)》, 《자동차(Wheels)》 그리고 《환전상(The Moneychangers)》 등에 있어서 한결같이 엿볼 수 있는 것이다. 그리고 그러한 수법은 이와 같은 대호텔이라든지 대 공항 그리고 대 기업 등의 거대한 조직의 내부 구조를 그야말로 생생하고 리얼하게 독자에게 감지시킨다.

헤일리는 그의 작품에서 대 호텔 같은 거대한 조직의 생리를 샅샅이 파헤치고 그러한 거대한 조직이 안고 있는 메커니즘의 맹점을 드러내 보인다. 동시에 헤일리는 그와 같은 조직을 미국 사회의 축도로서 그리고자 하는 것이다. 적어도 그러한 거대한 조직이 사회의 축도인 점에 그의 관심이 기울어져 있는 것이라고 말할 수 있다.

헤일리는 말한다. "작가의 작품은 그 작가의 노동의 성과이다. 작가가 작품을 발표한다는 것은 말하자면 상품을 시장에 내놓는 것과 다름없다. 따라서 그 가치를 매기는 것은 독자일터이므로 작가는 자기 작품에 대해서 설명할 이유는 없는 것이다. 그러나 한 가지만 말해 보라 한다면 나는 한 사람의 스토리 텔러로서 나의 소설이 현실 사회의 자극을 반영하고 있기를 기대한다."

이러한 그의 창작 정신과 기대가 가장 성공적으로 이루어진 작품이 바로 이 ≪호텔≫이었다. 이 작품은 그의 대표작으로 손꼽히며 이 작품이 발표되자 그야말로 폭발적인 인기를 모아 미국에서 반 년 이상이나 베스트 셀러의 톱을 차지했었으며 27개국에서 다투어 번역되는 등 제2의 ≪바람과 함께 사라지다≫의 출현이라는 평도 들었다.

이 소설은 미국 남부의 가장 오래된 역사의 항도 뉴올리언스를 배경으로 하여 그곳 최대의 호텔, 세인트 그레고리에서 월요일 밤과 금요일 사이에 일어나는 이야기를 그린 것이다.

매력있는 젊은 주인공 피터 맥더모트를 비롯하여 이 소설에 등장하는 개성 짙은 수많은 인물들, 그리고 그들이 극한상황에서 펼쳐 보이는 화려한 인간드라마는 헤일리 특유의 리듬을 갖는 유려한 문체로 해서 가히 한 편의 서사시를 대하는 것 같다.

아더 헤일리는 1920년 영국남부의 공업도시 루톤에서 출생, 제2차 대전 중에는 영국 공군대위로 활약하다가 전후 1947년에 캐나다로 이주하여 그곳 토론토의 출판사에서 편집인이 되었다. 그 후 TV드라마 ≪위기의 비항(Flight into Danger)≫을 써서 세인(世人)의 주목을 받아 이것이 영화화되고 나중에는 소설 ≪0-8 활주로(Runway zero-eight)≫로 개작되었다. 1959년에는 ≪최후의 진단≫이 출판되어 그의 작가로서의 지위가 확립되었다. 1962년에 발표된 ≪드높은 곳에서(In Hight Places)≫는 권력투쟁에 광분하는 정치가의 실태를 폭로한 작품으로 그 해 더블데이사의 문학상을 받았다. 그 후 은행의 내막을 파헤친 ≪환전상≫ 그리고 최근에 발표한 제약업계의 실상을 다룬 ≪강력한 약품(Strong medicine)≫에 이르기까지 많은 작품을 발표하여 애독자들의 사랑과 갈채를 받고 있다.

호 텔

개정판 | 2012년 1월 31일 발행
지은이 | 아더 헤일리
옮긴이 | 박 일 충
펴낸이 | 이 은 경
펴낸곳 | 도서출판 세경
주 소 | 서울특별시 서초구 반포본동 1313 반포프라자 403호
전 화 | 02-596-3596
팩 스 | 02-596-3597

정가 : 13,000원

잘못된 책은 언제나 바꾸어 드립니다.
이 책의 모든 권리는 세경에 있습니다.
본 출판사의 동의 없이 내용을 복제하거나 전산장치에
저장·전파할 수 없습니다.
Printed in Korea
ISBN : 978-89-97212-05-7 03840

이 도서의 국립중앙도서관 출판시도서목록(CIP)은
e-CIP홈페이지(http://www.nl.go.kr/ecip)와
국가자료공동목록시스템(http://www.nl.go.kr/kolisnet)에서
이용하실 수 있습니다.(CIP제어번호: CIP2011004142)